W. SIUDMAK

# LES TROIS AMAZONES

## ŒUVRES DE MARION ZIMMER BRADLEY *DANS PRESSES POCKET*

*LA ROMANCE DE TÉNÉBREUSE*

*L'Atterrissage*

1. LA PLANÈTE AUX VENTS DE FOLIE

*Les Âges du Chaos*

2. REINE DES ORAGES !
3. LA BELLE FAUCONNIÈRE

*Les Cent Royaumes*

4. LE LOUP DES KILGHARD (décembre 1992)

*Les Amazones Libres*

5. LA CHAÎNE BRISÉE

*L'Âge de Damon Ridenow*

6. L'ÉPÉE ENCHANTÉE
7. LA TOUR INTERDITE
8. L'ÉTOILE DU DANGER
9. SOLEIL SANGLANT

*L'Âge de Regis Hastur*

10. LA CAPTIVE AUX CHEVEUX DE FEU
11. L'HÉRITAGE D'HASTUR
12. L'EXIL DE SHARRA
13. PROJET JASON
14. LES CASSEURS DE MONDES

## ŒUVRES DE MARION ZIMMER BRADLEY ANDRÉ NORTON & JULIAN MAY

LES TROIS AMAZONES

*SUR TÉNÉBREUSE*

ASIMOV PRÉSENTE

2. FUTURS EN DÉLIRE :
   « La Reine de jaune vêtue », par Jacques Goimard.

SCIENCE-FICTION

*Collection dirigée par Jacques Goimard*

MARION ZIMMER BRADLEY
JULIAN MAY
& ANDRÉ NORTON

# LES TROIS AMAZONES

Olivier Orban

*Ouvrage paru chez Doubleday (New York),*
*sous le titre original :*
BLACK TRILLIUM

*Traduit de l'américain par*
*Monique Lebailly*


ISBN 2-266-05085-0

*A Uwe Luserke,*
*qui planta la graine du Trillium Noir*

MONTS OHO
Mt. Gidris
Mt. Brom
LAB
Mt. Rotolo
Cavernes de glace
Tour d'Orogastus
Movis
Nothar
ENFER
Limite du Bourbier Dédaléen
Noth
BOURBIER
BOURDORÉ
Vispar
Trevista
Mutar Supérieure
Mutar
BOURBIE
BONOI
Inféri
Golobar
Skrokar
FORÊT
RAKTUM
Mer du Nord
N
LABORNOK
Derorguila
MONTS OHOGAN
RUWENDA
Iles d'Engi
VAR
ZINORA
Mer du Sud
La Péninsule
Le Royaume du Ruwenda
0 10 20 30 40 50
lieues
Marais ou tourbière
Ruines

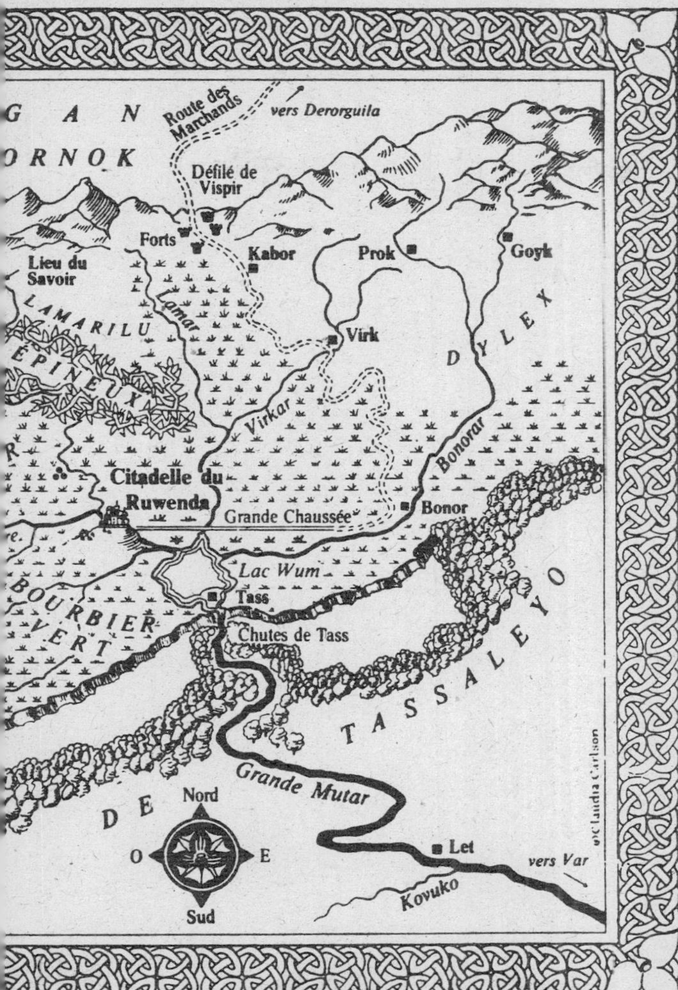

G A N
ORNOK
Route des Marchands
vers Derorguila
Défilé de Vispir
Forts
Kabor
Prok
Goyk
Lieu du Savoir
LAMARILU
Lamar
Virk
DYLEX
ÉPINEUX
Virkar
Bonorar
Citadelle du Ruwenda
Bonor
Grande Chaussée
Lac Wum
Tass
BOURBIER VERT
Chutes de Tass
TASSALEYO
Grande Mutar
DE
Nord
O
E
Sud
Let
vers Var
Kovuko
©Claudia Carlson

# PROLOGUE

*Extrait de la* Chronique péninsulaire *de Lampiar, défunt savant du Labornok.*

En l'an huit cents, après que le Ruwenda en fut venu à gouverner le marais sauvage appelé le Bourbier Dédaléen (jusqu'à un certain point, car ils ne maîtrisèrent jamais les Insolites), la légende et l'histoire s'éveillèrent en même temps pour enregistrer l'un de ces grands changements qui, de temps à autre, modifient l'équilibre même du monde.

Pour les nations civilisées de la Péninsule – et plus particulièrement notre Labornok qui l'avoisine –, le plateau marécageux du Ruwenda constituait une source d'irritation et de frustration, une épine dans la chair des peuples plus énergiques et plus avancés. En vérité, le Ruwenda n'était pas un royaume bien organisé, sans doute à cause de son impuissance à imposer sa suzeraineté aux aborigènes étranges résidant à l'intérieur de ses frontières déclarées. Les rois ruwendiens laissaient complaisamment persister des enclaves anarchiques, souvent au détriment de leurs sujets légitimes, de la paix générale et de l'ordre du royaume.

Bien qu'ils ne leur aient jamais demandé de prêter serment d'allégeance, la Couronne et les marchands du Ruwenda traitaient en égaux putatifs ces tribus aborigènes, les petits Nyssomus des tourbières et les Uisgus, apparentés aux premiers mais plus circonspects (tout à fait non humains et clairement conçus par la nature pour servir leurs supérieurs). Certains groupes de Nyssomus fréquentaient assidûment la célèbre Citadelle du Ruwenda, et quelques-uns de ces êtres grossiers étaient même admis comme serviteurs de première classe à la Cour!

Deux autres tribus d'Insolites, les Vispis amateurs de montagnes et les Wyvilos à demi civilisés des forêts vierges du Sud, n'accordaient guère l'hospitalité aux humains, mais daignaient commercer avec les marchands ruwendiens d'une manière régulière. On ne rencontrait que rarement, à cette époque, les sombres Glismaks qui hantaient la jungle jouxtant le territoire des Wyvilos. C'étaient des sauvages vicieux qui se plaisaient à massacrer leurs voisins. La plus grande tribu d'Insolites, les abominables Skriteks, aussi appelés les Noyeurs, vivaient un peu partout dans les marais, mais pullulaient surtout dans les vastes marécages fétides au sud de la Citadelle du Ruwenda, ainsi que dans l'Enfer Épineux situé au septentrion de la région centrale. Ces démons du Bourbier Dédaléen attaquaient les caravanes et assaillaient les fermes et les manoirs isolés, noyant leurs victimes ou les torturant avec une sauvagerie innommable avant de les abandonner dans des fondrières mortelles. Pourtant, les rois se succédaient sur le trône du Ruwenda et aucun ne tentait de purger la terre de ce danger.

On murmurait souvent que la pourriture du marécage avait affaibli le corps et l'esprit des Ruwendiens. Leurs souverains, tous insouciants, étaient totalement incapables de faire régner une bonne discipline féodale. Quand l'érudit – mais obstiné – Krain III monta sur le trône, on comprit à sa politique imprévoyante avec les nations voisines que l'heure approchait où il faudrait appliquer à cette situation en décomposition les méthodes plus éclairées et plus progressistes que notre grand royaume de Labornok avait élaborées pendant des années.

Le malheur, c'était que le Labornok ne pouvait se passer de négocier avec ces voisins ineptes et inefficaces. Il y avait longtemps que nous avions rasé nos bois pour les transformer en terres cultivables et nous dépendions des forêts tropicales ruwendiennes, non seulement pour les chantiers navals de notre florissant commerce maritime, mais aussi pour l'ameublement et l'embellissement des majestueux bâtiments de Derorguila. En outre, par un caprice cruel de la nature, les pentes labornoki des impénétrables monts Ohogan étaient pratiquement dépourvues de minerais utiles; alors que les versants ruwendiens de la chaîne contenaient des filons d'or et de platine, ainsi que des pierres précieuses de grande valeur arrachées par les torrents et déposées çà et là dans les montagnes. Métaux et gemmes étaient ramassés au petit bonheur par les Vispis qui les vendaient aux Uisgus; et pour finir, tout cela passait dans les mains des Ruwendiens. Parmi les autres marchandises du petit royaume pervers, il y avait des herbes des marais aux grandes vertus médicinales, des épices pour la cuisine, des fourrures de worrams, des peaux de fédoks et certains objets bizarres, très anciens, que les Insolites ramenaient des cités en ruine sises au cœur des étendues impénétrables des Bourbiers.

Même dans les circonstances les plus favorables, le commerce entre le Labornok et le Ruwenda était une entreprise déprimante, parfois périlleuse. Beaucoup de nos glorieux souverains, mâchonnant de colère leurs royales moustaches à cause de quelque insolence ruwendienne, avaient demandé à nos généraux d'élaborer un plan de conquête de cette nation plus petite. Mais il est difficile d'envahir un pays qui ne comporte qu'une seule entrée... le défilé de Vispir, étroit et escarpé, dans les monts Ohogan, et gardé par des forts ruwendiens bien situés. Les rois labornoki qui le tentèrent, et dont nous gardons le déplorable souvenir, ne sont jamais revenus.

Les survivants de leurs armées détruites parlaient de brouillards givrants démoniaques, de tornades au sein desquelles des yeux inhumains vous lançaient des regards de colère, d'orages hors de saison avec des grêlons et de la neige, en flocons ou fondue, de monstreuses avalanches, de pestes foudroyantes qui terrassaient les fronials de guerre, et d'autres calamités qui les avaient assaillis. On aurait dit que des forces surnaturelles se mobilisaient contre les invasions. Mais, même si l'on avait pu prendre les postes de garde du défilé, le marécage détrempé qui s'étendait au-delà présentait un obstacle encore plus formidable à une force d'invasion.

Comme on ne le savait que trop chez les Maîtres Marchands labornoki.

Les membres de cette ligue, indépendante et audacieuse, qui se transmettaient de père en fils des franchises et certaines incantations protectrices, étaient les seuls citoyens de notre royaume à connaître la route secrète qui mène au cœur du Ruwenda. Plus d'un général labornoki, fou de colère et frustré de ne pouvoir obtenir de Maîtres peu coopératifs des indications cohérentes ou même une carte utile, les soupçonna d'utiliser la magie noire pour clore leurs lèvres durant l'interrogatoire. A la fin, la route nous fut révélée grâce aux connaissances du puissant sorcier Orogastus, dont nous reparlerons tout à l'heure. Mais, dans les premiers temps, les Maîtres gardaient bien leur secret et jouissaient non seulement d'un monopole prospère, mais encore d'une bonne dose de pouvoir politique.

Une caravane typique menée par quatre Maîtres Marchands ne comportait pas plus de vingt chariots tirés par des volumnials et peut-être cinquante hommes. Après avoir donné certains mots de passe aux commandants des bastilles des collines, les Maîtres introduisaient leur cortège de voitures dans le Bourbier en suivant une chaussée élevée, non portée sur la carte, et dont l'état était douteux. Seules de rares places isolées, entre les frontières montagneuses et la Citadelle du Ruwenda, à deux cents lieues de là, bénéficiaient d'une terre solide qui ne tremblait pas. Les polders du Dylex, la plus vaste région sèche située à l'est de la Route des Marchands, abritaient des fermes bien entretenues, des pâtures et des communes dispersées dont la plus grande, Virk, s'adonnait au raffinage rudimentaire des minerais apportés par les Uisgus ou les Nyssomus et constituait le second centre du commerce des gemmes et des métaux précieux du Ruwenda. Mais la plus grande partie de ce négoce s'effectuait cependant à la Citadelle, capitale du Ruwenda, perchée sur un grand tertre rocheux qui s'élevait au milieu du Bourbier Dédaléen.

Une fois à la Citadelle, les Maîtres Marchands versaient une taxe au roi. (Ils acquittaient aussi, au moment de partir, un impôt excessivement variable sur les marchandises payées au prix de gros, l'un des grands points douloureux des relations entre le Ruwenda et le Labornok.) Puis, ils étaient libres de vendre leurs marchandises sur le Grand Marché de la Citadelle ; après quoi ils pouvaient acheter des produits, surtout des minérais ou du bois de construction. Ce dernier était fourni par les Wyvilos des forêts à des agents ruwendiens. Les Maîtres à la recherche de marchandises plus exotiques poursuivaient leur chemin sur plusieurs centaines de lieues, remontant à bord de bachots ruwendiens la Mutar inférieure jusqu'à son confluent avec la Vispar, où s'étendait la cité en ruine de Trévista, car c'était sur ses grand-places que se tenaient les fabuleuses foires des Insolites des marais. Elles n'avaient lieu que pendant la saison sèche, car la mousson qui remontait en rugissant de la mer du Sud rendait impraticables les voies d'eau. Seuls les Insolites s'aventuraient alors dans le Bourbier Dédaléen, utilisant des chemins qu'ils connaissaient et des méthodes qu'ils avaient perfectionnées durant des centaines d'années.

Trévista reste l'un des grands mystères de notre Péninsule. Elle est d'un âge inimaginable et d'une beauté à couper le souffle, même dans l'état de destruction où elle se trouve actuellement. Les canaux dédaléens, les ponts qui s'écroulent et les majestueux bâtiments en ruine sont recouverts à profusion d'exquises fleurs de la jungle. Le dessin urbain original subsiste encore suffisamment pour démontrer que les constructeurs de cette cité avaient une sophistication et une compétence technique bien supérieures à celles de la civilisation péninsulaire la plus avancée.

Ceux qui s'intéressent à ce genre de sujet se demandent si, autrefois, la plus grande partie du Ruwenda n'était pas un immense lac nourri par un glacier et parsemé d'îles qui ne sont plus maintenant, dans le marécage, que de simples éminences. On dit que beaucoup d'entre elles sont couronnées par des ruines similaires. Même les Insolites sont incapables d'expliquer l'origine des anciennes cités, disant seulement qu'elles ont été construites par les Disparus et existaient déjà quand leurs ancêtres sont arrivés dans le Bourbier. La Citadelle du Ruwenda, véritable montagne composée de murailles, de bastions, de donjons, de tours et de bâtiments compliqués qui communiquent entre eux, remonte aussi à la plus haute antiquité, et l'on dit qu'elle fut le siège des premiers souverains de la Péninsule qui leur était alors soumise.

Les ruines plus isolées, accessibles uniquement aux aborigènes, constituaient une source de marchandises bien plus convoitées : d'antiques objets d'art et de mystérieux petits mécanismes dont on pouvait tirer un grand prix, non seulement des collectionneurs du Labornok, mais encore de soi-disant étudiants en sciences occultes qui habitaient les confins du monde connu. Pour des raisons qui deviendront évidentes, ce commerce languit lorsque le prince héritier Voltrik monta sur le trône du Labornok et mit en branle des événements qui conduisirent à la conquête si attendue de notre nuisible petit voisin du Sud.

Voltrik dut attendre longtemps la Couronne car son oncle, le roi Sporikar, dépassa largement les cent années qui nous sont attribuées par la nature. Pendant cette attente, Voltrik s'amusa à préparer l'acquisition d'une autre couronne et voyagea un peu partout. De l'une de ses expéditions dans les territoires qui s'étendent au nord de Raktum, il revint avec un nouveau compagnon qui allait lui fournir la clef du Ruwenda... le sorcier Orogastus.

Voltrik, alors dans sa trente-huitième année, homme à la barbe noire, d'une présence physique redoutable et d'une beauté granitique, était pourvu d'un tempérament aussi imprévisible et épouvantable qu'un coup de tonnerre. Sa première épouse, Janeel, princesse bien-aimée, était morte en donnant naissance au fils unique de Voltrik, Antar. Sa seconde femme, Shonda, n'avait toujours pas conçu d'enfant au bout de dix ans de mariage lorsqu'elle périt dans des circonstances suspectes au cours d'une chasse au lothok. La frivole princesse Narice, sa troisième épouse, subit la peine réservée aux coupables de haute trahison, pour avoir tenté de fuir avec un écuyer. Elle et son amant furent enfermés dans un grand sac fait de toisons épineuses et brûlés vifs.

Le sorcier Orogastus devint le grand conseiller de Voltrik et s'attira rapidement la crainte et le respect de tout le Labornok. C'est lui qui recommanda vivement au Prince héritier de ne pas prendre immédiatement une quatrième épouse et d'imposer la patience à son âme s'il voulait voir ses grandes ambitions se réaliser. (Prudemment, le magicien ne révéla pas au Prince impétueux qu'il lui faudrait attendre encore dix-sept années avant que meure le roi gâteux.)

Orogastus profita de ce temps pour se construire une forteresse en haut du versant nord de la chaîne des Ohogan, au flanc du mont Brom, où il s'appliqua à perfectionner son art de la magie.

Tous les objets antiques bizarres que les Maîtres Marchands se procuraient auprès des Insolites du Bourbier passaient maintenant directement entre ses mains, car une vision lui avait laissé entendre qu'on pouvait, par l'intermédiaire de certains de ces étranges appareils, exploiter un immense pouvoir. Orogastus prit plus tard comme assistants trois sinistres individus que l'on appelait ses Voix. Ils servaient d'agents et d'acolytes au Sorcier et on les craignait presque autant que leur maître.

Sur le versant opposé des monts Ohogan couronnés de glace, dans les contreforts ruwendiens où la descente abrupte de la Nothar s'atténue et où les cours d'eau s'élargissent, se dressait la maison d'un autre praticien de l'occulte, l'archimage Binah, aussi appelée la Dame Blanche, qui avait vécu, durant un nombre incalculable d'années, dans les ruines de Noth, l'une des anciennes cités des Disparus. C'était presque une légende pour la population humaine du Ruwenda, car les gens du commun ne la voyaient jamais. Cependant ils continuaient à invoquer son nom en périodes de troubles et la révéraient en tant que gardienne de leur pays depuis des temps immémoriaux.

Seuls les Insolites et les membres de la famille royale ruwendienne connaissaient la vérité cachée derrière la légende : c'était le bienveillant enchantement de Binah et non les difficultés du terrain, les fortifications édifiées par les humains, les intempéries et les désastres naturels, qui avait protégé le Bourbier Dédaléen contre ceux qui projetaient de le piller. Mais le poids des ans accable aussi ceux qui pratiquent la magie. Durant le règne de Krain III, Binah eut des difficultés croissantes à maintenir les sauvegardes insoupçonnées qu'elle avait établies autour du Ruwenda. Et tandis que ses facultés déclinaient, celles du malfaisant Orogastus augmentaient de plus en plus.

Vint le temps où, après de nombreuses années de stérilité, la reine Kalanthe du Ruwenda fut sur le point d'accoucher, mais les choses se présentaient mal. Le roi Krain, s'agenouillant auprès de son épouse en proie à la douleur, invoqua des puissances à demi oubliées et qu'il n'avait pas nommées depuis son enfance.

Alors surgit des ténèbres épaisses et stagantes surplombant le grand marécage un oiseau si grand que ses ailes déployées recouvraient la plus grande partie du toit de la Grande Tour de la Citadelle. C'était indubitablement l'un des imposants lammergeiers qui hantaient les rochers à pic les plus inaccessibles des monts Ohogan. L'archimage Binah descendit de son dos et tous ceux qui étaient de garde ou de service dans les grandes salles, frappés de terreur à sa vue, tombèrent à genoux. En apparence, ce n'était qu'une femme âgée, revêtue d'une grande cape bordée d'argent dont la couleur blanche virait parfois au bleu pâle, la teinte même que prennent les ombres sur la neige; mais personne ne lui posa de question et il aurait été impensable que quelqu'un tente de l'arrêter ou de la retarder tandis qu'elle se précipitait au chevet de la Reine.

Ceux qui étaient dans la chambre pleuraient, soupiraient, et priaient à haute voix, car il était évident que Kalanthe n'arrivait pas mettre au monde la jeune vie qui luttait dans son sein, et qu'elle allait mourir. Sa belle chevelure rousse était ternie et collée à son crâne par la sueur de l'agonie et elle étreignait la main du roi Krain comme un noyé qui s'agrippe à une corde.

L'Archimage entra dans la pièce et dit : « Calmez-vous. Tout se passera bien. Kalanthe, ma chère fille, regarde-moi. »

La Reine ouvrit les yeux tout grands et cessa de gémir. Le pauvre Krain ne voulait pas s'éloigner de sa femme, mais un simple geste de l'Archimage le remplit soudain d'espoir et il recula en ordonnant aux courtisans et aux dames d'honneur de faire place à la visiteuse.

La sage-femme royale, qui était une Insolite appelée Immu, tenait un gobelet contenant une potion de simples qu'elle n'avait pas pu faire avaler à la Reine. L'archimage Binah fit signe à la petite femelle non humaine d'avancer et de lever la coupe; alors survint un grand prodige. Tout ceux qui étaient dans la pièce, même la Reine mourante, se récrièrent de surprise, car Binah brandit au-dessus du gobelet un pied de Trillium Noir – avec sa racine, ses feuilles et sa fleur simple trilobée –, une herbe légendaire des marais, si rare que même les Insolites du palais ne pouvaient dire où elle poussait, ni même si elle existait encore *. Pourtant cette même plante était l'emblème de la maison royale ruwendienne, et les plus précieux joyaux de la Couronne comptaient des morceaux d'ambre-miel où étaient enchâssés de minuscules spécimens fossilisés de cette fleur, pas plus grands que la tête d'une épingle.

Celle-là, en revanche, était aussi large que la paume de la main de l'Archimage, et d'un noir chaud plus intense que du velours de soie. Binah cueillit la fleur du Trillium et la laissa tomber dans la tasse, puis rangea le reste de la plante sous sa cape. Elle compta dix respirations, le temps que la fleur se dissolve, après quoi elle prit le gobelet de tisane des mains de la sage-femme et fit signe au Roi d'approcher.

Krain se précipita, souleva sa chère dame dans ses bras et la soutint pendant qu'elle buvait le breuvage à petites gorgées et vidait la coupe jusqu'au bout.

La Reine se recoucha sur ses oreillers. Brusquement, elle

* Le trillium existe. C'est une liliacée vivace et rustique, qui pousse dans les prairies d'Amérique du Nord et dans les régions montagneuses de l'Asie. Trois feuilles en rosette ornent la tige qui se termine par une seule fleur composée de trois sépales et de trois pétales. On trouve des fleurs de trillium blanches, jaunes, verdâtres, roses et même rouges, mais jamais noires; du moins sur cette Terre et dans ce continuum spatio-temporel. (*N.d.T.*)

poussa un grand cri – non de douleur, mais de triomphe – et Immu, la sage-femme, s'écria : « Elle accouche ! »

Trois princesses, l'une après l'autre, apparurent très vite. C'était un grand prodige car les naissances multiples restaient chose rare parmi l'aristocratie humaine.

Les bébés criaient vigoureusement et, bien que petits, étaient parfaitement formés, chacun différant légèrement des autres par les traits ou la couleur. Tandis qu'on recueillait chaque princesse dans le drap de naissance, l'Archimage prononçait un nom et posait sur la petite poitrine un pendentif en or curieusement ciselé et incrusté d'ambre-miel contenant un bouton de Trillium Noir.

« Haramis », dit-elle au premier enfant, avec le ton qu'on prend pour accueillir un ami bien-aimé ou un enfant adopté ; « Kadiya », dit-elle au second ; puis « Anigel » au troisième.

Ensuite, elle se tourna vers le Roi et la Reine, qui la contemplaient émerveillés, et leur parla de manière à ce que sa voix imprimât profondément ses paroles dans les mémoires de ceux qui les entendaient.

« Les années arrivent et passent avec rapidité. Ce qui est élevé peut tomber, ce qu'on chérit peut être perdu, ce qui est caché doit, en son temps, être révélé. Et pourtant, je vous dis que tout ira bien. Pour moi, le soir est proche, mais je ferai ce que je dois jusqu'à l'arrivée de la pleine nuit. Une effroyable destinée et de terribles tâches attendent ces trois Pétales du Trillium Vivant, les enfants de votre maison, Krain et Kalanthe, mais le temps n'en est pas encore venu. »

Avant que le Roi et la Reine puissent demander la signification de cet avertissement, l'Archimage Binah fit demi-tour et sortit rapidement de la pièce. Les bébés qui hurlaient et les soins qu'il fallait apporter à la Reine occupèrent les dames d'honneur et la sage-femme, tandis que le Roi partait annoncer la joyeuse nouvelle et proclamer un temps de festivités. On suspendit les amulettes de trillium magique à de fines chaînes en or et les princesses les portèrent autour du cou, nuit et jour.

Comme avait dit l'Archimage, le temps passe ; et un certain oubli l'accompagne. Les trois Princesses devinrent de grandes et belles jeunes filles qui entendaient souvent leurs gouvernantes et leurs parents narrer l'étrange scène de leur naissance. Cependant, elles commencèrent à y voir un conte extravagant, surtout en ce qui touchait l'avertissement sinistre, car rien ne venait troubler la paix de leurs jours, et comme la plupart des jeunes, elles s'intéressaient plus au présent qu'au passé.

La princesse Haramis était la favorite de son érudit de père. Même toute enfant, elle avait montré un grand désir de posséder les connaissances que l'on trouve dans les livres et harcelé les sages et les scribes royaux de questions déplacées dans la bouche d'une fille du roi. Elle succombait aussi à la magie de la musique, surtout celle que l'on tire de la flûte et des cordes de la harpe en bois de ladu. Elle consacrait beaucoup de temps à Uzun, l'Insolite, célèbre chanteur de ballades et conteur. Il inventait des histoires si amusantes qu'il égayait les plus mélancoliques, et prodiguait aussi de sages conseils.

Très tôt, la princesse Kadiya montra un grand amour des animaux et des oiseaux, surtout des créatures singulières du marais profond. Elle adorait vivre en plein air et explorer les étendues sauvages du royaume; elle avait choisi pour guide et professeur d'histoire naturelle Jagun, l'Insolite, qui était le Maître des Animaux et le Grand Veneur de la Citadelle.

La princesse Anigel, aussi menue et délicate qu'une de ces fleurs qu'elle aimait tant, était une enfant timide au cœur tendre, très portée à rire, mais prenant en pitié toute chose malade ou souffrante. Elle faisait les délices de la reine Kalanthe car elle exécutait avec plaisir les devoirs domestiques et les cérémonials de la Cour que ses sœurs méprisaient. Sa meilleure amie était cette même Immu qui l'avait aidée à naître et qui maintenant remplissait les fonctions d'apothicaire de la Citadelle, préparant non seulement les potions et les tisanes, mais aussi les parfums, les essences pour la pâtisserie et une très bonne bière.

Les trois Princesses furent bientôt en âge de se marier, le Ruwenda ayant prospéré durant dix-sept ans aux dépens du Labornok. Sur l'ordre du sorcier Orogastus, le prince héritier Voltrik sollicita la main d'Haramis, l'héritière. A sa grande colère, cette demande fut rejetée, le roi Krain ayant décidé que, dépourvu d'héritier mâle, il fiancerait sa fille aînée au second fils du roi de Var, Fiodelon, durant la prochaine fête des Trois Lunes. Ce prince, nommé Fiomakai, partagerait alors le trône ruwendien avec Haramis en tant que comonarque. Le Var, situé au sud de la forêt de Tassaleyo, sur la plaine fertile de la Grande Mutar, entretenait très peu de relations commerciales ou diplomatiques avec le Ruwenda. (C'était cependant un concurrent notable du Labornok en matière de commerce maritime.) Mais si l'on pouvait un jour soumettre les Glismaks, ces Insolites sauvages, et ouvrir la Grande Mutar aux vaisseaux marchands du Var, le Labornok se verrait enlever le lucratif commerce ruwendien...

A ce moment critique de l'histoire de la Péninsule, le vieux roi Sporikar ferma enfin les yeux sur le monde et Voltrik devint roi du Labornok. Sous la pression d'Orogastus, qu'il venait de nommer Grand Ministre d'Etat, Voltrik fit venir son fils adulte, le prince héritier Antar, et le général Hamil, commandant en chef du Labornok. Il leur dit de procéder aux préparatifs d'une invasion imminente du Ruwenda.

# I

Une fois encore, un éclair blanc bleuté, venu de la cour extérieure de la Citadelle assiégée, éblouit les yeux de la famille royale aux aguets, et ceux des courtisans et des Compagnons Jurés rassemblés avec eux sur un balcon, à mi-hauteur du grand donjon. Une fraction de seconde plus tard, un coup de tonnerre frappa leurs oreilles.

Le roi Krain émit un grognement de désespoir. « Par la Dame Blanche, cette fois, il n'y a pas de doute ! Le sorcier Orogastus a tiré, d'un ciel sans nuages, un éclair qui vient d'ouvrir une brèche dans la muraille de la cour intérieure ! »

Des centaines de fantassins labornoki déferlèrent par cette large ouverture, suivis de près par les chevaliers, que menait le cruel général Hamil. La charge balaya les vaillants défenseurs de la Citadelle aussi aisément que l'ouragan courbe l'herbe des marais. Quelques instants plus tard, il y eut un troisième éclair magique, aveuglant, puis un quatrième, et à la suite de chacun d'eux une horde d'ennemis se déversa par les nouvelles brèches qu'ils ouvraient dans les fortifications.

« C'est la fin, dit le Roi. Si cet ancien rempart avec ses multiples bastions peut être percé par les mystérieux éclairs d'Orogastus, alors il n'existe aucun moyen de garder le grand donjon intact. »

Il se tourna vers l'un des Compagnons Jurés. « Lord Sotolain, allez chercher mon armure. Et vous, Lord Manoparo, je vous confie notre chère Reine et nos Princesses. Emmenez-les dans la redoute la plus secrète du donjon, où vous et vos chevaliers les défendrez jusqu'à la dernière goutte de votre sang. Les autres, préparez-vous à combattre l'ennemi à mes côtés. »

La reine Kalanthe se contenta de hocher la tête; mais la princesse Anigel et les dames d'honneur éclatèrent en pitoyables sanglots. La princesse Haramis demeura comme une sombre image de marbre; seuls ses grands yeux bleus et ses brillantes tresses brunes tranchaient sur la pâleur de sa peau et le blanc de ses vêtements. La princesse Kadiya, qui portait un costume de chasse masculin de cuir vert, dégaina sa dague et la brandit.

« Sire – cher Père! – laissez-moi combattre et tomber à vos côtés! Plutôt la mort que de me cacher en tremblant avec des femmes pleurnichardes pendant que ces bâtards des plaines conquièrent le Ruwenda! »

La Reine et les nobles en eurent le souffle coupé et, d'étonnement, les dames cessèrent de se lamenter.

La princesse Haramis se contenta de sourire froidement.

« Je pense, ma sœur, que tu fais une évaluation peu prudente de tes prouesses de combattante. Il ne s'agit pas ici des raffins larvaires qui fuient ton épée miniature à la chasse, mais des soldats valeureux du roi Voltrik, armés et protégés par l'enchantement d'un malveillant sorcier.

– Les Insolites disent, rétorqua Kadiya, qu'une femme de la maison royale du Ruwenda provoquera la chute du Labornok en tuant son méchant roi!

– Et tu t'es consacrée à notre salut ? » Haramis éclata d'un rire amer, puis des larmes jaillirent de ses yeux, qui scintillèrent comme une crue baignant brusquement un glacier bleuté. Elle cria : « Tais-toi, idiote! Épargne-nous tes fanfaronnades insensées. Ne vois-tu pas que tu affliges notre mère ? »

La Reine se redressa fièrement. Comme Anigel, elle portait la traditionnelle robe de cour en satin toute simple, avec son corsage et ses manches en résille. Celle de la jeune fille était d'un rose doux; la Reine, ce matin-là, avait ordonné à ses dames d'atour de la revêtir d'une robe et d'une cape cramoisies.

« Mon cœur est plein de chagrin et de peur pour nous tous, dit-elle, mais je connais mon devoir. Kadiya, il ne faut pas accorder foi aux prophéties des Insolites. Nos serviteurs nyssomus ont fui la Citadelle pour se réfugier dans le Bourbier Dédaléen en nous laissant affronter l'ennemi. Quant à tes prétentions à te battre... » Elle se mit à tousser : des tourbillons de fumée s'élevaient du mur tandis que d'autres formules magiques des envahisseurs suscitaient des balles de feu qui enflammaient les bâtiments de bois de la cour intérieure. « Tu dois rester avec nous, comme l'exigent ton rang et ta situation.

– Alors, je serai votre défenseur, s'écria la princesse Kadiya, et celui de mes sœurs. Car si la prophétie des Insolites est connue du roi Voltrik, il n'osera pas laisser vivante une seule d'entre nous! J'ai l'intention de vendre chèrement ma vie et je vais me joindre à Lord Manoparo et aux Compagnons Jurés pour vous protéger, et mourir avec eux si le destin le décrète.

– Oh, Kadi, c'est impossible! sanglota la princesse Anigel. Il faut nous cacher et prier la Dame Blanche de nous secourir!

– La Dame Blanche est un mythe! répliqua Kadiya. Nous ne pouvons que nous sauver nous-mêmes.

– Ce n'est pas un mythe, murmura Anigel d'une voix si douce qu'elle fut presque étouffée par la clameur du combat qui se déroulait à vingt ells en dessous d'eux.

– Peut-être pas, concéda Haramis, mais il semble qu'elle ait renoncé à protéger ce malheureux pays. Sinon, comment l'armée labornoki aurait-elle pu franchir le col, traverser le Bourbier et s'abattre sur la Citadelle en toute impunité?

– Silence, mes filles! dit le Roi. L'ennemi va bientôt attaquer le donjon et je dois vous quitter. »

Il leur ordonna de passer du balcon dans la chambre où se tenaient ordinairement les femmes de la famille royale. Les coussins de soie brillante et les fauteuils dorés avaient été piétinés par les chevaliers chaussés de métal et un métier à tapisserie reposait, tristement retourné, près de l'âtre refroidi, avec des livres abandonnés et un tympanon dont la table d'harmonie peinte était fendue. Le Roi s'adressa alors à sa seconde fille, en parlant avec une grande sévérité.

« Kadiya, tu as tort d'attrister ta mère et tes sœurs par ton comportement téméraire, et de répéter les absurdités des Insolites. Le roi Voltrik aurait-il demandé la main d'Haramis s'il avait ajouté foi à cette histoire d'amazones? C'est mon devoir, en tant que seigneur de ce royaume, de le défendre ou de périr en combattant. Mais ton devoir, à toi, est de vivre pour réconforter ta mère et tes sœurs. Et sois assurée que ton fardeau est plus léger que celui de notre pauvre Haramis qui sera sans doute obligée, à la fin, de se soumettre à Voltrik. »

En entendant ces mots, toutes les dames d'honneur recommencèrent à gémir de plus belle et les chevaliers se mirent à hurler : « Non! Jamais! », et cela fit un tel tumulte qu'ils entendirent à peine la nouvelle salve de petites explosions occultes, le fracas des armes, les cris des blessés et des mourants.

« Silence! Silence, vous tous! » cria le Roi.

Mais ils ne lui obéirent pas, car Krain ne se conduisait pas en monarque absolu, même s'il ne manquait pas de force de caractère; il encourageait plutôt ses sujets à le considérer comme leur père et leur conseiller.

Pendant quatre cents ans, c'est-à-dire depuis l'invasion manquée du roi du Labornok, Pribinik le Téméraire, ce pays avait vécu en paix. Le crime et les dissensions domestiques étaient quasiment inconnus au Ruwenda – sauf un vol de temps en temps, un fou homicide, et les déprédations saisonnières des abominables Skriteks qui fournissaient un prétexte aux quêtes des chevaliers. Durant ce temps de paix prolongé, les sciences militaires avaient dépéri et les Compagnons Jurés avaient oublié tout ce qu'ils avaient jamais su en matière de stratégie ou de tactique. Les rois du Ruwenda laissaient leurs sujets faire presque tout ce qui leur plaisait, pourvu que la justice et la tranquillité règnent et que les impôts rentrent dans le trésor royal. Durant tout ce temps, le royaume n'avait jamais entretenu d'armée permanente. Les Compagnons Jurés représentaient le bras exécutif du trône, et les libres citoyens du comté de Dylex, qui étaient de ce fait exonérés d'impôts, formaient les garnisons tournantes des bastilles des collines. Les seigneurs et les dames du manoir gouvernaient leurs minuscules fiefs d'une main légère, suivant en cela l'exemple du trône, et chacun prospérait, sauf le paresseux qui ne le méritait pas.

Le petit Ruwenda isolé avait été le pays le plus heureux de toute la Péninsule, sinon de tout le monde connu... jusqu'à ce que les sortilèges d'Orogastus ouvrent le défilé de Vispir à la convoitise du Labornok et tracent la route secrète suivie par l'armée du roi Voltrik, au travers du Bourbier Dédaléen, jusqu'à la Citadelle.

L'expédition n'avait duré que dix jours. Ni orage magique, ni brouillard fantôme, ni aucune des calamités qui avaient eu raison du roi Pribinik n'étaient venus tourmenter Voltrik. La rumeur courut même que les abominables Skriteks s'étaient ralliés à lui! Sous l'égide du sorcier Orogastus, les forces labornoki avaient rapidement transformé les bastilles des collines en tas de décombres, pillé les communes du Dylex voisin dont les habitants avaient fui vers les lointains comtés orientaux, et atteint, presque sans rencontrer d'opposition, les remparts extérieurs de l'ancienne Citadelle. Bientôt celle-ci tomberait aux mains de Voltrik, et tout le royaume avec.

Tandis que la famille royale et ses courtisans assiégés se chamaillaient et pleuraient, survint un autre épouvantable éclair et une détonation assourdissante. Les épaisses murailles du donjon tremblèrent comme une hutte de clayonnage sous la mousson d'hiver. Dans la Citadelle et au-dehors, un silence momentané suivit la commotion. Puis un rugissement jaillit de dix mille gosiers, accompagné du son triomphant des clairons. Il était clair que la porte de l'énorme structure centrale venait d'être détruite et que les envahisseurs se précipitaient à l'intérieur.

Lord Sotolain entra avec l'armure du Roi et l'aida rapidement à s'équiper; Krain soupira en soulevant la lourde épée de son arrière-arrière-arrière-grand-père Karaborlo, car il savait, ainsi que ses Compagnons, qu'il ne la maniait que fort mal, même s'il la brandissait avec bravoure. Ni la magnifique armure scintillante, incrustée de saphirs, ni l'armet couronné, portant en effigie un lammergeier de platine, ne pourraient faire du roi Krain plus qu'il n'était... un homme mûr et bénin, grand de cœur et d'esprit, mais totalement incapable en tant que guerrier.

Quand on eut lacé son heaume, il fit ses derniers adieux à sa famille. « J'ai vécu en érudit et non en combattant, et je ne le regrette pas. Pendant de nombreuses générations, notre terre bien-aimée n'a connu que la paix. Nous avons été protégés – c'est du moins ce que l'on nous a enseigné – par l'archimage Binah ; celle qu'on appelle la Dame Blanche, la Dame de la Fleur, la Protectrice, la Gardienne du Trillium Noir. Plusieurs d'entre nous, présents en ce jour d'infortune, l'ont vue et entendue lorsqu'elle participa si miraculeusement à la naissance de nos triplées. L'Archimage nous a dit que tout irait bien, mais en outre elle a mystérieusement parlé d'une destinée particulière et de tâches effroyables qui attendaient les Princesses. Nous n'avons pas compris ses paroles, et la plupart d'entre nous – même moi – les avons oubliées. Mais il faut y réfléchir maintenant, car elles peuvent nous donner un peu d'espoir. Franchement, je ne vois pas à quoi d'autre nous pourrions nous raccrocher. »

Il ouvrit ses bras revêtus de métal pour étreindre doucement la Reine et l'embrasser. Puis vint le tour d'Haramis, au visage encore vierge de larmes, de Kadiya, enfin soumise, et d'Anigel aux cheveux d'or, qui ne pouvait s'arrêter de sangloter.

Après avoir dit adieu à ses amis, il interpella une fois encore, plus solennellement, le vénérable Lord Manoparo et ses quatre chevaliers, qui frappèrent leur poitrine cuirassée en un geste d'allégeance et tirèrent leur épée. Puis le Roi se détourna. Avec Barnipo, l'écuyer bien né qui portait le bouclier royal, il franchit à grands pas le seuil de la chambre, suivi par la plupart des Compagnons Jurés. Il était temps pour lui d'accomplir sa destinée, et pas un de ceux qui étaient restés dans la chambre ne doutait de ce qu'elle serait.

Comme la nuit tombait sur ce jour de conquête, les feux de la Citadelle faiblirent et mêlèrent leur fumée aux miasmes qui s'élevaient du Bourbier. Le tertre sur lequel se dressait la capitale du Ruwenda semblait être une île dans une mer de nuages tumultueux. Les chevaliers labornoki du général Hamil, qui avaient écrasé la dernière opposition des Compagnons Jurés, amenèrent le Roi vaincu et son écuyer devant Voltrik, le prince héritier Antar, et le sorcier Orogastus. On avait aussi traîné dans la salle du trône quelques douzaines de nobles ruwendiens captifs, lourdement enchaînés et bien gardés, pour qu'ils soient témoins de la capitulation de leur nation. La bannière du Labornok, trois épées d'or en croix sur fond écarlate, était fixée au mur, derrière le trône sur lequel était maintenant assis Voltrik.

Krain, saignant abondamment des profondes blessures qu'il portait au bras droit et à l'aine, était mourant et les deux chevaliers d'Hamil qui le soutenaient l'obligèrent à se mettre à genoux aux pieds du roi Voltrik. L'un d'eux jeta à terre le bouclier bleu azur de Krain tout bosselé et dont le Trillium Noir était presque effacé, l'autre chevalier lança dessus l'épée brisée du roi. Hamil en personne lui arracha son casque, en ôta la couronne royale en platine, incrustée de saphirs et d'ambre, et l'éleva afin que tous puissent la voir. L'écuyer Barnipo, qui n'était ni blessé ni enchaîné, tremblait derrière son suzerain sous la poigne de Lord Osorkon, le commandant en second d'Hamil, un gigantesque chevalier revêtu d'une armure noire ensanglantée.

« Enchanté, royal frère », dit Voltrik. La visière bordée de crocs de son heaume était ouverte et il semblait sourire au monarque défait derrière les mâchoires de quelque saurien fantastique paré de bijoux. Son armure d'acier plaqué or, ciselée et ornementée, étincelait à la lumière des torches; il était à demi allongé sur le trône du Ruwenda, les poings sur les hanches, les jambes croisées, l'air désinvolte.

« Vous vous soumettez à moi, maintenant?

– Je n'ai guère le choix, semble-t-il. » La voix de Krain n'était plus qu'un chuchotement rauque.

« Est-ce que vous vous rendez sans conditions, demanda Voltrik en fourrant la couronne du Ruwenda sous le nez du souverain gravement blessé, sachant que seul votre serment d'allégeance sauvera de la mort les habitants nobles et roturiers de votre Citadelle vaincue?

– Je me soumettrai... si vous épargnez aussi les vies de ma Reine et de mes trois filles.

– Cela ne se peut pas, dit le sorcier Orogastus, d'un ton aussi implacable que les coups de gong de la mort. Elles doivent mourir, comme vous. Et vous allez nous dire où elles se sont dissimulées, dans ce grand dédale de maçonnerie en train de s'écrouler.

– Jamais! » répliqua Krain.

Antar, le Prince héritier, osa s'avancer et affronter son royal père. « Mais, Sire, nous n'allons pas nous attaquer à des femmes sans défense!

– Il faut qu'elles meurent », répéta Orogastus d'un ton catégorique. Et le roi Voltrik acquiesça d'un hochement de tête.

« Votre magicien les craint à cause de cette ridicule prophétie des Insolites! s'exclama Krain. C'est absurde, Voltrik, il s'agit d'un conte pour enfants! Il y a quelques mois, vous étiez prêt à prendre ma fille aînée Haramis pour épouse...

– Mais vous avez rejeté une alliance avec le Labornok, répondit suavement Voltrik en faisant tourner la couronne autour de son doigt, comme un tambour à broder. Vous avez même répondu à ma courtoise demande en mariage par des paroles empreintes d'une arrogance dédaigneuse.

– Le tact n'a jamais été le fort de ces morveux de Ruwendiens, lança le général Hamil en souriant d'une oreille à l'autre. Et maintenant, que le fruit insolent que vous avez si longtemps cultivé vous étouffe. »

Les chevaliers et les nobles labornoki présents rugirent de rire jusqu'à ce que le roi Voltrik lève une main. « Je me fie au puissant Orogastus, qui est mon Grand Ministre d'État, ainsi que le Sorcier de ma Cour. C'est lui qui a annoncé qu'une femme de la famille royale ruwendienne, et non pas quelque Insolite à la peau visqueuse, provoquerait le désastre de ma maison. Aussi faut-il que votre femme et que vos filles meurent, frère Krain, ainsi que vous. Mais si vous vous soumettez humblement et si vous me les livrez, alors votre mort et la leur seront douces, assenées d'un seul coup d'épée, et la vie de vos gens qui jureront fidélité au Labornok sera épargnée. »

Krain redressa son menton meurtri. « Je ne me soumettrai pas et je ne vous livrerai pas mes femmes. »

Voltrik leva très haut la couronne du Ruwenda, puis la broya entre ses mains gantées de métal et la laissa tomber devant le Roi agenouillé. « Savez-vous le destin qui attend votre famille si vous ne capitulez pas devant moi ? Et celui de vos chevaliers ici enchaînés ? »

Krain ne répondit pas.

Le front taillé à coups de serpe de Voltrik s'assombrit de colère et ses doigts tambourinèrent impatiemment l'une de ses cuisses dorées et brillantes. Comme le roi du Ruwenda restait obstinément silencieux, il ordonna : « Allez me chercher quatre montures de bataille ! »

L'un des capitaines labornoki se hâta d'obéir.

Un murmure d'horreur s'éleva parmi les prisonniers et l'écuyer Barnipo blêmit de peur et se tordit sous la poigne de son ravisseur.

« Ah, ah ! » Le général Hamil éclata de rire. « Ce jeune poltron a bien compris quel genre de mort attend ceux qui se moquent du Labornok. Regardez ! son armure est intacte, c'est sans aucun doute un lâche. Ce serait une bonne chose s'il participait le premier à cette petite démonstration du juste châtiment de Votre Majesté.

– Non ! non ! hurla Barnipo. Que Dieu et les Seigneurs de l'Air aient pitié de moi ! » Il se débattit frénétiquement jusqu'à ce que Lord Osorkon, à l'armure noire, le frappe au visage de son poing nu, après quoi le jeune garçon se contenta de pleurer et de gémir.

A ce moment, le capitaine et les quatre valets d'écurie revinrent dans la spacieuse salle du trône, menant quatre grands fronials de guerre, encore sellés et caparaçonnés. Les yeux rouges de ces animaux roulaient furieusement dans leurs orbites ; ils rejetaient en arrière leurs ramures dorées, s'ébrouaient, caracolaient, et leurs sabots fourchus, ferrés de métal, sonnaient sur le sol de marbre.

« Non! cria Barnipo.

– Si », dit tranquillement le roi Voltrik. Ses yeux croisèrent ceux de Krain. « Je vais vous montrer, royal frère, le destin qui vous attend, vous et les vôtres, si vous continuez à me défier. » Et au capitaine : « Prenez le poltron et attachez-lui les membres aux pommeaux des selles, puis fouettez les bêtes afin qu'elles s'éloignent les unes des autres et qu'il soit bel et bien écartelé. »

Barnipo poussa un hurlement de désespoir et se tordit dans les bras d'Osorkon; les chevaliers ruwendiens répandirent des malédictions sur la tête de Voltrik jusqu'à ce qu'on appuie un poignard sur leur gorge pour les faire taire.

« Laissez vivre ce pauvre garçon, dit le roi Krain, et infligez-moi plutôt cette mort.

– Si vous nous révélez l'endroit où sont cachées votre femme et vos filles, nous le relâcherons, intervint le sorcier Orogastus, et au lieu d'être ignominieusement déchiré, vous recevrez de nous une mort honorable.

– Non.

– Sire? » demanda le général Hamil à Voltrik.

Le roi du Labornok se dressa sur ses pieds. Sa cape cramoisie tourbillonna autour de lui et se refléta crûment sur son armure dorée. « Roi du Ruwenda, vous avez choisi votre mort. Attachez-le bien serré aux animaux.

– Sire! Sire! sanglota le jeune homme. Non, moi, plutôt! Pardonnez-moi ma lâcheté!

– Je te pardonne de tout mon cœur, Barni. »

Les valets s'emparèrent du Roi, lui ôtèrent son armure et le couchèrent sur le dos, au milieu de la vaste salle du trône. Quand ils commencèrent à le ligoter avec des lanières de cuir brut, le sang coula de ses blessures, qui se rouvrirent, et forma bientôt sous lui une mare. Pendant toute l'opération, en dépit des hurlements furieux des Ruwendiens captifs et des balbutiements de repentir de l'écuyer Barnipo, Krain garda une contenance imperturbable. Il fallut trois hommes pour tenir chacune des quatre grandes montures de combat antilopinées qui, excitées, se dressaient sur leurs pattes de derrière et poussaient des cris aigus; quand tout fut prêt, le capitaine se mit au garde-à-vous et attendit le commandement de Voltrik.

Mais Orogastus était en train de chuchoter quelque chose à l'oreille de son Roi, qui hocha la tête et fit signe à Lord Osorkon de lui amener l'écuyer, au bord de l'évanouissement.

« Mon garçon, dit le Sorcier en fixant le pauvre Barnipo terrifié de son regard pénétrant, tu as le pouvoir d'épargner à ton suzerain cette mort hideuse. Et de sauver également ta propre peau, ainsi que celle des autres prisonniers. »

Barnipo put à peine murmurer. « Moi, Monseigneur?

– Toi », confirma Orogastus.

De tous les envahisseurs, seul le Sorcier n'était pas revêtu d'une armure; il portait une simple robe blanche recouverte d'une cape noire à capuchon. Une chaîne de platine pendait à son cou, portant un lourd médaillon où était gravée une étoile aux nombreux rayons. Il repoussa son capuchon pour dévoiler ses traits, beaux et sans rides, bien que sa longue chevelure fût aussi blanche que neige. Son visage avait une expression bénigne tandis qu'il s'adressait à l'écuyer.

« Écoute-moi attentivement, mon garçon. Fais ce que je te dis et tu peux encore sauver la vie de la Reine et des trois Princesses. Je t'avoue que je suis stupéfait de voir le courage du roi Krain et j'estime qu'il prouve que mon gracieux souverain devrait tout de même épouser ta princesse Haramis, car la fille hérite forcément des vertus de son père et les transmet à ses fils.

– Vraiment, Monseigneur ? » Un espoir délirant éclaira le visage de l'écuyer.

« Vraiment. Et afin que la princesse Haramis puisse accepter ces fiançailles de bon cœur, j'ai conseillé à Sa Majesté d'épargner la vie de toutes les femmes de la famille royale ruwendienne. Pour réaliser cette heureuse fin, il te suffit de nous dire où elles sont cachées. »

Les regards du garçon voletèrent du Sorcier au Roi; il hésitait. « Vous épargnerez aussi ma vie ?

– Par ma Couronne, dit Voltrik en touchant celle qui surmontait son effroyable heaume, tu vivras. Mais ne tarde pas car les fronials s'énervent.

– Et notre Roi ?

– Il doit mourir, dit Orogastus, car telle est notre loi. Mais tu peux lui assurer une fin rapide et indolore. Si tu parles. »

Des larmes coulèrent sur les joues du garçon. « Sur votre honneur ?

– Je le jure par les Seigneurs de l'Air », dit Orogastus.

Barnipo respira à fond. « Alors... elles sont cachées dans un retraite secrète, sous le sol de la chapelle du grand donjon; on y parvient par un passage dissimulé dans la galerie du chœur, qui s'ouvre lorsqu'on presse la bosse centrale du grand trillium gravé sur le mur. Elles sont gardées par Lord Manoparo et quatre Compagnons Jurés. »

Les yeux du Sorcier étincelèrent. « Ah! »

Le roi Voltrik et le général Hamil répétèrent « Ah! »

– Vous avez promis de ne pas leur faire de mal! » Le visage plein de larmes du garçon s'empourpra et ses lèvres tremblèrent. « Par les Seigneurs de l'Air...

– Un serment redoutable, dit nonchalamment Orogastus, pour ceux qui croient à de telles chimères.

– Mais vous avez juré aussi! » Barnipo se tourna frénétiquement vers le Roi.

« D'épargner ta méprisable vie, et je le ferai, afin que tu puisses nettoyer nos fosses d'aisance durant le reste de tes misérables jours. » Et il gifla durement de son gantelet de métal le jeune homme horrifié qui s'effondra, tomba de l'estrade et demeura comme mort.

« Mon Roi, dit le général Hamil, je vais rassembler des soldats pour aller quérir la putain royale et ses trois morveuses.

– Non. Mon fils et moi commanderons cette escouade. Occupez-vous de la lie ruwendienne rassemblée ici... et de leur chef incapable. »

Faisant signe au prince Antar de le suivre, Voltrik s'éloigna à grands pas de l'estrade. Il rassembla une troupe de vingt chevaliers et tous partirent pour le grand escalier en spirale qui montait à la chapelle.

Hamil, les poings sur ses hanches recouvertes de mailles métalliques, embrassa du regard la salle du trône avec sa foule de Labornoki et leurs prisonniers alignés le long des murs. Au centre, le roi Krain était toujours couché et ligoté aux fronials de guerre, qui ne cessaient de broncher.

« Se débarrasser de prisonniers enchaînés, cela n'a rien d'excitant, fit remarquer Hamil à Osorkon, et cette journée a été épuisante. Amusons-nous d'abord un peu. » Puis il cria : « Soldats! A vos fouets! »

Pendant l'horrible scène qui s'ensuivit, Barnipo se remit rapidement de son évanouissement simulé, se glissa sans qu'on le vît hors de la salle et gravit en courant un escalier de service afin d'avertir la Reine et les Princesses du péril qu'elles couraient.

# II

Barni courait si vite que le souffle lui manquait. Un point de côté, douloureux comme un coup de couteau, lui labourait le flanc et la gifle du roi Voltrik lui avait donné un tel mal de tête qu'il voyait presque double. Tandis qu'il gravissait en chancelant le petit escalier étroit menant à la galerie du chœur, il entendit au loin le martèlement régulier de pieds chaussés de fer et la voix d'un ennemi crier : « Par là ! »

La chapelle était faiblement éclairée par quelques lampes votives et il n'y avait aucune lumière dans l'escalier. Tout changea brusquement lorsque le roi Voltrik et ses chevaliers porteurs de torches franchirent en courant le portail central et s'entassèrent dans le narthex.

Presque arrivé sur le palier, l'écuyer pris de panique trébucha et tomba en se cognant la tête. Ses forces l'abandonnèrent et il crut qu'une fois de plus il allait manquer à ses devoirs. « Dame Blanche ! dit-il en sanglotant. Viens à mon secours. Viens en aide à notre pauvre Reine et à nos Princesses. »

Un air frais remplit ses poumons congestionnés et sa vision s'éclaircit. Il avait toujours affreusement mal à la tête mais put repartir. Comme un worram aux mille pattes plus que comme un homme, il gravit en rampant le reste des marches et, sur les lattes pleines d'échardes, se traîna jusqu'au mur, derrière les stalles du chœur. Il y avait là une pierre dressée, avec un panneau sculpté et peint représentant le sceau royal du Ruwenda, un grand Trillium Noir héraldique sur champ d'azur, avec un bossage doré en son centre.

Barni rampa vers elle et appuya des deux mains sur le bossage. Aussitôt la pierre carrée pivota, révélant une ouverture dans laquelle un homme ne pouvait s'engager qu'avec difficulté. L'écuyer venait à peine de refermer le panneau derrière lui que Lord Manoparo à la barbe grise et deux autres chevaliers ruwendiens, Korban et Wederal, sortant de la cachette éclairée, se précipitèrent dans le passage secret, les armes à la main.

« Non! Non! Ce n'est que moi! » cria l'écuyer d'une voix rauque, en se redressant sur les genoux.

« Par la Fleur! C'est le jeune Barni! » Manoparo remit son épée au fourreau et aida le jeune homme à se relever. « Alors, mon garçon...

– Vite! Si vous voulez sauver nos dames, verrouillez la porte et brisez son mécanisme afin que l'ennemi ne puisse pas entrer! »

Korban et Wederal se hâtèrent, en jurant, de tirer quatre grands verrous d'acier et de réduire en morceaux, avec leurs épées, le mécanisme en bois du panneau secret. A peine avaient-ils terminé que les ennemis se mirent à frapper dessus de toutes leurs forces en poussant des cris martiaux. Puis, fait plus inquiétant encore, le martèlement cessa.

« Ils sont partis chercher un bélier, dit Wederal.

– Le Sorcier, plutôt! répliqua sèchement Manoparo. Retournons dans la cachette. »

Ils entraînèrent l'écuyer avec eux dans la pièce secrète d'environ sept ells carrés, équipée pour soutenir un siège grâce à sa lourde porte en bois de gonda, sanglée de fer et barrée par trois gros madriers. D'anciennes tapisseries recouvraient les murs; d'épais tapis et des lits rudimentaires étaient éparpillés sur le sol. Il n'y avait pas de fenêtres, seulement deux meurtrières très élevées et si étroites qu'on pouvait à peine y passer le doigt. La Reine, gardée par Lord Jalindo, le quatrième chevalier, était assise sur un tabouret, devant une petite table. Des caisses d'aliments et des tonnelets d'eau et de vin s'entassaient de chaque côté d'une minuscule cheminée, guère plus grande qu'un brasero. Un chandelier de métal argenté, tout bosselé, et des candélabres fixés au mur procuraient une lumière capricieuse.

Lord Manoparo s'inclina devant la Reine, pâle et calme, et devant ses trois filles blotties dans ses jupes. Elle portait la grande couronne de platine, étincelante d'émeraudes et de rubis, surmontée par un diamant soleil avec, en son centre, une goutte d'ambre aussi grosse qu'un œuf. Au cœur de l'ambre, il y avait un Trillium Noir fossilisé, grand comme l'ongle du pouce.

« Ma Reine, l'ennemi a découvert notre retraite. » Manoparo montra du doigt Barnipo affaissé. « Cet écuyer est venu nous avertir et nous n'avons pu que bloquer l'issue le mieux possible. Mais ils vont sûrement faire monter le Sorcier qui va briser les portes avec sa magie noire et en finir avec nous. »

La petite princesse Anigel poussa un cri de terreur, déchirant, et aurait eu une crise de nerfs si sa sœur Kadiya ne l'avait aussitôt giflée en lui ordonnant de se taire. Haramis prit la jeune fille en pleurs dans ses bras tandis que la Reine questionnait Barnipo.

« Et mon royal époux ? »

L'écuyer tomba à genoux, ses joues sales ruisselantes de larmes. « Ô ma Dame, il est mort et notre pauvre Ruwenda est perdu. »

Les quatre chevaliers gémirent et les Princesses poussèrent un cri d'horreur. La reine Kalanthe se contenta de pencher la tête et demanda : « Comment mon Seigneur a-t-il succombé ?

– Hélas! cria le jeune homme. Que Dieu et les Seigneurs de l'Air me pardonnent, car tout est ma faute. » Et il continua de se s'accuser jusqu'à ce que Lord Jalindo lui pose la main sur l'épaule.

« Allons. Tu n'as pas encore quinze ans et aucun de nous ne croira qu'un garçon de cet âge puisse ourdir la mort des rois. Dis-nous simplement ce qui s'est passé. »

Ainsi fit Barni. Et quand il relata quelle mort ignominieuse avait souffert le roi Krain, la princesse Anigel s'évanouit dans les bras de sa sœur Haramis et la princesse Kadiya s'exclama d'une voix entrecoupée : « Ils vont le payer! » Mais la Reine, tenant sur ses genoux la tête trempée de sueur et de sang de l'écuyer du Roi, qui pleurait comme si son cœur allait se briser, demeura silencieuse, les yeux fixés sur la porte barrée.

« Ce n'est pas ta faute, pauvre Barni, finit-elle par dire. Cet immonde Orogastus t'a trompé. Personne ne te jette la pierre. Les responsables, ce sont le Sorcier et le roi Voltrik, ainsi que ce monstre d'Hamil qui a donné l'ordre d'écarteler mon bien-aimé.

– Ils le paieront », murmura Kadiya, mais personne ne l'entendit, sauf Haramis.

Brusquement retentit une grande détonation. Les chevaliers tirèrent leur épée et se placèrent entre les femmes et la porte. La Reine sauta sur ses pieds, laissant l'écuyer glisser sur le tapis.

« Une femme de notre maison, dit Kalanthe, les yeux brillants de résolution. C'est ce que craint ce diabolique Voltrik! Alors cette prophétie n'est pas une simple histoire d'Insolites, puisqu'elle est confirmée par le devin labornoki! »

Elle se tourna vers ses filles. Anigel avait repris conscience et les trois paires d'yeux étaient fixées sur leur mère. « La chute du Labornok sera accomplie par une femme de notre maison. *Vous vivrez, mes filles...* et vous prouverez la véracité de la prophétie. »

Maintenant, l'ennemi s'attaquait avec des haches et des gourdins à la porte même du refuge. Orogastus ne pouvait pas se servir des éclairs magiques dans un espace aussi confiné, par peur de faire tomber les murs sur les assaillants. La reine Kalanthe souleva l'une des tapisseries, brodées dans une étoffe antique, que l'on trouvait en certains lieux de la Citadelle; c'était un vestige de ceux qui avaient érigé l'imposant édifice et inspiré aux hommes qui l'habitaient depuis huit cents ans un effroi mêlé d'admiration. Le tissu était gris, mais lorsque la Reine l'écarta, il devint bleu et des ombres le parcoururent; pourtant personne n'arrivait jamais à distinguer ce qu'elles représentaient.

Derrière cette merveilleuse tenture était dissimulé un minuscule cabinet, juste assez grand pour un seul occupant, et qui contenait la chaise percée du repaire. Kalanthe ouvrit la petite porte et ordonna : « Allez, mes filles! »

Haramis obéit vite en entraînant Anigel dont le corps fragile était secoué de sanglots. A deux, on y était très à l'étroit et Kadiya tira son poignard en disant : « Il n'en est pas question : je reste avec vous, Mère...

– Entre! » ordonna la Reine d'une voix terrible qu'aucune de ses filles ne lui avait jamais entendue auparavant. Kadiya la regarda, bouche bée, et se hâta de pousser les deux autres à l'intérieur jusqu'à ce qu'il y ait assez de place pour elle, guère de place car il n'était plus possible de fermer la porte.

« Une dernière chose », dit la Reine; elle ôta la couronne et la déposa dans les mains que tendit Haramis. « Et maintenant priez, mes chéries; puissions-nous nous retrouver dans un monde plus heureux. »

Elle laissa retomber la tapisserie poussiereuse. Un petit interstice entre les tentures permit aux trois Princesses de voir ce qui se passa ensuite.

La porte en bois de gonda se fendait en éclats sous les coups des haches labornoki. Elles taillèrent le chambranle en pièces jusqu'à ce que les charnières qui tenaient les sangles métalliques cèdent et que les barres de bois s'effondrent; alors la mêlée finale commença.

Le prince Antar, revêtu d'une armure émaillée de bleu et d'un cimier ailé, fut parmi les premiers à franchir la porte brisée. Il engagea le combat avec Lord Manoparo et tous deux se portèrent, avec les épées qu'ils tenaient à deux mains, des coups qui résonnaient comme des cloches. Les autres chevaliers du Labornok se précipitèrent à sa suite et s'en prirent aux quatre autres Compagnons Jurés, tandis que le roi Voltrik et Orogastus restaient à l'écart. La Reine s'était retirée auprès de la cheminée, aussi loin que possible de l'endroit où étaient cachées ses filles, mais celles-ci la voyaient bien, tout comme la bataille rangée qui se déroulait dans la pièce.

Lord Manoparo porta un coup puissant sur l'armet ailé d'Antar, rompant son laçage et le faisant tomber de la tête du Prince. Chose curieuse, son visage n'était pas convulsé par la rage du combat, mais plein d'inquiétude. Néanmoins, Antar combattait avec art et, profitant d'un moment où Lord Mano dégageait le fer, il leva son énorme épée au-dessus de sa tête et l'abattit avec tant de force qu'il fendit en deux le heaume et la tête du Ruwendien.

Puis Korban et Wederal s'écroulèrent, mortellement blessés, et seul Lord Jalindo continua à se défendre jusqu'à ce qu'il succombe aux attaques de tous les Labornoki réunis. Quand s'écroula le dernier Compagnon Juré, les vainqueurs se mirent à tailler en pièces son corps et ceux de ses compagnons.

Ô l'horreur de cette scène! Les yeux de la princesse Kadiya étaient brûlants et, pleine de rage impuissante, les lèvres retroussées sur les dents, elle grondait en silence, comme peut le faire un petit de lothok que l'on détache du sein de sa mère morte en vue de l'apprivoiser. Les misérables barbares prenaient plaisir à démembrer les Ruwendiens abattus et se moquaient des cris des mourants. Kadiya allait succomber au désir qu'elle avait de jaillir de leur cachette et de les venger. Ecrasée entre ses sœurs, étreignant sa lame, tous les muscles tendus, prête à...

« Reste là! chuchota Haramis. Par la Fleur, ne bouge pas! Tu veux notre mort à toutes? »

Anigel avait sorti de son corsage l'amulette du trillium suspendue à sa chaîne et la pressait contre ses lèvres. « Prie la Dame Blanche, gardienne de notre pays!

– Prie pour que ces brutes diaboliques ne nous découvrent pas, murmura Haramis en tenant à la main sa propre amulette.

– Prie pour que quelqu'un vienne nous sauver », l'exhorta Anigel.

Frissonnante de peur et de rage, Kadiya laissa tout de même ses doigts relâcher leur prise sur la poignée de sa dague. Presque involontairement, sa main remonta vers l'encolure de son pourpoint. L'amulette était là, sous la chemise de soie, chaude contre son cœur palpitant.

« Je prie, chuchota-t-elle, pour que ce soit moi qui fasse payer de leur sang tous les forfaits que Voltrik, Antar et le général Hamil ont commis en ce jour!

– Prie aussi pour que tu te domines, dit Haramis, car ton imprudente vaillance nous perdra. Et, que la peste t'étouffe, cesse de gigoter ou nous allons tomber toutes les trois aux pieds de Voltrik!

– Chut, chut! Ils vont nous entendre », supplia Anigel. L'effroyable boucherie avait pris fin et les rires des chevaliers s'étaient éteints; le roi Voltrik parlait.

Contre sa volonté, Kadiya formula en silence une nouvelle prière afin de garder la maîtrise d'elle-même. La colère brûlait toujours en son sein, mais lentement elle l'étouffa, comme on couvre les braises d'un feu de camp afin que les flammes puissent être à nouveau ranimées quand l'heure favorable viendra.

« Regarde! chuchota Anigel d'une voix que la terreur rendait presque inaudible. Notre mère! »

Le roi Voltrik questionnait la Reine sur l'endroit où se trouvaient les Princesses. L'air était étouffant dans le repaire enfumé;

les bougies des appliques murales fumaient et quelques-uns des petits tapis, sur lesquels était tombé le grand candélabre, se consumaient. Le Roi avait ôté son heaume et ses gantelets, et à voir la féroce grimace qui assombrissait son expression, il était évident que la reine Kalanthe lui tenait tête.

L'écuyer échevelé et hébété toujours accroupi à ses pieds, elle se redressa et déclara : « Je ne vous dirai jamais où sont mes filles.

– Orogastus, forcez-la à parler! beugla Voltrik. Ou servez-vous de votre clairvoyance pour découvrir la marmaille royale.

– Je ne peux pas briser sa volonté, mon Roi, répliqua le Sorcier. Elle ne craint plus rien. Et je ne peux pas découvrir où elles sont cachées, pas plus que je ne pouvais le faire dans la salle du trône. Cette antique Citadelle est sans doute imprégnée de quelque enchantement mystérieux qui gêne ma Double Vue. Je possède un mécanisme magique qui, quels que soient les obstacles, accomplirait cette tâche, mais il est encombrant et excessivement lourd; on ne peut pas le faire venir de mon aire, sur le mont Brom.

– Alors, il faut utiliser d'autres moyens pour délier la langue de cette dame. » Voltrik s'avança lentement l'épée à la main vers la Reine, et la prit par le poignet droit.

« Cela suffit, putain royale! Tu vas me dire rapidement où sont tes filles ou je te tranche la main. Et si tu continues à te taire, je te couperai l'autre et m'attaquerai à ton pied, puis à tous tes membres, un par un, jusqu'à ce que tu me donnes une réponse, car ainsi fait le Labornok face à l'insolence de ses ennemis.

– Sire! s'exclama le prince Antar, frappé d'horreur. C'est une reine et cette punition-là est réservée aux esclaves rebelles...

– Silence! » tonna Voltrik. Un murmure courut parmi les autres hommes, qui s'éteignit lorsque le Roi leva son bras armé. « Parleras-tu, femme? »

Alors, une chose survint si rapidement que les chevaliers et le Prince, pourtant attentifs, ne purent l'empêcher, mais les Princesses virent tout dans les moindres détails. Barnipo, l'écuyer à demi évanoui, stimulé par ces menaces, bondit sur le roi Voltrik comme un fédok en maraude sur sa proie de basse-cour. Dépourvu d'arme, il enfonça ses dents dans la main gauche du Roi, celle qui tenait la Reine.

Voltrik poussa un rugissement de colère et recula, le garçon toujours agrippé à lui. Le Roi frappait dans tous les sens avec sa grande épée et, par malchance, entailla la Reine à la gorge; elle s'affaissa en déversant sa vie avec son sang sur le foyer. Tous les chevaliers labornoki se mirent à hurler et à porter des bottes sur le gamin, qui ne lâchait pas... mais avec retenue, de peur que le monarque battant l'air de son arme ne les frappe. Barnipo percé d'une douzaine de coups finit par tomber, riant dans sa douleur, jusqu'à ce que le Roi lui-même tranche la tête du brave enfant.

Alors, Voltrik donna libre cours à sa terrible colère en jurant si vilement que même ses suppôts sursautèrent, parce que la reine Kalanthe en mourant échappait à sa volonté et que les trois Princesses étaient encore en liberté.

« Qu'allons-nous faire ? demanda le prince Antar.

– Elles n'ont pas pu aller loin, dit Orogastus. Elles ont dû rester avec leur mère jusqu'à ce que ce petit morveux de basse extraction (et il donna un coup de pied au cadavre) vienne les avertir en empruntant un raccourci. Il faut fouiller tout le donjon. »

Voltrik se força à retrouver son calme. « Orogastus a raison. Toi, Milotis, emmène ces chevaliers et commence immédiatement à fouiller la chapelle et ses environs. N'oublie pas qu'il peut y avoir des passages secrets et des escaliers dans les murs ! Après cela, cherche dans la Grande Tour, au-dessus de nous. Antar et Orogastus, suivez-moi. Nous allons réveiller le reste de nos compagnons et mettre cette demeure sens dessus dessous du parapet le plus élevé au cachot le plus profond. »

Puis le Roi se mit à lancer des malédictions contre l'âme de Barnipo qui avait arraché un bon morceau de chair de sa main maintenant très endolorie. Orogastus entreprit de bander sa blessure en lui disant qu'il devrait s'en occuper soigneusement, les morsures humaines provoquant de dangereuses infections.

« Puisse le membre se putréfier, chuchota sauvagement Kadiya, et le sang empoisonné monter au cœur, déjà pourri, de Voltrik.

– Et puissent les Seigneurs de l'Air emporter le pauvre Barni jusqu'aux cieux, souffla Haramis, car son acte de bravoure a sauvé notre mère de la torture et nous a laissé un peu de temps pour sauver nos vies. »

Le Roi, son fils et le Sorcier sortirent ; après une courte fouille du couloir en cul-de-sac qui prolongeait la salle, Lord Milotis et ses hommes se retirèrent aussi pour visiter minutieusement la galerie du chœur. Ils donnèrent des coups dans les murs, crièrent et renversèrent les bancs durant quelques minutes, puis descendirent l'escalier pour inspecter la chapelle.

« Je pense que nous pouvons sortir sans risque », dit Kadiya.

Elles se glissèrent hors de la garde-robe, les membres raides et tremblants, et se retrouvèrent sur les lieux de la terrible scène de dévastation. La réalité pleine et entière de leur situation les frappa alors comme un jet d'eau glacé. Anigel s'accrocha à la main d'Haramis et se mordit la lèvre inférieure jusqu'à faire couler un filet de sang sur son menton. Kadiya enjamba les cadavres emmêlés pour rejoindre la Reine étendue à terre.

« Elle a l'air en paix, s'émerveilla la jeune fille. Ses yeux sont fermés et son visage est empreint de douceur. » Elle prit une cape de soie noire que quelqu'un avait laissé tomber et allait en recouvrir le corps de sa mère lorsque Haramis s'écria : « Idiote ! Et si l'un d'eux revenait et découvrait ce changement ? »

Chagrinée, Kadiya reconnut : « Tu es plus sage que moi.
– Donne-moi la cape, poursuivit Haramis, afin que j'enveloppe la Couronne dedans. Je vais l'emporter – bien qu'il y ait peu de chance que je puisse jamais la porter. »

Anigel poussa un petit cri de peur étouffé. Ses yeux de saphir agrandis, elle montra du doigt, sans un mot, l'un des coins de la pièce. Il n'y avait là aucun cadavre, et pourtant une pile de coussins bougeait.

« Reculez », ordonna Kadiya en tirant son poignard et elle s'avança. Un par un, elle piqua les oreillers de la pointe de sa lame et les rejeta sur le côté jusqu'à ce qu'apparaisse le tapis, relevé comme une tente, et qui continuait à se soulever.

« Par la Fleur, une trappe ! s'exclama Haramis. Vite, Kadi, écarte le tapis.
– Oh, faites attention, s'écria Anigel. C'est peut-être l'ennemi !
– Ennemi ennemi ennemi, vraiment ! cria une petite voix grognon. Soyez plus énergique, ma fille, ou ils vont nous couper la retraite. »

Les trois Princesses restèrent bouche bée, et quand Kadiya découvrit la trappe, une créature femelle de petite stature, proprement revêtue d'une robe de futaine, d'un châle vert tressé et d'un tablier de cuir, apparut dans l'ouverture. Son visage jaunâtre était large, ainsi que sa bouche, et ses beaux yeux d'or ressortaient d'une manière qui n'avait rien d'humain au-dessus des fentes de ses deux minuscules narines. D'étroites oreilles pointues ornées de colifichets argentés jaillissaient des plis de sa coiffe de linon. Ses larges mains comportant deux doigts et un pouce opposable étaient tachées et balafrées par les nombreuses années passées à mélanger d'étranges mixtures.

« Immu ! s'écria Anigel soulagée et transportée de joie. Très chère Immu, tu es venue nous sauver. Nous pensions que tu avais fui avec les autres Insolites...
– Fui fui fui ! Quelle ineptie ! » Immu se hissa dans la pièce, puis montra le trou d'un geste théâtral. « Descendez-moi cette échelle pendant que je cherche un moyen de cacher la trappe derrière nous. »

Haramis et Anigel retroussèrent leurs longues jupes et suivirent maladroitement Kadiya qui dégringolait, agile comme un vart des bois. En bas, dans le grossier couloir voûté, elles eurent une autre surprise.

« Uzun ! s'exclama Haramis. Et Jagun aussi ! »

Deux autres petites silhouettes, portant des lanternes où étaient enfermés des vers luisants, les attendaient. C'étaient des mâles de la race nyssomu. Jagun portait une casquette et un costume de chasseur marron en peau de fédok, coupés comme ceux de Kadiya, tandis qu'Uzun, le musicien, arborait son habituel sarrau brodé en velours marron. Les toiles de lingit, noires et collantes, du passage secret avaient maculé son béret de brocart doré.

Kadiya serra son petit mentor dans ses bras. « Tu ne nous as pas abandonnées, Jagun!

– Abandonnées? Abandonnées? » Le Maître des Animaux était indigné. « Nous nous sommes simplement cachés, chose prudente à faire. Seuls vous, les humains, êtes assez stupides pour rester là comme des togars hypnotisés par le clair de lune, à regarder la mort s'avancer sur la chaussée jusque devant votre porte!

– L'honneur exigeait que l'on défende la Citadelle, répliqua Kadiya avec feu.

– Eh bien, vous voyez ce que votre honneur vous a rapporté, dit Uzun, le musicien. Si seulement vous étiez parties dans le Bourbier Dédaléen, pour rejoindre nos gens à Trévista, nous aurions pu vous guider.

– Et alors? demanda Kadiya.

– Et puis... » Le Maître des Animaux haussa ses épaules étroites. « Vous auriez pu vivre avec nous.

– Mais c'est ici, notre foyer, protesta gentiment Anigel.

– Maintenant, c'est le leur », dit Immu d'un ton brusque. Elle avait fini son camouflage et, redescendant rapidement l'échelle, ramassa sa propre lanterne. « Et ils ont décidé de vous exterminer. Nous aussi, s'ils nous attrapent.

– Mais vous êtes revenus quand même pour nous sauver », dit Anigel avec douceur. Elle n'avait pas cessé de tenir l'amulette du trillium. « La Dame Blanche a entendu nos prières.

– C'est exact. » Uzun esquissa un signe mystique à trois lobes au-dessus de sa tête, en signe de vénération. « Ma propre maîtrise de notre magie est bien faible, comme vous le savez, chères Princesses. Je suis plus doué pour la harpe et le flûtiau! Mais hier, j'ai fait la divination par l'eau, dans l'espoir qu'elle dirait à trois Nyssomus comme nous si notre destinée était liée à celle de l'humanité que nous avons servie si longtemps, ou à celle de notre Peuple. Et l'Archimage a parlé.

– l'Archimage! s'exclama Haramis. C'est l'un des noms de la Dame Blanche.

– Dame dame dame! la réprimanda Immu. Chut, enfant, et laissez Uzun s'expliquer, car nous devons partir incessamment. »

Haramis baissa la tête. « Continue, ami Uzun.

– La Dame Blanche s'appelle en réalité Binah. Archimage, c'est son titre, car il s'agit d'une enchanteresse, la plus puissante de toute la Péninsule.

– Ce *fut* la plus puissante, dit tristement Jagun. Elle est mourante, à cause de son très grand âge, et ses pouvoirs affaiblis ne pouvaient pas prévaloir contre ceux du terrible Orogastus.

– Elle nous a ordonné de vous amener chez elle, dit Uzun.

– Pourquoi? demanda Kadiya, d'un ton quelque peu acerbe. Si elle est mourante, elle ne peut pas nous aider et ce n'est pas le moment de faire des visites aux malades. »

A quoi Haramis ajouta : « A mon avis, nous ferions mieux d'aller à Trévista. Là, nous attendrons les Pluies d'Hiver, qui arriveront dans quelques semaines. Peut-être que, plus tard, nous pourrons nous déguiser et nous joindre à une caravane afin d'atteindre la côte où nous prendrons un navire pour Var. Le roi Fiodelon nous donnera sûrement asile. »

Uzun parla avec une dignité pleine de simplicité. « Je ne connais rien à cette ligne de conduite. L'Archimage nous a enjoint de vous amener chez elle – juste comme elle nous a ordonné à tous trois, il y a de nombreuses années, de servir dans ce château humain en vue du jour où l'on aurait grand besoin de tous les Peuples qui habitent le Bourbier Dédaléen.

– Et ce jour est venu, dit Immu, ou je suis un volumnial à queue annelée ! »

Elle pinça sa grande bouche et pencha la tête sur le côté, écoutant avec une vive attention ; ses longues oreilles sensibles pivotaient sous la lumière vivante de la lampe en faisant clignoter leurs ornements. « Ils ont quitté la chapelle, finit-elle par dire. Mais au commandement du roi Voltrik d'autres hommes vont se répandre dans tout le donjon. Même les trois laquais du Sorcier que l'on appelle les Voix et qui fraient avec les Skriteks ! Il est temps de partir.

– Haramis, fille aînée du Roi, vous viendrez avec moi, dit Uzun. Jagun et Immu emmèneront vos sœurs par un autre chemin. C'est ce qu'a ordonné l'Archimage. »

Un moment, Haramis parut sur le point de refuser. Abandonner ses sœurs ? Sa main se posa sur son sein et ses doigts se refermèrent autour de l'amulette qu'elle n'avait jamais quittée depuis l'heure de sa naissance.

« Mais je ne peux pas les laisser ! Je suis l'aînée et l'héritière du trône ; je suis responsable d'elles. Et quand la situation l'exige, c'est toujours moi qui prends les décisions pour nous toutes.

– Hara, fais ce qu'il dit, la supplia Anigel. Aie confiance en la Dame Blanche.

– Je n'aime pas cela, mes chères sœurs », intervint Kadiya. Son front hâlé se plissait et ses cheveux, roux comme ceux de la Reine, s'échappaient, hérissés, de ce qui avait été des nattes soigneusement tressées. « Si nous restons ensemble, ma lame nous assure une mesure de protection. Je sacrifierai joyeusement ma vie pour...

– Votre vie votre vie votre vie ! » Immu était exaspérée. « Pourquoi êtes-vous toujours aussi exaltée ? Et pourquoi Haramis doit-elle prendre les décisions ? Anigel n'est pas aussi courageuse que vous deux et pourtant elle montre une plus grande sagesse ! Dis-leur, Uzun ! Dis-leur les autres paroles de l'Archimage.

– Je m'abstenais pour ne pas vous peiner, admit le musicien d'un air penaud. Binah, l'Archimage, vous convoque parce que vous êtes mal préparées à suivre votre grande destinée. En réalité, vous ne la connaissez même pas. »

Haramis et Kadiya regimbèrent, mais Uzun continua. « Vous, les Pétales du Trillium Vivant, vous avez en vous, toutes les trois, de quoi sauver cette terre de la domination du roi Voltrik et d'Orogastus, mais vous ne pourrez réussir qu'à condition de corriger vos imperfections et vos faiblesses. L'Archimage vous dira comment. »

Anigel prit les mains de ses sœurs. « Hara... Kadi... je vous en prie ! »

Kadiya baissa ses féroces yeux bruns et hocha lentement la tête. Une seconde après, Haramis dit : « Bon.

– Par la Fleur, il était temps ! s'exclama Immu. Haramis, il faut suivre Uzun. Anigel et Kadiya, venez avec Jagun et moi. »

En disant cela, l'Insolite poussa Anigel dans l'étroit couloir poussiéreux et le chasseur la suivit en faisant avancer Kadiya à grand renfort de « pschtt », comme une fermière menant ses togars. En un instant, la lumière de leurs torches vivantes se perdit dans l'obscurité profonde.

« Il nous faut donc partir ensemble, dit Haramis au musicien. Mon vieil ami, j'espère que la Dame Blanche a renforcé ta piteuse magie, car les ritournelles de ta flûte, si jolies soient-elles, ne sauraient repousser les guerriers de Labornok ou leur sorcier, dompteur de foudre.

– Moi aussi, j'ai peur, Princesse, avoua Uzun. Mais je mets ma confiance dans l'Archimage, comme vous devez le faire. Et elle m'a ordonné de vous conduire au sommet de la Grande Tour du donjon. »

La consternation pâlit le visage de la jeune fille. Ainsi encadré par sa chevelure bleu-noir, dans cette obscurité, on aurait dit celui d'un spectre. « Nous serons acculés là-haut ! Ceux qui nous cherchent nous découvriront sûrement ! Oh, pourquoi n'ai-je pas écouté Kadi ?

– Venez », insista Uzun, et il partit en toute hâte avec la lanterne, si bien qu'Haramis n'eut d'autre choix que de le suivre.

# III

Kadiya, Anigel et les deux Insolites fuyaient dans d'étroits et sombres passages entre les murs de pierre du donjon de la Citadelle, franchissant parfois d'autres portes secrètes au mécanisme encrassé par la poussière des âges. Pour finir, après avoir descendu un escalier fort raide, ils atteignirent un couloir où se trouvait un judas donnant sur la salle du trône.

Jagun regarda dans la pièce maintenant silencieuse et sans vie. Puis ce fut le tour d'Immu, et enfin celui de la princesse Kadiya qui poussa, tout bas, un cri de douleur et frappa de ses petits poings le mur de pierre en pleurant silencieusement.

Tous supplièrent la princesse Anigel de ne pas regarder, craignant qu'elle ne s'évanouisse devant l'effroyable vision, mais elle refusa de bouger jusqu'à ce que Jagun lui fasse place. Elle mit son œil au niveau de la fente et vit alors les restes mutilés du roi Krain et des Compagnons Jurés; cependant, au grand étonnement des autres, elle ne recula pas, elle ne pleura pas, mais se contenta de fermer les yeux et de serrer très fort son amulette.

Au bout d'un moment, elle poussa un soupir entrecoupé et demanda : « Immu, tu es âgée et sage. Dis-moi pourquoi les Labornoki ont fait cela, alors que notre père et ses chevaliers étaient déjà en leur pouvoir et se rendaient ?

– C'est très dur à comprendre, pour des gens comme vous, mon enfant. Vous êtes douce et aimante, et vous n'avez connu durant votre vie qu'amour et bonté. Mais il y a des créatures à qui la cruauté procure une sombre émotion, un impétueux sentiment de pouvoir. Craintifs et médiocres, entourés d'êtres qui assouvissent sur eux leur férocité, tirant peu de bonheur de la vie, ils deviennent la proie du plus bas de tous les instincts – celui qu'assouvissent la destruction et la douleur des autres. L'homme cruel se sent élevé au-dessus de tous par ses actes. La mort des autres lui donne l'impression d'être plus vivant. Il défie le Créateur en détruisant la création. Il méprise l'amour et se livre à la haine, car elle seule enflamme son esprit froid et endormi. Il n'y a ni pitié, ni conscience affligée, ni remords dans sa méchanceté gratuite. Seulement une faim toujours croissante de cruauté, car il est impossible de combler ce type de désir. Les doux ne peuvent pas répondre gentiment sans courir un danger, parce que les méchants ignorent la nature de l'amour qu'ils confondent avec la faiblesse. Vous qui êtes une princesse douce et aimante, vous devez trouver une manière plus dure de les traiter.

– Oh, je ne pourrai pas, répondit Anigel, tremblante. Je ne pourrai jamais... pas même après cette terrible vision! »

La princesse Kadiya prit sa sœur dans ses bras. « Peu importe, Ani chérie. C'est moi qui veillerai à ce que ces brutes aient ce qu'elles méritent. »

Jagun lança l'ordre du départ et ils s'enfoncèrent toujours plus profondément dans les niveaux inférieurs de la Citadelle, jusqu'à ce que le passage secret aboutisse à un mur de briques récent qui formait cul-de-sac.

Anigel se mit à geindre de peur, mais Immu lui dit de se taire tandis que Jagun approchait sa lampe et faisait courir un doigt sur le mur, d'abord dans un sens, puis dans l'autre. Soudain une partie des briques pivota, la lumière des lampes ruissela dans l'ouverture et les jeunes filles, humant une odeur maltée qui leur était familière, comprirent où elles se trouvaient. Ils passèrent rapidement entre des rangées de barriques et de grands récipients de cuivre pleins de bière; c'était la brasserie de la Citadelle que dirigeait Immu, mais tous les travailleurs avaient fui en abandonnant l'immense cuve de moût et les feux qui s'étaient éteints.

Immu avait pris la tête et ils entrèrent dans l'entrepôt des céréales où les Insolites et les jeunes filles furent obligés de déplacer une amoncellement de sacs. Derrière, il y avait une porte en bois qui céda à contrecœur avec de grands craquements lorsque Jagun la força à l'aide d'un tisonnier. Elle donnait sur un escalier très raide taillé dans le roc, mouillé et glissant à cause de l'eau qui dégouttait des fissures du plafond. Ils le descendirent ; les parois miroitaient lorsque la lumière blafarde de la lanterne se reflétait sur des écoulements de boue grasse.

« Cette voie mène aux niveaux les plus profonds de la Citadelle, dit Jagun, aux cachots, aux oubliettes, aux citernes et aux égouts bâtis par les Disparus et que n'ont jamais vus des yeux ruwendiens. »

Dans les couloirs, ils avaient aperçu quelques lingits tisseuses de toiles, de minuscules créatures inoffensives qui se nourrissaient d'insectes domestiques. Mais au pied de l'escalier, ils arrivèrent dans une pièce au plafond bas d'où pendaient des stalactites ruisselantes de boue; entre elles vivaient des lingits beaucoup plus grosses et pourvues de vilaines dents, dont le corps atteignait les dimensions d'un fruit de ladu. Elles avaient tissé des toiles gluantes, pareilles à de grands draps noirs, aussi Jagun et Kadiya tirèrent-ils leurs poignards et se mirent-ils à déchirer celles qui entravaient leur marche. Anigel recula de dégoût tandis qu'Immu repoussait à coups de pied les tisseuses indignées qui couinaient et vagissaient, et mordaient les souliers et les bottes des intrus.

Une fois passé cet obstacle, ils dévalèrent une autre volée de marches grossièrement taillées et une odeur d'eau croupie les prit à la gorge. Ils atteignirent une grille rouillée, entrebâillée; derrière, il y avait un autre portail grand ouvert et, sur les murs, des porte-flambeaux vides et des patères portant des trousseaux de clefs, si attaqués par le vert-de gris que lorsque Kadiya tenta de les toucher, ils s'effritèrent en grumeaux verdâtres. Le sol était couvert de flaques et ils s'éclaboussèrent de boue en parcourant en toute hâte un couloir où l'obscurité s'éclairait, tout au bout, d'une lueur jaunâtre.

Ils entrèrent dans une grande pièce voûtée et les jeunes filles s'exclamèrent car il s'agissait d'une espèce de prison, avec des cellules tout autour, dont le sol, le plafond et les murs étaient zébrés d'une matière poisseuse et phosphorescente. De petites bêtes informes y rampaient lentement en laissant derrière elle des traînées luisantes.

« Ce sont des traîne-bave, dit Jahun. On en trouve aussi dans les étendues lointaines du Bourbier Brumeux.

– Oh! » s'écria Anigel. Horrifiée, elle montra du doigt l'une des cellules dont la porte s'était détachée du chambranle pourri; à l'intérieur, un squelette était encore enchaîné au mur par des fers rouillés. Ses orbites brillaient car des traîne-bave s'y étaient installés.

« Cet endroit lève le cœur. Regardez! Dans ce coin, il y a des instruments de torture rouillés. Et ces horribles choses visqueuses...! Elles rôdent dans tous les coins et recoins. Voyez, ce vieux seau en est tout grouillant. Oh! Il y en a une qui grimpe sur mon soulier! » Elle essaya en vain de s'en débarrasser en grattant son pied contre une plinthe de pierre; elle frissonnait de répulsion et finit par éclater en sanglots.

Immu vint à la rescousse de sa chère élève en embrochant habilement la limace avec le poignard qu'elle portait sous son tablier, et la rejeta d'une chiquenaude. Elle sortit un mouchoir propre et essuya le visage d'Anigel, taché de boue et de larmes, en murmurant des paroles de consolation.

« Combien de temps allons-nous continuer ainsi ? demanda Kadiya à Jagun. Les mules de ma pauvre sœur ne la protègent guère de l'humidité ; sa robe et son léger manteau sont trempés. Elle va attraper la mort.

– Des vêtements secs et chauds nous attendent, mais nous allons être encore plus mouillées avant de quitter cet endroit... *Écoutez !* »

Ils restèrent tous comme pétrifiés. Jagun arracha sa casquette de chasseur afin de donner libre jeu à ses grandes oreilles. Son visage devint semblable à un masque, la peau tendue sur les os, les yeux tels de resplendissants globes d'ambre, la large bouche entrouverte pour montrer des incisives en forme de crocs qu'habituellement les humains ne remarquaient pas ; ce qui rappelait que même les paisibles Nyssomus avaient été, en leur temps, des chasseurs équipés d'autres choses que de sarbacanes et d'épées.

Les jeunes filles n'entendaient que le clapotement des gouttes d'eau, mais Jagun dit : « Ils nous ont suivis ! Sans doute ont-ils découvert notre piste dans la brasserie. Vite ! »

Il se précipita vers une ouverture basse, à l'extrémité des cachots, qui permettait d'accéder à un autre escalier aussi raide que les autres. Il y avait une espèce de rampe, à hauteur de poitrine d'un Insolite, et c'était une bonne chose car les marches étaient diaboliquement glissantes. Les princesses ne la lâchèrent pas tout en dévalant les degrés, sans voir qu'elles laissaient derrière elles des traces de pas faiblement lumineuses qui, au fur et à mesure de leur descente, devenaient de moins en moins brillantes.

Les lanternes des Insolites, qui se balançaient follement, ne révélaient rien de ce qui les attendait tout au fond. Ils se retrouvèrent dans l'eau et la boue jusqu'aux chevilles au seuil d'une salle obscure pareille à une caverne, encombrée d'étranges machines rouillées et de tuyaux brisés plus épais que des troncs d'arbre, abritant de luisants traîne-bave et des volatiles plus grands qui, pris de peur à leur arrivée, s'envolèrent en hululant dans les ténèbres. Jagun les guida vers une plate-forme pavée, au centre de la pièce. Au milieu de ce cercle s'ouvrait un trou noir d'environ deux ells de circonférence, entouré d'une très petite margelle de pierre.

D'en haut leur parvint faiblement un bruit d'armures et de voix humaines. Anigel cria de peur. Jagun regarda dans le puits, puis ramassa une pierre et l'y lança. Il s'écoula un long moment avant que retentisse l'écho d'une éclaboussure.

« Bien ! s'exclama-t-il. Je craignais que la saison sèche ait drainé la grande citerne. Mais tout va bien. » Il fit signe à Kadiya. « Venez, mon brave chaton ! C'est l'ancien réservoir d'eau de la Citadelle, construit bien longtemps avant que l'édifice atteigne ses dimensions actuelles. Il est alimenté par un conduit aboutissant à la Mutar, au nord du tertre où se dresse notre capitale. L'Archimage a ordonné à mon frère Rapahun d'amener un bachot à l'ouverture secrète du conduit. Il ne nous reste plus qu'à sauter.

– Sauter ? » répéta Kadiya d'un ton incrédule.

Jagun fourra sa lanterne dans la besace attachée à sa ceinture. Elle ne craignait pas l'eau. « Je vais passer le premier et je vous aiderai à l'arrivée.

– Mais je ne sais pas nager! gémit Anigel.

– Nous autres savons, ma chérie, dit Immu pour l'encourager. Nous vous tiendrons la tête hors de l'eau. »

Le bruit des forces labornoki grandissait.

« Il n'y a pas de temps à perdre, dit Jagun. J'y vais! »

Avec un joyeux signe de la main, il franchit la margelle et disparut. On entendit un bruit d'éclaboussures et un appel caverneux : « Sautez! Tout va bien! »

Kadiya aspira à fond. « Puissent les Seigneurs de l'Air m'accorder du courage! »

Elle prit l'amulette du trillium, s'avança vers le bord du puits et sauta avant que la panique qui l'envahissait ne pétrifie ses muscles.

Elle tombait.

*Dame Blanche, à l'aide! Fais que j'atterrisse en douceur...*

Elle flottait.

*Qu'est-ce qui se passe ?* La peur de Kadiya fit place à la stupéfaction. Elle tenait toujours l'amulette bien serrée. Une légère brise semblait souffler d'en bas, dans les ténèbres, et la soutenir tandis qu'elle s'abîmait doucement dans les profondeurs. Plus bas, plus bas, encore plus bas... puis elle s'enfonça dans l'eau froide aussi aisément qu'un couteau dans un fourreau huilé. Elle se retrouva la tête hors de l'eau. La vigoureuse main non humaine de Jagun la remorqua jusqu'à ce qu'elle vienne buter contre des pierres coupées à angle droit.

« Il y a un étroit passage à pied sec, dit l'Insolite. Grimpez, et je vous passerai la lanterne. »

Mais elle n'obéit pas. Stupéfaite, accrochée au rebord, dégoulinante d'eau, elle chuchota dans l'obscurité : « Jagun... mon vieil ami... je ne suis pas tombée, j'ai flotté dans les airs comme la graine ailée du salith!

– Que dites-vous, enfant ? » La voix de l'Insolite, habituellement douce et timide, était devenue plus perçante.

« J'ai serré très fort mon amulette et prié en demandant d'atterrir en douceur, et j'ai été exaucée. Les Seigneurs de l'Airs en personne m'ont soutenue.

– Dieu Trin! C'est impossible!

– J'ai flotté, je te dis! Et j'ai doucement pénétré dans l'eau. »

Brusquement la lumière revint, car Jagun avait sorti sa lanterne qu'il posa sur le rebord de la citerne. Kadiya vit le petit être à côté d'elle, dans l'eau, ses grands yeux exorbités, son visage crispé, déchiré entre la consternation et l'inquiétude.

« La prophétie... mais ce n'est pas le moment! grogna-t-il. Le mystère attendra que vous soyez arrivées saines et sauves. » Il leva la tête et cria à la princesse Anigel de sauter; ses mots résonnèrent dans l'immense cavité sombre.

Là-haut dans la salle, Anigel entendit et, encouragée par Immu, s'avança vers le bord du trou.

« Sautez! l'exhorta la voix lointaine. Sautez, fille du Roi. N'ayez pas peur! »

Puis monta la voix de Kadiya, étrangement triomphante. « Saute, Ani! Tiens fort ton amulette et prie-la de te faire tomber lentement, *et tu seras exaucée*! L'amulette du trillium est magique et nous pouvons lui donner des ordres!

– Quoi? » Immu se pencha. « Princesse Kadiya? Est-ce vraiment arrivé?

– Oui, oui, chère Immu! Et dire que nous n'en savions rien!... Plonge, Ani, et fais confiance au cadeau de la Dame Blanche! »

Anigel serra les dents, empoigna le pendentif et commença à trembler si violemment que Immu craignit qu'elle n'ait une crise de nerfs. « Je ne peux pas! J'ai peur! Et si la magie ne marchait pas pour moi? »

Une lueur orangée jaillit faiblement de la cage de l'escalier. Le fracas métallique des armures et des armes se mêlait aux cris des hommes insultant les traîne-bave. Quelqu'un cria: « Prince Antar! Par ici! Suivons les empreintes qui luisent dans l'escalier! »

« Il faut sauter, supplia Immu. Ani chérie, ils vont bientôt nous tomber dessus. Là, prenez ma main, tenez votre amulette de l'autre, nous allons plonger ensemble. »

Mais la jeune fille fit un bond en arrière, les yeux agrandis de terreur. « Non! Non! »

La voix de Jagun s'éleva, caverneuse, des profondeurs. « Qu'est-ce que vous attendez, femmes stupides? Dépêchez-vous! Les chevaliers n'oseront pas vous suivre car ils couleraient sous le poids de leur armure. Sautez! Sautez! »

– La Princesse a peur et je ne peux pas l'abandonner, répondit Immu.

– Alors, pousse-la, tête sans cervelle! » hurla Jagun.

Immu se retourna vers la Princesse tremblante en levant sa lanterne, mais la jeune fille recula en secouant frénétiquement la tête; ses yeux roulaient dans leurs orbites et sa bouche grimaçait sous l'empire d'une peur démente. La petite Insolite saisit le poignet d'Anigel et la tira, mais la jeune fille résista. Toutes deux glissèrent et tombèrent de la plate-forme dans la gadoue où elles se débattirent et hurlèrent comme des Skriteks attaquant leur proie.

C'est ainsi que le prince Antar et ses hommes les découvrirent et s'en emparèrent.

Trempées et en larmes, Anigel et Immu furent remises de force sur leurs pieds. Elles restèrent ainsi, tête basse, entourées d'une douzaine d'hommes armés qui brandissaient des torches fumantes et lançaient des plaisanteries grossières. Mais le prince Antar, le visage tendu, dit : « Où sont les autres ? »

Immu lui tira une longue langue préhensile. L'un des chevaliers tira son épée du fourreau et l'aurait tuée si le Prince n'avait crié : « Non, Rinutar ! » L'homme recula en grommelant.

Antar tourna vers lui avec douceur la pauvre Anigel toute trempée et étudia son visage. Ses yeux devenus ternes et comme morts n'exprimaient rien. « Dame, se sont-elles jetées dans ce puits ?

– Oui. Elles se sont enfuies, répondit-elle d'une voix basse. Alors tuez-nous, mais souvenez-vous que ma sœur Kadiya détient une magie puissante et qu'un jour elle tirera vengeance de tous les méfaits que vous avez commis aujourd'hui. »

Les chevaliers s'exclamèrent puis posèrent des questions à la jeune fille, mais elle ne dit rien de plus.

« Puis-je les tuer, mon Prince ? demanda Lord Rinutar.

– Non. Il faudra les questionner afin d'apprendre quel genre d'enchantement – si c'en est un – s'oppose à notre domination du Ruwenda.

– Laissez-moi au moins cette salope d'Insolite, insista Rinutar en faisant jaillir son épée et un poignard étincelant. Si je m'amuse un peu avec elle sous les yeux de la Princesse, elle nous dira vite ce que nous voulons savoir.

– Oh, non ! Je vous en prie, non... » La voix d'Anigel se transforma en un gémissement et elle tomba sans connaissance dans l'eau boueuse.

Le Prince se pencha pour la relever et alors, tenant entre ses bras son corps si frêle, étudiant son visage blême à la lumière vacillante des torches, il se dit qu'il n'avait jamais vu une femme aussi belle malgré son triste état. Quel soulagement de ne pas être obligé de supporter, maintenant, la torture de la petite sorcière, et encore moins de massacrer la belle et faible créature dont la tête reposait contre sa poitrine bardée de fer.

« Nous n'avons plus rien à faire ici, dit-il. Il est clair que les autres nous ont échappé et qu'il est impossible de les suivre. Il faut abandonner cette piste et ramener les prisonnières à mon royal père. C'est lui qui décidera de leur sort. »

Les chevaliers acquiescèrent avec enthousiasme, car l'étrangeté surnaturelle de ces lieux leur avait fait perdre courage. Antar ordonna à son capitaine, Lord Owanon, de ligoter Immu et de la porter sur son épaule ; quant à lui, il fit de même pour la princesse Anigel. Et ils entamèrent lentement la longue remontée.

# IV

Haramis courait derrière le musicien de cour qui trottinait d'un pas inégal, et cette fuite éperdue lui apprenait sur son courage – ou plutôt sur son manque de courage – des choses qu'elle n'avait jamais soupçonnées.

Ils remontaient par des passages et des escaliers secrets, plus que jamais gênés par les toiles de lingits et suffoqués par la poussière, en des lieux que personne n'avait parcourus, au dire d'Uzun, depuis que les premiers Ruwendiens s'étaient emparés de la Citadelle. La voie secrète prit fin et ils se retrouvèrent à l'extérieur, obligés de gravir l'escalier à vis de la Grande Tour du donjon, qui avait été construite, quant à elle, par les Ruwendiens. Les lampes à huile des paniers en fer forgé fixés au mur étaient allumées, preuve que les patrouilles labornoki circulaient déjà dans la tour.

Haramis et Uzun s'élevèrent péniblement d'étage en étage, jusqu'à la vaste bibliothèque royale où la jeune fille avait passé tant de longs jours heureux en se livrant à son plus grand plaisir, la lecture. Le niveau de la bibliothèque était désert, mais Haramis suffoqua d'indignation à la vue des étagères renversées et des précieux volumes empilés en désordre sur le sol. Pourtant, rien n'avait été volontairement détruit, semblait-il. *Orogastus a sans doute donné l'ordre de les préserver,* pensa-t-elle. *J'aurais fait pareil, à sa place.*

Elle ressentait, malgré elle, une admiration réticente pour le Sorcier ennemi, cet homme qui avait appris à commander aux éclairs et tracé, d'un œil clairvoyant, le chemin sinueux qui traversait le Bourbier Dédaléen. C'était uniquement grâce au pouvoir d'Orogastus que le Ruwenda était tombé, et Haramis respectait la compétence, même celle tournée contre elle et les siens. La jeune fille éprouvait de la curiosité pour son ennemi; tout en suivant Uzun, elle se demandait : *Quel genre d'homme peut-il bien être, si c'est un homme ?*

Haramis et Uzun passèrent avec précaution devant la porte en fer de l'antichambre pour monter au quinzième étage de la tour où l'on gardait les joyaux de la Couronne. La Princesse hésita lorsqu'elle entendit le bruit des ennemis derrière les portes closes de la chambre forte, mais personne n'apparut pour les attaquer. Ils continuèrent donc, dépassant le niveau suivant, barré et verrouillé, où l'on entreposait les pierres précieuses, taillées ou brutes, ainsi que les espèces monnayées fraîchement battues, et atteignirent le dix-septième étage, sorte d'atelier fortifié où l'on réparait ou refondait les objets de valeur abîmés. Haramis savait qu'entre eux et le toit il n'y avait plus qu'un petit arsenal, puis le dortoir des gardes et de certains travailleurs de la tour.

Uzun fit une pause. Il ôta son béret, essuya son front mouillé de sueur et creusé de rides, et lutta pour reprendre son souffle pendant qu'Haramis le regardait avec inquiétude. Depuis sa plus tendre enfance, cet Insolite avait été son ami; elle lui faisait confiance et l'aimait beaucoup, bien qu'il ne soit pas humain. De tous les aborigènes, les Nyssomus étaient ceux qui extérieurement ressemblaient le plus aux humains, mais leur sang était d'une drôle de couleur rouge foncé, leurs os avaient d'étranges formes et leur cœur battait de l'autre côté de la poitrine. Ils se prétendaient tous doués de double vue, et il était certain que parfois ils pouvaient communiquer à distance, grâce à un langage sans parole. Mais la plupart des Ruwendiens les considéraient comme des êtres inférieurs, manquant de culture et à peine civilisés; pourtant, les Nyssomus apprenaient vite leurs manières et surpassaient même les humains dans leurs propres arts et techniques. Lorsqu'elle était très petite, Haramis avait cru que les Nyssomus, comme des animaux, appartenaient à son père le Roi. Mais celui-ci lui avait expliqué que les petits aborigènes étaient libres, avaient une âme et devaient être traités comme de vraies personnes...

Lorsque Uzun se fut suffisamment reposé, ils reprirent leur ascension furtive. Comme ils approchaient de la dernière volée de marches, l'Insolite demanda à Haramis de s'arrêter pendant qu'il irait s'assurer si le chemin était libre. Elle commençait à s'inquiéter de ce qui surviendrait lorsqu'ils parviendraient aux remparts de la tour. Tandis que Uzun glissait un coup d'œil furtif sur le dernier palier, Haramis se rembrunissait en resserrant autour d'elle les plis de sa cape. Un vent froid sifflait par les embrasures dépourvues de vitre et aplatissait les flammes des torchères murales.

La Princesse fut atterrée en voyant qu'Uzun lui faisait signe de ne pas le suivre. Il revint en rampant, une grande griffe rognée pressée sur ses lèvres. Quand il fut près d'elle, il chuchota : « Un seul chevalier monte la garde. Sans doute les autres sont-ils en train de fouiller le reste de l'étage.

– Je le savais! murmura Haramis. Nous sommes coincés ici, avec des ennemis au-dessus et en dessous! Le plan de la Dame Blanche a échoué.

– Chut, chut, répondit l'Insolite d'un ton suppliant. Je pense qu'il y a peut-être moyen de passer, mais il faudra faire vite et être courageuse. Pouvez-vous remonter votre robe ? »

Elle hocha la tête d'un air mécontent, laissa tomber sa cape et posa soigneusement la Couronne dessus. Puis elle retroussa ses jupes en les glissant dans sa ceinture ornée de joyaux jusqu'à ce qu'elles retombent en bouffant au niveau des genoux. Elle enveloppa la Couronne dans la cape, en noua les coins et plaça le baluchon sur son épaule. Elle regarda Uzun : « Et maintenant ?

– On atteint le parapet en gravissant une échelle située près de l'escalier, environ à quatre ells de l'endroit où se tient le garde. Il a été blessé au bras et le porte en bandoulière, mais la main qui tient l'épée est valide. Il est probablement très fatigué et dégoûté de ces recherches inutiles qui l'ont privé de la joie de piller, de festoyer et de s'enivrer.

– Et de violer les femmes de la Citadelle, ajouta Haramis. C'est sans doute le sort que je connaîtrai avant qu'ils me tranchent la gorge et précipitent mon corps dans une fosse d'aisance. »

Uzun lui lança un regard de reproche. « Princesse, il faudra me tuer avant de vous toucher. Faites confiance à la Dame Blanche et écoutez mon plan, je vous en supplie. »

Haramis jouait nerveusement avec l'amulette du trillium, frottant de son pouce l'ambre poli qui enchâssait le petit bouton floral noir. *Je ne mets pas en doute ton dévouement*, pensa-t-elle, *mais te tuer ne serait guère difficile à des soldats armés.* Ne voulant pas blesser les sentiments du petit Insolite, elle se contenta de dire : « Je t'écoute, Uzun.

– Je vais surgir brusquement de l'escalier et foncer vers le chevalier en faisant semblant d'être fou de terreur.

– Si tu as aussi peur que moi, cela ne devrait pas présenter de difficulté.

– Je vais faire l'idiot, baragouiner et rouler des yeux, en les faisant rentrer et sortir de mes orbites, au bout de leur pédoncule. » Elle savait que ce dont il parlait représentait un véritable sacrifice ; elle ne l'avait jamais vu expulser ses yeux hors de ses orbites depuis qu'elle était très petite et qu'il faisait cela pour les amuser, ses sœurs et elle. Cependant, elle avait appris, avant l'âge de six ans, qu'un Nyssomu adulte ne s'abandonnait pas à un tel manque de contrôle, à moins d'être pratiquement hors de lui.

« Je vais distraire ce scélérat, poursuivit Uzun, et pendant ce temps-là, vous gravirez l'échelle et ouvrirez la trappe. Je vous suivrai et à nous deux, nous repousserons l'échelle, refermerons et verrouillerons la trappe.

– Et puis ? Même si nous arrivons à tenir les soldats à distance – et en supposant que leur sorcier ne nous foudroie pas avec l'un de ses épouvantables éclairs –, nous ne soutiendrons pas un siège en haut de la tour. Bien sûr, nous pouvons mourir héroïquement de faim et de soif, mais cela n'aidera guère le Ruwenda.

– Je ne sais pas ce qui va arriver là-haut ! répliqua Uzun d'un ton brusque. Je ne fais qu'obéir aux ordre de la Dame Blanche ! Oh, Princesse, aurez-vous la force de ne plus poser de questions constamment ? D'autres chevaliers vont apparaître d'un moment à l'autre ! Accordez-moi seulement quelques minutes pour attirer l'attention de cet homme, puis exécutez rapidement mes instructions. »

Il gravit les dernières marches d'un bond et pénétra dans l'antichambre des gardes.

Elle entendit le juron du soldat, puis le bruit d'une épée tirée du fourreau. Mais Uzun jacassait comme un fou, ses pieds dansaient sur les planches et le langage grossier du chevalier fit place à un gros rire de surprise. Haramis jeta un coup d'œil par-dessus le haut des marches et vit le musicien, habituellement si posé, cabrioler autour de la pièce, ses longues oreilles pointues claquant comme les ailes d'un gazouilleur de nuit ivre de fruit fermenté. Ses yeux entraient et sortaient de leurs orbites au bout de leur pédoncule, et sa langue pendante s'enroulait et se déroulait en produisant un hululement qui traversait de haut en bas toute l'échelle des notes.

Le chevalier, qui se tordait de rire, baissa son épée et, rapide somme l'éclair, Haramis gravit l'échelle tant bien que mal et ouvrit à la volée la trappe du plafond.

« Uzun ! Viens ! Vite ! » Elle s'agenouilla sur le toit et stabilisa la lourde échelle juste au moment où l'Insolite se précipitait pour gravir les barreaux. Le chevalier mystifié poussa un cri d'alarme et s'avança en menaçant Uzun de son épée. Haramis saisit le poignet de l'Insolite et le hissa à côté d'elle. L'épée qui visait sa cheville se planta dans l'échelon. Ensemble, ils poussèrent de toutes leurs forces et firent retomber l'échelle alors que le chevalier essayait toujours maladroitement d'arracher son épée du bois.

Perdant l'équilibre, il retomba dans un grand fracas métallique. Des cris montèrent du dortoir et, tandis qu'Uzun refermait la trappe et la verrouillait, d'autres chevalier du Labornok jaillirent dans l'antichambre.

Un vent fort soufflait sur le toit de la Grande Tour ; tout imprégné de l'odeur des marais, il déchirait en lambeaux le brouillard dissimulant le Bourbier Dédaléen et les niveaux inférieurs de la Citadelle. La bannière couleur sang du Labornok claquait contre sa grande hampe, face à la rivière. Juste en dessous, quelques feux brûlaient encore parmi les bâtiments de la cour intérieure en vacillant sinistrement dans la brume. Le ciel d'un bleu profond étincelait d'étoiles et, à l'ouest, les Trois Lunes gravitaient vers leur conjonction, dont la phase totale surviendrait dans quatre semaines.

La peur et l'indignation suscitées par sa situation critique remplirent la Princesse d'une brûlante colère. Ils étaient dans un cul-de-sac, sans issue possible. Les chevaliers étaient en train de briser la trappe à coups d'épée et de hache de guerre et elle céderait bientôt. Mais Haramis ne se laisserait pas prendre vivante par les Labornoki ! Mieux valait sauter du haut des remparts...

La trappe s'ouvrit et un chevalier dont le heaume n'était qu'un grotesque masque de fer se hissa sur le toit en poussant un hourra de triomphe.

Haramis se tenait avec Uzun à l'extrême bord du parapet, serrant son amulette aussi fort que dans son enfance, lorsqu'un cauchemar la terrifiait. Mais ce cauchemar-là était bien réel.

« Seigneurs de l'Air, protégez-nous ! »

Uzun cria : « Dame Blanche ! Viens à son aide ! »

Trois hommes en armure s'élancèrent vers eux en brandissant leurs armes. Mais au même moment, il y eut une grande rafale de vent et deux immenses formes sombres qui descendaient en piqué voilèrent les étoiles. Elles donnèrent de la voix, pareilles à de monstrueuses trompettes de cuivre, et l'une d'elles fonça droit sur le trio stupéfait.

« Des lammergeiers ! glapit l'un des chevaliers. Attention ! » Un instant plus tard, une aile gigantesque renversait les trois hommes comme des poupées et les balayait par-dessus le bord du parapet. Leurs cris se fondirent en un seul hurlement qui dura plusieurs secondes avant de cesser d'un seul coup. Leurs compagnons, qui venaient juste d'émerger de la trappe, reculèrent en désordre pour se mettre en sûreté. Il y eut un fracas métallique accompagné de cris de douleur et de colère lorsque plusieurs d'entre eux tombèrent de l'échelle. D'autres Labornoki gardèrent leur position et observèrent ce qui se passa, mais aucun n'osa s'aventurer dehors.

Plus tard, ils purent raconter au roi Voltrik et au sorcier Orogastus ce qu'ils avaient vu : deux créatures gigantesques au corps blanc, aux ailes rayées de blanc et de noir, atterrirent sur le toit de la Grande Tour ; leurs serres arrachèrent des étincelles aux pierres, leurs yeux et leurs becs dentés étincelèrent au clair de lunes. La princesse Haramis enfourcha l'une et l'Insolite Uzun se hissa avec difficulté sur le dos de l'autre.

Puis les grands lammergeiers étendirent leurs ailes et s'envolèrent, emportant les fugitifs en direction du nord-ouest, vers le lointain rempart des monts Ohogan.

# V

L'ignominieuse retraite avait nourri la colère de Kadiya. Elle se voyait surprise en train de ramper sur les mains et les genoux, le long de l'étroit et glissant rebord du conduit. Lorsque les Ruwendiens s'étaient emparés de l'ancienne Citadelle, ils avaient construit un nouveau système de distribution de l'eau. Il y avait donc des siècles qu'on ne s'était pas servi de cette voie qui non seulement tombait en ruine, mais était presque obstruée par de fétides débris pourrissants. Jagun avait suspendu la lanterne à son cou; mais de temps à autre il devait s'arrêter et la passer à Kadiya pour disperser et faire partir à la dérive un amoncellement de branches mortes, ou donner quelques coups de patte à un bouchon d'herbes des marais bien détrempé. En certains endroits, la maçonnerie s'était totalement écroulée et ils étaient obligés de patauger ou de nager pour se frayer un chemin entre les obstacles. Les genoux du pantalon de cuir de la Princesse furent bientôt déchirés et sa peau à vif. Tout bas, elle murmura des mots qu'elle avait entendus dans les étables, mais jamais osé prononcer à voix haute.

« La rivière est-elle encore loin ? demanda-t-elle enfin, en pressant doucement l'une contre l'autre ses mains douloureusement écorchées par les fougères épineuses qu'elle avait écartées pour aider Jagun.

– Non, pas très. S'il ne faisait pas nuit, nous pourrions voir la lumière du jour devant nous, car ces maudites fougères ne poussent que dans la demi-obscurité. Faites attention, car cet endroit peut constituer une excellente cachette pour des gradoliks ou des vers d'eau. »

Kadiya recracha un nauséabond grumeau de vase et sentit s'élever, comme une flamme à l'intérieur d'elle-même, cette colère née dès la première alarme.

« Puisse la boue éternelle les engloutir tous! Puissent les vipères de Viborn lacérer leur gorge et leurs poignets...

– Economisez votre souffle, Fille de Roi. Sans doute les esprits offriront-ils, un jour, à vos ennemis un destin qui vous satisfera.

– Pas d'autre destin que celui que je leur réserve moi-même! » explosa-t-elle.

La main de Jagun lui saisit le poignet; Kadiya savait depuis longtemps que ce geste était un avertissement. Elle déglutit et se tint coite.

Ils pataugèrent et glissèrent sur la boue tremblotante sillonnée d'un réseau de petits ruisselets, jusqu'à ce qu'ils trouvent, enfin, une grille rouillée par les siècles et la contournent là où une partie des pierres qui l'avaient tenue en place s'était écroulée. Le ciel s'étendit enfin au-dessus de leurs têtes. Une fois de plus, Jagun lui fit signe de sa main tendue.

Il s'avança un peu, le nez en l'air. Apparemment, il écoutait attentivement en utilisant aussi son odorat de chasseur, afin de vérifier la sécurité de cette petite étendue de friche oubliée.

« Les Labornoki ont dû établir un avant-poste non loin d'ici. »

Kadiya regarda par-dessus son épaule, obligée pour mieux voir de pencher le cou selon un angle insolite. Au-dessus d'eux brillait un feu dont les flammes bouclaient. Il ne restait pas assez de bois dans la Citadelle pour nourrir cette flambée de victoire, à moins que ceux qui avaient renversé ses défenses n'aient arraché les anciennes tentures des murs et brisé tous les meubles. Des acclamations lointaines et de perçants cris de femmes retentirent, contre lesquels Kadiya essaya de se cuirasser – luttant pour fermer son esprit à ce qui devait arriver là-bas.

« Puissé-je vivre pour vous donner de nouvelles bouches qui s'ouvriront dans un grand rire, en travers de vos gorges dégoûtantes! » Sa main lacérée effleura sa poitrine en cherchant le poignard passé à sa ceinture et toucha l'amulette qui sortait par une déchirure de sa chemise.

Si le pouvoir du Trillium Noir avait pu la soutenir dans la citerne.... il avait peut-être encore plus à lui offrir. Elle serra l'ambre, comme pour la faire pénétrer de force dans sa chair blessée.

La volonté... la volonté et la force... et les mots qu'elle put trouver :

« Seigneurs de l'Air, vous qui tenez votre pouvoir du Dieu Trin, prêtez-moi un peu de votre puissance, que votre volonté s'allie à la mienne pour que ces hommes soient voués à la mort comme ils ont égorgé ceux qui vous invoquaient. Vous qui hantez les voies supérieures, accordez-moi le prix du sang! »

Étreignant l'amulette aussi fort qu'elle aurait tenu une épée, Kadiya pointa la main vers la lumière de l'holocauste.

En réponse, elle n'obtint qu'un cri de torture jailli de la nuit, et un appel réclamant un autre tonnelet.

Les lèvres de Kadiya se pincèrent de nouveau. « Cela ne marche pas! » Elle faillit jeter l'amulette, mais ses doigts étaient tellement crispés dessus qu'elle ne put les desserrer.

« Non, répondit tranquillement Jagun, comme il aurait calmé un enfant impatient.

– Mais j'ai bandé ma volonté! Avec plus de force que lorsque j'ai sauté dans le puits. » Elle ouvrit les doigts un à un pour étudier ce qu'ils tenaient. « Ne fonctionne-t-elle que pour moi seule? Me conduira-t-elle vers la Dame Blanche? Ou bien nous deux..? »

Jagun la regardait patiemment. « On ne peut qu'essayer, Fille de Roi. »

De nouveau les doigts de Kadiya emprisonnèrent l'amulette. « Par le pouvoir qui vit en toi – conduis-nous maintenant à celle qui t'a faite... à l'Archimage! »

La nuit tenait bon, autour d'eux.

« Alors emporte-moi seule, cadeau de la Sorcière, s'il y a en toi quelque vertu! »

Pas de réaction.

« Tiens! Est-ce que j'aurais rêvé? demanda Kadiya à la nuit. Suis-je à ce point dépouillée de raison, Jagun?

– Chère petite, je ne peux pas vous répondre, il faisait trop noir dans la citerne. Peut-être ai-je mal estimé le temps de votre chute. L'ancienne sagesse n'est pas ma spécialité. »

Elle lâcha l'amulette, la laissant se balançer au bout de sa chaîne. « Il semble que la magie nous ait abandonnés, Jagun... si elle nous a jamais servis. Au moins, cette racaille des terres plates ne pourra pas retrouver notre piste dans le Bourbier Dédaléen. »

Kadiya avait souvent traversé les marais, mais seulement par les voies bien visibles des Insolites. Il en existait d'autres, secrètes, dont la connaissance était jalousement gardée par les clans d'une seule famille. Si l'on ne faisait pas partie de la parenté, on mettait un point d'honneur à oublier toute information les concernant. Elle se pencha vers l'ombre bossue de Jagun pour interroger tristement :

« Ces traînards des plaines n'oseront pas nous y suivre, n'est-ce pas? »

A demi caché par les buissons, l'Insolite fouillait dans l'eau à tâtons, près d'un amas de pierres.

« Leur sorcier a convoqué les Skriteks. Pellan aussi s'est joint à eux.

– Pellan ! » Que l'un des guides des marchands – initié presque depuis sa naissance à la science des sentiers cachés – les trahisse ainsi semblait totalement impossible. Mais avant la journée d'hier, elle aurait juré qu'il était impossible que Kadiya, de la Maison de Krain, fût obligée un jour de ramper comme un escargot dans la boue collante.

« Voltrik possède quelque chose que certains êtres ont du mal à refuser. » La voix de Jagun était froide et dure. Il se redressa, sortant de la vase une grosse corde qui s'enfonçait dans l'eau profonde. Il tira dessus avec précaution. « Le pouvoir du roi du Labornok repose sur sa richesse. Et celle-ci provient des efforts des hommes. Quel est le Roi qui creuse dans les montagnes pour chercher des métaux précieux, qui prête la main pour abattre des arbres, qui soutire au peuple des marais des trouvailles étranges et rares ? Ce sont ceux de la famille de Pellan qui recueillent ces richesses. Voltrik en garde une grande part, oui. Mais il peut accorder les restes à ceux qui le servent, et même ces restes enrichiraient beaucoup d'hommes. Viens, Loinvoyante. » Il utilisa le nom qu'elle était si fière d'avoir gagné six mois auparavant – un nom reçu dans les marais et qui lui valait d'être respectée. « Nous avons encore un long chemin à parcourir. »

Elle ne l'écoutait pas vraiment, encore bouleversée par la traîtrise de Pellan. Voyons, elle le connaissait bien... Il l'avait même guidée, souriant, charmant, jusqu'à l'une de ces étranges ruines.

« Pellan a-t-il vraiment agi pour le profit, comme tu le dis ? Ou bien par peur ? Il a de la famille dans les plaines. Nous avons vu ce roi meurtrier et ce qu'il fait à ceux qui lui résistent. La peur peut être encore plus puissante que la magie. Est-ce qu'Anigel ne s'est pas rendue par peur ?

– Ne jugez pas si vite, Fille de Roi. Votre sœur ne s'est pas rendue volontairement. La peur peut grandir au point de susciter la folie. Dans ce cas, il n'y a pas péché.

– Seulement de la faiblesse, murmura Kadiya.

– Vous connaîtrez peut-être aussi la faiblesse, et même vous, vous pourrez être en proie à une peur panique. Ne dites rien contre celui dont vous n'avez pas vous-même pesé le fardeau. »

Jagun donna une petite secousse à la corde ; alors glissa hors de la brume des marais un robuste bachot pourvu de perches et d'une godille, ainsi que d'un gros baluchon bien protégé contre l'humidité.

« Que mon frère soit béni ! s'exclama Jagun. Il a bien suivi les instructions de l'Archimage. Maintenant, nous avons un moyen de transport, de la nourriture ainsi que des vêtements. »

Le bateau plat était assez grand pour quatre passagers et Kadiya comprit, avec une douleur lancinante, qu'Anigel et Immu auraient dû voyager avec eux. Mais toutes deux étaient sûrement aux mains de l'ennemi. Et Haramis ? Kadiya ne savait rien de son sort. Ce soir, elle était seule et sans doute le fardeau de la résistance à l'envahisseur reposait-il uniquement sur elle.

Ils embarquèrent et Jagun fixa la godille sur ses montants, à l'arrière. Le bachot remonta le cours d'eau paresseux qui contournait la partie nord-est de la Citadelle. Un instant, les brumes s'écartèrent et Kadiya aperçut le puissant rocher que couronnait le château, ainsi qu'une ou deux étoiles.

Son foyer... aux mains de l'ennemi! Et où étaient ses sœurs? Peut-être déjà mortes... ou pire.

NON! Ses mains se portèrent à sa tête comme si elle pouvait en arracher les images qui s'y formaient. Il ne fallait pas penser à cela... surtout pas!

« Où allons-nous? » Il y avait beaucoup de manières de résister. La vengeance était sa préférée, mais elle ne pouvait pas abattre Voltrik à elle seule. Haramis, Anigel – si elles vivaient – pourraient-elles la rejoindre?

Elle n'avait pas prononcé leurs noms tout haut, pourtant Jagun répondit; elle en fut stupéfaite, mais ce n'était pas la première fois qu'il le faisait. « D'autres voies attendent vos sœurs, dit-il. C'est seulement à la vôtre qu'il nous faut penser.

– Où allons-nous? répéta-t-elle.

– C'est à vous de répondre, Loinvoyante.

– Comment? » Elle jeta une fois de plus un regard en arrière sur la Citadelle. Là-bas, les feux s'éteignaient. Pourtant elle avait l'impression que le marécage était anormalement chaud. Elle baissa les yeux. Sous son corsage déchiré et maculé de boue rayonnait une pâle lumière. Elle colla sa main dessus... l'amulette!

Kadiya la sortit. L'objet parut bouger dans sa paume crasseuse. Une lueur pointa vers le ciel, comme issue de quelque étrange bougie. La jeune fille poussa un soupir entrecoupé. Peut-être le trillium possédait-il tout de même un pouvoir magique! Mais cette magie ne se pliait pas à sa volonté, elle en avait déjà eu la preuve. Kadiya faisait plus confiance à l'acier.

Orogastus, le devin de Voltrik... utilisait une magie qui lui obéissait. Il pouvait même donner des ordres à son roi, le traiter comme s'il n'était qu'un outil et un jouet.

Un outil et un jouet! Ce pouvait être l'histoire de la propre naissance de Kadiya et du don de l'Archimage! Peut-être que la magie était comme tout le reste... elle rouillait, vieillissait, devenait fragile, et se brisait si on l'invoquait trop tard.

Sous l'impulsion de Jagun le bachot vira brusquement, les emportant dans une nouvelle direction. Elle vit la lueur se déplacer, comme le fait l'aiguille d'un compas.

« Jagun, c'est un guide!

– Quoi? » demanda l'Insolite d'une voix lasse. Il s'était rapproché de la rive et les avait ancrés en lançant une corde lestée d'une pierre. Maintenant, il défaisait les emballages du baluchon.

Kadiya lui décrivit, d'un ton excité, les modifications de l'étincelle de lumière.

« Alors... elle montre le chemin de la demeure de l'Archimage, à Noth. C'est bien, dit-il, car je ne connais par là que quelques chemins. Les Nyssomus n'y chassent pas. Ce pays, le Bourbier Doré, est un territoire uisgu. »

Il avait sorti et défripé des tuniques et des pantalons tissés d'herbes aromatiques par son peuple. Il y avait aussi des capuchons en peau de fédok qui pouvaient protéger d'une averse torrentielle, et des sandales à semelle de bois. Après les vêtements apparurent deux jarres fermées qu'il déboucha; la senteur des herbes médicinales broyées que l'on avait ajoutées à la crème l'emporta sur les odeurs du marais.

« Vous pourrez laver votre costume de cuir et le faire sécher après, et peut-être le réparer. Mais maintenant, il faut être vêtu comme les habitants des marais. »

Elle se dépouilla de ses habits déchirés et se rhabilla; puis, prenant la crème d'une jarre, elle s'en oignit la peau et passa même une couche épaisse sur ses cheveux emmêlés. Sans cette protection, les insectes des marais pouvaient faire de votre vie un véritable martyre.

Jagun tira autre chose d'une boucle de sa ceinture. Un objet que Kadiya n'avait jamais vu auparavant. Entre ses doigts, il tenait une pipe pas plus épaisse qu'un roseau. Il la porta à ses lèvres. Le son qu'il en tira, sur une seule note, était très faible, mais il obtint une réponse.

S'engager dans une voie d'eau du Bourbier provoquait un silence révélateur qui pouvait alerter tout poursuivant. Kadiya n'avait pas vraiment pris conscience de la tranquillité qui régnait autour d'eux jusqu'à ce que le pipeau de Jagun relance les bruits normaux de la vie. Maintenant, elle entendait le bourdonnement des insectes, les petits pépiements et les déglutitions, l'appel guttural d'un gulbard en train de chasser, si proche qu'elle put voir son corps d'un gris-vert très doux, caché juste sous la surface de l'eau boueuse. Plus loin, tout était ténèbres.

Ils remontèrent lentement à la godille le large cours de la Mutar, en restant à distance de la rive septentrionale qui était habitée. Jagun fit particulièrement attention lorsqu'ils passèrent devant les quais du Marché du Ruwenda, au bord occidental du Tertre, là où la rivière cessait enfin de longer l'éminence et entrait dans le Bourbier Noir. Cette région très boisée s'étendait sur plusieurs lieues carrées entre la Citadelle et les ruines de Trévista, et devait son nom à l'absence de soleil dans le marécage, où les grands arbres entremêlés s'accouplaient aux lianes feuillues et à d'autres plantes pour former une voûte si serrée qu'au sol on était presque toujours dans l'ombre.

Au bout d'un moment, la rivière se divisa en cours d'eau entrelacés, sans bras dominant bien défini. Il y avait des milliers d'îles marécageuses et d'innombrables bancs de vase dans cette partie du Bourbier Noir, si bien qu'un voyageur humain ordinaire se serait à jamais perdu en essayant de trouver son chemin au grand jour – et encore plus de nuit, au sein de nappes intermittentes de brouillard. Mais Jagun godillait avec assurance.

Kadiya, blottie à l'avant, grignotait de temps à autre un morceau de racine d'adop, tubercule qui constituait l'essentiel de leurs provisions de bouche. Il lui dessécha la bouche et lui laissa un arrière-goût amer, mais la Princesse connaissait cette ration de voyage des Insolites. En mâcher un, c'était évoquer la première fois où elle s'était aventurée profondément dans le marais avec Jagun.

Les plantes et les animaux étranges rapportés par son ami la ravissaient tant qu'elle n'avait eu de cesse qu'il la laisse visiter le Bourbier Dédaléen. Son père avait accordé la permission à contrecœur et, pendant toute une journée, elle s'était promenée dans un crépuscule vert plein de mystérieuses créatures. Cette aventure avait changé sa vie. Kadiya s'était juré d'apprendre les chemins du marais et les mœurs de ceux qui y habitaient.

Cependant, elle n'était jamais allée jusqu'à l'endroit qu'indiquait maintenant la lueur de l'amulette – les terres les plus éloignées et les plus secrètes. Dans cette direction, le pays des Nyssomus amicaux et des timides Uisgus faisait place à celui des abominables Skriteks.

Les Skriteks! Leur apparence était si horrible qu'ils semblaient sortis d'un cauchemar. C'était certes des bipèdes, mais les crânes qui surmontaient leurs corps musclés et mouchetés ne ressemblaient ni à celui des humains ni à celui des Insolites. S'allongeant en un groin qui se fendait pour révéler des crocs verdâtres, aussi pointus qu'une dague, la tête plate d'un Skritek semblait conçue par la nature pour déchirer et pour tuer.

Leurs yeux, bulbeux comme ceux de tous les habitants des marais, étaient disposés haut sur leurs têtes et un peu sur le côté, si bien qu'ils disposaient d'un large champ de vision. Contrairement à ceux des Insolites, ils n'étaient pas dorés, mais d'un orange vif rayé d'écarlate. Leurs corps bleu-vert se fondaient aisément dans la végétation du Bourbier, mais pas leurs yeux; aussi attendaient-ils habituellement leurs proies presque submergés dans le marais, drapés dans des fougères, et ils les entraînaient sous l'eau. C'est pourquoi, dans tout le Bourbier, on les appelait les Noyeurs.

On les connaissait surtout par les récit des voyageurs, déjà suffisamment macabres. On disait que dans leur propre territoire, qui confinait au pays insolite connu le plus éloigné, les Skriteks marchaient hardiment, parfois armés de lances ou de couteaux, bien que leur plus puissant armement fût leurs propres crocs et les serres de leurs mains à trois doigts. Ils ne faisaient aucun bruit en passant, mais la suffocante odeur musquée de leur corps les trahissait. Pour masquer leur puanteur, ils se roulaient dans des mares bourbeuses où ils avaient lancé des herbes qui sentaient mauvais. Chez eux, ils attaquaient sans avertissement et, rendus fous par leur soif de sang, déchiraient leurs victimes et les dévoraient – parfois encore vivantes – ou les emportaient pour les torturer à mort.

« Tu as parlé des Skriteks. » Frigorifiée, Kadiya avait refermé ses bras croisés sur sa poitrine. « Quel genre de pouvoir pourrait pousser ces monstres à suivre autre chose que leur propre volonté ?

– La volonté de celui dont l'ombre dépasse même celle du Roi qu'il est censé servir... Orogastus. Ne le prenez pas pour un devin, un fournisseur de petites supercheries. Il n'est pas comme ceux qui suivent les foires pour lire l'avenir en éparpillant des sables colorés. La plupart de ceux qui sont nés avec des talents exceptionnels n'abusent pas de leur dons. Cependant, Fille de Roi, certains adeptes empruntent un chemin plus obscur dans leur quête des connaissances étranges, et passent leur vie à chercher ce qui leur donnera un pouvoir sur les autres... ce pouvoir qui n'est ni de la main, ni de l'épée, mais plutôt de la pensée et de la volonté. Beaucoup d'histoires d'Orogastus sont venues à nos oreilles, même ici, dans le Bourbier. On peut ne pas tenir compte, peut-être, de la moitié ou des deux tiers de ces rumeurs – mais ce qui reste est suffisamment affreux ! Qui se ressemble s'assemble... Il se peut que les Skriteks reconnaissent en ce sorcier du Roi une force apparentée à celle qui les anime. Peut-être ne sont-ils pas encore ses créatures; mais leur alliance présente repose sur une très vieille loi : si ton ennemi est aussi le mien, alors jusqu'à ce qu'il soit mort, nous marcherons de concert.

– Jagun, dit Kadiya après avoir poussé un soupir, tu as longtemps été mon professeur et tu sais encore bien des choses qu'il me faut apprendre. Parfois, je suis encore cette enfant à laquelle tu as cédé la première fois que tu m'as amenée dans ce pays. Ton peuple m'a nommée Loinvoyante, mais c'est simplement de la flatterie. Oui, je peux voir certaines choses, mais à d'autres égards, je suis aveugle !

– Savoir que l'on est aveugle, c'est commencer à voir », répliqua calmement Jagun. Il était en train de diriger le bateau vers l'un des plus grands monticules. Au-dessus de leurs têtes, les échappées de ciel tournaient au gris. L'aube n'était pas loin. « Le péril ne menace pas seulement le corps, il s'en prend aussi à l'esprit.

– Je ne comprends pas.

– Certaines personnes, même celles que l'on a autrefois aimées et auxquelles on a fait confiance, peuvent vouloir se servir de vous comme d'un outil; tout à fait comme je me sers de cette rame pour nous diriger.

– Se servir de moi? » Kadiya était incrédule. « Qu'ils essaient, et ils auront affaire à ma lame!

– Combattre, toujours combattre. » La voix de l'Insolite était gentiment moqueuse. « Ma petite Loinvoyante, vous avez découvert un vart des bois à cent ells de distance, mais avez-vous essayé de voir l'intérieur, et non seulement l'extérieur? Voir son propre moi, c'est le plus difficile de tout. Allons, le jour arrive et il nous faut camper. Écartez ces branches. »

Elle obéit et Jagun engagea le bachot dans l'échancrure du tertre vers lequel il les avait guidés. Même une fois sur le rivage, et malgré la fatigue qui pesait sur elle, Kadiya ne voulut pas se priver de ses réponses.

« Tu m'enseigneras la sagesse, déclara-t-elle, avec un accent de commandement.

– Non, pas moi, répondit-il sombrement.

– Tu laisseras cela à l'Archimage? » Elle lança cette remarque d'un air de défi.

« Elle non plus. Essayez de comprendre : seule l'expérience enseigne la sagesse. Chacun de nous doit l'apprendre à sa manière et à son heure. »

Avant qu'elle ait pu trouver une réplique, il regarda autour de lui. « Voilà de la bonne terre solide. » Il tapa du pied sur le sol. « Nous camperons ici en sûreté jusqu'à la nuit. Nous pourrons même allumer un feu. Un pelrik grillé, ou un karuwok... est-ce que ce ne serait pas meilleur que des racines d'adop?

– Nous ne voyagerons que de nuit? » Kadiya avait surtout envie d'un nid d'herbe-ruban – et il y en avait quelques pieds en vue – dans lequel elle pourrait se pelotonner et dormir.

« Ce sera plus prudent jusqu'à ce que nous ayons dépassé le cours supérieur de la Mutar. Si Voltrik est assez intelligent, peut-être se présentera-t-il aux Nyssomus en ami, ou fera-t-il semblant. La plupart d'entre nous savent peu de choses sur ceux de votre sang, Loinvoyante. Aux yeux du Peuple, les humains semblent appartenir à une seule famille, et puisque nous avons longtemps fait confiance aux Ruwendiens, il se peut que les douces paroles des Labornoki leur masquent la vérité jusqu'à ce qu'il soit trop tard.

– Nous pourrions avertir ton peuple. » Kadiya s'arrêta de tirer énergiquement sur l'herbe. « Peut-être que d'autres Ruwendiens vaincus s'échapperont par la rivière; sûrement que les Nyssomus de Trévista leur viendront en aide. »

Jagun avait sorti de sa besace des fléchettes de sarbacane, pointues comme une aiguille, et les inspectait soigneusement une par une.

« Loinvoyante, il ne faut pas qu'on nous voie sur la Mutar.

Nous n'avons que peu de temps avant les Pluies d'Hiver et la saison où l'on ne peut pas voyager. »

Il la regarda; un réseau de veines sombres, gonflées par la fatigue, ternissait ses yeux dorés. Sur son visage et sur ses mains, des gouttes de sueur crasseuses perlaient au travers de la pâte antimoustique. « Il faut que nous atteignions Noth. C'est dans les contreforts des monts Ohogan, à plus de cent lieues au nord. Une fois là, nous traverserons le pays skritek et nous entrerons dans le désert du Bourbier Doré. Nous aurons alors besoin de l'aide des Uisgus. »

Jagun aplanit du tranchant de la main une partie du sol et se mit à dessiner.

« Nous sommes là. » Avec son ongle, il fit une marque. « Ici, c'est Noth, où nous devons aller. »

Elle avait entendu des histoires à propos de Noth. Il y avait dans les marais beaucoup de ruines perchées sur des affleurements de terre ferme, semblables au petit tertre où ils se trouvaient. Certains de ces vestiges d'une ère très reculée n'avaient pas été aussi maltraités par le temps que Trévista, qui s'écroulait; on disait qu'ils étaient en aussi bon état que la Citadelle. De temps à autre apparaissaient, sur les marchés de Trévista, des colifichets bizarres et de mystérieux artefacts que les marchands venus d'ailleurs se disputaient. Beaucoup étaient apportés par les timides Uisgus qui laissaient leurs parents plus hardis, les Nyssomus, les vendre à leur place. Kadiya avait entendu parler d'aventuriers humains qui s'étaient lancés, au nord et à l'ouest, à la découverte des îles oubliées et de leurs trésors. Des hommes rendus quasiment fous par les épreuves du voyage étaient revenus à la Citadelle, et l'un d'eux avait bredouillé des choses sur une cité plus grande que Trévista, silencieuse, enclose en ses murailles désertées, et où il était impossible de pénétrer. C'était Noth, avait-il dit.

Seuls des spectres gardaient peut-être cette cité perdue, mais tout le Ruwenda savait que Noth était le domaine de l'Archimage. Certains disaient que la Dame appartenait à une race plus ancienne, issue d'un passé où les îles couronnées de cités parsemaient un grand lac. D'après l'histoire du peuple de Kadiya, l'Archimage avait toujours été là. Sinon la même femme, une autre qui était sa jumelle, et puis sa jumelle, et encore sa jumelle...

Jagun disparut et revint avant qu'elle ait terminé un second nid d'herbe pour lui. Il tenait un pelrik par sa large queue plate et Kadiya prouva sa valeur, en tant que voyageuse, en rassemblant des brindilles sèches et des branches brisées en une pile bien ordonnée, prête à l'étincelle que Jagun tira de sa coquille à feu. Il dépouilla et nettoya sa prise, puis la divisa en quartiers avec son long couteau de chasseur et embrocha la viande crue sur des baguettes plantées assez près du feu pour qu'elle y rôtisse.

Kadiya se surprit à dodeliner de la tête, bien que l'odeur de la viande en train de cuire lui mît l'eau à la bouche. Elle ne se souvenait pas d'avoir jamais été aussi fatiguée... ne se rendant pas compte que les horreurs laissées derrière elle avaient aussi concouru à la vider de ses forces.

# VI

La princesse Anigel ne recouvra ses esprits qu'au moment où ses ravisseurs atteignaient la brasserie. Les chevaliers labornoki s'y reposèrent, épuisés par la longue remontée des niveaux inférieurs de la Citadelle qui avait suivi une journée de bataille. Lord Rinutar proposa au prince Antar de souffler un peu et de goûter au breuvage ruwendien dont les tonneaux étaient là, à portée de toutes les mains.

« Bien parlé, Rin, dit Lord Owanon, car cette vieille bique d'Insolite est bien plus lourde qu'il n'y paraît et elle m'a presque cassé le dos. » Il laissa tomber Immu sur un tas de sacs de céréales. Elle gémit, mais garda ses grands yeux clos.

Le prince Antar les avertit. « Rien qu'un bref rafraîchissement, alors. Le roi Voltrik et le Sorcier seraient en colère si nous tardions trop à leur amener ces prisonnières à interroger. Si l'un de vous boit à l'excès, je verrai à ce que ce vaurien d'ivrogne soit sévèrement puni. »

Il remit la princesse Anigel sur ses pieds avec une grande douceur et lui lissa les cheveux avant de rejoindre ses compagnons devant le tonneau qu'ils venaient de mettre en perce. La bière coulait joyeusement de la bonde dans les petits brocs qui l'attendaient, puis se déversait sur le sol.

« Ces poltrons de Ruwendiens ont brassé une assez bonne cuvée, bien moussante, dit Lord Rinutar en essayant ses moustaches après boire. En fait, leur bière est bien meilleure que la nôtre. » Il but de nouveau, en vidant cette fois sa chope, et repartit la remplir avant que le tonneau se vide.

« Pas étonnant, murmura Immu, car la nôtre est vieillie et titre huit degrés alors que la bière labornoki n'est que du pipi de chat.

– Elle est vraiment excellente, remarqua un autre chevalier, Lord Penapat. Pourquoi est-ce que nous n'en obtenons pas une comme ça chez nous, à Derorguila ?

– Les brasseurs de Derorguila disent toujours que c'est à cause des sorcières de la bière, répondit Lord Owanon ; ils accusent ces vilaines dames de surir le moût ou, par quelque autre action, d'en rendre le goût étrange. J'ai entendu dire qu'on avait brûlé une sorcière de la bière juste avant que notre armée se mette en marche. Elle se cachait aux environs de la brasserie où elle se préparait sûrement à commettre un méfait. Les femmes ne connaissent rien à la fabrication de la bière.

– Bouse de lothok ! » lança Immu d'une voix étouffée car elle était couchée sur le ventre, mais cette fois, ses ravisseurs l'entendirent.

« Tiens, qu'on me dépèce vivante et qu'on cloue ma peau au mur ! » Lord Owanon riait. « Mon ex-fardeau parle ! Et avec impertinence.

– Donne-lui un bon coup de pied », conseilla Rinutar.

La princesse Anigel, les mains attachées derrière le dos comme Immu, se démena pour se redresser et cria : « Gardez-vous-en, espèce de brutes. Si vous trouvez que notre bière est bonne, c'est Immu qu'il faut remercier, car c'est elle la maîtresse de la brasserie de cette Citadelle.

– Elle ment, grommela Lord Rinutar. Qu'est-ce qu'une vieille Insolite décharnée peut comprendre à de tels mystères ? » Il engloba d'un geste les grands brûleurs de cuivre, le labyrinthe de tuyaux, le système complexe d'auges qui délivraient le grain malté au broyeur, puis transférait le moût clarifié à l'immense chaudron. Des passerelles entouraient ces récipients, d'où les ouvriers pouvaient remuer, filtrer et inspecter les liquides.

« Je comprends très bien le brassage. » Immu, comme la Princesse, s'était retournée. Sa voix était calme et pleine d'assurance. « Et seule une cervelle de linotte peut s'imaginer que lorsque la bière surit, c'est à cause des sorcières. Cela arrive la plupart du temps parce que les chaudrons, les cuves à fermentation et les tuyaux ne sont par convenablement récurés et que des choses fétides y poussent et gâtent le liquide.

– Tu dis vrai ? » Le prince Antar semblait intéressé. « Nous devrions peut-être te laisser vivre et voir si tu pourrais apprendre à nos brasseurs à fabriquer une meilleure boisson.

– C'est une bonne idée », dit Lord Owanon, mais les autres le huèrent et ils commencèrent à se disputer en s'attaquant à la bonde d'autres fûts et en remplissant les petits brocs au fur et à mesure qu'ils les vidaient.

La querelle fut interrompue par l'arrivée du général Hamil à la tête d'une autre escouade de chevaliers. Ils étaient épuisés, eux aussi, et accueillirent la découverte de leurs camarades avec beaucoup d'enthousiasme.

Hamil rejoignit Antar, qui buvait sa bière à petites gorgées, et le félicita de la capture de la princesse Anigel. Puis le général prit son seigneur à part et lui parla à voix basse, mais Anigel et Immu entendirent fort bien ce qu'ils se disaient.

« Il est arrivé quelque chose de sinistre et d'extraordinaire, mon Prince. Milotis et ses hommes fouillaient les étages supérieurs de la Grande Tour quand ils tombèrent sur la princesse Haramis et son Insolite. Ils les poursuivirent jusqu'aux remparts où la Princesse, se plantant à l'extrême bord du parapet, serra l'amulette qu'elle porte suspendue autour de son cou et invoqua les Seigneurs de l'Air.

– C'est ce que j'aurais fait dans sa situation, répondit le Prince avec un sourire forcé.

– Alors deux monstrueux lammergeiers ont fondu sur eux et les ont emportés sur leur dos ! »

Antar proféra un juron. « Milotis a vu ce prodige de ses propres yeux ?

– Oui. J'ai communiqué la nouvelle au puissant Orogastus qui est devenu fou de colère. Milotis et ses hommes ont été exécutés par ordre du Roi. »

Le Prince murmura : « C'est une erreur. Milotis était un valeureux capitaine et qu'aurait-il pu faire, face à la magie ? C'est l'affaire d'Orogastus. Et je me demande s'il exigera ma propre mort, puisque je n'ai attrapé qu'une seule princesse et que l'autre s'est enfuie. » Il décrivit l'évasion de Kadiya par la citerne et répéta ce qu'avait dit Anigel : que sa sœur était en possession d'une puissante magie.

Le général Hamil vint se camper devant les deux captives, terrible silhouette dans son armure rouge sang ornée d'or. Sur son heaume émaillé de rouge se dressaient des andouillers dorés et la visière était façonnée en crâne de volumnial.

« Princesse Anigel, est-ce vrai que vos sœurs ont des pouvoirs magiques ? » demanda-t-il.

Mais la jeune fille, terrifiée, fondit en larmes et se débattit pitoyablement tandis qu'Immu disait : « Regardez ce que vous avez fait, espèce de lourdaud ! Par la Fleur, je ne sais pas pourquoi les lammergeiers sont venus, mais vous pouvez être sûr que ce n'est pas une histoire de magie. Les Princesses ne sont-elles pas des triplées ? Si deux d'entre elles avaient des pouvoirs magiques, se pourrait-il que la troisième en soit dépourvue ? Pourtant, voilà la pauvre Anigel couchée là en votre pouvoir. » Elle se mit à parler avec douceur, mais instamment, à la jeune fille.

« Cette vieille Insolite fait preuve de bon sens, dit le Prince en fronçant les sourcils. Mais nous ferions mieux d'abandonner tout cela à Orogastus. » Il éleva la voix. « Compagnons, il faut maintenant quitter cet endroit et retourner à la salle du trône avec nos captives. »

Immu cessa ses chuchotements à la Princesse affolée et s'adressa au Prince d'un ton enjôleur. « Monseigneur, ayez pitié de cette pucelle condamnée par le destin. Avant de l'emmener, détachez-la un moment et laissez-la se soulager derrière cette pile de sacs, afin qu'elle ne soit pas humiliée et ne vous souille pas. »

Anigel baissa la tête d'un air honteux; le général Hamil ricana et fit une remarque grossière. Mais le Prince s'agenouilla et défit les liens d'Anigel. Elle le remercia d'un air affligé et le supplia de détacher aussi sa servante afin qu'elle lui vienne en aide.

« D'accord, mais dépêchez-vous, toutes les deux », dit Antar. Il s'assura qu'il n'y avait pas d'issue dans ce coin, derrière les sacs, et leur permit de s'y rendre.

« Il y a encore autre chose que je voudrais vous dire, reprit Hamil. La main du Roi, que ce gredin d'écuyer a mordue, s'est beaucoup enflammée. La douleur le rend d'une humeur massacrante; les médecins du Roi et la Voix Verte du Sorcier disent qu'il faut mettre dessus un gros cataplasme d'herbes médicinales, que le Roi doit se mettre au lit, boire des infusions et se reposer, de peur que sa blessure ne suppure et qu'un empoisonnement du sang ne se déclare.

– Même le Sorcier ne peut rien faire ?

– Apparemment non, bien qu'il ait prononcé une incantation sur le pot d'onguent. Il est d'accord avec le diagnostic de son acolyte et confirme que le Roi doit se coucher, aussi est-ce lui qui va s'occuper de la recherche des deux Princesses.

– Les hommes sont épuisés. Avant d'organiser une expédition, il faudra qu'ils se reposent plusieurs jours. On pourrait utiliser ce temps-là pour acquérir des informations – surtout sur les Insolites. Les aborigènes des marais doivent savoir où sont cachées les Princesses. »

Hamil hocha la tête. « Tous les Insolites ont fui la Citadelle, mais nous pouvons aller à Trévista, cette ancienne cité en ruine où ils tiennent leur foire. Ce renégat de Pellan, l'homme de la rivière qui commande une flotte de bachots transportant les marchands à Trévista, va nous venir en aide. Certains des Maître Marchands du Labornok nous diront quelle pression exercer sur ces petits trotteurs des marais pour qu'ils nous apportent leur concours.

– Je parlerai à mon royal père et veillerai à ce que tout soit bien organisé. Peut-être que, dès qu'il fera jour, vous et moi partirons avec ce Pellan pour Trévista, en compagnie d'une petite escouade, pendant que le reste de l'armée prendra du repos. Quand nous voguerons sur la rivière, nous pourrons dormir un peu.

– Splendide proposition, mon Prince. »

Antar fronça soudain les sourcils et jeta un coup d'œil autour de lui. « Les femmes... où sont-elles ? »

Hamil s'avança à grands pas pour regarder derrière la pile de sacs. « Disparues ! Par les boyaux sacrés de Zoto, elles ont disparu ! Mais par où ? »

Il se mit à lancer des ordres et les chevaliers se précipitèrent pour fouiller tous les recoins de la grande brasserie, bien qu'il semblât impossible qu'Immu et Anigel aient pu passer devant le prince Antar et le général Hamil.

Tandis que tous faisaient un vacarme tel qu'aucun homme ne pouvait en entendre un autre, le Prince vit ce gros balourd de Rinutar traverser à pas maladroits l'une des passerelles qui encerclait la grande cuve de fermentation en bois. Brusquement le chevalier se mit à tituber en faisant de grands gestes et à hurler des mots que personne ne pouvait comprendre ; il perdit l'équilibre et tomba en faisant un grand plouf dans le liquide mousseux à l'arome puissant.

D'abord tous se turent, étonnés, puis se mirent à rire à gorge déployée. Certains repêchèrent Rinutar tout crachotant. Son visage était noir de colère et son armure blanche de mousse, et, quand ils l'eurent tiré de là, il cria :

« Qui m'a poussé ?

– Imbécile d'ivrogne, dit le Prince, écœuré. Personne ne vous a poussé. Vous avez simplement perdu pied.

– Non, protesta catégoriquement Rinutar. On m'a poussé... et en tombant, j'ai entendu une voix qui disait : Va boire tout ton soûl. »

Beaucoup de chevaliers accueillirent cette protestation par de gros rires sceptiques, mais le front du général Hamil s'assombrit. Il beugla : « Silence, vous tous ! »

Les bouches se refermèrent comme des clapets. Le calme revint d'un coup et l'on entendit couler la bière goutte à goutte, les hommes respirer bruyamment... et de petits pieds trottiner sur la passerelle et s'engager dans l'escalier menant à la salle où l'on remplissait les tonneaux.

« La magie ! hurla Hamil. C'est de la magie. Elles sont devenues invisibles ! Descendons tous au niveau inférieur ! Marchez doucement, bon sang, et écoutez ! »

Anigel, serrant fort son amulette, chuchota avec inquiétude : « Immu, ils vont nous trouver. Nous laissons des empreintes humides !

– Par ici, souffla son invisible compagne. Dans le monte-charge qui hisse les tonneaux à la cuisine. »

Elles coururent jusqu'au plateau qui s'élevait grâce à des contrepoids par le simple maniement d'un levier. « Attendez un moment, Princesse. » Les empreintes mouillées de l'Insolite revinrent sur leurs pas et s'approchèrent d'un grand tas de tonnelets vides prêts pour le remplissage.

Tandis que les chevaliers menés par le général labornoki descendaient l'escalier en courant, la pile de tonneaux qui était la plus proche du monte-charge se mit à chanceler. Un baril en poussa un autre et, avant que les chevaliers comprennent ce qui leur arrivait, tout le tas s'effondra avec un fracas assourdissant. Grands et petits tonneaux roulèrent en tous sens, faisant trébucher les chevaliers qui tentaient en vain de les écarter de leurs pieds bardés de fer. Le chemin du monte-charge était complètement barré.

La princesse Anigel relâcha un instant son amulette à force de rire, et c'est ainsi que les Labornoki virent les deux fugitives monter et disparaître à leur vue.

« J'ai prié pour que ton idée marche, dit Anigel, mais j'étais morte de peur. »

Immu sourit dans l'obscurité du corps de garde de la Citadelle où, cachées dans une guérite désertée, elles s'étaient arrêtées pour se reposer. « Mais vous n'avez pas douté et c'était l'essentiel. En entendant que votre sœur Haramis s'était échappée à l'aide de son amulette, vous avez enfin cru que la vôtre répondrait à vos ordres et nous rendrait invisibles. Et elle l'a fait. Maintenant, il ne nous reste plus qu'à partir ! »

Anigel s'affaissa contre la paroi peu solide. « Ma bonne amie, aie pitié de moi et laisse-moi me reposer un moment, car si nous continuons, je vais sûrement m'évanouir.

– Allongez-vous, ma douce. » Immu ôta son châle et le mit sur les épaules de la jeune fille. « Nous sommes hors de danger pour le moment. Je n'entends pas de clameurs, à l'extérieur. »

Les Labornoki croyaient que la Princesse et Immu étaient toujours dans le donjon central, aussi le général avait-il fait fermer toutes les portes. Mais Immu connaissait une issue secrète, partant des cuisines, que les marmitons paresseux empruntaient pour échapper à leurs devoirs. Elle menait à la cour extérieure du donjon que les deux femmes avaient rapidement traversée, invisibles, entre les groupes de soldats somnolant autour des feux de camp.

Anigel était épuisée, mais elle n'osait pas s'endormir, craignant que le sommeil n'annule la magie bénéfique qui les avait amenées, saines et sauves, jusqu'à cette guérite.

« Je n'arrive toujours pas à croire que nous sommes vraiment devenues invisibles, chuchota-t-elle. Le talisman ne m'a pas sauvée au bord de la citerne... pourquoi a-t-il agi plus tard ?

– A la citerne, vous étiez désespérée et folle de peur. Dans la brasserie, des émotions plus positives vous ont poussée à suivre mes conseils.

– C'est vrai que j'étais en colère, répondit la Princesse à voix basse. Je me méprisais à cause de ma couardise, responsable de notre capture. Et j'étais mortifiée par le stratagème humiliant que tu as utilisé afin que ces vauriens détachent nos liens... »

Immu gloussa. « La rage a clarifié votre esprit, bannissant la peur qui paralysait votre volonté. Nous m'avez enfin crue lorsque je vous ai enjoint d'évoquer la magie de votre amulette. La colère est une émotion bien plus efficace que la peur Il faut que vous appreniez à vous en servir, ma chérie. Dans l'état où vous êtes maintenant, la douceur et les manière délicates vous feront peu de bien.

– Et la magie ? dit Anigel d'un ton las.

– Cela reste à voir. »

La Princesse demeura perdue dans ses pensées plusieurs minutes, puis elle demanda : « Est-ce que... est-ce que ton peuple se sert souvent de la magie ?

– Oh, non. C'est quelque chose de spécial qu'on ne peut pas invoquer à la légère. Parfois cela marche, parfois non, même si l'on a désespérément besoin de son aide. Pour votre père et votre pauvre mère, la magie n'a été d'aucun secours...

– Elle est si cruelle ! C'est absurde que le roi et la reine du Ruwenda aient péris et que leur pays ait été conquis, alors que la magie nous a protégées, mes sœurs et moi !

– Paix, enfant, paix. La magie est un mystère, comme une grande partie de la vie. Elle peut s'exercer en faveur des bons ou des mauvais, et nous ne savons pas toujours qui est qui, pas plus que nous ne comprenons vraiment ce qu'est la magie. »

Anigel soupira. « Peut-être que l'Archimage nous le dira. »

Elle se blottit contre sa vieille nourrice et ses yeux se fermèrent, mais, même profondément endormie, la Princesse tenait toujours bien serré l'ambre du trillium.

Elles n'avaient pas reposé plus de deux heures quand elles entendirent sonner les clairons; les soldats qui dormaient dans le corps de garde se réveillèrent en grognant. L'aube n'allait pas tarder. Les hommes étaient de mauvaise humeur car on leur avait défendu de piller la Citadelle. Ils allumèrent des feux pour se réchauffer, préparèrent de maigres petits déjeuners avec les rations de campagne, et se soulagèrent exprès n'importe où.

« Ne regardez pas à l'extérieur, Princesse. Quels rustres ! dit Immu.

– Oh, cela m'est égal. Ce qui m'ennuie, c'est ce que nous allons faire, maintenant. Comment atteindre la demeure de l'Archimage ?

– Jagun avait préparé notre fuite et son frère avait fourni un bachot. Mais Kadiya et lui, nous croyant perdues, ont dû s'embarquer depuis longtemps. » La réflexion sillonna de rides le front d'Immu. « Il va falloir découvrir un autre moyen de remonter la Mutar. Si nous pouvions parvenir à Trévista, mon peuple nous aiderait à contacter les Uisgus, car c'est sur leurs terres que sont situées les ruines de Noth.

– Mais Trévista est tellement loin, et le Bourbier Noir s'étend entre la Citadelle et elle! »

Dehors éclata une fanfare de trompettes. Immu risqua un coup d'œil par une fente de la porte afin de voir ce qui se passait. Un commandant et son escorte entrèrent au petit galop dans l'avant-cour et s'arrêtèrent à moins de douze ells de la guérite. Un sergent de l'intendance surveillait la distribution des provisions, tirées d'une file de chariots couverts. Le chevalier dit : « La compagnie partira dans une heure. Nous longerons le Tertre jusqu'au Marché de Ruwenda, du côté oriental, et là nous embarquerons dans des bachots en direction de Trévista. Emportez suffisamment de nourriture et de matériel, ainsi que du fourrage pour les bêtes. »

Le sergent salua et le chevalier fit virevolter son fronial de guerre, traversa bruyamment le corps de garde suivi de son escorte, et entra dans la cour extérieure.

Immu rit doucement. « Notre problème est résolu. Nos ennemis vont nous transporter, sans le savoir, jusqu'à Trévista! Avez-vous faim, mon enfant?

– Oui, Immu. Et je suis très fatiguée.

– Vous ne pouvez pas nous rendre invisibles pendant que vous dormez, mais je pense qu'après avoir pris notre petit déjeuner, nous dénicherons un endroit convenable où nous cacher. » Elle expliqua son plan à la Princesse dont les yeux se mirent à pétiller et qui serra l'Insolite dans ses bras.

Puis Anigel, étreignant son amulette, les fit disparaître, et elles se mirent à la recherche d'un chariot qui leur conviendrait.

# VII

Les lammergeiers, survolant à haute altitude le Bourbier Dédaléen, emportaient Haramis et Uzun vers les ruines de Noth.

Quand les battements de son cœur se furent calmés et que ses sens lui eurent prouvé que ce qu'elle vivait n'était pas un rêve fantastique, Haramis fit le point de la situation. Elle était indemne, et l'apparition de ces puissantes créatures l'avait sauvée d'une mort presque certaine. Était-ce un effet de la magie de l'Archimage ? La Dame Blanche retenait-elle un peu de pouvoir, bien qu'il n'ait pas été assez puissant pour s'opposer à Orogastus et prévenir l'invasion du Ruwenda ?

Les énormes ailes du lammergeier battaient fortement et régulièrement l'air en produisant un faible bruit monotone. Son dos aux plumes blanches était aussi large et doux qu'un lit recouvert d'une couette. Haramis s'enfonçait si profondément dans le creux situé derrière le grand cou strié de noir, qu'elle n'avait guère besoin de s'accrocher au plumage. Au bout d'une heure de vol, la tête huppée du lammergeier se tourna pour considérer son étrange fardeau, mais ses yeux noirs étaient doux et le bec dentu n'avait rien de menaçant.

Ne sachant pas s'il comprendrait, elle lui dit : « Merci beaucoup d'être venu à notre secours. »

Peut-être l'oiseau hocha-t-il légèrement la tête, peut-être pas. Puis il détourna son regard et poursuivit son vol sur le même rythme régulier. Haramis fit un signe de la main à Uzun ; ils ne pouvaient pas converser, car les deux lammergeiers étaient trop loin l'un de l'autre.

En dessous s'étendaient de pâles nuages, et dans le clair ciel nocturne scintillaient les constellations familières : l'Arc Tendu, la Bouilloire, l'Arbre Ladu, le Grand Ver, la Couronne du Nord.

La Couronne...

Elle portait toujours à l'épaule la cape noire nouée aux quatre coins, dont les plis étaient souillés du sang de sa mère. Elle défit le ballot et contempla la couronne de la Reine et son Trillium coulé dans l'ambre, jusqu'à ce que le chagrin brouillât sa vision. *Du moins Voltrik ne l'a pas,* pensa-t-elle tristement, *et ne l'aura pas tant que je vivrai ! Il a tué mes parents, mais je suis toujours vivante et le Ruwenda est à moi !*

Elle refoula ses larmes, de peur qu'en s'y abandonnant elle ne puisse plus s'arrêter. *Je suis la reine du Ruwenda, maintenant ; c'est mon devoir de protéger mon pays et son peuple, de me marier et d'élever mes enfants pour qu'ils poursuivent ma tâche quand j'aurai disparu.* Sa gorge était serrée et elle avait du mal à respirer, mais restait déterminée. Cependant, elle avait peur. *J'ai toujours su que je serais reine un jour... mais je ne m'attendais pas à ce que cela arrive si tôt... ni dans de telles circonstances ! J'espère que la Dame Blanche va me secourir ; j'ai besoin que quelqu'un m'aide !*

Était-ce à cause de la magie contenue dans les étranges fleurs fossilisées, incrustées dans la Couronne et dans son amulette, ou uniquement par hasard, que les lammergeiers de l'Archimage étaient accourus à la rescousse juste à temps ?

*Je vais faire une expérience,* pensa-t-elle. Elle prit l'amulette suspendue à la chaîne, ferma les yeux et dit : « Transporte-moi instantanément dans la demeure de la Dame Blanche ! »

Rien ne se passa et le lammergeier continua à voler avec sérénité.

Elle essaya une requête plus simple. « Apporte-moi un petit pâté bien savoureux, car je meurs de faim. »

De nouveau, rien ne se produisit et son estomac se contracta douloureusement.

Voilà pour la magie. Oh, bon. Qu'est-ce que cela pouvait bien faire ?

Une profonde déprime s'empara d'elle. Elle n'avait ni royaume à diriger, ni royal époux à installer à ses côtés. Haramis essaya de s'en réjouir et de chercher des compensations à sa fâcheuse situation. Elle avait toujours détesté la pompe et les cérémonies de la vie de cour, les interminables réunions avec les ministres que son père avait patiemment endurées, les banquets et les spectacles assommants que sa mère supervisait, entourée de ses dames d'honneur pépiantes. La reine Kalanthe n'était pas superficielle, car elle écrivait de la poésie et s'intéressait vivement aux malheureux, s'efforçant d'améliorer leur sort sans étouffer leurs initiatives. Mais la royauté était une tâche qu'Haramis redoutait. Soumise, elle l'avait acceptée en se disant que c'était son lot naturel. Maintenant, au moins, ces obligations ne pesaient plus sur elle...

Elle se pelotonna dans le creux bien rembourré, laissant le vent chanter au-dessus d'elle, et attendit le sommeil comme une libération. Elle avait attaché la Couronne à sa ceinture ornée de joyaux afin de ne pas la perdre. L'Archimage saurait ce qu'il fallait en faire.

Et que faire d'elle, Haramis.

En réalité, qui était cette femme ? Haramis ne doutait plus qu'elle fût une personne, et non une légende. Il fallait considérer comme réels les fabuleux événements de sa naissance, ainsi que les dires de mauvais augure de l'Archimage. Si cette Dame Blanche était vraiment sur le point de mourir, comme pourrait-elle lui apporter aide et conseil ? Et pourquoi avait-elle dit, il y avait si longtemps, que *tout irait bien* ?

Ces pensées tournaient vertigineusement dans sa tête ; elle ruminait une douzaine de moyens de sauver le Ruwenda... et chevauchait, triomphante, à la tête d'une armée ruwendienne qu'elle avait menée à la victoire. Mais ce n'était qu'imagination insensée. Haramis était une fille de dix-sept ans, intelligente et instruite, certes, mais sans aucun don pour la guerre. Si cette Archimage l'avait choisie pour instrument de la destinée, elle devait vraiment être sénile...

*Il va falloir que je me tienne sur mes gardes,* pensa Haramis. *Qui sait quelles machinations téméraires cette vieille femme peut m'inciter à réaliser ? Mais je serai prudente et prendrai seule mes décisions. Quoi que l'Archimage me conseille, je suis la Reine, seule responsable du Ruwenda. Je ne dois pas me soumettre humblement à la volonté de quelqu'un d'autre.*

Trillium ou pas.

Quand elle s'éveilla, l'aube était levée et les deux lammergeiers volaient toujours. La chaîne des Ohogan, crocs menaçants de granit et de basalte entièrement revêtus de neige au-dessus de la limite des arbres, était si haute qu'elle remplissait la moitié du ciel. La lumière rosâtre du soleil prêtait une fausse douceur aux glaciers. Et si l'Archimage lui disait que sa destinée était là-haut ?

Lorsque le soleil devint plus fort, il dévora la brume du marécage, et la jungle fit place à une vaste mer de grandes herbes ondoyantes de couleur jaune, qui ne ressemblait en rien à ce qu'Haramis avait vu auparavant du Bourbier Dédaléen. Seules quelques rares parcelles de terre sèche rompaient la monotonie de cette plaine humide. Des arbres feuillus et d'autres végétaux recouvraient ces légères élévations ; c'étaient, supposa-t-elle, les demeures secrètes des Uisgus, ces minuscules parents des Nyssomus qui résidaient dans les étendues septentrionales du Bourbier Dédaléen.

Il y avait aussi des aborigènes dans les montagnes, les Vispis, mais les humains n'entretenaient aucun contact avec eux. Les hommes qui avaient monté la garde dans le défilé de Vispir, plus loin à l'est, prétendaient que les insaisissables Vispis sortaient par les nuits de lune pour danser sur la neige fraîchement tombée. On racontait aussi d'horribles histoires sur les Insolites des montagnes. On les appelait les démons du brouillard givrant, leurs yeux lançaient des regards de colère au sein des tornades glacées et l'on disait que ceux qui les voyaient mouraient. Néanmoins, personne ne doutait de l'existence des Vispis, car ils vendaient des pierres précieuses et des métaux rares aux Uisgus. Marchandises qui finissaient pas atteindre les marchés humains par l'intermédiaire des Nyssomus; les Vispis exigeaient en retour certains aliments, des animaux domestiques robustes comme les fronials et les volumnials, des étoffes tissées et quelques autres articles. Mais quel aspect présentaient ces êtres, aucun humain ne pouvait le dire – sauf peut-être les anciennes armées malchanceuses du Labornok qui avaient affronté le défilé de Vispir des siècles auparavant et (si l'on devait en croire les vieilles histoires) péri des mains de ces favoris de la Dame Blanche.

Les mares et les petites rivières du Bourbier Doré réfléchissaient la lumière du soleil comme un miroir. Haramis apercevait par moments de petites voies d'eau sinueuses qui, supposait-elle, devaient constituer les routes des Uisgus. Puis, après plusieurs heures durant lesquelles ils suivirent le cours d'une rivière un peu plus large, le terrain s'éleva et le Bourbier Doré se termina en contreforts, maigrement boisés d'arbres étranges, que parsemaient des tourbières de montagne constellées de fleurs. Les lammergeiers commencèrent à descendre en décrivant des cercles.

Haramis aperçut au bord de la rivière les restes d'une ville envahie par les lianes, et par des arbres hardiment perchés sur les murailles en ruine ou pointant au travers des coupoles brisées. A l'inverse de sa sœur Kadiya, elle n'avait nulle envie d'explorer de tels sites. Seuls l'intéressaient les objets étranges qu'ils contenaient. Elle en possédait quelques-uns : une petite boîte qui ne payait pas de mine, mais jouait un air particulier – toujours sublime – quand on la plaçait sur chacun de ses nombreux côtés, un instrument pour écrire dont l'encre semblait inépuisable, un bracelet bizarre fait d'une matière blanche et dure, inconnue, qui n'était ni de l'os, ni du bois, ni aucun métal connu des sages du Ruwenda. Les Disparus disposaient sûrement de certains pouvoirs, mais leurs secrets s'étaient perdus depuis longtemps. Pourtant, si l'Archimage avait part à l'ancienne sagesse, alors Haramis avait peut-être une faible chance d'accomplir la prophétie de sa naissance.

Elle empoigna automatiquement l'amulette et pria. « Faites, cher Dieu et vous, Seigneurs de l'Air, que je ne sois pas déçue! Surtout, qu'on ne m'encourage pas à adopter un comportement téméraire pour qu'ensuite j'échoue. Je ne supporterais pas un échec! »

Ils flottaient lentement en un long vol plané et approchaient d'une petite tour en pierre presque enterrée sous une épaisse verdure. Les créatures ailées se posèrent doucement sur une espèce de pelouse naturelle émaillée de fleurs sauvages aux brillantes couleurs, devant un pont-levis abaissé. Des fleurs d'eau d'un bleu vif croissaient dans les douves, et l'air embaumait.

Haramis se laissa glisser du dos du lammergeier et lui fit une profonde révérence. « Je vous remercie chaleureusement de m'avoir amenée, ainsi que ma servante, jusqu'à ce havre sûr. »

Quand elle leva la tête, les lammergeiers avaient déjà pris leur envol. Ils claironnèrent avant de disparaître derrière les arbres.

Uzun, debout à côté d'elle, avait un aspect tristement comique; son béret étant tombé, le vent avait emmêlé sa longue chevelure argentée, sa pimpante blouse de velours marron était tachée et froissée. Mais rien n'avait pu effacer son grand sourire.

« Nous y voilà, gazouilla-t-il. Entrons, car notre arrivée a été annoncée par les lammergeiers. »

Lentement, ils traversèrent la prairie jusqu'au pont-levis. La maison était ensevelie sous la mousse et recouverte de minuscules fougères, fines comme de la dentelle; des fleurs, jaillissant du mortier qui s'effritait, adoucissaient les contours de chaque pierre. Des plantes poussaient jusque sur le pont. La Princesse, craignant que les planches ne soient pourries, marchait avec précaution, mais la travée semblait suffisamment solide. Il n'y avait aucun serviteur pour les accueillir, aucun signe que quelqu'un habitât cette maison envahie par la végétation. Mais Uzun plein de confiance avançait à grands pas et Haramis le suivait, s'émerveillant des piliers et des panneaux étrangement sculptés, ainsi que des mosaïques à peine visibles sous les mousses et les lichens qui tapissaient le sol. Ils passèrent devant une fontaine jaillissante, franchirent des porches d'où retombaient des plantes grimpantes, et pénétrèrent dans des jardins luxuriants aux fleurs multicolores.

Ils s'arrêtèrent enfin devant une porte en bois noir et poli, vierge de toute mousse, mais dont les gonds, les ferrures et le grand loquet en forme d'anneau semblaient être en or massif. Au centre du panneau, il y avait un ornement sculpté dans le même bois, finement frangé de platine étincelant, et qui représentait un trillium noir.

« C'est la chambre de Binah, l'Archimage, dit Uzun. Mais vous seule pouvez y entrer. » Il s'inclina devant Haramis et recula.

Elle hésita. « Mais... il faut que tu m'accompagnes!

– Non, ma Princesse. Je reste ici. »

Haramis se redressa fièrement. « Très bien. » Réprimant le tremblement de sa main, elle prit l'anneau d'or et poussa la grande porte, qui s'ouvrit aisément; elle pénétra à l'intérieur.

La pièce, obscure et chaude, était dépourvue de fenêtre. La Princesse distingua quelques meubles dans la pénombre : des placards, des presses à imprimerie, des bibliothèques et des tables jonchées d'étranges instruments, des tabourets capitonnés, des bancs à haut dossier et un immense lit avec des rideaux de couleur sombre. Un petit feu de tourbe brûlait dans la cheminée. Un couteau, une cuillère en or et un verre en cristal étaient disposés sur une petite table où des plats couverts, également en or, fumaient et répandaient une délicieuse odeur; un flacon d'hydromel avoisinait une belle lampe à l'abat-jour d'opaline qui éclairait le tout. Il y avait deux fauteuils sculptés, l'un devant le couvert, le second de l'autre côté de la table et, en face de lui, un petit coffret de platine sobrement orné qu'un long usage avait bosselé, cabossé et terni.

« Bienvenue, mon enfant, dit une voix douce, mais sonore. Je t'attendais. »

Haramis sursauta, regarda autour d'elle et vit une forme pâle remuer dans le grand lit. « Ma Dame ? dit-elle en faisant, presque machinalement, une révérence.

– Viens m'aider, et je m'assoirai en face de toi pendant que tu dîneras. »

Étonnée, Haramis demanda : « Etes-vous Binah, l'Archimage ?

– Oui, c'est moi. N'aie pas peur. Je suis celle qui assista à ta naissance et te convoqua ici. J'ai longtemps espéré ton arrivée et celle de tes sœurs, et je rends grâce à Dieu que tu sois là, saine et sauve. »

Haramis restait clouée sur place. « Kadiya et Anigel... sont-elle vivantes ?

– Oui. Ne te fais pas de souci pour elles, car elles doivent suivre leur propre voie et toi la tienne. Viens. Aide-moi à revêtir ma robe. »

Haramis ne pouvait plus bouger. Une grande peur s'était emparée d'elle. Elle savait qu'elle allait bientôt s'embarquer dans une terrible aventure, que cela lui plaise ou non.

Dans le lit reposait une femme aux beaux cheveux blancs dénoués, qui se redressa lentement et fit signe à la jeune fille d'avancer. Son visage était lisse et sans rides; seuls ses yeux cernés, si profondément enfoncés dans son crâne que leur couleur était indiscernable, trahissaient son grand âge. Son regard s'empara d'Haramis et l'attira avec une force irrésistible. La Princesse posa par terre le baluchon de la Couronne et, terrorisée, se rapprocha du lit. Soudain, elle se sentit libérée et la panique l'abandonna; elle se dit que la personne couchée là était une pauvre vieille femme malade qui avait besoin d'aide.

Haramis prêta son assistance à l'Archimage qui endossa une longue robe blanche dont les plis chatoyaient de bleu, et glissa ses longs pieds minces dans des pantoufles de fourrure. C'est lorsque la femme se leva qu'Haramis s'aperçut de sa haute taille. Son corps était souple et droit; elle s'avança lentement vers la table, devant le feu, et prit place.

« Je t'en prie, assieds-toi aussi, mon enfant, et mange. Tu dois être affamée après tes rudes épreuves à la Citadelle, et ton voyage jusqu'ici.

– Mon compagnon, Uzun, le musicien... commença Haramis.

– Mon intendant, Damatole, s'occupe de lui; il ne manquera ni de rafraîchissement, ni de repos.

– Je vous remercie, car je lui dois la vie et je ne voudrais pas qu'il souffre à cause de son dévouement. »

Elle se jeta sur la nourriture avec l'appétit féroce d'un être jeune et en bonne santé, car elle n'avait pas mangé depuis le matin précédent. Il y avait une volaille rôtie, une soupe onctueuse avec des herbes épicées, un plat de doruns – des tubercules cuits au four sous une croûte dorée de fromage d'algues, –, une salade de cresson des prés et, pour finir cet abondant repas, une tartelette garnie de fruits inconnus à la saveur forte qu'elle dévora sans en laisser une miette.

Puis elle poussa un soupir et se laissa aller contre le dossier de sa chaise en sirotant le vin exquis. L'Archimage sourit; Haramis rit d'un air piteux et dit : « Je n'ai même pas pensé à me laver les mains avant de dîner. Et j'ai englouti votre délicieux repas comme un serf mal élevé. Je vous prie de bien vouloir me pardonner ces mauvaises manières, Dame Binah. Je vais débarrasser la table et laver la vaisselle pour me racheter, mais je confesse que je ne sais pas comment on accomplit ces tâches d'arrière-cuisine.

– Ici, à Noth, on n'a heureusement pas besoin de se soucier de choses aussi insignifiantes. » L'Archimage fit un geste, et il ne resta plus sur la table que le flacon de vin, le gobelet d'Haramis et le mystérieux coffret de platine.

« Alors, vous êtes vraiment une sorcière, murmura la jeune fille.

– De tels tours n'exigent que peu de talent, reconnut Binah. Ce sont de plus grands enchantements qui échappent maintenant à mon pouvoir déclinant.

– Puisque vos lammergeiers m'ont amenée ici, je suppose que vous savez ce qui est arrivé.

– Les grands oiseaux ne sont pas à moi, rectifia la sorcière. Ces créatures libres n'appartiennent à personne. C'est vrai que je leur ai ordonné de t'amener ici, car ils peuvent décider d'obéir à certains de leurs amis. Quant à ta question – oui, je sais ce qui est arrivé. J'ai tout vu et j'ai pleuré de ne pouvoir l'empêcher. »

Haramis garda une expression neutre. « Votre maîtrise de la magie ne suffirait pas à délivrer Ruwenda de Voltrik, le meurtrier, et de son prestidigitateur, Orogastus ?

– Ne sous-estime pas Orogastus, mon enfant. Ce n'est pas un illusionniste comme les magiciens du cercle limité de tes relations. C'est un homme de talent qui non seulement commande à l'orage, mais possède la clef de nombreux autres enchantements effroyables. Il cherche les pouvoirs là où il peut les trouver et s'en sert pour réaliser ses propres objectifs. Il me surpasse maintenant dans tous les domaines, sauf la vision à distance ; pour cela, il a besoin du miroir-de-glace caché dans les profondeurs de son repaire de montagne.

– Alors, vous ne pouvez pas m'aider à abattre les ennemis du Ruwenda ?

– Je n'ai pas dit cela. Mais la restauration du Ruwenda est une triple tâche qui exige la coopération des Trois Pétales du Trillium...

– Vous faites allusion à mes sœurs ? » La voix d'Haramis était horrifiée et incrédule. « Je ne pense pas qu'on puisse attendre d'elles une aide très positive. J'ai dû empêcher Kadiya de se précipiter sur les meurtriers de notre mère avec sa petite dague ! Et Anigel ne sait que se blottir dans un coin et pleurer.

– Néanmoins, ma Double Vue m'assure que vous devez, toutes les trois, accomplir les tâches auxquelles vous êtes prédestinées et surtout apprendre à vous maîtriser, avant que le Ruwenda puisse rejeter le joug du Labornok. Et si l'une échoue, toutes échoueront.

– Ce n'est pas juste ! protesta Haramis.

– Non. Mais c'est comme cela », dit gentiment l'Archimage.

Mécontente, Haramis palpa son amulette. « J'ai cru que ces gages, que vous nous aviez donnés, étaient magiques. Mais quand j'ai voulu tester le mien, il a échoué.

– Ils ne peuvent t'aider qu'en cas de danger mortel, et leur puissance est limitée.

– Je m'en suis aperçue, soupira Haramis. Ma première prière a été exaucée, mais ma seconde et ma troisième demande n'étaient pas si urgentes que je le croyais. Cette amulette doit-elle jouer un rôle dans les tâches que vous m'assignerez ?

– Je l'ignore. Il te faudra découvrir ses pouvoirs inconnus, ainsi que le secret qui est en toi, et vaincre les imperfections et les faiblesses qui te détourneraient de ta destinée. Mais voilà ce que je sais : quand ton œuvre préliminaire sera accomplie, tu recevras un signe. Un nouveau talisman, le Cercle Tri-Ailé, se présentera à toi. Tu sauras alors que la lutte finale pour le Ruwenda et pour ton âme est proche.

– Et mes sœurs ?

– Elles auront chacune leur propre tâche. Et si elles réussissent, leur propre talisman. Les Trois Pétales du Trillium s'appelleront les uns les autres et s'uniront, et de cette union sortira la restauration de l'équilibre que le monde a perdu. »

Haramis s'affaissa dans son fauteuil. « Cette tâche, dois-je m'y mettre tout de suite ? Je suis tellement lasse. Je ne veux pas être irrespectueuse envers vous, mais ce que vous dites est difficile à croire. Je n'étais même pas sûre que vous existiez...

– Ce que tu crois en ce moment ne compte pas, car tu es épuisée de chagrin et de peur. Tu devrais prier pour obtenir force et courage, et par-dessus tout apprendre à avoir confiance en toi et dans le Pouvoir Trin qui nous aime et nous guide tous. »

Haramis émit un petit rire ironique. « J'ai terriblement besoin d'une aide plus concrète.

– Les aborigènes t'assisteront dans ta quête, dans la mesure du possible... le peuple du marais, de la forêt et des montagnes. Comme les habitants humains du Ruwenda, ils révèrent le Trillium Noir.

– Dois-je emmener Uzun ? Il est âgé...

– Il t'accompagnera durant une partie du long voyage que tu dois entreprendre. C'est sa destinée de t'aider à accomplir la tienne. Mais tu devras affronter seule les épreuves les plus difficiles. »

Haramis s'adonna à l'introspection en considérant fixement les flammes de la tourbe qui brûlait faiblement dans l'âtre, et en tripotant son amulette. « Pouvez-vous me dire la nature de cette quête de la perfection de l'âme ?

– Non. Mais tu vas l'apprendre. »

– Alors, cria la Princesse, vous ne pouvez rien faire pour m'aider, en dehors de ce souper, de vos conseils et de vos bons souhaits ?

– Voilà ce que je peux faire. »

L'Archimage ouvrit le coffret de platine et fouilla à deux mains à l'intérieur. Elle se leva et, miraculeusesement, en fit sortir une plante verte bien trop grande pour avoir pu tenir, par des moyens normaux, dans cette boîte. C'était un trillium presque aussi grand qu'Haramis, avec ses racines, ses feuilles vernissées, ses cosses pleines de graines et une myriade de fleurs noires comme la nuit, aussi grandes qu'une main ouverte. Puis l'Archimage le posa sur la table.

Haramis cria d'étonnement. « Qu'il est beau ! Et il est vivant, ce n'est pas un minuscule fossile inséré dans l'ambre !

– C'est le dernier trillium noir vivant dans le monde connu.

– Et grâce à lui, nous vaincrons toutes les trois le roi Voltrik et Orogastus ! Je sais que c'est possible, Binah ! Je le sais ! » Haramis sauta sur ses pieds, toute lassitude oubliée, et s'abreuva de la vue de cette merveilleuse plante dont les fleurs avaient la même couleur que sa chevelure.

L'enchanteresse tendit la main, cueillit sous l'une des grandes feuilles quelque chose qu'elle déposa dans la paume d'Haramis, puis referma dessus les doigts de la jeune fille. Ensuite, par on ne sait quelle magie, elle remit le trillium dans le petit coffret de platine et referma le couvercle.

Haramis cligna des yeux, comme si l'on venait d'éteindre une brillante lumière, disparue avec la certitude qu'elle venait d'éprouver. « Et... c'est tout ? »

L'Archimage la prit par le bras et la conduisit jusqu'à la porte. « Ce que je viens de te donner te mettra sur la voie. Je garde la couronne du Ruwenda qui est ici en sécurité. Aucun ennemi n'y touchera. Souviens-toi seulement que ton véritable ennemi est Orogastus, et non le roi Voltrik. Mais il vit selon les lois de la magie qui déclarent qu'à chaque force doit correspondre une impuissance ou une vulnérabilité particulière. Si tu peux découvrir quelle est sa faiblesse et vaincre la tienne, tu triompheras. Je ne peux pas t'en dire plus. Maintenant, il faut que tu partes. Quant tu seras entrée en possession du Cercle Tri-Ailé, reviens me voir.

– Mais qu'est-ce que c'est, le Cercle Tri-Ailé ? demanda anxieusement Haramis.

– Tu le sauras quand tu le rencontreras, la rassura Binah. Adieu. »

Brusquement, Haramis se retrouva sur le tapis de verdure émaillé de fleurs, devant la tour moussue ; Uzun se tenait à côté d'elle, revêtu d'habits neufs. Elle se regarda et vit que sa robe et sa cape blanches, sales et fripées, avaient disparu et qu'elle portait maintenant un costume de laine blanche, bordé de fourrure de fédok albinos, et une cape doublée de la même fourrure ; elle était chaussée de solides bottes de cuir blanc. Sur le sol, il y avait deux sacs à dos et deux robustes cannes ferrées.

« Je suis prêt, Princesse », dit Uzun. Il lui sourit, ses joues rondes étaient aussi roses que des framboises mûres. « La Dame Blanche m'a même donné un nouveau flûtiau, afin que je puisse égayer notre voyage !

– Mais quel chemin allons-nous prendre ? » Haramis serra les poings de contrariété. Elle se souvint alors que l'Archimage lui avait mis quelque chose dans la main. Elle déplia les doigts et vit, dans sa paume, une minuscule cosse de trillium noir. Sans réfléchir, elle l'ouvrit. A l'intérieur, il y avait une rangée de graines ailées. De nouveau, sans pensée consciente, elle en sortit une et la jeta en l'air. A sa grande surprise, au lieu de dériver avec le vent, la graine flotta vers le nord, en direction des montagnes.

Sa voie semblait être une tourbière de montagne, dépourvue de chemin. Mais lorsque Haramis l'observa plus attentivement, elle vit une vague piste, telle que peut en tracer un petit animal se déplaçant entre les touffes d'herbe et les laîches.

« Je suppose, dit-elle, qu'on ne peut pas attendre un meilleur guide. On y va ? »

Les yeux fixés sur le minuscule point blanc qui flottait toujours, Haramis chargea son sac, prit une canne et s'engagea la première dans la tourbière, Uzun sur ses talons.

# VIII

On était au milieu de l'après-midi lorsque le guetteur du bachot de tête lança : « Trévista en vue! »

Pellan, le guide des marchands, capitaine en charge de la flottille labornoki improvisée, porta à ses lèvres un petit cor en or et souffla un appel sur trois notes. Immédiatement, les rameurs des quatorze bachots levèrent leurs avirons et les membres de l'équipage qui se tenaient à l'avant et à l'arrière de chaque embarcation jetèrent l'ancre dans l'eau boueuse et peu profonde. Pellan sonna un autre air plus compliqué et donna aux hommes de la rivière, tout suants, l'ordre de se détendre.

Un beuglement de colère s'éleva du gaillard d'avant et une voix râpeuse cria le nom de Pellan, agrémenté d'obscénités pittoresques. Bien que le voyage en amont depuis la Citadelle ait été accompli en un temps record, le général Hamil avait tout de même découvert un nouveau motif de plainte.

Le capitaine quitta en soupirant l'habitacle du gouvernail et traversa le pont arrière malodorant. A l'inverse des autres bateaux, celui-là ne transportait pas de chariots à provisions ou d'animaux de trait. Mais il y avait à bord les montures de la noblesse (Dieu seul savait quel usage les conquérants espéraient en faire dans les marécages dépourvus de chemins), avec leur nourriture et leur sellerie, des sacs de cuir pleins d'armes et d'armures. Une bande de vingt ou trente valets d'écurie, de soldats et de laquais se prélassaient à l'arrière, jouaient, ronflaient ou échangeaient des plaisanteries salaces avec les rameurs.

Pellan fit une pause au niveau du petit rouf qui abritait la coquerie et son propre logement, réquisitionné par le sorcier Orogastus et ses deux acolytes malveillants, et commanda que l'on serve une importante ration de vin aux rameurs épuisés et un verre aux roturiers labornoki pour éviter leurs réclamations.

Puis il passa vivement devant un groupe de sergents qui lui lancèrent des regards furieux parce que la halte de la flottille les privait d'une brise rafraîchissante, et arriva enfin sur le pont avant. Un auvent avait été dressé là pour les passagers privilégiés, parmi lesquels l'escouade de chevaliers du prince Antar, le général Hamil et la poignée d'officiers sortis du rang qu'il avait emmenés dans cette expédition de reconnaissance, ainsi que le Maître Marchand Edzar, porte-parole officiel fraîchement nommé et envoyé aux aborigènes de Trévista au nom des forces d'occupation.

La plupart des jeunes chevaliers étaient appuyés au bastingage et regardaient au loin, dans le vain espoir d'apercevoir la fabuleuse cité insolite. Sans leurs flamboyantes armures émaillées, c'était une bande de brutes un peu miteuses, habillées de sarraus tachés de sueur et de rouille, et de pantalons étroits. Les nobles et les officiers supérieurs étaient aussi en tenue très simple, qui ne tranchait sur les chevaliers que par sa propreté relative. Le gros Maître Marchand était revêtu d'un costume aussi recherché qu'un courtisan assistant à une audience royale : le tabard vert brodé d'or de sa guilde sur une robe de cérémonie en gaze orange, le tout couronné d'un extraordinaire chapeau à larges bords, tissé dans un matériau vert feuille et orné d'une guirlande de fleurs fraîches.

« Pourquoi s'est-on arrêté ? demanda le général Hamil à Pellan d'un ton fort impoli. Si Trévista est encore en amont, alors secouez un peu votre couenne et repartons ! On vous a dit qu'on voulait y arriver le plus vite possible. »

La flottille s'était immobilisée au milieu du cours inférieur de la Mutar, si large à cet endroit que les rives du Bourbier Noir se trouvaient presque à une lieue de chaque côté. Pellan salua d'un air détaché l'officier renfrogné. « Mon général, il faut suivre le protocole des Maîtres Marchands et attendre que les Nyssomus nous escortent jusqu'à Trévista.

– Les marchands ! s'exclama le commandant en chef des Labornoki. Nous ne sommes pas une bande de colporteurs, nous sommes des conquérants... et nous ne connaissons pas d'autre protocole que le nôtre ! Levez l'ancre, cervelle de limace, et partons !

– Monsieur, ce serait peu judicieux. Je ne me considérerais plus responsable de ce qui peut survenir. » Le renégat ruwendien avait un visage aussi brun et aussi dur que ses vieux vêtements de cuir. Une barbe de trois jours blanchissait ses mâchoires et son expression frisait l'insolence. « Les Insolites sauvages sont très chatouilleux. On ne peut pas savoir comment ils réagiraient si nous faisions irruption dans Trévista sans...

– Le Ruwenda est à nous et nous faisons ce qui nous plaît! rugit Hamil en tirant son épée. Maintenant, vous avancez ou je ventile votre gosier! »

Pellan, impavide devant la menace, se tourna vers le Maître Marchand labornoki qui venait de régaler le Général et ses copains d'histoires sur les légendaires cités perdues des Disparus. « Parlez-lui, Maître Edzar. On dirait qu'il ne comprend pas la situation... » Le marinier poussa un cri strident lorsque Hamil saisit une poignée de ses cheveux grisonnants et leva son épée.

« Général! Arrêtez! »

Le prince Antar, très abattu depuis le matin, était resté assis tout seul à l'avant; il se fraya un chemin dans la foule des chevaliers qui attendaient, pleins d'espoir, que le sang coule, et vint affronter le vieux soldat solidement charpenté. De mauvaise grâce, Hamil lâcha le capitaine. Pellan fila hors de portée et le Maître Marchand s'avança pour saluer le Prince.

« Laissez-moi expliquer la situation, Monseigneur. Je suis sûr que notre nouvel allié n'avait à cœur que les intérêts du Labornok.

– Il ferait mieux, murmura Hamil, ou il va se retrouver au fond de la Mutar où les vers des marais grignoteront ses bijoux de famille. »

La plupart des chevaliers éclatèrent de rire, mais le Prince répondit : « Parlez, Maître Edzar.

– Trévista est là-bas. » Le Maître Marchand fit un geste en direction d'une série de tertres bas, lointaines taches de vert ombré de violet foncé qui miroitaient dans la brume de chaleur et remplissaient le chenal principal de la Mutar, d'une rive à l'autre. « Elle s'étend sur ce chapelet d'îles, au confluent de la Vispar et du cours supérieur de la Mutar. Mais elle ne ressemble pas au genre de cité qui vous est familière et la Foire de Trévista n'a pas toujours lieu au même endroit. Elle se déplace, selon le caprice des Nyssomus du coin, si bien que même les guides des marchands, tel que notre valeureux ami Pellan, ne peuvent pas dire où on la découvrira aujourd'hui. »

Osorkon, le gigantesque adjoint d'Hamil, eut un rire moqueur. « Une cité sur une île... et vous ne pouvez pas localiser un misérable marché d'Insolites, même s'il glisse comme un poisson-ressort dans la boue chaude.

– Trévista n'est pas sur une seule île, Lord Osorkon. » La main d'Edzar balaya l'horizon. « Elle est sur toutes. »

L'assemblée en resta bouche bée.

« C'est, ou plutôt ce fut, le plus grand triomphe architectural des Disparus. A côté d'elle, l'immense citadelle du Ruwenda n'est qu'un repaire grossier, un refuge contre le désastre inconnu qui finit par abattre l'ancienne race. Chacune de ces centaines d'îles est couronnée de ruines, et entre elles s'enchevêtre un dédale de canaux dont les murailles s'enfoncent profondément dans le lit de la rivière. Il y a des portes d'écluses, d'immenses ponts, des chantiers navals effondrés... toutes sortes de structures riveraines, sans parler des bâtiments publics abandonnés, des somptueuses demeures délabrées, et d'un grand nombre de places et d'arcades engorgées par la végétation d'une épaisse jungle, là où les Nyssomus s'abstiennent d'intervenir.

– Une grande partie de la Cité est habitée par les aborigènes ? demanda le Prince.

– On n'en sait rien, Monseigneur. Les Nyssomus sauvages dédaignent tout contact social avec l'humanité. Ils nous conduisent, nous les marchands, à l'endroit qui leur plaît, et les Insolites nous présentent alors des marchandises qui, pensent-ils, peuvent nous intéresser. » Évitant le regard furieux d'Hamil, il ajouta : « Si cette flottille entrait dans Trévista sans leur permission – vous remarquerez que je ne dis pas *sans être annoncée*, car ils savent déjà que arrivons –, il est probable que pas un seul Nyssomu ne daignerait montrer son visage. Nous trouverions l'endroit désert. Quant à envahir Trévista en vue de la conquérir, une telle entreprise serait vaine. Ce vaste assemblage de ruines n'a de valeur que par ses marchandises, et pour les avoir, il faut cultiver la bonne volonté des Insolites.

– Bien parlé, Maître Edzar. » Le Prince jeta un coup d'œil lourd de sens au Général. « Et si nous gagnons leur confiance – en leur affirmant que le commerce continuera sans interruption sous la domination du Ruwenda par le Labornok –, croyez-vous qu'ils coopéreront ?

– On peut l'espérer, Monseigneur.

– On va tout de même installer une garnison dans cette foutue Trévista ! déclara Hamil. C'est l'ordre du roi Voltrik. Et ces petits piétineurs de marais feraient mieux de ne pas s'entendre avec les Princesses fugitives pour nous trahir !

– Il est évident, répliqua calmement le Prince, que les Nyssomus seront plus loyaux envers les Princesses qu'envers nous. Il faudra localiser les jeunes filles en utilisant les finesses de la diplomatie et non en déployant grossièrement nos forces. » Son regard balaya les chevaliers assemblés et finit par se reposer sur le visage du général Hamil. « Est-ce clair ?

– Parfaitement, gronda Hamil, mon Prince, ajouta-t-il à retardement.

– Esquif venant de Trévista en vue ! » lança le guetteur.

La plupart des chevaliers revinrent en courant au bastingage pour guetter l'étrange petite embarcation. Elle n'était propulsée ni par des avirons ni par une voile, et pourtant elle approchait à grande vitesse en laissant derrière elle un sillage en V qui miroitait sur l'eau stagnante. Elle semblait porter un seul occupant et était décorée de fleurs à profusion, de la poupe à la proue.

« Qu'est-ce qui lui fournit sa force motrice ? » demanda Lord Owanon ébahi.

Pellan qui, hors de portée du général Hamil, avait recouvré sa dignité, répondit : « Elle est traînée par une paire de rimoriks, des animaux aquatiques qui ressemblent à de grands pelriks. Malheureusement, ces bêtes refusent de se laisser domestiquer par les humains. Même parmi les Nyssomus, peu nombreux sont ceux qui savent les conduire, car c'est une technique qu'ils doivent apprendre de leurs cousins sauvages, les Uisgus. Des membres de cette tribu viennent régulièrement à Trévista pour apporter des marchandises venant des étendues septentrionales du Bourbier. »

Le Prince prit Edzar par l'épaule et le tira à part, vers le rouf du milieu du navire. « Expliquez-moi ce que vous vouliez dire en affirmant que notre flottille était annoncée. Est-ce que les Insolites de Trévista ont pu suivre notre caravane en dépit de l'allure redoublée que nous avons gardée pour remonter la rivière ? »

Le Maître Marchand haussa les épaules. « Monseigneur, ils se parlent à distance en utilisant un langage sans parole, comme lorsque Lord Orogastus donne ses ordres aux Voix, ses acolytes. »

La porte de la cabine de Pellan s'ouvrit si brusquement que le Prince et le Maître sursautèrent. Le Grand Sorcier lui-même, de blanc et noir vêtu, apparut, la partie supérieure de son visage dissimulée par son capuchon. Derrière lui se tenaient deux autres silhouettes, tout aussi dissimulées par leurs capes, les acolytes que l'on appelait les Voix, un râblé habillé de rouge et un grand maigre en bleu.

« C'est exact, entonna Orogastus. Les non-humains emploient une forme grossière de télépathie et, à l'occasion, sont même capables de percevoir des événements à distance grâce à la Double Vue... bien que leur maîtrise de ces deux pouvoirs soit très inférieure à la mienne. »

Le Prince ordonna au Maître Marchand de les laisser; quand l'homme fut parti, il dit froidement à Orogastus : « Grand Ministre, vous ne m'avez jamais parlé de cela.

– Ce n'était pas nécessaire. Cela n'importait guère durant l'invasion et nous n'avons jamais eu l'intention de faire la guerre aux aborigènes. Au contraire... ces créatures pourront nous être très utiles.

– Alors vous avez l'intention de conclure une alliance avec ces petits Insolites, comme avec les Skriteks ? Mon royal père me l'a laissé entendre durant la marche vers la Citadelle. » Antar parlait sèchement, sur un ton qui combinait la déférence et le ressentiment. Il avait vingt-six ans, mais ni le Roi ni son mystérieux Grand Ministre d'État n'avaient jugé bon de lui confier leurs plans à longue échéance.

« Nous conclurons des alliances politiques avec certaines tribus quand l'heure sera venue (Orogastus agita la main comme pour écarter quelque chose), mais non avec ces misérables Nyssomus. Ils ne nous sont utiles qu'en vendant les herbes médicinales, les épices et les autres produits du marais. Ils ont depuis longtemps recueilli les artefacts anciens les plus intéressants de Trévista et des cités abandonnées les plus proches, et, du fait de leurs liens avec les Ruwendiens, je ne crois pas qu'ils se donneraient beaucoup de mal pour nous fournir d'autres mécanismes antiques. Cependant, d'une manière ou d'une autre, j'ai l'intention d'envoyer les Insolites qui nous sont acquis ratisser les régions les plus écartées du Bourbier Dédaléen où sont dissimulées certaines machines des Disparus, douées d'une magie exceptionnelle. Correctement utilisées, elle permettront au Labornok d'étendre sa domination non seulement sur la Péninsule, mais sur tout le monde connu. »

Le Prince sentit son cœur se serrer. C'était pour cela que le roi Voltrik avait nommé Grand Ministre ce parvenu contre l'avis de ses conseillers plus conservateurs! Le Sorcier se jouait-il tout simplement de la crédulité de Voltrik, ou ce projet fou avait-il quelque fondement?

Le visage d'Antar révéla un scepticisme indulgent. « Ah, vraiment? Un jour, le Labornok régnera sur le monde...? Pas étonnant que vous nous ayez poussés à déclarer la guerre au Ruwenda! Mais cela aussi, c'est nouveau pour moi. Quelle est la nature de ces gadgets prodigieux que vous cherchez et comment en avez-vous eu connaissance?

– Nous discuterons de cela une autre fois, mon Prince. L'embarcation venue de Trévista est presque arrivée et votre requête concerne des questions de politique royale qui ne peuvent être énoncées que par le Roi lui-même. »

Un chuchotement sifflant parvint du serviteur en robe rouge, qui se tenait derrière le Sorcier, et Orogastus hocha la tête.

« La Voix Rouge me rappelle qu'il faut vous dire que la santé de votre royal père a encore empiré. Ma Voix Verte, présente à son chevet, vient de nous annoncer la nouvelle, il y a peu de temps. Le roi Voltrik a une forte fièvre et des humeurs nocives infectent sa main blessée. J'ai chargé ma Voix Verte de lui administrer, sur mon ordre, le plus puissant remède connu, la Pastille Dorée. Cela devrait procurer du soulagement à notre Roi dans deux ou trois jours. »

Le Prince fronça les sourcils. « Pourquoi ne pas lui avoir donné ce remède miracle plus tôt?

– C'est un médicament des Disparus, mon Prince; il n'en reste que bien peu et on ne le prescrit que pour les maladies qui mettent la vie en danger. J'avais espéré que la blessure du roi Voltrik réagirait au traitement ordinaire du médecin royal. Puisque ce n'est pas le cas, la thérapie plus drastique de la Pastille Dorée semble indiquée.

– Et celle-ci va le guérir à coup sûr ? »

Le Sorcier hésita. « Je ne l'ai jamais vue échouer. Mais je n'ai osé l'utiliser que cinq fois – trois fois pour moi, une fois pour la Voix Bleue, et une fois pour la défunte Princesse Shonda, la seconde épouse de votre père, quand une épine qu'elle s'était enfoncée dans le pied avait provoqué une infection. La blessure de votre royal père est, hélas, particulièrement dangereuse. C'est pourquoi je parle fréquemment à distance avec mon acolyte, et veille de près sur le Roi grâce à ma Double Vue. »

Le visage du prince Antar, perdu dans ses pensées, s'était assombri. « Je me souviendrai de mon royal père dans mes prières... Et vous, Sorcier, vous devriez recommander avec plus de ferveur notre Roi aux dieux exotiques que vous connaissez. Car si Voltrik mourait, le chagrin du Labornok serait profond. Et qui sait si certains plans intrépides ne pourraient pas, alors, être annulés ? »

Antar tourna brusquement les talons et s'éloigna.

La Voix Rouge chuchota : « Celui-là sera moins malléable que son père, Maître tout-puissant. »

La Voix Bleue dégingandée, qui se tenait tout près de l'épaule droite de l'enchanteur, murmura : « Ce serait un plaisir pour nous de le rendre plus conciliant.

– Non, dit fermement Orogastus. Pas encore. Mais ton zèle me plaît. Quand le moment approprié viendra, tu seras chargé de modifier l'attitude du Prince, et tes efforts couronnés de succès seront richement récompensés. »

# IX

L'esquif fleuri des Nyssomus, avançant à une allure majestueuse, conduisit la flottille jusqu'à l'île la plus proche de Trévista qui semblait être la destination choisie. A l'avant du bachot amiral, Lord Osorkon brandissait bien haut la bannière rouge sang du Labornok; les chevaliers et les troupes des treize autres embarcations transportant les chariots de ravitaillement avaient revêtu leurs armures et leurs capes pour se présenter sous leur aspect le plus imposant à leur entrée dans la cité.

« Quelle pitié que cette fois-ci nous n'allions pas jusqu'aux îles intérieures, fit remarquer joyeusement Edzar, le Maître Marchand. Il y a là des ponts spectaculaires et les ruines, fort intéressantes, d'un observatoire astronomique meublé de curieux piédestaux qui devaient supporter une sorte d'équipement mystérieux. Cependant, je pense que vous trouverez cette île extérieure assez intéressante, et la chose la plus importante, après tout, ce n'est pas de visiter la ville, mais d'obtenir une première entrevue satisfaisante avec la Clairvoyante Frolotu et ses associés.

– Cette Clairvoyante est la souveraine de Trévista dont vous m'avez parlé plus tôt ? » s'enquit le Prince. Ses hommes, ses officiers et lui avaient aussi passé leur armure et Antar portait une couronne sur son heaume bleu ailé.

« La Clairvoyante ne règne pas, mon Prince, elle parle seulement au nom de son peuple et sert d'intermédiaire entre les Maîtres Marchands et les Nyssomus. Mais, dans cette cité, c'est ce qui ressemble le plus à une autorité centrale – et il est impossible de la tromper. On dit qu'elle peut lire dans les esprits.

– C'est vrai ? » demanda Orogastus, s'avançant avec ses deux acolytes pour rejoindre les autres sur le pont avant.

Le Maître s'éclaircit nerveusement la gorge. « Je ne peux rien affirmer, Monsieur. Je l'ai vue faire preuve d'une connaissance étrange du *tempérament* des gens... si vous saisissez ma pensée.

– Vous voulez dire, déclara Antar en coupant la parole au Sorcier, que cette Clairvoyante distingue un homme sincère d'un menteur ?

– Presque certainement. Et... euh... nos négociations n'en seront que plus difficiles. Surtout en ce qui concerne la recherche des Princesses. Nous devrons déployer beaucoup de tact...

– Au diable votre tact ! explosa le général Hamil. Si les Insolites refusent de nous aider à les trouver, alors nous prendrons des otages et nous les y forcerons. Peut-être que cette Clairvoyante elle-même apprécierait la célèbre hospitalité de Lord Osorkon ! »

L'adjoint d'Hamil, une fois de plus caparaçonné de son effroyable armure noire, lâcha un rire sardonique. « Ce serait avec plaisir. »

Edzar haussa les épaules. « Si vous faites Frolotu prisonnière, les Nyssomus se contenteront de nommer une autre Clairvoyante. Il est très probable que toute la tribu disparaîtrait comme la brume à midi, ce qui mettrait un terme à notre commerce avec eux. Comme j'ai déjà essayé de vous l'expliquer, mon Général, quand nous traitons avec ces étranges créatures, notre liberté d'action est très limitée. »

Hamil pivota sur ses talons pour s'adresser au Sorcier. « Alors il faut que vous utilisiez votre magie pour les contraindre !

– Nous verrons, répliqua Orogastus d'un ton doucereux.

– Puisque c'est moi qui commande cette expédition, dit le prince Antar, il est bien entendu que je serai le seul à négocier avec cette Clairvoyante. L'invasion du Ruwenda par le Labornok fut entreprise pour une raison essentielle : régler nos griefs commerciaux de longue date et nous garantir un approvisionnement régulier de produits indispensables, comme les métaux et le bois de construction. Je parle pour mon royal père en disant que *rien* ne doit compromettre ce commerce. Ni la convoitise du Grand Ministre d'État pour quelque mystérieuse pacotille antique, ni surtout la poursuite entêtée de trois malheureuses jeunes filles par notre Général. En cela, je veux être obéi !

– Certainement, mon Prince », dit Orogastus en souriant.

Les yeux d'Hamil passèrent, en une fraction de seconde, d'Antar et de ses vingt chevaliers armés qui s'étaient avancés discrètement pour l'entourer, au Sorcier et à ses mystérieuses Voix. Pour finir, il dit : « Je suis un soldat qui obéit aux ordres de son Roi et c'est vrai, mon Prince, qu'il vous a donné toute autorité sur cette expédition. Je ferai donc ce que vous me dites... jusqu'à ce que le roi Voltrik en personne m'ordonne d'agir autrement. »

Antar soupira. « Cela suffira. » Il se détendit visiblement, ainsi que tous ses chevaliers; alors tout le monde se précipita de nouveau au bastingage pour ne pas manquer les premières vues de Trévista.

L'esquif, avec son unique pilote nyssomu, mena la caravane dans un canal qui semblait être une simple brèche au cœur de l'épaisse jungle. Des arbres gigantesques d'une espèce inconnue, avec des troncs adventifs semblables à des arcs-boutants, s'élançaient à plusieurs centaines d'ells dans le ciel. Ils formaient une voûte émeraude de végétation enchevêtrée qui paraissait encore plus impénétrable que la partie du Bourbier déjà traversée par les envahisseurs. Au bord du canal, il y avait des massifs d'étranges plantes aux feuilles rouges et vertes aussi grandes que des portes, dont les nervures médianes et les veines étaient parsemées d'épines dorées. Des lianes grosses comme des câbles, portant des guirlandes de fleurs violettes, blanches et roses, pendaient des arbres recourbés en demi-cercle au-dessus de leurs têtes et traînant languissamment dans l'eau sombre. L'air lourd était plein de fragrances enivrantes et d'une odeur de pourriture beaucoup moins agréable. Des oiseaux, des insectes et d'autres animaux de la forêt entamèrent une cacophonie de cris dès que les embarcations entrèrent dans le canal, et le concert dura jusqu'à ce que l'aborigène se lève, dans son esquif, et lance un gazouillis perçant.

Alors le silence régna soudain, troublé seulement par les plongeons des avirons. Edzar, le Maître Marchand, montra quelque chose du doigt, sans un mot, lorsque la flottille s'engagea lentement dans un tournant.

Tout d'abord, les hommes du Labornok ne distinguèrent qu'une étendue ininterrompue de verdure. Mais comme si leurs yeux s'accoutumaient à une nouvelle manière de voir, des formes monumentales pratiquement ensevelies sous la végétation rampante commencèrent à se dessiner de toutes parts. C'étaient des bâtiments – des palais, plutôt – à côté desquels les manoirs de Derorguila ressemblaient à de simples huttes de paysans. Splendides bien que dévastés, ils se dressaient côte à côte en bordure de l'eau, et leurs fondations formaient les murailles d'un grand chenal de cinquante ells de large. Tandis qu'ils défilaient devant ces merveilles, les chevaliers et les soldats restaient bouche bée ou criaient comme des enfants excités.

Partout s'offraient à leur yeux de magnifiques exemples de maçonnerie et de sculpture. Beaucoup de ces anciens édifices avaient des façades en mosaïque aussi colorées que d'exubérantes fleurs tropicales. Certains possédaient, en retrait, des jardins échelonnés sur plusieurs niveaux. D'autres présentaient des restes de portiques d'un dessin exquis, ou des galeries ouvertes avec des piliers cannelés en partie effrités, ou des esplanades en ruine entourées de balustrades richement sculptées. De mystérieuses statues délabrées et d'immenses urnes brisées ne se montraient qu'en partie sous leurs suaires verdoyants. Des arbres et des arbustes jaillissaient, gauchissant les étendues multicolores de pavés qui avaient été autrefois de grandes places à ciel ouvert. Mais personne n'aurait osé dire que la jungle avait reconquis Trévista : l'ancienne métropole exsudait encore une aura de pouvoir et de beauté sophistiquée à peine diminuée par les siècles.

L'esquif pilote conduisit les bateaux dans un chenal transversal et, presque aussitôt, la végétation qui masquait les ruines commença à changer de caractère. La plupart des structures colossales semblaient aussi recouvertes qu'avant, mais une partie des rues et des chemins qui les séparaient avaient été nettoyée. La flottille se rapprocha d'une grande place carrée située sur la rive droite avec, en son centre, une fontaine qui coulait encore. Une grande volée de marches basses flanquées de lampadaires en forme de piliers menait de la place au bord de l'eau. Environ deux douzaines de Nyssomus les attendaient, agglomérés en haut de l'escalier. Il n'y avait pas d'autres indigènes en vue.

« Mais où est la foire ? demanda le général Hamil. Par les saints boyaux de Zoto... les Insolites se sont bel et bien enfuis ! »

Le Maître Marchand fit la grimace et chuchota : « Doucement, je vous en prie, mon Général ! La Clairvoyante Frolotu et sa délégation tribale pourraient se vexer.

– Cherchez-les, Sorcier ! insista Hamil. Est-ce que ces petits baiseurs de boue à la peau visqueuse ne nous tendent pas une embuscade ?

– Silence, imbécile », rétorqua Orogastus. D'un geste bref, il fit avancer les deux Voix qui tombèrent à genoux côte à côte sur le pont du bachot, face à la place. Hamil et le prince Antar avaient déjà vu le Sorcier utiliser ses serviteurs pour la Double Vue ; mais les chevaliers, les officiers et le Maître Marchand regardèrent avec curiosité Orogastus prendre place derrière la paire, rejeter sans cérémonie les capuchons bleu et rouge et poser les mains sur les deux crânes rasés.

La propre tête du Sorcier était découverte, et sa chevelure de neige semblait rayonner dans le crépuscule vert de cet après-midi tropical. Lentement, il ferma les yeux. Ceux qui les examinaient attentivement crurent voir les orbites des dociles Voix se transformer brusquement en trous noirs et vides. Il y eut quelques jurons émis à voix basse et quelques soupirs d'étonnement parmi les chevaliers, qui replongèrent dans un silence stupéfait lorsque les paupières d'Orogastus se rouvrirent pour révéler, sous ses noirs sourcils, deux petites étoiles flamboyantes. Il leva les mains et tourna lentement sur lui-même, scrutant apparemment tout ce qui entourait la place, ainsi que le groupe de structures en forme de dômes, sur la rive opposée du canal.

Puis ses yeux se fermèrent. Les deux acolytes, jusque-là rigides, furent parcourus de mouvements convulsifs et gémirent, leurs yeux revinrent à leur position normale, puis ils s'effondrèrent, inconscients. Le visage du Sorcier reprit aussi son aspect habituel avant de replonger dans l'ombre de son capuchon.

« Il y a environ quatre cents Nyssomus cachés dans les bâtiments, de l'autre côté du canal, dit calmement Orogastus. Ils nous observent et n'ont ni peur ni intention hostile. Je vous conseille de débarquer et de procéder à la rencontre. Il n'y pas de danger. »

Avec désinvolture, il se pencha et prit ses associés inertes par le nez. Tous deux se relevèrent d'un mouvement fluide, comme si on les tirait hors de l'eau, et restèrent debout, la tête pendante, les yeux encore clos. Orogastus leur fit signe de le suivre et se dirigea vers la cabine de Pellan ; Voix Rouge et Voix Bleue, à demi comateux, le suivirent en traînant les pieds.

« Après s'être reposés, les deux laquais ensorcelés seront de nouveau en pleine forme, dit sèchement le prince Antar à ses hommes frappés de terreur. Reprenez-vous et, pour l'amour de Dieu, tenez vos boucliers plus haut et formez une garde d'honneur convenable quand nous débarquerons. »

L'esquif avait déjà abordé au débarcadère, assez grand pour accueillir les quatorze grands bachots. Quelques Nyssomus descendirent avec peine les marches pour aider à l'amarrage et Pellan amena l'embarcation amirale devant l'escalier, ordonna de lever les avirons et la conduisit habilement à quai.

Le prince Antar, précédé par le Maître Marchand, Lord Osorkon portant la bannière labornoki et le général Hamil accompagné de ses quatre écuyers, franchit la passerelle de débarquement et, une fois sur le quai, attendit ; vingt chevaliers, le bouclier au bras et la lance ornée du guidon en position de parade, se rangèrent derrière lui. Les soldats et leurs sergents s'alignèrent le long du bastingage des bachots, avec leurs arbalètes et leurs autres armes.

« Salut à vous, Nyssomus de Trévista ! » s'écria Maître Edzar d'un ton solennel, en se servant de la langue commune à toutes les nations de la Péninsule. Il répéta la salutation en nyssomu et continua ainsi sa traduction durant tout le reste de son discours.

« La grande nation du Labornok, qui a paisiblement négocié avec les Nyssomus de Trévista durant plus de quatre siècles par des intermédiaires ruwendiens, déclare que son commerce sera dorénavant conduit librement et directement, et non plus par des revendeurs vénaux. Les Nyssomus et les Labornoki tireront également profit de ce changement !... De nombreuses et graves insultes lancées au Labornok par les représentants arrogants et avides du Ruwenda ont poussé à bout la patience de notre grand roi Voltrik... A la tête d'une puissante armée labornoki, il a assouvi une juste vengeance sur les lâches Ruwendiens qui se sont rendus à lui sans conditions, il y a trois jours... Maintenant le Ruwenda et le Labornok sont unis en une grande nation. Les caravanes de marchands continueront, comme avant, de venir à Trévista. Les Nyssomus peuvent se réjouir, avec le Labornok, de voir supprimé l'injuste fardeau des taxes ruwendiennes, ce qui permettra aux deux peuples de prospérer et de constater que la paix et les richesses profitent à toutes les personnes de bonne volonté ! »

Le Maître Marchand leva les bras, largement écartés. Sur chaque bachot, des clairons sonnèrent à l'unisson. Les Nyssomus plissèrent leurs immenses yeux jaunes, mais ne bougèrent pas. Edzar s'éclaircit la gorge et conclut :

« Le bon roi Voltrik vous envoie son fils bien-aimé, le prince héritier Antar, porteur de l'autorité du trône labornoki. Durant les jours à venir, le Prince discutera avec vous des nouvelles relations entre nos deux peuples, qui seront plus amicales que jamais !... Et maintenant, le prince Antar désire transmettre ses félicitations à la digne Clairvoyante de Trévista. »

Le Maître Marchand s'écarta et fit un profond salut au Prince qui s'avança. Le petit groupe d'aborigènes agglutinés en haut des marches demeura un moment immobile. Puis une Nyssomu descendit l'escalier et s'approcha d'Antar. Une grande collerette et des manchettes de fleurs bleu ciel agrémentaient sa robe tissée d'herbes sèches. Sa tête était couronnée des mêmes fleurs et elle portait un simple roseau vert qu'elle pointa, sans cérémonie, vers le Prince déconcerté.

« Antar de Labornok », dit-elle en langue humaine. Sa voix, musicale, portait au loin. « Celle-ci est Frolotu, la Clairvoyante choisie par notre peuple. Nous avons l'habitude d'être francs avec les humains et celle-ci vous fera l'honneur de s'adresser à vous sans artifice. Nous avons écouté le beau discours de votre marchand et scruté son contenu, séparant la vérité du mensonge. Celle-ci vous demande la permission de vous questionner. »

Le roseau restait pointé droit vers le cœur du Prince qui s'aperçut qu'il transpirait fortement à l'intérieur de sa belle armure de parade. « Posez-moi vos questions, dit-il d'une voix basse.

« Est-ce que le Labornok a l'intention de nuire aux Nyssomus ?

– Je déclare que nous ne vous ferons aucun mal.

– Est-ce que vos marchands continueront à payer nos marchandises à un juste prix ?

– Je déclare qu'ils le feront.

– Que demandez-vous d'autre, aux Nyssomus de Trévista, en dehors de la reprise du négoce ?

– Nous... nous souhaitons installer une petite colonie ici, comme camp de base pour nos explorations à l'intérieur du Bourbier Dédaléen.

– Vous souhaitez cantonner ici des troupes armées !

– Oui. C'est ce qu'a ordonné mon royal père, afin que les fugitives ruwendiennes, qui sont les ennemies du nouveau régime, ne puissent pas perturber le commerce. »

La tristesse brilla dans les yeux immenses de la Clairvoyante, mais elle continua à parler sans émotion et jamais le roseau ne trembla. « Ceux que vous appelez vos ennemis ont été longtemps nos amis. Vous les avez vaincus grâce à la magie noire et à une force armée écrasante. Vous avez cruellement exécuté le roi et la reine du Ruwenda ainsi que leur noble cohorte, dont le seul crime fut de défendre leur pays contre votre invasion. Vous poursuivez maintenant les Trois Pétales du Trillium Vivant, les princesses du Ruwenda, et vous les mettrez aussi à mort.

– Oui, dit le Prince. Mais ces affaires humaines ne vous concernent en rien. Nous ne demandons pas que vous nous aidiez à chercher les Princesses. Si vous y faites obstacle, vous pouvez vous attendre à notre colère. Si vous ne bougez pas, je vous affirme qu'aucun citoyen du Labornok ne vous fera de mal ou ne vous insultera. Nous paierons pour le logement et la nourriture de la garnison; et le commerce reprendra normalement dès que ce sera possible. »

La Clairvoyante traça en l'air, sur le Prince, un dessin à trois lobes. Puis elle demeura silencieuse un moment avant de reprendre. « Antar de Labornok, vous avez dit la vérité à celle-ci. Les Nyssomus de Trévista sont d'accord pour rouvrir la foire et traiter avec vos Maître Marchands à notre façon habituelle. La foire se tiendra sur une autre île dont la localisation vous sera révélée en son temps.

– Merci, dit le Prince.

– Nous vous permettons d'établir ici votre garnison, sur cette place appelée Lusagira. Vous pourrez, si vous voulez, utiliser les bâtiments qui l'entourent et chaque jour se tiendra autour de la fontaine un marché où des aliments et certaines autres marchandises pourront nous être achetés à leur juste prix.

– De nouveau, merci à vous. »

Le petit être exposa à grands traits les restrictions imposées à la garnison : les soldats pourraient parcourir librement les canaux de Trévista, mais non gagner la terre ferme sans y être invités par les Nyssomus. La région située en face de Lusagira, de l'autre côté du canal, où un certain nombre de Nyssomus vivaient parmi les ruines, était complètement interdite aux humains, à moins que la Clairvoyante elle-même décide de faire une exception. Enfin, les aborigènes de la ville auraient libre accès à la place durant le jour, bien que les humains puissent leur interdire leurs propres bâtiments.

« Nous consentons volontiers à tout cela, dit Antar. Et maintenant, puisque le soleil va se coucher, nous vous demandons la permission de débarquer nos hommes et d'installer un campement provisoire avant la tombée de la nuit.

– Tous peuvent débarquer (le roseau de Frolotu décrivit un arc de cercle jusqu'à la droite du Prince, indiquant trois silhouettes restées à bord du bachot de tête), sauf *lui.* »

Antar et ses compagnons se retournèrent pour voir Orogastus debout avec ses Voix près du rouf. Le Sorcier s'inclina d'un air moqueur devant la Clairvoyante.

« Il doit quitter cet endroit dès demain, poursuivit-elle, et ne pas y revenir, autrement tout ce que les Nyssomus ont consenti sera nul et non avenu. » Des larmes commencèrent à couler doucement sur ses joues bien que son expression restât impassible.

Antar soupira. Le brouillard se levait du canal, il se sentait mal dans son armure gluante et mourait de faim. « Je suis d'accord aussi avec cela, Clairvoyante Frolotu. Y a-t-il autre chose ? »

Le roseau vert s'abaissa et l'aura de pouvoir, l'irrésistible intégrité de la silhouette couronnée de fleurs parurent s'écouler d'une façon palpable, laissant une petite femelle non humaine en larmes dont la force d'âme était sur le point de se briser.

« Nous n'avons plus rien à nous dire, Prince. C'est un temps de deuil et tous les cœurs nyssomus sont lourds. Néanmoins, mon peuple va apporter de la viande et des fruits frais à votre corps expéditionnaire. C'est un cadeau librement accordé, ainsi que les bâtiments mis à votre disposition. Peut-être nous verrons-nous de nouveau à la Fête des Trois Lunes... si les Seigneurs de l'Air nous accordent, à tous deux, de vivre jusque-là. »

Elle remonta les marches comme un coureur épuisé par un long parcours. Elle et les autres Nyssomus traversèrent lentement l'immense place, pénétrèrent dans un passage envahi par la végétation, entre deux bâtiments en ruine, et disparurent dans l'ombre qui s'épaississait.

Bien plus tard ce soir-là, une fois les hommes cantonnés dans leurs tentes et les feux de camp mis en baisse, Antar sortit de son pavillon et, inquiet, arpenta nerveusement le quai. Les bruits nocturnes étaient sonores et irritants; aucune brise n'ébranlait l'air humide. De l'autre côté du canal, de faibles petites lueurs de différentes couleurs dansaient de-ci, de-là dans le quartier des Insolites. Un rayonnement verdâtre et maladif émanait de la fenêtre de la cabine où Orogastus et ses laquais s'étaient enfermés, et il en sortait un chant à peine audible dans le vacarme des créatures nocturnes de la jungle. Avec une grimace, Antar se détourna de cette partie de l'appontage et remonta la chaîne de bateaux désertés jusqu'au tout dernier où un unique soldat veillait sur le pont avant, une lanterne à ses pieds.

S'étant identifié, le Prince monta à bord. « Tout est tranquille sur le canal ?

– Oui, Monseigneur. » L'homme hocha le menton en direction des lumières scintillantes de l'autre rive. « Les Insos s'agitent fort, là-bas. De temps en temps, il y a je ne sais quoi qui se déplace devant leurs lumières. Et une grosse bestiole avec des yeux qui brillent est venue nager par ici tout à l'heure, et elle a attrapé et mangé quelque chose qui poussait des cris pitoyables. A part ça, tout va bien. »

Antar flâna jusqu'au bastingage de l'avant et regarda de l'autre côté de l'eau noire. « Qu'est-ce que vous pensez de ces Insolites ? Est-ce des animaux intelligents, comme nos sages nous l'ont toujours enseigné, ou de véritables personnes ? »

Le soldat se racla la gorge et cracha. « A les voir, je dirais que c'est des bestioles. Mais celle-là, glissante comme un poisson, qui parlait ce soir, vous a bien mis dans sa poche, Monseigneur.

– C'est vrai, admit le Prince avec un petit rire piteux.

– Et j'ai jamais vu une bestiole pleurer de chagrin sur ses amis morts. »

Antar s'abstint de tout commentaire. « Avez-vous été choisi pour rester avec la garnison ?

– Non. Je vais retourner à la Citadelle demain matin, avec le Sorcier.

– Et vous êtes content ?

– Je serais surtout content de mettre les pieds sur la route de Derorguila, Monseigneur. Je suis un homme des plaines et j'aime pas beaucoup les marécages et ces vieilles carcasses de maisons mortes qui me donnent les jetons. »

Antar rit cette fois de bon cœur. « Moi aussi. »

Il alla à pas lents jusqu'à un chariot de ravitaillement, maintenant vide. La garnison n'aurait guère besoin de véhicules à roues. Les voies autour de la place Lusagira allaient se perdre dans la jungle à un quart de lieue de là. Le Prince donna négligemment un coup de pied à l'une des roues du chariot, puis se baissa pour arracher un morceau de tissu accroché à l'un des clous du hayon. Il brillait curieusement à la lumière de la lanterne.

C'était un bout de soie rose taché de boue séchée, une étoffe de prix. Tandis qu'il l'examinait, il sentit une étrange conviction s'insinuer dans son esprit : il avait déjà vu – déjà touché – ce tissu.

Tenu dans ses bras une forme humaine vêtue de soie rose.

C'était à elle, c'était un morceau de sa robe.

*Ici* ? Impossible ! Impossible que la princesse Anigel se soit dissimulée à bord du bachot, ait osé accompagner ceux-là mêmes qui avaient juré de la tuer. Elle n'aurait pas pu échapper au don de double vue d'Orogastus...

Mais le Sorcier avait admis que sa magie était incapable de découvrir la cachette des Princesses. Elle aurait pu rester là sans qu'on la découvre, puisque le déchargement des chariots n'avait commencé qu'à la nuit. Et puis... toute la soirée, les bachots des Insolites du coin avaient fait la navette d'un bord à l'autre du canal, apportant de la nourriture et des boissons à leurs hôtes importuns.

Alors, elle pouvait être en liberté dans Trévista, la belle jeune femme aux cheveux d'or dont l'existence même menaçait le trône de son père. Elle se trouvait peut-être, en ce moment même, dans la colonie nyssomu, de l'autre côté de l'eau.

Que devait-il faire, au nom de Dieu ?

Antar se redressa. Il fourra le bout de satin dans sa ceinture, souhaita bonne nuit au soldat et revint au débarcadère. L'écœurante lumière verte brillait toujours dans la cabine du Sorcier, palpitant au rythme du chant. Le Prince s'arrêta en palpant le morceau de tissu.

Il se baissa, ramassa une petite pierre et noua le satin autour. Puis il lança le projectile de toute sa force au milieu du courant et alla se coucher.

# X

Kadiya se redressa, la chevelure et la peau pleines de brins d'herbe collés par la sueur. Elle haletait comme si elle venait de s'écrouler, après une course épuisante. Elle regarda autour d'elle, bouleversée et ahurie, incapable durant quelques instants de comprendre où elle était et ce qui s'était passé. Elle ne perçut que la moiteur du marais nourrie de putréfaction, et de petites taches de soleil scintillant sur le peu d'eau qu'elle pouvait voir au travers des broussailles luxuriantes. En dépit de la chaleur, elle frissonna et se recroquevilla sur elle-même. Ce n'était pas un cauchemar...

Elle se força à respirer plus lentement, à secouer cette hébétude qui s'était emparée d'elle. Qu'est-ce que c'était ? Rien qu'elle puisse nommer. Pourtant, elle avait l'impression qu'un œil immense l'avait prise au piège et privée de toute force. Elle fit deux tentatives ratées avant de réussir à crier d'une voix rauque : « Jagun ! »

Elle entendit un bruissement, assez proche. L'Insolite s'était si bien enterré dans l'herbe de son nid qu'elle crut le voir émerger du sol.

Les yeux du chasseur se réduisaient à deux fentes, à cause de la lumière, mais il tenait son long couteau dégainé à la main.

« Quelqu'un... (sa voix tremblait tellement qu'elle en éprouva de la honte et fit un effort pour la contrôler)... quelqu'un nous cherche. »

Jagun se dressa sur ses pieds, luttant maladroitement pour se libérer du nid d'herbes. Ses narines s'élargirent lorsqu'il leva la tête pour humer l'air, tel un animal pourchassé. Très lentement, il pivota dans toutes les directions. Elle fit de même. On l'avait appelée « Loinvoyante » à cause de sa vie perçante, mais elle ne voyait rien que le marais, tel qu'il avait toujours été. Sans savoir pourquoi, elle était sûre que celui qui s'efforçait de les découvrir n'était pas dans le voisinage... et c'était encore plus inquiétant qu'un ennemi visible.

De la magie? De quel type? Utilisée par qui?

« Il n'y a rien que d'ordinaire, ici, dit lentement Jagun en la dévisageant. Vous avez rêvé, Fille de Roi. Reposez-vous : les dispositifs de sécurité qu'on peut établir dans le marais sont présents... Rien ne peut fondre sur nous sans que je le sache. » Il bâilla.

Elle s'écroula de nouveau dans son nid d'herbe, les mains refermées sur son amulette. Elle écoutait de toutes ses forces. Le marais grouillait de vie, mais rien ne semblait justifier sa peur. Elle essaya de distinguer chaque son afin de l'identifier. Les chasseurs diurnes avaient remplacé les prédateurs nocturnes.

Mais celui qui l'avait guettée était passé à côté d'elle en lui transmettant un sentiment de frustration.

Doucement, elle dit : « Jagun, je ne sens plus que quelqu'un nous cherche. » Elle déplaça la main afin de placer l'amulette dans son champ de vision. « Mon trillium nous a peut-être protégés... de la Double Vue magique d'Orogastus! »

Jagun se leva en rejetant l'herbe. « Loinvoyante, je ne comprends pas ce genre de choses. » Il désigna du doigt l'amulette. « Mais je sens qu'il vaudrait mieux partir sans attendre la nuit.

– Les Skriteks? » Kadiya regarda ce qu'elle pouvait voir du marais qui les environnait, de l'endroit où elle était maintenant assise. Elle laissa retomber l'amulette au bout de sa chaîne tout en tirant son poignard.

Il secoua la tête. « Des Skriteks, je le saurais. Cela... je ne peux que le deviner. »

Sa véhémence l'impressionna et elle se sentit de nouveau impuissante.

« Orogastus a des disciples. » Jagun était déjà en train de piétiner le sol élastique répandu sur les braises de leur feu. « On les appelle les Voix, car à force de se plier à sa volonté ils sont devenus de simples extensions du magicien. Il se peut qu'il les ait envoyés parcourir le marais avec les forces armées parties soumettre Trévista...

– A ma poursuite! Mais, Jagun, que font ces Voix? Ne pourraient-elles pas se déguiser de telle manière que même toi, qui connaîs si bien le marais, ne puisses pas les découvrir?

– Loinvoyante, vous souvenez-vous de cette Ustrel qui, à la dernière foire commerciale, répondait aux questions que les gens lui posaient? »

Oui, elle se rappelait cette femme âgée, si estropiée qu'il lui fallait deux bâtons pour marcher. Kadiya l'avait vue s'accroupir devant une large feuille de drogo aux bords enroulés, sur laquelle elle avait éparpillé quelques gouttes d'eau. Une autre Insolite, assise sur ses talons, en face d'elle, buvait littéralement le murmure de la très vieille voyante, mais Kadiya ne comprenait pas le dialecte utilisé par celle-ci.

« Tu as dit qu'elle pouvait lire l'avenir dans les gouttes d'eau, mais c'était sûrement une simple supercherie. Une chose pareille est impossible...

– Pas tout à fait, Loinvoyante. Chacun de nous est différent des autres, non seulement dans son corps, mais aussi en esprit; ce ne sont pas les mêmes choses que nous apprenons aisément ou que nous ne pouvons comprendre qu'en peinant dur. Etes-vous comme vos sœurs, Fille de Roi? Je suis un chasseur, entraîné à affronter des situations comme celle-ci. C'est le pouvoir que je maîtrise. Je n'assemble pas astucieusement des morceaux de bois sculptés, je ne prépare pas des infusions et je ne travaille pas avec ce qu'on glane dans les ruines. Ce sont d'autres arts, d'autres métiers.

« Et puis, il y a aussi les dons de l'esprit. Oui, certains peuvent projeter leur Double Vue à distance et lire ce qui arrive à quelqu'un de très éloigné, même si cette vision est fugace et trouble. Ustrel ne réussit pas toujours, et en général pas très clairement. Mais elle a prévu des choses qui se sont révélées justes par la suite. Orogastus a de grandes connaissances, que la plupart d'entre nous ne peuvent égaler. Si ses Voix disposent d'un certain pouvoir et s'il les a bien formées, il se pourrait qu'il les utilise pour étendre l'emprise de ses sens.

– Alors, ils sont à nos trousses et ne renonceront pas! Que peuvent, contre cela, tes connaissances des voies d'eau? » Kadiya frissonna. Acier contre acier, c'était une chose qu'elle pouvait comprendre, ainsi que les cruautés des envahisseurs; mais qu'ils puissent disposer d'une telle puissance, c'était vraiment décourageant.

Jagun secoua lentement la tête. « C'est une chose mal aisée à faire; il faut du temps et des préparatifs. Et c'est épuisant pour le voyant. Il se peut qu'une Voix, assistée d'une expédition, nous suive sur la rivière. Mais plus nous mettrons de distance entre la Citadelle et nous, moins ce sera facile de nous découvrir. »

Kadiya reprit délicatement l'ambre rutilant dans sa main. « Est-ce que la magie appelle la magie? » Elle était prête à jeter à l'eau un objet d'aussi mauvais augure.

« Loinvoyante, votre amulette est du domaine de la Lumière, le don même de l'Archimage. Je ne crois pas qu'elle puisse vous trahir. Cependant, j'aimerais bien m'éloigner d'ici. Il faut prendre un chenal qui contourne Trévista. Les Labornoki ne s'écarteront pas de la rivière. Ni Pellan, ni les Skriteks, s'ils les accompagnent, ne connaissent ce Bourbier Noir en dehors des principales pistes. »

Kadiya était venue plusieurs fois à Trévista et elle s'enorgueillissait d'avoir une excellente mémoire des points de repère, mais la manière dont le bachot de Jagun les emportait dans l'enchevêtrement des voies d'eau, en cette fin d'après-midi, la laissa abasourdie. Ils frôlèrent un îlot où des murs brisés apparaissaient entre les broussailles; c'était sûrement l'un des sites des ruines. La végétation du marais consistait ici en bouquets de roseaux et en herbe robuste, en plantes grimpantes aux tiges succulentes et en arbres à peine visibles. Il y avait quelques rares taches de couleur, des fleurs aux pétales gonflés d'un aspect presque déplaisant et dans lesquelles Kadiya reconnut l'appât offert aux insectes imprudents par des plantes carnivores.

La lueur de l'amulette continuait à leur servir de guide. Ils ne s'arrêtèrent pas pour manger, mais mâchèrent des tubercules et quelques fruits que Jagun cueillit au passage. Hors de la nuit surgirent d'autres îles couronnées de ruines autour desquelles dansaient les lumières vaporeuses nées des marais.

Le gris de l'aube s'annonçait de nouveau quand ils tournèrent pour se glisser dans un chenal que Kadiya aurait cru trop étroit pour leur offrir un passage, et débouchèrent dans un espace libre qui ressemblait plus à un étang qu'à une rivière. Kadiya avait des crampes dans les jambes et se demandait si elle pourrait tenir debout. Jagun aussi était fatigué. Il amena lentement le bachot jusqu'à un arbre qui jaillissait directement de la berge et dont les racines avait été sapées par les inondations de la mousson. De l'autre côté, des pierres dressées au-dessus de l'eau formaient une ligne qui aboutissait de nouveau au fouillis de la jungle.

Quand ils eurent accosté, Jagun rapprocha encore le bachot des arbres et le recouvrit de quelques bottes de roseaux. Le dos et les jambes de Kadiya étaient tout endoloris, mais elle se pencha et s'empara de la plus grosse des deux gibecières. Si elle était tellement épuisée, comment se sentait Jagun ?

Il n'essaya pas de leur tailler un chemin avec son couteau, mais serpenta pour éviter les végétaux les plus épais. Ils faisaient lever des nuages d'insectes et soudain l'Insolite se mit à frapper férocement une grosse tige, entre Kadiya et lui, et qui aurait pu être une liane; mais cela n'avait pas de feuilles et tentait de rendre coup pour coup tandis que du bout tranché s'écoulait une matière jaunâtre qui ressemblait au pus d'une blessure infectée. Une odeur douceâtre de putréfaction s'éleva dans l'air. Un croche-patte! L'autre extrémité rentra brusquement dans une caverne profonde formée par une excroissance végétale et Kadiya repartit à grands pas pour éviter la plante carnivore qui s'était lancée à leur poursuite.

Les taillis poussaient en hauteur, mais les arbres s'éclaircissaient. Kadiya et Jagun pénétrèrent en un lieu baigné de lumière matinale où s'érigeaient les vestiges de nombreux piliers brisés, disposés en cercle sur un pavage terne de pierre gris-noir. La jeune fille poussa une exclamation. La clairière était déserte, mais un feu se mourait au centre et une petite brise lança vers eux une puanteur accompagnée de bouffées de fumée grasse. Tombé au milieu des braises, il y avait un morceau de bois plus épais et plus long, presque coupé en deux par la combustion. C'était ce que portait son extrémité, pointée vers les nouveaux arrivants, qui fit hoqueter Kadiya.

Un crâne était attaché au bois desséché et noirci.

« Jagun! »

L'Insolite leva la main, impérativement, et se pencha pour inspecter plus attentivement le foyer. Les os étaient jaunis et maculés de vase, craquelés comme si on les avait traînés au long des voies les plus boueuses du Bourbier.

« Les Skriteks! » chuchota le chasseur.

Bien que le soleil fût encore bas, l'air était humide et chaud; pourtant Kadiya frissonna comme si elle faisait face à un vent de tempête.

« Un avertissement. » Jagun contourna le feu aussi méthodiquement qu'un piège. « Mais... ici? »

Kadiya regarda autour d'elle avec inquiétude. « Est-ce que les Skriteks viennent aussi près de Trévista ou... » Elle prit une profonde respiration... « ou font-il la guerre en ce lieu? »

Jagun ne parut pas entendre ses paroles. Il se précipita soudain pour ramasser quelque chose qui semblait être un lacet en fibre tressée, pareil à ceux dont on se sert à bord des rase-marais. Tenant fermement les deux bouts, il le tendit d'un coup sec.

« Des Uisgus! » Il rejeta la tête en arrière et du fond de sa gorge jaillit l'appel lancé par les horiks cuirassés qui gîtent sur des îlots de ce type. Trois fois, il cria ainsi, puis ajouta, après un instant de silence, un trille haut et grêle inconnu de Kadiya.

Lentement il pivota sur place, le corps tendu comme si chacune de ses cellules attendait une réponse.

Un seul appel d'horik leur parvint. Puis, hors de l'épais taillis entourant le cercle de piliers se glissa un autre Insolite. Il ne portait pas, comme Jagun, le beau vêtement tissé des Nyssomus, mais une espèce de kilt court, jaune d'or, avec une frange d'épis de graminées. Un couteau, au manche entouré d'un cordon rouge, était passé à sa ceinture. Il tenait à la main une sarbacane.

Ses yeux protubérants étaient entourés de cercles brun-rouge et cette peinture les agrandissait encore; sur la fourrure de sa poitrine, trois cercles s'entrelaçaient en un point central.

Il dévisagea Kadiya et s'éloigna d'elle pour se rapprocher du chasseur. Il parla avec un accent si étrange que la Princesse, habituée à la langue commerciale des Nyssomus et à quelques phrases de cérémonie que Jagun lui avait soigneusement enseignées, ne comprit qu'un mot sur trois ou quatre.

« ... Arrivés... dressé le poteau... tué Unvis... tuer. » A ce mot, il brandit sa sarbacane et la secoua avec violence. « Les autres... » Puis il se lança dans un discours passionné que Kadiya ne put suivre. Quand il eut fini, il demeura pantelant, avec un peu de salive aux coins de sa large bouche.

Jagun se tourna vers Kadiya. « Hier, les Skriteks étaient ici. Ils ont capturé une femelle du clan d'Usos. Puis ils ont dressé l'un de leurs poteaux de frontière et massacré la sœur de clan pour sceller cela dans le sang. »

Jagun revint au Uisgu et lui parla dans sa langue. L'autre répondit en quelques mots.

« Les Skriteks sont partis vers... Trévista, traduisit Jagun. J'ai conté nos ennuis à Usos. Son clan de commerçants se rendait à Trévista avec quelques trouvailles. Ils retournent chez eux répandre la nouvelle. »

Le Uisgu disparut si rapidement que Kadiya resta là à cligner des yeux. « Nous ne pouvons pas voyager avec eux ? »

Jagun émit un petit son sinistre qui aurait pu être un rire. « Les Uisgus ne se déplacent qu'entre eux, Loinvoyante. Il en a toujours été ainsi. Nous sommes du même sang. » Il hocha la tête. « Mais ils pensent que nous n'avons qu'une parenté lointaine. Nous ne leur avons jamais fait la guerre et eux non plus. Il y a très longtemps, au commencement, quand les Disparus régnaient, il en a été décidé ainsi. Nous sommes les Nyssomus, eux sont les Uisgus, et c'est comme ça. Usos transmettra mon avertissement, mais il ne nous permettrait pas de l'accompagner.

– Pourtant vous n'êtes pas ennemis, dit Kadiya d'un ton rêveur.

– Nos légendes racontent que dans les anciens jours, nous, les Nyssomus, étions les porte-paroles des Disparus. Maintenant, Fille de Roi, nous sommes les serviteurs de la Dame de Noth ; elle nous a ordonné de traiter en amis les humains qui sont venus vivre dans le Bourbier Dédaléen. Mais les Uisgus ont toujours craint votre peuple. Seuls quelques-uns, très hardis, nous vendent des marchandises que nous pouvons, à notre tour, vous proposer.

– Ils découvriront que les Labornoki ne nous ressemblent pas, s'exclama Kadiya. Je crois, Jagun, que Voltrik essaiera de mettre le Bourbier Dédaléen sous sa botte. Les Uisgus n'accepteraient pas de nous cacher pour que les Skriteks ne puissent pas nous flairer ? »

Jagun haussa les épaules. « Qui peut le dire, Loinvoyante ? Mais maintenant il faut nous reposer, et puisque cet endroit est souillé, cherchons un autre campement. »

Ils le trouvèrent plus loin, au bord de l'étang. Il n'y avait là aucune ruine des Disparus et Jagun dit qu'ils devraient monter la garde à tour de rôle. Kadiya insista pour prendre le premier quart puisque le chasseur avait peiné pour conduire le bachot jusqu'à ce refuge.

Jagun se roula immédiatement en boule sur un petit tas de feuilles qu'il avait rassemblées et tomba endormi. Kadiya s'assit jambes croisées, résolue à faire le guet. Ne possédant pas les sens aigus des Insolites, elle ne pouvait pas distinguer les odeurs habituelles du marais parmi les senteurs que lui apportait la brise, ni nommer les sons aisément, mais elle avait une certaine pratique de ces lieux.

Plusieurs fois, elle se leva pour rôder autour du campement. Elle se grattait le cuir chevelu, couvert d'une épaisse couche de graisse anti-insecte, et essayait de peigner avec ses doigts sa chevelure terriblement emmêlée. Elle enviait presque l'absence de poils des Nyssomus et la fourrure lisse qui recouvrait les Uisgus.

A sa seconde ronde, elle aperçut, sous l'un des buissons, des plantes d'un vert très brillant qu'elle connaissait bien. Elle en arracha une demi-douzaine, nettoya les racines et en posa la moitié à côté de Jagun. Puis elle se mit à manger. A l'inverse des tubercules ligneux de leurs maigres rations, ceux-ci étaient pleins de jus et avaient une saveur relevée. On les appelait des mafuns et ils apparaissaient même à la table de la Citadelle où on les tenait pour un mets très délicat; mais on n'avait jamais pu les faire pousser dans les polders.

Tout en mâchant, Kadiya pensait aux Disparus. Si haut qu'elle remontât dans ses souvenirs, elle avait toujours entendu les gens discuter à leur sujet et émettre des hypothèses. Ils avaient, paraît-il, dirigé ce pays dans un passé infiniment reculé. Tous les hommes instruits admettaient qu'ils disposaient d'immenses pouvoirs. Des pouvoirs? Elle avala le reste de pulpe sucrée qu'elle avait encore dans la bouche. La magie était un pouvoir! Est-ce que l'Archimage faisait vraiment partie des Disparus? Avait-elle vécu d'innombrables siècles, vu sa terre changer et Noth se dégrader lentement autour d'elle? Et qui était Orogastus? Avait-il aussi un lien avec les Disparus?

Kadiya se demanda, pour la première fois, quel était la taille de son univers. Qu'y avait-il au-delà de la Péninsule? Au nord, les plaines labornoki s'étendaient jusqu'à la mer; au sud se déployaient les vastes forêts de Var; mais elle avait étudié peu d'autres régions et enviait maintenant Haramis, qui passait tant de temps dans la bibliothèque de la Citadelle pendant qu'elle, Kadiya, négligeant les livres, leur préférait la vie active, en plein air.

Les Disparus s'étaient-ils retirés du Ruwenda pour établir leur domination ailleurs? On disait qu'Orogastus, venu d'une terre lointaine, avait été ramené par Voltrik d'un de ses voyages. Se pouvait-il que le Sorcier soit un Disparu ? Il n'y avait cependant rien, ni dans les légendes, ni dans les bribes d'informations qu'elle avait recueillies auprès des Insolites, qui pût laisser penser que les Disparus servaient la cause du mal. L'Archimage n'avait jamais tenté de dominer les Insolites ou les Ruwendiens.

Kadiya leva son amulette. La lumière du trillium était stable, rassurante, peut-être même protectrice. Et son étincelle indiquait fidèlement le chemin de Noth... où elle obtiendrait peut-être des réponses à ses questions.

# XI

Les graines du Trillium Noir guidaient toujours Haramis et Uzun, le musicien, dans les tourbières de montagne des contreforts des Ohogan. Elles ne flottaient pas trop vite afin qu'ils puissent les suivre. Si l'un d'eux trébuchait ou s'embourbait, ou même interrompait sa marche pour satisfaire quelque besoin, la graine-du-jour attendait – apparemment arrêtée par une accalmie du vent, ou prise dans quelque obstacle – puis se remettait à voler dès qu'ils étaient en situation de repartir. Elle décidait aussi de l'heure et du lieu où ils s'arrêteraient pour la nuit, en se laissant tomber par terre chaque soir sur un emplacement qu'elle jugeait convenable pour dresser le camp. C'est du moins ce que supposait Haramis. *Ou peut-être que les graines choisissent l'endroit où elles vont pousser. Si je survis et reviens ici l'année prochaine, trouverai-je le long de ce chemin des pieds de trillium séparés par une journée de marche ?*

Mais les graines ne la laissaient pas flâner, et après avoir cheminé plusieurs jours dans la lande, Haramis en vint à détester ces guides duveteux. Parfois elle apercevait une plante étrange ou un animal inconnu qui la fascinait, et aurait aimé faire halte pour l'étudier ; mais la graine-du-jour continuant à voler, Uzun et elle étaient forcés de la suivre.

Un jour, le surlendemain de leur départ de Noth, elle osa défier le guide magique. La piste qu'ils suivaient dans la tourbière de montagne les fit passer devant des framboisiers dont les baies étaient les plus grosses, les plus juteuses, les plus sucrées qu'Haramis ait jamais goûtées de sa vie et elle décida d'ignorer leur graine guide et de faire une pause pour s'en régaler. La graine avait flotté hors de vue. Quand Haramis en tira une autre de la cosse et la jeta en l'air pour qu'elle leur montre le chemin, la boule duveteuse se posa sur le sol et refusa de voler quand la Princesse souffla dessus.

Affolée, celle-ci en essaya une autre. Qui partit avec une telle célérité qu'Haramis dut presque courir pour rester à son niveau et que le pauvre vieux Uzun lui emboîta le pas en trébuchant et en gémissant. Il ne proféra aucune parole de reproche, mais Haramis savait fort bien qu'elle était responsable de ses souffrances.

Elle s'empara de son amulette et chuchota, hors d'haleine, « J'ai eu tort ! Je n'aurais pas dû désobéir à la graine ! Aie pitié d'Uzun ! Ralentis ! Je t'en prie. »

Et la graine l'exauça, adoptant aussitôt une allure plus agréable.

Mais l'irritation d'Haramis subsistait. L'Archimage n'aurait-elle pas pu lui donner un moyen plus bienséant de poursuivre sa quête ? Était-elle un bébé ou un crétin d'animal qu'il fallait pousser d'une manière aussi inflexible ? Les quêtes qu'elle avait lues dans les légendes se déroulaient dans une atmosphère de dignité et de noblesse. Mais elle, semblait-il, accomplirait sa grande destinée en se traînant par monts et par vaux derrière une espèce de duvet imbécile ; elle souffrait d'ampoules aux pieds et de morsures de moustiques, et détestait de plus en plus les rations saines mais insipides que l'Archimage avait trouvé bon d'inclure dans leurs sacs.

La nourriture n'était pas non plus très copieuse.

Au cinquième jour de voyage, quand ils atteignirent une grande rivière qu'Uzun supposa être le cours supérieur de la Vispar, Haramis se dit pour la première fois qu'ils épuiseraient vite leurs provisions s'ils continuaient à les engloutir avec insouciance. La campagne semblait complètement déserte et Uzun estimait que ni sa propre tribu nyssomu, ni les Uisgus ne vivaient aussi loin au nord, passé les limites du Bourbier Dédaléen. Le piémont était une zone mal définie, séparant les marais du territoire montagneux des Vispis.

Haramis était assise sur un rocher dominant le torrent impétueux. Le soleil se coucherait bientôt et la graine qu'ils avaient suivie ce jour-là était tombée, signalant que tous deux pouvaient établir leur camp. Uzun ramassait du bois pour le feu et allait préparer le repas, tâche qu'il entreprenait tous les soirs et tous les matins, insistant pour servir la Princesse avec autant de déférence que si elle était encore chez elle, dans la Citadelle.

« Uzun », appela-t-elle. Le petit musicien se précipita vers elle en souriant. « Crois-tu qu'il y a des poissons dans cette rivière ?

– Je pense, ma Princesse. Sûrement des garsus, et sans doute d'autres espèces dont je ne connais pas le nom.

– J'ai trouvé dans mon sac une ficelle et trois hameçons. Pourrais-tu les utiliser et attraper un beau poisson pour le dîner? Je suis lasse des gâteaux de céréale et de la viande séchée. De plus nos provisions diminuent, et je doute que nous rencontrions, dans ce pays perdu, des membres du Peuple qui puissent nous en donner d'autres. »

Le visage d'Uzun s'assombrit. « Mais, Princesse, il n'y a plus qu'une heure environ avant la tombée de la nuit. Si je passe ce temps-là à pêcher, comment ferais-je pour ramasser du bois et préparer le dîner? » Il lui adressa un sourire d'excuse. « Et je ne vous avoue pas cela de bon gré, mais je n'ai jamais pratiqué la pêche de ma vie et m'en tirerai certainement très mal. »

Haramis éclata de rire. « Ce n'est sûrement pas difficile puisque même les petits enfants des francs-tenanciers de la Citadelle s'y adonnent! J'ai une idée merveilleuse! C'est moi qui vais pêcher, et au lieu de préparer nos rations insipides, tu vas cueillir des baies et un peu de ce beau cresson des prés que nous avons aperçu au bord d'une mare, non loin d'ici. Et si tu cherches un peu alentour, tu trouveras certainement des champignons... nous allons festoyer ce soir! »

Comme toujours, Uzun acquiesça. Après avoir édifié un tas de bois, il s'éloigna en trottinant pour se procurer les autres comestibles, laissant Haramis seule.

C'est facile de pêcher, se dit la Princesse. On prend un bâton, on y attache une ficelle avec un hameçon au bout auquel on accroche un appât...

Oh! Il faudra *empaler* ce dernier. Et n'importe comment, où se procurer une amorce?

Elle fouilla parmi le bois flotté échoué sur la rive et découvrit un bâton très convenable; sous un rondin pourri grouillaient des larves qui luisaient faiblement dans le crépuscule. S'armant de courage (elle eut un haut-le-cœur, mais heureusement, Uzun était trop loin pour l'entendre), elle réussit à enfiler l'une de ces infectes bestioles sur l'hameçon, après que deux autres se furent écrasées entre ses doigts tremblants.

Puis elle lava ses mains gluantes, repéra un endroit où la rivière était profonde et lança son appât. La ligne et l'hameçon dérivèrent rapidement en aval, vers un un tourbillon provoqué par des rochers, et Haramis les ramena dans le petit bassin, pour les voir s'éloigner de nouveau.

Bon. C'était un problème qu'une personne intelligente pouvait résoudre. En y réfléchissant, elle se souvint que les garnements des francs-tenanciers se servaient de flotteurs et de plombs pour maîtriser la position de l'amorce.

Elle sortit sa ligne de l'eau. Bien entendu, la malheureuse larve avait disparu et il fallait en remettre une autre. Juste au-dessus de l'hameçon, elle attacha une petite pierre et, en guise de flotteur, environ un ell plus haut, un morceau de bois sec. Puis elle se choisit un meilleur endroit, jeta dans l'eau cet appareil qui flottait mieux et resta dans le bassin. Haramis soupira, s'assit sur la rive et attendit.

*Je ferai cela dorénavant,* se dit-elle. *Je me suis conduite comme une cruche en laissant ce pauvre Uzun me dorloter comme si nous pique-niquions dans les prés de la Citadelle. Il est bien évident qu'à partir de maintenant, nous devrons vivre des ressources naturelles du pays et conserver le peu qu'il nous reste de rations de voyage pour les soirs où nous ne trouverons rien. Les Seigneurs de l'Air seuls savent combien de temps durera cette quête... et où elle nous mènera!*

Haramis laissa ses yeux errer en amont sur la lande, ses quelques arbres et ses abondantes broussailles. Le minuscule sentier tournait et continuait en direction du nord, le long de la rivière. Il était indéniable que les implacables graines allaient le suivre pour les emmener dans les montagnes.

Les montagnes...

Elles se profilaient par-delà les sombres contreforts, couronnées de neige, effrayantes, et c'était le territoire des mystérieux Vispis. Son talisman était-il caché là? Si oui, comment deux ignorants des terres sauvages tels qu'Uzun et elle pouvaient-ils espérer le découvrir? Sans parler du retour à Noth, ordonné par la Dame Blanche.

La Dame Blanche qui était malade, mourante, peut-être même mentalement dérangée.

Tout ce qu'ils pouvaient faire, c'était suivre les graines... de minuscules petites choses brunes avec une touffe de fils blancs et soyeux qui semblaient n'avoir rien de magique, sauf la manière résolue dont elles se déplaçaient dans les airs.

*C'est elle qui leur donne l'impulsion,* se dit Haramis. *Elle sait où nous sommes et où nous devons aller, elle dirige les graines que nous suivons. Elle ne m'a pas dit où je devais aller, parce qu'elle savait que j'aurais été trop effrayée et découragée pour entamer mon voyage...*

« Princesse! Je vous apporte des baies, du cresson et des champignons qui ont l'air délicieux... »

Haramis sursauta. Perdue dans ses pensées, elle n'avait pas entendu Uzun approcher. Une secousse ébranla sa canne à pêche qui faillit lui échapper des mains. Elle la serra plus fort, mais quelque chose tirait si fortement dessus qu'elle fut entraînée jusqu'à l'extrême bord de la rivière.

« Uzun! Viens m'aider! Une prise! » Un poisson vert et argent jaillit de l'eau et y retomba avec de grandes éclaboussures. L'Insolite laissa tomber ce qu'il avait glané et se précipita à la rescousse en baragouinant d'excitation. Tous deux résistaient en poussant des cris perçants; le poisson luttait si vigoureusement qu'ils étaient à deux doigts de renoncer.

Mais Haramis cria : « Non! Il ne faut pas céder, c'est notre *dîner*! » Alors, la bête cessa de se débattre et ils la tirèrent sur le rivage. C'était un garsu luisant aussi long que la jambe d'Haramis.

« Vous n'avez peut-être pas besoin d'hameçon, Princesse, la taquina Uzun, si vous pouvez commander votre repas au ruisseau.

– J'espère que ce n'était qu'une coïncidence, répliqua Haramis en riant. L'idée que notre dîner est une créature intelligente capable de comprendre le langage humain... ou pire encore, un prince enchanté, ne me plairait pas du tout!

– Comme dans les vieilles ballades? Je ne pense pas. C'est un garsu tout à fait ordinaire qui fera un plat délicieux... et il en restera encore amplement pour le petit déjeuner et le déjeuner de demain. Oh, bravo, ma Princesse. Bravo! »

Ils échangèrent un large sourire. Puis Haramis regarda le gros poisson et sa joie tourna à la déconvenue « Uzun? Sais-tu... ce qu'il faut faire après? Pour... pour le préparer? »

Accablé, bouche bée, Uzun fit signe que non.

Haramis soupira. « Peu importe. Essayer et se tromper, c'est encore la meilleure manière d'apprendre. »

Uzun avait l'air de douter. « Prions pour que la divine inspiration ne nous blesse ni l'un ni l'autre. »

# XII

Anigel fit un rêve extraordinaire où il se passa quelque chose qui, de toute l'histoire humaine de la Péninsule, ne s'était jamais produit : la Pluie ne tomba pas.

Au lieu des orages habituels qui, venus de la mer du Sud, s'abattaient sur le Zinora, le Var, le Ruwenda, le Labornok, le Raktum et les îles d'Engi pendant deux saisons chaque année, le soleil brilla dans un ciel sans nuages durant d'interminables mois et les rafales impitoyables et mortelles d'un vent chaud qui soufflait jour et nuit dessécha tous ces petits pays. La Péninsule entière fut dévastée ; mais le Ruwenda, dépourvu de côtes, souffrit plus que les autres.

De la fenêtre de sa chambre à coucher, dans la Citadelle, elle vit la puissante Mutar réduite à un filet d'eau, comme la Skrokar, le Virkar et le Bonorar. Le lac Wum, qu'alimentaient ces rivières, s'assécha complètement, si bien qu'on ne put acheminer par eau les immenses grumes de la forêt de Tassaleyo jusqu'aux chantiers de bois. Le commerce fluvial dut cesser ; les fermes du Dylex furent frappées par la sécheresse et les monstrueux Skriteks, mourant de faim, se livrèrent au carnage d'un bout à l'autre du Ruwenda.

Ses parents, le roi Krain et la reine Kalanthe, vinrent la trouver avec les dirigeants des cinq autres nations, et la supplièrent de ramener la Pluie. Elle leur répondit qu'elle ne savait pas quoi faire et ils s'en allèrent, désespérés.

Sa sœur Kadiya lui apprit que le sol boueux des marais du

Ruwenda était tout desséché. Que les herbes et les plantes se flétrissaient et ne portaient ni fleurs ni fruits. Que les champignons moelleux se ratatinaient, que les lichens verts, si nourrissants, se racornissaient et que les arbres de la jungle perdaient leurs feuilles.

« Prie! » la suppliait Kadiya, et elle le faisait, serrant l'amulette du Trillium Noir dans ses mains fiévreuses. Mais le vent chaud n'en soufflait que plus fort autour de la Citadelle et Kadi partit en fulminant. Dans son rêve, elle voyait les cadavres pathétiques des animaux, tas de peau et d'os, parsemer le paysage. Et c'était de sa faute.

Sa sœur Haramis vint l'avertir que les gens allaient mourir : les humains vivants dans la Péninsule, ainsi que les aborigènes du Bourbier et des montagnes. La sœur du rêve montrait le nord du doigt, par la fenêtre, là où l'on disait que vivaient la Dame Blanche et le Sorcier Noir. Si Anigel ne faisait pas revenir la Pluie, seuls ces deux-là survivraient, l'avertit Haramis.

La mort viendrait ainsi : non sous forme d'un vent sec et chaud, mais comme une grande tempête de feu née de l'ultime conflit entre l'Archimage Binah et Orogastus. Le feu consumerait le monde connu à moins qu'elle, la petite Anigel impuissante, ne l'arrête.

« Mais je ne peux pas! gémissait-elle, épouvantée jusqu'au fond de l'âme. J'ai essayé, mais je ne sais pas comment faire! Mon cœur est affligé et j'ai horriblement peur et... *je ne peux pas, tout simplement!* »

Dans le rêve, les rois et les reines de la Péninsule, son père Krain et sa mère Kalanthe, la courageuse Kadiya et l'intelligente Haramis la considéraient avec une pitié méprisante. Puis ils l'enfermèrent seule, dans sa chambre, en pénitence. Elle martela la porte à coups de poing en sanglotant, mais personne ne vint. Alors, elle regarda de nouveau par la fenêtre et vit un mur de flammes qui s'étendait d'un horizon à l'autre et montait plus haut que la Grande Tour de la Citadelle.

Il s'avançait en rugissant vers elle pendant qu'elle criait, criait...

« Réveillez-vous! Ne pleurez pas, ma douce, tout va bien! »

Les flammes dansaient comme des lis vermillon zébrés de noir tandis qu'elle se débattait violemment dans un hamac en filet suspendu à des lianes. Elle était dans le coin d'une pièce en pierres taillées, tout entourée de plantes fleuries. Immu la tenait dans ses bras pour l'empêcher de tomber du hamac.

« Un rêve... ce n'est qu'un rêve, chantonnait la vieille aborigène. Vous êtes en sécurité, ma chérie, en sécurité. Ici, avec des amis, à Trévista. »

Anigel cessa enfin de crier et descendit du hamac pour aller s'asseoir, encore toute tremblante, sur un bloc de pierre afin qu'Immu éponge son visage, peigne ses cheveux et lace sa robe de satin rose. A voix basse, la Princesse dit : « J'aimerais te parler de mon rêve. En fait, il faut que je t'en parle. »

Immu insista pour lui apporter d'abord à manger, bien qu'Anigel manquât plutôt d'appétit. Et l'Insolite ajouta : « Je vais aussi amener ma meilleure amie, chez laquelle nous sommes. Si votre rêve est important, c'est elle qui pourra l'interpréter, pas moi. »

Immu franchit une porte où des lichens filamenteux faisaient comme un rideau opaque. Anigel respira profondément, saisit son amulette et se dit de se calmer. Immédiatement, elle se sentit mieux. Elle examina l'environnement. Bien que la chambre fût à ciel ouvert, il y avait assez de plantes grimpantes, épaisses et feuillues, entrelacées au-dessus de sa tête, pour fournir de l'ombre... et de quoi suspendre deux hamacs. Presque tout le mur, derrière les filets, resplendissait de lis orange; et quand elle les observa plus attentivement, elle découvrit que c'était des fleurs insectivores. Quel moyen intelligent de s'assurer un sommeil paisible!...

Le soir précédent, craignant que l'amulette ne les rende plus invisibles, Immu et elle n'avaient émergé de leur cachette, au fond du chariot, qu'une fois débarqués tous les soldats qui étaient à bord de ce bachot. Les deux fugitives avaient rampé jusqu'au bord du canal, sous les marches du quai, où Immu avait employé sa parole sans mots pour signaler leur présence à ses parents de l'autre rive.

Une flotte d'embarcations nyssomus avaient traversé la rivière pour apporter, au campement labornoki, les provisions promises par la Clairvoyante. Deux des bateliers indigènes étaient des cousins d'Immu : Sithun et Trezilun. Ils trouvèrent Anigel et son amie sans difficulté et affirmèrent, avec jovialité, que toutes deux n'étaient sûrement pas invisibles. Ce qui confirma les soupçons d'Anigel. Pendant qu'elles étaient encore sur l'eau, elle s'était demandé si l'amulette ne protégeait celle qui la détenait que lorsque celle-ci était en grave danger de mort. L'ambre avait refusé de les aider quand Anigel l'avait imploré, durant l'effrayant voyage de trois jours, de la Citadelle à Trévista.

« Eh bien, vous êtes en sécurité maintenant », avait dit Trezilun pour les rassurer en les aidant à embarquer dans leur esquif. C'était une pirogue d'environ sept ells de long avec des extrémités pointues et recourbées auxquelles se balançaient des lanternes de vers luisants; les plats-bords étaient festonnés de bouquets. Les deux cousins portaient aussi des guirlandes autour du cou, et des fleurs étaient piquées dans leurs cheveux crêpus, entre leurs oreilles dressées.

Pendant la brève traversée du canal, Anigel se tapit sur le plancher mouillé du bateau, craignant qu'un ennemi ne l'aperçoive et ne donne l'alarme. Elle savait très bien qu'Orogastus et ses deux sulbalternes en thaumaturgie étaient à bord du premier bachot. Et si le Sorcier sortait sur le pont et la voyait de ses propres yeux?

Mais rien de la sorte ne se produisit. Elles débarquèrent saines et sauves à Karonagira, le quartier nyssomu; les cousins les emmenèrent dans des rues pavées qui n'étaient que partiellement débarrassées de la végétation envahissante, si bien que toutes deux avaient l'impression de traverser une vaste serre tropicale enténébrée. D'autres petites silhouettes s'y déplaçaient en s'éclairant avec des feux follets, mais personne ne s'aventura près des nouvelles arrivantes. Aucune lumière ne sortait des anciens édifices qui se profilaient, fantomatiques, au clair de lune, si joliment ornés de plantes à la floraison nocturne qu'Anigel pensa d'abord qu'il s'agissait d'une parure artificielle. Les Nyssomus de Trévista étaient simplement fous de fleurs! Ils s'en paraient, ils en décoraient leurs bachots, ils vivaient aux milieu d'elles.

Sithun et Trezilun déposèrent leurs passagères devant une modeste construction en pierre avec une véranda fleurie donnant sur le canal. Il n'y avait apparemment personne à la maison, mais cela n'avait pas inquiété Immu. Elle-même voyait tout à fait bien dans ce clair de lunes voilé, mais elle avait emprunté la lanterne de Sithun afin que la Princesse ne s'effraie pas dans cette maison étrangère. Repérant la chambre d'invité, elle s'était empressée de coucher la jeune fille épuisée...

« Maintenant, votre véritable aventure va commencer », dit une voix douce, derrière Anigel.

La Princesse sursauta et poussa un petit cri. Puis elle rit quand elle se retourna et vit que celle qui avait parlé était une Nyssomu, plus vénérable encore qu'Immu; l'ourlet de sa robe d'herbes tissées, parsemée de fleurs blanches grandes comme des soucoupes, tenait en place grâce à des épines. Elle portait de chaque côté de la tête deux pompons faits des mêmes fleurs blanches. Pourtant, ce n'était pas une guirlande qu'elle avait autour du cou, mais une chaîne de platine où pendait un objet ressemblant à une petite loupe toute guillochée.

L'Insolite la leva pour considérer Anigel qui y vit un œil jaune magnifié d'une façon grotesque. « Alors c'est vous la jeune fille qui fait des rêves importants? »

La voix lui semblait familière. Anigel l'avait entendue hier, pendant qu'elle se dissimulait dans le bachot des Nyssomus. « Et vous, vous êtes la Clairvoyante Frolotu! Je ne vous reconnaissais pas car vous êtes habillée différemment.

– Aux yeux des humains, répondit gentiment la vieille femme, les Nyssomus se ressemblent tous.

– Je vous demande bien pardon si je vous ai froissée. Et je vous remercie de nous avoir donné asile.

– Mais vous n'avez pas dormi paisiblement.

– J'ai fait un rêve effrayant. Le pire cauchemar de toute ma vie. Voulez-vous que je vous le raconte, et peut-être me l'expliquerez-vous? »

Les deux incisives inférieures de Frolotu, semblables à des crocs, miroitèrent lorsqu'elle sourit. « Nous allons voir si c'est possible. Sortons sur la terrasse où Immu a préparé votre repas. »

Anigel hésita. « Je vous remercie, mais je n'ai pas vraiment faim. Et puis dehors, on nous verra du canal. Si le sorcier Orogastus ou ses laquais m'apercevaient...

– Nous sommes au cœur des îles. Vous êtes relativement en sécurité pour le moment. Allons nous installer et racontez-moi ce rêve. »

Quand la Princesse vit le petit déjeuner qu'Immu avait disposé sur une ravissante table de pierre sculptée, elle fut à deux doigts de fondre en larmes. Durant les trois jours de leur remontée de la rivière, elle s'était nourrie des rations qu'Immu avait emportées : d'horribles racines séchées, de baies des brumes coriaces, et rien que de l'eau à boire. Elle avait demandé quelque chose de plus mangeable à l'amulette, qui n'en avait pas tenu compte. A Trévista, elle s'attendait à ce qu'on lui serve des plats nyssomus insipides, sinon exécrables, qui de plus agresseraient son appareil digestif délicat... mais quelle surprise!

« Oh, Immu! De la vraie nourriture! »

La vaisselle semblait étrange, mais c'était le petit déjeuner qu'elle prenait à la Citadelle : des galettes de riz tartinées d'une fine couche de miel d'abeilles de fontaine, une omelette au fromage blanc fourrée de champignons, des saucisses grillées croustillantes, du jus de ladu et un pot fumant d'infusion de darci. Tout cela en abondance et la Princesse dévora ce repas comme quelqu'un qui meurt de faim, tout en bafouillant, la bouche pleine, des paroles de gratitude. Immu fit semblant d'avoir été insultée.

« De la vraie nourriture! Vilaine enfant gâtée. Et je suppose que vous pensez que les Nyssomus ne vivent que de racines, de baies et d'eau des marais!

– Je crains bien n'avoir jamais réfléchi à ce que pouvaient manger les Insolites sauvages, s'excusa Anigel toute confuse. Je suis désolée, Immu. J'aurais dû m'intéresser, comme Kadiya à...

– Ne vous inquiétez pas, ma jolie. » La Clairvoyante Frolotu la regardait de nouveau au travers de sa loupe en souriant. « Immu et celle-ci savent qu'il n'y a pas de malice en vous, rien que l'étourderie de la jeunesse.

– Mais où avez-vous obtenu cette nourriture? demanda la Princesse.

– Des questions des questions des questions! répliqua sèchement Immu. De l'intendance des nobles, place de Lusagira, si vous voulez tout savoir. J'ai demandé à Sithun et à Trezilun d'en voler une bonne quantité, sachant combien vous aviez souffert de manger nos rations de voyage, sur la rivière. Vous en aurez encore un peu pendant le trajet vers Noth, mais il faudra bien finir par ignorer les préférences de votre tendre estomac et accepter ce que le pays vous fournira.

– Je suppose que je le ferai, dit la Princesse entre deux gorgées d'infusion. Quand je serai suffisamment affamée! Mais dis-moi, as-tu vraiment découvert un moyen de transport jusqu'à la demeure de l'Archimage?

– Grâce à Frolotu. Elle a des amis parmi les Uisgus qui ont accepté de vous emmener dans un bachot tiré par des rimoriks. »

La Princesse sauta de son siège, s'agenouilla aux pieds de la Clairvoyante et baisa ses mains ridées et griffues. « Merci, chère Dame! Je vous remercie de tout mon cœur et trouverai bien un moyen de vous le rendre. »

Tout en dégageant ses mains, la vieille femme s'exclama: « Allons, allons! Enfant, celle-ci sera largement récompensée si vous accomplissez votre destinée.

– Vous... vous êtes au courant?

– Celle-ci connaît la prophétie concernant les Trois Pétales du Trillium Vivant qui délivreront notre bien-aimé Bourbier Dédaléen de ce danger mortel. Et il semble que vous soyez l'une des personnes désignées. »

Anigel rougit et tourna la tête. « Je souhaiterais que non. Je suis très craintive... ni brave, ni intelligente comme mes sœurs. Et mon rêve m'a dit que j'échouerai. »

Frolotu rit. « Oh, vraiment, il vous a dit cela? Finissez votre infusion et nous me le raconterez, ce rêve. »

Toutes trois prirent place à la table et Anigel entama le récit de son cauchemar tandis que la Clairvoyante tripotait sa loupe, scrutant parfois la jeune fille au travers. Anigel était trop timide pour lui demander ce que l'engin lui révélait, ni pourquoi elle s'en servait à la place du roseau qui l'avait aidée à lire dans le cœur du prince Antar.

« Celle-ci va vous dire pourquoi! l'interrompit la surprenante vieille dame. Ce verre est un instrument des Disparus. Il sert à concentrer sa pensée sur l'esprit d'un autre. Mais il forme aussi l'utilisateur qui, au bout d'un certain temps, n'a pas constamment besoin de s'en servir. Si le méchant enchanteur l'avait vu hier, il s'en serait emparé, même si le Prince avait tenté de le lui interdire. Aussi celle-ci s'est servie du roseau, auquel aucun humain n'accorde de valeur.

– Cependant vous utilisez la loupe, maintenant.

– Oui, mon enfant. Le matin, les facultés des vieilles personnes sont au plus bas et nous avons besoin de tout ce qui peut nous venir en aide... Mais il faut finir de me raconter votre rêve. »

Anigel relata tout dans les moindres détails, et l'évocation était si pénible qu'elle devint aussi pâle que les pierres de la terrasse et eut beaucoup de mal à terminer. La Clairvoyante se laissa aller contre son dossier, les yeux fermés, et ses larges lèvres murmurèrent des paroles inaudibles.

Anigel attendit, pleine d'effroi. Tout autour de la terrasse fleurie, les oiseaux et les insectes chantaient et des poissons argentés sautaient hors du canal. Puis les paupières de Frolotu se rouvrirent avec un petit bruit.

« Savez-vous ce que ce rêve signifie ? interrogea timidement Anigel.

– Bien sûr ! Habituellement, le sage auquel on s'adresse dans un cas semblable commence par demander au rêveur d'analyser lui-même son rêve. Ou bien le sage tourne autour du pot et profère quelques clichés afin que la signification ne s'offre à vous qu'en temps voulu. Mais celle-ci ne se jouera pas de vous, enfant ! Votre chemin sera déjà assez difficile et il est plus gentil de dire la vérité : votre rêve signifie que vous êtes une poltronne et que vous aimeriez mieux esquiver votre dur devoir.

– Ça, je le savais ! gémit la Princesse.

– Chut, maintenant, chut. Écoutez l'explication. Les rêves sont parfois octroyés par les Seigneurs de l'Air... mais cela arrive très rarement. La plupart des rêves sortent des profondeurs de notre moi secret. Et un cauchemar important et troublant comme celui-ci signifie que votre moi secret – la partie la plus essentielle de votre être, celle qui reflète le mieux l'image de Dieu – s'inquiète terriblement de votre comportement. A la fois, elle vous avertit et vous supplie de faire mieux, d'être fidèle aux nobles instincts qui vous poussent et de surmonter votre égoïsme et votre poltronnerie.

– Mais je ne sais pas comment faire !

– On vous le dira, répondit doucement la Clairvoyante. Vous êtes déjà engagée sur votre voie. Celle-ci l'a vu au travers de la loupe. Ce qu'il faut, c'est continuer... jour après jour, avec confiance et détermination. »

La Princesse avait l'air de douter. « Cela paraît trop simple. »

Frolotu et Immu rirent longtemps et joyeusement. Tout d'abord, Anigel fut blessée, puis en colère, et finalement, elle se mit à rire avec elles.

« Vous avez échappé à la mort grâce à de nombreux miracles et à l'aide de bons amis. » Le visage de Frolotu était devenu grave. « Les prochaines étapes sont prévues. Vous devez partir résolument, que vous ayez peur ou non. Il n'y a pas de honte à avoir peur, Princesse. On ne peut pas s'en empêcher. Mais parfois, on est sérieusement tenu de continuer en dépit d'elle. »

La princesse baissa les yeux et regarda ses mains étroitement serrées sur ses genoux. « Je... je vais essayer.

– Bien. » Frolotu se leva. « Le bateau uisgu que nous avons fait venir sera là ce soir. Jusque-là, il ne faut pas bouger d'ici. Ce vil sorcier a laissé l'un de ces laquais avec la garnison... pour vous chercher, vous et vos sœurs, supposons-nous. Mais vous partirez pour Noth avant le lever du soleil. Si tout se passe bien, vous atteindrez la demeure de la Dame Blanche dans quatre jours environ. »

Anigel était accablée à l'idée de reprendre si vite la route. Cependant, quand elle parla, sa voix était teintée d'une saine ironie. « Ce serait très consolant de pouvoir pleurer un bon coup, me lamenter de la perte de mes parents et me sentir désolée pour moi-même. Je n'ai pas pu sur le bateau parce que le bruit nous aurait trahies. Et maintenant, on dirait qu'il n'y a pas de temps pour ça. C'est peut-être une autre raison d'être des rêves. Je peux beugler tant que je veux au pays des ombres, trembler et refuser mon destin toutes les nuits, ce n'est ni un péché ni une faiblesse. Mais quand je serai éveillée, je ferai de mon mieux pour simplement... suivre mon chemin!

– Ça, c'est une bonne fille. » Immu chantait victoire. La Clairvoyante eut un sourire approbateur. « Votre moi secret souhaite vous aider. En affrontant courageusement vos cauchemars, vous apprendrez sûrement à les craindre moins. »

Un peu de la vieille panique reparut sur le visage d'Anigel. Elle fit appel à sa vieille amie. « Mais tu resteras tout le temps avec moi, Immu, n'est-ce pas? Si j'étais seule... je ne pense pas que...

– Je t'aimerai et te servirai tous les jours de ma vie », dit Immu. Elle serra la jeune fille dans ses bras et l'embrassa sur la joue. « Je t'accompagne à Noth, bien sûr, et je viendrai avec toi si la Dame Blanche t'envoie ailleurs. Il arrivera pourtant un jour où, comme pour nous tous, tu devras t'en tirer toute seule. »

Anigel enfouit son visage dans l'épaule de sa nourrice. « Le plus tard possible, je t'en prie, le plus tard possible. »

# XIII

Kadiya ouvrit les yeux à la tombée du jour et l'odeur de poisson grillé éveilla aussitôt en elle une faim presque douloureuse. Jagun s'était, semblait-il, risqué à allumer un feu et surveillait la cuisson de plusieurs garsus dont le plus grand n'excédait pas la largeur de sa main.

La princesse rampa au travers de l'épais buisson qui protégeait leur campement et atteignit l'eau; elle se frotta le visage et les mains avec des feuilles. Elle pensa avec nostalgie au bassin d'eau chaude de la Citadelle où avec ses sœurs elle batifolait et apprenait à nager; ainsi qu'à la poignée de cristaux venus du sud, au doux parfum, qu'on éparpillait sur l'eau pour détendre son corps dans leur mousse parfumée. Les vêtements grossièrement tissés des Insolites avaient crevassé sa peau et la pellicule protectrice dont elle s'était barbouillée sentait maintenant le rance. Elle ne put que tordre, sur sa nuque, ses cheveux ternis et les attacher avec la tige d'une vigoureuse herbe aquatique.

Elle revint au campement et Jagun lui passa aussitôt l'un des garsus embrochés; elle mangea avec ses doigts, qu'elle lécha pour atténuer les brûlures de la graisse chaude.

Jagun resta silencieux durant ce repas. Et ne devint pas plus communicatif lorsqu'ils effacèrent de leur mieux les signes de leur passage, remontèrent à bord du bachot et le poussèrent en plein courant. Kadiya le persuada qu'elle devait participer à leur mode de propulsion, aussi échangea-t-il son aviron contre une paire de perches qu'ils se partagèrent.

Cet exercice n'était pas nouveau pour la jeune fille, mais il lui fallut un certain temps pour adapter ses mouvements à ceux de Jagun. Une fois qu'elle eut trouvé son propre rythme, elle découvrit qu'il avait un pouvoir presque hypnotique. Plonger la perche, tirer dessus, la plonger de nouveau. Elle était à la proue et jetait fréquemment un coup d'œil à l'étincelle de son amulette.

Ils se reposaient de temps en temps. Une fois, ils s'arrêtèrent pour arracher quelques pieds de lis d'eau. Les énormes fleurs étaient encore en boutons, si bien que l'on pouvait en consommer impunément les racines. Avec ce qui restait de garsus, elles composèrent leur repas de minuit.

Cette nuit s'était écoulée en silence. Kadiya n'arrivait pas à se débarrasser d'un certain malaise. Même le balancement hypnotique des perches ne pouvait occulter sa crainte de quelque attaque invisible et sourde. Jagun était parmi les meilleurs bateliers des marais et elle savait que toute menace naturelle l'alerterait aussitôt. Mais cela, c'étaient des attaques de l'extérieur, alors que la chose qu'elle redoutait venait d'un monde intérieur dont, avant sa première manifestation, elle avait ignoré jusqu'à l'existence.

« Jagun. » Elle s'efforçait de parler bas, à peine plus fort que le bourdonnement des nombreux insectes qui les entouraient. « Quelle région s'étend devant nous ? » Elle regrettait de ne pas avoir accordé plus d'attention à la grande carte aux couleurs fanées qui recouvrait un mur de la chambre du conseil, dans la Citadelle.

« Nous nous dirigeons vers le Bourbier Doré. Avant cela, nous ferons escale à Vurenha...

– Là où vit ton propre clan !

– Oui. J'appartiens aux territoires les plus extérieurs. Plus loin, c'est une terre que peu d'Ancêtres ont vue. Je ne sais pas ce qui nous y attend. Nous dépendrons totalement de ce que vous portez.

– C'est le pays des Uisgus ? insista-t-elle.

– En partie, oui, mais aussi les lieux mystérieux où les Noyeurs dressent leurs poteaux territoriaux. Là-dessus, nous avons beaucoup d'histoires, mais nous ignorons quelle part de vérité on peut leur attribuer. Il faut pourtant traverser cette région pour arriver à Noth, car si nous continuons à emprunter le chemin le plus long, ceux qui nous suivent découvriront nos traces.

– Tu es déjà allé à Noth, Jagun ?

– Une fois. Vous étiez alors un bébé. Nous, les chasseurs, croyons qu'une fois bien instruits dans notre art, nous devons nous présenter devant la Dame afin qu'elle nous accorde la liberté pleine et entière de circuler dans les bourbiers. C'est alors qu'elle m'a ordonné d'aller à la cour de votre père, d'y travailler comme chasseur jusqu'au jour où l'on aurait besoin de nous ; et ce jour qu'elle prophétisait vient d'arriver. Il nous est aussi imposé de lui retransmettre tout nouvel objet des Disparus que nous pourrions découvrir...

– De nouvelles découvertes, Jagun ? » Kadiya était intriguée. « Peut-on encore faire de nouvelles découvertes ? Tant de siècles ont passé depuis que ton peuple a commencé à voyager dans les bourbiers. Que pourrait-il trouver d'autre ? »

L'Insolite ne répondit pas tout de suite. Quand il le fit, ce fut comme à contrecœur. « Les Disparus avaient des secrets qui dépassent tout ce qu'on peut imaginer. Il est vrai, aussi, que tout ancien artefact différent de ceux déjà acquis doit être porté à la Dame Blanche de Noth. Elle en conserve certains chez elle ; nous savons que ces choses-là sont dangereuses et qu'elle est aussi la Gardienne de leurs secrets. »

Il était évident qu'il n'avait pas l'intention d'en dire plus à ce sujet. Mais s'il avait vu l'Archimage, il pouvait lui fournir quelques miettes de connaissances qui la prépareraient à sa rencontre avec elle.

« A quoi ressemble-t-elle, Jagun ? Je sais que c'est une puissante magicienne, mais est-ce que cela la rend différente des autres femmes ? On dit qu'Orogastus a un corps semblable à celui d'un homme, mais que son apparence est royale et qu'il vous regarde avec de tels yeux qu'on ne peut rien lui refuser. Cependant, on raconte toujours des histoires de ce type sur l'ennemi. Si Orogastus est vraiment plus qu'un homme ordinaire... qu'en est-il de l'Archimage ?

– C'est la Dame, la Gardienne. Elle connaît la vie et la mort, mais ni l'une ni l'autre ne la concerne. Car la vie et la mort sont le lot commun de tous. Elle n'a pas changé depuis que mon peuple jeta pour la première fois les yeux sur elle. Elle ne lève pas la main pour arrêter la mort et ne convoque aucune nouvelle vie. Mais elle tient le juste équilibre entre ces deux forces en laissant le temps agir sur nous selon notre nature. Seulement, elle garde le Bourbier contre l'invasion et maintenant que l'équilibre a été bouleversé, il faut qu'il soit rétabli. Une chose pour laquelle vous êtes nées, Filles de Roi... »

Kadiya avait profondément enfoncé sa perche. Elle ne la retira pas, mais se tourna à demi pour observer Jagun.

– Moi ? » Sa voix était plus forte.

– Vous trois, Loinvoyante. Le temps passe et même la pierre la plus dure doit finir par céder aux années qui s'écoulent. La Dame de Noth lit dans l'avenir. Ainsi, quand elle voit des nuages s'amonceler, c'est son devoir de se préparer à l'arrivée des Pluies d'Hiver. Avant le jour de votre naissance, Fille de Roi, des membres de mon peuple et des Uisgus furent convoqués à Noth. On les avertit que les Ténèbres grandissaient et que celle qui dans le passé s'était tenue entre nous et toutes leurs manifestations n'était plus, cette fois-ci, capable de dresser contre l'ennemi un mur de puissance. Cependant, elle nous promettait ceci : d'autres lui succéderaient et rétabliraient l'équilibre. »

Kadiya se mordit les lèvres. Une fois de plus, les braises de sa colère intérieure, qu'elle avait soigneusement entretenues, s'enflammèrent.

« Un avertissement... elle aurait pu nous donner un avertissement !

– Loinvoyante, c'est la première fois dans la mémoire des chants historiques de mon peuple que la Dame Blanche de Noth doit affronter un être pourvu de tels pouvoirs. Il est peut-être encore plus puissant qu'elle ne l'a cru jusqu'ici. Vous souhaitez tirer de Voltrik le prix du sang de votre parenté... peut-être n'est-ce qu'une petite chose en comparaison de que vous aurez à réclamer avant la fin.

– Je ne connais rien à la magie... commença-t-elle.

– Voyez ces roseaux. » Jagun hocha la tête vers leur droite. « Vous pouvez en arracher un et, sans grand effort, le casser net. Vous en prenez trois, vous les tressez et vous avez une corde qui prendra un harfut au piège. Vous en avez un, vous en avez trois... »

Kadiya souleva sa perche avec impatience. « Haramis, Anigel et moi, nous formons une corde ? » Elle rit. « J'ai bien peur que tu ne puisses obtenir que peu de gibier avec un tel piège ! »

La magie... elle n'y connaissait rien, et Anigel, de toute sa douce vie, n'avait sûrement jamais éprouvé le moindre désir de jouer avec les connaissances oubliées. La magie ! Elle ne voulait pas la considérer comme une arme. Une rencontre avec Voltrik, l'épée à la main, d'accord. Elle ne savait pas comment ni quand cela se produirait, mais elle y croyait. Et alors, elle ne dépendrait pas d'une magie douteuse pour faire ce qui devait être fait !

Plusieurs fois, durant cette longue nuit, elle crut qu'elle craquerait sous l'effet de ces pensées. Alors, elle ramenait son attention à ce qui s'étendait autour d'elle. Deux fois, ils s'arrêtèrent à l'abri de quelque tertre pour se reposer et manger. Elle frictionnait ses épaules et ses bras douloureux, mais refusait de ses plaindre : en fait, Jagun et elle n'échangeaient que peu de mots.

Une fois, un cri discordant déchira la nuit. Kadiya, bien qu'elle n'ait jamais rien entendu de tel, resta impassible. Ils étaient en train de se reposer, bien dissimulés à l'ombre des grosses branches pendantes d'un wyde aquatique. Au-dessus d'eux brillaient les Trois Lunes et une forme ailée, toute noire, traversa le ciel, arrachant à la jeune fille un profond soupir de crainte révérencielle. La chose était nettement plus grande que le bachot et d'une telle envergure qu'un instant, elle voila les étoiles. Ce que cela pouvait être, elle n'en savait rien ; on ne lui avait jamais parlé d'une chose pareille.

Il hurla de nouveau, puis disparut. Pourtant, Jagun ne fit pas mine de s'aventurer hors de leur cachette. Il poussa un sifflement très bas, puis murmura : « Le voor... et il chasse! » Il y avait dans la voix de l'Insolite tout le malaise de quelqu'un qui doit affronter un ennemi infiniment plus puissant que lui.

« Le voor?

– Il ne peut pas voler ici de par sa propre volonté, car c'est une créature issue du cœur de l'inconnu. » Jagun avait l'air de se parler à lui-même. « Qu'est-ce qui l'a amené dans ce pays? Tout dans le monde doit être terriblement bouleversé. »

Enfin ils reprirent leur route, mais à une allure plus modérée. Kadiya s'efforçait de faire le moins de bruit possible. Une fois encore retentit ce cri qui torturait leurs oreilles; l'animal semblait être plus loin au nord, et c'était par là qu'ils allaient.

Ils établirent leur campement dès que le soleil se leva. Kadiya aurait évité les terres plus élevées vers lesquelles Jagun les poussait, car il était évident qu'elles contenaient plus de ruines et la jeune fille n'arrivait pas à oublier ce qu'ils avaient trouvé dans ce genre d'endroit. Mais Jagun était catégorique.

Il montra du doigt quelques tourbillons dans l'eau noirâtre. « Des sucbris... et sûrement en train de nidifier. Ils ne se seraient pas installés près d'un campement récent. »

Ils débarquèrent sur l'île et Jagun disparut, sa sarbacane à la main. La jeune fille rassembla des morceaux de bois déposés là par la rivière pendant la saison des pluies et prépara un feu qui, une fois allumé, serait le moins visible possible. Lorsqu'elle s'assit tranquillement pour attendre, elle ouvrit ses sens à ce qui se passait autour d'elle. Les odeurs du marais s'entremêlaient. Elle sentit le parfum des fleurs, une bouffée de pourriture et même les relents musqués d'un animal. Bien qu'elle ne possédât pas le don de Jagun et des autres chasseurs, Kadiya tenta de séparer l'une de l'autre ces faibles senteurs et de les identifier le mieux possible.

Elle écouta aussi. La vie s'éveillait autour d'elle, se faisant plus stridente avec le lever du soleil. Elle reconnut le clic-clac du nas, un coléoptère, et plus loin, le gazouillis encore ensommeillé des oiseaux. Il y avait une vie si abondante dans les marais; elle et ceux de son espèce n'étaient ici que des intrus. Il leur aurait fallu plusieurs vies pour classifier et connaître un peu la faune du bourbier.

Kadiya prit son amulette et l'éleva dans le premier rayon de soleil qui atteignit leur camp. Le petit bouton qui était à l'intérieur restait bien fermé... alors que l'étincelle de lumière sortait de son extrémité. Noire. La fleur était vraiment noire, telle qu'on n'en avait jamais vu. C'était le symbole de sa maison... mais même la plus ancienne des légendes ne disait pas pourquoi.

Elle n'entendit rien venir, et brusquement Jagun apparut. Il portait une paire de karawoks; l'eau s'écoulait encore de leur bouche ouverte. La sarbacane à la main, il ne parut pas la voir; il inspectait le paysage derrière lui.

Elle aurait pu compter jusqu'à dix avant que la ligne tendue de ses épaules se décontracte un peu. Une dernière fois, les yeux de l'Insolite se portèrent de droite à gauche, aussi loin que sa tête pouvait tourner en scrutant les broussailles, dans la direction d'où il venait. Enfin, il se laissa tomber avec un soupir. Leur fuite exténuante avait rendu sa peau grise. Il avait lâché les karawoks sans un regard, comme si sa tâche réussie ne signifiait plus rien à ses yeux.

Après avoir posé sa sarbacane sur son genou, Jagun détacha de sa ceinture quelque chose de difforme, enveloppé dans une feuille. Il déroula celle-ci d'un geste vif. Kadiya recula avec un hoquet de dégoût. La puanteur était si forte que la jeune fille eut l'impression qu'on lui jetait au visage l'objet, quel qu'il fût, dont elle émanait. Cela ressemblait à un morceau de gelée solidifiée, jaune verdâtre.

« Une larve de Skritek. » Jagun s'essuya vigoureusement la main sur une touffe d'herbe. « Très jeune et déjà capable de tuer. »

Kadiya, muette, l'observait fixement. C'était invraisemblable que les Skriteks s'aventurent si loin dans le sud pour dresser un poteau avertisseur. Mais qu'ils aient tissé une ruche dans les environs... impossible !

« Un voor s'est nourri près d'ici, continua Jagun. De... de cela.

– Cet oiseau peut voler longtemps ? demanda-t-elle.

– En portant une larve de cet âge ? Pas très loin de la plus proche tenure skritek connue... »

Kadiya évalua la menace que cela représentait. « Alors les Skriteks s'avancent vers le sud ? »

Jagun ramassa la feuille déroulée, en prenant garde de ne pas toucher à ce qu'elle contenait. Il s'éloigna de leur camp, creusa un trou avec un bâton et fourra dedans le fragment malodorant, puis le recouvrit de terre.

Il y avait de la tristesse dans sa voix lorsqu'il revint. « Nous avons beaucoup de routes dans les bourbiers et nous connaissons la plupart d'entre elles. Il y a des boues mouvantes qui avalent tous les envahisseurs et que nous ne pouvons pas franchir. Quant à ce qui s'étend au-delà... » Il haussa les épaules.

Ils mangèrent et Kadiya prit de nouveau la première veille tandis que Jagun dormait. Elle eut encore plus de mal à rester éveillée, même lorsqu'elle imagina les conséquences d'une modification délibérée du territoire skritek. Quand Jagun vint prendre sa place, elle sombra presque aussitôt dans le profond sommeil de quelqu'un qui avait poussé son corps à bout.

L'après-midi tirait à sa fin lorsque Jagun la réveilla. Il était allé à la chasse et ne ramenait pas seulement des racines de lis, mais des garsus dont la vue lui mit l'eau à la bouche. Ils mangèrent lentement, savourant chaque bouchée, puis quittèrent leur refuge, guidés par la lumière de l'amulette.

Cette nuit-là s'écoula sans apparition du voor, sans rien d'autre que la végétation et les habitants habituels des bourbiers. Mais ils étaient maintenant proches du Bourbier Doré, assez pour apercevoir quelques parcelles recouvertes de ces roseaux brillamment colorés qui donnaient son nom à cette région.

Quand l'aube les avertit qu'il était temps de chercher un abri, ils purent se reposer dans un endroit très différent des campements grossiers précédents. Car un hululement retentit, auquel Jagun répondit avec empressement.

Un petit cours d'eau se jetait à cet endroit dans la grande rivière peu profonde. Jagun dirigea leur embarcation droit dedans. Sur les deux berges du ruisseau apparurent des Insolites que Kadiya prit pour des Nyssomus, à cause de leurs vêtements tissés. Mais ils s'adressèrent à Jagun dans une langue dont elle ne put comprendre qu'un mot ou deux. Son compagnon accosta avec précaution sur la rive gauche. L'un des membres du Peuple embarqua, prit la perche des mains de Kadiya en lui faisant signe de s'asseoir, puis d'un mouvement puissant lança l'embarcation en avant.

C'est ainsi qu'elle parvint à Vurenha, le seul vrai village nyssomu qu'elle ait jamais vu. Ceux qui avaient des intérêts commerciaux à Trévista vivaient dans ces ruines. Mais il n'y avait là aucun signe d'une histoire autre que celle de leur propre espèce. Leurs maisons se dressaient sur pilotis dans une vaste étendue d'eau. Chacune était au centre d'une plate-forme s'élevant à environ cinq ells au-dessus de la surface, entourée sur deux côtés par un grand nombre de bateaux plats semblables à celui qui les avait amenés ici.

Des plantes grimpantes en pot, régulièrement espacées le long de chaque demeure, avaient recouvert les murs, si bien que leurs feuilles semblaient surgir des structures mêmes. Elles fléchissaient maintenant sous le poids de grosses cosses d'un jaune hachuré d'écarlate. Kadiya reconnut en elles l'ingrédient essentiel d'un breuvage délicieux et nourrissant. Le long des rives du petit lac sur lequel avait été érigé le village, elle aperçut des cultures, ainsi que des enclos pour les animaux de boucherie des Nyssomys, le woth et le qubar – tous deux plus grands que leurs cousins sauvages des Bourbiers.

On rangea leur bachot contre l'une des maisons. Des Nyssomus sortaient de partout, mais les quatre Insolites qui attendaient leur arrivée étaient plus vieux et comptaient deux femmes, le visage peint de petits dessins iridescents, vêtues de robes d'herbe frangées de coquillages et de morceaux d'une substance brillante qui venait peut-être des ruines. La plus grande, très impressionnante, s'avança pour leur souhaiter la bienvenue.

« Salut, Première de la Maison. » Jagun parlait lentement et cette fois, Kadiya comprit toutes ses paroles. « Puissent Ceux Que

Nous ne Nommons Pas donner honneur et bonne vie à tout le clan et au repaire familial. »

La Nyssomu inclina la tête, avec la même grâce que Kadiya avait vue chez sa mère accueillant une embassade officielle.

« Celle-ci vous offre un toit, Chasseur », dit-elle.

Puis Jagun présenta Kadiya. « C'est la Fille du Roi de la grande Ville. De là nous est venu beaucoup de mal. Elle a été convoquée par la Dame Blanche de Noth. »

Le Nyssomu qui avait guidé leur bachot tendit la main et aida Kadiya à se hisser sur la plate-forme pour qu'elle affronte la femme que Jagun saluait avec tant de respect. La jeune fille avait appris la courtoisie et les coutumes, mais il faut une robe de cérémonie pour faire une révérence convenable. Elle dut improviser en s'inspirant d'un geste qu'elle avait vu faire par une Insolite de Trévista. Joignant les paumes de ses mains, elle inclina la tête.

« Moi, Kadiya, fille de roi Krain, souhaite que tout prospère dans ce repaire familial. »

A son grand soulagement, la femme répondit par un geste familier à Kadiya... elle leva la paume vers le ciel. Kadiya s'empressa d'y poser la sienne.

« Sois en paix, Fille de Roi, » dit la femme avec cet étirement des lèvres qui constituait le sourire des Insolites. Puis, elle redevint rapidement sérieuse. « En vérité, la mort règne au loin, et que soient loués Ceux Que Nous ne Nommons Pas pour t'avoir amenée à nous saine et sauve. Ceux qui noient marchent sur nos terres. » Elle hésita avant de continuer. « Il y en a beaucoup, à l'extérieur, qui sont nés des ténèbres. Mais dans ce repaire familial, sois libre, Fille de Roi et laisse-nous t'apporter l'assistance que l'on peut espérer d'un hôte. »

L'intérieur de la maison nyssomu était divisée en une série de pièces appariées, ouvrant sur un couloir, et Kadiya crut comprendre que celles-ci était attribuées à une famille ou un groupe particulier. Ils ne virent aucun homme, mais au seuil de chaque porte se tenaient une ou plusieurs femmes, qui toutes inclinaient la tête lorsque Kadiya et son hôtesse passaient. Elles pénétrèrent dans une salle, tout au bout du couloir, et la Princesse découvrit que le luxe n'était pas inconnu en ce lieu, même s'il ne ressemblait pas à celui auquel elle était accoutumée.

Une baignoire sculptée l'attendait (qui avait dû être trouvée dans quelque ruine), remplie d'une eau claire sur laquelle flottaient des pétales d'un bleu-violet qu'elle identifia comme l'une des marchandises venues de Trévista. Froissées entre les mains et frottées sur la peau, elles dégageaient un parfum durable et, en plus, moussaient en se transformant en savon. Kadiya se dépouilla avec joie de ses vêtements et entra dans le bain. Elle se frotta avec les pétales parfumés et lava ses cheveux graissés et emmêlés. Oh, comme c'était bon de se sentir enfin propre!

Son hôtesse s'était assise sur un banc, à l'autre extrémité de la pièce et, une par une, la rejoignirent six autres Nyssomus, habillées comme elle et l'air aussi imposant. Il régnait dans ce lieu un calme et une paix qui agissaient comme un baume apaisant sur la blessure à vif de son passé récent.

Une très jeune Insolite apporta une longue robe d'herbes très joliment tissées. Son hôtesse se leva alors et lui montra d'un geste un tabouret rembourré. Quand la Princesse se fut assise, une autre jeune femme apparut avec un plateau sur lequel étaient disposés des zestes de corfer séchés, capricieusement découpés.

Quand toutes furent servies, l'hôtesse pencha légèrement sa coupe afin qu'une goutte ou deux tombent sur le sol. Les autres suivirent son exemple, ainsi que Kadiya qui veillait à se conformer au moindre point de l'étiquette pouvant lui valoir l'approbation de ces gens. Très souvent, à la Citadelle, elle avait été agacée par les cérémonies et parfois assez inattentive pour s'attirer une réprimande de sa mère; maintenant, elle se rendait compte qu'elle devait exécuter tout geste qui plairait aux Nyssomus.

Son hôtesse but une petite gorgée puis lui tendit sa coupe. Kadiya s'empressa de l'imiter et elles échangèrent leurs tasses. Kadiya, suivant encore l'exemple de la Nyssomu, vida la sienne. Un agréable impression de détente envahit son corps.

Son hôtesse brisa le silence. « Le mal est là. Ces buveurs de sang marchent de tous côtés et avec eux il y en a un autre qui n'est pas de notre pays et qui peut dévier les pensées. Nous avons reçu des messages de l'aval. Beaucoup de nos gens ont quitté Trévista car cet endroit est maintenant tenu par des marchands de mort. Nous avons envoyé un message à la Dame Blanche de Noth. Mais il n'y a pas encore eu de réponse...

– Première de la Maison, dit Kadiya en se penchant vers elle, ceux qui ont envahi Trévista sont très mal renseignés sur les Bourbiers. Mais ils sont commandés par un être mauvais, érudit en arts étranges, et l'un de ses serviteurs voyage avec les Skriteks. Cependant, je ne crois pas que des soldats habitués aux plaines du Labornok puissent combattre au pays du Bourbier. Vos gens qui en connaissent tous les coins et recoins se lèveront sûrement contre eux et libéreront cette région... »

Mais son hôtesse secoua lentement la tête. « Fille de Roi, ce n'est pas notre coutume de faire la guerre contre ceux qui pénètrent dans notre pays. Nous avons nos propres moyens de défense, mais nous n'apportons pas la mort aux autres. »

Kadiya se mordit les lèvres. Elle avait cru pouvoir harceler les forces ennemies en se servant de ces Nyssomus qui, s'ils le voulaient, tourneraient toutes les particularités et toutes les horreurs de cette région contre elles! La colère lui rongea de nouveau le cœur. Mais que pouvait-elle faire? Souvent, dans le passé, l'impatience l'avait poussée à commettre des sottises; cette fois, elle devait tout faire pour éviter les erreurs.

Elle tripota son amulette.

« La Dame de Noth m'a convoquée, dit-elle prudemment. Elle a longtemps été la Gardienne de ce pays. Peut-être aura-t-elle une solution à nous proposer. »

La Nyssomu approuva d'un signe de tête. « C'est vrai, Fille de Roi. C'est la plus grande de tous les êtres vivants et la maîtresse de nombreux pouvoirs singuliers. Nous vous aiderons de notre mieux à la rejoindre. »

Kadiya dut se contenter de cela.

# XIV

Le chalumeau jouait *La Mare rosie par le soleil couchant*, l'une des mélodies préférées d'Haramis, une triste ballade sur un batelier esseulé, loin de son foyer et de ceux qu'il aime. Quand la dernière note argentine mourut en se répercutant entre les rochers escarpés que nacrait le gel, la Princesse dit : « C'était vraiment beau, mon vieil ami.

– J'aimerais continuer à jouer, dit Uzun en s'excusant, mais j'ai du mal à remuer rapidement les doigts. » Il se pelotonna plus étroitement dans son manteau fourré et rapprocha ses bottes mouillées du petit feu de brindilles emmêlées. La nuit tombait vite, apportant avec elle un vent froid descendu des glaciers, qui coupait comme un couteau toute portion de peau exposée.

« Peu importe, Uzun. Je pense que si tu avais joué plus longtemps j'aurais pleuré de mélancolie. Le batelier de la chanson a du moins l'espoir de retourner un jour dans son pays et de revoir sa famille, mais moi, je n'ai plus de foyer et ceux que j'aimais sont morts.

– Peut-être pas vos sœurs, ma Princesse. »

Elle considéra le versant rocheux et désolé de l'autre côté de la Vispar, le torrent qu'ils avaient remonté jusque dans la chaîne des Ohogan. Au-dessus des crêtes assombries, le majestueux mont Rotolo, teinté de rouge par les dernières lueurs du soleil couchant, se détachait sur le ciel zébré de nuages.

« Je prie pour que Kadiya et Anigel soient toujours vivantes, mais tu sais aussi bien que moi que lorsque nous nous sommes séparées, Kadiya se préparait à mourir en brave contre des forces écrasantes. Quant à Anigel, je ne serais pas surprise d'apprendre qu'elle a péri de frayeur! » Elle cligna des yeux pour refouler ses larmes. « Pauvres petites idiotes! » Elle se força aussitôt à revenir à ses problèmes actuels. « Et nous les rejoindrons bientôt si ces misérables graines de trillium continuent à nous emmener toujours plus haut dans les montagnes. On ne ramasse presque plus de bois pour le feu, plus de racines ou de baies comestibles. Il n'y a plus de poissons dans la rivière depuis qu'elle coule toute blanche et que son eau a un drôle de goût. Cette espèce de poudre qu'il y a dedans, qu'est-ce que c'est, le sais-tu?

– Je lui trouve un goût de roche. N'importe comment, si elle était toxique...

– ... nous serions déjà morts, acquiesça Haramis. Mais je ne l'aime quand même pas. Et je m'inquiète à ton sujet, Uzun; tu ne devrais pas monter si haut dans un froid pareil. Ce n'est pas bon pour toi; ton corps n'est pas fait pour vivre ici.

– Je vais parfaitement bien! protesta Uzun. Tout ce dont j'ai besoin, c'est de me réchauffer un peu et que mes bottes sèchent.

– Mais elles seront de nouveau trempées lorsque, demain matin, nous recommencerons à marcher péniblement dans la neige. Mon sang est plus chaud que le tien, Uzun, et je peux le supporter. Mais vous, les Nyssomus, êtes nés pour vivre dans la chaleur du Bourbier. J'ai vu, au long du jour, ton visage devenir de plus en plus gris de souffrance et tes pas ralentir.

– Je vous ai retardée, murmura-t-il tristement.

– Ce n'est pas grave, Dieu sait que je ne suis pas pressée de mourir de froid! Mais je pense qu'il y a peu de chances pour que tu ailles mieux : plus il fera froid, plus ton état empirera, c'est probable. »

Elle se leva de sa place auprès du feu, arracha ses moufles fourrées et commença à ôter les bottes mouillées de l'Insolite. « Il faut les enlever, elles ne sécheront jamais à tes pieds.

– Non, non... c'est moi qui dois être à votre service! Jamais l'inverse!

– Tais-toi », ordonna-t-elle en prenant un air sévère. Quand elle lui eut enlevé ses bottes et ses chaussettes de feutre trempées, ainsi que l'ouate d'herbe – isolante quand elle était sèche, réduite maintenant à l'état de bouillie collée à ses orteils griffus –, elle lui enfila ses moufles chaudes en guise de pantoufles. Puis elle disposa soigneusement ses chaussures afin que la maigre chaleur du feu puisse y pénétrer, et lui versa un verre du petit cruchon noirci par la suie où ils préparaient leur infusion de darci.

Le vieil Uzun poussa un profond soupir. « Je me sens tellement mieux. Vous ne devriez pas vous abaisser ainsi à... »

Elle posa un doigt sur les lèvres de l'Insolite pour le faire taire. « Maintenant, écoute-moi, Uzun. J'ai bien réfléchi et pris ma décision. Tu m'as accompagnée aussi loin que tu le pouvais, alors je veux que tu rebrousses chemin et moi, je continuerai seule.

– Non! non! cria-t-il, si ému qu'il renversa sa tisane.

– N'ai-je pas dit que j'avais pris ma décision? Nous avons presque atteint la limite où rien de vivant ne peut survivre, sauf peut-être les Yeux dans la Tornade. Notre nourriture est presque épuisée et il n'y a plus aucune chance de s'en procurer. Bientôt, il n'y aura même plus d'arbres nains, donc plus de bois à brûler. Si j'ai une haute destinée, comme l'a dit la Dame Blanche, on peut supposer que les Seigneurs de l'Air me protégeront et me nourriront, d'une manière ou d'une autre, tant que je suivrai les graines de trillium. Mais toi, mon vieil ami, tu dois t'en retourner. C'est ma quête, et il faut que je l'accomplisse seule. L'Archimage me l'a dit. Ne t'a-t-elle pas dit aussi que tu devrais me quitter avant la fin du voyage? »

Uzun baissa la tête sans répondre. Il s'essuya les yeux sur sa manche, puis sirota lentement son infusion.

« Si tu t'en retournes maintenant, poursuivit Haramis, tu peux atteindre la limite des champs de neige en une demi-journée. Encore un jour et tu seras dans la partie fertile de la Vispar où abondent les garsus et autres poissons, et il y a là beaucoup de baies mûres et nourrissantes; il n'y gèlera plus pendant la nuit. Tu pourras suivre la rivière en direction du sud jusqu'à ce que tu rencontres des Uisgus amicaux qui t'emmèneront à Trévista dans leur bachot, et là tu retrouveras les tiens.

– Mais comment pourrais-je vous laisser seule? Le Trin sait que je suis un lamentable homme de plein air, mais vous... pardonnez-moi, Princesse – vous êtes encore moins compétente que moi pour survivre dans la nature!

– Je n'ai pas besoin de talents spéciaux pour survivre, maintenant. Il n'y a plus de poissons à vider, plus de varts des tourbières à capturer, plus de plantes comestibles à chercher ou à préparer. La nourriture qui reste dans mon sac m'empêchera provisoirement de mourir de faim, et j'en sais assez pour attendre que les sédiments de la rivière se déposent avant de boire l'eau. Je peux grimper avec agilité – j'ai acquis assez de pratique ces derniers temps –, et les graines me pourvoiront encore, pendant quelques jours, de tanières bien sèches pour dormir, du moins jusqu'à ce que tout le paysage soit couvert de neige. Si je n'ai pas atteint mon but à ce moment-là... » Elle haussa les épaules. « Peut-être que les Yeux dans la Tornade prendront pitié de moi et m'emporteront dans l'une des légendaires vallées vertes des Ohogan où, dit-on, les Vispis vivent parmi les sources chaudes et les fleurs tandis que les blizzards passent, impuissants, au-dessus de leurs têtes. »

Uzun dit, d'une voix basse et pensive: « Vraiment, je me demande si la Dame Blanche nous a mis sur la voie d'un endroit comme ça.

– Que sais-tu des Vispis ?

– Ils ne quittent jamais les montagnes. Ils font, avec les Uisgus, le commerce des métaux précieux et des gemmes qui, par l'intermédiaire des Nyssomus, sont vendus aux humains, soit à la Foire de Trévista, soit dans les petits marchés des villages du Dylex. En échange, les Vispis reçoivent des animaux domestiques – surtout des togars, les plus robustes des volumnials, et des nunchiks à la toison épaisse. Ils ont aussi besoin de sel, de sucreries – le miel d'abeille aquatique est l'élément essentiel du commerce des Uisgus avec eux – et de quelques autres denrées.

– A quoi ressemblent-ils ?

– Aucun Nyssomu n'a survécu pour le dire car leurs terres sont interdites au peuple des Marais.

– D'autant qu'on meurt de froid avant de les atteindre, murmura Haramis.

– Les Uisgus de la savane disent que les Vispis sont plus grands que les hommes, et plus minces. Ils font partie du Peuple puisqu'ils donnent naissance à des jeunes déjà faits à leur image, et non à des larves voraces, comme les abominables Skriteks. On dit que les Yeux dans la Tornade – ces gardiens des cols qui autrefois nous aidaient à protéger notre terre des invasions – appartiennent aux Vispis et sont au service de la Dame Blanche.

– Certains des gardes de nos bastilles des collines racontent qu'ils ont vu des Vispis danser dans la neige fraîchement tombée. Il paraît qu'ils sont beaux.

– On dit aussi que c'est le Peuple le plus ancien. Mais personne ne le sait vraiment. Nos conteurs prétendent qu'ils vivent dans de profondes vallées, sur les versants des monts Rotolo, Gidris et Brom. Là couleraient des sources et des ruisseaux d'eau chaude qui adouciraient ce terrible froid et permettraient aux plantes de pousser. Il y a des cavernes de glace, sur tout le territoire vispi, qui, en dégelant lentement, libèrent des pierres précieuses et des pépites d'or et de platine qui sont emportées par les torrents de montagnes. On dit que certaines des grottes ont appartenu aux Disparus et parfois, mais très rarement, les Vispis vendent l'une de leurs anciennes machines.

– Comme c'est fascinant », murmura Haramis. Elle tisonna le feu avec l'extrémité ferrée de sa canne, ramenant les parties intactes des brindilles sur la maigre pile de braises rougeoyantes. Elle resta silencieuse plusieurs minutes, puis dit brusquement : « Uzun, tu veux bien essayer de lire pour moi dans les feuilles de darci ?

– Pour savoir où sont vos sœurs ?

– Non, pas elles. Les Vispis. »

Il hoqueta de surprise. « Je... je peux toujours essayer. S'ils font vraiment partie du Peuple, ils devraient posséder une aura, commme les autres êtres naturels. »

Elle montra du doigt, sans un mot, la cruche où restait encore un doigt de liquide foncé. Uzun acquiesça d'un signe de tête et la prit. Il fit tourner l'infusion, de plus en plus vite, sans quitter des yeux le petit tourbillon. Puis son corps se raidit, son regard devint fixe et des perles de sueur huileuse brillèrent sur son front.

Haramis attendait. La lueur rosée qui avait envahi les pics neigeux tournait au gris. Le ciel demeuré sans nuages durant leur voyage se couvrait maintenant des serpentins nacrés de quelques cirrus venus du sud, présages de la mousson d'hiver. Certaines années, les tempêtes survenaient tôt. Si c'était maintenant le cas, elle serait à coup sûr condamnée...

« Movis », chuchota Uzun.

Très surprise, Haramis le saisit par l'épaule. « Tu as vu quelque chose ?

– Movis », répéta-t-il. Ses grands yeux dorés plongèrent dans les siens tandis qu'il revenait lentement à lui et reposait la cruche. « Le nom de leur grand village est Movis, et il est au-dessus de nous, vers l'ouest.

– L'as-tu vu clairement ? interrogea-t-elle, le visage illuminé par l'émotion. Est-ce loin d'ici ?

– Je ne peux pas dire, je sais seulement qu'il est là-haut, quelque part dans cette direction. Les Vispis sont capables de le dissimuler totalement aux curieux, s'ils le souhaitent, mais j'ai prononcé ton nom et ils m'ont accordé une brève vision de Movis... et dit qu'ils t'attendaient. »

Haramis sentit les battements de son cœur s'accélérer. Sa main nue plongea dans sa tunique et s'empara de l'amulette d'ambre chaud, nichée contre sa peau. Movis ! Un véritable lieu, et non quelque rêve fiévreux de l'Archimage mourante ! Les graines ailées l'avaient donc entraînée dans une véritable quête, et non dans une poursuite insensée. Du moins pouvait-elle l'espérer...

« Tu m'as rendu un grand service, dit-elle à Uzun. Cette divination me redonne confiance au moment où j'étais dans l'incertitude. Je te l'avoue, Uzun, j'avais peur que la Dame Blanche ne soit qu'une sorcière malade qui se berçait d'illusions et m'envoie à une mort certaine.

– Movis n'est pas tout près, dit le petit musicien, le front ridé d'inquiétude. Il vous faudra certainement plusieurs jours de voyage sur le terrain le plus accidenté qui soit.

– Mes graines me guideront, répliqua-t-elle en souriant. Je ne me perdrai pas, ne crains rien, et les Vispis qui vivent là-haut m'aideront sûrement dans ma recherche du Cercle Tri-Ailé.

– J'ai eu l'impression qu'ils me parlaient de bon cœur », reconnut Uzun. Il remua les pieds, toujours enveloppés dans les moufles fourrées d'Haramis, et l'inquiétude s'effaça lentement de son visage. « Peut-être que tout se passera bien, après tout. » Il bâilla, puis se hâta de demander pardon à la Princesse.

Elle rit. « Tu as sans doute raison. Ton cher visage et ta musique me manqueront, mais tu me serviras mieux en rebroussant chemin. Tu peux commencer à faire de ce voyage une ballade que l'on chantera quand je serai reine du Ruwenda. A ta manière de parler, parfois, on dirait que tu y travailles déjà.

– Très bien. Je vais faire demi-tour. Vous voyagerez sûrement plus vite sans moi. Je peux vous quitter le cœur plus léger, en espérant que l'Archimage a donné l'ordre aux Vispis de vous assister. Et durant mon voyage vers le sud, j'essaierai, de temps à autre, de lire dans les feuilles de darci, afin de me rassurer sur votre sort.

– Bien sûr », dit Haramis. Elle prit les bottes de l'Insolite et tâta les chaussettes qui étaient maintenant presque sèches. « Fourre ça au fond de ton sac de couchage, elles finiront de sécher pendant que tu dormiras. »

Elle l'aida à se glisser dans son duvet où il se pelotonna, le dos contre un grand rocher situé de l'autre côté du feu. Il ronfla avant même qu'Haramis ait étalé son propre sac de couchage et bu l'infusion jusqu'à la dernière goutte.

Elle mit de l'ordre dans leur campement, puis descendit lentement jusqu'au torrent. La gelée blanche recouvrait déjà les rochers dénudés et, dans le crépuscule, des plaques de neige brillaient entre les parois à pic. Elle remplit à demi leur plus grande outre en grimaçant au contact glacé de la rivière. Demain matin, après le gel et le dégel, la boue grise en suspension se déposerait et l'eau serait buvable.

A ses pieds, quelque chose scintilla et elle vit que c'était une minuscule mare qui reflétait une étoile. Un parfait support pour la divination.

*Pourrais-je moi aussi le faire ? La divination est-elle magique ou est-ce un don mental, comme la parole sans mots avec laquelle les Insolites communiquent ? Je me demande si je pourrais voir mes sœurs... Je sais qu'elles sont peut-être mortes, mais je ne le crois pas. Bien sûr, même si je ne les vois pas, cela ne prouvera rien. Et si l'Archimage avait dressé une sorte de barrière autour de nous trois – une espèce d'incantation – pour déjouer les adeptes labornoki, tel Orogastus, qui nous cherchent afin de nous tuer ? Mais peut-être que si je cherche à voir mes sœurs dont la destinée est, paraît-il, liée à la mienne, la barrière ne m'arrêtera pas... On peut toujours essayer.*

Elle s'agenouilla au-dessus de la petite mare en faisant attention de ne pas masquer la lumière de l'étoile, et dit une brève prière. Puis elle chassa toute pensée de son esprit de façon à ce qu'il n'y ait plus de réel que la faible lueur argentée, dans l'eau, et le visage de sa sœur Kadiya qu'elle évoqua.

*Kadi... Kadi... Es-tu vivante ? Laisse-moi te voir !*

Un sourire. Une délicieuse odeur de bain parfumé, des bulles de savon, des cheveux roux sur l'eau...

Puis, rien.

Haramis s'assit sur ses talons. Pendant une fraction de seconde, elle avait cru capter des images fuyantes. Mais ce n'était pas une vraie vision de Kadiya, seulement des bribes de sensations qui n'avaient sûrement pas d'autre source que sa propre imagination exacerbée par la fatigue.

Elle soupira. N'importe comment, elle ne s'était pas attendue à réussir. La divination était un don que possédaient les Insolites, pas les humains. C'était complètement idiot de rester accroupie, à moitié gelée, près d'un torrent, alors qu'elle aurait pu être nichée dans son duvet à rêvasser aussi. En soupirant, elle remonta péniblement se coucher.

# XV

Le bateau uisgu fendait l'eau comme une flèche au clair de la Triple Lune, et Anigel s'éveilla avec un gémissement étouffé. Elle avait de nouveau rêvé de la sécheresse et du feu, pour la quatrième nuit consécutive; son corps était tendu, glacé et moite de terreur sous le sac de couchage qu'Immu avait dressé comme une tente et rabattu autour d'elle. Maudit soit ce rêve! C'était si *stupide* de vivre et revivre cette douloureuse irréalité. Elle serra dans sa main l'amulette du trillium qui paraissait chaude contre sa paume glacée, tout en se demandant pourquoi son moi secret lui envoyait sans cesse cet abominable cauchemar. Elle savait ce qu'il signifiait! Elle avait reconnu ses défauts et promis d'être courageuse, n'est-ce pas? Pourquoi ces fantasmes s'obstinaient-ils à la torturer? Ce n'était pas juste!

Elle renforça sa détermination, repoussa les effroyables souvenirs du rêve et se concentra sur sa situation actuelle.

Elle était dans un esquif en marche, long comme un bachot nyssomu, qui se terminait en pointe aux deux extrémités; mais au lieu d'être taillé dans un tronc de kala, il était fait de longues brassées de roseaux tressés, tel un grand panier, et enduit à l'intérieur d'une substance dure. Les deux rimoriks qui le tiraient étaient des créatures poilues aux formes aérodynamiques, plus grandes qu'un homme, avec une tête lisse, d'énormes yeux noirs et des pattes palmées aux griffes redoutables. Leurs corps étaient tachetés de vert et ils ne s'exprimaient que par des sifflements. Ils n'aimaient pas les humains et quand Anigel tenta de se montrer amicale, ils lui montrèrent les dents, de véritables défenses. Ces êtres étaient attachés à la proue par un double harnais et les conducteurs uisgus, qui s'appelaient Lebb et Tirebb, dirigeaient ces coursiers aquatiques au moyen de rênes passant par des anneaux fixés de chaque côté de l'avant. Anigel était obligée de rester, jour et nuit, sur une petite paillasse, à la poupe étroite du bateau, afin que son aura humaine ne trouble pas les rimoriks. Ils s'arrêtaient toutes les six heures environ dans un village uisgu pour changer d'attelage et permettre aux deux conducteurs de se reposer.

Durant le jour, il faisait terriblement chaud dans l'étrange région du Bourbier Doré qu'ils traversaient depuis trois jours. On y voyait très peu d'animaux, sauf de grands vols d'oiseaux, des mouches aux ailes de gaze – dont l'envergure atteignait parfois un demi ell – et des myriades de poissons. Les herbes aux bords coupants, souvent deux fois plus hautes qu'Anigel, étaient couronnées de panicules plumeux d'un jaune doré.

D'abord, ils avaient suivi un chenal étroit et tortueux dans une clairière très dense située au nord de Trévista, et tant zigzagué et serpenté qu'Anigel avait perdu tout sens de l'orientation. Durant leur second jour de voyage, ils pénétrèrent dans une région où l'herbe était plus courte et les voies d'eau moins visibles. Les rimoriks se contentaient de nager droit devant eux au travers de la prairie submergée et leur bachot, touchant à peine l'eau, glissait sur l'herbe bruissante comme sur une route huilée.

Ils faisaient halte sur de petites îles surélevées, couvertes de feuillus et d'arbustes chargés de fleurs et de fruits. C'est là que se trouvaient les villages des timides Uisgus qui vivaient de poisson cru, de cueillette et d'une boisson brune, « sacrée », appelée le miton; Immu refusa d'expliquer sa nature et interdit à Anigel d'y goûter. Les Uisgus ne connaissaient pas le feu. Ils habitaient des huttes d'herbes aquatiques tressées, dans le même style que leurs embarcations, montées sur pilotis pour résister aux inondations de la mousson. Ce Peuple était beaucoup plus petit que leurs cousins les Nyssomus et ne portait que des bijoux d'or sertis de pierres précieuses, qu'ils achetaient aux Vispis des montagnes septentrionales, et une sorte de kilt court. Ils encerclaient leurs yeux globuleux de peinture colorée et les poitrines nues des mâles étaient ornées des trois cercles entrelacés autour d'un point central. Leurs corps étaient couverts d'une toison courte, lubrifiée par une huile épaisse qui embaumait fortement le musc. Anigel remarquait à peine leur odeur maintenant; mais la première fois qu'elle avait rencontré Lebb et Tirebb, là-bas, à la maison de la Clairvoyante, elle avait dû contrôler sa répulsion en serrant leurs mains visqueuses. Pas étonnant que certains Ruwendiens grossiers appellent ces petits Insolites des Démons Glissants! Les bateliers et Immu, parlant des dialectes différents, se comprenaient à peine, mais ils n'avaient guère besoin de converser. Les deux Uisgus savaient très bien où était la cité en ruine de Noth et avaient promis à Frolotu d'y conduire la Princesse et Immu aussi vite que possible.

Une fois la nuit tombée, quand les étoiles au-dessus de la prairie ne furent plus voilées par la brume et parurent deux fois plus brillantes qu'à l'ordinaire, l'orchestre du Bourbier Doré se fit entendre, composé de sons nocturnes complètement différents de ceux du cours inférieur de la Mutar ou de Trévista. Aucun grand animal ne hululait ou ne rugissait dans cette vaste région dépourvue d'arbres; les bruits du marécage, percutants et syncopés, pareils à des centaines de minuscules tambours de tonalité différente, accompagnaient d'une mélodie toujours changeante le bruissement du bateau dans cet océan d'herbes. C'était un son hypnotique et Anigel sentit qu'elle s'assoupissait de nouveau.

*Pas de rêve, pas de rêve,* supplia-t-elle faiblement, en laissant l'oubli la submerger. Quand elle s'éveilla, son embarcation s'était arrêtée, elle se sentait tout à fait délassée et l'aube était levée.

De drôles de petits visages la regardaient par-dessus le platbord, d'un air à la fois fasciné et horrifié. Ils présentaient un air de famille avec les Nyssomus, mais leurs oreilles dressées étaient plus grandes, ainsi que leurs dents; têtes, cous et joues étaient recouverts d'une fourrure lisse et brillante. L'un d'eux avait des anneaux jaunes autour des yeux; les peintures oculaires des autres étaient rose et ocre.

La Princesse poussa un petit cri de surprise et les trois visages plongèrent hors de vue.

« Oh, excusez-moi, dit-elle d'une voix douce. N'ayez pas peur, petits Uisgus. Je sais que je suis laide et gigantesque à vos yeux, mais je ne vous ferai pas de mal. »

Une tête réapparut, puis les deux autres. Elles n'étaient pas plus grosses que celles des bébés humains. Les enfants uisgus pépiaient entre eux d'un air inquiet, discutant sans doute de la nature du monstre qu'ils avaient trouvé endormi dans un bateau, sur leur grève.

« Tout va très bien », dit Anigel pour les rassurer. Elle tendit l'amulette du trillium au bout de sa chaîne... et brusquement tout sembla s'éclairer.

Les trois jeunes Uisgus émirent un joyeux trille et montrèrent leurs minuscules crocs en un large sourire. Ils se hissèrent sur le plat-bord et auraient grimpé dans l'esquif pour la rejoindre si elle ne leur avait pas dit en riant : « Non, non. Je vous en prie, restez là pendant que je m'habille. Après, vous pourrez me conduire à votre village. Je suppose qu'Immu, Lebb et Tirebb sont déjà partis chercher des rimoriks en me laissant faire la grasse matinée! »

Elle rejeta le sac de couchage, se redressa et enfila une douce robe d'herbes tissées par-dessus sa chemise. Elle avait d'abord porté avec répugnance les vêtements des aborigènes, cadeau de

Frolotu; mais il s'avéra que la robe vert pâle était beaucoup plus fraîche que son costume d'apparat, sale et déchiré; ses manches longues, en forme de cloche, et son ample capuchon la protégeaient bien de l'impitoyable soleil de la savane. Elle avait aussi abandonné ses mules en loques pour des cothurnes montants lacés sur de solides espadrilles. Une ceinture de fibres tressées, à laquelle était accrochée une grande escarcelle de cuir où la Princesse mettait son mouchoir, son peigne, son couteau et quelques autres objets de première nécessité, complétait ce costume de voyage.

L'un des jeunes Uisgus avait disparu de la rambarde. Il reparut en gloussant et lui tendit une guirlande de fleurs d'un blanc cireux qui exhalait un parfum épicé. Anigel remercia la petite créature, attacha les deux extrémités et en fit une couronne qu'elle posa sur ses cheveux. Puis, elle sortit du bateau et emboîta le pas au trio qui s'engagea dans un étroit sentier.

Le village n'était pas loin et ne comptait que cinq huttes sur pilotis plus l'habituel abri à ciel ouvert, au niveau du sol, où les Uisgus avaient l'habitude de se réunir pour bavarder, préparer et manger leurs repas durant la saison sèche. Immu et les bateliers étaient en train de partager le petit déjeuner de la communauté. Le chef du village accueillit Anigel par un discours amical, mais incompréhensible, et ordonna qu'on la serve également.

Elle était maintenant habituée au poisson cru coupé en morceaux et mariné dans un jus de fruit acide. Elle prit aussi des tranches de melon et une poignée de bloks, noix à la riche saveur, mais imita l'exemple d'Immu en refusant poliment le miton, la boisson sacrée des Uisgus.

« Ils disent que Noth n'est plus qu'à quelques heures, dit Immu à la Princesse. La partie submergée du Bourbier Doré que les rimoriks peuvent traverser à la nage prend fin à quelques lieues du village, là où l'eau n'est plus assez profonde. Nous devrons couper à l'est pour rejoindre la Nothar que nous longerons sur quelques lieues afin d'arriver à la demeure de l'Archimage. Habituellement, les Uisgus n'osent pas s'en approcher sans y être invités, mais je leur ai expliqué qui vous étiez et pourquoi la Dame Blanche vous avait convoquée. »

Le chef, qui se distinguait des huit autres mâles du village par l'excès d'ornementation de son collier et de ses bracelets d'or, son kilt miroitant d'écailles de poisson et les triples anneaux de peinture blanche qui entouraient ses yeux, se tourna vers la Princesse qui avait fini de manger, et lui adressa dans sa propre langue une longue harangue. Anigel essaya de ne pas sourciller lorsque ses doigts griffus soulevèrent l'amulette du trillium qui pendait sur sa poitrine pour la montrer à son peuple.

La petite bande d'Uisgus poussa des cris d'émerveillement abrégés par les jacassements des trois enfants qui informaient sans doute leurs aînés qu'ils avaient déjà reconnu Anigel.

« Ces Uisgus, qui vivent dans la partie occidentale du Bourbier Dédaléen, restent en contact mental étroit avec leurs compagnons, dit Immu à voix basse. Ce chef dit que vous n'êtes pas le seul Pétale du Trillium en route pour Noth. Un autre – sans doute votre sœur Kadiya – a survécu aux périls du Bourbier Noir. Elle et son compagnon – qui doit être Jagun – sont parvenus à un village nyssomu près du confluent de la Nothar et du cours supérieur de la Mutar.

– C'est merveilleux! s'exclama Anigel. Nous pourrons l'attendre à Noth! »

Immu semblait dubitative. « C'est l'Archimage qui décidera. »

Le chef parla de nouveau, cette fois en faisant un geste vers le nord et en fronçant les sourcils, puis il essuya la paume de ses mains sur ses flancs poilus en signe d'extrême désapprobation.

« Par la Fleur! murmura Immu. Il dit qu'une *troisième* personne porteuse de l'amulette est partie de Noth, il y a environ une semaine, et, se dirigeant vers le nord, a atteint les contreforts des monts Ohogan et gravit en ce moment les champs de neige. Il dit que c'est très... imprudent de pénétrer sur ce territoire que les Vispis ont interdit sous peine de mort à toutes les autres races.

– Il ne peut s'agir que d'Haramis! s'exclama Anigel. Et elle ira seulement là où l'envoie la Dame Blanche! Comment pourrait-elle...

– Chut, l'avertit Immu. Pas un mot de plus. » Elle adressa un petit discours de remerciement aux villageois, puis fit signe à Lebb et à Tirebb qu'il était temps de partir. Une nouvelle paire de rimoriks était déjà attelée au bateau.

Le chef leur barra poliment la route. Lançant un ordre bref, il reçut de l'une des femelles uisgus une petite gourde bouchée teinte en rouge vif et enveloppée dans un filet à points noués. Il l'offrit solennellement à Anigel.

« C'est du miton? chuchota-t-elle à Immu.

– Oui. Et cette fois, il faut l'accepter car c'est un cadeau très spécial qu'ils font rarement aux non-Uisgus – encore moins aux humains. Remercions les Seigneurs de l'Air qu'ils n'exigent pas que vous en buviez... »

Anigel inclina la tête et remercia le Peuple dans sa propre langue. Ils semblèrent la comprendre. Une petite grand-mère toute ratatinée les accompagna en trottinant jusqu'au bateau; elle ne cessait de tapoter l'épaule d'Anigel en désignant la gourde avec un sourire encourageant.

« Miton! disait-elle. Miton! Miton ka poru ti! »

Ils s'installèrent, les conducteurs uisgus à l'avant, Immu et Anigel à leurs places habituelles, à l'arrière. Comme ils s'éloignaient du village, les villageois alignés sur le rivage leur firent des signes d'adieu. La matrone cria une dernière fois d'une voix perçante : « Miton ka poru ti! »

« Qu'est-ce que cela veut dire ? » demanda Anigel à Immu. Elle tenait la gourde sur ses genoux et examinait les curieux nœuds du filet qui l'enveloppait.

« Elle dit : " Le miton donne force et courage ", traduisit Immu à contrecœur. C'est pour cela qu'ils disent que c'est une boisson sacrée.

– Mais, c'est merveilleux! s'exclama la Princesse soulagée. J'y ai bien droit maintenant, car j'avoue que l'idée de rencontrer enfin la Dame Blanche me rend folle de peur. »

Immu se détourna. Comme se parlant à elle-même, elle dit : « Il y a, entre les rimoriks et les Uisgus, une étrange symbiose par laquelle chacun aide et chérit l'autre. Les gens et les bêtes ne sont pas des maîtres et des animaux domestiques, mais des amis de cœur. Les rimoriks sont forts et courageux, alors que les faibles Uisgus ont une intelligence plus grande. Leur lien est continuellement renforcé par le miton que les uns et les autres boivent... et qui renferme du sang des deux espèces. »

La Princesse demeura immobile, comme pétrifiée. L'une de ses mains s'était posée instinctivement sur son amulette.

« Je ne peux pas dire, conclut Immu, si ce breuvage donne du courage ou non. Mon peuple, les Nyssomus, en a une terreur sacrée. Ceux, bien rares, qui ont osé en prendre – dont les conducteurs de rimoriks – deviennent une race à part. Il contient certainement une magie puissante, mais vous feriez mieux de remettre ce don à l'Archimage, ou tout au moins, de la consulter sur son usage éventuel.

– Je... je le ferai », répondit la jeune fille. Elle resta longtemps sans parler, regardant fixement la gourde écarlate, puis les montagnes qui se profilaient déjà à l'horizon septentrional.

Au bout d'une heure, Anigel se tourna vers Immu et lui sourit. « Seuls les Seigneurs de l'Air savent si ce miton transforme vraiment le caractère de celui qui le boit. Mais une chose étrange est arrivée... Rien qu'en le tenant, j'ai réussi à surmonter ma peur de la rencontre avec la Dame Blanche. J'ai mon content de magie pour le moment. »

Les ruines de Noth, bien que fort étendues, avaient moins de grandeur que celle de Trévista et désappointèrent un peu Anigel. L'embarcation uisgu leur fit traverser un quartier de bâtiments de pierre tombés en ruine et envahis par la végétation, et les amena dans une lagune recouverte de fleurs jaunes en forme d'urnes, à l'odeur fétide, bourrées jusqu'aux étamines d'insectes en putréfaction. Ils abordèrent à un petit quai étonnamment propre. Derrière lui montait en pente un gazon bien tondu et des jardins fleuris, taillés dans la végétation luxuriante de la jungle. Des togars domestiques à long cou s'y dandinaient comme dans la cour de ferme d'un franc-tenancier du Tertre, broutant de-ci, de-là un peu d'herbe ou quelque friandise. A quelques douzaines d'ells de là, en haut d'un escalier dallé très rustique se dressait une petite maison comme Anigel n'en avait jamais vu.

Les poutres en bois sombre de sa charpente tranchaient sur ses murs en plâtre blanchi à la chaux; son toit était un monticule d'herbes sèches surmonté d'une cheminée en pierre d'où s'élevait, en tire-bouchon, un léger panache de fumée. Les fenêtres, ornées de bacs fleuris, avaient de minuscules carreaux en losange et des volets de bois que l'on pouvait fermer pendant les orages. La porte se découpait en plein milieu de la façade et seule la partie inférieure était fermée. A côté, il y avait un banc en osier sur lequel dormait un petit animal à la fourrure rayée, un rouet avec un panier de laine et une jatte pleine de pelotes de fil. Après les sinistres ruines de la cité perdue, ce tableau était si charmant, si peu menaçant, qu'Anigel se demanda à voix haute s'ils étaient arrivés au bon endroit.

Immu questionna Lebb et Tirebb, pris d'une hâte singulière de quitter leurs passagers et de battre en retraite. Les deux petits Uisgus hochèrent vigoureusement la tête et montrèrent la maison du doigt. L'un d'eux jeta sur le quai les sacs de voyage d'Immu et de la Princesse, tandis que l'autre lançait le sifflement ordonnant aux rimoriks de repartir.

« Eh bien! » Immu regardait avec consternation le bateau s'éloigner à toute allure. « Qu'est-ce que vous dites de ça! »

Anigel était déjà en route vers l'escalier. Elle l'appela: « Viens vite! Tu ne vas pas en croire tes yeux!

– Voilà, voilà, voilà », grommela Immu en tricotant de ses courtes jambes. Il y avait, entre le canal et la maison, plusieurs arbustes chargés de fruits gros comme des oranges qui dissimulaient une autre plante qu'Anigel contemplait maintenant avec une admiration mêlée de respect.

C'était un trillium noir de deux ells de haut, couvert d'énormes fleurs.

Immu tomba à genoux et éclata en sanglots. « C'est vrai! Nous l'avons trouvée! Oh, merci aux Seigneurs de l'Air! » La Princesse s'agenouilla pour consoler son amie; mais un moment plus tard, toutes deux suffoquèrent de surprise et s'agrippèrent l'une à l'autre lorsqu'une silhouette indistincte apparut brusquement entre elles et le brillant soleil de midi.

« Ma Dame? » osa interroger Immu d'une voix tremblante.

La personne s'avança et la lumière éclaira le visage d'une femme âgée, un visage si ridé et si usé que les traits en étaient presque effacés, sauf des yeux bleus, voilés et profondément enfoncés dans de sombres orbites. Elle portait des vêtements simples dont l'étoffe avait été filée à la maison; un voile de linon brodé couvrait ses cheveux blancs, fins et rebelles. La -

main qu'elle tendit était émaciée, avec des articulations gonflées, des veines saillantes, et un seul anneau de platine orné d'un morceau d'ambre rutilant où était enchâssé un trillium fossilisé.

« Je suis l'archimage Binah. Soyez les bienvenues. »

Anigel se releva en trébuchant, laissant Immu assise par terre, paralysée. Son amulette devint brûlante, sur sa poitrine, et elle la tira au bout de sa chaîne. L'ambre embrasé palpitait au rythme des battements de son cœur : le bouton de trillium s'était partiellement ouvert.

La vieille femme sourit et se retourna en faisant signe à Anigel de la suivre. L'Archimage marchait courbée en traînant douloureusement les pieds et en s'appuyant sur une canne d'argent. La Princesse n'était plus effrayée. Comment pourrait-on avoir peur de cette pauvre Dame Blanche mourante ?

« Oh, j'ai des ressources cachées, répondit l'Archimage dont le rire ressemblait au bruissement des feuilles sèches sur les pierres. Mais tu n'as rien à craindre de moi, ma chère enfant. Je suis ta grand-mère qui t'aime. Il faut me faire confiance.

– J'ai confiance en vous. »

L'Archimage s'arrêta devant le grand trillium. « C'est le seul de son espèce qui pousse encore sur notre terre et, bien qu'il semble vigoureux, il est mourant, comme moi. »

Anigel cria de désarroi. Mais la vieille femme posa un doigt sur les lèvres de la jeune fille. « Une autre sorte de trillium prendra sa place, si Dieu le veut. Sais-tu de quoi je parle, enfant ?

– Oui. Mais je suis une poule mouillée et je pourrais ruiner votre grand projet en...

– Tais-toi, la réprimanda Binah. Une supposition aussi stupide peut provoquer l'échec même contre lequel on veut se prémunir ! Il faut que tu cultives la sérénité, petite chérie, car c'est le vêtement de la vraie royauté. Vois comme ces fleurs sont sereines ; elles acceptent la nourriture de la feuille et de la racine, tournent toujours leurs visages vers le soleil, chérissent les graines dissimulées dans leurs cœurs. Et elles mourront sereines, sinon leurs graines ne pourraient pas s'envoler librement. »

Anigel secoua la tête, perplexe. « Je vous en prie, Ma Dame.... Je suis désolée d'avoir l'esprit si lent. Alors, mon destin est de mourir pour mon pays ?

– Je l'ignore. Je sais seulement que tu dois exécuter une tâche importante qui te sera révélée. Et tu recevras aussi une indication : un talisman indiquant que la lutte finale pour le Ruwenda et pour ton âme est sur le point de commencer. Ta sœur Haramis a déjà entamé sa propre quête. Ta sœur Kadiya partira bientôt. Chacune trouvera son talisman et, à l'heure choisie, les Trois Pétales du Trillium Vivant se réuniront de nouveau. Comment cela va finir, je ne peux pas le voir. » Anigel, tenant toujours serrée son amulette, devint pâle comme la craie, mais garda son calme. « Est-ce que ce cadeau que vous m'avez donné à ma naissance va me guider dans ma quête ?

– Il le fera, ainsi que ceci. » L'Archimage coupa l'une des grandes feuilles du trillium et la déploya dans sa main en montrant sa surface. « Cette feuille porte la carte de notre pays. Regarde bien ! Ses veines et ses nervures qui serpentent ici, c'est la voie d'eau que tu dois suivre pour découvrir ton talisman. D'abord descendre la Nothar, puis passer du cours supérieur au cours inférieur de la Mutar. »

Intriguée, Anigel étudiait la feuille avec intérêt. « Mais la veine dorée continue jusque sur le pétiole ! Regardez... là, la Mutar contourne la Citadelle et cette marque, ce doit être le lac Wum et, plus loin, c'est la Grande Mutar qui traverse le pays de Wyvilo et le sauvage Glismark ! » La peur envahit soudain les yeux de la jeune fille. « Je dois aller *là* ? Jusque dans la sombre forêt de Tassaleyo ?

– On dirait. Je ne le savais pas moi-même jusqu'à ce que je la cueille. » Elle haussa les épaules. « Un si long parcours ! Ma pauvre petite chérie... mais c'est en aval, aussi tu voyageras plus vite que tu ne l'as fais jusqu'à maintenant.

– Et la tâche que je dois accomplir...

– Te sera révélée. » Le visage de la vieille femme se tordit brièvement de douleur et elle chancela. Immu, qui se tenait respectueusement debout derrière elle, se précipita pour s'emparer de l'un des bras de la Dame Blanche. Anigel prit l'autre et toutes deux aidèrent l'Archimage à entrer dans la maison, l'installèrent dans un grand fauteuil garni de coussins et lui apportèrent un verre d'eau.

« Ne vous inquiétez pas, mes chéries. L'heure de ma mort n'est pas encore arrivée. Ma tâche n'est pas accomplie. Je suis seulement très, très fatiguée. »

Anigel hésita, puis ouvrit sa besace et en sortit la petite gourde écarlate de miton. « Les Uisgus m'ont confié cela. Il paraît qu'il accorde force et courage...

– Ce cadeau est pour toi, dit Binah d'un ton las. Garde-le et utilise-le seulement si cela s'avère nécessaire.

– Quand ? » demanda Anigel. Mais Binah avait fermé les yeux, sa tête était retombée sur son sein ; elle respirait lentement et bruyamment.

« Pouvez-vous au moins m'expliquer où je trouverai mon talisman ? supplia Anigel.

– Au... bout de la tige. » La voix était à peine audible.

« Mais vous ne m'avez pas expliqué ce que c'est ! » cria Anigel, désespérée.

L'Archimage soupira.

« Je vous en prie ! » La jeune fille allait éclater en sanglots. « Dites-moi seulement ce que je dois chercher !

– Le Monstre Tricéphale », chuchota Binah. Puis elle tomba profondément endormie.

# XVI

Voix Verte s'arrêta à la porte de la chambre à coucher du Roi et, avec une grimace d'excuse, ouvrit le petit sac qu'il portait à sa ceinture. Il en en sortit trois masques curieusement ouvrés, conçus pour couvrir le bas du visage – un vert et un bleu pour lui et son collègue, et un autre, argent et noir, plus orné, pour leur maître.

« Nous devons mettre ceci avant de nous présenter devant le roi Voltrik, expliqua-t-il. La nécrose de la chair royale a progressé au point où sa puanteur excède celle de la plus infecte fosse d'aisances, si bien que les hommes forts vomissent et que les faibles s'évanouissent. Les herbes aromatiques que j'ai entassées dans les masques nous accorderont un répit d'une demi-heure environ contre les exhalaisons délétères. Est-ce que cela suffira, Maître ? »

Orogastus acquiesça d'un signe de tête. Ses yeux étaient froids au-dessus du masque, et s'il redoutait la tâche cruciale qui l'attendait, ses serviteurs télépathiques n'en perçurent aucun signe.

Le médecin royal – ivre, sanglotant et fou de peur à l'idée de perdre la vie – avait à contrecœur délivré son diagnostic à la Voix Verte pendant que le sorcier et ses compagnons étaient encore à une demi-journée de la Citadelle. En dépit de l'administration de la Pastille Dorée magique, la gangrène de la main de Voltrik avait tellement progressé que le malade était clairement en danger de mort, et que le praticien n'avait pas osé tenter le seul traitement qui aurait pu le sauver.

En recevant cette terrible nouvelle, Orogastus avait fait fouetter les rameurs et le bateau était rentré en cinq heures, au prix d'une demi-douzaine de vies humaines. Maintenant le Sorcier lui-même devait essayer de sauver le Roi dont la mort signifierait la ruine de toutes ses ambitions.

« Ouvre la porte », ordonna Orogastus.

Voix Verte s'inclina et obéit.

L'ex-chambre à coucher du roi Krain avait été en toute hâte retapissée en cramoisi pour son nouvel occupant. Il y faisait très sombre, la seule lumière provenant des charbons rougeoyants de l'âtre et d'une unique bougie posée sur une table, où l'on voyait aussi une cuvette, des pansements, des potions et d'autres instruments que le médecin royal avait utilisés en essayant, vainement, de soigner la main infectée du Roi. Au centre de la pièce, l'immense lit dressé sur une estrade était entouré de sièges vides. Ses rideaux étaient fermés.

Orogastus donna rapidement des ordres à voix basse. « Voix Verte, rapproche les deux candélabres du lit et allume-les, puis débarrasse la table et place-la au chevet du lit, le plus près possible de la main blessée. Voix Bleue, prépare l'engin magique. Je pense que nous sommes arrivés tout juste à temps. »

Une forme s'agita sous les draps et gémit. « Qui est là ? C'est encore toi, maudite sangsue, qui viens me tourmenter par tes tripotages maladroits et incompétents ? Dehors ! Laisse-moi au moins mourir en paix !

– C'est moi, mon Roi, dit Orogastus. Et vous ne mourrez pas. » Il lui souleva le bras gauche avec d'infinies précautions, mais le monarque poussa tout de même un cri atroce.

« Fils de pute ! Laisse-moi tranquille ! Ta pilule miraculeuse ne m'a soulagé qu'un seul jour, et ensuite mes souffrances n'ont fait qu'empirer. Ah, que Zoto ait pitié de moi... ce sont elles qui ont fait cela ! Les Princesses ! Elles m'ont lancé un sort ! C'est leur vengeance qui me torture et me tue.

– Il délire », dit Orogastus. D'une poche enfouie sous sa robe, il sortit une petite boîte taillée dans une malachite verte et l'ouvrit. Elle contenait dix minuscules sphères qui brillaient, dorées et transparentes, à la lumière de la bougie.

« Il n'en reste plus que la moitié », dit-il d'un ton songeur. Il en prit une et rangea les autres. Puis il remplit un gobelet d'eau et persuada le roi Voltrik d'avaler la Pastille Dorée. Quand ce fut fait, le monarque expira profondément et parut se détendre.

Orogastus coupa, avec un petit couteau bien aiguisé, le volumineux appareil de la main du Roi. Plaçant le bras étendu sur la table, il mit la blessure à nu. Tout le membre était chaud au toucher et des raies rouges montaient du poignet jusqu'à l'aisselle. La main était affreusement boursouflée, les extrémités des doigts d'un noir bleuâtre, et la chair, qui se détachait aux alentours de la morsure, exhalait une terrible puanteur contre laquelle même les herbes des masques ne pouvaient lutter. Le Sorcier ordonna à Voix Bleue de brûler les pansements et transmit de brèves instructions à son autre assistant qui avait déballé un sac de cuir et étalé son contenu sur la table. Orogastus confia le membre à Voix Verte et se posta près de la tête du Roi. Voltrik était rouge et décharné, les yeux chassieux, la barbe, autrefois immaculée, emmêlée et pleine de saleté.

« Qu'est-ce que vous faites ? cria-t-il en tentant de se redresser sur ses oreillers mouillés de sueur. Lâchez mon bras, sales worrams ! Je sais que vous êtes des traîtres ! Les trois sorcières vous ont envoyés pour me tuer !

– Regardez-moi dans les yeux, ordonna Orogastus. Regardez-moi et vous obtiendrez un répit dans vos souffrances. » L'enchanteur masqué prit dans ses mains la tête trempée du Roi et la tourna vers lui pour rencontrer ses yeux. Voltrik marmonna, puis poussa un grand soupir et retomba sur le lit, inconscient.

Orogastus revint à la table et prit un singulier appareil. C'était un cube d'un bleu argenté et miroitant dont l'un des côtés se prolongeait en une sorte de groin. Au sommet, il y avait plusieurs rangées d'excroissances noires et rouges, semblables à des verrues, sur lesquelles étaient écrits de mystérieux symboles, et au milieu un cadre miniature rempli, non d'une image, mais d'un vide grisâtre. Quand les doigts du Sorcier se déplacèrent sur les verrues, appuyant tantôt sur celle-ci, tantôt sur celle-là, le vide qui était dans le petit cadre devint brillant et des lignes mouvantes tracèrent des hiéroglyphes colorés. La Voix qui l'assistait hoqueta d'émerveillement et de peur. L'une des verrues rouges se mit à luire, puis tourna au doré.

« Tenez le bras parfaitement immobile, comme cela, ordonna Orogastus. Et entonnez le *Chant de Guérison*, mais détournez les yeux car cette machine des Disparus peut aveugler un homme qui la regarde fonctionner sans protection. »

Le Sorcier posa l'appareil à un empan du coude du Roi, tandis que les trois Voix entamaient un chant à l'unisson. Puis il se coiffa d'une étrange visière ; tout étant prêt, il pressa la plus grande des verrues de la machine. Un rayon de lumière d'un blanc-bleu éblouissant, pas plus gros qu'un fil de lin, jaillit du bec protubérant et Orogastus manipula lentement l'appareil pour que le rayon, se déplaçant en V, sectionne le membre royal.

L'opération s'accompagna d'un fort grésillement et d'une grande bouffée de fumée. Quand le rayon s'éteignit, l'avant-bras de Voltrik était coupé et il y avait un étroit sillon carbonisé, également en forme de V, dans la table de bois. Le *Chant de Guérison* prit fin.

« Voilà qui est fait. » Orogastus ôta la visière et inspecta le moignon. Les vaisseaux sanguins étaient cautérisés, mais la chair entourant les deux os blancs était rouge et brillante.

« Bien. La putréfaction mortelle n'avait pas gagné le bras lui-même. Maintenant, la Pastille Dorée peut accomplir son office sans avoir à lutter contre le réservoir de poison meurtrier contenu dans la main condamnée. »

Il appuya sur une verrue et toutes les lumières de l'appareil s'éteignirent. « Voix Bleue, enveloppe le membre mort et brûle-le en faisant attention, de crainte qu'il ne te souille. Puis remballe très soigneusement mon appareil. Voix Verte, nettoie bien la table et la peau du bras restée intacte avec de l'eau-de-vie. Essuie aussi le front et les tempes du Roi et va chercher dans cette armoire, là-bas, du linge et des draps propres. Roussis légèrement les nouveaux bandages au-dessus du feu et panse le moignon sans le serrer. Il doit se purger tout seul de certains fluides délétères avant qu'on le recouse. Plus tard je te donnerai, ainsi qu'à ce crétin de médecin, des instructions concernant les soins au moignon, qu'il faudra suivre scrupuleusement.

– Vous épargnez cette larve, Seigneur ? » Voix Verte était un peu surpris.

« A moins que tu ne te plaises à donner la bouillie de gruau à la cuillère, changer les pansements, et vider le pot de chambre royal, espèce d'idiot ! Maintenant, occupe-toi du Roi. »

Pendant que les deux Voix prodiguaient leurs soins à Voltrik, Orogastus alla à la fenêtre de la chambre à coucher, ouvrit les lourds rideaux rouges et repoussa un battant. Dehors, le soleil brillait et une légère brise soufflait du nord. Une fois la chair pourrie confiée aux flammes, la puanteur finit par diminuer. Orogastus ôta son masque. Ses beaux traits étaient pâles et tirés, ses lèvres pincées. Il n'avait évité le désastre que de peu, mais maintenant, avec des soins attentifs et un réconfort approprié, le Roi allait rapidement recouvrer la santé. Une fois encore, le Sorcier s'approcha de la couche royale.

« Voltrik... écoutez-moi ! » dit-il d'une voix basse, à laquelle il était impossible de résister.

Le Roi murmura : « Je vous écoute.

– Vous étiez au seuil de la mort, mon Suzerain, mais je vous ai sauvé quand tous les autres désespéraient. Vous vivrez. Il y aura encore des souffrances à endurer, mais dans quelques semaines vous aurez retrouvé vos forces. Moi, Orogastus, je vous le promets très solennellement.

– Merci », chuchota le Roi. Ses yeux étaient fermés et sa rougeur fiévreuse avait diminué. « Vous m'avez coupé la main ?

– Oui, Sire. »

Le Roi soupira. « Soit. Au moins, ce n'est pas la main qui tient l'épée, loué soit Zoto le Compatissant... et merci à vous. » Il gémit un peu lorsque les Voix lui pansèrent le bras, mirent sous sa tête d'autres oreillers et lui enfilèrent une chemise propre. Le Sorcier remonta lui-même la courtepointe sur la poitrine royale, alors le

Roi souleva les paupières et dit d'une voix faible, mais dont le timbre était presque normal :

« Renvoyez vos serviteurs. Je veux vous parler de questions vitales. »

Orogastus s'adressa à ses sous-fifres. « Je vais sur-le-champ partir pour ma tour du mont Brom. Veillez à ce que mon escorte soit bien armée et monte les fronials les plus vigoureux et les plus rapides.

– Oui, Maître Tout-Puissant. » Les Voix sortirent et fermèrent la porte.

« Alors, vous partez ?... dit le Roi d'un air consterné.

– Mes voix veilleront à ce que vous soyez bien soigné. Je dois retourner au Labornok afin de consulter le miroir-de-glace qui est dans ma forteresse. Ce n'est que par l'entremise de ce puissant appareil que je pourrai découvrir où sont vos ennemies. »

Le Roi soupira fortement. « C'est de cela que je voulais vous parler. Avez-vous recueilli des nouvelles des trois jeunes filles fugitives, à Trévista ?

– Non. La femelle qui dirige les aborigènes a refusé catégoriquement de coopérer. Elle dit que si nous tentions de contraindre le Peuple des marais à participer aux recherches, tout commerce cesserait entre eux et nous. »

Le Roi jura péniblement. « Il faut retrouver ces Princesses !

– Mes acolytes et moi, nous nous sommes servis de nos pouvoirs occultes pour parcourir, non seulement la cité des Insolites, mais encore les étendues les plus lointaines du Ruwenda. Nos efforts ont été vains. Un puissant enchantement contrecarre ma Double Vue, même quand elle est amplifiée par une conjonction mentale. Il paraît que les trois Princesses portent des amulettes contenant des boutons de trillium noir. Peut-être les entourent-elles d'un champ protecteur. Cette plante est liée à Binah, la sorcière gardienne du Ruwenda, et il probable que celle-ci a canalisé tout ce qui reste de son maigre pouvoir pour défendre ses pupilles.

– Votre miroir pourra briser ce... cet obscurcissement ?

– Sans aucun doute. Il se nourrit de la magie des Disparus. Aucun enchantement du monde connu ne peut résister à son œil clairvoyant. Il peut voir à cinq mille lieues – jusqu'aux frontières occidentales du continent, là où résident les barbares emplumés. N'ayez pas peur, mon Roi. Je vais localiser les Princesses, quel que soit l'endroit où elles se cachent.

– Admettons que vous repériez ces démones. Et alors ? Elles décamperont avant que vous reveniez à Ruwenda pour les prendre en chasse. »

Orogastus éclata de rire. « Mon Roi, remettez-vous-en à moi. Voix Rouge, resté à Trévista, attend mes ordres en compagnie des troupes de la garnison. Dès que j'aurai découvert les jeunes filles, je livrerai leurs cachettes à chacun de mes assistants et nous enverrons aussitôt des équipes de recherche. Les Voix les guideront et je transmettrai constamment des précisions sur les mouvements des Princesses jusqu'à ce que vos ennemies soient enfin capturées et traitées comme elles le méritent.

– Bien. Bien. » Le Roi resta silencieux un moment. Puis il dit : « Ce sont vraiment elles qui ont provoqué la gangrène de ma plaie, non ?

– Ces choses peuvent arriver à cause de la magie, mais aussi par suite d'événements normaux. En tout cas, Sire, vous serez bientôt sur pied. Malheureusement, la maladie dont vous souffriez était une de celles qu'on ne peut guérir que par une intervention drastique. »

Le Roi avait de nouveau refermé les yeux. Un sourire désabusé errait sur ses lèvres décolorées. « Mais vous êtes intervenu à temps. Aussi mon cher fils Antar devra-t-il se passer de la Couronne qui a failli lui échoir. »

La voix du Sorcier resta neutre. « A Trévista, le Prince héritier s'est comporté avec dignité et honneur, et a prié pour votre rétablissement.

– Hum ! Votre Voix Verte a transmis la vision que ses frères avaient de la rencontre d'Antar avec la Clairvoyante. Ce maudit garçon était en face d'elle comme un gâteau de noce par temps de mousson ! » Les paupières royales se rouvrirent brusquement. « Qu'en pensez-vous, Sorcier ? Mon fils est-il loyal ?

– Nous allons l'apprendre, mon Roi. Le prince Antar va certainement diriger l'une des équipes que nous expédions à la poursuite des trois Princesses. »

# XVII

Haramis s'éveilla le lendemain suivant avec le soleil dans les yeux et l'impression que quelque chose clochait. Il lui fallut un moment pour rassembler suffisamment ses esprits et s'apercevoir que ce qui la troublait, c'était le silence. Uzun se levait toujours le premier, si bien qu'en se réveillant, elle l'entendait aller et venir dans le campement en fredonnant doucement. Mais là, il faisait grand jour, le vent était tombé, les oiseaux restaient silencieux et Uzun ne faisait aucun bruit, même pas un ronflement.

Haramis tourna la tête pour regarder le sac de couchage de son ami, toujours niché contre la grosse pierre, là où il l'avait placé hier soir. Visiblement, l'Insolite était toujours dedans. Haramis sortit à contrecœur du sien, notant que la température avait encore baissé en dépit du soleil. Elle plissa les yeux en observant le ciel pur et comprit, trop tard, que les nuages qu'elle avait vus la veille indiquaient l'arrivée imminente d'une vague de froid.

Se glissant à quatre pattes jusqu'à Uzun, elle écarta le rabat du sac de couchage pour découvrir son visage. Il était parfaitement immobile et dépourvu de toute expression; Haramis se dit qu'elle contemplait un cadavre.

« Seigneurs de l'Air, chuchota-t-elle horrifiée. J'aurais dû le renvoyer hier... non, depuis plusieurs jours! »

Elle saisit le petit Insolite par les épaules et le secoua violemment. « Je t'en prie, Uzun, réveille-toi! Ne meurs pas! Je t'en prie! »

Le corps s'affaissa mollement entre ses mains et la partie de son esprit demeurée rationnelle se souvint que la mort raidissait les corps. Peut-être était-il vivant, après tout...

Elle le recoucha avec douceur, retira sa moufle gauche et tint sa paume devant la bouche de l'Insolite. Au bout d'un temps infini, elle sentit un souffle contre sa main, puis, après plus longtemps encore, un autre. Il était vivant, mais il fallait l'emmener dans un endroit plus chaud, et rapidement.

Elle remonta bien son sac de couchage autour de lui, revint au sien et enfila ses bottes. Puis elle mit son sac et sa canne contre le rocher voisin d'Uzun et jeta un coup d'œil anxieux vers le ciel. Elle était presque certaine qu'il ne neigerait pas aujourd'hui et qu'avec un peu de chance, elle serait de retour ici ce soir. Rien ne viendrait déranger son sac; à cette altitude, il n'y avait pas d'animaux qu'il puisse attirer.

Elle chargea le sac à dos d'Uzun et ramassa l'Insolite, toujours empaqueté. Enlevant autant de neige que possible du duvet de l'Insolite, elle l'introduisit dans le sien. Une couche protectrice de plus ferait peut-être toute la différence, mais ce serait difficile de porter un paquet aussi volumineux. Heureusement, Uzun n'était pas lourd et elle allait descendre.

Haramis essayait d'avancer le plus vite possible, mais en certains endroits elle glissait, dérapait et serrait Uzun contre sa poitrine tout en enfonçant ses talons dans la neige afin de ne pas tomber. Au milieu de la matinée, elle sortit des champs de neige et, à mi-journée, elle était revenue à leur campement de la veille au soir.

C'était une niche dans la falaise rocheuse, sèche, protégée du vent et inondée de soleil. Même les parois étaient chaudes au toucher. Haramis installa Uzun contre le mur du fond et alla chercher du bois pour le feu. C'était toujours lui qui se chargeait de cette tâche, mais elle se souvenait dans quelle direction il était parti et il ne lui fallut pas trop longtemps pour en ramasser.

Quand elle revint, elle vérifia dans quel état se trouvait l'Insolite. Il était toujours inconscient, mais sa respiration semblait un peu plus rapide, ce qui devait être bon signe. Elle alluma un feu aussi près que possible de lui et chauffa de l'eau pour faire une infusion. Uzun dormait toujours quand elle fut prête, mais son odeur lui rappela qu'elle n'avait ni mangé ni bu, aussi en prit-elle quelques gorgées et grignota-t-elle un peu des provisions du sac d'Uzun. *Il n'aura pas besoin de beaucoup de choses pour son voyage vers le sud. Il sera vite dans des régions où l'on peut se procurer de la nourriture.* Puis, se sentant revigorée, elle saisit le bol, souleva la tête d'Uzun et fit soigneusement couler un peu d'infusion entre ses lèvres.

A son immense soulagement, il réagit légèrement au contact du liquide chaud. « Doucement, Uzun, murmura-t-elle. Avale. »

Ce qu'il fit, et elle l'encouragea à boire quelques gorgées de plus avant qu'il repousse faiblement le bol en murmurant : « Trop fatigué.

– Moi aussi, je suis fatiguée », dit Haramis en s'apercevant que c'était vrai. Elle se sentait épuisée. Elle vida le bol, le dos appuyé contre la paroi, Uzun serré entre ses bras. Peut-être que de le tenir contre elle allait l'aider; elle était une créature à sang chaud et devait dégager au moins une partie de cette chaleur. Le soleil qui les baignait semblait si bon. Elle ferma les yeux et leva le visage vers la lumière...

« Princesse! » Le ballot qui reposait sur ses genoux se tortillait frénétiquement. « Qu'est-ce que nous faisons, assis là? La graine ne s'est sûrement pas arrêtée si tôt... » Uzun tournait et retournait vivement la tête comme s'il essayait de s'orienter. « Où sommes-nous? Que s'est-il passé? »

Haramis haussa les épaules en essayant de s'éclaircir les idées. Elle ne dormait presque jamais durant la journée – en tout cas, jamais quand elle n'était pas malade – et avait l'impression d'avoir été droguée ou empoisonnée. « Mon darci, murmura-t-elle. Il me faut mon darci. » Elle tâtonna à côté d'elle et trouva le bol, puis se dressa sur ses pieds.

Uzun se glissa hors des deux sacs de couchage. « Je vais le faire. » Il lui prit le récipient, ajouta un peu de bois dans le feu et mit de l'eau à bouillir. Aux yeux mal réveillés d'Haramis, il avait l'air complètement remis. Est-ce que les Insolites pouvaient geler et dégeler sans conséquence grave? Cela paraissait incroyable. Mais du moins, Uzun serait maintenant capable de repartir seul.

Il lui apporta l'infusion qu'elle but lentement et peu à peu ses pensées s'ordonnèrent. Elle vida la moitié du bol, puis tendit le reste à Uzun pour qu'il le finisse.

« Uzun, commença-t-elle, pressée de partager avec lui les réflexions qu'elle avait eues durant sa pénible descente. Je crois vraiment que nous avons passé beaucoup trop de temps dans la bibliothèque et la salle de musique. Nous nous sommes engagés dans cette quête comme en héros stupides – comme si nous étions sûrs de réussir, sans avoir besoin de notre intelligence, ou du simple bon sens. La Dame Blanche a dit que je devrais te quitter avant de terminer ma quête, mais elle n'a certainement pas voulu dire que, ce faisant, je devais te traîner dans le froid alors que ton corps ne pouvait pas le supporter, et te laisser mourir gelé. »

L'Insolite regarda soigneusement alentour. « Je connais cet endroit. Mais ce n'est pas là que nous nous sommes arrêtés hier soir, n'est-ce pas?

– Non. C'est notre campement d'avant-hier. En me réveillant ce matin, je t'ai découvert presque mort de froid – en fait, j'ai d'abord cru que tu étais effectivement mort! Ta peau était aussi glacée que l'air et ta respiration si faible qu'il m'a fallu un bon moment avant d'être sûre que tu étais encore vivant. » En évoquant ce souvenir, elle frissonna. « Aussi je t'ai enveloppé dans nos deux sacs de couchage et ramené ici dans l'espoir que tu allais te dégeler et survivre. » Elle respira à fond. « Dieu Trin merci, cela a marché. Tu vas bien, n'est-ce pas ? » ajouta-t-elle avec inquiétude.

Uzun parut un peu désarçonné par ce qu'il venait d'entendre, mais après avoir réfléchi un moment, il approuva. « Je ne me sens pas trop mal. J'ai très froid, mais ce n'est pas grave. Dans quelque temps, je serai assez bien pour reprendre la route.

– Bon. Maintenant que tu es sorti des champs de neige, tu pourras retourner à Trévista par tes propres moyens pendant que je poursuivrai mon voyage. » Elle fouilla dans le sac d'Uzun et en sortit son matériel de pêche. « Pour le moment, recouche-toi dans les sacs et dors. Je vais voir si je peux attraper un poisson ou deux pour le dîner. Si j'en prends assez, nous aurons aussi à manger pour demain.

– Mais, ma Princesse, protesta Uzun, vous allez perdre au moins deux jours de voyage. Et vous n'aurez peut-être plus assez de graines pour vous guider.

– Les deux jours sont déjà perdus, mon vieil ami, soupira Haramis; même si je partais tout de suite, je ne pourrais pas atteindre notre dernier campement avant l'aube... en supposant que je puisse marcher aussi vite au clair de lune que dans la journée, ce dont je doute fort. Mais je n'aurai pas besoin d'une autre graine demain... en descendant, j'ai soigneusement noté des points de repère, si bien que je peux revenir sur mes pas sans aide. On dirait qu'il ne neigera pas ce soir, ce qui signifie que je n'aurai qu'à suivre mes traces. Aussi, ne t'inquiète pas pour moi, reste auprès du feu et repose-toi. Par le Dieu Trin, tu as failli mourir !

– Croyez-vous que je ne me réjouirais pas de mourir à votre service ? demanda Uzun d'un air offensé.

– J'en suis tout à fait sûre, répondit Haramis d'un air mécontent. C'est ce que je suggérais en rappelant que nous avions la tête pleine de vieilles ballades. Je t'assure que quand on marche péniblement dans la neige en portant un ami d'enfance qui va peut-être mourir parce qu'on a été trop idiote pour s'apercevoir que le froid lui faisait du mal, on n'est pas occupé à faire rimer des couplets pour composer un chant sur sa mort héroïque. J'ai été tout à fait stupide de ne rien voir, et tu l'as été autant de ne rien dire. Cela n'aurait pas du tout aidé le Ruwenda que tu meures de froid et me laisses impuissante de chagrin et de culpabilité. Perdre deux journées de voyage, ce n'est pas cher payer pour sauver ta vie. Peut-être, poursuivit-elle pensivement, peut-être qu'une reine doit parfois sacrifier la vie d'un ses sujets, mais par les Seigneurs de l'Air, si j'ai à le faire, il faudra que ce soit pour une bonne raison !

– Me priveriez-vous de l'occasion d'être fidèle jusqu'à la mort ? » Uzun avait l'air peiné.

« Pas du tout, le rassura Haramis. C'est simplement que je ne pense pas que ce soit le bon moment pour mourir à mon service. Après tout, si tu disparais maintenant, qui est-ce qui sera mon musicien en chef quand je recupérerai mon trône ? Et qui enseignera à mes enfants à jouer du chalumeau ? »

Le visage d'Uzun s'illumina aussitôt. « Très bien, ma Princesse, qu'il en soit selon votre désir. Je vais rentrer chez moi en attendant le jour où serez montée sur le trône et où je pourrai me remettre à votre service.

– Moi aussi, j'attends ce jour avec impatience, dit Haramis en souriant et en le bordant mieux dans le second sac de couchage. Dors maintenant, mon ami. » Les paupières d'Uzun se refermèrent aussitôt et la Princesse posa la main sur son front. Sa peau était nettement plus chaude ; il allait s'en tirer. Refoulant des larmes de soulagement, elle gagna la rivière pour pêcher.

« Princesse, réveillez-vous ! » Uzun la secouait instamment par l'épaule. « Il va neiger aujourd'hui, aussi faut-il que vous partiez le plus vite possible. »

Haramis ouvrit les yeux. Effectivement, le ciel s'était obscurci de gros nuages d'un gris d'étain qui guettaient visiblement le bon moment pour déverser leur neige sur le paysage. Elle gémit en se redressant péniblement. Elle était encore fatiguée de ses efforts du jour précédent. Porter Uzun avait mobilisé des muscles dont elle ne s'était pas encore servie. Ses bras lui faisaient mal du poignet à l'épaule.

Uzun s'affairait autour du feu, à préparer l'infusion qu'il lui servit. « Princesse, demanda-t-il en regardant autour d'eux, où est votre sac à dos ? »

Haramis se hâta de boire sa ration d'infusion. « Je l'ai laissé au campement d'hier... il faut que je me dépêche d'aller le récupérer avant qu'il soit enfoui sous la neige ! » Elle se leva, roula en toute hâte son sac de couchage et l'attacha autour de sa taille. « Et tu ferais mieux, toi aussi, de filer rapidement : il ne faut pas que tu sois pris dans la neige !

– Très vrai, acquiesça Uzun en lui fourrant dans la main un gros morceau de biscuit de mer. Mangez cela en cours de route, et que les Seigneurs de l'Air soient avec vous.

– Et avec toi, mon ami. » Haramis serra très fort l'Insolite dans ses bras – elle avait gros cœur de se séparer de lui – puis se mit en route. *Je ne suis pas obligée de guetter une graine flottante, alors je peux faire plus attention à l'endroit où je mets les pieds,* pensa-t-elle. *Si seulement la neige pouvait tarder...*

Elle gravissait la montagne relativement vite, car elle était moins chargée que la dernière fois qu'elle avait suivi le même chemin, et savait exactement où elle allait. Lorsque la neige commença à tomber, elle était déjà à mi-chemin; et lorsqu'elle atteignit le rocher où ils avaient campé deux nuits auparavant, son sac n'était enfoui que sous un empan de neige.

Elle le déterra, mangea encore un peu de pain et se creusa un trou où dormir, à l'abri du rocher. L'obscurité se faisait très épaisse, mais comme il neigeait toujours, elle pensait ne pas pouvoir garder un feu allumé. Alors elle se glissa dans son duvet en y fourrant aussi son sac à dos, et attendit le sommeil.

Mais ses nerfs, qui tout au long du jour lui avaient crié *dépêche-toi dépêche-toi dépêche-toi*, n'arrivaient pas à se calmer. Haramis ne s'était jamais sentie aussi dénuée et aussi esseulée; soudain, elle prit conscience que c'était la première fois de sa vie qu'elle se trouvait vraiment *seule*. Avant l'invasion, il y avait toujours eu ses parents, ses sœurs, Uzun et le reste des habitants de la Citadelle. Depuis lors, le maître de musique ne l'avait jamais quittée, sauf pendant les heures passées avec l'Archimage. Autrefois, elle souhaitait parfois disposer d'un peu plus de solitude, maintenant qu'elle avait toute la solitude qu'on pouvait désirer, elle n'était pas sûre du tout d'aimer cela.

En plus de sa solitude, il y avait d'autres choses qui la troublaient. En premier, Uzun. Elle avait prié les Seigneurs de l'Air pour qu'il sorte sain et sauf des montagnes, mais maintenant qu'elle avait le temps d'examiner la situation, plusieurs questions lui vinrent à l'esprit. Pourquoi Uzun ne l'avait-il pas prévenue qu'il ne pouvait plus continuer sans mourir de froid? Pourquoi l'Archimage ne l'avait-elle pas avertie de laisser Uzun rentrer avant d'aborder les champs de neige, au lieu de se contenter de lui dire que le vieux musicien devrait la quitter avant qu'elle découvre son talisman? Uzun aurait pu en mourir!

Bien sûr, elle était aussi responsable qu'eux; elle avait fait une erreur de jugement, mais ils étaient plus âgés qu'elle. Ils auraient dû montrer un peu plus de bon sens, non?

*Je suis la reine du Ruwenda*, pensa-t-elle posément, *et je suis responsable, mais j'ai besoin de bons conseils – et puis-je avoir confiance dans ces deux-là? Uzun n'a pas l'air plus conscient de ses limites que Kadiya des siennes, ou, s'il l'est, il ne veut pas les reconnaître. Quant à l'Archimage, ne savait-elle pas combien Uzun était sensible au froid ou a-t-elle pensé que c'était quelqu'un dont il ne fallait pas se soucier?*

Même ses parents bien-aimés, comprenait-elle un peu tardivement, n'avaient pas été des maîtres de sagesse et de diplomatie. On connaissait bien, à la Cour, l'intérêt avide que le Labornok portait au Ruwenda; et même si Haramis avait raison de ne pas vouloir épouser Voltrik, ses parents auraient pu au moins faire semblant de négocier, ou exprimer leur inquiétude au sujet de la grande différence d'âge entre Haramis et Voltrik, et conseiller, à la place, une union avec son fils. Comment s'appelait-il, déjà ? Ah, oui, le prince Antar. Et si le Ruwenda voulait conclure une alliance avec le Var, idée qui présentait certainement des avantages, il y avait d'autres princesses dans la famille. Haramis avait du mal à s'imaginer Kadiya mariée, mais Anigel aurait fait une merveilleuse épouse pour une alliance diplomatique. Elle était si gentille et si accommodante qu'elle pouvait s'entendre avec n'importe qui. *Et si moi, je peux penser cela,* se dit Haramis, *que faisaient donc mes parents et leurs conseillers ? Ils s'en remettaient à la Dame Blanche ?*

*Il est évident qu'il est nécessaire de tenir compte des capacités des gens autant que de leurs intentions quand on leur demande conseil ou qu'on dépend d'eux,* décida-t-elle. Alors, qui pourrait bien l'aider, maintenant ? Haramis réfléchissait toujours à la question lorsqu'elle fut terrassée par le sommeil.

# XVIII

La princesse Anigel faillit se pâmer quand la Dame Blanche lui révéla la nature du talisman qu'elle devait chercher. Un Monstre Tricéphale! Une telle perspective aurait déjà découragé la hardie Kadiya, ou même Haramis, si sûre d'elle. Qu'on puisse s'attendre à ce qu'elle, Anigel, découvre et soumette une chose pareille, c'était ridicule. Non, impossible!

Elle dit tout cela à Immu dans un torrent de sanglots, mais la Nyssomu lui conseilla la patience.

« Il y a toutes sortes de monstres et ils ne sont pas tous comme les Skriteks, avec des yeux flamboyants, des griffes et des crocs qui déchirent, car ce mot a de nombreuses significations. Vous feriez mieux, Princesse, de réserver votre jugement sur la malignité de votre monstrueux talisman jusqu'à ce que vous le voyiez de vos propres yeux. »

Le bon sens d'Immu procura à la Princesse un certain réconfort lugubre. Puisque la Dame Blanche, les ayant oubliées, dormait, ses deux invitées s'installèrent dans sa petite maison, se rafraîchirent, préparèrent un bon dîner avec ce qu'elles trouvèrent dans un garde-manger bien approvisionné et, pour finir, s'étendirent par terre auprès du feu, de chaque côté du fauteuil de la Dame, au cas où elle aurait besoin d'aide durant la nuit.

Le lendemain matin, l'Archimage avait disparu.

Ainsi que la chaumière, la cour avec les togars tondeurs de gazon, le pied de Trillium Noir et le petit verger, jusqu'aux marches de pierre et au quai où elles avaient accosté.

Anigel et Immu se réveillèrent dans leurs sacs de couchage, sous les immenses feuilles d'un bruddok, une plante que les Nyssomus appelaient « l'amie du voyageur » à cause de son feuillage protecteur et de ses fruits juteux et sucrés. La seule preuve qu'elles n'étaient pas au cœur de la jungle, c'étaient les ruines de Noth, visibles derrière les arbres, de l'autre côté de la rivière qui se jetait dans la lagune, et au bord de laquelle se dressait hier soir la petite maison.

Consternée par cette bouleversante découverte, Anigel poussa un cri, puis éclata en sanglots. Elle en était à se demander si son entretien avec l'Archimage n'était pas un rêve. Mais elle découvrit, sous son sac de couchage, une grande feuille verte où une veinure dorée dessinait un chemin sinueux de son extrémité à la tige; et Immu, partie examiner la rive, poussa brusquement un cri :

« Regardez regardez regardez! La Dame Blanche nous a laissé un cadeau! »

Toujours reniflant, Anigel sortit à quatre pattes de son sac et vint au bord de la lagune. Là, parmi les grandes massettes et les fleurs jaunes putrides, il y avait une embarcation. Ce n'était pas un radeau uisgu fait de roseaux, tel celui qui les avait amenées à Noth, mais le model nyssomu plus grand, taillé dans un tronc de kala, qui voguait ordinairement sur les eaux, autour de la Citadelle. Il n'en différait que sur un point – en plus des tolets et des avirons habituels (démontés et rangés à l'intérieur de la coque), il comportait à l'avant une grosse ferrure à laquelle était attachée une paire de traits, ainsi que deux anneaux dans lesquels passaient des lanières de cuir qui reposaient sur le banc de nage avant et plongeaient ensuite dans l'eau boueuse.

Anigel examina un moment cet appareil. « Tu ne crois pas que... » Et elle poussa un cri lorsque deux grandes têtes couvertes d'une fourrure pommelée de vert s'élevèrent hors de l'eau, luisantes et féroces, avec leurs grands yeux noirs, leurs moustaches hérissées et leurs bouches ornées de défenses qui s'ouvrirent pour émettre un sifflement hostile.

« Des rimoriks! s'exclama Immu. Oh, ma chérie...

– Mais... mais il n'y a pas de Uisgus pour les conduire, bredouilla la Princesse.

– Et pourtant, on dirait que l'Archimage compte bien que nous nous servirons de ce moyen de transport, d'ailleurs efficace. »

Anigel se mordit les lèvres. Elle ne parvenait pas à regarder Immu dans les yeux. « Tu crois que tu y arriveras?

– Non, princesse Anigel, répondit l'Insolite d'un ton solennel. Ces bêtes ne travaillent que par amitié avec ceux qui boivent le miton sacré. »

Tremblante, Anigel se tourna vers les deux créatures aquatiques. « Est-ce que l'Archimage vous a envoyés ici pour que vous nous aidiez? » leur demanda-t-elle.

Leur seule réponse fut un sifflement malveillant. Les rimoriks se lançaient hors de l'eau et y retombaient, révélant ainsi le harnais qui les liait au bateau; celui-ci se balançait violemment dans les vagues qu'ils faisaient et tirait sur le câble d'amarrage attaché à un rocher, sur la rive.

Anigel ferma les yeux. « Immu, tu ne peux pas boire le miton ?

– Non, mon enfant. » La voix de la vieille nourrice était douce. « C'est un cadeau que les Uisgus vous ont fait... et maintenant nous savons pourquoi. » Immu remonta la pente, rassembla leurs affaires et, afin d'économiser leurs rations de voyage, cueillit aussi quelques fruits du bruddok qui constitueraient leur petit déjeuner. Quand elle revint, elle mit les sacs dans le bateau et tendit la gourde écarlate à la Princesse.

Anigel la prit. Ses yeux étaient vitreux et ses joues encore mouillées de larmes. Elle ôta le bouchon et leva le petit récipient entouré d'un filet afin que les rimoriks puissent le voir. « C'est moi qui dois boire ? »

Les grandes bêtes refermèrent la bouche et s'enfoncèrent dans la lagune, si bien que seuls leurs narines et leurs yeux noirs méfiants dépassaient des vagues. Ils observaient Anigel sans bouger.

L'une des mains de la jeune fille se referma sur l'amulette du Trillium. L'autre éleva la boisson sanglante jusqu'à ses lèvres pâles. Elle but une petite gorgée...

*Tu vois, frère, combien les femelles humaines nous craignent.*

*Elle a encore plus peur du miton, et pourtant elle l'a bu. Humaine! Tu nous entends? Est-ce que tu as envie d'être notre amie?*

« Oui », chuchota Anigel.

*Alors trempe deux doigts dans le miton, viens dans l'eau et partage la boisson avec nous.*

Sidérée, elle obéit et retroussa sa robe en fourrant le bas dans sa ceinture. La boue tiède du fond de la lagune giclait entre ses orteils nus tandis qu'elle avançait dans l'eau; lorsque celle-ci lui monta aux genoux, Anigel tendit la main dont dégouttait le liquide brunâtre.

Les deux grands animaux tachetés de vert glissèrent jusqu'à elle, s'appuyèrent sur leurs membres antérieurs et ouvrirent leurs mâchoires étincelantes. Des langues à l'extrémité pointue se déroulèrent comme des fouets, organes capables de percer les corps écailleux des poissons aussi aisément qu'un javelot. Anigel se voyait de l'extérieur, comme si elle avait été spectatrice d'un drame fantastique dont la jeune fille, qui avait les pieds dans l'eau, et les rimoriks n'étaient que les acteurs. D'abord un doigt, puis l'autre, touchèrent les effroyables langues. Lorsque les rimoriks déglutirent, leurs faces parurent changer, irradier la gentillesse et non plus la sauvagerie; alors, elle n'eut plus peur d'eux.

Anigel reboucha la gourde et la mit dans son escarcelle où reposait déjà en sécurité la feuille de Trillium Noir. Elle fut prise d'un étourdissement. Les couleurs du feuillage des marais, de la lagune recouverte d'algues, et même du bois du bateau, semblèrent s'aviver. Elle huma des senteurs subtiles qu'elle n'avait jamais remarquées auparavant, et entendit une telle multitude de sons étranges et hyperamplifiés que cela lui fit mal aux oreilles. Sa peau même parut vouloir se dérober au contact léger de la brise et à celui, soudain rêche et lourd, de ses vêtements. Au contraire, ses jambes submergées appréciaient la caresse du courant, et ses pieds, la boue veloutée et délassante.

*Le miton te changera.*

*Le miton, en accablant de perceptions nouvelles tes faibles sens humains, va d'abord t'inquiéter. Mais ce malaise passera. Tu seras forte et brave, comme nous.*

« Oui... je me sens déjà mieux. »

*C'est bien. Cela signifie que nous pouvons être vraiment amis avec un être humain. Tu partageras ton intelligence avec nous, et nous t'accorderons une partie de notre audace et de notre force.*

« Je n'ai jamais pensé que j'étais intelligente. Mais je ferai de mon mieux si vous voulez bien me donner la bravoure, car sans elle toute l'intelligence du monde ne me permettrait pas d'accomplir ma quête. »

*La Dame Blanche nous a ordonnés de t'aider. Nous ferons ce que nous pourrons.*

« Avez-vous des noms ? »

*Tu ne pourrais pas les prononcer. Appelle-nous amis.*

« Que... que faut-il faire maintenant ? »

Dans son esprit, Anigel entendit les deux rimoriks s'esclaffer. Mais ce fut cette bonne vieille Immu qui répondit d'un ton grincheux :

« Faire faire faire! Et vous êtes censée être la plus intelligente... ? Quelle blague! La forêt de Tassaleyo est à plus de trois cents lieues d'ici et votre quête ne pourra pas commencer avant que nous y soyons. Si vous grimpiez dans le bachot, enfant stupide, si vous preniez les rênes et si nous nous mettions en route! »

Les rimoriks semblaient savoir exactement quelle route prendre, une fois qu'Anigel eut étudié la feuille du Trillium Noir. Elles descendirent la Nothar à toute allure, sans chercher à se cacher, car il était bien improbable que les Labornoki naviguent sur ses eaux. Il n'y avait aucune trace de la princesse Kadiya, et les rimoriks ne purent dire ce qu'il lui était advenu. Quand le bachot pénétra dans le cours supérieur, plus large, de la Mutar, Anigel ordonna aux bêtes de ralentir et d'avancer furtivement en restant près des berges, afin que l'ennemi ait plus de mal à les repérer. Effectivement, elles aperçurent une demi-douzaine d'embarcations pleines d'éclaireurs labornoki rôdant en amont de Trévista. Mais l'ennemi continua à s'occuper de ses affaires sans les remarquer, bien qu'un des bateaux passât à moins de vingt ells d'eux.

Tous les soirs, elles trouvaient un endroit sûr où s'arrêter. Anigel, pieds nus dans les hauts-fonds, dételait les rimoriks pour qu'ils partent chasser. Les animaux rapportaient et partageaient avec leurs nouvelles amies des poissons ou d'autres créatures aquatiques qu'ils avaient pêchés, et le matin, les femmes découvraient pour leur petit déjeuner une prise déposée près du camp. Avant qu'Anigel attelle de nouveau les rimoriks, elle devait boire du miton et en donner aux animaux.

Au matin du quatrième jour de voyage, la Princesse se réveilla dans l'obscurité silencieuse qui précède l'aube, au moment où les créatures nocturnes se taisent enfin et où celles du jour dorment encore. Un épais brouillard enveloppait leur minuscule campement établi sur un îlot, aux approches de Trévista, et tout le feuillage ruisselait. Ce qui avait tiré Anigel du sommeil, c'était une goutte d'eau tombant du bachot retourné qui formait leur abri improvisé.

De nouveau, aucun rêve n'avait troublé son sommeil.

Elle resta allongée dans son sac de couchage en duvet, à écouter les petits bruits irréguliers de la rosée qui s'égouttait et le doux ronflement d'Immu, et à serrer bien fort son amulette tiède. Plus de rêve de la sécheresse et du feu. Pas depuis le soir où Immu et elle étaient tombées endormies sur le plancher de la chaumière enchantée de la Dame Blanche. C'était étrange, mais elle ne s'en était pas avisé...

*Suis-je vraiment guérie de ma couardise?* se demanda-t-elle. Non, c'était impossible. Elle savait qu'elle avait toujours désespérément peur... peur d'être capturée et tuée par les soldats labornoki, peur de la forêt sans chemins de Tassaleyo et des féroces aborigènes inconnus qui l'habitaient, peur surtout de l'effroyable talisman qu'elle cherchait, le Monstre Tricéphale.

Et cependant, le cauchemar, cet avertissement de son moi secret, avait cessé de la tourmenter. Qu'est-ce que cela signifiait? Elle se dit qu'elle devrait interroger Immu, mais l'Insolite dormait profondément en murmurant parfois dans sa propre langue, et la Princesse n'avait pas le cœur de la réveiller.

Toujours songeuse, Anigel retomba endormie.

Beaucoup de bateaux plats, chargés de troupes et de provisions, descendaient et remontaient le cours inférieur de la Mutar. Les conquérants avaient sans doute réquisitionné toute la flotte de commerce ruwendienne... dans quel but, Anigel et Immu n'en savaient rien. Elles s'en tirèrent de justesse un après-midi, lorsque prenant un tournant à toute vitesse, elles croisèrent une flottille de bachots labornoki qui venait droit sur elles. Anigel empoigna son amulette et essaya de se rendre invisible, mais le charme refusa d'opérer. Cependant, avant même qu'elle ait pu paniquer, les rimoriks changèrent brusquement de direction et, virant à angle droit, les dissimulèrent derrière un grand chicot flottant. Les hommes du Labornok, à demi aveuglés par le soleil couchant, passèrent sans les voir.

Lorsque leur bachot aborda des régions plus peuplées, en amont de la Citadelle, la Princesse ordonna aux rimoriks de nager dans les chenaux secondaires et les bras morts qu'ils pouvaient trouver, afin de les garder hors de vue de l'ennemi. Leur bonne fortune commençait à paraître presque surnaturelle. Elles ne voyageaient pas aussi vite que de Trévista à Noth, car il leur était impossible de changer d'animaux comme l'avaient fait les conducteurs uisgus; mais elles réussirent néanmoins à garder une bonne allure et échappèrent, grâce à la simple présence des redoutables rimoriks, à beaucoup de dangers naturels, tels les milingals géants, poissons mangeurs de chair qui infestaient la Mutar dans le Bourbier Noir. La plupart des créatures aquatiques évitaient, et de loin, ces gros carnivores à la fourrure verte.

Elle faillirent cependant essuyer un terrible désastre, un jour qu'elles avaient campé à quelques lieues en amont de la Citadelle et attendaient la tombée de la nuit pour doubler plus aisément le Tertre. Anigel découvrit que la gourde rouge était vide. Le bouchon avait dû prendre du jeu et le précieux liquide s'était écoulé.

« C'est épouvantable! cria la Princesse. Il fallait juste que cela se produise ici, dans la partie la plus dangereuse de la rivière, là où pullulent les soldats ennemis! Sans le miton, les rimoriks ne nous laisseront même pas monter sur le bateau. Tu te souviens du matin où j'avais oublié le rituel... ils me montraient les dents comme si j'étais une étrangère! Oh, Immu, qu'est-ce que nous allons faire? Sans les rimoriks, nous ne pourrons jamais atteindre la forêt de Tassaleyo.

– Il n'y a qu'un moyen: fabriquer du miton.

– Mais comment? » geignit la jeune fille. Alors, ses yeux bleus s'agrandirent quand elle comprit comment il fallait procéder. « Mais je ne peux pas! gémit-elle. Pas même à moi... encore moins à eux.

– Je peux vous tirer du sang, dit Immu. Cela ne vous fera pas mal, après la première piqûre. Mais c'est vous qui devrez vous charger de vos beaux amis aux dents pointues. Si je m'approchais d'eux le couteau à la main, ils ne feraient de moi qu'une bouchée. »

Après un moment d'hésitation effarouchée, la Princesse se soumit. Immu prit certaines feuilles épaisses et en exprima le jus; puis elle perça une veine du poignet de la jeune fille avec sa petite dague effilée. Anigel ne réagit pas. Le suc de la feuille, coulant goutte à goutte sur la petite blessure, empêcha la formation d'un caillot et bientôt une feuille concave de drogo fut remplie de sang. Quand Immu l'eut vidée dans la gourde, elle nettoya la blessure avec l'eau de la rosée, pressa dessus une fleur médicinale bleue et pansa le poignet.

« Voilà ! » dit l'Insolite en faisant un nœud au bandage d'herbes. « Mais comment vous allez vous y prendre pour tirer le sang des rimoriks, je n'en ai pas la moindre idée.

– Je vais le leur demander », dit Anigel. Et les créatures aquatiques lui dirent :

*Monte dans le bateau avec une feuille-assiette.*

Les grands animaux dételés barbotaient autour de la poupe du bachot dont seule une extrémité touchait au rivage. Quand Anigel rampa vers eux, ils se rapprochèrent. L'un après l'autre, ils se dressèrent, mordirent le bord de leur nageoire antérieure griffue et laissèrent le sang couler dans la feuille de drogo. Quand elle fut pleine, l'un des rimoriks s'éloigna à la nage et revint avec une herbe des marais aux fleurs rouges qu'il avait arrachée avec ses racines.

*Écrase un tubercule de cette plante et mêle sa pulpe au sang. C'est ainsi que l'on fait le miton. Le peuple des Marais a l'habitude de filtrer le liquide, mais ce n'est pas vraiment nécessaire.*

« Merci, mes amis », dit Anigel.

Elle suivit leurs instructions et quand elle eut terminé, la gourde était pleine de la boisson sacrée, brunâtre, au goût sucré-salé. La Princesse y était tellement habituée qu'elle n'en pensait plus rien ; l'exacerbation de ses sens commençait à lui sembler normale, si bien que le matin elle ne se sentait pas vraiment réveillée tant qu'elle n'avait pas communié avec les rimoriks.

Au petit matin encore enténébré du jour suivant, quand fut presque achevé le périlleux périple autour du Tertre de la Citadelle, alors qu'elles traversaient à toute allure une mare stagnante jouxtant le Bourbier Vert, Anigel pensa à demander à Immu si le miton avait modifié sa personnalité... puisqu'on prétendait qu'il changeait celle des Nyssomus qui le buvaient.

« Vous êtes toujours la chère enfant que j'aime... mais nos voyages vous ont mûrie et beaucoup appris ; vous êtes moins difficile pour la nourriture et vous ne faites pas autant la délicate sur l'endroit où vous allez poser votre tête le soir, ou celui où vous devez soulager vos besoins. Vous êtes devenue aussi un fameux batelier. Mais je ne sais pas si votre peuple considérerait cela comme une amélioration.

– Depuis que nous avons quitté Noth, répondit Anigel sans se retourner, je n'ai pas eu de cauchemars. Crois-tu, Immu, que cela signifie que je deviens brave ?

– Brave ou écervelée », dit la vieille femme d'un ton maussade. Elle s'accrochait désespérément au plat-bord tandis que le bachot traversait comme une flèche un épais bosquet de kalas, au nord de la Grande Chaussée. Pour une fois, il n'y avait pas de brume nocturne et les Trois Lunes scintillaient au travers des branches moussues. « Regardez, Princesse, vous tenez les rênes comme un marchand de peaux de volumnial tandis que nous fonçons dans les ténèbres plus vite qu'un Skritek en maraude! Vous en avez fait du chemin depuis le temps où vous trouviez hardi d'essayer un nouveau pas de danse ou un point de broderie inconnu.

– Et pourtant, Immu, je connais toujours la peur.

– Bien sûr. Moi aussi... et pour de bonnes raisons! Si vous n'ordonnez pas à ces affreuses créatures de ralentir, nous allons finir dans un arbre et les pouillots nocturnes poufferont de rire sur nos os brisés. »

Anigel tira un peu sur les rênes. « Les rimoriks voient dans le noir. Il n'y a pas de danger pour le moment. Plus loin, oui. Je... le sens.

– Peut-être.

– Crois-tu que mes sœurs sont aussi à la recherche de leurs effroyables talismans?

– Probablement.

– La Dame Blanche a été cruelle de nous séparer! cria soudain Anigel. Nous sommes nées ensemble. Nous avons toujours vécu ensemble. Cela aurait été beaucoup plus facile si elle nous avait laissées chercher nos talismans ensemble. Nous aurions pu nous aider mutuellement!

– Sans doute », murmura la Nyssomu d'un ton las. Sa tête pendait sur sa poitrine; le vent aplatissait ses oreilles contre le linon sali de la vieille coiffure de cour qu'elle s'obstinait à porter. « Mais vous n'avez pas manqué de serviteurs fidèles. »

La Princesse retint la nouvelle plainte qu'elle avait au bord des lèvres. Elle avait effectivement été aidée par beaucoup d'aborigènes, sans parler des rimoriks. Mais sa compagne la plus loyale et la plus secourable, c'était Immu elle-même... et quelle reconnaissance avait-elle montrée à sa chère vieille nourrice depuis qu'elles avaient entamé ce terrible voyage? Elle s'était comportée comme si tout cela allait de soi, sans jamais penser combien la vieille Insolite devait être lasse et effrayée. Elles n'avaient pas dormi depuis près d'un jour et une nuit, Immu ayant refusé de faire un petit somme, comme le lui avait suggéré la Princesse. Anigel, encore pleine d'énergie et de fièvre, avait grande envie de continuer, et les rimoriks étaient d'accord. Mais Immu était manifestement épuisée...

« Trouvez-nous un endroit sûr où camper », dit-elle aux animaux.

– *Oui, amie.* » Le bachot ralentit, tourna et traversa un épais rideau de lianes à la floraison nocturne. Derrière, il y avait un monticule élevé et sec. Lorsque le bateau racla le fond, Immu ronflait déjà. Elle releva brusquement la tête et ouvrit les yeux.

« Réveille-toi, Immu, dit doucement Anigel. C'est l'heure d'aller au lit ».

# XIX

On les avait traités en invités honorables et le peu qu'il y avait en Kadiya de patience lui disait que c'était peut-être tout ce qu'elle pouvait espérer. Pourtant, au lendemain de leur arrivée au village nyssomu, elle fit une dernière tentative pour obtenir l'aide militaire de leurs hôtes. Après tout, son besoin d'alliés n'était pas seul en cause; ces villageois devaient aussi se préparer au pire... l'arrivée probable des envahisseurs labornoki.

Elle demanda à rencontrer de nouveau la Première de la Maison, en luttant pour mettre un frein à son exigence habituelle. Elle se força à parler d'une voix basse et contenue.

« Dame, ces humains qui maintenant pénètrent dans votre pays ne sont pas comme nous, les Ruwendiens. Permettez-moi de vous décrire franchement leurs actions. »

La jeune fille serra ses mains jusqu'alors mollement posées sur ses genoux. Elle déglutit deux fois avant de se lancer dans le terrible compte rendu de la mort de son père. Face au souvenir visuel qu'évoquaient ses paroles, elle s'obligea à changer sa nausée en colère.

Ce n'était guère facile de lire l'expression subtile du visage de l'Insolite. Kadiya guettait très attentivement tout signe montrant que la Première était émue par ce qu'elle narrait crûment, dans toute son horreur.

« C'est ainsi qu'après la bataille ils ont traité nos gens faits prisonniers, conclut-elle. Dame, ils méprisent encore plus votre peuple... que croyez-vous qu'ils feront ici, quand ils se seront emparés de votre village ? Les Bourbiers ont gardé vos secrets et vous ont défendus comme des murailles. Mais ces Labornoki ont amené avec eux un sorcier contre la volonté duquel la protection de l'Archimage ne tiendra pas. Combattre honnêtement épée contre épée, c'est une chose. Lutter contre la magie noire sans arme appropriée, c'est courir à la défaite avant que les clairons aient sonné. Il s'agit de votre pays que les envahisseurs ne connaissent pas du tout. Ils semblent s'être déjà ligués avec les Skriteks... dont ils partagent les mauvaise instincts. Mais cela pourrait être compensé par votre connaissance des marais. Je vous le dis... même si vos coutumes ne vous permettent pas d'embrasser notre cause, veillez à la vôtre ! »

La Première resta un moment silencieuse avant de répondre, et pendant ce temps, Kadiya éprouva un début d'espoir. Peut-être que le sens de ce qu'elle avait dit à cette Nyssomu allait l'emporter. Hamil s'était emparé de Trévista, il avait fait appel aux Skriteks ; mais si les Nyssomus s'élevaient contre lui et se servaient de leur territoire comme d'une arme, il y avait sûrement une chance pour que...

Mais quand la Première de la Maison parla, ses paroles dépourvues de toute chaleur furent explicites. « Fille de Roi, il est vrai que votre peuple et nous, habitants des Bourbiers, n'avons eu que de bons rapports pendant de nombreuses années. Dans les récits, il n'y a pas entre nous d'horreurs semblables à celles que vous venez de me narrer. Comme ceux qui ont été massacrés sont de votre famille, il est normal que vous cherchiez toute l'aide que vous pourrez obtenir afin de les venger. Mais tout amis que nous soyons, une allégeance plus séculaire nous lie à la Dame de Noth. Elle vous a convoquées, vous et vos sœurs. Peut-être a-t-elle déjà un plan d'action. Cependant, soyez sûre que nous tiendrons compte de votre avertissement. Avant que votre peuple arrive, les Bourbiers ont connu la guerre... »

Elle regardait par-dessus l'épaule de Kadiya, comme si elle voyait au loin quelque chose d'important. « Il y a longtemps, un nombre incalculable de vies ont été moissonnées. Comment croyez-vous que cette terre soit devenue ce qu'elle est : morcelée, ravagée et remplie de tels périls que, depuis de nombreux siècles, nous n'osons pas suivre certains chemins ? Cette guerre, nous n'y avons pas pris part, mais nous en sommes nés... et quand ceux qui l'ont faite eurent disparu, nous nous sommes retrouvés seuls et démunis dans un monde étrange qu'il fallait faire nôtre. Alors nous avons juré qu'une guerre comme celle-là ne renaîtrait pas à cause de l'un de nous, les Nyssomus. Nous devons la vie à la Dame de Noth. Avec elle, nous avons maintenu longtemps la paix. Si nous sommes attaqués, nous nous défendrons, mais nous ne déclarerons la guerre à personne. Vous découvrirez une solution à Noth, Fille de Roi. »

C'est ainsi que Kadiya et Jagun poursuivirent seuls leur voyage, et plus ils allaient, plus étrange et plus menaçant devenait le pays. Dans la forêt du Bourbier Noir la végétation, en dehors des fleurs, avait présenté différentes nuances de vert. Ici, dans le Bourbier Doré, poussaient de grandes herbes aquatiques porteuses des panicules jaunes qui avaient donné son nom à cette partie du marais. Ici aussi, des îlots se dressaient au-dessus de l'eau couverte d'une écume verte, sur laquelle flottaient des touffes de grandes plantes carnivores comme on n'en voyait nulle part ailleurs. Elles étaient d'un blanc-jaune strié de rouge. Non seulement elles ressemblaient à des blessures infectées, mais elles dégagaient une puanteur qui paraissait attirer les insectes. Plus Jagun et la Princesse progressaient, plus ces affleurements couverts de végétation devenaient malveillants.

Kadiya entendit siffler la respiration de Jagun et elle assura son équilibre tandis que le chasseur se déplaçait avec précaution dans le bachot. L'une de ces feuilles malsaines s'avançait vers eux, le long du rivage d'un îlot. Au village, Jagun avait ajouté à leur équipement une lance au manche court. Il glissa la lame sous la plante mobile et la fit sauter en l'air. Lorsqu'elle s'éleva, la jeune fille put voir une rangée de pieds qui s'agitaient en cherchant vainement un point d'appui. La créature retomba sur un morceau de bois moussu et s'enroula instantanément autour.

« Un snafi, dit Jagun. Ici, il faut y prendre garde. Leurs pieds griffus injectent un poison dans la peau et, une fois qu'ils sont accrochés, on ne peut pas s'en débarrasser. »

Kadiya s'était réjouie lorsqu'en quittant le village nyssomu Jagun avait décidé qu'ils étaient maintenant assez loin des pistes connues pour voyager de jour. Cette partie du Bourbier devait receler toutes sortes de pièges pervers.

L'amulette tiède reposait contre son sein et constituait un guide sûr. Selon sa flammèche, ils étaient toujours dans la bonne direction. Kadiya gardait le rythme, heure après heure, adaptant ses coups de perche à ceux de Jagun, mais ils s'arrêtaient régulièrement pour se reposer.

Quel danger Haramis avait-elle dû combattre? pensa Kadiya. Et Anigel... Sa jeune sœur avait-elle été capturée? Sans savoir pourquoi, elle était de plus en plus certaine que ses deux sœurs avaient fui la Citadelle et ne seraient pas pour Voltrik des proies impuissantes.

Les nuages n'avaient cessé tout au long de l'après-midi de s'accumuler dans le ciel et le crépuscule était proche lorsque Jagun tortilla une robuste touffe d'herbes pour ancrer leur embarcation. On voyait déjà ces étranges lumières nées des gaz du marécage. Ce soir-là, ils ne tentèrent pas de débarquer et mangèrent dans le bachot les rations qu'ils avaient emportées. Puis Jagun dit :

« Dormez. »

Dormir ! Comment pourrait-on dormir ici, dans l'obscurité, sans savoir quelle menace allait surgir de l'une ou l'autre rive ? Mais malgré elle, ses yeux se fermèrent...

Ce qui suivit ressembla plus à une vision qu'à un rêve. Kadiya vit une cité... pas Trévista, mais une autre bien moins ancienne dont l'architecture était plus légère. Cependant, aucune sentinelle ne parcourait ses murailles, ni ne franchissait le portail ouvert qui apparut devant elle. Etait-ce Noth ? Elle désirait ardemment y entrer – la ville lui faisait signe, l'appelait. Elle était pleine de promesses.

Puis la vision se fondit en un rêve plus profond dont elle ne se souvint pas le lendemain. Lorsqu'elle se réveilla à l'aube, déjà Jagun s'affairait, fouillant dans l'un de leurs sacs de nourriture. Peu après, ils reprenaient leur route vers la demeure de l'Archimage qu'ils atteignirent tôt dans l'après-midi.

Aucune cité semblable à celle dont Kadiya avait rêvé ne se dressa devant eux lorsqu'ils approchèrent du but. Ils virent seulement une tour monolithique surplombant de très haut l'herbe empanachée d'or. Kadiya garda les yeux fixés sur elle tandis que Jagun négociait le dernier tournant et, enfin, leur bateau racla, non une rive de boue, mais le bord d'un quai de pierres.

« C'est Noth, dit Jagun. A partir d'ici, seule vous qui avez été convoquée pouvez continuer. Je vous attendrai. »

La chaussée n'était pas beaucoup plus large que le bachot qui les avait amenés ici. A son extrémité s'élevait la tour. Elle avait peut-être été taillée dans un bloc de granit aussi grand que les arbres royaux des forêts méridionales. Son immense porte était ouverte.

Bien que la lumière ne pénétrât guère à l'intérieur par cette embrasure semblable à l'entrée d'une caverne, rien dans cette tour ne semblait menaçant. Tandis qu'elle s'avançait résolument à grands pas, sans vouloir montrer sa gêne, Kadiya se sentait comme un enfant obligé de répondre d'un acte de désobéissance.

« *Bienvenue à toi, Kadiya.* »

La voix ne se répercuta pas le long de l'étroit couloir ; cela ressemblait à un salut tout à fait banal. La Princesse gardait tout de même une main sur le manche de son couteau, l'autre sur l'amulette chaude qui palpitait contre sa chair, tel un battement de cœur. Puis elle pénétra dans une salle.

Là se dressait un fauteuil d'audience à grand dossier, pareil à ceux où s'installaient sa mère et son père lors des cérémonies. La Dame qui gouvernait Noth (et peut-être d'autres lieux) y était assise et ses mains aux doigts effilés lissaient, sur ses genoux, le bord d'une cape aux épais replis, aussi noire qu'une nuit d'orage. Des runes d'argent y couraient comme les rides d'une mare dans laquelle on a jeté un caillou ou deux.

D'après sa taille, elle n'avait certainement pas de sang insolite. Debout, elle aurait dépassée Kadiya de plusieurs empans. Son visage n'était ni jeune ni vieux, comme hors de portée des atteintes de l'âge, mais ses yeux montraient à la fois une grande lassitude et une volonté de fer.

« Kadiya! » Elle fit un signe de tête dépourvu de toute cordialité.

La colère que Kadiya avait retenue faillit éclater. La Princesse voulait lancer à la fois son courroux et sa peine à cette étrangère insensible, exiger qu'elle lui explique en quoi sa magie avait fait défaut. Pourquoi n'avait-elle pas pu, d'une manière ou d'une autre, maîtriser les ennemis du Ruwenda? Cette fière Dame de Noth comptait-elle si peu en face d'Orogastus? En tout cas, sa magie avait échoué au moment où elle était le plus nécessaire! La jeune fille dut faire un effort pour s'interdire d'exprimer ces dures pensées. Elle se contenta d'incliner aussi sa tête toute striée de la graisse des marais.

« Dame. »

Elle n'avait aucune chance de laisser libre cours à ses accusations ou à ses reproches. Il y avait ici quelque chose qui la tenait émotionnellement prisonnière, autant que si l'on avait chargé son corps de chaînes à l'entrée de la tour.

« En ce monde tout a une fin », poursuivit la voix blanche. Les mains presque transparentes avaient cessé de lisser la cape. « Le temps est notre œuvre, aussi est-il relatif. Qu'est-ce qu'une année pour une montagne? Que sont les heures qui s'écoulent entre le lever et le coucher du soleil pour le draffer aux ailes transparentes qui ne vit qu'un seul de nos jours? Le temps met fin à chacun de nous... plante, oiseau, insecte, pierre, femme et homme fiers. Aussi, pour ceux de nous qui ont un but, il y a beaucoup à faire au cours de ce qui paraît la plus brève des unités. »

Pour la première fois, ses yeux ne demeurèrent pas fixés sur ceux de Kadiya, mais se promenèrent autour d'elle comme surpris de découvrir l'absence de ce qui aurait dû y être, ou de voir ce qui n'y avait pas place. « J'ai tenu ce pays en tutelle. Oui, j'ai été la Gardienne de ce qui appartient à la Lumière. Autrefois, il y avait une grande étendue d'eau ornée d'îles, et chacune était une merveille de beauté. Et puis, il y avait ceux qui résidaient là. Par eux (elle joignit les mains comme pour suggérer un toit protecteur), j'ai été appelée pour une grande tâche, car le mal est apparu avec le changement, et j'ai peiné pour élever de fortes défenses. »

Elle soupira. « Ce temps de trouble et de chagrin est passé. Ensuite, ceux que vous appelez les Insolites sont apparus et pour eux, bien qu'ils n'appartiennent pas à mon peuple, je suis restée Gardienne. Le temps est devenu de plus en plus lourd, décapant peu à peu ce qui avait été. Ceux de ton sang sont arrivés les derniers de tous. J'ai sondé leurs esprits et leurs cœurs, et jugé qu'ils étaient dignes du Chemin de Lumière; mon jour n'était pas encore terminé...

– Et alors survint Voltrik qui est semblable aux Skriteks! éclata Kadiya. Où fut votre Tutelle, alors?

– Une fois de plus se dressèrent les Pouvoirs des Ténèbres, rectifia l'Archimage. Contre eux, mon espèce doit toujours se battre. L'un des envahisseurs était très savant dans la Tradition la plus ancienne. » Elle courba un peu la tête. « Le cycle qui commence est peut-être le sien. Quand son dessein m'a été révélé, je n'ai pu élever qu'une seule défense. Tu es l'une des trois sœurs, et chacune détient un talent non développé, un don non reconnu. C'est vous qui finirez par abattre les Pouvoirs des Ténèbres... si vous pouvez payer le prix du temps.

– Et quel est-il, ce prix? » Kadiya redressa le menton. Elle s'acharnait toujours à dominer tout signe extérieur qui aurait pu faire croire à l'Archimage qu'elle était intimidée.

« Découvrir votre talisman... et l'utiliser à temps.

– Un talisman? » Kadiya brandit son amulette sans ôter la chaîne de son cou. « Mais j'ai déjà celui-là... reçu de votre main, Dame, si l'histoire est vraie.

– Non, il n'a été ton guide que jusqu'ici. Il faut que tu utilises ta propre force – et ton intelligence – pour obtenir le talisman qui te donnera de vrais pouvoirs. Tu as toujours choisi l'acier : la route la plus directe et la plus rapide, mais souvent la plus périlleuse, vers le succès. Il y a d'autres manières de gagner les batailles. »

L'Archimage se leva de son trône. Elle était grande, le dos droit, ses mouvements n'étaient pas affaiblis par son grand âge; c'étaient ceux d'une personne déterminée qui a une tâche à faire et qui va l'accomplir. Kadiya, distancée, dut allonger le pas pour qu'elles sortent ensemble de la tour de Noth.

L'Archimage rejeta sa cape en arrière. A la lumière du jour, l'argent ondulait entre ses plis. Elle tenait une plante, mais Kadiya ne put deviner en quel endroit elle l'avait cueillie. A son extrémité se dressait la fabuleuse fleur du Trillium Noir. D'un geste rapide, l'Archimage brisa la tige en son milieu, à trois doigts des filaments de la racine, fins comme des cheveux.

« Maintenant, c'est elle qui te servira de guide... et avec elle tu chercheras l'Œil Ardent Trilobé. »

Elle lança la tige dans l'eau, près du bachot au repos, où Jagun allongé semblait dormir. Kadiya la regarda retomber tout droit et fendre l'eau comme une flèche bien décochée. Mais qu'est-ce que c'était qu'un Œil Ardent Trilobé? Il fallait que l'Archimage s'explique! Kadiya était lasse d'avoir traversé les Bourbiers à la suite d'une lueur magique, jusqu'à la demeure d'une enchanteresse incompétente. Elle avait besoin de plus d'informations pour poursuivre sa quête...

Brusquement Kadiya fut seule sur la chaussée. Il n'y avait plus personne à côté d'elle; si elle revenait, tel un ouragan, dans la tour et la fouillait du haut en bas, elle ne trouverait sûrement plus sa maîtresse.

A contrecœur et pleine de colère, elle revint au bachot. Jagun s'était réveillé et redressé, mais la Princesse regardait l'eau devant eux. Là, elle aperçut, parmi les rides troubles que provoquait le balancement de l'embarcation, un filament de lumière. Il était vert, mais d'une teinte qu'elle n'avait jamais observée dans le marais : un vert très clair, très vif, pareil à celui d'une pierre précieuse, et pourtant son extrémité était noire, et visible uniquement à la lumière que reflétait sur lui la hampe. Quand elle descendit dans le bateau et s'empara d'une perche, cette baguette vert et noir se mit en route. Pas avec la rapidité de quelque chose de vivant, mais lentement, comme pour s'adapter à l'allure de leurs coups de perche.

Kadiya poussa un grand soupir. « Nous avons un nouveau guide, Jagun, et une nouvelle quête. Partons »

# XX

Le vent de la montagne rugissant dans le défilé apportait déjà quelques cinglants flocons de neige fondue. Le ciel de cette fin d'après-midi montrait encore des pans de bleu, bien que les nuages se soient amassés tout au long du jour au-dessus des sommets les plus élevés des Ohogan – le mont Brom, le mont Gidris et le mont Rotolo. Une tempête éclaterait sûrement avant la nuit, présage de la mousson d'hiver qui ne surviendrait pas avant deux semaines.

Parti depuis huit jours de la Citadelle du Ruwenda, Orogastus se sentait indiciblement las. Il avait laissé son escorte armée dans les plaines du Labornok et maintenant il parvenait seul aux abords de sa tanière, perchée sur le mont Brom. Blotti dans sa grande cape de fourrure, il s'adressa à sa monture épuisée et aux deux fronials de bât qui se traînaient derrière lui.

*En avant! Il y a là-bas une écurie chaude, une bonne pâtée à manger et de l'eau à boire. Regardez... je vais vous montrer tout cela!... Suivez le chemin! Grimpez énergiquement! Nous l'apercevrons quand nous serons dans le tournant en épingle à cheveux qui contourne cet escarpement, là-bas. Allons! Allons! Dépêchez-vous!*

Les trois fronials levèrent la tête et les extémités dorées de leurs andouillers luirent aux derniers rayons du soleil. Leurs narines s'élargirent car, grâce à l'art du Sorcier, ils sentaient la nourriture qui les attendait dans la forteresse, en haut de la piste escarpée.

Une tour blanche et brillante, avec des créneaux noirs et des châssis de fenêtres richement ornées d'entrelacs noirs, était maintenant en vue, fichée au flanc du mont Brom. Les animaux revivifiés passèrent au trot, puis au petit galop. Les tendons de leurs pattes cliquetant et leurs queues dressées de plaisir anticipé, ils gravirent les derniers cent ells à toute allure et s'arrêtèrent en dérapant, s'ébrouant et soufflant, devant le précipice qui barrait le sentier – une crevasse d'à peu près une lieue de profondeur et cinquante ells de large, au fond de laquelle un torrent, né des glaciers, coulait avec un grondement de tonnerre. La forteresse du Sorcier se dressait de l'autre côté et semblait totalement inaccessible. Le ciel était maintenant complètement couvert et il faisait très froid.

Orogastus sortit un pipeau en argent de l'escarcelle qui pendait à sa ceinture et en tira une note haute et grêle qui se perdit presque dans le rugissement du vent. Aussitôt les fenêtres obscures de la tour s'éclairèrent, une lumière brilla à la porte ouverte du corps de garde et un grondement se fit entendre. Juste sous l'entrée, une ouverture carrée se découpa dans la paroi de la falaise et expulsa un pont étroit à l'infrastructure étrangement construite qui toujours accompagné du grondement s'allongea jusqu'à combler le vide entre le chemin et la tour.

Orogastus mit pied à terre et banda les yeux des trois fronials. Il leur fit traverser à pied la frêle structure qui ne possédait qu'un petit garde-fou et mesurait à peine un pas de large; le vent tiraillait sa cape de fourrure et faisait violemment trembler le pont sous ses pieds. Un faux pas de l'homme ou des animaux les ferait culbuter dans l'abîme. Mais Orogastus exerça son pouvoir magique pour stabiliser le pont et rassura les fronials par sa parole. Ils le suivirent de bonne grâce, même quand les premiers flocons de neige commencèrent à tourbillonner, et tous arrivèrent enfin sains et saufs au corps de garde. Le Sorcier ferma alors la porte et appuya sur un mécanisme dans le mur; le pont magique disparut à l'intérieur de la montagne.

Il était chez lui!

Il se débarrassa des lourdes fourrures avec un cri de soulagement. Les fronials glapirent et se dressèrent sur les pattes de derrière, et il leur ôta les bandeaux en riant, puis soulagea sa monture de sa selle et les animaux de bât de leurs fardeaux. Il conduisit ensuite ces fidèles créatures le long d'un couloir éclairé par des lampes bizarres qui brillaient sans flamme, jusque dans une écurie taillée dans le roc et pourtant sèche et équipée de toutes les choses nécessaires au confort des fronials. Il était d'excellente humeur, même s'il grommela en les nourrissant et en préparant leur litière. Normalement ce travail aurait dû être fait par ses trois dévoués acolytes; mais ils étaient demeurés à la Citadelle du Ruwenda pour soigner le roi Voltrik et attendre ses ordres, si bien que le Maître devait pourvoir aux besoins des bêtes et aux siens. Il savait très bien accomplir ces tâches ordinaires car il n'avait recruté les Trois Voix que depuis une dizaine d'années. Avant cela, Orogastus habitait seul ce repaire élaboré, construit sous sa direction par les ouvriers de Voltrik.

Tandis qu'il gravissait l'escalier à vis menant à ses appartements, il se réjouissait d'être seul. Les dix dernières semaines avaient été les plus laborieuses et les plus difficiles de sa vie – d'abord la mort du vieux Roi et l'accession de Voltrik au trône, puis les préparatifs de l'invasion et la marche vers le Ruwenda. Paradoxalement, la victoire, en elle-même, avait été facile ; seule la blessure bizarre de Voltrik et la fuite des trois Princesses étaient venus gâcher le grand projet du sorcier.

Les Voix lui avaient affirmé que Voltrik se portait enfin mieux, et si tout se passait bien, les cachettes des jeunes filles ne seraient bientôt plus un secret pour lui. Il allait s'occuper incessamment de cette affaire et consulter le miroir-de-glace, remettant à plus tard la satisfaction de ses besoins humains.

Il entra dans son appartement et, laissant les ballots de provisions près du foyer de la salle à manger, il alluma le feu déjà préparé avec son étinceleur magique. Puis il se précipita dans sa chambre à coucher pour se débarrasser de son costume de voyage sali et enfiler des vêtements et un couvre-chef noir et argent qu'il portait pour lancer ses incantations les plus graves.

Il ne prit pas le temps de se baigner, mais se contenta d'enlever avec une éponge le plus gros de sa crasse et en demanda pardon aux Puissances des Ténèbres... puis gloussa à l'idée qu'Ils préféraient peut-être qu'il reste sale pour communier avec eux. Le fin filet métallique de la robe de cérémonie parut terriblement froid sur sa peau nue et il fit la grimace en l'enfilant, si bien qu'il oublia de dire les prières appropriées. Ses gants de cuir glacé à crispin, couleur argent, et le spectaculaire armet en forme d'étoile, avec son demi-masque, semblaient plus chauds, mais il s'abstint de chausser ses sandales rituelles et glissa ses pieds dans des bottes doublées de fourrure avant de se diriger vers le tunnel menant au cœur des montagnes, à la Caverne de la Glace Noire.

Sa respiration fumait dans l'air froid et humide du puits rocheux éclairé par des lampes. Il marchait d'un pas vif en priant pour que le miroir-de-glace lui accorde promptement sa requête, sans regimber. On ne savait jamais à quoi s'en tenir avec les merveilleuses machines des Disparus. Même si l'on observait les rituels indiqués et chantait les puissantes incantations capables de la valider, la magie pouvait se montrer capricieuse. Par pitié... pas ce soir, alors qu'il était las, affamé et glacé !

Il parvint à la porte massive, couverte de givre même par les temps les plus chauds, rassembla ses forces et prononça la première formule magique. Il demanda pardon aux Disparus de troubler leur antique tranquillité, mais les exhorta solennellement, au nom des Pouvoirs des Ténèbres, à le servir. Puis il ouvrit la porte.

La Caverne de Glace Noire était semblable à elle-même. Telle qu'il l'avait trouvée lorsqu'il y avait été convoqué, à son arrivée en Labornok avec le prince héritier Voltrik. (Plus tard, Orogastus avait fait construire la forteresse pour protéger la Caverne et accéder rapidement à ses merveilles.) C'était une grande salle voûtée grossièrement taillée dans le granit veiné de quartz du mont Brom, avec ici ou là, dans les parois, des inclusions de glace noire. Le sol était pavé d'étranges dalles noires et brillantes comme de l'obsidienne, et on s'était servi du même matériau pour construire une myriade de niches et de minuscules pièces, toutes pourvues de portes. Le Sorcier y avait découvert les fantastiques machines qui l'avaient détourné de la magie plus abstraite transmise par Bondanus, tout en lui assurant, paradoxalement, une puissante influence sur le royaume du Labornok. De nombreux compartiments étaient équipés de serrures mystérieuses qu'il avait été incapable d'ouvrir. D'autres – y compris la salle du miroir-de-glace – avaient volontiers cédé leurs secrets.

Il leva ses mains gantées d'argent et entonna : « Ô Pouvoirs des Ténèbres! Je vous remercie une fois encore de vos superbes dons. Faites que je les utilise de manière à ce qu'il ne m'arrive aucun mal. » Puis il ouvrit une étroite porte d'obsidienne et pénétra dans la salle du miroir.

Elle ne faisait que quelques pas de profondeur. La plus grande partie du mur intérieur se composait d'une couche épaisse et grumeleuse de givre qui cachait les mystérieux appareils flanquant le miroir circulaire lui-même. Tremblant de froid et d'appréhension – car il savait que si le miroir refusait de répondre, son grand projet de domination du monde ne s'accomplirait probablement pas – il énonça la formule magique :

« Ô puissant miroir-de-glace! Œil clairvoyant des Disparus! Réveille-toi et réponds à ma requête! »

Il attendit.

Tout d'abord, la surface grise et vitreuse ne refléta que son image : un grand homme robuste drapé d'argent et noir, couronné d'un diadème étoilé, le haut du visage dissimulé sous un masque d'argent. Puis une pâle lueur palpita au cœur du miroir... et une voix faible, rauque comme celle d'un homme mourant, retentit, avec des accents qui n'avaient rien d'humain.

« Trame réponse. Requête, je vous prie. »

Orogastus demeura complètement silencieux et immobile. Bien qu'il fût à demi gelé, la sueur coulait de son front, derrière le masque d'argent, jusque dans ses yeux. C'était le moment le plus critique. S'il présentait sa requête d'une manière incorrecte, le miroir, se sentant insulté, s'éteindrait et resterait en sommeil durant aux moins deux jours, le temps de « se remettre » de l'injure. Mentalement, il offrit une nouvelle prière aux Pouvoirs des Ténèbres. Puis il dit d'un ton neutre : « Visualiser trois personnes. Repérer la position présente des trois personnes sur la carte. »

Le miroir s'éclaira. Un maelström d'ombres d'un bleu argenté se matérialisa au centre du disque. « Requête validée. Nom des trois personnes. »

« Princesse Anigel du Ruwenda. Princesse Kadiya du Ruwenda. Princesse Haramis du Ruwenda. » Tout en parlant, il s'appliqua à évoquer une image mentale de chaque jeune fille.

« Balayage », dit le miroir. Et Orogastus faillit s'évanouir de soulagement. Cela allait marcher...

Le miroir dit : « Sujet Un : princesse Anigel du Ruwenda. Localisation : Sa quatorze deux, Lo soixante et un dix sur Grille Oma. » Il débitait son habituel charabia incompréhensible; mais qui fut immédiatement suivi par une belle carte-diagramme montrant un point qui clignotait sur la Mutar, au pied de la Citadelle, à quelques lieues au-dessus du lac Wum.

Orogastus se contint héroïquement. Un mot ou un mouvement intempestif pouvait faire taire irrémédiablement le miroir. Le Sorcier se concentra pour mémoriser l'emplacement indiqué. Puis la carte s'effaça et le miroir révéla un portrait en couleur de la jeune fille en mouvement, comme si elle était vivante à l'intérieur de la glace grise. Anigel était assise à l'avant d'un bachot et tenait deux lanières qui semblaient être des rênes. L'embarcation filait sur l'eau à une grande vitesse. Derrière la Princesse était assise une Insolite qui jeta un regard par-dessus son épaule, sur le soleil couchant tout rouge, et dit clairement : « Il est temps de s'arrêter pour la nuit, ma douce. Il y aura suffisamment de poissons pour les rimoriks dans la lagune, là-bas. »

Puis l'image disparut.

« Sujet Deux : princesse Kadiya du Ruwenda, dit doucement le miroir. Localisation : Mo vingt-neuf quatre, Vi quatre-vingt-quinze cinq sur Grille Oma. » La lumière clignotante vint situer la fugitive à l'ouest de la jungle infestée de Skriteks, appelée L'Enfer Épineux.

Orogastus étouffa une exclamation, puis observa, fasciné, la seconde des triplées agenouillée sur une rive boueuse, dans une sombre lumière crépusculaire, en train d'essayer d'allumer un feu d'écorce de lianes; à l'arrière-plan, un unique Insolite tirait quelque chose d'une embarcation indigène.

Kadiya dit : « J'ai soufflé de toutes mes forces, Jagun, mais je n'arrive pas à enflammer ce sale truc. Tu ferais mieux d'essayer. »

L'image disparut.

« Sujet Trois : princesse Haramis du Ruwenda. Localisation : Pa quarante-deux trois, No seize huit sur Grille Oma. » La lumière clignota sur la carte à un endroit vraiment extraordinaire – au flanc du mont Rotolo, l'un des pics les plus élevés des Ohogan, près des sources de la Vispar, à seulement une lieue ou deux d'un repaire secret de Vispis.

Le Sorcier retint sa respiration lorsque la dernière image apparut sur le miroir. C'était une scène très sombre, d'un brun rougeâtre, qu'il finit par identifier comme l'intérieur d'une caverne de neige donnant sur le versant d'un glacier éclairé par le crépuscule. Une ombre se détacha de l'obscurité et devint la silhouette d'une jeune femme, enveloppée dans une cape blanche, qui regardait à l'extérieur.

Haramis dit : « Survivrai-je à cette nuit ? Ils sont là, dehors, à m'attendre – les Yeux dans la Tornade – et les graines de Trillium qui m'ont conduite en ce lieu de la mort glacée ont toutes disparu, sauf une. C'est la fin. Je n'ai plus de nourriture et la neige devient si épaisse que je ne peux plus avancer. A moins que les Vispis en personne ne prennent pitié de moi et viennent à mon secours, je vais échouer dans ma quête du Cercle Tri-Ailé. »

L'image s'évanouit.

Puis l'appareil magique prononça les paroles fatidiques, inévitables : « Alimentation de secours temporairement épuisée. Interruption pour recharge. » La lumière et la voix du miroir-de-glace moururent.

« Merci à tous les Pouvoirs des Ténèbres... Ligne d'accès, Batterie Interne et Alimentation de secours, entonna Orogastus, ainsi qu'au Grand Système qui fonctionne dans les siècles et les siècles, amen. »

Puis il se retira en marchant humblement à reculons, ferma la porte d'obsidienne de la salle du miroir et courut se réfugier dans ses appartements.

Après avoir mangé et s'être longuement baigné, Orogastus assis devant un bon feu, dans son bureau, consulta l'ancien *Livre des Prophéties de la Péninsule* en sirotant une eau-de-vie veloutée. Dehors, une tempête de neige mugissait entre les créneaux de la tour.

Le Cercle Tri-Ailé...

Oui, il en était fait mention ici, avec deux autres symboles obscurs... l'Œil Ardent Trilobé et le Monstre Tricéphale. La référence n'était pas claire, mais il semblait que tous trois étaient destinés à apparaître ensemble et, de ce fait, à hâter quelque événement culminant.

« Se pourrait-il, médita le Sorcier, que les deux autres Princesses cherchent comme Haramis leur talisman ? Et que les ayant trouvés et s'étant réunies, les jeunes filles soient assez chargées d'énergie pour vaincre le Labornok ? »

Il contempla les flammes un certain temps avant de décider ce qu'il allait faire. Le besoin de se débarrasser de Kadiya et d'Anigel était suffisamment clair ; mais Haramis, la Princesse héritière, c'était une autre histoire...

Il se redressa dans son fauteuil, ferma les yeux et mit les doigts sur ses tempes. « Mes Voix ! clama-t-il. Écoutez-moi ! »

Dans son esprit, trois silhouettes prirent forme, taches floues de rouge, de bleu et de vert, qui devinrent ses trois serviteurs encapuchonnés. Ils n'avaient pas d'yeux, mais leur expression était pleine d'impatience.

« Maître ! Avez-vous réussi ?

– Oui. Soyez attentifs à l'Envoi ! Voici la position actuelle de la princesse Anigel... et voici celle de Kadiya.

– Nous avons reçu votre Envoi, Maître Tout-Puissant. Et la princesse Haramis ?

– Je l'ai repérée aussi. Mais, écoutez ! Le général Hamil doit partir, avec la moitié de l'armée, à la poursuite de Kadiya qui est dans une région très dangereuse. Voix Rouge doit rejoindre et accompagner Hamil et me consulter tous les deux jours jusqu'à ce qu'elle soit capturée.

– J'obéirai, dit Voix Rouge.

– La recherche de la princesse Anigel, poursuivit Orogastus, doit être menée par le prince Antar escorté de sa cohorte de chevaliers. Voix Bleue l'accompagnera.

– Le Prince et sa troupe sont revenus de Trévista, il y a quatre jours, dit Voix Bleue. Ce devrait être facile pour nous de mettre la main sur Anigel, si elle est aussi près que vous le dites.

– Rien n'est facile dès qu'il s'agit de l'archimage Binah, le reprit sèchement Orogastus. N'oubliez pas que les jeunes filles sont protégées par ce qui lui reste de magie. Et si elles arrivaient à s'emparer de certains puissants talismans appelés l'Œil Ardent Trilobé et le Monstre Tricéphale, leur magie en serait grandement accrue. Il est impératif que les Princesses soient capturées et tuées, et que les talismans me soient livrés.

– Nous comprenons, dirent les Voix.

– Voix Bleue recevra plus tard d'autres instructions concernant le prince Antar, ajouta le Sorcier.

– Je crois savoir à quoi vous pensez, Maître. » Voix Bleue émit un petit rire sans gaieté. « Ce serait bien triste que le Prince périsse de quelque mésaventure après avoir fait son devoir.

– Rien ne doit faire soupçonner ta participation », l'avertit Orogastus.

Voix Verte dit alors : « Devrais-je, Maître, rejoindre les soldats qui se lanceront à la poursuite de la princesse Haramis ?

– Non. Tu vas rester avec le roi Voltrik, veiller à ce qu'il récupère complètement, et le rassurer lorsque je te transmettrai les comptes rendus des progrès obtenus.

– Mais Haramis...

– J'ai l'intention de m'occuper moi-même de la princesse Haramis », dit Orogastus.

# XXI

Haramis jeta la dernière graine de Trillium Noir un matin où les pentes du mont Rotolo s'enveloppaient d'une brume nacrée. Au réveil, elle s'était aperçue que le temps s'était curieusement réchauffé. Les murs de la minuscule caverne où elle avait dormi – profondément, à sa grande surprise – brillaient de neige fondue. La mante doublée de fourrure, dont elle avait recouvert son sac de couchage, était complètement trempée, ce qui la rendait deux fois plus lourde que d'ordinaire et totalement inutile puisque la Princesse n'avait aucun moyen de la sécher. Se servant de son canif, elle avait alors coupé son sac de couchage hydrofuge pour s'en faire une sorte de cape raide, mais imperméable. Après avoir déjeuné d'un verre d'eau froide, elle libéra la dernière graine et sortit de la grotte pour la suivre en trébuchant dans une neige molle qui lui arrivait à la cheville.

La graine flottait languissamment, adaptant son vol à la lenteur de ses pas, suspendue à une longueur de bras devant elle. Haramis ne pouvait rien voir au-delà, si dense était la brume, et elle avançait d'un pas lourd, penchée sur sa canne au bout ferré. La tête lui tournait de plus en plus dans cet air raréfié, mais elle n'y attacha pas d'importance. Tout était lointain et flou. Elle prenait à peine garde à l'endroit où elle posait le pied, du moment que la graine flottante restait en vue.

Elle trébucha et tomba à maintes reprises, mouillant chaque fois un peu plus son costume de laine blanche, ses bottes et ses moufles. L'humidité s'infiltra dans la doublure de sa cape improvisée si bien qu'elle finit pas devenir trop lourde. A la chute suivante, Haramis l'abandonna. L'air était maintenant si chaud qu'elle n'en avait plus besoin.

La graine. La graine ailée. Elle ne voyait que cela, son esprit embrumé ne pouvait se fixer sur autre chose. Un pas après l'autre, elle grimpait de plus en plus. Parfois, la neige lui montait jusqu'au genou et parfois, elle était moins profonde; mais toujours lourde et molle, elle s'accrochait à ses bottes et les jambes de la Princesse semblaient de plomb.

Au bout de trois ou quatre heures, le temps subit un changement de mauvais augure. Haramis était trop hébétée pour remarquer que la brume avait perdu sa couleur nacrée et devenait grise et morne; elle ne s'aperçut pas non plus que l'air se glaçait. Ses pieds et ses mains étaient insensibles, mais cela la gênait moins que la douleur sourde qui tordait son estomac vide.

Et il se mit à neiger.

Elle s'arrêta, tout d'abord incapable de comprendre ce qui se passait. Des graines? Le monde était-il plein de duveteuses graines de Trillium qui flottaient dans l'air? Alors, laquelle était son guide magique? Celle-là...? Non...

Le brouillard se dissipa lorsque la neige se fit plus serrée et Haramis put discerner de nouveau les escarpements à pic et les crevasses de la montagne qu'elle était en train de gravir. Le vent s'était levé et lui soufflait les flocons au visage. Elle s'aperçut qu'elle avait perdu sa canne. Et la graine qui la guidait? Elle avait disparu.

Comme toutes les autres... Pourtant ce n'était pas la fin du jour, son guide ne l'avait pas menée à un abri sûr, mais à quelques pas d'une crête rocheuse, coupante comme une lame, dont le vent avait nettoyé la neige. La dernière graine du Trillium Noir, emportée au loin par le vent; alors, elle était arrivée au terme de sa quête...

Les tourbillons de neige lui piquaient le visage, tirant des larmes de ses yeux à demi aveuglés et engourdissant ses joues et son nez. Une léthargie mortelle s'empara d'elle et il lui sembla que dormir était la chose la plus désirable au monde. Pourquoi lutter plus longtemps? Chaque respiration était un coup de couteau. Son cœur battait comme s'il voulait lui briser les côtes. Ses mains et ses pieds étaient gelés.

*Je vais aller jusqu'au sommet de la crête,* se dit-elle. *Encore vingt pas de plus. Et puis, je jetterai un dernier coup d'œil sur mon royaume.*

Le vent essayait de la décourager. Semblable à quelque immense créature irritée, il hurlait, la harcelait; on aurait dit un mur qui lui interdisait d'aller plus loin. Elle se ramassa sur elle-même, leva un pied, puis l'autre, poussa son corps en avant, fit pression contre le vent de toutes ses forces amoindries.

*Papa! Maman! Je vais bientôt vous rejoindre, puisque j'ai échoué. Je voulais tant que le rêve soit réel, que cette folle quête s'accomplisse grâce à la magie. Je voulais croire que la pauvre vieille Archimage connaissait vraiment ma destinée. Mais elle l'ignorait, semble-t-il, et la magie n'existe pas. Je m'en doutais.*

Le vent.

La neige.

Le froid.

Son corps, qui avait presque dépassé le seuil de la douleur, continuait à avancer. Avec ses dents, elle retira une moufle gelée et la laissa tomber; puis elle enfonça sa main nue, glacée, à l'intérieur de sa tunique encroûtée de neige, pour toucher l'amulette du Trillium une dernière fois, la priant de lui accorder encore un tout petit peu de force.

*Que j'atteigne au moins le sommet de la crête.* Cinq pas de plus, l'acte le plus ardu, le plus terrible, qu'elle ait jamais accompli... *Dieu, aide celle qui a mis sa confiance en Toi...* un pas de plus...

Ça y est!

Au faîte de la crête, il y avait un parapet rocheux à peine couvert de neige. Tandis qu'elle se redressait, les rafales de vent s'apaisèrent, le blizzard ne la fouetta plus. Derrière elle, sur le chemin qu'elle avait parcouru, l'air d'un gris de tempête tourbillonnait toujours; mais devant, le ciel était bleu et un panorama éblouissant de pics neigeux s'étendait loin à l'ouest. A ses pieds se creusait un abîme qui semblait plonger à l'infini, ses profondeurs disparaissant dans le brouillard.

« Me voici », chuchota-t-elle, et un étourdissement la saisit; elle tituba et faillit perdre conscience. Mais sa main agrippée à l'amulette sentait une vive chaleur qui ne faisait que croître; et plutôt que de d'accepter la mort, elle se força à ouvrir les yeux une dernière fois.

Sur la droite, à environ un jet de pierre, une tornade de neige s'éleva, qui scintillait dans le soleil comme une poussière de diamant.

Haramis tomba à genoux et la contempla fixement, tout à fait impuissante. La tornade se balançait et girait, et se transforma en un gigantesque cône blanc et fluide qui tournait sur sa pointe. Et à l'intérieur, il y avait des Yeux.

Des yeux verts comme la glace. Des douzaines d'yeux. Qui la scrutaient.

« Je cherche le Cercle Tri-Ailé », chuchota-t-elle.

*Nous sommes ses gardiens, venus pour t'accueillir.*

« Je vous salue », dit la princesse Haramis avec dignité. Puis elle s'écroula, tête la première, dans une obscurité profonde et bienvenue.

Alors s'écoula un temps de songes agités durant lesquels elle souffrit grande peine; puis elle se détendit totalement. Les Yeux dans la Tornade, parfois effrayants et parfois gentils, qui habitaient ses rêves, appartenaient à de grands êtres gracieux, habillés de vêtements flottants de couleur pastel, ornés d'une extraordinaire quantité de pierres précieuses; ils chuchotaient et la soignaient, et l'exhortaient à faire ceci ou cela, et elle obéissait comme un tout-petit.

Elle les questionna sur leur identité et ils répondirent qu'ils étaient le Premier Peuple et les gardiens du grand Sceptre du Pouvoir des Disparus, en un temps effacé des mémoires.

Elle leur demanda si ce Sceptre était le talisman qu'elle cherchait. *En un sens, oui, et en un sens, non. Car dans les âges des ténèbres, le Triple fut fractionné et ses membres éparpillés afin d'empêcher qu'il ne tombe aux mains du Mal.*

Toujours en rêve, la Princesse questionna les Yeux : étaient-ils vraiment les gardiens du Cercle Tri-Ailé, son propre talisman ?

*Oui, car nous avons gardé cette partie du Triple en lieu sûr, dans une caverne de glace. Les deux autres ont été envoyées au loin par la Dame Blanche, pour que d'autres s'en occupent jusqu'à ce que vienne le temps où ses pouvoirs s'affaibliraient et où l'on aurait besoin du Sceptre pour restaurer le grand équilibre du monde...*

Haramis dit : « Mes sœurs en quête de deux autres talismans. »

*Et ainsi fait le Mauvais de cet âge, qui en ce moment même vous regarde, espérant que vous réussirez dans votre quête...*

Une paire d'Yeux passa du vert de la glace au blanc éblouissant d'une étoile, et Haramis vit un beau visage d'homme qui lui souriait, et elle interrogea : « Est-ce lui ? »

Et ils répondirent *oui*.

Dans le rêve cet homme tendit la main vers elle, qui lui rendit son sourire; il dit : « Je ne suis pas tel qu'ils le prétendent. Ne vous laissez pas tromper. Ces petits-là ne comprennent qu'une partie du Grand Tout. Réservez votre jugement jusqu'à ce que vous me connaissiez suffisamment pour vous faire une opinion de moi. »

Haramis s'éveilla dans un lit étroit entouré de rideaux diaphanes et s'émerveilla d'avoir si chaud, jusqu'à ce qu'elle s'aperçoive que la chaleur émanait de son matelas.

*L'hypocauste réchauffe la partie inférieure du lit et le plancher,* dit une voix douce. *De la vapeur provenant de sources chaudes circule dans ses tuyaux; c'est ainsi que nous chauffons nos maisons.*

Les rideaux du lit s'ouvrirent et Haramis vit une femme aborigène, d'une race inconnue. Son visage était moins large que celui des Nyssomus, sa bouche et son nez plus humains. Ses yeux immenses – verts plutôt que dorés – et les oreilles qui émergeaient d'une abondante chevelure ondulée et platinée, montraient qu'elle appartenait bien au Peuple. Ses mains ne comportaient que trois doigts, ainsi que des vestiges de griffes qui ressemblaient énormément à des ongles – sauf qu'ils étaient plus épais et avaient apparemment tendance à se terminer en pointe.

Quand elle sourit à Haramis, celle-ci remarqua que l'indigène n'avait pas de crocs, mais de petites dents régulières. La Princesse se remémora le timbre mélodieux de la voix féminine de la Vispi de son rêve; il lui fallut quelques minutes avant de se rendre compte que les lèvres de la femme ne remuaient pas quand elle parlait.

*Bien sûr que non,* répliqua celle-ci joyeusement. *Vous ne comprendriez pas notre langage, aussi nous servons-nous de la parole sans mots! Je m'appelle Magira et je vous salue, princesse Haramis du Trillium. Maintenant, levez-vous, je vais vous aider à vous habiller, car vous êtes tout à fait remise et notre Peuple doit vous voir avant que vous ne poursuiviez votre quête.*

« Mais vous me comprenez... » La Princesse n'avait pas encore totalement recouvré ses esprits, et elle ne savait pas s'il s'agissait d'un rêve ou de la réalité. Magira parlait de la poursuite de sa quête et c'était plutôt décourageant.

*Lorsque vous parlez, votre esprit répète vos pensées, Princesse. Nous, les Vispis, n'avons aucun mal à vous comprendre... Est-ce que cette robe vous plaît ? Je pense que vous la trouverez très confortable; la fourrure noire dont elle est bordée va bien avec vos cheveux.*

« Oui, merci. Elle est ravissante. »

Haramis laissa Magira la vêtir d'une robe flottante garnie d'une douce fourrure noire dont l'étoffe bleu pâle était pareille a du velours mais pas aussi lourde. L'encolure, les poignets et l'ourlet étaient ornés de larges bandes d'argent incrustées de saphirs et de pierres de lune. Elle chaussa des bottes de cuir argenté et ceignit une ceinture d'argent portant une bourse semée de très petites pierres précieuses, et la Vispi natta ses cheveux en deux larges tresses attachées avec un ruban bleu.

*Le sang des Vispis est très chaud, aussi avons-nous besoin de vêtements bien plus légers que ceux que les humains doivent porter ici. Prenez également cette cape, et des gants; je vais vous conduire à l'Hôtel de Ville de Movis, qui n'est pas loin de cette demeure.*

Docilement, Haramis enfila des gants ornés de pierreries tandis que Magira posait sur ses épaules une splendide cape, faite de fourrure noire et blanche, et abaissait la capuche sur sa tête. La Princesse suivit la Vispi hors de la chambre à coucher, descendit un escalier de pierre éclairé par d'étroites fenêtres vitrées, traversa un vestibule et se retrouva dehors.

« Alors, voilà Movis! »

Haramis s'arrêta sous le portique et contempla la cité qu'elle avait prise pour une légende. L'air était d'une luminosité dorée et il devait être environ midi. La Princesse vit plusieurs centaines de belles maisons en pierre, dont beaucoup d'une taille imposante, et un certain nombre d'autres bâtiments, bien plus grands, groupés autour d'une place.

Des panaches de vapeur s'élevaient de tous côtés... non seulement des toits d'ardoise, mais aussi de foyers disséminés dans les rues pavées, et de petits cubes présents dans toutes les cours et arrière-cours. Des arbres de taille modeste et des jardins bien entretenus entouraient chaque maison, pourtant aucun être vivant n'était visible. La scène, curieusement éclairée, ne comportait aucune ombre car la lumière du soleil n'atteignait pas le fond de la vallée. Une couche de nuages brillants, semblable à un plafond doré soutenu par des centaines de piliers de vapeur blanche, couvrait toute la Vallée de Movis. Le bas des pentes, verdoyant, s'étageait en terrasses; le haut était couvert de neige. Du grand glacier se déversait une chute d'eau semblable à une longue écharpe blanche.

*Les gens ont préparé pour toi un dîner de fête, et ils attendent ton arrivée,* dit Magira.

« C'est merveilleux. » Haramis dut accélérer le pas pour rester au niveau de la Vispi aux longues jambes qui parcourait rapidement les rues sinueuses; ses vêtements diaphanes tourbillonnaient autour d'elle comme de pâles bannières flottant au vent. « Je crois que j'ai très faim; c'est peut-être l'air d'ici. »

*Vous avez dormi pendant cinq jours, Princesse.*

« Oh! » s'exclama Haramis.

*Pendant ce temps, nos soignantes se sont occupées de vous et ont guéri votre chair gelée. Vous avez sans doute été consciente de leurs soins dans vos rêves.*

« Oui. Et j'ai rêvé de quelqu'un d'autre, aussi. »

Magira ralentit et posa son regard d'émeraude sur la Princesse. *Nous savons que le mauvais vous a parlé.* Sa pensée était colorée d'inquiétude. *Il ne peut discerner votre présence que par son miroir-de-glace, et pas constamment, mais seulement tous les deux ou trois jours, car vous êtes protégée par votre amulette de l'observation mentale, naturelle aux jeteurs de sorts...*

« Mais il peut toujours me parler dans mes rêves? »

*Sachant que vous étiez ici, il pouvait. Si vous aviez été éveillée, vous auriez pu refuser de l'écouter, bien sûr.*

Haramis s'abstint de parler plus longtemps d'Orogastus, cédant au curieux sentiment que le Sorcier avait éveillé en elle. « Dites-moi, vous vivez en autarcie dans cette vallée? »

*Nous cultivons des plantes qui peuvent prospérer sans beaucoup de lumière et nous élevons aussi des animaux domestiques – des togars et des nunchiks dans la ville, des volumnials, plus gros, et quelques fronials à l'extérieur; nous les faisons paître à la saison sèche et les gardons dans les grottes pendant les pluies et les chutes de neige. Dans les cavernes poussent des lichens et des champignons luminescents très nourrissants; vous trouverez bizarre l'apparence nocturne de nos troupeaux, car leur régime hivernal fait briller, dans l'obscurité, leurs dents, leurs andouillers et leurs sabots.*

« Ce sont des animaux que vous achetez ? »

*Oui, car ils se reproduisent lentement dans les montagnes.*

Haramis leva une main et les gemmes cousus étincelèrent. « Vous ne faites commerce que de pierres et de métaux précieux ? »

Magira rit. *C'est suffisant, Princesse, car tous les membres du Peuple désirent ardemment ce genre d'ornements. Autrefois, notre réseau commercial s'étendait des Ohogan à la forêt de Tassaleyo, et les petits Uisgus, si réservés, servaient d'intermédiaires entre nous et les autres. Depuis l'avènement de l'humanité ruwendienne, les choses ont changé car les humains disposent de plus d'animaux et de friandises que le Peuple. Aussi les Vispis ont-ils prospéré.*

« Mais vous défendez toujours aux autres de pénétrer dans votre pays. »

Magira leva délicatement les épaules. *Les vallées où coulent des sources chaudes sont rares et éloignées les unes des autres ; l'équilibre de la vie y est fragile. Nous, le Premier Peuple, avons été faits pour ce climat quand il régnait sur une grande partie du monde. Avec le temps, il a régressé et notre nombre a diminué, bien que nous ayons réussi à garder notre culture. En leur temps, d'autres races du Peuple, différentes de nous, ont rejoint l'abominable Réserve de la Fondation, dans ce qu'on appelle maintenant le Bourbier Dédaléen. Mais les hautes montagnes sont à nous et nous les protégeons par des illusions effroyables comme les Yeux dans la Tornade. Et comme nous sommes le Peuple du Trillium, et que nous obéissons aux ordres de la Dame Blanche, nous gardons aussi le défilé du Vispir entre le Ruwenda et le Labornok...*

Haramis s'arrêta pour affronter sa compagne, parlant d'un air de reproche. « Alors, où étiez-vous lorsque l'armée du roi Voltrik nous a envahis ? »

*Hélas... la Dame ne nous a pas alertés à temps de l'approche de vos ennemis et quand les gardiens vispis du défilé sont arrivés, leurs illusions furent percées à jour par le pouvoir du Sorcier. Il ordonna aux soldats labornoki d'ignorer les fantasmes et de frapper les personnes de chair et de sang qui les projetaient. Les envahisseurs ont massacré tous les gardiens vispis de nos villages les plus proches du défilé... environ trois cents âmes.*

« Je suis désolée, dit sincèrement la Princesse. Je l'ignorais. Très peu de nouvelles de l'invasion nous sont parvenues, à la Citadelle, car les envahisseurs avançaient avec une rapidité fatale, écrasant nos gens avant qu'ils comprennent ce qui leur arrivait. Même maintenant, je ne sais pas ce qui s'est passé dans le Dylex, ou les manoirs isolés du Sud... »

Elles parvinrent enfin à un très grand bâtiment dont les fenêtres illuminaient le crépuscule et dont les murs laissaient faiblement filtrer le son d'une musique. Quand Magira ouvrit toutes grandes les portes, la princesse Haramis n'en crut pas ses yeux de voir tant de membres du Peuple réunis : plusieurs centaines, certains assis autour de tables rondes, d'autres dansant sur un air majestueux, au centre de la salle.

A l'autre extrémité se dressait une large estrade où étaient assis des Vispis richement vêtus. Au-dessus d'eux, sur le mur, se déployait une bannière où des diamants scintillants dessinaient un grand Trillium Noir. Les citoyennes de Movis étaient à peu près habillées comme Magira, de robes flottantes couleur pastel couvertes d'une profusion de joyaux. Les mâles portaient surtout des toges bleu marine, des chemises et de hautes bottes blanches. Leurs ceintures, leurs cols et leurs poignets cloutés de pierres précieuses étincelaient comme un arc-en-ciel en feu à la lumière des milliers de petites torchères suspendues au plafond élevé.

Une grande clameur monta tandis que Magira escortait son invitée jusqu'aux dignitaires de l'estrade. Haramis sentit sa vue faiblir et son esprit vaciller ; elle aurait chancelé si Magira ne l'avait pas soutenue. Ce cri mental et vocal ! Elle n'avait jamais rien connu de semblable. Elle était troublée par les vagues d'assaut qui se déchaînaient à la fois à l'intérieur et à l'extérieur de son corps, et tout en sachant que les agresseurs étaient amicaux, elle crut qu'elle allait être submergée.

*Arrêtez ! cria involontairement son esprit.*

*Consternation.*

*Un silence, dont le repentir était tangible.*

*Tremblant de soulagement, elle dit : « Je vous remercie. J'apprécie votre accueil, mais j'ai bien peur de ne pas être accoutumée à votre manière de l'exprimer. »*

*Un mâle d'apparence très vénérable, dont les yeux n'étaient pas verts mais d'un blanc terne, se leva de sa place en haut de table et s'adressa à Haramis. Elle comprit qu'il était aveugle ; elle savait aussi qu'il la voyait tout de même.*

*Chère Princesse, pardonnez-nous ! Nous n'avions pas l'intention de vous effrayer. La joie que nous éprouvons à vous voir nous a emportés. Je vous salue au nom de tous les Vispis. Je suis Carimpole, l'Écoutant de Movis. Nous vous attendions depuis longtemps. Nous savions que les graines volantes vous amèneraient jusqu'à notre ville... si vous étiez assez forte pour les suivre. Pendant tout votre voyage, depuis que vous avez quitté Noth, nous n'avons cessé de vous observer. Nous vous avons vue supporter les privations, la fatigue, le découragement. Nous vous avons vue entrer dans le pays de la neige et des cimes où votre grande intelligence était inutile et où seules la volonté et l'endurance physique vous soutiendraient.*

*Il nous a semblé alors que vous vous affaiblissiez et que vous alliez échouer, comme ceux qui passent trop de temps à penser, au mépris de leur corps incapable de soutenir l'esprit brûlant qu'il abrite. Nous avons prié pour vous dans notre détresse, comme le fit la Dame Blanche, et vous en avez peut-être tiré une force nouvelle, et forcé votre corps à servir votre esprit, menant ainsi à terme votre rude épreuve. Vous avez atteint notre frontière la plus secrète... et on nous a permis de vous recueillir.*

Haramis entendit un grand murmure mental autour d'elle, qui la caressait gentiment, lui souhaitant bonne chance. Lorsqu'elle répondit, sa voix était à peine audible. « On vous avait défendu de m'aider avant ? »

*Oui. Pour vous, le voyage en lui-même était crucial. C'était une part essentielle de votre quête.*

« Et maintenant... suis-je arrivée au bout de celle-ci ? Vous avez le Cercle Tri-Ailé et vous me le donnerez ?

*Demain matin, nous vous apprendrons à diriger les grands oiseaux que vous, les humains, appelez lammergeiers. Votre talisman repose à quelques lieues d'ici, dans une caverne de glace, au sommet du mont Gidris. Un lammergeier vous y emmènera. Quand à l'achèvement de votre quête, je ne peux rien dire. Avoir simplement le Cercle Tri-Ailé en main, ce n'est rien. Il doit retrouver ses pouvoirs. Nous ne savons pas comment cela peut s'accomplir.*

« L'Archimage m'a dit de revenir la voir avec le talisman lorsque j'aurais maîtrisé mon moi. Mais elle m'a dit aussi que ma destinée était liée à celle de mes deux sœurs et que toutes les trois devaient réussir, ou qu'aucune ne le ferait. Dois-je aider Kadiya et Anigel ? »

*Haramis du Trillium, nous l'ignorons. Je pense que vous devrez décider de cela toute seule.*

« Je suis la sœur aînée et je me suis toujours estimée responsable des deux autres. Il y a aussi une certaine prophétie qui court parmi le Peuple du Marais, disant qu'une femme du Ruwenda renversera le trône du Labornok. Il doit s'agir de moi, car la Couronne du Ruwenda est légitimement mienne, et mienne aussi l'obligation de libérer notre pays vaincu. »

*Le grand oiseau vous emportera où vous le désirez. Mais nous ne pouvons pas vous conseiller davantage. Maintenant que vous êtes remise de vos blessures, nous ne pouvons que célébrer votre venue et accélérer votre départ. Pour le moment, voulez-vous prendre place à cette table avec nous ? Durant cinq jours, nous n'avez pris que des aliments liquides, aussi avons-nous essayé de préparer des plats qui flattent le palais humain.*

« Je vous remercie et je suis très contente de me joindre à vous. »

L'Écoutant frappa dans ses mains. *Que l'on apporte les plats et les pâtisseries de fête, ainsi que des fruits au miel et du vin chaud épicé ! Et qu'il y ait plus de musique et plus de danse et de gaieté, car notre Princesse approche de son but et le monde va peut-être bientôt regagner son équilibre perdu... Loués soient la Dame Blanche, les Seigneurs de l'Air, et le Trin plus que tous !!!*

Des cris de joie emplirent l'Hôtel de Ville et des portes latérales s'ouvrirent toutes grandes pour admettre une file de cuisiniers et de marmitons portant des plats et des jattes fumantes. Les musiciens se remirent à jouer tandis que les gens s'empressaient aux autres tables.

La princesse Haramis ôta ses gants et dégrafa sa cape, puis s'assit avec reconnaissance sur le siège indiqué par l'Écoutant Carimpole. Magira s'installa à côté d'elle. Haramis éprouva de nouveau un vertige et ferma les yeux; il lui semblait qu'elle pouvait voir au travers des murs de la salle. Les nuages s'étaient abaissés avec la venue de la nuit et des flocons de neige les accompagnaient. Mais ils fondirent en atteignant l'air chaud suspendu au-dessus des toits et se changèrent en pluie qui tomba sur le village des Vispis, d'abord doucement, puis avec une vigueur accrue, cognant contre les vitres comme pour demander à entrer. Mêlée à leur crépitement, une faible voix d'homme appela la Princesse par son nom.

Haramis rouvrit les yeux sur la gaieté et la joie qui l'entouraient. Elle n'entendit plus que les Vispis conviviaux et leur musique... qui résonnait étrangement, moitié à ses oreilles, moitié dans son esprit.

Quelqu'un lui tendit une coupe de cristal pleine d'un vin pétillant. Elle la vida et s'efforça de sourire.

# XXII

Le Sorcier se sentit plus amusé que fâché d'être ainsi exclu. « Amusez-vous avec vos amis les Vispis, Haramis! Mais je vous appellerai, encore et encore, et le temps viendra où vous devrez répondre. »

La précoce tempête de neige faisait toujours rage sur le mont Brom. En sécurité dans son repaire, Orogastus se mit à fouiller dans sa bibliothèque, en quête d'autres indices sur la nature des trois mystérieux talismans.

Le *Livre des Prophéties de la Péninsule* constituait sa principale source, comme toujours. Cet ouvrage nommait, sous une autre rubrique, les talismans et suggérait qu'une fois réunis, ils hâteraient l'arrivée d'un événement merveilleux. Une autre prophétie que le Sorcier connaissait depuis longtemps (et dont il avait bien entendu parlé au roi Voltrik) disait très brutalement que les Trois Pétales du Trillium Vivant « anéantiraient » le trône labornoki; mais rien dans le livre ne laissait à penser qu'il existait un lien entre les Princesses et les talismans. Mettant de côté l'antique volume, il poursuivit ses recherches dans sa grande collection d'ouvrages de référence thaumaturgiques et mystiques.

Il n'y avait rien dans les nombreux livres labornoki, et le Sorcier n'eut pas plus de chance avec le petit nombre de volumes du Var et du Raktum. Sa plus antique source, l'*Encyclopédie des Pouvoirs des Ténèbres*, un incunable qu'il avait apporté de son lointain Tuzamen, faisait une brève mention du sujet qui le mit en appétit. Sous le titre « Triple Talisman », il ne trouva que cette phrase :

« Engin très puissant qui aurait été confié aux Vispis par les Disparus en une ère que le temps a effacée des mémoires ».

Oui ! Mais qu'était-il censé *faire* ?

Il poursuivit ses investigations en feuilletant les livres qui n'étaient pas consacrés à la magie. Pour finir, dans un modeste traité sur les aborigènes, mangé par les lingits, venu de la Principauté de l'île d'Engi (pourquoi de là ?), il tomba sur une référence au « grand Triple Sceptre du Pouvoir que les Vispis, la plus ancienne race du Peuple, sauvegarderaient jusqu'à ce qu'il soit requis en temps et lieu ». La réapparition de cet objet cryptique avait été prédite par les Disparus, déclarait le livre ; ce qu'il était exactement destiné à accomplir, aucun humain ne le savait, mais il ébranlerait les fondations du monde.

« Ainsi, nous avons trois talismans et trois jeunes filles lancées sur leur piste », se dit le Sorcier en refermant le dernier livre et en se levant.

Les mains derrière le dos, il se rendit à la fenêtre de la bibliothèque et regarda le blizzard. Cette perturbation n'était pas si bizarre que cela, la mousson devant survenir dans dix jours ; l'on ne pouvait donc pas vraiment l'attribuer à la magie... surtout à ces Vispis malicieux qui étaient de si grands amis de l'archimage Binah et qui, si l'on en croyait les conteurs, pouvaient exercer un certain contrôle sur le temps. Néanmoins, cette tempête de neige soulignait l'urgence de ses prospections et la nécessité de vaincre les Princesses avant qu'il soit coincé ici, dans les montagnes, par les grandes tempêtes hivernales.

« Trois talismans jadis réunis pour former un sceptre confié aux Vispis, mais maintenant séparés et éparpillés dans le Ruwenda. Et les prétendus Trois Pétales du Trillium Vivant, c'est-à-dire les Princesses, en réunissant les talismans pourraient rendre son pouvoir au grand Trois-En-Un... »

Une indécision exaspérante rongeait l'esprit du Sorcier. Évidemment, ce qui était ici en jeu dépassait la simple survie du Labornok et de son roi : il s'agissait, en réalité, de ses vastes projets ambitieux ! Ne valait-il pas mieux laisser vivre les Princesses jusqu'à ce qu'elles aient accompli leurs quêtes, afin d'être sûr de recueillir les trois talismans ? Ou son premier instinct était-il le bon... et fallait-il empêcher à tout prix les jeunes filles de réussir, car elles seules pourraient rendre sa puissance au Trois-En-Un ?

Plus d'informations ! Il avait besoin de plus d'informations avant de prendre une décision définitive.

Orogastus pivota sur ses talons et s'avança à grands pas jusqu'à la cheminée où le feu peignit sur ses cheveux blancs des reflets sanglants. Il se raidit, les bras étendus, ferma les yeux et lança une incantation. Quand ses paupières se rouvrirent, des étoiles flamboyantes jaillirent du fond de ses pupilles et et firent pâlir les flammes.

Orogastus ordonna alors à sa Voix Verte de recueillir, dans la grande bibliothèque de la Citadelle du Ruwenda, tout ce qu'il y avait sur les talismans, le Trillium Vivant ou le Triple Sceptre des Vispis. La Voix devait enrôler les assistants les plus intelligents qu'il pouvait trouver dans l'armée labornoki.

« Mais ne parle de cela à aucun Ruwendien, l'avertit le Sorcier, et engage par de puissants serments tes collaborateurs à tenir leur langue, sous peine d'encourir le déplaisir royal.

– J'obéirai, Maître Tout-Puissant.

– Maintenant, dis-moi comment va le roi Voltrik.

– Il est en voie de guérison. Il a été très content d'apprendre que vous aviez atteint votre tour et repéré les trois Princesses dans votre miroir-de-glace. Il vous félicite, vous envoie sa royale approbation et ses bons vœux personnels, et se réjouit à l'idée que vous allez continuer à diriger avec zèle la recherche des fugitives. Le roi Voltrik a ordonné que nous le portions jusqu'à la fenêtre de sa chambre afin de pouvoir donner sa bénédiction aux deux expéditions qui s'en allaient gaiement; et ce jour-là, il a mangé son premier vrai repas.

– Bon. Et maintenant, ton rapport concernant l'occupation et la pacification.

– La Citadelle et ses environs sont très calmes. La bourgeoisie non combattante ruwendienne et les francs-tenanciers du Tertre de la Citadelle ont prêté serment d'allégeance au Labornok, encore que de mauvaise grâce. Il n'y a pas de résistance organisée contre notre domination. La plupart des nobles survivants de la partie méridionale du royaume se sont enfuis dans les marais, mais ils ne présentent pas une menace sérieuse. Les villages du Dylex qui n'ont pas brûlé sont occupés pas des garnisons, sauf les enclaves reculées de Prok et de Goyk; la récolte et la transformation des denrées alimentaires ont repris. Il y aura peut-être un peu de pénurie chez les gens du coin, durant la saison des Pluies, mais l'armée d'occupation sera bien nourrie.

– Parfait. Et l'exportation?

– Le marché de Trévista est rouvert. Le commerce des médicaments, des épices, des essences et des teintures ne représente encore que le quart de celui d'avant-guerre. Le transport du bois devra attendre que les Pluies cessent. La ville de Tass, où sont rassemblés les produits forestiers, n'a pas été touchée par les combats et ses artisans se sont rendus sans effusion de sang, mais la reprise du travail a été lente. De grandes quantités de bois de charpente et de grumes sont empilées dans les cours de fermes, à Tass et à l'extrémité septentrionale du lac, près de la Grande Chaussée. Pour restaurer le commerce, il faudrait que des caravanes repartent du Labornok, ce qui sera possible durant la saison sèche de printemps. »

Orogastus soupira. « Très bien. Je suis content de toi, ma Voix. Tu auras de mes nouvelles dans deux jours.

– A votre service, Maître Tout-Puissant. » L'image de Voix Verte s'effaça.

Orogastus laissa sa Double Vue errer brièvement vers l'ouest, où il aperçut la grande flottille du général Hamil qui remontait le fleuve vers Trévista. Le Sorcier ne se donna pas la peine de parler à sa Voix Rouge. Il serait temps de le faire quand les soldats auraient atteint l'Enfer Epineux. Il faudrait alors se voir confirmer, par une consultation du miroir-de-glace, le chemin pris par la princesse Kadiya, pour élaborer une stratégie en vue de la capturer.

Voix Bleue avait déjà signalé que, lors de leur premier jour de recherches, les forces armées du prince Antar n'avaient pas réussi à retrouver la piste de la princesse Anigel. Ce qui n'avait guère surpris Orogastus. Ses ouvrages de référence lui avait révélé la nature étrange de son moyen de transport – sûrement une innovation de l'archimage Binah elle-même. Grâce aux puissants rimoriks qui tiraient son bachot en bois, Anigel s'était sans doute mise à une bonne distance des concentrations ennemies du Tertre de la Citadelle. Maintenant qu'étaient passés les deux jours de repos requis par le miroir-de-glace, il allait pouvoir relever sa nouvelle position et peut-être en déduire la direction qu'elle avait prise pour découvrir son talisman.

Après avoir revêtu sa robe de cérémonie et s'être masqué, le Sorcier revint dans la Caverne de Glace Noire et s'adressa à la merveilleuse machine :

« Ô puissant outil des Disparus, réponds à ma requête ! »

Le gris s'éclaira lentement – si lentement ! – comme une bougie dont la mèche a été coupée trop court. La voix n'était qu'un chuchotement rauque.

« Trame de réponse... requête... »

Malédiction ! La lumière vacillait. Peut-être aurait-il dû le laisser reposer plus longtemps après cette première investigation d'assez vaste envergure. Mais il n'y pouvait rien pour l'instant. Il allait juste demander où était Anigel et ne pas s'occuper des deux autres Princesses pour le moment. Après tout, elles étaient encore inaccessibles, tandis qu'il y avait des chances pour qu'Anigel soit à la portée du prince Antar.

« Voir une personne, si les Pouvoirs des Ténèbres le permettent, entonna Orogastus. Localisation présente de cette personne sur la carte.

– Requête... validée. Nom de la personne. » La voix sinistre se renforça et le maelström du miroir glacé prit un aspect presque normal.

« Princesse Anigel du Ruwenda. » Orogastus visualisa la jeune fille, puis retint sa respiration.

« Balayage. »

L'image de la carte se forma. Elle n'était pas aussi brillante ni aussi claire que la dernière fois, mais suffisante. Anigel était sur le lac Wum, près du rivage occidental du Bourbier Vert. Elle devait aller vers la ville de Tass, au pied du lac. Il n'y avait pas d'autre direction possible. Mais quelle drôle de destination!

« Princesse Anigel du Ruwenda. Localisation : Sa cinquante et un deux. Lo vingt-deux quatre sur Grille Oma. »

Puis apparut l'image, dont les couleurs étaient ternes, mais visibles. Le bachot tiré par les rimoriks se déplaçait à une vitesse modérée au travers des épais bosquets du Bourbier Vert, sur la rive ouest du lac, où de petites sangsues arboricoles, des choses plates et gluantes grosses comme des pièces de monnaie, tourmentaient la Princesse et Immu en tombant du feuillage dans le bateau.

« Si vous trouvez ces suceurs détestables, dit Immu à la jeune fille dégoûtée, attendez un peu que nous soyons dans la forêt de Tassaleyo! ».

« Ah! s'écria Orogastus triomphalement. Maintenant, je te tiens! »

Le miroir-de-glace le réprimanda immédiatement : « Instruction erronée. Utilisez le débogage pour revoir votre programme. Interruption pour recharge. »

Il se mit à bouder et l'image mourut.

Mais l'allégresse du Sorcier était inébranlable. Il possédait le fil directeur essentiel qui allait lui permettre d'organiser la capture d'Anigel, et sa voix retentit d'une extrémité à l'autre de la caverne glaciale lorsqu'il remercia les Pouvoirs des Ténèbres.

# XXIII

L'étrange petite racine nageuse qui guidait Kadiya et Jagun ne descendit que peu de temps la Nothar, puis tourna sur la gauche pour remonter un affluent dépourvu de nom. Ils se dirigeaient maintenant vers un territoire interdit : la perfide jungle appelée l'Enfer Épineux.

Pour ne pas perdre de vue leur frêle guide, ils devaient rester à découvert. Le cours d'eau devint par moments si peu profond qu'il leur fallut marcher dans l'eau en tirant leur bachot. Puis ils retraversèrent des parties de la rivière dégagées de toute végétation où Jagun eut recours à son art et entassa, sur leur embarcation, des roseaux grossièrement coupés afin qu'elle ressemble à un enchevêtrement de végétaux flottant à la dérive.

Par deux fois, ce premier jour, Kadiya se coucha à plat ventre à côté de Jagun et regarda passer au travers de cette grossière couverture de chaume de petites bandes de Skriteks. La Princesse appuyait son poignet contre sa bouche, car son estomac se rebellait. Elle avait entendu beaucoup de choses sur les hideuses créatures qu'ils épiaient, mais rien de ce qu'elle avait imaginé n'était aussi horrible que la vision qui s'offrait à elle aujourd'hui.

La première meute était en train de chasser et il y avait des jeunes parmi eux. Ici, sur leur propre territoire, ils n'avaient pas besoin de se cacher dans l'eau, mais marchaient hardiment en quête d'une proie. Ils s'étaient séparés, certains allant prendre position sur un des nombreux monticules de décombres, tandis que les autres avançaient vers eux en tapant le sol de leurs pieds à trois doigts et en battant la végétation avec la hampe de leurs lance rudimentaire ou avec leur gourdin. Des animaux débuchaient de leur cachette, sautaient, couraient ou tentaient de s'envoler, et les Skriteks du premier groupe opéraient ainsi un bon nombre de captures. Ils n'emportaient pas leurs proies, mais les mangeaient sur place, certaines encore vivantes, en se querellant sur la répartition des morceaux. Écœurée, Kadiya déglutit la bile qui lui remontait dans la bouche. Mais elle s'obligeait à regarder. Car elle avait appris une chose de Jagun : il faut connaître les habitudes de son ennemi, ses allées et venues, sa nourriture, son sommeil, toutes ses coutumes ordinaires, les apprendre et ne pas les oublier.

Pendant qu'ils se cachaient des monstres du Bourbier, leur guide, poussé par quelque instinct, semblait surtout soucieux de sécurité, s'attardant à l'abri du chaume qui les recouvrait.

Plus tard, juste avant le coucher du soleil, ils rencontrèrent une seconde bande de Skriteks. Cette fois, ils ne criaient pas d'une voix rauque et ne frappaient pas la végétation. Ils marchaient tranquillement, suivant sans doute quelque piste que Kadiya ne pouvait pas voir dans la position où elle était. Et avec eux, il y avait un être humain! La jeune fille s'exclama tout bas, et Jagun lui donna un bon coup de coude.

C'était indiscutablement un homme qui emboîtait le pas aux Skriteks, mais ce n'était pas un prisonnier. Ses vêtements rouges étaient souillés de la boue des marais. La capuche qui lui recouvrait la tête lui descendait jusqu'à la bouche, masquant ainsi la moitié de son visage. Il portait une épée et une lance courte. Il communiquait avec ses monstrueux compagnons par une série de bruits si gutturaux que Kadiya se demanda comment il pouvait les émettre; il discutait apparemment avec eux, montrant du doigt une direction, tandis que les Noyeurs voulaient en prendre une autre. Et il l'emporta dans ce petit affrontement.

De toute l'histoire de la Péninsule, dans toutes les légendes collectées – la tradition des Nyssomus et des Uisgus, des polders et de la Citadelle – il n'y avait aucun trace d'une trêve entre les Skriteks et une autre race. Maintenant, Kadiya détenait la preuve que Jagun ne s'était pas trompé : Voltrik ou Orogastus avait engagé ces ogres à leur service. Pourtant, tout le monde connaissait bien leur réputation de traîtres. Il était brave, l'homme qui marchait avec eux, même s'il servait une cause sanguinaire. Sa confiance témoignait qu'il se sentait certainement protégé par quelque chose de plus puissant que la force des armes ou la persuasion des mots.

*Ce doit être l'une des Voix!* pensa Kadiya en frissonnant. Sa main était posée à plat contre sa poitrine, sur l'amulette. *Dissimule-nous,* supplia-t-elle sans parole. *Protège-nous!*

La princesse ne doutait guère de la nature du gibier qu'ils chassaient. Elle ignorait où étaient parties Haramis ou Anigel, mais elle, Kadiya, était ici. Cette bande de Skriteks flairant hors des sentiers en compagnie de l'un des serviteurs d'Orogastus était à sa poursuite. La Princesse s'étonnait que l'acolyte du Sorcier n'ait pas déjà perçu sa présence. Orogastus utilisait certainement une méthode de recherche qui ne reposait ni sur l'œil ni sur l'oreille. Cependant, les brutes passèrent devant eux sans que l'alarme fût donnée. Elle en croyait à peine ses yeux, mais la magie du Trillium Noir n'était pas si facilement vaincue.

Kadiya avança en se tortillant afin de regarder dans l'eau. La racine-guide reposait là, aussi tranquillement que sur une table. La Princesse sortit son amulette qui se mit à briller; sous l'eau, la lumière verte reprit vie en frémissant. Bien qu'auparavant elle ait indiqué le rivage que longeait la piste, la racine modifia sa course pour rester parallèle à la rive opposée. Jagun s'empara de la godille et Kadiya sentit l'esquif répondre.

Ils serraient la berge de près, attentifs à tout mouvement, et s'arrêtaient de temps à autre afin que Jagun puisse humer et écouter. Il ne percevait alors que le bourdonnement des insectes, le pépiement des nicheurs de boue, les bruits diurnes normaux.

Le peu de confiance qu'ils avaient eu s'était brutalement dissipée. Ils arrivèrent à l'extrémité d'une large voie d'eau barrée par ce qui semblait être un îlot très surélevé. La racine-guide pointait droit sur ce lieu sinistre. A quelques pieds au-dessus d'eux, des squelettes d'arbre enchevêtrés, noirs et pourrissants, supportaient un réseau de plantes grimpantes. Le sol était couvert de boules végétales distendues d'un bleu rougeâtre.

Jagun montra la plus proche du doigt. « Ce sont des tueurs qui se nourrissent de cette immonde terreau. Fille de Roi, évitez-les comme s'il s'agissait de couteaux empoisonnés. »

Un silence absolu régnait sur ce territoire qui ne pouvait ou ne voulait entretenir d'autre forme de vie que le Mal. Pourtant, la racine n'avait pas changé de direction. C'était là qu'ils devaient accoster.

Une odeur putride les enveloppa, donnant des haut-le-cœur à Kadiya. Celle-ci aurait pu se passer du geste d'avertissement de Jagun. Quelque chose bougea parmi les arbres morts, elle entendit un bruissement... et une femelle skritek apparut.

Elle se traînait, appuyée sur un bâton, et chancelait sur ses jambes. Son corps n'était ni luisant ni mince. Sa peau verte était boursouflée, son ventre saillait tant que son corps en était déséquilibré. Elle s'accrocha à la branche tordue d'un arbre mort qui s'effrita sous ses griffes, et tomba à genoux. Malgré ses efforts, elle ne put se remettre debout et rampa jusqu'à un arbre un peu plus solide dont elle se servit pour se redresser.

Son corps se tordit. Un cri discordant jaillit de sa bouche grande ouverte. Sortant de ce ventre énorme apparut une chose blanche qui se tortilla pour s'en libérer, puis tomba sur le sol et s'éloigna. Elle fut suivie par une seconde, une troisième, et Kadiya compta dix grasses larves blanchâtres, à peu près grosses comme la tête d'un bébé humain.

La mère s'effondra contre l'arbre qu'elle embrassait et les jeunes, qui s'étaient éloignés en quête de quelque chose, revinrent s'agglutiner sur celle qui leur avait donné naissance. Pour se nourrir, c'était clair.

Jagun rampa à son tour jusqu'à la jeune fille. « Les larves de Skriteks sont voraces. » Sa voix n'était qu'un souffle. « Et cette mère n'avait malheureusement pas de viande à sa disposition pour apaiser sa progéniture. »

Déjà deux ou trois de ces répugnantes créatures avaient abandonné la carcasse de la Skritek. Elles n'avaient pas de vraies têtes, mais dressaient l'extrémité antérieure de leur corps qui se balançait dans l'air. Brusquement, elles se tournèrent vers le bachot. Et se mirent à onduler en direction de l'eau.

Jagun réagit rapidement. Sa sarbacane était prête et le premier trait s'enfonça avec un bruit mat dans le corps de la larve de tête. Il fut suivi par un second qui abattit aussi aisément sa compagne. Toutes deux frappèrent le sol de la partie antérieure de leur corps, puis demeurèrent immobiles.

Jagun attira son sac à lui et en sortit un tissu replié, aussi finement tissé et aussi transparent qu'un voile du festival. Il le coupa en deux et en tendit la moitié à Kadiya en lui faisant signe de suivre son exemple; il entortilla l'étoffe autour de sa tête pour en recouvrir ses yeux, son nez et sa bouche. Il s'assura que le nœud que la jeune fille avait fait pour attacher son masque improvisé était bien serré.

D'autres larves de Skriteks se tournaient vers le bachot, leur extrémité antérieure levée comme pour suivre l'odeur de leur proie. Cette fois, Jagun ne tira pas sur elles, mais visa les bulbes d'un bleu rougeâtre qui les entouraient. Le premier que sa fléchette atteignit explosa comme si une force avait été emprisonnée sous son écorce. Un nuage de poussière bleue en jaillit, bientôt rejoint par d'autres, si bien que la traînée de spores devint aussi épaisse qu'un brouillard. Jagun avait repoussé le bachot au milieu du courant et l'y maintint jusqu'à ce que le nuage se morcelle en fines volutes et se dépose sur le sol. A l'endroit où s'étaient tenues les larves de Skritek, ne restaient plus que de gros tas de gelée gluante qui s'enfonçaient lentement dans la terre.

Kadiya plongea le bras dans l'eau et s'empara de la tige du Trillium. Qui lutta dans sa main, lui échappa et s'envola comme si la jeune fille l'avait lancée. Impossible de nier le fait qu'elle reposait maintenant sur ce rivage moucheté de malveillance, non loin du cadavre de la mère skritek, et pointait vers l'intérieur de l'île. La Princesse regarda Jagun. Il haussa les épaules.

Il dit, la voix assourdie par le masque qu'il portait encore : « C'est l'Enfer Épineux, Loinvoyante. Il semble que nous n'ayons pas le choix; il faut y pénétrer. »

C'était l'évidence même. Atermoyer ne servait à rien, Kadiya ne pouvait quitter le chemin que la magie de l'Archimage avait choisi pour elle. Elle se hissa avec raideur sur le rivage. La racine de trillium glissait sur le sol, mais fit un large détour pour éviter les boules empoisonnées.

« Qu'est-ce qui nous attend ? » demanda Kadiya en chargeant sur son épaule le deuxième sac.

Jagun secoua la tête. « C'est un pays inconnu, Fille de Roi. Si la fortune nous sourit, nous pourrons rejoindre le territoire des Uisgus. »

Elle contourna soigneusement l'une des balles jaunes, en veillant à ne pas regarder l'arbre où reposaient les os à demi rongés de la mère skritek.

« La fortune ? » La Princesse émit un petit rire amer. « On ne peut pas miser longtemps sur sa bonne volonté. »

Ils arrivèrent à un canal tapissé d'herbes folles et recouvert d'écume verte. Un arbre mort était tombé en travers et des empreintes, dans la boue, montraient qu'il servait de pont. Kadiya se pencha pour ramasser la racine de trillium, de peur qu'elle ne glisse dans le cours d'eau et se ne perde. Elle demeura raide et droite dans sa main. De son extrémité jaillissait quelque chose qui ressemblait à une minuscule flamme noire; il n'y avait pas de brise, mais elle indiquait toujours l'endroit où ils devaient se rendre : une jungle d'impressionnantes fougères épineuses qui mesuraient deux hauteurs d'homme.

Ils marchèrent durant des heures. Pour finir, Jagun dit : « Arrêtons-nous ici pour la nuit. »

L'endroit où la racine-guide les avait amenés était un peu surélevé par rapport au reste du terrain. On n'y voyait ni fougères épineuses, ni boules empoisonnées. Une herbe rêche, coupante comme une épée, recouvrait ce monticule irrégulier. Bien qu'ils n'aient vu que très peu de ruines depuis qu'ils avaient quitté Noth, il était évident qu'une espèce intelligente, et non la nature, l'avait édifié. En s'accrochant à un petit buisson pour se hisser, Kadiya arracha une motte de racines et de terre. Et dévoila ainsi quelque chose qui ressemblait à une pierre guillochée. Ce n'était pas le granit noir, matériau de construction des ruines qu'elle connaissait, mais un minéral bien plus lisse, si uni qu'elle se demanda comment l'arbuste avait pu y prendre racine. Les rayons du soleil couchant lui prêtaient un étrange éclat.

Elle attira dessus l'attention de Jagun. « Qu'est-ce que c'est ? » Peut-être la racine-guide les avait-elle conduits jusqu'à un artefact dont elle ne pouvait deviner ni la signification ni l'usage. Comme elle ôtait plus de terre pour le découvrir, il s'avéra que cette ruine n'était pas faite de pierre. La surface était lisse sous ses doigts boueux.

Jagin examina sa découverte puis se hâta de détourner les yeux. « Cela appartenait aux Disparus. » Il traça un signe en l'air et regarda avec une vive attention la racine de trillium que tenait Kadiya. Sa flamme noire, qui avait indiqué leur route, resta oblique un moment ; puis elle se redressa et s'enflamma d'un halo vert.

Brusquement, Kadiya sentit s'alléger le douloureux fardeau du doute qu'elle portait depuis si longtemps. Elle se hissa au sommet du monticule et se retrouva perchée sur le bord d'une espèce de cuvette géante. Ses parois descendaient en pente abrupte et des glissements de terrain apparemment fréquents, causés par les intempéries, avaient débarrassé du gazon et des détritus de larges parties de cette mystérieuse matière qui, aussi loin qu'elle pouvait voir, n'était ni rouillée ni érodée.

Kadiya, frappée de stupeur, éclata soudain de rire.

« Chasseur, ce pays nous réserve beaucoup de surprises. Peut-être qu'après tout la fortune nous sourit, car je sens que... » Elle ouvrit tout grands les bras et aspira une grande bouffée d'air. Son cœur était plus léger et elle s'en réjouissait. Ici, les ténèbres et les terreurs qui l'avaient oppressée semblaient amoindries et lointaines. Elle ne sentait plus la fatigue du voyage, mais une excitation montait en elle ; Kadiya commençait à croire que ce qui les attendait, quoi que ce soit, voudrait bien œuvrer pour elle.

# XXIV

Le prince Antar se lança à la poursuite de la princesse Anigel avec un corps expéditionnaire de vingt chevaliers et soixante soldats, sans compter la Voix Bleue du Sorcier qui l'informerait de la position de la jeune fille en entrant en contact avec son maître. Les hommes du Labornok quittèrent la Citadelle dans trois larges bateaux plats équipés de bachots auxiliaires. Le Prince donna l'ordre de ne pas emporter les fronials des chevaliers, ce qui arracha de grands cris de récrimination à Lord Rinutar, à Lord Karon et à leurs amis; pourtant ils furent incapables de dire où et comment ils espéraient chevaucher ces coursiers dans le Bourbier Dédaléen dépourvu de sentier. Trois équipages de rameurs par bateau se succédaient et redoublaient d'efforts, aussi les grandes embarcations volèrent-elles littéralement sur les eaux calmes du cours inférieur de la Mutar et du lac Wum.

Après la seconde vision triomphale d'Orogastus, l'expédition s'augmenta du Maître Marchand Edzar qui avait autant l'habitude de traiter avec les Wyvilos fournisseurs de bois de la forêt de Tassaleyo qu'avec les Nyssomus de Trévista. Par l'intermédiaire de la Voix Bleue, Edzar avait conféré avec le Sorcier et proposé un plan qu'il déclarait à toute épreuve.

Les Labornoki approchaient rapidement de la ville de Tass, seul établissement humain important sur le lac. Ce centre ruwendien du commerce du bois était une agglomération plutôt minable de quais, d'entrepôts et de bicoques, sur une île entourée par des barrages flottants formant de grands enclos où l'on gardait les grumes. Le Maître Marchand Edzar expliqua aux chevaliers qu'on transportait celles-ci jusqu'aux chantiers situés à l'extrémité supérieure du lac, sous forme de radeaux qui naviguaient à la saison des Pluies, quand les vents étaient favorables. Les bois de charpente les plus prisés et les espars écorcés étaient chargés à bord de bateaux plats et transbordés à n'importe quel moment de l'année jusqu'aux chantiers septentrionaux, d'où ils partaient par tombereaux, durant les saisons sèches, via la route des Marchands.

Le voyage, ainsi que les conférences de l'affable Marchand assommaient les hommes du Prince, installés sur le pont avant du vaisseau amiral, sous l'auvent qui les protégeait du soleil ardent; n'ayant rien d'autre à faire que de boire et regarder défiler le paysage, ils avaient hâte de reprendre la traque.

La première tentative, effectuée dans le Bourbier Dédaléen, près du Tertre de la Citadelle et de la Grande Chaussée, avait été un fiasco. Ces hommes étaient des chevaliers et non des marins, et ils ne savaient pas conduire un ratissage sur l'eau. Vingt bachots auxiliaires, portant chacun un chevalier, trois hommes d'armes et trois rameurs, avaient tourné en rond dans le Bourbier sous les ordres de leurs capitaines inexpérimentés. De plus, ceux-ci s'étaient chamaillés pour savoir qui se posterait le plus près ou le plus loin, qui emprunterait les canaux dégagés ou ceux dont les fourrés étaient infestés de vers d'eau venimeux, de vermines piqueuses et de voraces milingals.

On avait perdu plusieurs heures à quadriller le même territoire facile en ignorant d'autres endroits, jusqu'à ce que le patron du vaisseau amiral suggère avec tact au prince Antar qu'il vaudrait mieux que ce soit les nautoniers, et non les chevaliers, qui dirigent les bateaux, et qu'il faudrait offrir une grosse récompense à l'équipage qui serait le premier à repérer la Princesse. Des investigations plus efficaces furent alors entamées, qui malheureusement n'aboutirent à rien. Le Prince ne parut pas du tout affecté par cet échec.

Maintenant que l'expédition approchait d'un terrain de chasse bien plus prometteur, Antar s'énervait et devenait morose, si bien que ce malotru de Rinutar chuchota à quelques-uns de ses intimes que le Prince n'avait pas l'air de souscrire de bon cœur à leur quête. Lord Penapat, homme carré et loyal, entendit par hasard ces remarques, s'en offusqua et menaça de lui casser la tête.

Une échauffourée malséante ne fut évitée que grâce à l'intervention personnelle d'Antar qui restaura l'ordre avec l'aide de son maréchal, Lord Owanon. Le Prince renonça à sa retraite solitaire, à la proue du vaisseau amiral, où personne n'osait le déranger, et demeura avec ses gens jusqu'à ce qu'ils soient à quai.

Alors Antar invita le Maître Marchand à ressortir ses cartes et à récapituler son plan devant tous les chevaliers, afin que personne ne puisse commettre de méprise quand ils débarqueraient. Edzar portait toujours son tabard vert brodé d'or, mais il avait changé sa robe orange pour une pourpre et son chapeau végétal pour un autre, aux bords encore plus larges, fait de longues aiguilles de conifère tressées et orné de fleurs de cerisier.

« Comme vous voyez, mes Seigneurs, commença-t-il, trois grandes rivières, dont la Mutar inférieure, alimentent le lac Wum. Mais une seule en ressort, la Grande Mutar qui coule dans la forêt de Tassaleyo, et c'est le seul chemin de traverse de cette affreuse jungle. Si le tout-puissant Orogastus a bien interprété sa vision, la princesse Anigel se dirige vers cette forêt et, pour y pénétrer, elle doit passer par là. »

Du doigt, il indiqua le déversoir méridional du lac Wum qui sur la carte était marqué CHUTES DU TASS.

Voix Bleue, dégingandé et sombre, se glissa alors au premier rang. D'ordinaire, il ne quittait pas la cabine du capitaine, car il craignait autant le soleil qu'une limace; mais leur arrivée prochaine à la ville de Tass l'avait fait monter sur le pont.

« Valeureux Maître Marchand, le miroir-de-glace de mon tout-puissant Maître ne fait pas que voir, il entend aussi. La détection à distance ne dure qu'une minute, mais lors de sa seconde vision, mon Maître a clairement entendu la servante de la princesse Anigel parler de leur imminente entrée dans la forêt de Tassaleyo. »

Le Prince regarda la carte en fronçant les sourcils. « Si nous la manquons aux chutes, il faudra la poursuivre sur la Grande Mutar. Il nous reste moins de deux semaines avant la saison des Pluies... et nom de Zoto, qu'allons-nous utiliser là comme embarcation ?

– Il serait possible de descendre nos propres bachots via l'élévateur de grumes, dit Edzar. Cependant, les Wyvilos ont des petits bateaux bien plus rapides amarrés au bas des chutes. Normalement, les humains ne s'y embarquent jamais. Je veux dire, les Ruwendiens. Mais s'il s'avère nécessaire de poursuivre la Princesse sur la Grande Mutar, nous pourrions... euh... essayer de convaincre les Wyvilos de nous transporter. »

Lord Rinutar ricana méchamment. « Comment pourraient-ils refuser d'aider de gentils garçons comme nous ? »

Il venait d'aiguiser son épée qu'il releva pour la pointer sur le nez bulbeux du Maître Marchand. Edzar bredouilla et les chevaliers éclatèrent de rire.

« S'ils rechignaient à nous aider, je suis habilité à utiliser une certaine magie sur les Insolites de la forêt, dit Voix Bleue. Entre mon genre de persuasion et celui de Lord Rinutar, nous ne devrions pas éprouver de grandes difficultés à obtenir un moyen de transport supplémentaire, au cas où cela deviendrait indispensable... Bien sûr, si le plan de Maître Edzar réussit, nous nous emparerons de la princesse Anigel ici, au niveau des chutes. »

Lord Owanon, jeune homme au visage intelligent et plein d'humour qui était non seulement le commandant en second du prince Antar, mais aussi son ami intime, leva le doigt et dit : « Écoutez ! Est-ce cette cascade que j'entends ?

– Oui, Monseigneur, répondit le négociant. Les chutes de Tass sont infranchissables en bateau. Elles font plus de soixante ells de haut et vomissent un grand volume d'eau, même durant la saison sèche. A leur pied, la Grande Mutar, large et lente, entame son voyage vers la mer. Les bûcherons wyvilos n'ont aucune peine à la remonter jusqu'aux chutes. C'est un spectacle curieux que de voir ces étranges non-humains juchés sur une flottille d'énormes et longues grumes flottantes qu'ils propulsent à la perche en chantant leurs motets barbares.

– Et sans doute en concoctant quelques manières ingénieuses de débiter en tranches le foie des prochains humains, bien malchanceux, qu'ils rencontreront », dit Lord Karon d'une voix traînante. La plupart des autres chevaliers rirent d'un air résolu.

« Non, non, mes Seigneurs, protesta Edzar. Malgré leur apparence terrifiante, les Wyvilos sont... heu... relativement civilisés. Vous confondez avec leurs cousins les Glismaks qui vivent plus au sud. Ce sont eux qui ont des tendances au cannibalisme...

– Pierres de Zoto ! s'exclama quelqu'un. Il nous faudra combattre des mangeurs d'hommes ?

– Tu peux garder nos manteaux, Stolafat, si cette idée te gèle les boyaux, railla Rinutar.

– Cela suffit, intervint le prince Antar. Maître Edzar, développez-nous de nouveau ce plan prétendu imparable que vous avez préparé. » Puis, à ses hommes : « Faites attention et cessez de vous quereller ! »

Edzar brandit la carte et la redéploya en faisant signe à tous de se rapprocher. « Regardez. La ville de Tass est sur cette île, près de la rive orientale du lac. A l'est, le chenal est complètement obstrué par des radeaux de grumes. A l'ouest, il y en a moins, car là se dressent les rochers appelés les Crocs de Munjuno, entre lesquels les courants rapides coulent avant d'arriver au bord de la cascade. La rive occidentale du lac est à cet endroit constituée de rochers à pic et complètement inabordable ; la rive opposée n'offre qu'une jungle épaisse, uniquement traversée par le glissoir qui va du grand élévateur de grumes, situé sur le bord du précipice, à la crique faisant face à la ville de Tass, où le bois est mis à l'eau. C'est sur la route orientale que nous devons dresser notre embuscade. »

Edzar montra d'abord la carte, puis le rivage oriental, en face de leur quai, par-delà le grand labyrinthe de bois flottant. Le Prince et ses hommes virent là beaucoup de chariots rudimentaires, aux roues plus grandes qu'un homme, parqués à l'entrée du glissoir ; mais aucun homme, aucun animal de trait n'était visible et le rivage semblait désert.

« La guerre a mis fin au commerce de Tass, expliqua Edzar. Les ouvriers ruwendiens, qui composent normalement le personnel de la scierie située sous les chutes du grand élévateur et du glissoir, ne sont pas encore retournés au travail. Lord Zontil, l'un des aides du général Hamil en qui celui-ci a toute confiance, a été chargé d'établir une garnison ici. Il espère avoir la situation bien en main vers la fin des Pluies. Toutes les grumes que vous voyez en ce moment dans l'eau seront alors envoyées à l'extrémité septentrionale du lac. Et à la saison sèche de printemps, la production de bois sera redevenue normale.

– Marchand, cessez de nous ennuyer avec vos petites histoires de commerce ! » Lord Rinutar, impatienté, donna un coup de poing sur la carte. « Est-ce que vous nous garantissez que la fugitive ne peut pas gagner la forêt de Tassaleyo par une autre route que ce... ce glissoir ? »

Edzar se redressa, blessé dans sa dignité. « Bien sûr. Ce rebord escarpé du plateau ruwendien est impossible à escalader. En un temps infiniment reculé, les Insolites ont creusé un chemin dans la falaise, à l'est des chutes. Le grand élévateur de grumes et, à ses pieds, la scierie alimentée par l'eau de la chute, furent construits par les premiers habitants humains du Ruwenda qui utilisèrent les fondations laissées par les Disparus. Il n'y a pas d'autre voie du lac Wum à la Grande Mutar que l'élévateur et le sentier. La Princesse doit prendre le glissoir pour atteindre l'un ou l'autre. »

Les trois bachots de l'expédition avaient maintenant accosté le dock principal de la ville de Tass qui, lui aussi, semblait dénué d'activité. Des soldats labornoki bien armés montaient la garde tout le long du quai tandis que des Ruwendiens, l'air triste, maniaient les cordages et mettaient en place les passerelles de débarquement. Un noble labornoki revêtu d'une armure ouvragée, assisté de plusieurs officiers, attendait avec impatience que les manœuvres d'amarrage soient terminées pour accueillir le Prince.

Mais Antar, penché sur la carte, donnait ses instructions. « Voilà comment nous allons nous déployer. Nous diviserons nos forces en trois compagnies – Owanon mènera la première, Dodabilik la seconde et Rinutar la troisième – postées l'une en bas du glissoir, la seconde à mi-chemin, là où aboutit le sentier, et la dernière au sommet de l'élévateur de grumes.

– Vous n'avez pas l'intention de vous mettre à la tête d'une compagnie, mon Prince ? » Le ton de Lord Rinutar était empreint d'un peu de malice.

« Non, répliqua froidement Antar. Voix Bleue et moi, nous nous installerons dans une position stratégique pour coordonner les actions. L'assistant du Sorcier est doué de Double Vue sur de courtes distances. Penapat, dont le pied n'est pas encore guéri de la morsure d'un ver d'eau, restera avec nous pour s'occuper des signaleurs et des messagers qui transmettront mes ordres. Nous devons absolument faire tout (le regard du Prince croisa celui, fuyant, de Voix Bleue) pour que la princesse Anigel ne nous glisse plus entre les doigts. »

Au troisième jour de leur séjour sur le lac Wum, peu après midi, le bruit des chutes de Tass, dont le bord se perdait dans une brume étincelante, grondait comme un coup tonnerre au loin. Anigel et Immu ne s'étaient approchées de l'île de Tass qu'avec d'infinies précautions; elles avaient dissimulé leur embarcation sous un arbre pleureur qui poussait dans une crevasse du grand à-pic de la rive occidentale.

Tout autour de leur cachette, d'immenses rochers s'élevaient de l'eau. Entre eux et l'île, située à moins de deux cents ells, les cinq Crocs pointus du Munjuno marquaient le point de non-retour, au-dessus des chutes. Un petit bateau pouvait affronter le courant, au nord des rochers, et atteindre sain et sauf les radeaux de grumes et la rive opposée; mais s'il tentait de passer au sud des Crocs, il serait entraîné par des eaux plus rapides jusque dans la cataracte.

« Il faut attendre la tombée de la nuit, dit Immu en préparant un frugal déjeuner, puis traverser en amont des Crocs. Il y a une route, là-bas, qui court sur moins d'une demi-lieue. Nous la suivrons jusqu'à un sentier abrupt qui descend vers la scierie ruwendienne, au pied des chutes, et là, nous volerons un autre bateau.

– Mais les rimoriks...! s'écria Anigel.

– Mais mais mais! Nous libérerons les bonnes créatures qui retourneront dans leurs eaux natales. Est-ce que vous pensiez les garder comme animaux favoris? »

Anigel baissa la tête. « Non. »

Immu lui tapota l'épaule. « Peu importe. La Grande Mutar n'est guère profonde, sauf en son milieu. Nous pourrons fabriquer un radeau et la descendre à la perche, si nécessaire... et au moins, une de vos grandes peurs restera derrière nous. Les troupes du Labornok ne penseront jamais à nous chercher dans le Tassaleyo. Avec de la chance, les Wyvilos respecteront votre amulette du Trillium comme les Uisgus et vous aideront dans votre quête. »

Anigel, qui mastiquait quelques racines séchées, leva les yeux. « Tu crois? J'ai entendu dire qu'ils étaient très hostiles à l'humanité et effroyables à contempler.

– Vous n'inviteriez pas au grand bal de la Citadelle ces membres du Peuple, concéda Immu. Certains Nyssomus disent qu'il y a une éternité, certains d'entre nous ont été enlevés par les Skriteks qui les ont obligés à frayer avec eux, et de ces unions seraient nés à la fois les Wyvilos et leur voisins, plus primitifs, les Glismaks.

– A quoi ressemblent-ils ? interrogea Anigel en se léchant les doigts.
– Je n'en ai jamais vu, mais on dit qu'ils combinent des traits skriteks à ceux des Nyssomus ou des Uisgus.
– Pouah !
– Quel que soit leur aspect, poursuivit Immu d'un ton réprobateur, les Wyvilos sont des sujets de la Dame Blanche qui révèrent le Trillium Noir, aussi pouvons-nous espérer qu'ils nous recevront avec bonté.
– Ces Glismaks... ils sont hostiles aux humains ? »
Immu soupira. « Comme ces monstres du Bourbier Dédaléen que sont les Skriteks, les Glismaks détestent tout le monde, sauf eux. Il faut prier pour que votre talisman...
– Regarde ! s'écria Anigel en désignant quelque chose, de l'autre côté de l'eau. Oh, regarde ! Toute une flottille de bachots vient de surgir, de l'autre côté de l'île... *et le premier porte le pavillon du Labornok* ! »
Immu se protégea les yeux de la main pour mieux voir dans cette lumière éblouissante. Il n'y avait pas un souffle de vent et il faisait très chaud. « Vous en êtes sûre ?
– Oh, oui. Le miton aiguise tous les sens. » Elle recula, blêmissant de terreur. « C'est une expédition de recherche qui se dirige vers le rivage oriental.
– Par la Fleur ! gronda Immu. Ils nous coupent le chemin. Si seulement nous étions arrivées plus tôt.
– Il ne faut pas qu'ils s'emparent de moi ! Il n'y a pas d'autre moyen de descendre ? »
Immu fit la grimace tout en réfléchissant. « Descendre descendre descendre. Je ne connais qu'un seul chemin. » Mais alors son expression changea et elle saisit la jeune fille par l'épaule de sa petite main griffue, tandis que de l'autre elle montrait l'eau, près du bateau. « Mais eux, ils en connaissent peut-être un autre.
– Les rimoriks ? chuchota Anigel.
– Essayez. »
La Princesse se pencha sur le plat-bord. Les traits des harnais que portaient les créatures aquatiques avaient été considérablement allongés pour voyager sur le lac, et l'eau ici était profonde.
« Mes amis. J'ai une chose très importante à vous demander. »
D'abord, une seule forme sombre apparut, puis une autre. Les deux têtes luisantes tachetées de vert se dressèrent hors de l'eau presque sans provoquer de rides, et les animaux découvrirent leurs crocs ; Anigel avait autrefois trouvé cette mimique féroce, mais elle savait maintenant que c'était leur manière de sourire.
*Amie humaine, pose ta question.*

« Savez-vous où nous sommes ? »

*Certainement. Au bord de la Grande Chute d'Eau Blanche. As-tu d'autres questions à poser ?*

« Y a-t-il un moyen de descendre ? Dans la Grande Mutar ? »

*Oui. Il y a un chemin de la Grande Eau Plate à l'Eau qui Coule à la Mer.*

« Immu ! cria la Princesse. Ils disent qu'il y a un chemin !

– Demandez-leur s'ils peuvent nous y conduire. » La voix d'Immu était tendue, cassante.

« Vous pouvez nous y conduire dans le bachot ? »

*Si tu le souhaites.*

« Il y a des humains méchants sur d'autres bateaux de l'autre côté de l'île. Pouvez-vous nous emmener sans qu'ils nous attrapent ? »

*Oh, oui. Vous voulez partir tout de suite ? Si oui, il faut partager le miton.*

« Ils disent que oui ! s'exclama Anigel rayonnante de joie. Ils voudraient savoir si nous voulons partir tout de suite ! Oh, c'est merveilleux. Qu'est-ce que je leur dis, Immu ? »

Les grands yeux jaunes de l'Insolite clignèrent lentement. Ses yeux étaient fixés sur l'humaine qu'elle aimait ; elle considérait cette peau délicate aujourd'hui hâlée par le soleil et piquée par les insectes, ces cheveux qu'elle comparait au soleil devenus de la paille embroussaillée, ces yeux bleus autrefois débordants de peur, maintenant brillants d'impatience...

« Ma douce enfant, bien sûr qu'il faut leur dire de nous emmener. » Ayant parlé, Immu se mit calmement à ranger la nourriture, puis elle attacha avec des cordes leurs deux sacs à l'un des bancs de nage du bachot.

Anigel avait sorti la gourde de miton de la sacoche accrochée à sa ceinture. Elle but la première, puis partagea le liquide avec les rimoriks. « Maintenant, nous sommes prêts. Installe-toi, Immu. »

La Princesse retourna au banc du conducteur, à l'avant du bachot, et prit les rênes, enroulant les lanières de cuir autour de ses mains calleuses pour assurer sa prise. Son esprit cria : « *Allez, mes amis* ! »

Les deux puissantes bêtes s'immergèrent d'un seul coup de leurs nageoires griffues, tirèrent le long bateau étroit de sa cachette et le lancèrent à découvert sur le lac. Traçant une longue courbe, nageant avec une force prodigieuse, ils se dirigèrent vers le sud... tout droit entre les Crocs de Munjuno, vers le bord de l'immense chute d'eau.

Penché sur le garde-fou de pierre, le prince Antar regardait ses chevaliers et les hommes d'armes débarquer des bachots et se disperser le long du glissoir. Voix Bleue et lui, ainsi que le boitillant Lord Penapat, avaient pris position dans le bâtiment le plus haut de la ville de Tass, un phare d'environ quinze ells de haut, du côté ouest de la petite île.

Le Prince et le chevalier ne portaient qu'une tunique et des cothurnes, à cause de la chaleur, et, appuyés sur le parapet extérieur du phare, inspectaient la scène; Voix Bleue, non seulement revêtu de sa robe, mais encore encapuchonné, était assis sur un tabouret près de la grande lampe allumée, et surveillait grâce à sa Double Vue le déploiement des forces sur le rivage.

« Je n'aimerais pas vivre ici, dit Penapat.

– Pourquoi, Peni ? » Antar contemplait d'un air absent les toits d'où s'élevaient quelques rares volutes de fumée. Lord Zontil lui avait dit que la plupart des habitants, sauf les flotteurs de bois, quittaient la ville de Tass durant la saison des Pluies. La guerre n'avait fait qu'avancer cet exode.

« C'est trop bruyant, déclara le gros homme. La chute d'eau. Cela me fait mal aux dents.

– Aux dents...

– Vous ne le sentez pas? Un son si profond n'est même plus un bruit. Il sort de la roche et fait trembler tout le phare ainsi que mon corps, et cela me fait mal aux dents. »

Antar commença à rire... puis s'arrêta soudain, en apercevant quelque chose sur l'eau. « Mon Dieu! murmura-t-il. Peni, jette un coup d'œil là-bas. Tu vois ce que je vois?

– Un petit bateau », affirma Penapat. L'expression du gros homme était légèrement moqueuse. « Il ne dépassera pas les rochers. Le marchand dit qu'il y a là-bas un fort courant qui vous emporterait par-dessus les chutes.

– Bleue! rugit le Prince. Venez ici, vite! »

Voix Bleue se leva visiblement à contrecœur, pour être traîné sans cérémonie jusqu'au garde-fou du phare par Antar qui montra du doigt le bachot errant.

« Ce bateau? Qui est dedans? » demanda Antar.

Voix Bleue fit la moue. « Vous m'avez tiré de ma transe, Prince. C'est une chose terriblement dangereuse à faire... »

La main d'Antar, qui était très fort, resserra sa prise sur le biceps décharné vêtu de bleu. « Le bateau, espèce de worram! Vite! »

Les orbites du clairvoyant devinrent soudain noires et vides. Ses lèvres minces tremblèrent. « Monseigneur... je... *je ne peux pas voir qui est dedans.*

– Anigel! s'écria le Prince. C'est la Princesse. »

Le bachot qui se déplaçait à une vitesse étonnante avait largement dépassé les Crocs. Il y avait dedans deux petites silhouettes, l'une se tenait toute droite à l'avant, l'autre se pelotonnait au milieu. Une légère brise s'était levée, balayant la vapeur d'eau qui dissimulait le rebord de la cataracte. Du phare, on distinguait maintenant une ligne presque droite, d'un bleu-noir, bordée de blanc. Au-delà, c'était le ciel vide et, plus loin, des arbres ensevelis dans la brume.

Antar crut voir, précédant le bateau, deux formes sombres qui se cambrèrent dans l'écume de l'arête. La proue du mince vaisseau resta un moment suspendue dans l'air léger, la poupe encore soutenue par l'eau, avant de s'incliner et de glisser hors de vue.

# XXV

Le lammergeier survolait infatigablement les pics et les champs de glace des Ohogan, si haut qu'Haramis avait du mal à respirer dans cet air clair et raréfié. Elle sentit le sommeil la gagner peu après avoir quitté Movis et se blottit avec satisfaction dans l'épais plumage, bien à l'abri entre les ailes du l'oiseau géant, puis elle s'endormit.

Elle ne s'aperçut donc pas qu'ils passaient au-dessus du mont Rotolo, ni qu'ils approchaient lentement de l'imposant mont Gidris enseveli dans une couche de nuages. Le lammergeier bravait les vents violents, heure après heure, mais au crépuscule, il n'avait toujours pas atteint son but.

Haramis s'éveilla lorsqu'il entama sa descente au sein d'une chute de neige fort drue. Comme les Vispis le lui avaient enseigné, elle évoqua l'image bien nette du visage blanc et noir surmonté d'une crête, aux yeux luisants comme du jais poli et au grand bec bordé de dents pointues. Puis elle l'appela mentalement par son nom : *Hiluro!*

*Je t'écoute, Haramis.*

Elle entendit sa réponse dans une zone de son esprit que Magira lui avait patiemment appris à utiliser. Pour Haramis, cet apprentissage de la parole sans mots avait été une étrange expérience; ses premières tentatives s'étaient soldées par un échec total. Puis, presque par hasard, elle avait réussi à parler mentalement à Magira. Après plusieurs succès semi-accidentels, elle avait compris ce qu'elle faisait et le processus était devenu simple et presque automatique. Il suffisait d'ouvrir cette partie de son esprit après avoir évoqué mentalement la personne désirée. Magira l'avait alors présentée au lammergeier qui deviendrait à la fois sa monture et son compagnon dans l'étape suivante de sa quête.

A l'appel de Magira, le grand oiseau était descendu en vol plané et s'était posé sur le toit d'ardoise. Son envergure faisait toute la largeur de la maison et ses gigantesques pattes aux serres noires auraient pu saisir un homme en armure aussi aisément qu'un chanteur-de-nuit s'empare d'un vart des bois. Mais malgré son attitude féroce, l'oiseau colossal avait accueilli Magira avec une affection chaleureuse.

*Je vais vous révéler maintenant un des grands secrets du Peuple de la montagne*, avait dit Magira à la Princesse tout en caressant la tête penchée de l'oiseau. *Vous savez que nous avons été faits pour des terres entourées de glace et de neige... mais ces grandes bêtes aussi. Quand les Disparus ont refaçonné la chair abominable de la Réserve de la Fondation pour créer le Premier Peuple, ils ont formé en même temps les voors, que vous les humains appelez lammergeiers, à partir d'une sorte inférieure d'oiseau. Le Peuple et les voors sont donc nés ensemble car les Disparus savaient que nous, les Vispis, aurions besoin d'aide pour nous déplacer sur un monde enclos dans la glace. Nos villes sont peu nombreuses et éloignées les unes des autres, mais grâce à nos amis volants, nous voyageons en sécurité sur de longues distances. Comme vous allez le faire, en accomplissant votre quête...*

Le lammergeier atterrit avec assurance en dépit des rafales de neige, et picota de son grand bec la paroi blanche et gelée de l'escarpement dont la neige craqua, révélant une ouverture obscure.

« Est-ce là qu'est caché mon Cercle Tri-Ailé ? » demanda Haramis.

*Non. C'est un abri pour la nuit. Nous avons tous deux besoin de nourriture et de repos, et tu seras en sécurité ici pendant que je chasse. Je reviens bientôt.* Hiluro se lança de nouveau dans le ciel.

Haramis sortit de son corsage l'amulette du Trillium Noir. Elle rayonnait comme une lanterne tandis que la Princesse enjambait des morceaux de glace pour pénétrer dans la caverne.

C'était un endroit immense, presque entièrement sec bien que le vent y apportât à sa suite quelques rafales de neige. Par terre, plusieurs blocs d'une pierre noire, largement veinée de quartz blanc mêlé à un autre minerai, réfléchirent la lueur chaude de l'amulette. Haramis comprit qu'il s'agissait d'un filon d'or.

La Princesse posa son sac et erra pendant un certain temps à la lumière de son amulette, découvrant partout des affleurements d'or et parfois de grosses pépites tombées sur le sol.

Mais c'est au fond de la caverne qu'elle fit sa découverte la plus intéressante.

Dans une alcôve grossièrement taillée, la lumière dorée de l'amulette dansa sur quelque chose de sombre et de brillant, et quand elle s'approcha, elle découvrit un mur de glace noire parfaitement lisse dans laquelle elle se vit, tenant l'amulette rutilante.

Un miroir-de-glace...

N'était-ce pas quelque chose comme cela que, disait-on, le sorcier Orogastus utilisait pour voir au loin ?

Elle posa la question à son image dans le miroir noir, une grande et belle jeune femme au visage pâle, encadré de cheveux noirs que la fourrure blanche du capuchon de sa mante entourait d'un halo. Les yeux d'Haramis ne pouvaient se détacher de l'amulette qui rayonnait sur sa gorge.

Elle regarda fixement sa lueur dorée et il lui sembla que sa vision se brouillait ; son image fit place à celle de quelqu'un d'autre : un homme, revêtu d'étranges robes et couronné d'un armet qui ressemblait à une grande étoile d'argent. Il lui sourit et tendit la main, offrant de lui révéler ses secrets, de partager avec elle ses connaissances, sa magie...

*Haramis!*

« Orogastus », chuchota-t-elle, pétrifiée de l'avoir soudain reconnu. Il paraissait capable de l'atteindre, au travers du miroir de glace noire...

*Haramis!*

L'appel mental était non humain, familier, insistant.

*Hiluro ?*

*Haramis, reviens. Immédiatement!*

Elle vit de nouveau son visage reflété dans la couche de glace. Gelée jusqu'au fond des os, elle pivota sur ses talons et retourna, en toute hâte, rassurer Hiluro dont l'appel mental résonnait encore dans sa tête, chassant toutes les autres pensées.

# XXVI

Jagun n'essaya pas d'allumer un feu. Il restait les bras ballants. Il avait l'attitude de celui qui parvient, au bout d'un sentier, devant un mur qu'il est impossible d'escalader. Kadiya le considérait avec inquiétude. Elle n'avait jamais vu Jagun se comporter ainsi.

Elle allait lui demander ce qu'il avait quand, brusquement, s'aidant de ses griffes, il se hissa jusqu'à elle, au sommet de cette dépression en forme de bol. Lentement, il s'engagea sur le large bord, mais sans regarder le chemin que suivaient ses pieds; la tête dressée, il se tournait lentement à gauche et à droite, et son corps tendu exprimait le besoin d'entendre, de voir, de comprendre. Quand après avoir fait le tour, il revint à son point de départ, elle l'interrogea :

« Jagun, qu'est-ce qu'il y a? »

Elle crut qu'il n'allait pas répondre. Puis l'Insolite leva la tête pour lui faire carrément face.

« Des choses cachées, Loinvoyante, il y en a pour tous. Ce pays m'est aussi inconnu qu'à vous. Mais je pense que nous sommes arrivés dans une contrée encore plus étrange.

– Y a-t-il un danger quelconque?

– Je ne sais pas. » Il prit son sac et fouilla rapidement dedans, sortant de la nourriture... quelques galettes et deux petits poissons fumés, si secs qu'ils se brisèrent quand il y toucha. De nouveau Kadiya se posa des questions sur l'absence de feu, mais la prudence l'empêcha d'en parler. La nuit, dans ce pays envahi par les eaux, était plutôt humide, mais elle n'avait pas trop froid. C'était comme si la cuvette avait gardé un peu de la chaleur du soleil.

Tout le poids du jour retomba sur ses épaules. Bien que le souvenir des larves et des boules empoisonnées continuât de voltiger au sein de cette brusque marée de fatigue, elle n'eut pas la force de proposer un tour de veille. L'impression de sécurité qui l'avait enveloppée quand elle s'était hissée là ressemblait à un chaud vêtement, prometteur d'un sommeil sans peur.

Dormait-elle ou était-elle éveillée? Elle n'aurait pu le jurer sans mentir. Tandis que la nuit s'épaississait et que des volutes de brume flottaient d'un bord à l'autre de la cuvette, au-dessus de leurs têtes, elle s'étendit calmement.

Elle avait placé leur racine-guide près de sa tête, le bout coupé de la tige enfoncé dans un petit monticule de terre. Aucune flamme ne sortait plus de son extrémité noire. Cependant, elle n'était pas complètement éteinte. Kadiya aperçut d'abord un chatoiement, visible seulement du coin de l'œil. Si elle tournait rapidement les yeux vers la racine, la lueur disparaissait, ou semblait s'éloigner assez pour ne laisser qu'une suggestion de sa présence.

Cela continua ainsi un moment. Puis les chatoiements se stabilisèrent. Ils s'allongèrent en minces colonnes, au moins aussi grandes que Jagun, où tournoyaient de faibles couleurs, si pâles qu'on distinguait à peine une nuance d'une autre.

Elles se tinrent tout d'abord immobiles, formant peut-être un motif que Kadiya ne pouvait pas discerner; puis elles ondulèrent et flottèrent librement. La Princesse ne comprenait pas pourquoi les colonnes bougeaient ainsi, mais elle savait qu'elles tissaient une structure complexe dont Jagun et elle constituaient le cœur. Pourtant, elle n'éprouvait aucune peur. Pour finir, les colonnes se fondirent en un brouillard qui s'en alla flotter lentement sur la pente opposée de la cuvette.

La brume se mit à luire et, dedans, Kadiya vit une belle cité... celle dont elle avait rêvé avant de gagner Noth! Il lui semblait aussi qu'elle avait autrefois connu cette ville, qu'elle y avait rencontré le bonheur; elle ne désirait plus qu'une seule chose, partir à sa recherche.

Quelque part s'éleva un chant, une musique différente de celle qu'un barde ruwendien tirait de sa harpe, éveillant en Kadiya un autre désir. Puis la vision disparut.

La jeune fille se redressa, soudain glacée, et ses mains se portèrent à son amulette. Cette sensation d'être gardée et réconfortée avait disparu. Elle eut soudain une vision mentale précise de la terre malsaine qu'ils venaient de traverser... et s'aperçut que l'aube se levait.

On s'agitait près d'elle. Jagun était prêt à reprendre la piste et lui faisait signe; son visage avait toujours la même expression morne. Kadiya se leva, prit la racine, mit son sac à l'épaule et se prépara une fois de plus à partir. Les deux voyageurs étudièrent les pentes du grand monticule qui renfermaient la cuvette. La brume des marais tourbillonnait de tous côtés et il n'y avait aucun signe d'un soleil levant, capable de l'évaporer. Dans la main de Kadiya, la racine de trillium revint à la vie, échappa aisément à ses doigts et se mit à descendre le long de la pente opposée à celle qu'ils avaient gravie hier.

« En route. » La voix de Jagun était aussi dépourvue d'expression que son visage et il ne parla pas de manger... mais montra du doigt les grandes fougères épineuses et les horreurs bulbeuses qui avaient pris racine entre elles. Ils avancèrent péniblement, ralentis par les zigzags qu'ils devaient faire pour éviter les balles empoisonnées.

Au bout d'un moment, ils atteignirent un espace dégagé, recouvert d'une écume jaune et pelucheuse où il n'y avait plus d'arbres, seulement une série de colonnes rudimentaires, presque des tours d'argile en miniature, menant à quelque chose qui ressemblait à un champ nivelé et déblayé. Mais Jagun l'avertit que c'était un bourbier mouvant. Un seul faux pas et il vous avalait à jamais.

Jagun fouilla dans son sac de chasseur et en sortit un paquet. Libéré de ses liens, il livra quatre disques ovales. Une fois leurs attaches défaites, ils s'ouvrirent, s'épaissirent dans l'air humide et devinrent des feuilles en forme de bateau, recourbées sur les bords. Les chasseurs appelaient cela des glisseurs.

La Princesse les avait déjà utilisés, toujours avec circonspection et seulement en compagnie de Jagun. Assise sur un affleurement rond, elle se hâta d'attacher les lanières autour de ses chevilles. Elle tapa des pieds pour s'assurer que celles-ci étaient bien serrées avant de s'engager prudemment derrière Jagun, attentive à suivre parfaitement ses traces. La racine-guide avait déjà filé en avant sur ce sol plein de traîtrises. Kadiya se rendit compte qu'il était élastique; leur allure était maintenant rapide. Les colonnes grumeleuses, plus grandes qu'elle, les encadraient toujours.

Le brouillard tourbillonnant s'épaississait tant que le bord de l'Enfer Epineux d'où ils étaient partis ne lui apparaissait que par moments, et encore très vaguement. Même les colonnes trapues s'effaçaient parfois. Au bout d'un moment, elle sentit le sol devenir plus ferme, plus sûr. Un grand voile de brume resta suspendu, comme s'il s'était pris dans quelque chose, puis se libéra et s'éloigna à la dérive.

Kadiya aperçut la dernière colonne. Seulement, ce n'en était plus une. De gros morceaux de boue, aussi durs que de la terre cuite, s'en étaient détachés et ce qui se dressait là était indubitablement une silhouette... et pas du tout monstrueuse.

Cela ne représentait pas un Insolite. Ses proportions étaient aussi humaines que les siennes, bien que la statue fût masculine. Sauf un armet en forme de couronne et trois écharpes ou ceintures, elle ne portait aucun vêtement. Les écharpes se croisaient en bandoulière sur la poitrine et finissaient attachées à une large ceinture. Le corps lui-même, couleur ivoire, brillait comme s'il avait été poli. Écharpes et ceinture étaient couvertes de petites paillettes, ou écailles, vertes, dorées, bleues, allant dans chaque couleur de la nuance la plus claire à la plus foncée.

Mais ce qui attirait et retenait le regard, c'était ce que l'image tenait dans ses mains tendues.

Kadiya avait vu beaucoup de sauvagerie ces derniers jours. Mais la tête coupée était si étrangère au sentiment qu'éveillait le reste de la statue qu'elle alarma la jeune fille et l'écœura. Car ce n'était pas celle d'un Skritek ou d'un Insolite. Bien que le crâne fût totalement dépourvu de cheveux et anormalement bombé, cette tête aurait pu appartenir à un homme de son espèce!

Elle recula un peu, pour mieux voir le visage de la statue, espérant y découvrir une expression aussi féroce que celle arborée par les Labornoki quand ils s'adonnaient à des horreurs, dans la Citadelle.

Mais les traits ombragés par l'armet étaient calmes, pleins de force et de sérénité. Cette image constituait peut-être un sinistre avertissement ou bien un monument à quelque victoire; mais plus Kadiya considérait ce regard – il contemplait quelque chose sur sa droite, la tête légèrement tournée –, plus elle était sûre d'avoir devant elle une antique justice, une leçon destinée à tous les temps.

Les yeux n'étaient pas simplement taillés dans la pierre. On y avait inséré des pierres noires et, dans chacune, comme au cœur de la fleur d'un Trillium Noir, brillait une minuscule pépite d'or.

« Un sindona! » Jagun fit un petit saut en arrière. « C'est la Voie Interdite! » Son visage exprimait une crainte révérencielle dont l'effroi n'était pas absent.

Kadiya ne quittait pas la statue des yeux. « Qui est-ce? »

Jagun ne lui répondit pas. Il se pencha et ramassa l'un des morceaux de boue cuite qui avaient visiblement été arrachés à la statue.

« Il n'y a pas longtemps que cela a été fait. Mais... non, pas par les Skriteks. Ils n'auraient pas osé poser leurs griffes dessus! Alors, par qui?

– Je t'en prie, que représente cette statue? » Kadiya avait élevé la voix.

Jagun cligna des yeux. « L'une des Sentinelles des Disparus... ceux qui commandaient le ciel et la terre... » Il ne termina pas sa phrase, mais saisit Kadiya par le bras.

« Voyez! »

La racine du Trillium reposait non loin d'eux sur un morceau de boue durcie. Sa petite flamme embrasée pointait, non dans la direction qu'ils avaient prise, mais dans celle que fixait la statue.

Jagun piqua le manche de sa lance dans la gadoue jaune. Celui-ci pénétra sur un doigt de profondeur, puis rencontra une résistance, bien que la surface ne différât en rien du marécage qu'ils avaient parcouru, avec tant de précautions. Kadiya regardait le chasseur avancer en plongeant l'extrémité de sa lance devant lui. La racine oscillait d'avant en arrière, comme si elle voulait prendre le chemin qu'empruntait Jagun, mais hésitait à abandonner Kadiya derrière elle.

La magie... encore la magie! Sa vieille impatience s'enflamma. Mais jusque-là le guide ne les avait pas trahis. Malgré un mouvement intérieur de recul, la Princesse suivit le chasseur à grands pas dans cette nouvelle direction. Les glisseurs de feuille ne s'enfonçaient qu'un peu sous son poids et la racine s'élança en avant comme un chien dont on vient de défaire la laisse.

Enfin, le marais jaune laissa voir, ici et là, ce qui avait dû être, autrefois, une chaussée. Ils traversèrent le dernier lambeau de brume pour arriver dans un endroit couvert d'une pelouse rude, mais propre, telle qu'on en voyait dans les polders du Nord-Est. D'autres plantes poussaient là en désordre et lorsque Kadiya ramassa la racine du Trillium, elle se fit douloureusement égratigner par des épines.

Son dos et ses jambes lui faisaient mal, car elle s'était inconsciemment crispée pendant le passage du marais. Elle trébucha deux fois puis tomba à genoux. Jagun vint aussitôt à elle, la gourde à la main. Kadiya avala l'eau à grandes goulées et s'affaissa parmi les touffes d'herbe. En moins d'une minute, elle s'endormit.

La lumière du soleil sur ses paupières l'éveilla et, perplexe, elle considéra le ciel. Elle avait rêvé qu'elle était dans sa chambre, dans la tour des dames de la Citadelle. Mais il n'y avait pas de plafond sculpté au-dessus d'elle. Elle se redressa et son dos raide lui arracha un gémissement.

Des arbres entouraient la pelouse où elle reposait. Leurs troncs lisses étaient d'un vert bronze et leurs feuilles bleuâtres, vertes sur les bords, bruissaient sous les tiraillements de la brise. Elle ne vit pas Jagun, mais son sac était là. Un oiseau-blatblat, perché sur la tige arquée d'un roncier, picorait une baie rouge vif. Il ne s'envola pas lorsque Kadiya se mit debout et s'étira. La racine du Trillium était plantée près de l'endroit où avait reposé sa tête et elle frémissait.

« La... la... la... »

La jeune fille reconnut tout de suite l'origine de ce son. Les Nyssomus n'élevaient jamais la voix et ne proféraient pas de jurons, mais ils chantonnaient parfois lorsqu'ils étaient contents. Jagun contourna un gros mûrier sauvage, portant une liane à laquelle pendaient des fruits ovales, écarlates, si mûrs qu'ils semblaient sur le point d'éclater.

Kadiya avala le premier fruit presque sans le mâcher et en mangea un second avant de pouvoir poser sa question.

« Où sommes-nous ? »

Jagun épluchait soigneusement une autre partie de son butin, un grand morceau de canne à sucre. Il haussa les épaules pour montrer qu'il l'ignorait. La jeune fille avait tellement l'habitude de s'en remettre à sa connaissance du Bourbier qu'elle ne parvenait pas à croire qu'ils étaient perdus. Il mâchonna une bouchée, puis recracha la moelle dont il avait sucé le jus sucré.

« Nous sommes bien au-delà de tous les sentiers que je connais, Loinvoyante. Je sais seulement qu'il y a de la pierre là-dessous. » Il frappa le gazon de l'extrémité de la canne. « Et c'est cela (il montra d'un signe de tête la racine-guide) qui nous a amenés ici.

– Encore des ruines. »

Mettant de côté son morceau de canne à sucre, Jagun se servit soigneusement de son couteau pour soulever une motte de gazon. En dessous, il y avait en effet une surface pierreuse tachée de noir. « Une route. Voilà ce que c'est. » Il fit un geste en avant, désignant une trouée dans les arbres.

« Une route faite par les sindonas ? »

Jagun détourna les yeux pour regarder le trou qu'il avait creusé, l'air d'avoir commis une erreur.

Il parla d'une voix hésitante, avec des pauses entre les mots, comme s'il ne livrait qu'à contrecœur l'information. « Les Disparus – et avec eux, leurs sentinelles, les sindonas – régnèrent autrefois sur l'eau et sur les îles. Nous avons été créés par eux, façonnés par leurs esprits et leurs mains. Les Pouvoirs des Ténèbres survinrent et il y eut des morts dans le pays. Mais avant de partir, les Anciens nous ont appelés et nous ont dit que nous étions libres. Ils ont seulement exigé de nous certains serments... »

Jagun regarda le couteau qu'il tournait et retournait entre ses mains.

« Les sindonas restèrent pour veiller sur ce qu'avaient laissé les Disparus. Il y avait des choses... et des connaissances qu'ils ne pouvaient emporter avec eux, et qu'ils étaient incapables de détruire. Cette route... (il désigna du geste les rangées de sentinelles couvertes d'argile) mène à l'un de ces lieux gardés par eux. »

Il laissa retomber dans le trou la touffe d'herbe qu'il avait arrachée. « Fille de Roi, votre père avait des Compagnons Jurés qui l'ont servi jusqu'à la mort. Nous, les membres du Peuple, avons fait acte d'allégeance ailleurs, mais nos serments nous lient tout autant. Pourtant, Loinvoyante, j'ai maintenant brisé ce vœu ! Là-bas, entre ces arbres, commence la Voie Interdite. La nuit dernière, j'ai lancé le Grand Appel. Il n'y a pas eu de réponse. Je n'ai pas pu joindre un seul éclaireur du Peuple. Nous allons devoir franchir la barrière établie pour ceux de ma race. Celle-ci va partir (de la pointe de son couteau, il montra la racine) et il faut la suivre. Je ne sais pas si je pourrai vous accompagner. J'ai cru que nous allions chez les Uisgus, mais nous voilà ici. Et quelqu'un a débarrassé le capitaine des Sentinelles de sa gangue de boue séchée... Lamarik, celui que les Skriteks eux-mêmes n'osent pas affronter... Non, je n'ai pas eu de réponse à mon appel. Mais là-bas (de nouveau il agita l'acier dénudé, et même sous les faibles rayons du soleil, celui-ci lança un éclair de mauvais augure), il y a un feu dans la nuit. Passé ces arbres, le long de la Voie Interdite. »

Kadiya était ahurie. « J'ai dormi... »

Pour la première fois, Jagun parut moins sinistre. « Loin-voyante, vous avez dormi une partie du jour et toute la nuit suivante. Nous sommes au lendemain de notre arrivée ici. »

Elle parut mécontente. « Tu aurais dû me réveiller.

– Non. Je ne sais pas ce qui nous attend, sauf que ce peut être le plus grand péril que nous ayons à braver. Tout chasseur préférerait s'exposer aux Skriteks plutôt que de s'engager sur la Voie Interdite. Vous aurez besoin de toute la force de votre corps et de votre esprit pour affronter l'avenir, aussi je vous ai laissée dormir.

– Ce feu que tu as vu... »

Jagun prit un air lugubre. « Les feux de nos clans sont petits. Celui que j'ai vu était grand. Pour l'alimenter, il faut de nombreuses mains.

– Les hommes de Voltrik?

– Si ce sont eux qui nous attendent, c'est cela qui nous mène à eux. » Il désigna la racine. Tous deux continuèrent à marcher en silence, mais il était clair que Jagun devenait de plus en plus inquiet.

Kadiya aussi était déconcertée. Elle avait presque envie de briser le petit guide en deux. Seulement, elle ne pouvait pas le détruire. Elle était prise au piège de la magie de l'Archimage, de sa quête du talisman, le mystérieux Œil Ardent Trilobé, et ne pouvait leur résister.

Brusquement, Jagun poussa un grand cri et tendit la main vers son sac. Il en sortit un brassard doré incrusté de pierres rouges. Kadiya n'avait vu cet objet que deux fois : la première, lorsque Jagun avait atteint la Citadelle, solennellement accueilli par son père; puis au festival de chants de son peuple où il portait quelque chose de similaire au bras. Il avait dû obtenir l'objet sacré au village nyssomu.

Il le retournait maintenant entre ses mains et gémissait tandis que ses doigts en caressaient la surface unie. Puis il le saisit fermement; les muscles tendus de ses épaules trahissaient l'effort qu'il faisait, son visage était un masque d'épouvante.

Le brassard se brisa. Jagun lança les morceaux loin de lui. Un gazouillis sinistre sortit de ses lèvres. Cela aussi elle l'avait entendu, quand un membre du clan de Jagun mourait et qu'on emportait le corps sur un radeau, vers l'endroit secret de son enterrement.

« Jagun ? » se risqua-t-elle à dire.

Le visage de l'Insolite se raidit.

Elle n'avait jamais vu une telle froideur sur ses traits.

« Jagun est mort, dit-il d'une voix blanche. Celui-ci n'a plus de nom. Je suis un parjure, un paria de la Famille, qui ne peux plus Parler et auquel personne ne Parlera jamais. Nous allons briser le silence interdit. La Dame de Noth a le droit de nous arracher la vie.

– Alors que nous suivons son guide ? » s'indigna Kadiya avec feu. La tenait-il pour responsable, elle qui n'avait rien fait ? L'amulette s'échauffa contre son sein. « Moi, je continue ! » cria-t-elle. Mais une seconde plus tard, elle trébucha et ne retrouva son équilibre qu'avec peine. La sensation qui l'envahit lui était tellement étrangère qu'elle essaya de crier et s'aperçut qu'elle ne pouvait pas émettre un son. Une terreur effroyable s'empara d'elle, secouant tout son corps.

*Peur de quoi ?* se demanda-t-elle. Elle s'accrocha à un arbuste pour se retenir de tomber. Comme toujours, la peur éveilla la colère en elle.

Dague dégainée, elle pivota sur ses talons. Jagun était couché sur le gazon qui couvrait l'ancienne chaussée. Ses doigts minces labouraient faiblement sa poitrine et il haletait, le souffle court.

« Jagun ! » Kadiya s'agenouilla près de lui. La bouche de l'Insolite s'ouvrit et un filet de salive suinta d'une de ses commissures.

« Reculons ! » Il n'avait plus qu'un souffle de voix. Il appuya frénétiquement les bras sur le sol et lutta pour se redresser. « Faites-moi... reculer ! »

Kadiya remit son poignard au fourreau et prit l'Insolite par les épaules. Mobilisant toutes ses forces, elle le tira dans l'herbe sur cinquante ells, loin de l'ancienne voie que la racine-guide la pressait de suivre.

Celle-ci s'arrêta sans cesser d'osciller, comme pour lui faire signe d'aller de l'avant. La peur s'était évanouie à la façon d'une porte qui se referme. La Princesse s'empara de son amulette qui irradiait toujours couleur et chaleur, mais d'une manière qui n'avait plus rien de menaçant. Au contraire, elle semblait l'encourager.

Le vent se leva entre les arbres. Jagun toussa et se mit sur son séant.

« Une barrière..., dit le chasseur d'une voix rauque. Je ne peux pas emprunter cette Voie. » Sa tête retomba sur sa poitrine. Son visage était dépourvu d'expression. Il affrontait quelque chose qu'il était incapable de combattre et se retrouvait totalement désarmé.

« Loinvoyante... » Il y avait de la douleur dans sa voix. « C'est interdit... Vous seule pouvez continuer. Mais je vous jure que s'il existe un chemin que je puisse prendre pour vous rejoindre, je le découvrirai!

– Je... » Maintenant, c'était elle qui n'arrivait plus à parler. « Jagun... fais bien attention à toi. »

L'Insolite leva la main, en un geste de réconfort et d'encouragement. Puis il lui tourna le dos et s'éloigna en rampant; au bout d'un moment, il se remit sur ses pieds et lui adressa un signe d'adieu. Elle devinait qu'il lui faudrait parcourir un vaste territoire pour savoir s'il y avait un autre chemin que celui qui les séparait maintenant.

Quelque chose bougea dans l'herbe. La racine avançait et reculait, comme exaspérée, l'invitant à repartir.

Elle chargea sur son épaule le sac de Jagun et à pas lents, de mauvaise grâce, elle suivit sa racine-guide sous les arbres. Le vent qui lui soufflait maintenant au visage lui apporta une bouffée nauséabonde, une puanteur qui n'était ni celle d'un Skritek ni celle des marais. Deux fois, elle se retourna dans le vain espoir d'apercevoir Jagun.

Cependant, il y avait quelque chose devant elle, une faible lueur au pied de l'un des arbres. Elle se pencha pour ramasser une flèche, bien façonnée, dont la hampe et l'empennage avaient la couleur du sang séché. Elle avait déjà vu cela, oui... et durant le siège, aidé à ramasser toutes celles qui n'avaient pas atteint leur cible ou ne s'étaient pas fracassées contre les murailles, afin de réapprovisionner les archers de la Citadelle. Cette flèche n'appartenait pas aux habitants du marais, mais aux envahisseurs! Comment était-elle arrivée là? Et pourquoi reposait-elle ainsi sur le sol... comme si elle aussi était un guide?

Elle fut sur le point de la jeter loin d'elle, puis réfléchit plus clairement. Elle la remit en place, la pointe dirigée dans la direction opposée.

Comment les Labornoki avaient-ils pu franchir la barrière qui avait failli tuer Jagun? Son amulette constituait sans doute, pour elle, une sorte de clef, mais les hommes d'Hamil, que portaient-ils en dehors de l'acier qu'ils avaient déjà si vilainement ensanglanté? Était-ce encore un effet de la magie noire d'Orogastus?

Après quelques pas, elle tomba sur une empreinte de botte dans une parcelle humide. Et plus loin... Kadiya refoula une montée de bile dans sa gorge en voyant un Skritek mort, couché sur le côté, comme si l'on avait écarté le corps du chemin d'un coup de pied. Il ne portait aucune blessure visible et il n'y avait pas de flaque de sang.

Elle se détourna et continua sa route en comptant ses pas tout bas, essayant de toutes ses forces de rester attentive à tout ce que l'entourait. Puis, une autre odeur délétère pollua l'air. Elle regarda sur sa droite. Un Insolite, qu'à sa fourrure épaisse elle reconnut pour un Uisgu, était attaché à un arbre. Cette fois, la cause de sa mort était évidente, et celle-ci n'avait pas été rapide.

Non loin de la première victime uisgu, le sol était remué et l'odeur du feu plus forte. On avait arraché des buissons et piétiné le gazon. Elle trouva là un autre Uisgu torturé. Elle ne pouvait se résoudre à l'examiner de près, mais entendant un petit cri, elle se força à avancer. Une main tordue tenta de se lever; dans le visage défiguré, un œil la fixait.

Une fois de plus, Kadiya fit appel à sa colère pour tenir.

« Qui a fait... cela ? » Elle hésitait... comment soulager de si terribles blessures ? Elle n'avait rien...

La main bougea. Cette bouche déchirée ne pouvait sans doute plus former de mots. Le Uisgu fit un plus grand effort et désigna, d'un petit mouvement de main, le poignard de la Princesse.

Kadiya comprit enfin ce que l'Insolite lui demandait de faire. Les battements de son cœur s'accélérèrent. Les armes l'avaient toujours fascinée et, une fois ou deux, elle avait réussi à pousser le Maître d'Armes à ferrailler avec elle. Jagun lui avait aussi enseigné quelques tours de couteau pratiqués par les Insolites... mais *ça*, elle n'y était pas préparée.

Une fois de plus, le faible cri, le petit geste...

Kadiya serra les lèvres et prit le manche de sa dague à deux mains. Des mots lui vinrent à l'esprit, des paroles que Jagun avait prononcées en découvrant un fronial égaré qu'il n'avait pu libérer d'une vise carnivore.

« Franchis le seuil en paix... » Elle abaissa sa lame et la sentit prénétrer dans la chair vivante. Puis elle déglutit plusieurs fois de suite.

La jeune fille se remit sur ses pieds en chancelant, prise du désir d'être loin, et libre. Pourtant, en baissant les yeux, elle vit que la racine-guide glissait toujours dans la même direction. Elle savait qu'elle était en danger et ne pouvait guère s'y préparer plus que la garnison de la Citadelle lorsque les envahisseurs avaient fondu sur elle.

Elle s'aperçut que la brume s'amassait entre les arbres, lançant de temps à autre un lambeau hors de la forêt. La racine avançait toujours. Kadiya fut très surprise de voir son extrémité embrasée de vert se soulever, puis pivoter vers la gauche, désignant un espace entre deux arbres, les plus grands qu'elle ait jamais vus.

Elle entendit un faible sifflement aigu. Instinctivement, elle sauta sur le côté tandis que quelque chose frappait le tronc de l'arbre, juste en face d'elle. Une spirale de fumée, épaisse et huileuse, s'éleva et la Princesse se jeta à plat ventre et rampa, en dépit de la douleur, sous un grand roncier.

De nouveau l'appel sifflé retentit, suivi par ce qui pouvait être une réponse étouffée. Le sac de Jagun s'était accroché à une branche et la maintenait face contre terre. Elle lutta avec frénésie pour se libérer. Une bouffée de fumée lui souffla au visage, elle suffoqua et toussa, sans que cela la soulage. Cette toux venue du fond de ses poumons la sauva. Elle réussit à se libérer des ronces et déboula dans ce qui semblait être un trou sombre. Sa main, lancée en avant, s'érafla contre la pierre, pas contre une écorce ou des branches.

Comme le cri de chasse s'élevait pour la troisième fois derrière elle, Kadiya s'avança à plat ventre dans l'obscurité. Prise de panique, la pensée lui vint qu'elle s'introduisait peut-être dans un piège, cependant elle continua à ramper.

Elle s'attendait à tout moment à ce que ses poursuivants la rattrapent, la saisissent par les chevilles et la tirent hors de ce trou comme on arrache, d'une main experte, un sucbri de sa coquille. Pourtant, elle réussit à se déplacer jusqu'à ce que ses mains étendues ne rencontrent plus que le vide et plongea dans l'inconnu...

De l'eau se referma sur elle, mais aussi de la lumière. Car ce n'était pas le liquide trouble, turbide, des mares du Bourbier. L'eau était claire comme le cristal, sauf à proximité de son corps où tourbillonnaient la terre et la boue qu'elle avait recueillies en se traînant sur le sol. Bien que le sac de Jagun l'attirât au fond, elle refusa de s'en débarrasser. Elle donna un coup de pied et lutta pour remonter à la surface. Puis elle aperçut une lueur verte; elle n'avait pas perdu son guide! La racine nageait à côté d'elle.

Cette mare était entourée d'un rebord de pierre qu'elle gravit en se démenant avec force éclaboussures. Elle fit quelques pas à quatre pattes sur un dallage de mosaïque bleu métallique. Il n'y avait pas d'herbes aquatiques, rien ne souillait cette eau limpide. Devant elle s'élevait une volée de marches flanquée de deux rangées de statues.

La Princesse se remit sur ses pieds. Ce qui la frappa d'abord, ce fut le silence absolu qui régnait en ce lieu. Dès qu'elle fut sortie de l'eau et eut cessé de patauger, la surface de la mare redevint lisse et calme.

Kadiya se risqua à contempler l'escalier. Il n'y avait pas la moindre végétation... rien que les statues alignées, que Jagun avait nommées sindonas. La lumière qui ruisselait dans cet endroit tirait à l'ornementation des silhouettes immobiles un scintillement qui faisait mal aux yeux. Ils étaient tous vêtus de la même façon bien que certains ne soient pas des mâles. Et imprégnés d'une telle vie qu'elle n'aurait pas été surprise de les voir se déplacer et parler... peut-être refuser son intrusion, peut-être lui souhaiter la bienvenue.

Elle baissa les yeux sur son corps plein de contusions et d'égratignures, sur les vêtements nyssomus en loques qui n'avaient pas résisté à sa lutte avec les ronces. Curieusement, elle se sentait ragaillardie, plus forte. Elle avait envie d'explorer cet endroit, dont aucune légende, aucun conte de voyageur, n'avait jamais parlé.

En haut des marches, Kadiya s'arrêta devant l'une des statues. Elle était plus grande qu'elle... peut-être de la taille de la race qui l'avait modelée. La jeune fille étudia le visage, à l'ombre du heaume.

« Qui êtes-vous ? » Sa question lui parut incongrue, trop exigeante pour ce lieu de silence et de beauté. Et comment s'attendre à une réponse de la part de cette sentinelle silencieuse ?

Bien sûr, il ne pouvait pas y en avoir. Cependant, elle entendit un son bizarre, comme si l'on tirait doucement un rideau. Puis résonna un bruit cristallin, semblable à un tintement de clochettes. Des oiseaux gazouillèrent et une brise embaumée la purifia de l'horreur suffocante qui l'avait poussée à se cacher.

Elle regarda au loin. Il y avait un autre escalier encore plus large, mais sans gardiens de pierre, qui menait à un parc si vaste que personne, né dans les marécages qui encerclaient le Ruwenda, n'aurait pu en imaginer de pareil. Une végétation luxuriante et paradoxale s'y déployait. Des fruits mûrs d'espèces inconnues avoisinaient les fleurs mêmes dont ils étaient nés. Au-dessus régnait un ciel azuré. Ce jardin paraissait si enchanté, enveloppé d'une telle magie que Kadiya n'osait pas s'y aventurer. Sur la dernière marche du second escalier reposait la racine-guide dont le halo vert étincelait comme si sa pointe avait été taillée dans une émeraude.

Kadiya cligna des yeux une fois, deux fois. Elle n'était plus seule.

L'être qui traversait le jardin pour l'accueillir appartenait clairement au peuple des statues, même si l'armet et les ceinturons militaires avaient fait place à une robe vaporeuse.

Une femme...? Kadiya ne pouvait l'affirmer. Mais elle savait que c'était quelqu'un auquel même l'Archimage devait obéissance. La princesse Kadiya tomba à genoux.

« Fille du Triple, qu'a fait ton peuple pour que l'équilibre du monde soit ainsi ébranlé ? Pour que la mort et la douleur aient pénétré jusque dans ce... dans la dernière retraite ? »

Kadiya ne parvenait pas à croire qu'on l'accusait vraiment... cet être voulait seulement la vérité. Lentement, Kadiya se leva.

« D'abord (elle s'efforçait de prêter à ses paroles la même aisance que celles de l'autre), je suis la fille du roi Krain du Ruwenda. Les Labornoki, sous l'autorité de Voltrik, ont dévasté mon pays en se servant de la traîtrise et de la force des armes et, par-dessus tout, des talents d'un méchant sorcier. Avec l'aide de Jagun, un chasseur nyssomu, je me suis enfuie de la Citadelle au moment de sa prise. Puis je suis allée voir l'Archimage qui règne à Noth et elle m'a donné cela. » Elle ramassa la racine et la tendit. « Elle m'a aussi chargée d'une tâche sacrée... la recherche d'un certain talisman. Une prédiction annonce que seule une femme de notre Maison peut faire que justice soit rendue au Ruwenda.

L'Archimage a dit que, mes sœurs et moi, étions les Pétales du Trillium Vivant. Nous sommes trois... bien que je ne sois pas certaine que les autres vivent encore. Et cette racine de trillium m'a guidée jusqu'ici.

– L'Archimage de Noth... De longues années se sont écoulées depuis qu'elle a envoyé quelqu'un ici, au Lieu du Savoir. Mais si elle le fait, c'est qu'il y a des ombres dehors. D'après les anciennes coutumes, la vie doit être ainsi... » L'étrangère allongea une main à l'horizontale et mit l'autre en dessous, à la verticale. « Traiter avec les Pouvoirs des Ténèbres détruit l'équilibre. C'est déjà arrivé une fois; une formidable bataille a eu lieu et le pays a été déchiré. La terre a fait place à l'eau, l'eau est devenue terre, et la Glace conquérante a déposé son linceul sur les deux.

– Comment les hommes de sang ont-ils découvert la route qui mène à ce lieu et franchi la barrière qui retient le Nyssomu? demanda Kadiya.

– Fille de Roi, une fois que la plus petite ouverture est pratiquée dans un mur, elle peut s'agrandir jusqu'à le transformer en un amas de pierres. Ce sorcier que vous appelez votre ennemi a atteint un niveau élevé d'initiation et beaucoup appris. Il a accordé à ses disciples une protection qui a opéré comme une clef afin d'ouvrir nos anciennes portes. Fille de Roi (la femme montra du doigt la racine que Kadiya tenait toujours à la main), votre voyage vous a conduite ici. Si l'archimage de Noth vous a choisie, alors vous allez vraiment participer au combat. Que vous soyez seule ou non, cela aussi dépendra de vos actes.

– Je ne suis pas en sécurité, ici, dans le Lieu du Savoir?

– Pas contre ce qui est venu... car n'ai-je pas été appelée à cause de la menace des Pouvoirs des Ténèbres? (Elle pencha la tête comme si elle écoutait.) Bon! Ils n'ont pas autant de pouvoir qu'ils le pensent. La voie secrète qui vous a conduite ici est fermée et ils devront maintenant explorer à l'aveuglette, en compagnie de leurs Skriteks. L'ancienne protection tient tout de même.

– Que veulent-ils découvrir?

– Ce qu'ils considèrent comme un trésor, Fille de Roi. Mais ce n'est pas ce que désirent les Labornoki et les Skriteks qui motive leur maître. Il veut une chose interdite et ses disciples sont bien las. Ils rentreront à la Citadelle sans avoir déniché ce qui pourrait l'apaiser.

– Et le talisman que je quête? » cria Kadiya. Elle laissa tomber la racine de trillium qui ne bougea pas; sa couleur s'était fanée. « Où est l'Œil Ardent Trilobé que l'Archimage m'a ordonné de trouver?

– Regarde en toi-même, Fille de Roi... ouvre tout grand ton cœur et ton esprit. »

Kadiya la contempla avec de grands yeux. « Je n'ai pas de talisman magique! Je n'ai pas d'armée! Je n'ai même pas une épée...

– Tout cela existe, Fille de Roi. » Sa voix était un peu plus froide. « Regarde en toi-même et tu verras! »

Et elle disparut.

Kadiya s'effondra à genoux. Rien de ce merveilleux jardin ne la charmait plus. Elle était épuisée, perdue. Il ne lui restait plus que la racine racornie du Trillium Noir.

La magie! Elle martela le dallage de ses poings jusqu'à ce que la douleur de sa chair meurtrie surpasse la rage qui la consumait. Regarde en toi, regarde en toi! En elle, il n'y avait que fureur! Elle se pencha en avant, s'empara de la tige qui s'était moquée d'elle en la conduisant jusqu'à cet endroit inutile et s'efforça de la déchiqueter entre ses doigts. Mais la plante résista.

*Une des trois.*

Sortie de nulle part, la phrase résonna dans sa tête. Kadiya leva les yeux. Est-ce que la sentinelle était revenue? Non, il n'y avait que ce stupide jardin et ce guide inefficace.

De toutes ses forces, la jeune fille rejeta la racine loin d'elle. Elle vola dans les airs avec la précision d'une fléchette de Jagun, tourna une seule fois dans sa course, et atterrit, racine la première, sur une parcelle de terre nue, devant Kadiya. Elle resta là dressée, encore frémissante. La Princesse se leva en s'aidant des pieds et des mains, pleine de l'envie de l'écraser une bonne fois pour toutes. Mais elle se maîtrisa. Sous ses yeux, la plante se mit à grandir et à grossir. Étonnée, la Princesse s'accroupit pour mieux la voir. Deux tiges plus petites jaillirent près du sommet et se transformèrent en barres perpendiculaires. En dessous, la tige s'élargit encore, formant un épais cylindre. A son extrémité, il bourgeonna... et trois sphères en sortirent, étroitement entrelacées.

Kadiya observait, ébahie, osant à peine en croire ses yeux. Quelque chose bougeait à l'intérieur des sphères, leur cosse noire se fendit. Ce qu'elles révélèrent, c'était...

Trois yeux.

L'un était l'œil jaune du petit Peuple. L'autre d'un brun brillant... Kadiya n'avait qu'à regarder dans un miroir pour le voir. Le troisième était bleu argenté, avec une pupille énorme et, dans ses profondeurs, une étincelle de feu dorée.

L'amulette brûlait sur son sein.

Avant qu'elle puisse mettre la main dessus, l'ambre du Trillium bondit comme s'il était vivant et la chaîne d'or se brisa; l'amulette vola vers l'Œil Trilobé et se fixa au point de jonction des trois sphères.

Comme ces trois yeux s'étaient ouverts ils se refermèrent, laissant trois globes noirs totalement lisses. La jeune fille saisit la tige, entre eux et les feuilles qui venaient de sortir, puis certaine que c'était la chose à faire, elle tira.

Ce qu'elle ôta alors de terre n'était pas la racine d'une plante brisée, mais une épée scintillante! Dont la garde était si bien adaptée à la main de la Princesse qu'elle semblait avoir été forgée pour elle. Kadiya caressa les trois sphères du pommeau.

« L'Œil Ardent Trilobé. » Elle était ravie. Puis elle remarqua que le tranchant de l'arme brillante était émoussé et qu'elle n'avait pas de pointe! « Seigneurs de l'Air, quelle épée est-ce là? Comment pourrai-je me servir d'une chose pareille contre mes ennemis? »

Une voix douce, rien qu'un souffle à son oreille, susurra: *Apprends.*

# XXVII

« Qu'est-ce que vous faites ? hurla Anigel aux rimoriks lancés à pleine allure. On ne peut pas aller par là... nous allons mourir ! »

Mais les animaux ne répondirent pas et ne firent que nager plus vite, si bien que le bateau fendait littéralement l'eau ; la Princesse ne put qu'arc-bouter ses pieds contre la proue et se cramponner aux rênes. Son esprit refusait d'accepter que ces animaux amicaux, ces loyales créatures qui l'avaient amenée si loin, tirent maintenant le bachot qui la contenait ainsi qu'Immu, tout droit vers le bord des chutes de Tass.

Anigel vit l'abîme se rapprocher de plus en plus. Elle était incapable d'émettre un son, de former une seule pensée cohérente qu'elle aurait pu lancer aux rimoriks pour les détourner de leur folie suicidaire. Même l'amulette du Trillium était hors d'atteinte, les rênes entourées autour de ses poignets étaient si tendues qu'elle craignit que ses bras n'en soient désarticulés. Elle était tellement convaincue de la proximité de sa mort qu'elle ne pensait absolument pas à Immu.

Le bruit de la chute d'eau devint un rugissement. Les gouttelettes montant de la cascade et portées par le vent trempaient ses vêtements et ses cheveux. Les yeux de la jeune fille étaient fixés sur le bord où la noirceur des eaux du lac se changeait en un mélange somptueux de couleurs, bleu, aigue-marine, vert... et pour finir, blanc. Lorsque le bachot atteignit enfin la corniche, il ralentit brutalement. Anigel déroula les rênes de ses mains, les rejeta et s'agrippa aux plats-bords. Elle haleta lorsque les deux grands corps sombres sautèrent, projetant une averse d'embruns brillants comme des diamants, puis plongèrent hors de vue.

La proue du bachot s'avança dans le vide. Un instant, Anigel put regarder en bas, au-delà du tumulte de blancheur, et voir une grande mare azurée et de minuscules bâtiments sur la rive gauche. De ce bassin s'écoulait un large cours d'eau, formé de nombreux bras, qui brillait en plein soleil comme une tresse argentée serpentant au sein de l'immense forêt vert foncé de Tassaleyo pour se perdre dans une brume pourpre.

Elle vit cela, de ses yeux perçants, et son esprit crut entendre Immu et les deux rimoriks lui dire : *Aie confiance!*

Puis le bachot s'inclina en avant, l'écume vola autour d'elle, accompagnée d'une centaine d'arcs-en-ciel circulaires, et elle commença à tomber au sein d'un terrible monde blanc et fracassant qui bientôt fit place au néant.

Dans ce nouveau rêve, sa mère, la reine Kalanthe, portant la robe du couronnement et l'imposante couronne de l'État, marchait à pas rapides dans un paysage inconnu qu'Anigel identifia tout de même comme une forêt des terres sèches. La Princesse, loin derrière sur le sentier, courait pour la rattraper et criait à sa mère de l'attendre... mais Kalanthe ne l'entendait pas. Il n'y avait rien d'autre à faire que de courir plus vite; le cœur d'Anigel tapait dans sa poitrine, ses poumons brûlaient, ses jambes lui faisaient tellement mal qu'elle aurait hurlé à chaque pas si elle n'avait pas manqué de souffle. Elle aurait dû renoncer, se jeter par terre de désespoir, et laisser la Reine s'éloigner à grands pas; mais elle se forçait à continuer.

Puis ce fut le miracle : la Reine s'arrêta, se retourna et resta là en souriant jusqu'à ce que la jeune fille la rejoigne, chancelante, à bout de forces, et s'effondre dans ses bras en pleurant de bonheur.

« Ma petite fille chérie, dit Kalanthe. J'avais tellement peur que tu ne viennes pas. Tes sœurs sont parties sur d'autres routes, tu sais. Mais tout ira bien maintenant, dès que tu seras prête. »

Puis chose étonnante, la Reine du rêve conduisit Anigel jusqu'à un ruisseau voisin, ouvrit une aumônière de velours et en sortit un savon, un doux morceau d'étoffe et un peigne d'ivoire. « Il faut te laver et peigner tes cheveux, dit Kalanthe, puis te trouver une belle robe à mettre afin que tes sujets te reconnaissent. »

La serviette de toilette ôtait la crasse du visage d'Anigel. Sa mère la frotta de plus en plus rudement jusqu'à ce que sa peau la cuise et que la Princesse crie...

Et se réveille.

Elle était couchée sur un sol moelleux tapissé de mousse, au bord d'une rivière. Une minuscule créature à la fourrure rayée de jaune, au museau pointu et aux grands yeux noirs, était en train de lui lécher la joue de sa langue râpeuse. Quand la jeune fille poussa un cri de surprise, la petite créature vagit de peur et s'enfuit dans le sous-bois épais. Un oiseau blanc, inconnu, chantait sur la plus basse branche de l'arbre sous lequel elle était couchée, et son chant complexe se faufilait comme un ruban brillant au travers du tonnerre lointain. A quelques ells de là, les nombreux petits bras de la rivière coulaient et s'entrecroisaient de chaque côté d'un large chenal principal; il y avait partout des laisses de vase et des îles basses.

*Je suis vivante!*

L'évidence ne lui vint que lentement, elle fit bouger ses bras et ses jambes l'un après l'autre, puis ses doigts, et enfin se redressa lentement sur son séant. Ses vêtements tissés d'herbes étaient en loques, ainsi que sa chemise de lin. Ses pieds étaient encore chaussés des robustes sandales de cuir de la Clairvoyante, mais ses cothurnes étaient en lambeaux. Elle avait toujours sa ceinture ainsi que l'escarcelle attachée à celle-ci, et l'amulette du Trillium pendait sur sa poitrine. La boue qui recouvrait sa peau était sèche, ce qui signifiait que cela faisait longtemps qu'elle reposait ainsi sur le rivage. Elle ne savait pas comment elle était arrivée là.

Elle descendit au bord de l'eau en marchant avec précaution sur le bois flotté pourrissant. De là, elle voyait clairement en amont. Au nord, tout l'horizon n'était qu'un grand rampart vert, fendu en deux par une bandelette argentée... la chute d'eau. Elle semblait être au moins à une lieue. La grande mare bleue, à ses pieds, n'était pas visible, non plus que les bâtiments qu'elle avait aperçus avant de plonger dans l'abîme. Il n'y avait que la large rivière peu profonde dont le flot se divisait en douzaines de bras entrelacés, et sur chaque rive l'épaisse forêt dont le feuillage d'un bleu-vert éclatant différait, et par la couleur et par la texture, de la jungle du Bourbier Dédaléen. Même son odeur n'était pas la même... plus épicée, plus résineuse, avec de temps à autre des bouffées de parfums floraux inconnus.

« Je suis vivante », dit-elle avec étonnement. Puis elle leva ses bras écorchés et tachés de boue en criant : « Vivante! »

Au même instant, elle fut prise de remords. Immu! Où était Immu? Et ses deux loyaux amis, les rimoriks? Elle regarda en amont, puis en aval, mais ne vit que de grands échassiers vermillon, aux becs comme des lances, qui barbotaient dans les basses eaux. Un moment, la panique menaça de l'engloutir. Elle était vivante, oui; mais toute seule dans la forêt de Tassaleyo, sans la moindre idée de ce qu'il fallait faire.

Devait-elle appeler? Et si les Labornoki l'avaient suivie et étaient cachés dans les environs? Elle n'avait nulle part où aller, pas de sentier le long de la rive, seulement la petite clairière avec son bois flotté pourrissant, entourée d'arbustes serrés et, plus à l'intérieur, les troncs massifs des arbres qui s'élançaient dans les airs.

Immu et les animaux étaient-ils morts ?

Une horrible pensée lui vint. Elle se souvint de l'attitude étrange, presque résignée, de l'Insolite tandis qu'elle rangeait les restes du déjeuner, sur le lac. Immu avait attaché son sac au banc de nage ! Elle n'avait jamais fait cela avant. Avait-elle su quel affreux chemin d'évasion les rimoriks emprunteraient ?

*Est-elle restée avec moi par amour,* se demanda Anigel, *en espérant que je survivrais au plongeon, puisque le miton m'avait donné une force de rimorik... mais en sachant qu'à coup sûr elle mourrait ?* » Elle sentit son cœur se serrer. Ô Immu. Chère vieille amie.

Mais elle ne devait pas pleurnicher inutilement ! Il était temps de continuer... Pourquoi ne pas boire un peu de la boisson sacrée pour augmenter ses forces, puis essayer encore de mander les rimoriks ?

Elle repéra, à l'ombre, un rocher couvert de mousse, ouvrit son escarcelle et en sortit la gourde écarlate. Otant le bouchon et portant le récipient à sa bouche, elle ferma les yeux et murmura mentalement une prière. Puis appela mentalement : *Amis !*

Il y eut un brusque bruit d'éclaboussure.

Elle ouvrit les yeux et vit, à un lancer de pierre, deux têtes lisses émerger du chenal principal. Elle se leva et attendit qu'ils se hissent sur les bancs de sable et les ruisseaux, leur fourrure lustrée devenant de plus en plus boueuse à chaque poussée maladroite de leurs nageoires. Finalement, les deux rimoriks la rejoignirent et, reposant dans les hauts-fonds, la regardèrent solennellement de leurs immenses yeux noirs.

*Amie humaine, nous avons cherché ton amie du Peuple des Marais.*

« Immu... vous l'avez trouvée ? »

*Non. Nous avons été loin. Mais l'Eau Qui Coule à la Mer est large et a beaucoup de bras morts où le corps de ton amie a pu être emporté.*

Les yeux d'Anigel la piquèrent et elle appuya l'une de ses phalanges contre ses lèvres pour étouffer un cri. « Son corps !... Vous croyez qu'elle n'a pas survécu aux chutes ? »

*Nous avons fouillé. Nous ne l'avons pas découverte. Il est temps de repartir. Tes ennemis humains vont descendre la Grande Liane qui Monte les Arbres jusqu'au Ciel. Ils t'attraperont si nous ne t'emmenons pas.*

Anigel comprit aussitôt que les Labornoki emprunteraient l'élévateur pour descendre dans la vallée de la Grande Mutar. Elle fut tentée d'ordonner aux rimoriks de recommencer à chercher Immu ; mais au fond de son cœur, elle vit sa vieille nounou insolite la réprimander en levant l'un de ses doigts griffus. Le sacrifice d'Immu ne servirait-il à rien ? Elle n'était pas morte par caprice, pour réconforter une jeune fille ordinaire. Elle avait l'intention, par cet acte d'amour magnifique, de sauver une Princesse qui se consacrait à sa quête et ne devait pas reculer devant les pires tragédies. Immu était partie bravement à la mort. Anigel avait l'obligation de persévérer, maintenant qu'elle était si proche de son talisman.

« Avez-vous vu le bachot ? » demanda-t-elle aux rimoriks.

*Le bateau est en morceaux. Nous avons repêché le sac de ton amie, mais pas le tien. Nous nous sommes emparés d'une embarcation du Peuple de la Forêt. Il est caché là.*

Ils se traînèrent dans la boue en se dandinant, sur une douzaine d'ells, avant de plonger dans l'eau plus profonde d'une étroit ruisseau. Anigel n'avait plus qu'à les suivre en pataugeant dans la rivière. La vase était douce et collante comme de la glu, et elle n'osait pas s'arrêter de peur de s'enfoncer et d'être prise au piège. Avec force éclaboussures, elle rattrapa frénétiquement les rimoriks en train de pousser du nez une embarcation assez grande et curieusement faite, de l'embouchure du ruisseau jusqu'au niveau où l'eau lui montait à la ceinture.

Ce bateau était peut-être deux fois plus long que le bachot en bois, mais plus étroit au milieu. Sa carcasse blanche semblait faite d'os, ou des branches d'un arbre à ivoire, attachés avec des tendons séchés. La coque était translucide, dure mais élastique, presque comme du verre flexible, mais terne. Les morceaux de cette étrange matière étaient cousus ensemble en un patchwork joliment assemblé; les joints étaient recouverts d'une résine imperméable et brillante. L'embarcation flottait bien sur l'eau et ne devait pas peser très lourd.

Anigel s'affala dedans. Le sac trempé d'Immu reposait au fond. « Il n'y a pas de rênes, mes amis. Et vous semblez avoir perdu vos harnais. Comment vais-je faire pour vous conduire ? »

Ils lui firent un grand sourire. *Ce bateau n'a pas besoin d'être tiré. Il flotte aussi facilement d'une cosse sèche. Nous nagerons de chaque côté et nous le pousserons; tu n'as qu'à nous dire où tu veux aller.*

La Princesse s'installa et ouvrit le sac pendu à sa ceinture. Elle en tira la feuille du Trillium Noir, qui ne s'était pas flétrie. Pour la première fois, elle remarqua que la partie supérieure de la nervure dorée, celle représentant la partie du voyage déjà effectuée, commençait à virer au brun. Sous une grande tache ocre qui représentait le lac Wum, la nervure dorée serpentait sur une distance aussi longue que le petit doigt d'Anigel avant de pénétrer dans le pétiole très court et retroussé.

« Nous avons encore un long trajet à parcourir, dit-elle aux animaux, mais qui semble suivre essentiellement la Grande Mutar. Je suppose que nous devrons simplement avancer aussi rapidement que possible pour que les soldats ennemis ne nous rattrapent pas, et cela jusqu'à ce que je reçoive quelque signe magique. »

*Veux-tu que nous t'emmenions chez le Peuple forestier de la Rivière ?*

« Eh bien... » Anigel hésita. « Je n'y avais pas pensé. Il vaudrait peut-être mieux. Ce sont les Wyvilos, je crois. Ont-ils des villages ? »

*Ils ne vivent que dans un seul endroit. Nous allons t'y conduire.*

« Très bien », dit la Princesse.

Ronchonnant et aboyant des efforts qu'ils devaient faire pour se déplacer hors de leur élément, les rimoriks poussèrent et halèrent le bateau d'une laisse de vase à l'autre, suivant un ruisselet quand ils le pouvaient, jusqu'à ce qu'ils atteignent enfin le chenal principal. Là, les grandes créatures visiblement soulagées se roulèrent dans l'eau propre durant quelques minutes avant de se placer de chaque côté de l'embarcation et d'entamer le voyage en aval. Sans qu'Anigel ait besoin de le leur demander, ils progressèrent le plus rapidement possible.

Elle estima que l'après-midi tirait à sa fin. Ouvrant le sac trempé d'Immu, la jeune fille étala le sac de couchage de sa nourrice et quelques vêtements de rechange afin qu'ils sèchent. Heureusement qu'Anigel était petite, elle pourrait s'en servir. Il y avait un chapeau d'herbes aux larges bords, un petit manteau de pluie en cuir et une paire de cothurnes à porter sur ses sandales. La réserve de racines serait bientôt épuisée et Anigel exposa soigneusement au soleil celles qui restaient pour les refaire sécher. L'Insolite et elle avaient surtout vécu de noix et de fruits sauvages, plus les proies que les rimoriks partageaient avec elles. Anigel ne devrait goûter qu'avec circonspection les végétaux inconnus. Immu lui avait montré tant de choses tentantes qui contenaient un poison mortel. Que les Seigneurs de l'Air en soient remerciés, mais avec la coquille à feu d'Immu (qui serait de nouveau utilisable une fois l'amadou séché), elle pourrait faire griller son poisson au lieu de le manger cru. Le reste du trésor d'Anigel, c'était son petit couteau et le contenu de son escarcelle : un peigne, un mouchoir qu'elle rinçait tous les jours, un gobelet et un morceau de savon.

« Voilà de somptueux habits royaux et des aliments délectables, déclara-t-elle en contemplant la pauvre collection d'objets étalés au fond du bateau. Et deux fidèles serviteurs. Que peut réclamer de plus une princesse ? » Elle poussa un soupir, puis s'étendit, le visage abrité par le chapeau. « Mes amis, je crois que je vais dormir. »

*C'est une bonne idée.*

Libérée, pour la première fois depuis qu'elle avait quitté Noth, de la corvée de conduire une embarcation et trop épuisée pour pleurer Immu, Anigel sombra dans un assoupissement sans rêve. Elle s'éveilla quelques heures plus tard, quand les rimoriks abordèrent un îlot tout en longueur où, sur un sable sec et propre, poussait une herbe moelleuse. La soirée était très chaude, mais une brise fraîche soufflait, tenant à distance les insectes piqueurs. Le lit de la Grande Mutar s'était élargi et l'on distinguait à peine les rives. Des deux côtés, la forêt se perdait dans un brouillard qui s'épaississait. De très loin lui parvint le barrissement de quelque gros animal. Mais Anigel faisait confiance à ses amis qui lui avaient choisi un endroit sûr où passer la nuit.

Un petit bruddok poussait sur l'île. D'un air endormi, elle félicita les rimoriks de l'avoir trouvé. Ils montrèrent brièvement leurs crocs et partirent chasser. La Princesse mangea quelques fruits sucrés et juteux, se fit sous « l'ami du voyageur » un nid avec le sac de couchage, et s'y réfugia.

Une fois de plus, son sommeil fut sans rêve.

Les hommes du prince Antar passèrent le jour suivant à fouiller les alentours du grand bassin, au pied des chutes de Tass, sans repérer les corps de la princesse Anigel et de sa compagne. On découvrit les débris de leur bateau en bois rejetés sur la rive, près de la scierie désertée, et les chevaliers s'accordèrent pour dire que personne n'aurait pu survivre à une telle chute. Cependant, leur opinion ne comptait pas. La décision de mettre fin aux recherches appartenait à Orogastus. Voix Bleue conférerait télépathiquement avec son maître le lendemain, quand des renseignements nouveaux auraient été octroyés par le miroir-de-glace.

L'expédition... c'est-à-dire les chevaliers, les hommes d'armes et les équipages des bachots qui avaient été engagés par le Prince..., dressa le camp. Assis ce soir-là autour des feux (le sinistre chœur des hululements et rugissements nocturnes émanant de la forêt, derrière la scierie, garantissait que personne ne s'en écarterait), les roturiers labornoki s'efforçaient de réprimer leur gaieté. La Princesse étant sûrement morte, ils attendaient avec impatience l'ordre de rejoindre le confort civilisé de la Citadelle. La plupart des chevaliers, fort désappointés, se sentaient dépouillés d'une occasion de gloire. Il semblait improbable que l'expédition se poursuive en aval de la Grande Mutar, en quête de ce mystérieux talisman dont le Sorcier s'était entiché.

Contre toute attente, on n'avait trouvé que trois embarcations wyvilos en bas de la chute, et il n'y avait pas d'aborigènes pour servir de guides. Le Maître Marchand Edzar craignait que les Insolites de la forêt ne se soient retirés dans leur grand village, appelé Let, quand l'invasion labornoki avait mis un terme au commerce du bois. Il y avait peu d'espoir qu'ils reviennent en amont avant la prochaine saison sèche.

Le prince Antar s'enferma ce soir-là dans son pavillon, refusant même les avances amicales de Lord Owanon et de ses autres amis fidèles. Son chagrin devant la mort apparente de la Princesse était un secret de Polichinelle, l'ingénu Lord Penapat ayant rapporté en public l'affolement d'Antar en voyant le bachot emporté dans la cascade.

Le lendemain matin, Voix Bleue fut appelé mentalement par Orogastus et se retira dans sa petite tente pour une longue conférence télépathique. Antar, obligé d'attendre, en profita pour étudier plus attentivement avec Lord Owanon la scierie et l'élévateur qui leur avaient permis de descendre le long de l'escarpement.

« Le mécanisme est très astucieux, fit remarquer le Prince en tendant le cou pour mieux voir les câbles du palan en acier tressé. Il suffit de charger une seule grume géante ou un tas de bois de charpente sur la plate-forme. L'immense contrepoids et le système de poulies permettent aux animaux de trait qui sont au sommet de soulever le fardeau le plus lourd sans dépenser trop d'énergie.

– Ingénieux, ces Ruwendiens, dit Owanon. Pourtant, nous avons des machines similaires dans les chantiers navals de Derorguila, même si elles ne sont pas aussi grandes. »

Antar répondit à voix basse : « Si grand qu'il soit, l'élévateur ne peut transporter les bateaux plats qui nous ont amenés jusqu'au lac, même si nous arrivions à les traîner le long du glissoir. Nous pourrions sûrement faire descendre les petits bachots, mais ils ne suffiraient pas à transporter sur la Grande Mutar toute notre force plus les provisions nécessaires. »

Owanon acquiesça d'un signe de tête. « Effectivement, notre expédition est dans une impasse.

– J'ai ordonné à Voix Bleue de le dire au Sorcier. Je n'ai pas l'intention de diriger une expédition à l'aveuglette dans le Tassaleyo pour ce talisman aveugle qu'il convoite avec tant d'avidité. Cependant, cela ne m'étonnerait pas qu'il veuille nous imposer une aventure de ce genre. Je compte sur toi et sur Dodabilik pour me soutenir quand je refuserai d'emmener mes hommes plus loin.

– Cela va sans dire, mon Prince. »

Le visage d'Antar était grave derrière la visière relevée de son heaume émaillé bleu. « Je crains que le Sorcier n'utilise l'échec de cette expédition pour me faire encore plus de tort aux yeux de mon royal père. Ce marchand de sortilèges savait que harceler une femme ne me plaisait guère. Et puis hier, je me suis effondré, dans le phare... »

Owanon garda un silence plein de tact.

Le Prince, qui avait l'air de se moquer de lui-même, regarda tristement son ami. « Est-ce qu'ils savent tous que je suis tombé amoureux d'elle, Owan ?

– Oui, mon Prince. Mais cela ne change pas ce que pensent de vous les meilleurs d'entre eux. On ne peut rien faire contre les inclinations du cœur. Et vous avez exécuté dans les moindres détails les ordres du roi Voltrik. Aucun homme sincère ne peut dire que vous vous êtes dérobé à votre devoir.

– Orogastus, si, répliqua le Prince avec amertume. Il m'a toujours détesté et envié, et il a convaincu le Roi que je ne suis pas assez mûr pour aborder les grands problèmes de l'État. Cette damnée invasion... la monstrueuse cruauté avec laquelle nous avons traité les vaincus... tout cela, c'est le fait du Sorcier! Il a métamorphosé mon père en jouant sur ses peurs et en encourageant ses instincts les plus bas. »

De nouveau, Owanon s'abstint de parler.

« Le roi Voltrik n'a pas toujours été cruel, reprit le Prince. Quand j'étais petit garçon et que Shonda, ma chère belle-mère, vivait encore, c'était un noble prince héritier, un mari et un père aimant, un homme optimiste et bienveillant. C'est seulement après la venue d'Orogastus que son âme s'est envenimée. Père a attendu le trône trop longtemps, et la malheureuse Shonda était stérile, alors le Sorcier a encouragé toutes les ambitions mauvaises et extravagantes qui se sont infiltrées dans l'esprit de mon père. C'est lui qui a manigancé la mort de Shonda. »

Owanon dit gentiment : « Ces tristes affaires sont connues de tous, mon Prince. Mais votre père ne tolère pas que l'on critique Orogastus... et c'est le Roi.

– Oui, soupira Antar. Parfois, quand je me remémore la terrible scène où il a arraché le diadème royal du front du Roi mourant, Sporikar, et son horrible jubilation à l'idée du bain de sang qu'allait provoquer notre invasion du Ruwenda, je crains que le Sorcier ne l'ait rendu fou. Mais suggérer cela, ce serait de la haute trahison, bien entendu. »

Le visage d'Owanon s'assombrit. « Vous n'êtes pas le seul à le penser. Ils sont nombreux, dans notre armée, à juger malavisée l'invasion du Ruwenda. Mais j'ai bien peur que la situation ne doive encore empirer avant de s'améliorer. » A ce moment, il vit un homme qui courait vers eux et conseilla au Prince de se taire.

C'était Rinutar, l'armure cliquetante, le visage éclairé d'un sourire malveillant. « Mon Prince! Des nouvelles étonnantes! Lord Orogastus assure que la princesse Anigel vit encore. Elle est en train de descendre la Grande Mutar. Vous avez l'ordre de la suivre, mais seulement avec vos chevaliers et un serviteur pour chacun d'eux. Et voici plus étrange encore! Le Sorcier ne veut plus que la jeune fille soit arrêtée dans sa quête et tuée. Au contraire... il faut lui lâcher la bride! Ce n'est que lorsqu'elle aura mis la main sur son talisman magique que nous nous emparerons d'elle et la mettrons à mort. »

Abasourdi, Antar regardait le chevalier avec de grands yeux. « Elle vit, chuchota-t-il.

– C'est ce que dit le miroir-de-glace. » Le petit rire narquois de Rinutar était plein d'insolence. « J'ai l'impression que cela vous fait plaisir... qu'on vous donne une deuxième chance de courir après elle. »

# XXVIII

Le lammergeier dit à Haramis : *Voilà la caverne que tu cherches.*

Ce matin, la tempête avait cessé, la neige tout fraîche du versant septentrional du mont Gidris était si éblouissante de blancheur qu'Haramis en fut presque aveuglée. Même en protégeant ses yeux de sa main gantée, elle n'arrivait pas à voir l'endroit que lui désignait Hiluro. Mais le grand oiseau descendit en spirales, de plus en plus bas, et ce qui n'avait été qu'une lumière éclatante sans traits distinctifs devint une vaste cuvette, juste en dessous du sommet de la montagne, d'où coulait un glacier colossal.

La rivière de glace franchissait un précipice avant d'entamer une descente plus mesurée vers le bassin ruwendien, et se fracturait en une masse de blocs titanesques partiellement enterrés dans la neige. Les crevasses et les gouffres du glacier chatoyaient de centaines de bleus différents... mais au milieu de ces amas brillait une lueur dorée inattendue.

Comme l'oiseau s'en approchait de plus en plus, Haramis vit que c'était une flèche de pierre, laiteuse mais mouchetée d'or. Ce qui, vu de loin, n'était qu'une fragile aiguille devint un piton de quatre-vingts ells de haut et cinq de large, apparemment formé d'un quartz blanc où miroitaient des inclusions de métaux précieux. Le glacier était si érodé par les siècles que cela ressemblait à une tour fragile qui aurait fait de vaillants efforts pour ne pas s'engloutir dans cette mer gelée et chaotique. A mi-hauteur de la flèche s'ouvrait une grotte donnant sur une étroite corniche rocheuse.

*Je ne peux que planer pendant que tu mets pied à terre,* dit Hiluro à Haramis. *Le rebord est trop étroit pour moi.*

Le gigantesque oiseau blanc et noir descendit. L'ouverture de la caverne était deux fois plus haute que la Princesse, mais les glaçons semblables à des crocs de diamant qui la garnissaient la faisaient paraître plus étroite. La petite corniche glissante était recouverte de glace, dans laquelle étaient enchâssés des pépites d'or et de gros morceaux de roche blanche.

Haramis toucha son amulette, fit une prière sans paroles et étreignit le cou emplumé d'Hiluro. Ses mains se rejoignaient tout juste et elle croisa ses doigts bien serrés. Elle restait suspendue sans rien voir, l'extrémité de ses bottes pointées vers le bas, sa cape de fourrure tourbillonnant autour d'elle. Elle entendait le son flûté, strident, que faisait l'air contre le plumage de l'aile, mais aussi un grondement de tonnerre, et l'accompagnant, un ensemble de notes, graves, sinistres, comme émises par quelque violon géant.

Ses pieds touchèrent la terre ferme. Elle se détendit et, les mains toujours autour du cou de l'oiseau, le lâcha et se laissa tomber. Ouvrant les yeux, elle vit l'énorme silhouette remonter comme une flèche; elle était à genoux, dans une position précaire, à l'entrée de son but : une caverne de glace étincelante dont l'ouverture était encadrée d'or...

Du moins, c'est ce qu'elle crut voir.

Haramis regarda autour d'elle, transie d'un effroi mêlé d'admiration. L'aiguille de pierre, fichée au milieu du glacier, vibrait tel un diapason sous l'afflux constant de la glace et remplissait l'air d'un ample son musical. Pendant combien de milliers d'années cette dure masse de quartz avait-elle été raclée par la glace pour devenir aussi mince ? Vue de près, la tour de roche avait l'air incroyablement fragile. L'entrée de la grotte, bordée de gros blocs d'or amorphes, était partiellement barrée par les glaçons qui commençaient à fondre sous la brillante lumière du soleil.

Haramis se hissa sur ses pieds, se faufila avec précaution entre les défenses de glace dégoulinantes d'eau et entra dans la salle dont les parois et le plafond étaient rayés de veines de glace noire.

Un pâle miroitement, derrière la couche de glace du fond de la caverne, attira son attention. Elle s'avança vers lui, et l'amulette de trillium s'échauffa contre son sein, comme si elle répondait à quelque chose. L'objet qui luisait faiblement serait-il le talisman qui lui était destiné ?

La Princesse alla vers la grande masse sombre de glace et la chose qui rayonnait en son sein. Elle ne pouvait toujours pas la distinguer clairement, mais son amulette devenait de plus en plus chaude contre sa peau. Est-ce que son talisman était pris dans la glace ? Alors, comment ferait-elle pour l'en extraire ?

Elle s'approcha encore. L'ambre contenant le Trillium

s'embrasait tant qu'il lui brûlait la poitrine. Haramis ôta ses gants, glissa un doigt sous la chaîne de l'amulette et la tira de sa tunique. La fleur rayonnait comme une flamme et l'amulette était si ardente qu'Haramis pouvait à peine y toucher. La Princesse fit soigneusement passer la chaîne par-dessus sa tête et la tint devant elle. Mais au lieu d'y rester suspendue, l'ambre s'éloigna d'Haramis, comme attirée par l'objet qui était dans le mur. La lumière émanant du Trillium enchâssé transforma une section de la paroi en un ruissellement d'or qui lui fit mal aux yeux, les remplissant d'une large tache d'or encerclée par une couronne d'un bleu brillant.

L'amulette l'entraîna, l'obligeant à faire encore quelques pas. Maintenant, le Trillium dégageait une telle chaleur qu'Haramis dut détourner la tête. Du coin de l'œil elle put voir, hors de la zone où la lumière l'aveuglait, l'eau ruisseler le long de la paroi. L'amulette était en train de faire fondre la glace!

Soudain, il y eut un éclair argenté au milieu de tout cet or et quelque chose se détacha de la paroi. La lueur de l'amulette s'éteignit, l'ambre se refroidit rapidement et retomba sur son vêtement. Haramis se pencha vite pour s'emparer de l'objet libéré des glaces de peur qu'il ne soit repris quand la mare sur le sol de la grotte gèlerait de nouveau. Elle en éprouva le poids dans sa main, avant de pouvoir le contempler.

Elle attendit patiemment que la vue lui revienne. Elle avait mal aux yeux et lutta contre l'envie de les frotter. Mais, malgré la douleur, le sentiment que tout cela était « bien » s'épanouit merveilleusement au fond de son cœur. L'espace d'un instant, elle comprit la structure du monde et la place qu'elle y occupait. Elle sut tout, eut pouvoir sur tout, commanda tout. Haramis était devenue ce que, depuis toujours, elle avait su qu'elle pouvait être...

... mais pour un moment seulement. Puis cette impression de transcendance s'évanouit.

Elle se retrouva dans la caverne de glace, maintenant éclairée par la seule lumière extérieure, et se rendit compte qu'elle pouvait voir normalement. Elle tenait une baguette en argent, longue comme la moitié de son avant-bras. A l'une de ses extrémités, il y avait un anneau qui permettait de l'accrocher à une chaîne, et à l'autre un cercle beaucoup plus large, dans lequel elle pouvait faire passer ses deux poings fermés. Au sommet de ce cercle, il y avait quelque chose qu'elle prit d'abord pour une fleur du même métal blanc; mais quand elle l'observa plus attentivement, elle remarqua que ce n'était pas des pétales, mais trois petites ailes dressées.

Le Cercle Tri-Ailé.

Son talisman. Enfin.

*Alors tu sauras que la lutte finale pour le Ruwenda et pour ton âme est à portée de ta main...*

Haramis crut entendre résonner ces paroles de l'Archimage dans la caverne d'or et de cristal, si bien qu'elle sursauta en criant : « Qui est là ? »

Mais elle n'ignorait pas qu'elle était seule et repensa à ce sentiment d'incroyable pouvoir qui l'avait envahie lorsque le talisman s'était libéré de sa prison glacée.

Brusquement, l'amulette et le talisman s'enflammèrent de nouveau. Instinctivement, Haramis les lâcha et mit les mains devant ses yeux. Même au travers de ses paumes, elle put distinguer la lueur qui rougeoyait. Lorsque celle-ci s'éteignit, Haramis baissa alors lentement les mains. Sa vue était un peu floue, mais cette fois elle n'était pas complètement aveuglée. Elle s'agenouilla aussitôt pour examiner l'amulette et le talisman, en espérant qu'ils n'avaient pas gelé au sol. *Pensent-ils que je ne suis pas digne d'eux ?* se demanda-t-elle avec inquiétude.

A son grand soulagement, ils reposaient librement à la surface de la glace. Mais tous deux avaient fusionné et l'amulette du Trillium était nichée au cœur des ailes.

C'était une source de pouvoir. De magie...

Oui... c'était magique!

« Et comment vais-je apprendre à m'en servir ? » Son regard restait fixé sur les trois ailes. « La Dame Blanche a dit qu'il y avait deux autres talismans pour mes sœurs, et que si toutes trois nous accomplissions avec succès notre quête, la solution apparaîtrait. Mais cela ne me dit pas grand-chose. »

Des vapeurs nacrées semblaient couler au cœur de l'anneau argenté, sous les ailes. Presque comme dans un rêve, Haramis se surprit en train de donner un ordre au talisman. « Montre-moi si mes sœurs ont réussi ! »

Et elle vit Kadiya.

Sa sœur se tenait au milieu d'une grande foule d'Insolites – des Uisgus, à en juger d'après leur petite stature – et serrait dans sa main un objet brillant, pareil à une Épée de Miséricorde, dont la lame n'avait pas de pointe et dont le pommeau ressemblait à trois fruits noirs réunis. Le Peuple l'acclamait.

« Oui, murmura Haramis, on dirait que tu as réussi. Mais notre pauvre petite Anigel... Où es-tu, timide créature ? »

L'image de Kadiya s'était effacée. A sa place, une autre se forma dans le Cercle, d'abord à peine reconnaissable... puis Haramis s'exclama.

« Anigel ! » Ses cheveux d'or ruisselaient autour d'un visage dont les joues n'étaient plus potelées et doucement pâles, mais maigres et empourprées par la jubilation. Le regard de ses yeux saphir ne cessait de voltiger de-ci, de-là avec une vigilance aiguë qu'Haramis n'aurait jamais crue possible. Ani, habillée de loques crottées, assise dans une embarcation exotique qui descendait comme une flèche une large rivière en laissant un lac blanc derrière elle. Ani, la craintive petite Ani, souriant largement pendant que des créatures aquatiques à l'air féroce poussaient son bateau à une vitesse folle...

« Impossible ! » s'écria Haramis.

Et la vision disparut en un clin d'œil.

La Princesse contemplait avec de grands yeux le Cercle Tri-Ailé vide. « Étaient-ce de véritables visions ? Est-ce si facile de donner des ordres au talisman ? »

Une troisième vision : l'Archimage, étendue dans son lit, les yeux fermés et la peau cireuse, nettement plus faible que lorsque Haramis l'avait rencontrée. Ses lèvres ridées et rentrées ne bougeaient pas, et pourtant Haramis crut l'entendre parler :

*Toutes les trois, vous devez accomplir vos tâches prédestinées, surtout maîtriser votre moi, avant que le Ruwenda puisse rejeter le joug du Labornok et que l'équilibre du monde soit rétabli. Et si l'une échoue, toutes échoueront...*

« Mais cela n'a aucun sens ! protesta Haramis. Je suis la reine du Ruwenda ; ce sont mes fonctions. Et la prophétie de votre Peuple dit qu'*une* femme vaincra le roi Voltrik... et non trois ! »

L'Archimage mourante ouvrit ses yeux impénétrables. Ses lèvres ne bougeaient toujours pas.

*Mais je t'ai dit aussi que Voltrik n'était pas ton plus grand ennemi...* La vision de l'Archimage disparut.

Quelque chose clignotait dans le miroir glacé de la paroi, là où avait été emprisonné le talisman. Haramis leva les yeux et reconnut le visage souriant d'un homme aux cheveux blancs.

Il était impossible de dire son âge ; le passage des ans n'avait laissé aucune trace sur ses traits fins. Il portait une robe noir et argent ; il était assis à une table sur laquelle reposaient plusieurs machines étranges, ainsi qu'un grand livre et une tablette à moitié couverte d'écriture. Il tenait un style dans l'une de ses vigoureuses mains et un ladu rosé à demi mangé dans l'autre. C'est à cause de ce dernier détail ordinaire – que l'on n'aurait guère prêté à un démon au visage humain – qu'Haramis faillit lui rendre son sourire.

« Princesse Haramis. » Sa voix était aussi claire que s'il avait été assis à côté d'elle. « Bienvenue dans notre compagnie.

– Quelle compagnie est-ce ? répliqua-t-elle, les lèvres dures. Celle des meurtriers labornoki ? A l'inverse de vous, Orogastus, je ne fréquente pas n'importe qui ! »

Le Sorcier rit en posant sa plume et son fruit. « Dame, vous avez de d'esprit, ce qui est rare. Je dois avouer que je n'aurais pas élu pour compagnons le roi Voltrik, le général Hamil et leurs semblables... mais je n'avais pas le choix.

– Pas le choix ? » demanda Haramis d'un air sceptique.

Orogastus poursuivit avec une parfaite amabilité. « Je vous accueille dans la compagnie de ceux qui exercent la magie.

J'avoue que notre nombre est quelque peu réduit aujourd'hui, puisqu'il ne compte que vous, moi et Binah... celle que vous appelez l'Archimage. Et je crains que bientôt, il n'y ait plus que vous et moi.

– Est-ce que vous projetez de tuer la Dame Blanche, maintenant qu'elle est trop faible pour se défendre ? dit froidement Haramis.

– Ma chère enfant... bien sûr que non ! Je ne suis pas un tueur. Non, ce qui menace Binah, c'est la vieillesse et la mort. » Il avait l'air triste et pensif. « J'ai peur qu'avec le temps, ce ne soit notre sort commun. Il y a trente ans, il restait au monde deux personnes douées de pouvoirs : mon mentor, Bondanus, et Binah. Bondanus m'a fait don de ses pouvoirs. Binah, contre toute logique, a dilué les siens en les léguant à vous trois.

– Afin de sauver le Ruwenda ! s'écria Haramis.

– Le Ruwenda... » Le Sorcier secoua la tête d'un air gentiment moqueur. « Votre talisman pourrait faire d'autres choses que de sauver le Ruwenda ! La vision de Binah s'affaiblit comme sa vie. Elle ne sait vraiment pas de quels pouvoirs dispose le Triple Talisman ! Mais vous, Haramis, vous avez des siècles devant vous pour les étudier et les utiliser.

– Des siècles ! » Haramis cligna des yeux. L'idée ne lui était pas venue à l'esprit. *Est-ce que l'utilisation de la magie prolonge la vie... et tant que cela ?*

« Des siècles, répéta fermement Orogastus. En supposant, bien entendu, que vous ne vous tuerez pas accidentellement avec cela. » Il désigna d'un geste le talisman qu'elle serrait.

*Idiote !* se dit-elle. *Tu restes là à l'exposer au vu et au su de tous. Apparemment, il l'a reconnu. Mais comment ? En sait-il vraiment si long à son sujet ? L'Archimage semble incapable de m'apprendre et je n'ai pas le temps de découvrir la façon de s'en servir par tâtonnements... pas si je veux sauver mon royaume et mes sœurs.*

« Le Cercle Tri-Ailé. » Orogastus souriait. « Je suis content que vous l'ayez trouvé. Je possède plusieurs livres qui en parlent et j'ai toujours souhaité le voir.

– Vous avez des livres qui en parlent ? » demanda Haramis. *Je voudrais qu'il s'en aille et me laisse étudier dans sa bibliothèque !* « Que disent-ils ?

– Beaucoup de choses. Beaucoup trop, j'en ai peur, pour que je vous explique cela maintenant... vous seriez transformée en glaçon avant que je vous en aie dit le sixième. » Il fit un geste désignant l'environnement de la princesse. « Notre délicieuse conversation vous a tellement captivée que vous n'avez même pas vu que le temps passait. »

Haramis se hâta de regarder autour d'elle. Il avait raison ; le soleil était bas à l'horizon et la caverne devenait sombre et froide. Elle reporta son attention sur le miroir. Les vêtements d'Orogastus semblaient légers et il y avait beaucoup de lumière dans la pièce où il était.

Il lui fit signe de le rejoindre. « Venez chez moi, Haramis, dans ma retraite montagneuse. Laissez-moi vous apprendre à utiliser le talisman. Ce serait agréable d'avoir un peu de compagnie. Le mont Brom est plutôt à l'écart et je n'ai guère de visiteurs.

– Vous n'avez pas envie de ma compagnie, dit Haramis en le fixant dans les yeux. Vous voulez juste le talisman. »

A sa surprise, Orogastus éclata de rire et d'un rire qui ne semblait pas feint. « J'ai oublié combien cela était nouveau pour vous. Personne ne peut vous prendre le talisman. Il est lié à vous, et ce serait la mort pour celui qui essaierait de s'en emparer. Mais vous ne savez pour ainsi dire rien quant à son emploi. Vous vous en servez pour voir à distance ! » Il rit. « Le moindre illusionniste insolite peut faire la même chose avec une feuille pleine d'eau... Non, Haramis, vous ne comprenez pas. Mais je vous apprendrai. J'ai une grande bibliothèque et tant de machines magiques des Disparus qu'il serait impossible de les dénombrer. On dit que vous êtes érudite... Vous ne connaissez pas la joie que l'on tire de la poursuite de la connaissance ? L'exquise satisfaction de voir ce qui était obscur former brusquement un dessin logique, et le comprendre ?

– Si. » Haramis se surprit en train d'aquiescer d'un signe de tête. « Je sais de quoi vous parlez.

– Alors venez ici, au mont Brom. Avec le talisman, vous pouvez ordonner à votre lammergeier de vous transporter jusqu'à ma tour... et arriver à temps pour souper. »

*Alors, il ne sait pas qu'Hiluro est ici,* pensa Haramis. *Du moins, il n'est pas omniscient.*

Le visage d'Orogastus devint grave. « Je jure par les pouvoirs que nous partageons que je ne chercherai pas à vous arracher le talisman de force et que je ne vous ferai aucun mal. Puissent mes pouvoirs m'abandonner à jamais si je manque à ce serment. » Il posa la main sur son cœur.

« Qu'il en soit ainsi », murmura machinalement Haramis, formule qui lui était familière pour avoir été pendant tant d'années témoin de nombreuxs serments. Le miroir-de-glace devint sombre.

*Et maintenant ?* se demanda-t-elle. *Dois-je aller le rejoindre, ou me rendre chez l'Archimage, ou bien rester là, ou alors me cacher quelque part et voir ce que je peux faire par moi-même ?*

Ni l'une ni l'autre des deux dernières alternatives ne l'attiraient. Et l'Archimage ne lui avait pas vraiment ordonné de revenir immédiatement. « Quand vous aurez atteint votre objectif concernant le Cercle Tri-Ailé, revenez me voir », voilà ce qu'avait dit Binah. Parlait-elle simplement de la possession physique du talisman, ou la capacité de l'utiliser faisait-elle partie de la réussite ?

*Puisque Binah ne m'a pas ordonné de revenir quand elle m'a parlé tout à l'heure, peut-être veut-elle que je maîtrise l'utilisation du talisman... et il est peut-être temps d'affronter Orogastus...*

Le Sorcier était sans aucun doute dangereux, mais du moins il ferait chaud dans sa tour et il y aurait à manger. *L'Archimage m'a dit que je devais apprendre à connaître ses faiblesses,* pensa Haramis. *Cela fait probablement partie de ma destinée... et cela me changerait agréablement que celle-ci s'accomplisse dans un environnement confortable!... Et si je courais un danger au Mont Brom, je pourrais toujours demander à Hiluro de m'emporter.*

Elle prit soudain conscience d'une vibration accrue de la flèche de pierre et de bruits venant de l'extérieur. Les notes basses de l'énorme raclement du glacier se mêlaient aux appels claironnants du lammergeier hurlant un avertissement.

*Haramis! Sors de là! Il y a du danger! Un grand danger!*

Elle enfila le petit anneau du talisman sur sa chaîne, fourra la baguette dans son corsage et regagna l'entrée de la caverne. La trépidation de la tour avait brisé tous les glaçons et la salle commençait à tanguer comme une bateau sur une rivière agitée. Haramis leva les bras. Une forme familière, noire et blanche, fondit vers elle telle une flèche et quelque chose se referma sur son corps, l'arrachant à la corniche glacée. Elle vit un bref éclair doré, des prismes pleins d'arcs-en-ciel qui s'effondraient en s'entrechoquant, et un ciel bleu-violet qui tournoyait derrière une grande tête huppée.

Puis le lammergeier entama un lent vol plané, leva sa griffe et retint soigneusement la Princesse pendant qu'elle se hissait dans le creux moelleux, entre ses ailes étendues. Haramis se risqua à jeter un bref coup d'œil à l'endroit où s'était dressée la flèche de quartz. Maintenant, seule une roche légèrement moins blanche que la neige gâtait la surface du glacier et quelques minuscules pépites d'or brillaient au soleil couchant.

# XXIX

Kadiya se reposa entre les sindonas, en haut des escaliers. Pour manger, elle profita sans gêne de la libéralité du jardin, mais sentit que s'attarder dans ces lieux serait une erreur. La sentinelle vivante n'était pas revenue. Kadiya, couchée sur le sol, serrant son amulette dans sa main, ne dormit pas profondément, mais passa alternativement de l'état de veille au sommeil.

Que les envahisseurs aient eu accès à ce pays défendu, elle en avait la preuve. Et Jagun... avait-il été capturé par une bande d'éclaireurs et torturé comme le pauvre Uisgu qui l'avait suppliée de mettre fin à ses souffrances ?

Que devait-elle faire, maintenant ? Revenir sur ses pas... affronter ceux qui l'avaient poursuivie jusqu'ici et l'attendaient encore pour l'abattre ? Ce serait totalement stupide. Pourtant, elle n'avait pas de guide et parcourir au hasard cet étrange jardin n'était pas une solution. Sur sa gauche, courait un mur élevé ; elle allait le suivre.

La veille, elle avait vidé et fait sécher la gibecière de Jagun, qui avait beaucoup souffert. Elle dut se débarrasser de certains des petits paquets, car le temps qu'elle repêche le sac de la mare, ils avaient été totalement trempés. Elle ramassa des tubercules comestibles dans le jardin, tissa fort maladroitement un filet d'herbes afin d'emporter quelques fruits, et remplit sa gourde. Rien d'autre ne la retenait ici, pourtant Kadiya se retourna une fois encore pour contempler le jardin. Si défendu qu'il soit, il y avait là quelque chose qui lui tendait la main...

qui l'avait accueillie, en dépit du comportement glacial de la sentinelle.

Kadiya soupira et chargea la gibecière sur son épaule. Pour son talisman, elle avait fabriqué un fourreau provisoire qu'elle portait à l'épaule et son poids la rassurait en lui rappelant constamment qu'elle avait accompli au moins une partie de sa quête. Une épée... alors que c'était d'une armée dont elle avait besoin!

Elle longea le grand mur jusqu'à un imposant portail et découvrit alors, au-delà d'un grand parc, une cité qui étincelait au soleil. Remplie d'admiration et de crainte, elle passa la porte et se dirigea vers elle. La verdure cachait à demi les maisons silencieuses, l'herbe et les plantes grimpantes tapissaient les rues. Cependant, sous cet assaut de la végétation, il n'y avait aucun signe de délabrement. Les murs que l'on distinguait derrière cette draperie hirsute n'étaient pas en pierre, mais faits de la même substance étrange que la cuvette dans laquelle Jagun et elle avaient passé la nuit.

Kadiya comprit soudain qu'elle avait sous les yeux la cité de son rêve. D'autres murailles s'élevaient plus loin, se refermant sur elle. Elle déboucha dans une large avenue qu'elle descendit en s'émerveillant. Les bâtiments qui la bordaient étaient bien proportionnés, des bas-reliefs aux motifs indéchiffrables ornaient les portes et les fenêtres. Cette voie finit par l'amener à une porte presque aussi grande qu'un immeuble de trois étages. Elle était entrouverte et, en la franchissant, Kadiya se retrouva dans un monde totalement différent où régnait de nouveau le marécage... bien que les restes d'une route très abîmée y conduisît. Le temps, qui n'avait pas touché les murs de la cité, reprenait là ses droits.

Heureusement, la chaussée érodée n'était pas totalement effacée. Kadiya aperçut l'inquiétante écume jaune, de chaque côté de la route, mais cette dernière paraissait suffisamment solide. La Princesse s'arrêta, coupa une grosse branche et s'en servit pour tâter le sol avant de lui confier son poids.

Elle était déjà bien engagée dans le Bourbier quand elle se retourna et jeta un coup d'œil en arrière... elle secoua la tête, n'en croyant pas ses yeux. Il n'y avait plus que des ruines. Même le mur était délabré et recouvert par la jungle luxuriante. Un mirage!

Mais qu'est-ce qui était un mirage... le jardin mystérieux et la cité de rêve, ou ça? Est-ce que tout ce qui venait de lui arriver n'était qu'un enchantement? Cependant, elle sentait le poids du talisman sur son épaule et leva la main pour tâter les bosses de l'Œil Ardent Trilobé.

Elle marcha pendant plusieurs heures sans rien voir d'inhabituel et ne perçut que les bruits normaux du marais. D'après la lumière du soleil qui, en ces lieux, semblait toujours diluée dans une brume, il devait être midi, ou un peu plus tard. Devant elle, il y avait des buissons de fougères épineuses et de grands ronciers.

Puis elle l'entendit... le pépiement caractéristique d'un hanneton-ras, lancé trois fois sur un rythme familier. Jagun ! Ce devait être lui !

Les buissons frémirent et elle aperçut le visage de son cher ami qui lui souriait. Une meurtrissure brune entourait l'un de ses yeux. Les choses n'avaient pas dû être faciles pour lui car sur son bras, presque à l'épaule, elle remarqua un cataplasme de pulpe de feuilles attaché par des herbes aquatiques, et il se déplaçait avec difficulté.

Il ne perdit pas de temps en salutations :

« Ils sont ici... les Skriteks et les soldats. »

Elle pensa à ces figures pathétiques qu'elle avait rencontrées le long de l'autre route... et aussi à ce feu au loin, et à la flèche qui indiquait la route... à quelqu'un. « Des signes m'ont appris que l'ennemi était proche. »

Le visage de Jagun restait de marbre et ce n'était pas à elle qu'il prêtait attention, mais à ses propres pensées. « La Fête des Trois Lunes approche, chuchota-t-il, et les ténèbres se rassemblent ! Mais bientôt il y aura un grand feu, que seul le sang étanchera... »

La Fête des Trois Lunes. A la Citadelle, on la célébrait toujours par des banquets et d'étranges ballades anciennes chantées par les bardes ; on lançait sur la rivière un radeau chargé de fleurs, éclairé par des bougies à trois pointes. Alors la volonté de tous chassait la menace de l'ancien mal. Quand les trois sphères brillaient haut dans le ciel, rassemblées pour une conjonction mystique, le peuple se réjouissait sous leur lueur bienveillante, et chantait. Mais que voulait dire Jagun ? Avait-il prévu qu'une grande bataille éclaterait au moment de l'antique célébration ? Une bataille dans laquelle elle pourrait brandir son talisman pour la libération du Ruwenda ?

Avant que Kadiya ait pu le questionner, Jagun reprit : « Les Skriteks – et avec eux la Voix du Sorcier et une bande de soldats humains – sont tombés sur un village uisgu. Ils se sont servis du feu et de la magie. Les femmes du Peuple qu'ils tiennent captives serviront bientôt de viande aux Skriteks.

– Ils me cherchent ! cria Kadiya. C'est pour cela qu'ils tourmentent les pauvres Uisgus !

– Votre capture serait un grand triomphe. Mais autre chose les attire ici. » Il désigna d'un signe de tête la cité des jardins, cachée par le mirage. « Vous y êtes allée. Avez-vous aussi accompli votre quête ? »

Sans un mot, Kadiya sortit le talisman de derrière son dos et le lui tendit pour qu'il le voie.

Elle connaissait Jagun depuis qu'elle avait fait ses premiers pas, mais elle n'avait jamais vu une telle expression de joie et d'exaltation sur son visage. Il allongea la main, comme pour toucher l'arme, mais se retint. Sur la poignée, les trois lobes noirs restaient fermés et ternes, mais la lame tira ce qu'elle put de la faible lumière du soleil.

Kadiya tint l'épée plus près de son ami. Des larmes coulaient sur les joues de l'Insolite. Il tomba à genoux devant elle. « Le talisman! Oh, Loinvoyante... vous l'avez trouvé!

– Chez mon peuple, dit-elle lentement, il est d'usage que l'épée dont la pointe est émoussée représente la miséricorde. » Elle secoua la tête. « Je ne l'offrirai pas à certains. Mais à toi... » Elle hésita, puis l'épée toucha doucement la tête de Jagun et, d'une mémoire dont elle ignorait tout, jaillirent des paroles d'absolution :

« Ami loyal, que ton cœur se réchauffe. Reprends ton nom! Porte de nouveau le brassard sacré des Nyssomus. Tu n'as pas commis de parjure... tu as seulement suivi le cours des choses tel qu'il devait être. Que ton âme soit dorénavant déchargée de son fardeau. »

Alors Jagun fit un geste que Kadiya n'avait jamais vu. Quand il était venu pour la première fois à la Citadelle et s'était présenté devant son père le roi Krain, il avait salué le monarque en levant les deux mains, exactement comme devant la Première de la Maison, dans le village où ils avaient passé la nuit. Mais là, il s'inclina profondément, jusqu'à ce que ses bras et son front touchent la terre.

« Totalement à votre service, Porte-Lumière, Détentrice d'Espoir, Protectrice et Championne... fille de cœur des Disparus! »

Stupéfaite, elle leva le talisman. Un faible écho parut répéter les paroles de l'Insolite. Pourtant, quelque chose en elle se dérobait, souhaitait avant tout enfoncer l'épée magique dans le sol et que réapparaisse ce qu'elle avait été... la racine du Trillium Noir.

« Jagun, je ne sais pas ce que tu veux dire... »

Il se remit sur ses pieds et ce fut l'énergique Maître des Animaux et le chasseur du Roi qui la regarda, d'égal à égal. « Dame des Yeux, vous l'apprendrez. Et personne ne sera appelé où il n'a pas l'intention de servir.

– Je ne sais pas comment utiliser ce talisman », protesta-t-elle. Jamais elle ne s'était sentie aussi embarrassée. Même la colère qui, auparavant, lui avait toujours donné de la force semblait lui manquer maintenant.

« Cette connaissance aussi viendra. Maintenant, il vous faut entamer la vraie tâche à laquelle vous êtes destinée. »

Elle prit une grande respiration, puis remit le talisman dans son fourreau improvisé. « Très bien. Ces Uisgus emprisonnées, dit-elle brusquement, où sont-elles?

– Près du cours supérieur de la Mutar. Je les ai entendues envoyer l'Appel, mais la réponse d'un autre Peuple viendra trop tard. Ces Skriteks... (ses lèvres s'aplatirent, montrant les petits crocs pointus si différents des dents de Kadiya), il est difficile de les contrôler. Il faut les récompenser avec du sang... et de la chair. »

Kadiya déglutit. Mais elle demanda, résolument : « Y a-t-il moyen de venir au secours des Uisgus captives ?

– Loinvoyante, je dirais qu'une telle action est impossible. Mais la Voie Interdite vous est ouverte et vous portez cela, qui est triple. Nous verrons.

– Alors partons », dit-elle.

Ils quittèrent la route et prirent un chemin tortueux qui traversait les terres accidentées de l'Enfer Épineux. Quand le soir approcha, ils installèrent un campement, car ils ne pouvaient pas poursuivre leur voyage de nuit. Mais avant qu'ils aient pu se coucher, une puanteur familière et terrifiante leur parvint faiblement, portée par la brise. Les Skriteks étaient dans le voisinage !

Jagun les avait tous deux frottés avec des bouchons de feuilles à la senteur âcre qui masquait leur odeur. Il se coucha à plat ventre, la jeune fille l'imita, et ils se glissèrent entre les broussailles. Quelques instants plus tard, ils se tapirent épaule contre épaule, derrière les tiges, grosses comme des troncs, des fougères géantes, pour examiner une clairière.

C'était une sorte de camp. Une poignée d'hommes en armures rouillées étaient rassemblés là, des soldats labornoki. Entre eux et l'endroit où Kadiya et Jagun se cachaient, on avait enfoncé des lances dans le sol, attachées ensemble avec des lianes tressées, afin de former un enclos. Plein de captives. Il n'y avait pas un mâle. Environ une douzaine d'aborigènes étaient assises ou couchées, par petits groupes, dans cette cage. Deux d'entre elles avaient un enfant dans les bras. Elle semblaient si tristes, si épouvantées, que Kadiya sentit son cœur se serrer. Sa main chercha l'épée-talisman et la tira sans bruit.

Un faible gémissement s'éleva, et l'une des femmes mit sa main sur la bouche de son enfant. Quatre Skriteks montaient la garde aux quatre coins de l'enclos. L'un d'eux releva sa tête à la longue mâchoire, hurla, puis visa de sa lance la mère de l'enfant en pleurs.

Kadiya abaissa son épée et, la faisant passer dans sa main gauche, empoigna de la droite le fourreau de sa dague. Après avoir observé un forain, au marché, elle avait appris à lancer le couteau et s'était longuement exercée. Elle était certaine de pouvoir le planter dans la gorge du garde le plus proche ! Oh, si elle avait seulement eu trois ou quatre archers derrière elle !

Mais elle devait, par force, se contrôler. L'autre Skritek rit et sembla exhorter son compagnon à faire usage de sa lance contre la femme apeurée.

Kadiya saisit le bras de Jagun. Ne pouvaient-ils vraiment rien faire ?

Il ouvrit brièvement la main gauche. Sur sa paume brillait quelque chose de vert qu'il tenait avec précaution. C'était un aworik, étrange champignon difficile à trouver, mais allié sûr de celui que poursuivait l'un des grands prédateurs du marais.

L'ennemi bougea le premier. Deux soldats humains surgirent des fougères épineuses, traînant un Uisgu. Le Skritek qui menaçait la mère et l'enfant hésita, puis baissa sa lance.

Pendant que l'attention des envahisseurs se concentrait sur le nouveau captif, Jagun sortit sa sarbacane. Un genou en terre, il projeta l'aworik de toute sa force, visant un point entre les soldats humains et l'enclos des prisonnières. Le champignon friable éclata en tombant par terre et de ses débris s'envola une myriade tourbillonnante de spores, dont les bords étaient coupants comme un rasoir. Aussitôt, les captives se plaquèrent au sol en protégeant leurs grands yeux. Mais cette attaque prit les Skriteks et les Labornoki au dépourvu. Ceux qui ne furent pas aveuglés devinrent comme fous lorsque que les minuscules lames d'aworik tailladèrent les parties vulnérables de leur corps.

Jagun avait déjà levé sa sarbacane et Kadiya entendit le sifflement du premier trait empoisonné avant même qu'elle l'ait vu passer. Un Skritek s'écroula. Son talisman dans une main, sa dague prête dans l'autre, la Princesse sauta sur ses pieds. Le Skritek le plus proche titubait, aveuglé, en agitant son arme. La jeune fille effectua le lancer tournoyant auquel elle s'était si longtemps exercée. La dague s'enfonça dans la gorge du monstre qui s'effondra et se tordit dans les affres de la mort. D'autres fléchettes empoisonnées triomphèrent des deux autres Skriteks. Un soldat, le visage ensanglanté, se précipita vers eux avec une épée courte, mais tel un Compagnon Juré exercé, Kadiya était prête à le recevoir, son talisman brandi. Elle frappa le Labornoki et sentit une secousse ébranler tout son corps lorsque le talisman écrasa le larynx de l'homme. Il bascula, étouffé par son propre sang. Elle demeura abasourdie, incapable de croire qu'elle avait su se servir de l'épée magique.

Cris et hurlements formaient un beau tapage. Les soldats restants payaient un fort tribut aux traits de Jagun. Les Skriteks mourants rugissaient, battaient l'air de leurs membres et labouraient la terre de leurs griffes. Kadiya brandit l'épée une seconde fois et abattit le bord émoussé sur le treillis de corde qui formait le mur de l'enclos. Les lianes se séparèrent, comme si elles avaient fondu.

« Sortez! » ordonna-t-elle aux Uisgus femelles dont la plupart étaient déjà sur leurs pieds. Kadiya désigna la jungle de son épée. « Courez! Dans les fougères épineuses! »

Elles s'enfuirent, Kadiya sur leurs talons, prête à toute attaque des autres Skriteks ou des soldats. Jagun la suivit après avoir arraché la dague de la Princesse de la chair du monstre qu'elle avait tué.

Kadiya et les Uisgus parvinrent à une grande rivière, sans doute le cours supérieur de la Mutar, où un radeau flottait à côté d'une large barge, pareille à celles que les marchands utilisaient. Il y avait là quatre soldats que la clameur lointaine avaient rendus un peu perplexes, et un seul Skritek qui bondit hors de l'eau, un poisson frétillant entre les dents.

« Jagun ! » Kadiya comprit aussitôt le péril. Elles avaient besoin du chasseur et de ses traits empoisonnés. Seule, elle n'était pas de taille à les affronter. Mais Jagun était resté en arrière pour s'assurer qu'ils n'étaient pas suivis.

Les soldats labornoki, épées à la main, commençaient à les encercler. Les femelles Insolites hurlèrent de terreur lorsque l'énorme Skritek s'avança vers elles en pataugeant.

La jeune fille sentit une brusque chaleur lui brûler la main : elle prit l'épée-talisman, non par la garde, mais par sa lame émoussée et la leva devant elle. Les trois yeux du pommeau s'étaient ouverts et regardaient l'homme d'arme le plus rapproché.

Il poussa un cri rauque, recula en trébuchant, laissa choir son arme et porta les mains à ses yeux. Kadiya devina ce qui s'était passé. Elle tourna le talisman vers un autre soldat. Qui hurla et vint buter contre son compagnon aveuglé ; aussitôt celui-ci pivota sur ses talons et frappa le troisième Labornoki, lui assénant un coup mortel. Kadiya dirigea l'épée vers le dernier soldat. Mais il avait vu ce qui se passait et baissa la tête en attaquant la Princesse. Aussitôt, il tournoya sur lui-même en criant. L'une des fléchettes empoisonnées de Jagun s'était enfoncée dans sa nuque. Le Skritek s'affala dans la rivière au milieu d'une grande gerbe d'eau lorsqu'il fut atteint par un autre trait. Jagun accourut ; les deux soldats survivants, aveuglés, continuaient à se tailler en pièces comme s'ils étaient devenus fous. Jagun cria aux Uisgus de monter sur le radeau. Puis il coupa la corde d'amarrage avec la dague de Kadiya et jeta l'arme à bord. Deux des femmes avaient ramassé les épées et d'autres s'étaient déjà emparées des perches.

« Vite ! hurla Jagun. Voilà d'autres Skriteks ! Quittez la rive ! »

Kadiya se hâta d'aider les blessées à embarquer. Les perches plongèrent dans l'eau et l'embarcation s'ébranla. L'une des femmes entama un chant monotone du Peuple de la Rivière et celles qui manœuvraient les perches réagirent en accélérant leur mouvement. Alors, un puissant courant les emporta.

« Jagun ! » cria la Princesse. Mais il se contenta de hocher la tête et se retourna pour accueillir cinq Skriteks hululants qui venaient de jaillir des fougères. Impuissante, La jeune fille le vit porter sa sarbacane à ses lèvres contre les monstres qui chargeaient... puis le radeau franchit un tournant de la rivière et la courageuse petite silhouette de Jagun disparut à ses yeux.

Leurs seules armes, c'était les deux épées, la dague de Kadiya et le talisman. Les Uisgus n'avaient pour tout vêtement que leur fourrure trempée et emmêlée. Elles étaient onze en tout, plus deux tout-petits. Quatre aborigènes avaient des pansements de feuille tachés de sang, et beaucoup d'autres souffraient de coupures produites par les spores d'aworik ou les coups reçus lors de leur capture.

« Dame ? »

Kadiya se lamentait de la perte de Jagun, mais elle releva la tête. L'une des Uisgus s'était assise près d'elle.

« Je suis Nessak de Dezaras, autrefois Première de la Maison et Porte-Parole de la Loi. Celles-là... (d'un geste du bras elle montra ses compagnes) sont aussi du village de Dezaras. L'infortune nous a frappées alors que nous voyagions. Les soldats humains ont livré nos hommes aux Skriteks sous nos yeux. Ces envahisseurs, Grande Dame, cherchent des secrets que nous ignorons. Car nous sommes liés par un serment qui nous empêche de pénétrer dans le lieu interdit des Disparus... fermé à jamais. Comme nous ne pouvions pas parler de ce que nous ne connaissions pas, l'humain qui mène les autres et qui est habillé en rouge a ordonné que l'on nous garde jusqu'à l'arrivée d'autres humains qui marchent avec les Skriteks et s'efforcent de dresser les Ténèbres contre la Lumière. Cet homme a entamé la descente de la rivière peu de temps avant que vous veniez à notre secours... Maintenant, nous sommes vos servantes à jamais, Dame, et nous vous remercions de nous avoir délivrées. Nous direz-vous qui vous êtes et d'où vous venez ?

– Je suis la fille du roi Krain... et mon nom est Kadiya. Ces ouvriers du Mal se sont emparés de notre pays. Mon père a été victime de leur cruauté, ainsi que tous ceux qui le suivaient. Ma mère aussi. »

Elle retint son souffle un moment, en contemplant d'un œil éteint son talisman. Si seulement elle l'avait eu lors de l'invasion de la Citadelle ! Il aurait, d'une manière ou d'une autre, mis les soldats ennemis en déroute... et peut-être le roi Voltrik lui-même ?

« Une prophétie dit qu'une femme de ma Maison vaincra ces scélérats. Mes sœurs et moi sommes parties sur les ordres de l'archimage Binah, celle que vous appelez la Dame Blanche, en quête de ce qui pourrait venger notre famille. »

Pour la première fois depuis longtemps, elle pensa à Anigel et à Haramis. Qu'était-il advenu d'elles ? Est-ce que ses sœurs étaient mortes ? Ne restait-il plus qu'elle-même pour réclamer le prix du sang ?

« Anigel... Haramis... » Elle dit leurs noms tout haut, comme si elle les appelait.

Quelque chose frémit dans sa main. Elle lâcha le pommeau de

l'épée qu'elle empoigna par la lame. Deux des yeux s'ouvrirent. Des yeux ? Non, pas cette fois. A leur place, elle vit deux minuscules images... des visions ! Il y avait Haramis tenant à la main un Trillium Noir en fleur. Et Anigel, les mains en coupe, avec la même plante. Ses sœurs vivaient et elles l'attendaient quelque part pour l'épreuve finale. Aussitôt qu'elle fut assurée de cela, les paupières se fermèrent et elle ne vit plus que les sphères vides du pommeau. Kadiya soupira.

« Dame, dit gravement la Uisgu, il est clair que vous êtes Porte-Lumière, Détentrice d'Espoir... la Dame des Yeux, affiliée aux Disparus. »

Kadiya secoua négativement la tête avec véhémence. « Non, Porte-Parole de la Loi, je ne prétends pas être de la famille des grands Anciens, bien que ceci (elle abaissa la main sur le talisman) puisse venir de leur temps lointain. Je ne vois pas comment je pourrais porter la Lumière ou détenir l'Espoir. Tout ce que je sais, c'est que je dois vaincre le roi Voltrik et le sorcier Orogastus, même s'il faut que je le fasse seule.

– Dame, vous n'êtes pas seule, répliqua la Uisgu d'une voix douce. Ces malfaisants qui nous ont emprisonnées ont violé le Grand Serment et connaîtront le châtiment. Vous êtes entrée dans le Lieu du Savoir, le gardien sindona vous a laissée passer. Vous nous avez été envoyée. Vous êtes la Dame des Yeux... celle attendue depuis longtemps. Aussi, bien que la guerre nous ait été interdite, les Uisgus se lèveront pour vous aider. Les Ténèbres parcourent le pays, le Grand Équilibre a été détruit, et personne ne se tiendra à l'écart de la lutte qui va s'ensuivre ! Lorsque nous atteindrons Dezaras, l'Appel sera lancé et le Peuple des Uisgus marchera à vos côtés. »

Kadiya retint son souffle. Ce qu'elle avait suggéré à Jagun, ce qui, lui avait-on dit, était impossible, allait advenir. Si les Insolites se soulevaient, ils feraient du Bourbier Dédaléen une arme contre les envahisseurs. La volonté de la Princesse se renforça. Ce serait une guerre totale, et si elle arrivait à maîtriser le secret de son talisman, ils la gagneraient, cette guerre...

Ses ongles s'enfoncèrent dans ses paumes. Le temps... elle avait non seulement besoin de temps, mais de connaissances. Elle pria pour que ses nouveaux alliés puissent les lui fournir.

# XXX

Les rimoriks descendirent la rivière pendant trois jours, en poussant le bateau d'Anigel. Parfois, le chenal principal se rapprochait de la rive boisée et la Princesse regardait alors les arbres étranges avec une admiration mêlée d'effroi. Certains étaient très élevés et leurs branches se recourbaient vers le haut, tels les bras sinueux d'une danseuse. Certains avaient des troncs bizarrement ondulés, comme formés de milliers d'anneaux empilés, et penchaient obliquement, totalement déséquilibrés, d'une manière qui semblait défier la pesanteur. Il y avait des arbres massifs, courtauds, pareils à de gigantesques tubercules, larges à la base et se terminant en pointe, garnis d'une couronne ridicule de minuscules branches dont les feuilles tremblaient sans cesse. Il y avait des bosquets de splendides gondas, arbres très prisés pour la construction, plus grands que ceux qui poussaient dans le Bourbier Dédaléen. Leurs immenses troncs, aussi droits que des colonnes et plus larges que la porte principale de la Citadelle, formaient de vertes arcades éclairées par les rayons obliques et dorés du soleil. Il y avait des arbres tout chargés de fleurs d'un rouge orangé si éclatant qu'ils semblaient en feu. D'autres, lourdauds et pauvrement feuillus, aux branches noueuses et au tronc creusé de trous béants, abritaient de bruyantes colonies de chanteurs nocturnes. Leur variété était si grande que l'esprit d'Anigel en était submergé et qu'elle se sentit soulagée lorsque le courant l'entraîna loin des berges.

Durant les Pluies, le large lit presque à sec de la Grande Mutar devait se remplir de l'eau des crues. Plus ils avançaient en aval, plus de grands tas de bois flottés, dont les branches séchées et blanchies étaient souvent revêtues d'écheveaux de vignes fleuries, jonchaient le chenal. D'immense bandes d'oiseaux vivaient sur ses bords, picorant sur les laisses de vase et dans les basses eaux, et s'envolaient dans les airs en gloussant et en poussant des cris rauques ou perçants quand le bateau passait parmi eux telle une flèche. On voyait de temps à autres des animaux... de gras quadrupèdes gris aux bouches béantes qui se nourrissaient de plantes aquatiques dans les bourbiers; de petits carnivores piscivores qui ressemblaient à des pelriks géants et que les rimoriks accueillaient comme des camarades; et partout, dans la végétation des bords de la rivière et dans les îles, grouillait en grand nombre la petite créature inoffensive à la fourrure rayée de jaune qui avait réveillé Anigel lors de son premier jour au Tassaleyo.

Mais rien que des animaux.

Anigel questionna ses amis à ce sujet. Ils lui répondirent que depuis de longues années, les Wyvilos habitaient un seul grand village. Comme certains poissons ou certains oiseaux, ils cherchaient la sécurité dans le nombre, car ils étaient sans fin attaqués par leurs cousins, les Glismaks, qui hantaient les profondeurs de la forêt.

Il y a très longtemps, dirent les rimoriks, les Wyvilos vivaient en petits groupes familiaux et n'avaient pas de demeure permanente. Ils évitaient assez facilement leurs ennemis moins dégourdis en ne dormant jamais deux fois au même endroit. Mais lorsqu'ils se mirent à commercer avec l'humanité, ils accumulèrent des biens et ne purent continuer à se déplacer sans cesse. Plus ils devenaient riches, plus ils s'exposaient à la cruauté des envieux Glismaks.

*Mais ils ne reviendront pas à leur ancien mode de vie. Une telle situation serait pour eux pire que la mort. Nous ne les comprenons pas.*

« Moi, si, dit la Princesse. Les humains réagissent de la même manière. Il y a chez certains êtres quelque chose qui les pousse sans cesse à faire mieux, à apprendre plus, à s'évertuer davantage, à grimper plus haut. Tout le monde n'est pas comme cela, mais cette forte envie se transmet des parents aux enfants. Ce n'est pas une mauvaise chose. Mais le fait que les forces motrices du monde poussent les êtres vivants... surtout les êtres pensants... à se complexifier de plus en plus reste très mystérieux, car on pourrait croire que les hommes se lasseraient de cette escalade et reviendraient à la simplicité, comme un feu tombe en cendres. Les plus vieux d'entre nous s'en fatiguent, mais il semble qu'il y ait toujours des jeunes désireux d'aller plus loin, d'améliorer leur vie.

*Alors les Humains et le Peuple sont parents.*

« Je... je pense que oui. Mais je n'en suis pas sûre. Nos sages disent que les aborigènes – ceux que vous appelez le Peuple – appartiennent vraiment à ce monde. Et pas les humains. »

Les rimoriks rirent. *Oh, que si.*

Anigel les réprimanda. « Je ne suis pas érudite, mais ce sont les meilleurs professeurs qui m'ont enseigné cela. Ma sœur Haramis, qui est très intelligente, m'a affirmé que c'était vrai. Et on le dit, non seulement des Ruwendiens, mais aussi des autres nations humaines.

*Les humains ont parcouru ce monde avant le Peuple des Marais, avant le Peuple des Montagnes, avant le Peuple de la Forêt. Seuls les grands Noyeurs ont parcouru ce monde avant eux.*

Anigel était sceptique. « Comment le savez-vous ? Vous n'êtes que des animaux! »

Les rimoriks se contentèrent de rire de nouveau et refusèrent de continuer sur ce sujet; quelques instants après, Anigel aperçut le village wyvilo et ne se soucia plus de penser à ces mystères.

Les Wyvilos étaient visiblement au courant de son arrivée.

Une flotte de plus de trente longs esquifs translucides quittèrent le quai et foncèrent vers elle. Chaque embarcation portait deux douzaines de pagayeurs aborigènes, plus un patron qui se tenait fièrement debout à la proue et dirigeait son équipage avec de grands gestes.

« Je crois que nous ferions mieux de nous arrêter, dit Anigel aux rimoriks avec inquiétude. Par la Fleur, ils sont nombreux! Est-ce que vous... vous pouvez sortir vos têtes de l'eau pour montrer que vous me protégez ? »

Deux éclaboussures lui répondirent; les gros animaux lui firent un grand sourire et tournèrent les yeux vers la flotte qui s'approchait d'eux.

Le village wyvilo se déployait sur une large zone défrichée qui, la Princesse l'apprit ensuite, était une île entourée de chenaux artificiellement approfondis. Le littoral se hérissait de petits docks où étaient amarrés bien d'autres bateaux légers et brillants. (Les rimoriks lui avaient dit que le matériau de son embarcation provenait de la vessie natatoire d'un gigantesque poisson de rivière.) Les jolies maisons, toutes sur pilotis, étaient faites de grumes, avec des toits de bardeaux, des volets, et toutes sortes de balcons et de plate-formes... pleins de spectateurs. La plupart des demeures étaient reliées les unes aux autres par des passages aériens qui paraissaient quelque peu branlants.

La partie du village la plus en aval avait récemment souffert d'un incendie. Les structures noircies étaient en cours de démolition et les charpentes des nouveaux bâtiments s'élevaient parmi les ruines. Curieusement, on ne voyait aucun arbre dans ce village, seulement des jardins et des multitudes d'arbustes; des fleurs poussaient sur de nombreux toits moussus.

Quand le bateau de tête fut à environ dix ells de celui d'Anigel, il s'immobilisa. Les autres se rangèrent a ses côtés, formant une ligne continue d'embarcations pleines à ras bord d'Insolites bouche bée dont l'apparence physique était bien différente de celle à laquelle la Princesse était accoutumée.

Plus grands que les Nyssomus et les Uisgus des marais du Nord, ils avaient presque la stature d'adultes humains bien découplés. Leurs têtes n'étaient pas rondes, mais étirées en avant, et leurs nez avaient l'air de petits groins. Leurs yeux, qui ressemblaient à ceux des autres aborigènes, étaient grands et jaunes; mais avec des pupilles verticales... ainsi que celles des Skriteks. Les bouches ouvertes des Wyvilos révélaient des dents impressionnantes. Leur peau était poilue par endroits, et en partie recouverte de plaques dermiques formées d'écailles brunes et brillantes. Le Peuple de la Forêt portait des pagnes somptueusement peints et une profusion de colliers, de bracelets, de pectoraux, d'anneaux de cheville et d'autres bijoux... dont certains en or ou en platine, incrustés de pierres précieuses aux mille feux. Les perles de pacotille en verre bleu paraissaient aussi appréciées que les métaux précieux et Anigel vit un aborigène arborer la cuirasse en acier d'un chevalier ruwendien, et un autre qui portait sur ses larges épaules le châle à franges d'une dame des polders.

Elle avait tranquillement peigné ses cheveux pendant que la flotte approchait et revêtu, par-dessus ses habits usés, la cape en cuir d'Immu. Elle se mit debout avec précaution dans le bateau flanqué des deux rimoriks et éleva les deux mains. La cape s'ouvrit pour révéler l'amulette du Trillium qui scintillait sur sa poitrine.

La foule flottante poussa un long cri. Les Wyvilos la montrèrent de la griffe et ceux qui étaient à l'arrière des embarcations affluèrent à la poupe et tendirent le cou pour mieux voir, en murmurant ou en s'exclamant dans leur langue gutturale.

« Je viens ici en amie, dit Anigel. Je cherche un talisman magique appelé le Monstre Tricéphale. »

Soudain, le silence tomba sur le Peuple de la Forêt. De nouveau, les bouches béèrent et les yeux d'or s'exorbitèrent.

Anigel attendit, puis finit par dire : « Y a-t-il quelqu'un, parmi vous, qui puisse me parler ? »

Le capitaine le plus couvert de bijoux fit un geste brusque. Son bateau sortit du rang et rejoignit celui de la Princesse.

« Celui-ci parle », déclama-t-il dans la langue de la Péninsule. Sa voix était pâteuse et presque inintelligible, son front couvert d'une fourrure brune férocement froncé. Il arborait un pectoral d'or martelé incrusté de pierres précieuses multicolores, un beau chapeau ruwendien de brocart crème orné d'une broche de brillants et de grandes plumes rouges, et un pagne du même brocart. « Celui-ci est Sasstu-Cha, Porte-Parole de Let, maugréa-t-il. Qui êtes-vous? Et pourquoi souhaitez-vous les faveurs des Wyvilos?

– Je suis la princesse Anigel du Ruwenda. Vous savez peut-être que mon pays a été envahi par des ennemis humains venus du nord. » Elle souleva l'amulette tout en poursuivant. « La Gardienne de notre terre, la Dame Blanche, m'a envoyée chercher un talisman. Il libérera mon peuple de l'esclavage des conquérants. Avez-vous entendu parler de ce Monstre Tricéphale ? »

Le Porte-Parole hésita. « Nous savons qu'il existe quelque chose comme cela. Mais ce n'est pas un talisman. Il faut descendre la rivière pendant une demi-journée, puis remonter durant plusieurs heures le Kovuko... dans le pays glismak. »

La Princesse hoqueta en silence, ce qui amena un sourire sur le visage du Wyvilo.

« Pouvez-vous me fournir un guide qui m'emmènera là-bas ? demanda-t-elle.

– Non. »

Anigel brandit son amulette. « Je l'exige de vous ! Par la Fleur ! »

La foule poussa un grand cri gémissant.

Désespérément, la Princesse tira la feuille de Trillium Noir de son escarcelle et la brandit. Le Peuple cria encore plus fort et cette fois, clairement de douleur.

« Il faut que j'y aille ! Aidez-moi, supplia Anigel.

– Si vous remontez le Kovuko, vous périrez à coup sûr, dit Sasstu-Cha. A cet endroit, les arbres sont aussi voraces que les Glismaks. Aucun d'entre nous n'oserait vous y conduire. Même si ce n'était pas un lieu défendu par le Dieu du Ciel, nous ne pourrions pas y aller. Il y a quatre soleils, les Glismaks ont pillé Let et brûlé beaucoup de nos maisons. Ils le font toujours à la fin de la saison sèche, sachant que nous sommes plus riches en butin après avoir commercé avec les humains. Ils reviendront bientôt et nous attaqueront de nouveau. Tous les Wyvilos doivent rester pour défendre leurs foyers. Même le saint Trillium Noir ne peut pas nous détourner de notre devoir. »

Anigel se redressa et respira à fond. « Très bien. Mes amis les rimoriks et moi, nous irons seuls. Pourriez-vous, au moins, me donner des indications précises, afin que je trouve rapidement ce Kovuko ?

– Oui, volontiers. Et aussi des aliments et des vêtements humains en bon état, si vous le souhaitez.

– Avec grand plaisir. Je vous prie de m'accorder une faveur de plus. D'autres humains me suivent, des ennemis. Je vous supplie de ne pas leur dire où je suis partie.

– Nous nous tairons. » Sasstu-Cha fit un grand geste du bras destiné à ses pagayeurs. « Celui-ci vous prie de le suivre, princesse Anigel du Ruwenda. Acceptez pour ce soir l'hospitalité précaire de Let, puis poursuivez votre chemin. Et si vous découvrez votre talisman magique libérateur, ne pensez pas qu'à votre patrie en danger, mais accordez aussi une petite pensée à la nôtre. »

# XXXI

Les Uisgus étaient très sensibles à leur environnement marécageux, ce qui les rendait conscients du moindre changement de la vie autour d'eux. Le crépuscule tombait lorsque celles qui tenaient les perches (elles s'étaient remplacées plusieurs fois au cours de la journée) s'arrêtèrent brusquement. Kadiya vit les aborigènes se rassembler et chuchoter dans leur dialecte.

Nessak, qui connaissait la langue du commerce, rejoignit Kadiya. « Dame, il y a encore plus d'ennemis devant nous. La plupart ont dû camper au tournant de la rivière. Il faut absolument les éviter ou ils nous captureront de nouveau pour satisfaire leurs mauvais instincts. »

Kadiya acquiesça d'un hochement de tête. Comme avec Jagun, elle dépendait de leurs connaissances de la terre et de l'eau.

Jagun... c'était un souvenir douloureux. En dépit de tous leurs espoirs, il n'avait pas réapparu sur la rive de la Mutar et les femmes uisgus ne captaient aucun Appel de lui. Mais la Princesse continuait à repousser l'idée qu'il était mort.

« Y a-t-il un moyen de le faire ? » demanda Kadiya.

Les brumes se levaient de nouveau, voilant tantôt cette partie-ci de la rivière et des berges, tantôt cette partie-là. Elle n'avait pas aperçu de ruines depuis qu'elles s'étaient enfuies.

Nessak secoua négativement la tête. « Dame, les méchants humains ont avec eux des Skriteks, mais c'est vrai aussi qu'ils sont très fatigués et qu'il y a encore plus de dangers dans les parages. C'est un territoire de chasse des loorus. Aussi... (elle fit un petit geste de la main) après la tombée de la nuit, les hommes et les Noyeurs ne seront pas nos seule ennemis. »

Les loorus! Kadiya, depuis son plus jeune âge, avait entendu parler de ces féroces oiseaux de nuit. Les nourrices s'en servaient pour effrayer les enfants qui s'attardaient dehors après le coucher du soleil. Mais depuis qu'ils fuyaient dans le Bourbier, Jagun n'y avait jamais fait allusion. Plusieurs saisons auparavant, elle avait vu en vente sur le marché de Trévista des morceaux de leurs ailes de cuir soigneusement tannés, mais une seule fois, et c'était une curiosité. Elle leva les yeux vers le ciel qui s'assombrissait. Le looru était un suceur de sang qui pouvait enlever un homme ou un animal pour lui vider les veines; avec ses serres, il était capable d'arracher la vie à toute proie passant à proximité.

« Dame! » L'une des Uisgus qui était à l'avant du radeau l'appelait à voix basse. « Regardez! »

La rivière avait déjà tourné plusieurs fois et s'était même divisée en multiples chenaux depuis qu'elles avaient pris la fuite. Maintenant, elle s'étirait droit devant eux et Kadiya distingua une lueur sur la rive gauche, certainement pas produite par une plante des marais, mais par un feu ou toute autre lumière fixe. En même temps, elle entendit un clairon sonner le rassemblement, puis des hommes crier... et une sorte de vrombissement.

Les Uisgus se hâtèrent de diriger le radeau vers la rive opposée.

« Les ennemis subissent une attaque! » La voix de Nessak s'était un peu raffermie. « Dame, c'est peut-être les loorus.

– S'ils sont assez stupides pour attirer les prédateurs avec leurs lumières, commenta Kadiya, c'est qu'ils ne connaissent rien à ce pays. Les Skriteks auraient dû les avertir... »

Nessak émit un bruit qui ressemblait à un rire plein d'amertume. « Dame, ces hommes venus de loin n'écouteront pas le baragouin des Noyeurs. Ils penseront qu'un avertissement des habitants du marais ne doit pas être pris au sérieux. Ils n'ont pas beaucoup de bon sens, seulement l'envie de faire couler le sang pour satisfaire leurs maîtres.

– Si les loorus sont en train de les attaquer, ne pouvons-nous en profiter pour passer en douce? »

Nessak réfléchit. « Cela peut nous donner une chance, Dame. On peut toujours essayer... »

Elles accostèrent la rive gauche. Kadiya et plusieurs Uisgus coupèrent rapidement toute une quantité de roseaux, jetant les faisceaux aux autres qui s'affairaient à rendre leur embarcation semblable à l'une de ces masses de débris que l'on voyait souvent sur la rivière. Le seul obstacle à ce plan était la taille du radeau qu'elles essayaient de camoufler. Les îlots flottants de ce genre ne dépassaient généralement pas le quart de la plate-forme de rondins sur laquelle elles s'étaient réfugiées.

Ayant effectué les seuls préparatifs possibles, deux d'entre elles repoussèrent l'embarcation dans le courant qui alors était paresseux; aussi dérivèrent-elles avec une lenteur torturante pour les nerfs. Le feu du camp ennemi jetait un éclat plus vif. Les Uisgus couchées à plat ventre sous les roseaux observaient l'autre rive avec des yeux inquiets.

Les envahisseurs n'avaient apparemment rien appris de leurs batailles précédentes avec les loorus car certains agitaient des torches, flanqués d'un compagnon armé d'une lance ou d'une épée. Plusieurs bêtes luttaient, abattues sur le sol. Un Skritek écrasa la tête de l'une d'elles et un homme, portant un pansement rougi à la jambe, leva une petite épée comme si c'était un couteau de chasse afin de clouer au sol une aile qui battait violemment.

Les soldats labornoki n'avaient plus l'air fiers ou sûrs d'eux. Leurs armures rouillaient, les plumes de leurs heaumes pendaient et leurs vêtements étaient crasseux. Beaucoup avaient des pansements et tous les visages étaient gonflés et rougis par de nombreuses piqûres d'insectes. Sous un arbre, contre le tronc duquel s'appuyait un abri rudimentaire, quatre hommes au moins étaient couchés, immobiles.

Le camp, si grand fût-il – car il ne s'agissait pas d'une bande d'éclaireurs – était nettement victime d'une attaque concertée. Kadiya s'empara de sa perche et l'appuya de toutes ses forces contre la berge voisine pour les faire avancer plus vite. D'autres Uisgus suivirent son exemple. Mais l'embarcation voguait très lentement.

Apparemment, les loorus découvraient que la bataille était plus périlleuse qu'ils ne l'avaient escompté. La troupe s'écarta un moment quand l'un d'eux prit feu au contact d'une torche bien envoyée. Il poussa un cri strident puis se laissa tomber sur son agresseur, déterminé à se venger. Les griffes d'une de ses ailes s'enfoncèrent dans la mâchoire de l'homme dont le heaume tomba. Il y eut un hurlement de terreur lorsque le looru plongea vers le sol et écrasa sa proie sous le poids de son corps en flammes.

Kadiya se dit qu'elles avaient peut-être une chance de passer inaperçues. Aucun des combattants n'était près de la rivière; certes le feu et les torches illuminaient la surface de l'eau sombre, mais aucun des Labornoki ou des Skriteks ne regardaient dans leur direction. Elle se réjouit trop tôt. Soudain, le radeau frémit sous elles et fut déporté vers la rive droite. Kadiya s'escrima avec sa perche contre ce qu'elle prit d'abord pour un caprice du courant. Puis, à un bras de distance, le camouflage recouvrant les rondins se souleva. Une Uisgu hurla lorsqu'un grand bras couvert d'écailles surgit de l'eau pour tâter les roseaux.

Au même instant, un autre arracha la perche des mains de la Princesse qui la lâcha juste à temps pour ne pas être entraînée par-dessus bord. L'embarcation se rapprochait inexorablement du champ de bataille.

« Des Noyeurs! souffla Nessak. Sous le radeau... ils nous tirent! »

Impossible d'élaborer une défense contre ces créatures si habituées à l'eau qu'elles pouvaient se cacher longtemps, invisibles, sous la surface. Les Uisgus n'osèrent pas non plus sauter à l'eau et fuir à la nage, car leurs ennemis les auraient rapidement noyées.

Kadiya devina ce qui était arrivé. La plupart de ces rusés démons des marais s'étaient réfugiés dans l'eau lors de l'attaque des loorus, laissant les hommes se battre seuls. Ils devaient être nombreux dans la rivière, à voir la rapidité avec laquelle le radeau filait maintenant vers la berge.

Dans le camp, le tumulte s'apaisait. Beaucoup de loorus avaient été abattus et la bande d'oiseaux s'éloigna avant de revenir à l'attaque.

Kadiya vit alors, éclairée par le feu, une silhouette vêtue de rouge, le visage dissimulé par une capuche. Ce ne pouvait être que la Voix d'Orogastus qui l'avait cherchée si longtemps. L'homme tenait une perche qu'il enfonça dans le sol. Un soldat se précipita pour l'aider à la stabiliser. A l'autre extrémité, bien au-dessus du niveau des flammes, elle se terminait pas un plateau circulaire. Voix Rouge recula et de sa main jaillit un rayon de lumière qui frappa le haut du bâton. Il se produisit une petite explosion. Des flammes orange et jaunes s'échappèrent des bords du plateau et commencèrent à tournoyer avec un bruit perçant qui faisait mal aux oreilles. Les loorus poussèrent des cris d'effroi, s'élevèrent dans le ciel nocturne et disparurent. Le feu d'artifice flamboya et hurla encore durant quelques minutes, puis se transforma en une pluie d'étincelles et mourut.

L'homme en rouge s'avança à grands pas vers le rivage pour observer le radeau qui arrivait. Kadiya n'entendit aucun ordre sortir de sa bouche, mais aussitôt plusieurs personnages, portant des capes déchirées et des insignes d'officier ternis, vinrent le rejoindre.

Ils lancèrent des ordres et des soldats accoururent du champ de bataille. Kadiya vit une poignée d'archers déguenillés prêts à lancer leurs flèches. Mais un officier revêtu d'une armure rouge sang guillochée leva le bras et ils ne tirèrent pas. Aucune Uisgu ne s'était montrée, mais la Princesse savait que les ennemis étaient au courant de leur présence. Les Skriteks dont les grands yeux reflétaient la lueur rouge du feu et des torches surgirent de la rivière et, souriant d'un air triomphant, se mirent à secouer le radeau.

L'officier, que Kadiya reconnut pour le général Hamil, se tourna vers Voix Rouge et lui parla. Sur-le-champ, l'acolyte d'Orogastus cria dans la langue du commerce :

« Débarquez, vermine des marais! Ou bien devrons-nous laisser nos alliés prendre ce qu'ils veulent ? » Il désigna d'un geste les Skriteks en attente.

Les Uisgus sortirent à quatre pattes de sous les roseaux. Mais Kadiya ne les suivit pas aussitôt. Elle empoigna son amulette. Il y avait sûrement encore une chance... Les Skriteks s'emparèrent des Uisgus et les jetèrent avec brutalité sur le rivage. Cependant, Voix Rouge ne s'intéressait pas à leur capture. Les sourcils froncés, il regardait fixement l'endroit où Kadiya restait cachée. Le talisman semblait, d'une certaine manière, la protéger.

L'acolyte du Sorcier dit quelque chose au général Hamil et l'officier se retourna. L'une des Uisgus qui portait un enfant avait trébuché et était tombée à ses pieds quand le Skritek l'avait lancée à terre. Hamil se pencha et saisissant par le bras l'enfant qui criait, l'arracha à sa mère pour l'envoyer à un Skritek. Le monstre rugit de joie et attrapa sa récompense au vol.

Kadiya rejeta sa couverture de joncs et apparut, le talisman à la main. « Non! cria-t-elle.

– Emparez-vous d'elle! » hurla Hamil.

Avant qu'elle puisse bouger, un Skritek surgit de l'eau, lui tordit douloureusement les bras derrière le dos et la traîna du radeau sur le rivage. Le talisman tomba dans la boue; un autre Skritek qui se penchait pour le ramasser poussa un hurlement et recula tandis que des bouffées de fumée s'élevaient du pommeau rougoyant.

Poussée entre le Général et la Voix, Kadiya demeura là, pleine de rage impuissante. Le heaume d'Hamil était levé et il ne ressemblait plus guère à l'homme formidable qu'elle avait vu à la Citadelle. Ses mâchoires étaient hérissées de poils raides et ses joues couvertes de piqûres dont certaines s'infectaient. L'une avait tellement gonflé la paupière de son œil gauche qu'il pouvait à peine s'en servir. Mais il souriait et éclata de rire.

« Alors, la Voix, dit-il à son compagnon. Voilà quelque chose qui vaut toute cette damnée marche dans la boue. La princesse Kadiya! Ce soir, nous avons de la chance! »

Il tendit brusquement la main pour relever le menton de la jeune fille en lui enfonçant cruellement les ongles dans la joue.

« Vart des marais, dit-il avec plaisir. Te voilà loin de tes coquettes robes de soie, hein? Il n'a pas fallu longtemps pour te réduire à l'état de lécheuse de boue... tu es de la viande tendre, comme tous ceux de ta famille! » Il la lâcha pour la gifler si brutalement que des larmes jaillirent, malgré elle, de ses yeux.

Hamil s'étrangla de rire. « Pleure toutes les larmes de ton corps, jeune fille. Il n'y a pas de miséricorde pour ceux de ta maison. » Il regarda Voix Rouge et ajouta d'un air méprisant : « Ainsi les femmes du sang de Krain vont vaincre le grand Labornok? » Sa main lourde s'abattit de nouveau, cette fois sur l'épaule de la Princesse, pour la tourner face au laquais d'Orogastus. « C'est... cela que votre seigneur prend pour un danger de mort? Quelle blague! »

Voix Rouge avait les yeux fixés non sur Kadiya, mais sur le talisman qui reposait non loin de là. Il se pencha pour le ramasser, puis recula en faisant la grimace.

« Qu'est-ce qui vous fait peur, la Voix ? » Hamil était jovial. « C'est le talisman ! Cette camelote magique si convoitée par votre maître. Prenez-le, mon vieux. Qu'est-ce que vous attendez ? »

Voix Rouge se raidit. Il parut devenir plus massif, plus grand. Des fentes de son masque jaillirent des rayons blancs aveuglants, si bien que même le général Hamil cria de peur ainsi que ses hommes.

« Hamil ! » Comme portée par le vent nocturne, leur parvint une nouvelle voix que Kadiya avait déjà entendue. C'était l'acolyte qui parlait, mais le ton était celui d'Orogastus. « Vous avez bien agi, mieux que vous ne le croyez. Mais il faut faire très attention. Ce qui repose à terre, devant vous, est lié à votre prisonnière. Ni vous ni aucun autre, s'il ne possède l'ancien savoir, ne peut le manier... sauf elle. Ma Voix Rouge ! Obéis-moi ! Force la princesse Kadiya à ramener le talisman à la Citadelle, mais assure-toi qu'elle ne peut l'utiliser. »

Voix Rouge s'affaissa. Ses yeux étaient de nouveau noirs et il chuchota : « Oui, Maître. »

Hamil cracha, vigoureusement et bruyamment, tout près du pommeau de l'épée magique. « Alors, ce bâton et elle sont liés par la magie. Comment allez-vous résoudre ce problème ? C'est le genre de guerre que mène votre maître, non ? »

L'acolyte du Sorcier prit un bout de corde curieusement bigarré, comme la peau d'un ver des marais. Kadiya le regarda faire un petit nœud coulant à l'une des extrémités qu'il tourna entre le pouce et l'index en murmurant des mots tout bas. Ensuite, avec la prudence d'un pêcheur en train de leurrer l'habitant circonspect d'une mare, il fit passer patiemment la boucle sous le pommeau, puis resserra le nœud d'un coup sec quand celui-ci fut en place. Il tira alors sur la peau de serpent et libéra l'épée émoussée de la boue. Comme elle se balançait devant lui, Hamil tendit la main avec désinvolture pour la toucher, mais la Voix la plaça hors de sa portée.

« Général, posez la main carrément sur cette épée et elle vous prendra au piège. »

Le Général grogna.

« Vous avez entendu les ordres de mon Maître, poursuivit la Voix. C'est un objet doué d'un grand pouvoir qu'il souhaite posséder, et puisque ce talisman est lié à la princesse Kadiya, il veut celle-ci aussi. »

Hamil observa pensivement la jeune fille. « Et si elle trouvait moyen d'utiliser cette damnée épée ? »

Par les trous de son masque, Voix Rouge étudiait la jeune fille avec une vive attention. « Général, nous ne savons pas ce que cette fille peut faire. Mais mon Maître m'a remis un appareil capable de la maîtriser. »

L'épée se balançait hypnotiquement à l'extrémité de la peau tachetée. Voix Rouge fouilla de l'autre main dans sa poche et en sortit un petit objet blanc dont il toucha le front de Kadiya.

La Princesse cria, puis sa voix mourut. C'était comme si le froid mordant de la glace l'avait frappée, la gelant jusqu'à la moelle des os. Cette sensation envahit son corps de la tête aux pieds. Elle essaya de bouger, mais ses muscles ne réagissaient plus.

La Voix hocha la tête. « Vous voyez, Général. Elle va rester inoffensive un certain temps... mais cela ne durera pas éternellement. L'appareil n'opère qu'une seule fois, et je n'en ai pas d'autre. Il existe un autre moyen de contraindre cette jeune fille à nous obéir. Ce qui est lié peut être délié... par la volonté. Mais briser la résolution de quelqu'un prend du temps. Ce talisman doit demeurer attaché à elle jusqu'à ce qu'elle nous le donne librement.

– Librement ? » Hamil ouvrit de grandx yeux et rit. « Oh, on peut arranger cela, oh, oui, c'est possible ! »

Il lança des ordres, Kadiya fut troussée comme un ballot de marchandises, son talisman lié fermement à son dos. Puis on passa des perches sous les cordes et deux soldats la portèrent, tel un trophée de chasse.

Les Uisgus furent une fois de plus rassemblées et ligotées par le cou les unes aux autres. Cependant, il semblait que leurs ravisseurs n'aient pas l'intention de poursuivre leur chemin ce soir-là. Peut-être qu'abandonner leur feu serait une folie après une attaque de loorus. Deux ou trois arbres solidement enracinés poussaient parmi les fougères et l'on y amarra les cordes des captives. Les Skriteks s'accroupirent non loin ; ils grommelaient entre eux et examinaient les prisonnières d'un air vorace.

Les pensées de Kadiya aussi étaient comme gelées. L'étrange image mentale de quelqu'un avançant pas à pas dans un grand amoncellement de neige s'imposa à elle. Elle réfléchit au général Hamil. C'était un outil idéal pour le roi Voltrik. Il irradiait le mal ; non pas les ténèbres mystérieuses que projetaient la Voix et son maître, mais plutôt une brutalité qui, de par son humanité même, lui paraissait encore pire. Néanmoins, elle aurait plus de chance de l'influencer que la marionnette du Sorcier...

Comme elle l'avait fait si souvent auparavant, elle essaya d'utiliser sa colère pour s'éveiller de ce froid mortel. Mais elle était bien piégée. Dans son dos, le talisman ne dégageait aucune chaleur. Elle ferma les yeux pour se forcer à penser clairement, mais on aurait dit que ses nerfs congelés la suppliaient de se soumettre.

Elle discerna un bruissement à côté d'elle et prit conscience que les Skriteks avaient cessé de grogner. Elle ouvrit les yeux lorsqu'un souffle empuanti par l'alcool frôla sa joue. Une main, dure et râpeuse, la bâillonna et des doigts vigoureux s'emmêlèrent dans ses cheveux.

« Princesse ! » Ce chuchotement avait une odeur infecte. « Qu'est devenu le trésor que tu as vu dans les ruines du marais ? Où est cette mégère des antiques légendes qui joue avec la magie et qui, dit-on, a recueilli les plus puissants outils des Disparus ? Orogastus croit tout rassembler dans ses mains. Ah, mais je suis au courant ! Plus que Voltrik qui est peut-être mort maintenant avec son imbécile de fils. Le Sorcier est loin dans sa tour, et Voix Rouge n'est qu'un idiot et une poule mouillée quand il n'est pas possédé par l'esprit de son maître. Dis-moi les secrets que tu as appris ! Achète une mort propre, Fille de Roi. Moi seul peux te l'accorder ! »

Hamil ! Cet homme menait son propre jeu...

La main libéra sa bouche, mais les doigts continuèrent à tordre douloureusement sa chevelure. Curieusement, les menaces du cruel général avaient apparemment brisé une partie de la sorcellerie glacée qui la rendait impuissante. Alors ses ennemis ne faisaient plus bloc. Comment pourrait-elle en tirer parti ? C'était si difficile de penser clairement.

« Tu préfères affronter les Skriteks, hein, lécheuse de boue ? Eh bien, nous pourrions organiser un joli spectacle demain, en ton honneur. Un que tu regarderas. »

Il la relâcha et elle se retrouva soudain seule. Tout gros qu'il était, il savait se déplacer silencieusement, et on l'avait jetée à terre non loin de sa tente. Elle aperçut alors une autre ombre, qui avait eu garde de s'approcher. Elle entendit un chuchotement sifflant.

« Eh bien ! Hamil croit pouvoir s'opposer au Maître ! Nous n'aurons plus besoin de lui, ni du roi Voltrik, ni du prince Antar, lorsque que nous serons maîtres de ce pays. C'est ce que vous portez qui compte ! Orogastus est prêt à vous laisser tirer vengeance du roi du Labornok si vous acceptez de lui parler en toute vérité. »

Voix Rouge se rapprocha à pas de loup. Puis il posa la main sur son épaule, tout près du pommeau du talisman. « Écoutez, je vais jouer franc jeu avec vous. Je peux vous libérer du sortilège qui vous glace. Si vous me transmettez le talisman, nous ne serons pas là demain pour la fête dont vous menace Hamil. »

Déployant toute sa force, elle réussit à souffler : « Je ne suis pas si stupide, fidèle serviteur d'un maître infect.

– Infect ? Ah, non, Princesse. Vous découvrirez en Orogastus un ami très agréable. Déjà votre chère sœur Haramis boit en sa compagnie et apprend de lui de merveilleuses choses dont votre Archimage n'aurait même pas rêvé. Elle a du goût et du talent pour la magie, la princesse Haramis, et déjà elle voit la situation par les yeux du Maître. Vous pouvez vous joindre à elle. Orogastus ne s'opposera pas à votre désir d'abattre Hamil et le roi Voltrik. Ils ont commencé à le lasser. Vous pouvez être reine, si vous le souhaitez... gouverner les deux pays, et votre sœur disposera d'un trône thaumaturgique qui lui permettra d'atteindre les étoiles. »

Il y avait du vrai dans ce raisonnement venimeux. Orogastus avait fort bien pu se fatiguer de ses alliés labornoki. Qu'il croie pouvoir se servir d'elle, une Princesse royale, pour gouverner le Ruwenda et le Labornok... oui, cela aussi, c'était plausible. Bien sûr, cet homme devait mentir au sujet d'Haramis. Pourtant, cela lui permettait de temporiser.

« Je... je ne peux rien donner... tant que je suis ainsi ligotée », fit remarquer Kadiya.

Le bruit émit par la Voix ressemblait à un petit hennissement. « Princesse, vous pouvez donner des ordres à votre talisman, même garrottée. Libérez-le par la parole et la pensée et je me hâterai de vous libérer, vous aussi. »

Bien sûr, elle ne le croyait pas. Mais elle avait si peu de temps pour réfléchir et ses pensées étaient tellement lentes... Puis elle se souvint... d'une lame qui avait poussé sur une racine. Elle portait une épée magique, mais celle-ci était enracinée dans autre chose... que ce disciple d'Orogastus ne connaissait pas.

« Je vous accorde... la permission de la tirer. » Elle s'aperçut que les mots qui lui venaient à la bouche n'étaient pas dans son esprit une seconde plus tôt. « Plantez l'extrémité émoussée de la lame dans le sol. »

Elle entendit la respiration de la Voix s'accélérer. Elle s'étonna que cet homme lui fasse confiance, mais elle n'avait pas le temps de s'y attarder. Elle sentit le talisman glisser entre ses épaules. Il n'émettait aucune lueur. Voix Rouge se mit sur ses pieds. Elle le vit enfoncer l'épée dans le sol, bien droite, comme elle l'avait demandé.

Puis... la lame rayonna, s'amincit, devint aussi souple qu'une tige, mais les trois lobes ne changèrent pas. Elle entendit sa propre voix chuchoter férocement :

« Talisman vivant, rhizome du Trillium Noir, sois l'emblème et la force de notre Maison, comme tu l'as toujours été ! »

Sur son ordre, les sphères s'ouvrirent. Les trois yeux reprirent vie. Ils se tournèrent vers la Voix qui s'était raidi. Un instant, ses propres yeux brillèrent comme une étoile tandis que le Sorcier lointain tentait de l'envahir. Mais Orogastus ne fut pas assez rapide.

L'un des yeux du talisman jeta un rayon de lumière blanche, que rejoignit le rayon vert sorti de l'œil d'Insolite, ainsi qu'un troisième doré, issu de l'œil humain.

Et Voix Rouge s'enflamma.

L'acolyte du Sorcier se tordit lorsque la lueur magique l'enveloppa. Une colonne de flammes tricolores s'entortilla autour de son corps. Il n'eut même pas le temps de crier. Puis le feu s'éteignit aussi soudainement qu'il était apparu et les cendres s'entassèrent sur le sol, exhalant de minces volutes de fumée.

A la place de l'Œil Ardent Trilobé, il n'y avait plus que le talisman, sans éclat et sans vie.

# XXXII

Jamais le prince Antar n'avait connu des jours et des nuits aussi misérables que ceux passés sur la Grande Mutar. Le soleil implacable les rôtissait comme des togars, lui et ses compagnons porteurs d'armures. Ils ne s'étaient gardés que sept grands bachots en bois (estimant ceux des Wyvilos trop fragiles et sujets à chavirer) qui se révélèrent surpeuplés et inconfortables lorsqu'on eut embarqué la force réduite à quarante-deux hommes et les provisions nécessaires.

Dans leur inexpérience, les Labornoki campaient presque toujours sur les berges principales de la rivière qui étaient trop chaudes, boueuses et infestées de sangsues visqueuses, de moustiques piqueurs et de petits animaux nuisibles rayés de jaune qui rongeaient les sacs de nourriture. Les repas préparés par des cuisiniers amateurs étaient généralement ou brûlés ou insuffisamment cuits. Deux hommes souffraient déjà d'hémorragies pour avoir mangé des fruits vénéneux. Privés de leurs confortables tentes et de leurs lits pliants, qu'il était impossible de caser sur les bateaux, les chevaliers devaient dormir par terre, comme les simples soldats, et couverts seulement de leur cape.

Pour finir, quand l'escouade débraillée atteignit le village de Let, qui leur parut aussi attrayant que le Palais de Derorguila, ces maudits Insolites leur refusèrent la permission de débarquer.

Les Wyvilos qui vinrent à la rencontre des Labornoki au milieu de la rivière ne furent en rien impressionnés par l'offre du Prince de compenser royalement le dérangement qu'ils causeraient. Le

Porte-Parole déclara que le village n'avait pas le temps de recevoir des invités. Ils s'attendaient d'une minute à l'autre à être assiégés par leurs ennemis, les Glismaks. Les humains devaient continuer leur chemin. Les Wyvilos n'avaient ni guides, ni nourriture à leur fournir.

Lord Rinutar prit sur lui d'insulter carrément la flottille du Peuple de la Forêt et leur Porte-Parole. Il les menaça de la colère thaumaturgique du tout-puissant Orogastus, qui se déverserait par l'intermédiaire de Voix Bleue, si les Wyvilos ne satisfaisaient pas aux demandes du Labornok.

Lord Karon, l'ami de Rinutar, ne voulant pas être en reste face à l'insolence de ces primitifs, se dressa sur ses pieds, tira son épée et défia Sasstu-Cha en combat singulier. Alors les aborigènes apparemment sans armes sortirent soudain de petites catapultes et bombardèrent d'un tir nourri de silex les sept embarcations labornoki.

Le Prince et la plupart des chevaliers protégés par leurs armures n'en souffrirent guère (seul le malchanceux Penapat faillit perdre un œil), mais les vingt et un soldats obligés de se transformer en rameurs avaient ôté leur armure à cause de la chaleur et des gestes qu'exigeait leur fonction, et ils subirent beaucoup de meurtrissures et de lacérations.

Lord Karon perdit l'équilibre quand l'assaut commença et, en se débattant, fit chavirer son bachot dans une immense gerbe d'eau. Agitant toujours son épée, ce guerrier bardé d'acier s'évanouit dans les profondeurs de la Grande Mutar et on ne le revit jamais, non plus que son compagnon chevalier, Lord Bidrik. Voix Bleue, qui se trouvait aussi à bord du bateau retourné, flotta merveilleusement bien à la surface de la rivière grâce à sa maigreur, et rejoignit l'embarcation du Prince dans laquelle il fut hissé par Lord Owanon. Les trois rameurs battaient l'eau des quatre membres en appelant pathétiquement au secours, car ils ne savaient pas nager et leur bateau avait dérivé hors d'atteinte. On finit par les recueillir, sains et saufs, sur les autres bachots.

Les Wyvilos, prêts à tirer de nouveau, contemplaient ce spectacle avec flegme.

« Allez-vous-en, ordonna une fois de plus Sasstu-Cha. Nous ne tirerons plus sur vous si vous partez immédiatement. »

Le prince Antar chuchota à Voix Bleue dégoulinant : « Pouvez-vous ensorceler ces Insolites et leur imposer notre volonté ?

– Non, Monseigneur. » La Voix essorait calmement sa robe. « Les instruments magiques que j'aurais pu utiliser reposent maintenant, avec les défunts lords Karon et Bidrik, au fond de la Grande Mutar.

– Bon », soupira le Prince. Puis il cria aux rameurs : « A vos avirons ! »

Ainsi l'expédition poursuivit, honteusement, sa descente de la rivière jusqu'à l'arrivée du crépuscule, moment où le Prince estima qu'ils étaient suffisamment loin de Let. Ils firent escale au bord du chenal principal dans une petite crique attrayante couverte d'une belle couche de sable et y campèrent à la lueur du feu.

Sept soldats étaient si vilainement meurtris qu'ils ne pouvaient ni combattre ni ramer. On les dispensa d'aller plus loin. « Demain, leur dit le prince Antar, vous prendrez l'un des bachots et vous remonterez la rivière jusqu'à la ville de Tass, avec deux autres blessés plus robustes. Dites aux capitaines de la flotte et au Maître Marchand qu'ils doivent, sous peine de mort, attendre notre retour, même si nous n'avons pas reparu au début de la saison des Pluies. »

Quelques murmures s'élevèrent parmi les chevaliers et les autres hommes, mais le Prince fit comme si de rien n'était. Il convoqua Voix Bleue. « Invoquez votre maître pour qu'il interroge le miroir-de-glace sur la position de la princesse Anigel, afin que nous sachions demain où nous rendre. Dites aussi à Orogastus d'informer mon père, le roi Voltrik, que je continue à suivre fidèlement ses ordres et ceux de son Grand Ministre d'État. »

Cela fait, le Prince s'éloigna seul sur la rive éclairée par la lune. Les autres hommes, plongés dans une profonde mélancolie, allèrent à leurs affaires; Voix Bleue se retira dans un bosquet de wydels pleureurs, à l'orée de la gève, s'agenouilla et se mit en transe.

« Maître Tout-Puissant, écoute-moi!

– Moi, Orogastus, je t'entends, ma Voix.

– Hélas, Monseigneur, notre expédition a essuyé un grave revers au village wyvilo de Let. Les Insolites nous ont accueillis par une averse de projectiles qui fit chavirer le bateau sur lequel j'étais. Tout l'équipement magique a disparu et les chevaliers Karon et Bidrik, entraînés par le poids de leur armure, se sont noyés. Sept hommes d'armes ont été si gravement touchés qu'ils doivent retourner à la ville de Tass sous la garde de deux autres moins sérieusement blessés, et Lord Penapat, frappé par une pierre, a un œil au beurre noir, gros comme un fruit de ladu. »

Orogastus digéra ces nouvelles. « Le Prince et les dix-sept autres chevaliers se portent bien?

– Oui, Monseigneur. Ainsi que douze soldats... bien que la plupart soient couverts de meurtrissures et se plaignent haut et fort.

– J'ai vu la princesse Anigel. Elle campe à l'embouchure d'un ruisseau, en aval, et a l'intention d'en remonter le cours demain à pied, car elle ne peut plus se servir du bachot. Il vous faudra environ cinq heures pour atteindre ce ruisseau, si les hommes *et* les chevaliers rament deux fois plus vite. Tu vas ordonner au prince Antar de partir à l'aube et de poursuivre Anigel le plus rapidement possible... mais veille à ce qu'elle reste indemne jusqu'à ce qu'elle se soit procuré le talisman, qui ne doit pas être loin.

– Je transmettrai vos ordres au Prince, Maître.
– Transmets-lui aussi la bonne nouvelle que son royal père sera bientôt complètement guéri. Dis-lui, de plus, que le général Hamil a capturé la princesse Kadiya et va bientôt s'emparer de son talisman, l'Œil Ardent Trilobé. »
« Maître... » La Voix hésita. « Ce soir, lorsque nous avons débarqué, j'ai éprouvé un terrible trouble mental. Comme si... mon Frère Rouge, qui accompagne le général Hamil, avait subi un grand malheur.
– Ma Voix Bleue, sois brave. Ton frère a péri à mon service.
– Oh, malheur!
– Les Pouvoirs des Ténèbres recueilleront son énergie vitale et la glorifieront. Et vous, les deux Voix qui me restez, partagerez une récompense terrestre encore plus grande quand mon ambitieux projet sera réalisé... Mais n'oublie pas que j'espère autre chose de toi, concernant le prince Antar.
– J'attends seulement le moment approprié, Maître Tout-Puissant. Une fois l'acte accompli, nous nous confierons au preux Lord Rinutar, un homme selon votre cœur. Il ramènera sûrement l'expédition saine et sauve dès que nous aurons obtenu le talisman. »
Le discours mental du Sorcier perdit ses accents de sympathie et se chargea d'une résolution mortelle. « Il est extrêmement important, ma Voix, que le talisman d'Anigel ne soit pas perdu.
– Je sais, Grand Seigneur..
– Nous tenons presque le talisman de Kadiya. Celui de la princesse Haramis tombera entre mes mains, peut-être avant que le jour se lève! Mais ces deux autres ne seront activés que par le troisième, celui que tu dois m'apporter.
– Sur ma vie, jura Voix Bleue, je le déposerai à vos pieds. Et si tout se passe bien, le prince Antar ne verra pas le soleil se lever demain.
– Je suis content. Adieu, ma Voix Bleue. »
L'acolyte de l'Enchanteur revint au camp où le cuisinier du jour préparait un ragoût de viande séchée et de légumes garnis de lard maigre, alors qu'un autre tentait de cuire du pain dans un four à réflecteur noir de suie. Les odeurs n'étaient guère appétissantes.
Voix Bleue s'approcha hardiment du Prince. Les préoccupations d'Antar s'évanouirent et il parut presque impatient. « Vous avez des nouvelles?
– Oui, Monseigneur. La Princesse fugitive n'a que huit heures d'avance sur nous. Elle approche du but de sa quête; peut-être la rattraperons-nous demain ou après-demain. » La Voix parla de la guérison prochaine du Roi, et comment le Sorcier était sur le point de s'emparer des deux autres talismans. Il ne dit rien de la mort de son compagnon. Le Prince écouta d'une oreille, puis

s'éloigna sans un mot pour partager le pauvre souper de ses hommes.

Ce soir-là, un grand orage frappa la forêt de Tassaleyo, premier vrai signe avant-coureur de la saison des Pluies qui commencerait officiellement dans six jours, après la Fête des Trois Lunes. Les hommes du Labornok, réveillés par le tonnerre, se hâtèrent de retourner les bateaux et de s'abriter dessous. Mais une fois de plus leur manque d'expérience de la jungle les trahit. La grève sablonneuse qui avait paru si agréable fut inondée lorsque la Grande Mutar se retrouva brusquement en crue. Jurant et gémissant, ils durent redresser les bachots et se hisser dedans, puis pagayer jusque dans un fourré voisin, lui aussi envahi par les eaux, et s'amarrer là pour le reste de la nuit. Ils sommeillèrent de façon intermittente, sous leurs capes fumantes, écopant les embarcations où l'eau de pluie s'accumulait.

Le prince Antar était aussi trempé et misérable que le dernier de ses soldats. Cependant il ne pensait pas à son propre inconfort, mais demeura en éveil à se demander comment la princesse Anigel passait cette interminable nuit de tempête.

*Amie,* l'appelèrent-ils. *Amie, réveille-toi. Voilà les premières lueurs de l'aube. Tu nous as demandé de t'appeler. Réveille-toi!*

A l'intérieur de son arbre creux, Anigel s'étira et bâilla. Elle était couchée sur la sciure de bois, sèche et propre, produite par les vers-charpentiers qui travaillaient encore industrieusement autour et au-dessus d'elle à tranformer ce géant mort de la forêt en un tas d'humus. Ses cheveux, son sac de couchage et les beaux vêtements neufs que les Wyvilos lui avaient donnés, en étaient saupoudrés; mais c'était un bien petit inconvénient à payer pour un abri douillet durant l'orage.

Elle avait encore rêvé, cependant le souvenir s'en évanouit avec l'appel des rimoriks. Sachant qu'ils approchaient de l'objet de sa quête, elle avait ordonné aux animaux de la réveiller tôt. La nuit dernière, momentanément tirée du sommeil par le fracas du tonnerre, elle avait vu son amulette briller comme un feu; la petit fleurette, à l'intérieur, était presque complètement épanouie.

Elle fit glisser le peigne dans ses cheveux pour en déloger le plus de sciure possible et sortit de son escarcelle la gourde de miton. La feuille de Trillium Noir qui l'enveloppait n'était plus ni fraîche, ni verte; sa partie supérieure s'était flétrie là où la nervure tournait au brun, et seule sa base restait humide et vivante. La trace dorée qui l'avait guidée depuis Noth ne se déployait plus qu'au long du pétiole court et crochu.

*Nous avons un poisson pour toi, amie. Viens voir.*

Elle rassembla ses affaires, puis se faufila hors de l'arbre creux. Les deux rimoriks se tenaient près du bachot qu'ils avaient partiellement tiré sur la berge. Un winju gras était posé sur la mousse. Des lambeaux de brume erraient entre les arbres; le sous-bois de grandes fougères et d'arbustes dégouttait, bien que la pluie ait cessé. Le ciel semblait clair et des oiseaux blancs accueillaient l'aube de leurs chants. Le ruisseau avait un débit beaucoup plus important qu'hier. C'était heureux; elle pourrait voyager plus loin dans son bachot.

« Merci, mes amis, mais je crois que pour mon petit déjeuner je vais me contenter des petits pâtés wyvilos et de quelques baies. Ce serait difficile d'allumer un feu dans toute cette humidité et j'aimerais repartir le plus vite possible. »

*Ce serait une bonne chose,* dit l'un des rimoriks.

Le second poursuivit : *Nous savons que tes ennemis se rapprochent rapidement sur l'Eau Qui Coule à la Mer. Nos camarades nous ont dit que les humains sont tout mouillés, très en colère, et plus désireux que jamais de t'attraper.*

Anigel soupira. « Je ne sais pourquoi, je n'arrive pas à me tracasser à leur sujet. Je n'ai même plus peur du Monstre Tricéphale ! Mais je ne crois pas que ce soit de la bravoure. J'en ai seulement par-dessus la tête de cette quête et j'ai hâte d'y mettre fin. Quand j'aurai le talisman... peut-être m'inquiéterai-je alors des moyens d'échapper à l'ennemi et de rejoindre mes sœurs. »

Les animaux prirent la proue du bachot dans leurs fortes mâchoires pour le remettre à flot.

*Partage le miton avec nous et nous prendrons la route.*

Elle accomplit le rituel, puis grimpa à bord. Ils commencèrent à remonter le ruisseau que les Wyvilos appelaient le Kovuko; lentement, le soleil monta de plus en plus haut et le feuillage dense de la forêt de Tassaleyo se mit à fumer. L'air devint si étouffant qu'Anigel ôta la plupart de ses vêtements, sauf la nouvelle chemise qu'elle portait sous sa tunique de chasseur et le chapeau à larges bords d'Immu.

Le fait que les maisons du Peuple de la Forêt soient aussi richement pourvues d'un certain luxe humain l'avait fortement étonnée. Les modestes Nyssomus de Trévista fabriquaient la plus grande partie de leurs équipements ménagers et de leurs vêtements; mais les demeures qu'elle avait brièvement visitées à Let étaient bourrées de toutes sortes de choses du Ruwenda et du Labornok... bouilloires de fer et cuillères d'argent, lampes à huile et candélabres dorés, meubles en cuir coûteux, casse-noix et fourchettes à griller le pain, tapisseries et peintures, animaux en peluche pour les enfants, tapis, harpes, mandolines et cornemuses, coussins de satin, porcelaine et verrerie de luxe, cartes à jouer, tables de jeux, et une foule de bibelots et de colifichets que les artisans du Dylex avaient inventés. Sasstu-Cha et son épouse possédaient même une baignoire sabot en cuivre dont ils étaient excessivement fiers. Anigel avait pu s'y baigner et se laver avec du savon parfumé. Les habits qu'elle avait revêtus venaient des enfants presque adultes du Porte-Parole, qui s'étaient entichés de certains atours humains.

Les Wyvilos plurent bien à Anigel, une fois qu'elle se fut habituée à leurs visages rébarbatifs et à leur ton quelque peu grincheux. C'était des gens francs qui travaillaient très dur pendant la saison sèche et menaient, durant les Pluies, une lutte sans fin contre leurs cousins plus pauvres, les Glismaks. Le Porte-Parole lui confia tristement que les marchands humains avaient mis l'embargo sur une seule sorte de marchandise : ils ne vendaient jamais d'armes aux forestiers.

« Les Ruwendiens et les Labornoki restent fidèles à cette politique pour leur propre intérêt, lui avait dit Sasstu-Cha. Car si nous avions des armes modernes – des épées et des pointes de lance en acier ainsi que des arcs puissants – nous pourrions vaincre définitivement les Glismaks et étendre notre domination sur tout le cours de la Grande Mutar, jusque dans le pays de Var, et vendre notre bois aux agents du roi Fiodelon plus aisément et avec plus de profits. »

Anigel n'avait pas su quoi dire. « Cela ne me semble pas juste de refuser à votre peuple les moyens de se défendre. D'un autre côté, mon petit pays prétend posséder le nord du Tassaleyo et son économie dépend des exportations de bois. On devrait sûrement pouvoir aboutir à un compromis, afin que les Wyvilos et les Ruwendiens vivent en paix, dans la prospérité.

– S'il existe, seuls les Ruwendiens peuvent le trouver.

– Mais nous ne régnons plus. Vous savez que le Labornok nous a écrasés!

– En êtes-vous sûre? Et ce talisman que vous cherchez? Il ne va pas vous sauver?

– Le Monstre Tricéphale? » Anigel rit tristement. « Vous croyez vraiment que je pourrais apprivoiser une chose pareille et l'employer contre nos ennemis?

– Non, avait répondu le Porte-Parole. Pas si votre quête se termine avec le Monstre Tricéphale que nous connaissons. »

Il refusa de le décrire. Mais avant qu'Anigel parte de Let, il lui dit : « Bientôt ce sera la Fête des Trois Lunes. Quand elles se lèveront dans le ciel nocturne, leurs globes se rapprocheront de plus en plus les uns des autres pour former cette conjonction qui ne se produit qu'une fois en un millier de vies. Si cette année les lunes s'unissent, de grands miracles auront lieu. Et cela peut vous concerner, Pétale du Trillium Vivant... »

Le bateau d'Anigel remontait le Kovuko et la forêt changeait de nature, devenait plus sèche et moins encombrée de broussailles. Beaucoup d'arbres-colonnes très hauts y prospéraient; mais certains autres avaient un aspect plus inhabituel. Herbacés plutôt que ligneux, ils faisaient trois fois la taille d'un homme. A leur base, des feuilles épaisses s'épanouissaient en rosette, d'un vert violacé pour certains spécimens, diaprées de vert et d'or pour les autres. Du centre de ce bouquet jaillissait un gros tronc charnu parsemé de courtes branches qui portaient de plus petites feuilles, des fleurs brillantes d'un rose ou d'un magenta somptueux et des régimes de fruits à l'odeur la plus délectable qui soit. Au sommet de l'arbre pointait une autre rosette de grandes feuilles qui formait une sorte de calice. L'aspect de ces arbres était exotique, mais très attirant. Ils ressemblaient à de gigantesques calices aux pieds incrustés de joyaux.

Charmée, Anigel proposa de faire halte et de cueillir quelques-uns de ces étranges fruits.

*Non, amie. Ce serait ton dernier repas.*

« Oh ! Ce sont des fruits empoisonnés ?

*Ils sont délicieux. Mais l'arbre s'en sert pour amorcer son piège.*

Avec un frisson de peur, Anigel se souvint de certaines paroles de Sasstu-Cha : « Les arbres de cet endroit sont aussi voraces que les Glismaks... »

« Ils... ils me mangeraient ? »

*Nous aussi, amie. Ou toute autre créature assez stupide pour toucher à ces offrandes tentantes suspendues à leurs troncs.*

Ils continuèrent à remonter le ruisseau qui, maintenant encombré de pierres, se rétrécissait rapidement. Il y avait de moins en moins d'arbres-colonnes « normaux » et plus d'arbres-calices, ainsi que d'autres espèces d'apparence sinistre. Le sol s'élevait de chaque côté du courant et ils pénétrèrent bientôt dans un large canyon humide. Curieusement, aucun oiseau n'y chantait et Anigel ne vit aucun animal. La forêt était très silencieuse, sauf le fracas des eaux et un cri, au loin, qui cessa brusquement.

Quand le soleil fut presque au zénith, les rimoriks arrêtèrent le bachot avant des rapides où le ruisseau, obstrué par de gros rochers, écumait. Depuis plus d'une heure ils poussaient lentement le bateau par-derrière en se contorsionnant dans une eau qui n'était plus assez profonde pour y nager et dont les berges se dressaient abruptes dans un paysage rocheux. Les deux animaux pommelés de vert tournèrent leurs grands yeux noirs vers la Princesse et dirent mentalement les mots qu'elle redoutait.

*Amie, nous ne pouvons pas t'emmener plus loin.*

« Oui, je vois. Il n'y a pas assez d'eau en amont des rapides. »

Lentement, elle endossa son sac de chasseur. Les jeunes Wyvilos lui avaient amicalement donné des bottes bleues, une longue tunique de cuir également bleue et une ceinture très ornée à laquelle elle avait accroché son escarcelle. La garniture de dentelle de sa nouvelle chemise dépassait des manches et de l'ourlet de sa tunique, chose qu'un vrai chasseur n'aurait pas tolérée, mais elle s'en moquait ; c'était si bon de sentir de nouveau sur sa peau du linge propre et doux. Elle recensa ses provisions, et décida de ne pas emporter la cape de pluie d'Immu. La tunique était assez imperméable en cas d'orage et si ses mains et son visage n'étaient pas protégés, ce n'était pas grave.

Elle attacha son sac, coiffa le chapeau d'herbe d'Immu et, après coup, disposa sa petite dague de façon à pouvoir la dégainer rapidement. Puis elle dit aux rimoriks :

« Mes chers amis, qu'allez-vous faire maintenant ? Votre pays est si loin que je ne vois pas comment vous allez y retourner. Et c'est ma faute. Pourriez-vous vous installer dans la forêt ? »

*Il n'y a ici personne de notre espèce. Seulement des parents très éloignés. Mais peu importe. Nous t'attendrons, avec le bateau, jusqu'à ce que tu aies accompli ta quête. Alors, nous reviendrons ensemble dans notre pays.*

Des larmes brouillèrent la vue d'Anigel. Elle entra en trébuchant un peu dans le ruisseau pour embrasser le sommet de leur tête mouillée et luisante. Puis tous trois partagèrent le miton.

Venu de très loin retentit de nouveau le cri atroce, qui se répercuta sur les parois du canyon. Anigel fit comme si elle n'avait rien entendu, et remonta son sac. Un sentier à peine visible partait audessus des rapides, parallèlement au ruisseau, et remontait l'une des rives. Après un dernier salut à ses amis, elle s'enfonça seule dans la forêt.

# XXXIII

C'était la plus effroyable migraine qu'Haramis ait jamais eue de sa vie ; elle gémit en s'asseyant dans le grand lit et porta les mains à sa tête que traversait des élancements. Elle essaya, tout en jurant contre elle-même, de se rappeler ce qui s'était passé la veille au soir. Mais la douleur et les nausées eurent raison d'elle.

Lui avait-il jeté un sort pour saper sa volonté, la tromper et la séduire ?

« Je suis venue donner dans son piège comme une aile-de-gaze dans une toile de lingit ! J'ai été aussi casse-cou que Kadiya et plus idiote qu'Anigel ! Oh, que j'ai mal à la tête. »

La vue trouble, elle contempla sa prison.

L'un des murs de la pièce, en pierre, était recouvert de tapisseries et percé de deux petites fenêtres vitrées au travers desquelles elle observa qu'il faisait gris et que la neige tombait drue. Des bougies neuves, dans des appliques murales dorées, éclairaient les autres murs lambrissés de bois où étaient accrochées des peintures représentant d'étranges paysages. Un feu pétillait dans un foyer encadré de carreaux colorés et orné de chenets curieusement ciselés. Elle fut surprise de sentir de l'air chaud sortir d'une petite grille, dans le mur voisin du lit.

Elle vit aussi la porte en bois de gonda sculptée d'étoiles, avec ses bandes et ses gonds en fer, et sa serrure massive.

Enfermée. Prise au piège.

Comment ?

Le lit à baldaquin et son édredon de plumes, ses draps soyeux et ses rideaux de brocart...

Haramis se souvint qu'Orogastus l'avait conduite ici lorsqu'elle avait succombé à l'ivresse, après qu'ils furent demeurés longtemps assis au coin du feu à converser et à déguster moult coupes de punch. Il avait ri en refermant la porte; au cliquetis de la serrure, elle avait éclaté en sanglots. Un vertige s'était emparé d'elle lorsqu'elle s'était assise au bord du lit, et rassemblant ses dernières forces, elle avait ôté ses vêtements et battu en retraite dans les ténèbres.

Du poison. Avait-il tenté de l'empoisonner, de lui dérober...

Elle leva une main tremblante. Mais le talisman était toujours suspendu à la chaîne d'or, entre ses seins. La baguette. Le Cercle Tri-Ailé.

« Seigneurs de l'Air, merci... »

On frappa à la porte.

« Partez, gémit-elle. Ne pouvez-vous me laisser périr en paix?

– Haramis, vous n'êtes pas mourante, dit calmement Orogastus. Ouvrez la porte.

– Vous m'avez vous-même enfermée, scélérat!

– Regardez sur la table, devant le feu. »

Lentement, pour empêcher sa tête endolorie de se briser en morceaux, elle se glissa hors des couvertures. Il y avait des pantoufles de fourrure noire sur la descente de lit et une robe de chambre de velours noir matelassé était pliée sur un banc voisin. Ayant réussi à les enfiler, Haramis tituba jusqu'à la cheminée

Il y avait là une élégante petite table et un fauteuil recouvert de cuir rouge. Sur la table étaient disposés un panier plein de petits pains et un service en argent avec des pots de confiture en cristal. Du bec d'une grande aiguière d'argent s'élevait une vapeur odoriférante. Et là, sur la serviette de lin pliée, reposait une grosse clef de cuivre jaune.

« Je vous en prie, laissez-moi entrer, reprit le Sorcier. Cela me chagrine de vous savoir souffrante. Je vous jure que je ne vous ferai aucun mal. »

Mentait-il? Et alors? Elle ne pouvait pas se sentir plus mal qu'elle ne l'était déjà.

Elle prit la clef, se dirigea en chancelant jusqu'à la porte et après avoir beaucoup tâtonné, réussit à la tourner dans la serrure.

Il manœuvra le loqueteau et entra, grande silhouette vêtue de blanc. Un bras vigoureux la soutint et la conduisit jusqu'au fauteuil, devant le feu. Elle s'y effondra.

« Vous pouviez ouvrir la porte vous-même, marmonna-t-elle d'un ton accusateur. Ne le niez pas! Vous n'auriez même pas eu besoin de l'abattre avec vos éclairs. Quelle serrure peut arrêter un sorcier? Vous ou vos démons domestiques êtes déjà venus dans cette pièce pour allumer le feu et mettre la table! »

Il versa du liquide chaud dans la tasse. C'était une infusion de darci et son odeur rendit un peu de courage à la jeune fille.

« Je n'ai pas de domestiques. Et je ne suis pas entré dans cette pièce, bien que le feu et la nourriture y soient grâce à moi. C'est ce que je qualifierai de magie indispensable. » Sa voix grave était joyeuse. « J'admets que j'aurais pu entrer de force, mais ce n'est pas ainsi que l'on doit traiter une invitée. Maintenant, buvez votre infusion et mangez. Je vous assure qu'après, vous vous sentirez mieux. Et si vous voulez bien me pardonner, venez me rejoindre dans la bibliothèque et nous reprendrons notre conversation interrompue hier soir. »

Elle le regarda avec inquiétude. « Et si je refusais d'accepter plus longtemps votre hospitalité ? »

Il baissa la tête, dissimulant son visage. « Votre lammergeier dort au sommet de cette tourelle. Il viendra si vous l'appelez. Dans la chambre en face de la vôtre, il y a un balcon... recouvert de neige et de glace, mais assez grand pour que vous puissiez enfourcher votre monture et partir où vous voudrez... si c'est ce que vous souhaitez. »

Il sortit et referma doucement la porte derrière lui.

Haramis se leva et alla à la fenêtre. En dépit des rafales de neige, elle pouvait voir le sombre abîme qui s'ouvrait au flanc du mont Brom et isolait la tour d'Orogastus du bord opposé qui était praticable. Comment était-il venu ici, de la Citadelle ? Il ne pouvait sûrement pas voler ! Et de quoi avaient-ils parlé hier soir ?

Haramis se souvenait clairement de son arrivée à la tour et d'Orogastus debout sur le seuil du corps de garde, le dos à la lumière, l'accueillant comme une invitée espérée depuis longtemps. Il avait été poli, et pas du tout présomptueux ; il ne ressemblait pas à un sorcier, mais plutôt au seigneur courtois d'un manoir quelque peu original.

Ses longs cheveux, du blanc brillant des nuages d'été, encadraient un visage mûr, mais dépourvu de rides. Les yeux, qui avaient flamboyé comme des étoiles maléfiques dans ses rêves et ses rêveries, avaient maintenant la couleur d'une eau profonde. Il portait une tunique retenue par une ceinture lâche, un pantalon collant et des souliers souples... le tout d'un blanc immaculé. Il avait autour du cou une chaîne de platine à laquelle était accroché un grand médaillon qui représentait une étoile emblématique aux nombreux rayons.

Il avait joué à l'hôte bienveillant, lui faisant visiter certaines parties de la tour, comme la grande salle, la chambre de musique (elle ne s'était pas attendue à trouver là cette pièce), la grande bibliothèque et, pour finir, son bureau. Là, un feu pétillant bannissait tout souvenir de la tempête de neige qui hurlait à l'extérieur. Le plancher était recouvert de fourrure et, sur une table éclairée aux chandelles, le couvert était mis pour deux.

Orogastus avait cuisiné de ses mains un souper très simple. Puis, ils s'étaient assis sur le tapis devant le feu, pour boire du punch...

« Que lui ai-je dit ? » se demanda-t-elle. Mais elle n'arrivait pas à s'en souvenir.

Elle mangea un seul petit pain, lentement, et but presque tout le pot d'infusion.

Une porte basse, qu'elle n'avait pas remarquée plus tôt, ouvrait sur une salle de bains adjacente, astucieusement conçue et somptueusement meublée. Des lumières sans flammes jaillirent de coquilles en cristal quand elle se glissa dans l'embrasure. Les murs et le plancher étaient revêtus de carreaux vert pâle et tièdes au toucher... chauffés, supposa-t-elle, par un hypocauste central. Il y avait un grand miroir encadré d'or et une coiffeuse avec des peignes et des brosses en or, des bouteilles d'essences odorantes pour parfumer l'eau et du talc avec une houppe en duvet. L'eau chaude et froide coula d'elle-même de robinets dorés et se déversa dans une baignoire où l'on aurait presque pu nager. L'eau s'arrêta quand elle fut pleine. Des piles de serviettes de toilette étaient prêtes. Au lieu d'une garde-robe, il y avait des cabinets, luxe exotique dont elle avait entendu parler.

Haramis s'enfonça avec volupté dans l'eau chaude. Mais même là, elle garda la chaîne et le talisman.

Elle rejoignit Orogastus un peu plus tard, revêtue de la tenue d'équitation que lui avaient donnée les Vispis, ses cheveux noirs tressés en une natte qui lui pendait dans le dos. Elle le trouva dans sa bibliothèque, penché sur un grand livre et prenant des notes avec un stylet sur une étrange tablette luminescente. Lorsqu'elle entra, il marqua sa page d'un signet en cuir frangé et referma le volume. Il toucha l'un des coins de la tablette qui se mit en veilleuse ; l'écriture disparut.

« Ne vous dérangez pas pour moi, dit-elle poliment. Si vous voulez continuer à lire, j'aurai ainsi le plaisir d'examiner de plus près quelques-uns de vos livres rares.

– Votre amour de l'étude est connu de toute la Péninsule, Dame. C'est l'une des raisons pour lesquelles mon royal maître, Voltrik, vous avait demandée en mariage. »

Elle eut un petit rire : « L'une des raisons, en vérité ! » Elle se pencha avec désinvolture pour examiner la tablette. « Qu'est-ce que c'est ? Je vous ai vu écrire dessus et maintenant, la tablette est vierge. »

Le visage du Sorcier n'exprimait rien. « C'est un instrument des Disparus, et ils sont tous magiques.

– Je n'en suis pas si sûre », dit-elle lentement. *Je ne vois rien de magique là-dedans,* pensa-t-elle. Orogastus la regardait avec méfiance, aussi se hâta-t-elle de changer de sujet. « Vous m'avez dit que vous en possédiez beaucoup.

– Oui. »

Elle ramassa négligemment la tablette. « Comment ça fonctionne ?

– Je vous dirai cela une autre fois », répondit-il aimablement, et il essaya de la lui reprendre. Haramis tint ferme et tira en arrière la tablette qui lui glissa entre les doigts et vint heurter, légèrement, le talisman. Une étincelle passa de la baguette à la tablette et la lumière de celle-ci s'éteignit.

Haramis se hâta de la reposer. *Oh, non,* pensa-t-elle, gênée. *Je n'avais pas l'intention de la détruire, mais va-t-il le croire... ou s'en soucier ?*

Orogastus se maîtrisa apparemment avec une grande difficulté. Haramis très inquiète recula doucement et fourra le Cercle Tri-Ailé dans son corsage.

Le Sorcier prit la tablette et appuya l'extrémité de son doigt en plusieurs endroits, mais la lumière ne revint pas. « Elle est morte », dit-il entre ses dents serrées, et il leva sur la Princesse des yeux pleins de fureur.

Haramis, qui réfléchissait au moyen de s'excuser du dommage provoqué involontairement, perdit son sang-froid en entendant cela. Ses yeux étincelèrent et sa voix devint plus perçante : « Morte ? Cette machine n'a jamais été vivante ! Ce sont mes parents qui sont morts... et à votre instigation ! »

Il garda le silence.

Elle pivota sur ses talons et alla à la grande fenêtre de la bibliothèque. La folle danse de la neige poussée par le vent reflétait le tumulte qui s'était soudain déchaîné en elle. Depuis la chute de la Citadelle, elle n'avait pas eu le loisir de se remémorer les événements de ce jour-là, et il y en avait auxquels elle préférait ne pas penser. Mais brusquement, les souvenirs affluèrent ; le récit de la mort de son père fait par l'écuyer, la vue de sa mère saignant à mort... Des larmes ruisselèrent sur les joues d'Haramis.

« Haramis... »

Elle lui coupa la parole. « Je me suis conduite comme une idiote ! Vous m'avez attirée ici avec votre magie noire et comme je suis jeune et stupide, vous avez pu apaiser mes peurs et me faire oublier qui vous êtes réellement. Et qui je suis ! »

Il s'était rapproché d'elle et posa une main sur son épaule pour l'obliger à se retourner vers lui. Il parla doucement, presque tristement, et le blizzard allumait dans ses yeux de minuscules reflets d'argent.

« Vous ne vous souvenez pas que j'ai embrassé la paume de votre main en disant que je vous aimais depuis que ce misérable Voltrik m'avait montré votre portrait ? Et que j'ai aussi ajouté que je reconnaissais en vous celle destinée à partager mon pouvoir ?

– Vous êtes l'ennemi de l'Archimage qui a protégé si longtemps notre royaume contre ses ennemis. Niez-le si vous osez !

Vous avez détruit le Grand Équilibre du monde, vous vénérez les Pouvoirs des Ténèbres! Vous voleriez mon talisman et celui de mes sœurs... »

Il l'embrassa.

Un instant, elle demeura rigide dans ses bras. Mais les lèvres du Sorcier était douces et dégagaient une chaleur qui envahit tout le corps de la jeune fille. Un vertige s'empara d'elle, tout se mit à tournoyer follement et il ne resta plus que lui de stable dans la pièce. Les bras d'Haramis se refermèrent sur le Sorcier et elle l'étreignit. Sur sa poitrine, le talisman s'échauffa d'énergies inconnues qui passèrent d'abord de lui à elle, puis firent de l'un à l'autre des aller et retour de plus en plus intenses jusqu'à ce que les lèvres et le corps de la Princesse semblent sur le point de prendre feu.

Dans son esprit, elle entendit la voix d'Orogastus. *Nous manions tous deux la magie, Haramis... nous sommes nés pour commander aux étoiles! Ils vous ont menti, ceux qui ont dit que j'étais mauvais. Je ne le suis pas. Je cherche la sagesse, la vérité, ainsi que le pouvoir et la joie qui les accompagnent. Ecoutez-moi, je vous prie! Laissez-moi vous expliquer pourquoi vos pauvres parents sont morts, pourquoi j'ai toléré que le roi Voltrik mène à bonne fin sa conquête, pourquoi vous avez été poursuivie, ainsi que vos sœurs. Laissez-moi vous montrer la véritable importance des trois talismans et du Sceptre Trin du Pouvoir! Et alors, vous prendrez votre décision... Votre esprit ressemble tant au mien. Je vous ai appelée à des lieues de distance et vous ai attirée à moi. Vous êtes venue librement! Vous le savez! Et vous savez que je vous aime. Maintenant, osez m'aimer en retour! Maintenant, Haramis. Maintenant...*

Haramis leva la tête et, doucement, se libéra de ses bras. Son corps lui paraissait étranger, son esprit était tout déconcerté. « Que m'avez-vous fait?

– Haramis, vous m'aimez. Votre corps me le dit alors même que votre cœur essaie de le nier...

– Non! Non... »

Mais elle s'accrocha à lui de nouveau. « J'ai froid. Si froid... »

Les tourbillons de neige fouettaient la fenêtre, s'efforçant de traverser la vitre pour l'atteindre, la recouvrir de leur blancheur primitive et éteindre les dernières braises mourantes qui l'avaient embrasée. Elle eut une vision de la Dame Blanche, expirant seule dans les souffrances. Elle se vit reflétée dans un miroir de glace noire.

Elle le vit.

« Retournons dans votre bureau, chuchota-t-elle enfin. Il y fait plus chaud. J'écouterai ce que vous avez à dire. »

Mais cette nuit-là, seule dans sa chambre, elle se souvint de ses parents et s'endormit en pleurant.

# XXXIV

Anigel avançait lentement, mais d'un pas ferme, remontant le cours d'eau dont le débit diminuait. Au bout d'un moment, elle s'aperçut soudain qu'elle traversait l'espèce de bois étrange dont elle avait rêvé après sa descente des chutes de Tass. Et – oui! – elle avait eu le même rêve la nuit dernière, mais l'avait oublié : la forêt où sa mère la Reine, portant sa couronne et tous les insignes royaux, marchait loin devant et où elle, Anigel, courait en essayant de toutes ses forces de la rattraper.

Aujourd'hui, dans la vie réelle, il n'y avait pas de reine. Sa pauvre mère était morte. Et la Couronne était aux mains d'Haramis, héritière du trône... si elle vivait encore.

Le cœur d'Anigel battait fort, car le chemin devenait très raide. Dieu merci, les terribles arbres-coupes se faisaient plus rares! Mais une nouvelle espèce apparut, d'une apparence plus horrible, et qu'elle prit soin de ne pas toucher, ni même approcher. Ces arbres grands et robustes étaient couronnés d'un épais feuillage vert et dru. Du haut en bas de leur tronc lisse bâillaient des cavités ovoïdes de près d'un ell de haut, pareilles à des bouches verticales. Hérissées tout autour de pointes vertes et brillantes, elles s'ouvraient et se fermaient constamment comme si l'arbre respirait. Ce mouvement s'accompagnait d'un bruit guère plus fort que le murmure de la brise, d'une musique discordante qui donnait le frisson. Anigel devina aussitôt que ces arbres étaient carnivores et pires que les arbres-calices. Leurs bouches noires et béantes cherchaient une proie : elles s'ouvraient et se refermaient, et chantaient sur son passage. Les arbres la sentaient. La désiraient.

« Seigneurs de l'Air, quelle horreur ! » Anigel de nouveau prise de peur s'empara de son amulette. Puis elle se rendit compte d'autre chose de bien plus terrible encore, se mit à frissonner, incapable de faire un pas de plus, et la peau de ses bras nus se hérissa.

Où était le sentier ?

Il avait disparu.

Seule une végétation vierge s'étendait devant elle. Depuis combien de temps avait-elle quitté la piste ? Elle l'ignorait. Elle n'avait veillé qu'à suivre le ruisseau. Elle demeura paralysée de frayeur, entourée par ces arbres monstrueux, ne sachant plus dans quelle direction aller.

« Dame Blanche ! cria-t-elle spontanément. Venez à mon secours ! »

L'amulette était devenue très chaude dans son poing serré. Quand elle la laissa retomber au bout de sa chaîne, l'ambre-miel rayonna d'une vive lumière, visible même en plein jour. Les arbres aux terribles crocs qui l'entouraient bourdonnèrent et maugréèrent, couvrant presque le chant du petit ruisseau querelleur.

*La feuille. Lance la feuille.*

« Quoi ? Que dites-vous ? » Elle pivota sur ses talons, pour découvrir qui lui parlait. Mais il n'y avait personne. « Dame... est-ce vous ? »

*La feuille du Trillium Noir. Lance-la. Qu'elle te guide.*

Ses mains tremblaient si fort qu'elle eut du mal à ouvrir son escarcelle. Des nuages avaient masqué le soleil, apportant un sinistre crépuscule sur le canyon. Elle avait l'impression de geler. La feuille...

Elle bruissa lorsque Anigel la sortit. Tout le limbe était sec maintenant, brun foncé au lieu de vert. Seule scintillait dans l'ombre qui s'épaississait une minuscule tache d'or à l'extrémité de la tige.

*Lance-la devant toi...*

Se dressant sur la pointe des pieds, la jeune fille jeta la feuille en l'air. Il n'y avait pas de vent, cependant celle-ci s'éloigna lentement en la guidant sur la berge du ruisseau. Anigel la suivit comme une somnambule. La feuille vola plus vite. La Princesse se mit à courir. La montée devenait plus abrupte. Les broussailles se faisaient plus épaisses, plus sombres. Elle ne voyait plus que cette petite particule d'or qui dansait, glissait en avant, l'entraînait...

Elle arriva dans une clairière. C'était le sommet du canyon, tout encadré de rochers moussus. La source du ruisseau était un mince filet d'eau qui tombait d'une hauteur impressionnante, enveloppant la clairière d'une légère brume.

Et à côté de la chute d'eau poussait un arbre.

C'était le plus énorme qu'Anigel ait jamais vu. A côté de lui, les autres géants de la forêt semblaient insignifiants. De simples brins de paille. Trente hommes auraient pu se tenir, épaule contre épaule, devant lui sans donner la mesure de son tronc. Il appartenait à la même espèce que les carnivores à la gueule épineuse, là-bas, le long du sentier, mais son tronc puissant ne comportait qu'une seule ouverture entre les contreforts des deux racines. La Princesse se tint devant lui, totalement abasourdie, oubliant sa peur. Elle leva les yeux et vit que sa cime dépassait la falaise d'où tombait l'eau.

Au lieu d'une tête feuillue, l'arbre en avait trois.

Anigel s'approcha de lui; la bouche ornée de crocs s'ouvrait et se fermait de plus en plus vite. Il en sortait un doux rugissement dont la note était si grave qu'elle aurait pu échapper à une oreille moins fine que la sienne. L'intérieur n'était pas obscur, comme chez les arbres plus petits; il en émanait une chaude lueur dorée, semblable à celle de son amulette.

Le talisman était à l'intérieur du Monstre Tricéphale.

Et sa respiration se faisait se plus en plus rapide, parce qu'il avait peur.

*De moi*, se dit la princesse Anigel. *Il a peur de moi!*

Le plus étonnant, c'est qu'elle savait exactement quoi faire. Au pied de la petite cascade s'empilait du bois mort, tout ce qui restait d'arbres emportés à la saison des crues. Elle choisit une billette en bon état, aussi longue que son bras, mais plus épaisse, et marcha droit vers la bouche qui béait entre les racines.

La lueur de la cavité s'intensifia et son amulette flamboya. Calmement, elle prit la petite bûche à deux mains, comme on tient un gros cierge. Elle étudia un moment le rythme de l'ouverture et de la fermeture, puis d'un geste rapide introduisit ses bras entre les mâchoires épineuses.

La bouche commença à engloutir le bois. Mais celui-ci se coinça entre les parois de la cavité, l'obligeant à demeurer ouverte.

L'arbre rugit.

Mais Anigel voyait qu'il criait de peur, non de rage. Elle avait lâché la billette et l'arbre exerçait toute sa force pour broyer le corps étranger. Le morceau de bois se gauchit, commença à se fendre, mais la bouche béa un moment de plus...

Juste assez longtemps pour qu'Anigel, se penchant vers les dents hérissées, s'empare de la chose qui était à l'intérieur et saute en arrière hors de portée, avant que la billette se brise avec un grand craquement et que la bouche se referme hermétiquement, les rebords serrés de l'écorce formant un nœud presque aussi gros que les deux poings de la jeune fille.

Anigel tenait à la main un diadème en métal argenté brillant, une sorte de tiare ouverte en forme de C, avec six petites pointes et trois plus grandes. Cette couronne miniature était curieusement, mais joliment ciselée de volutes rococos, de coquillages et de fleurs, et à l'intérieur de chacune des trois plus grandes pointes ricanait un visage grotesque. Sous celui du centre, il y avait un vide... et Anigel comprit aussitôt ce qu'il convenait d'y mettre.

Revenant au bord du ruisseau, elle s'assit sur un rocher, enleva son chapeau, ouvrit le fermoir de sa chaîne et en ôta le morceau d'ambre entouré d'or. Il s'ajustait parfaitement dans l'orifice du diadème et, une fois en place, il lui fut impossible de le reprendre. La fleur fossilisée semblait maintenant totalement épanouie, mais les pétales étaient encore légèrement recourbés.

Anigel posa le diadème sur sa tête et revint se poster devant l'arbre.

Il gardait le silence, la bouche hermétiquement close.

« Maintenant le talisman est à moi, lui dit Anigel. Tu as bien veillé sur le trésor, mais je suis celle à qui il était destiné. Tu n'as pas besoin d'avoir peur. Je vais te laisser en paix. »

Elle se détourna. Curieusement, ses yeux s'étaient remplis de larmes. Elle sentit un nouveau poids au creux de son estomac et se dit qu'autre chose... quelque chose de terrible... la menaçait. Elle se dit : *J'ai mon talisman... mais c'est seulement l'un des trois. Où en sont mes sœurs ?*

Aussitôt, l'arbre, la clairière et la chute d'eau disparurent.

Elle vit en un éclair un autre lieu, un marécage envahi par d'énormes fougères-épines et... Kadiya !

Sa sœur était accroupie, le visage taché de larmes, et criait son mépris au milieu d'une foule d'hommes armés, des chevaliers du Labornok. Elle ne portait plus son amulette, mais serrait sur son cœur une sorte d'épée dont le pommeau palpitait d'une lumière ambrée. A l'arrière-plan, il y avait un grand être hideux avec des yeux orange flamboyants et des dents tachées de sang.

Avant qu'Anigel puisse pousser un cri, cette horrible vision disparut. A sa place, elle vit une chambre confortable dans un donjon, avec de riches tentures, des tapis de fourrure sur le sol, et une table débordant de livres anciens empilés. Un bel homme aux cheveux blancs, revêtu d'une robe noir et argent, était assis sur des coussins devant le feu en compagnie d'une belle jeune femme brune.

Il embrassait la paume de sa main gauche. De l'autre, elle tenait une baguette en métal brillant qui se terminait par un cercle argenté surmonté de trois ailes repliés. Et la femme, c'était Haramis...

*Non ! Non !*

Anigel arracha le diadème de son front et le lança sur le sol moussu de la forêt.

Non... les visions mentaient. La courageuse Kadiya aux mains des Labornoki, menacée par un Skritek? La sage Haramis frayant avec l'immonde Orogastus? Jamais! Jamais!

Si ces deux-là étaient vraiment perdues, alors quelle était la femme qui, d'après la prophétie, vaincrait le Labornok et restaurerait le Ruwenda? Elle? C'était ridicule! Quelle farce! Quelle farce cruelle, cruelle...

Elle se jeta par terre, s'écartant du diadème comme s'il avait été aussi haïssable que son nom, et sanglota, le cœur brisé. Alors, c'était cela son talisman! Le but de sa longue quête, l'accomplissement de l'ordre solennel de la Dame Blanche! Le talisman était un menteur... qui débitait des cauchemars pires que ceux que sa poltronnerie avait jamais concoctés. Ce n'était qu'un monstre.

... Mais dans son rêve, la reine Kalanthe avait dit que ses sœurs étaient parties sur d'autres routes. C'était elle, Anigel, qu'elle avait lavée et préparée pour... pour quoi?

Peu à peu, ses sanglots s'espacèrent, sa respiration se calma, redevint plus régulière, et elle tomba profondément endormie.

Elle s'éveilla brusquement, une heure plus tard. Avait-elle entendu quelque chose? Peut-être l'un de ces cris mystérieux? Elle n'en était pas sûre. En tout cas, elle se sentait mieux. Elle se baigna le visage dans le ruisselet, se lava les mains et mangea un peu. Puis elle ramassa le diadème et l'étudia longuement. Les trois visages grotesques avaient l'air de lui sourire timidement.

*C'est un signe,* décida-t-elle, *et un instrument. Je sais que cela peut faire apparaître des visions. J'ignore si ces visions sont une concrétisation de mes propres peurs ou des événements réels. Mais je vais le découvrir.*

Elle le posa avec détermination sur sa tête, mit le chapeau d'Immu par-dessus et reprit le chemin par où elle était venue.

« Mon Prince, les bachots ne peuvent pas aller plus loin. »

Le sergent qui remontait à la perche le Kovuko sur le bateau de tête cria cette mauvaise nouvelle; la longue file d'embarcations surchargées se rassembla dans un bassin rocheux qu'alimentait un ruisseau dont l'eau arrivait à peine au mollet d'un homme.

Antar, ses chevaliers et Voix Bleue se réunirent pour conférer tandis que, bateliers improvisés, les soldats épuisés se rafraîchirent en barbotant dans le courant, grignotèrent un peu de leurs maigres rations et s'étendirent à l'ombre des curieux arbres-calices. Aucun des Labornoki ne connaissait leur véritable nature; mais ils avaient appris, d'expérience, à se méfier des fruits inconnus, aussi ne touchèrent-ils pas aux dons des arbres.

« A partir d'ici, il va nous falloir marcher, dit Antar. La chaleur est si accablante que nous devrions tous enlever notre armure, sauf le heaume, le plastron et la dossière...

– Mon Prince! cria le sergent de l'autre côté du ruisseau. Je crois avoir trouvé des traces de la fugitive! »

Ils traversèrent l'eau en pataugeant et là, dissimulé sous les grandes frondes d'un carré de fougères fourragères, ils virent l'un de ces drôles de bateaux wyvilos. Au fond était proprement plié une petite cape de pluie en cuir, de conception nyssomu.

« Cette cape ressemble à celles que l'on porte à Trévista, dit le sergent. Je me souviens bien de la décoration de la capuche. Il y en avait de pareilles en vente sur le marché de la place Lusagira. Elle appartient peut-être à la Princesse. »

Voix Bleue se fraya un chemin dans la foule des chevaliers. « Donnez-la-moi. Je vais la soumettre à un test. »

Tenant fermement le vêtement dans ses mains osseuses, il rejeta sa tête rasée en arrière et ferma les yeux. « Pouvoirs des Ténèbres, écoutez-moi ! Révélez à votre suppliant qui a revêtu cette cape. » Il approcha l'objet de ses narines et en huma l'odeur, puis dit d'une voix différente : « Elle a été portée par Immu, la servante de la famille royale du Ruwenda, et par Anigel, la princesse du Ruwenda.

– Par les tripes de Zoto ! cria Lord Rinutar ravi. Enfin une preuve que cette fille est passée par ici ! Je commençais à croire que nous poursuivions un fantôme. »

Voix Bleue ouvrit les yeux, remit sa capuche en place et jeta la cape dans le canoë transparent. « Cet objet était encore à proximité de la Princesse il n'y a pas plus de deux heures. Nous sommes tout près d'elle. Il faut repartir sans perdre de temps.

– Très bien, dit le Prince. Sergent, rassemblez les hommes. Et vous, mes compagnons, préparez... »

Un cri leur parvint du bosquet d'arbres-calices, de l'autre côté du ruisseau. Avec un juron, le Prince pivota sur ses talons. Un soldat accourait vers le rivage en hurlant et en jurant. Le sergent, suivi par les nobles, se hâta d'aller voir ce qu'il y avait.

« Il a mangé le pauvre Gomi ! déclara l'homme, les yeux hagards. L'a avalé tout rond, comme si c'était de la confiture de baies des brumes ! »

Tous se mirent à crier, mais le sergent ordonna à deux de ses soldats de s'armer et dit au Prince : « Je vais aller voir. »

Il revint quelques instants après, le visage durci, pour faire son rapport. « C'est l'un de ces étranges arbres en forme de verre à pied, mon Prince. L'homme d'armes Gomladik a pris le risque de se soulager contre son tronc, et selon les témoins quatre bras semblables à des vers géants sont sortis de la couronne de l'arbre, se sont emparés de lui et l'ont hissé en haut. »

Le Prince et les chevaliers accompagnèrent le sergent dans le bosquet où les arbres-calices paraissaient aussi inoffensifs que s'ils avaient été exposés dans la vitrine d'un étrange joaillier. Mais l'un d'eux était gardé par deux soldats et les feuilles d'en haut s'étaient refermées sur elles-mêmes, donnant à sa tête l'apparence d'une grosse balle. Entre elles suintaient du sang rouge et des fluides corporels qui s'écoulaient le long du tronc et arrosaient les feuilles de la base.

Tous contemplaient cette vision avec horreur et répulsion; mais avant qu'ils aient pu prononcer un seul mot, des cris éclatèrent parmi les hommes restés au bord du ruisseau.

« Aux armes! Aux armes! Des indigènes hostiles arrivent! »

On oublia l'homme dévoré. Antar, Lord Owanon et le sergent revinrent vers la berge en lançant des ordres. Les soldats traînèrent sans ménagement les bachots hors de l'eau, aussi vite que possible, et les empilèrent pour improviser une barricade. Les chevaliers abaissèrent la visière de leur heaume et tirèrent leur épée pendant que les soldats se hâtaient de remettre leur armure et de préparer leur arbalète. Des sacs de nourriture, des vêtements abandonnés et des pièces d'équipement jonchaient la rive et dérivaient même lentement sur l'eau.

Et le silence régna.

« Voix Bleue, chuchota le Prince derrière son bateau retourné. Pouvez-vous voir l'ennemi à distance?

– Un moment... un moment. » L'acolyte du Sorcier était couché à plat ventre, près de l'extrémité de la barricade, serré entre Lord Rinutar et un soldat, dans une attitude peu pratique pour entrer en transe. Il se ressaisit, ses orbites semblèrent se vider et il se figea. « Oui, je les vois! De l'autre côté du ruisseau, cachés derrière les arbres tueurs. Ils sont vingt... quarante... Que les Pouvoirs des Ténèbres me viennent en aide, mais il sont si nombreux que je ne parviens pas à les compter! Et ce ne sont pas des Wyvilos, mon Prince. Ces indigènes ont une taille plus haute, un aspect plus terrible... ce sont sans doute les Glismaks, les cannibales!

– Silence », dit Antar. Puis, s'adressant aux autres. « Ne perdez pas courage, mes hommes. Malgré leur apparence effrayante, ce ne sont que des Insolites sauvages et inférieurs à nous. Nous pouvons encore gagner la bataille.

– Regardez, dit calmement Owanon. Voilà les premiers. »

Six êtres se faufilèrent entre les fougères et se tinrent immobiles sur la rive opposée, à environ dix ells de distance. Ils étaient moins humanoïdes que les Wyvilos, plus grands que les hommes, et armés de longues lances pourvues de pointes de silex. Ils ne portaient pas de vêtements, mais quelques-uns étaient parés de bijoux et tous avaient des ceintures d'où pendaient des massues de pierre et d'autres armes. Leurs têtes se terminaient en museaux et leurs dents, surtout les deux défenses qui dépassaient, étaient très longues et très acérées. Leurs yeux d'un rouge brûlant, profondément enfoncés, étaient protégés par des plaques squameuses et brillantes qui entouraient leurs orbites; ces plaques qui s'étendaient aussi sur leurs têtes et leurs épaules, leurs dos et leurs bras, faisaient naturellement partie de leur corps. Leurs mains et leurs pieds à trois doigts étaient palmés et pourvus de griffes redoutables. Seules quelques plaques isolées cuirassaient leur ventre, et une épaisse fourrure couleur de rouille recouvrait tout le reste de leur corps, y compris le visage. Des poils moins abondants poussaient aussi autour des plaques qui étaient, selon les individus, d'une couleur et d'un dessin légèrement différents. En réalité, les Glismaks possédaient une espèce de beauté sauvage... et semblaient infiniment sûrs d'eux.

L'un des dix s'avança et, d'une voix rauque, entama une harangue en brandissant sa lance. Quand il eut terminé, il la lança de toutes ses forces et la pointe de pierre s'enfonça profondément dans le bois dur de la pirogue du Prince. Les autres Glismaks levèrent leurs armes.

« Tirez », ordonna Antar à ses archers.

Une grêle de carreaux d'acier vola par-dessus le ruisseau. Cinq des Glismaks s'écroulèrent en poussant des clameurs hideuses. Le sixième émit un hurlement aussi puissant qu'un coup de trompette auquel répondirent plusieurs centaine d'autres. Ses compagnons surgirent de la forêt en faisant entendre des cris stridents, décochèrent leurs lances puis brandirent leurs autres armes.

En quelques secondes la petite force des Labornoki fut engloutie par la horde. Les arbalètes étant devenues inutilisables, les soldats combattaient avec leurs épées courtes et leurs dagues; les chevaliers frappaient l'ennemi de leurs grandes épées tenues à deux mains, hachant et taillant jusqu'à ce que la simple pression des corps des Glismaks les renversent.

Le sergent réussit à étriper deux monstres avant qu'un troisième, les mâchoires ouvertes, lui tombe dessus par-derrière et lui porte, au cou, une morsure fatale. Les quelques soldats qui ne furent pas abattus dès les premières minutes s'enfuirent, poursuivis par les brutes aux longues jambes qui les lacérèrent à coups de griffes. Ceux qui tombaient étaient immédiatement démembrés et un festin diabolique commença en pleine bataille. Les glapissements sinistres des Glismaks étouffaient les plaintes des soldats mourants.

Le Prince Antar et tous ses chevaliers furent submergés. Mais curieusement, les ennemis ne les déchirèrent pas tous et ne leur ôtèrent même pas leurs armures, mais se contentèrent de leur prendre leurs épées, de leur ligoter les mains et les pieds avec des cordes de cuir brut, puis, les ramassant comme des poupées, ils les jetèrent, cliquetants et jurants, en un gros tas taché de sang.

Plusieurs douzaines de Glismaks victorieux se mirent à danser et à chanter autour de la pile d'humains impuissants qui sombrèrent dans le désespoir et commencèrent à dire leurs dernières prières. D'autres anthropophages récoltèrent, au bord du ruisseau, du bois flotté bien sec dont ils firent un grand bûcher, auquel ils ajoutèrent les bachots des Labornoki, et qu'ils se préparèrent à allumer. Il était clair que le second plat du festin glismak ne serait pas cru, mais cuit.

« Dieu ait pitié de nous, gémit le prince Antar qui reposait au sommet de la masse enchevêtrée de prisonniers, et puisse-t-il damner, au plus profond des dix puits de l'Enfer, le sorcier Orogastus qui nous a envoyés à cette mort ignoble. »

Les chants et les hurlements des Glismaks cessèrent brusquement.

La danse s'arrêta. Ceux qui achevaient de dévorer des petits lambeaux de chair crue interrompirent leur révoltant festin et se figèrent, étonnés. Tous les sauvages sans exception étaient maintenant immobiles, la bouche ouverte, et regardaient quelque chose qui semblait venir de l'amont. Antar se tortilla et finit par adopter une position qui lui permit de voir qui arrivait.

Une femme.

Elle s'arrêta sur le petit sentier qui longeait le ruisseau, à une douzaine d'ells de la pile de chevaliers et à portée de griffes du plus proche Glismak. Elle avait un costume de chasse en cuir bleu ciel et un sac à dos; d'une main elle tenait un chapeau d'herbes à larges bords et de l'autre un jeune arbre qui lui servait de canne. Ses cheveux dorés croulaient sur ses épaules en vagues chatoyantes. Son front était couronné d'un diadème en métal blanc et brillant, curieusement ciselé, avec un trillium inclus dans l'ambre. L'indignation et l'horreur se peignaient sur son visage inondé de larmes.

Le cœur du prince Antar bondit dans sa poitrine. Il connaissait ce visage, le plus beau qu'il eût jamais vu, le seul qu'il ait jamais aimé. C'était la princesse Anigel qui survenait par malheur sur la scène du carnage; les ennemis allaient sûrement se précipiter sur elle...

Mais ils ne le firent pas. Ils reculèrent lorsqu'elle s'avança au milieu d'eux qui, tachés de sang, grognaient tout bas et même gémissaient. Elle considéra les ossements humains, les lambeaux de vêtements, et le tas de chevaliers ligotés dans leurs armures furent saisis par son audace et le danger qu'elle courait.

« Qu'avez-vous fait là ? » demanda-t-elle aux Glismaks. Les larmes brillaient toujours sur son visage, mais sa voix était ferme.

Quelques grondements et un sifflement inquiet s'élevèrent.

L'un de ceux qui avaient dansé s'approcha. Plus grand que les autres, il s'en distinguait aussi par une ceinture cloutée d'or et la gaine dorée de son couteau de silex. Les écailles de son corps étaient somptueusement peintes de dessins vert, jaune et rouge.

Le chef des Glismaks montra d'une griffe ensanglantée le diadème d'Anigel et rugit quelques mots de défi dans sa propre langue.

« J'ai le droit de le porter », répliqua la Princesse sans broncher. Elle lâcha le chapeau et s'essuya les yeux du revers de la main. « Et je dis que vous avez commis un acte inique. Ces hommes étaient mes ennemis, pas les vôtres. Ils ne vous avaient causé aucun tort et pourtant vous les avez massacrés et, comme des bêtes, vous avez mangé leur chair! Pourtant vous n'êtes pas des bêtes, vous êtes des personnes censées servir le Dieu Trin, et ce que vous avez fait est mal. »

Le chef glismak émit un son terrible qui ne pouvait être qu'un rire. Puis il leva ses mains griffues, ouvrit la bouche afin que ses dents pointues comme des couteaux brillent dans la lumière mélancolique de cette fin d'après-midi, et fit un pas vers la jeune fille désarmée.

Anigel pointa sa canne vers lui et dit calmement : « Seigneurs de l'Air, défendez-moi. »

Du ciel couvert et menaçant surgit un éclair bleu qui aveugla les chevaliers captifs; le coup de tonnerre qui suivit agressa si fort leurs oreilles qu'ils faillirent perdre conscience. Quand ils reprirent leurs esprits, ils virent la Princesse qui regardait avec de grand yeux un petit tas de cendres fumantes, tout ce qui restait du chef des Glismaks.

La horde de cannibales, prise de crainte et de respect, se précipita le visage contre terre.

« Partez! dit Anigel d'une voix haute et claire. Partez et ne revenez pas! »

Deux ou trois têtes féroces se redressèrent. Les Glismaks hésitaient... puis ils se relevèrent et s'enfuirent en hurlant de toutes leurs forces, et certains en jetant encore quelques grognements de défi. Ils traversèrent le ruisseau et pénétrèrent comme des flèches dans la forêt où ils disparurent; la Princesse fixait à ses pieds la carcasse fumante, avec un mélange de peur et d'étonnement.

Le prince Antar cria : « Princesse Anigel! Nous sommes encore vivants. Allez-vous nous libérer? »

Elle sortit de sa rêverie et entreprit de couper avec son petit poignard les lanières de cuir brut. Les chevaliers s'aidèrent mutuellement et ceux qui, parmi eux, étaient indemnes défirent l'armure des blessés et les accompagnèrent au bord de l'eau. Le prince Antar, quand il eut fait ce qu'il pouvait pour ces derniers, vint s'agenouiller devant Anigel.

« Princesse, je n'ai plus d'épée à vous remettre. Aussi moi, Antar, prince héritier du Labornok, je me rends corps et âme. Je ne peux plus être votre ennemi. Vous êtes noble et bonne, et ceux qui m'ont donné l'ordre de vous pourchasser et de vous éliminer sont mauvais. Si vous me foudroyez comme cette misérable brute, c'est une punition que je mérite. Mais si vous m'épargnez, je serai votre fidèle esclave pour le reste de mes jours.

– Moi aussi, dit Lord Owanon en s'agenouillant à son tour.

– Ainsi que moi », gémit Lord Penapat dont on venait de laver les blessures.

Un autre chevalier, puis un autre encore, répétèrent les mêmes paroles, et tous ceux qui en étaient capables s'agenouillèrent, jusqu'à ce qu'il ne restât plus à l'écart que Lord Rinutar et deux de ses partisans, Onbogar et Turat.

Brusquement, la masse des fougères qui avait dissimulé le bateau d'Anigel s'ouvrit et Voix Bleue qui s'était caché dans l'embarcation en sortit, pataugea dans le ruisseau et s'approcha de la Princesse avec un sourire patelin.

« Grande et puissante Dame, dit-il en faisant un profond salut, je suis l'esclave d'un autre Maître auquel je suis attaché pour l'Éternité. Mais je jure sur son honneur de vous suivre et de vous servir le mieux que je pourrai, et je mets mes pauvres pouvoirs à vos ordres si vous condescendez à m'accepter. »

Tout en parlant, Voix Bleue se tourna vers Rinutar et leurs regards se croisèrent un instant. « Peut-être que ces trois braves chevaliers qui rechignent à trahir leur serment d'allégeance au Labornok se joindront à moi si je vous promets une trêve. Nous sommes tous des humains, perdus dans une terre étrangère, et nous ne devrions pas être en désaccord alors qu'un ennemi si terrible nous menace tous.

– Oui, grogna Rinutar. J'accepte une trêve, ainsi que mes hommes. »

Anigel contempla un moment Voix Bleue sans parler, puis étudia aussi les trois autres. « Très bien, dit-elle. Relevez-vous, Prince... et vous aussi qui maintenant me considérez comme votre Dame. Dans quelques heures il fera nuit. Nous n'avons plus rien à craindre des Glismaks, mais néanmoins, nous ne pouvons pas camper dans le lieu du désastre. Je vais conférer avec le Prince et décider de ce que nous allons faire. Pendant ce temps, rassemblez les armes et les provisions et ôtez vos bachots de la pile de bois à brûler. Mais ne la détruisez pas. Mettez plutôt dessus les tristes cadavres de vos camarades et, avant de quitter cet endroit, nous l'allumerons en leur honneur. »

Des murmures d'approbation accueillirent ces paroles. Anigel fit signe au prince Antar de la suivre et s'éloigna un peu le long de la rive; quand ils furent suffisamment loin des oreilles indiscrètes, elle dit : « On ne peut pas faire confiance à ce grand homme en bleu.

– Je sais. C'est l'une des Voix de l'abominable Orogastus. Il faudra le surveiller lorsque nous reviendrons sur nos pas... Vous avez l'intention de retourner au Ruwenda, n'est-ce pas, ma Dame ?

– En son temps », dit-elle. Ses yeux bleus étaient solennels et ses pupilles dilatées dans l'ombre. « Mais j'ai d'abord un autre devoir à accomplir. La horde de Glismaks va sûrement partir attaquer Let, le village des Wyvilos. C'est là qu'ils allaient quand ils vous ont rencontrés. Il faut nous rendre là-bas le plus vite possible pour avertir le Peuple de la Forêt et faire ce que nous pourrons pour les aider.

– Oui! s'exclama le Prince avec admiration. Nous, les chevaliers, vous protégerons de nos épées pendant que vous lancerez la foudre sur les démoniaques Glismaks! »

Anigel recula avec horreur. « Non!

– Mais comment pourrions-nous sauver les Wyvilos, Dame? Nous ne sommes que seize – vingt si vous comptez les trois qui ne sont pas engagés vis-à-vis de vous et l'acolyte du Sorcier – et certains sont blessés. Il y a plusieurs centaines de Glismaks. Croyez-vous que nous puissions nous opposer à une aussi vaste armée de sauvages sans votre aide magique?

– Je ne savais pas que le talisman tuerait », chuchota-t-elle. Les yeux pleins de terreur, elle répéta : « Je ne savais pas... »

Antar lui saisit la main. Les larmes de la jeune fille coulaient de nouveau. Il porta les doigts égratignés et calleux à ses lèvres. « Ne vous inquiétez pas. Peut-être pourrez-vous essayer les pouvoirs de cet objet pendant le voyage et découvrir des moyens de défense plus mesurés. »

Elle libéra sa main avec impatience, seulement préoccupée de la tâche qui l'attendait. « Nous nous reposerons ce soir, puis reprendrons notre route demain sans nous arrêter, afin d'arriver à Let avant les Glismaks.

– Voyager de nuit? » Antar était dérouté. « Dame, nos bateliers amateurs ne peuvent pas naviguer sur la Grande Mutar à la lumière des Trois Lunes... et un orage peut encore éclater. »

Un minuscule sourire arqua les lèvres d'Anigel. « Nous aurons les services d'excellents guides. »

Elle se pencha au bord du ruisseau, toujours souriant, et appela : *Amis!*

# XXXV

Hamil, flanqué de deux porteurs de torches, s'avança à grandes enjambées vers Kadiya. Il la prit par les cheveux et la fit tomber à genoux.

Il rit et d'autres rires se joignirent au sien. « Maintenant, tu te comportes comme il faut, fille de Krain : humblement... à genoux. Qu'est-ce qui s'est manigancé ici ? »

Ses yeux sautèrent de l'épée plantée dans le sol à l'odieuse pile de chairs noircies. Une main carbonisée, réduite à l'état de squelette, semblait désigner l'objet du pouvoir tant convoité par son propriétaire.

Il y eut un long moment de silence et Hamil rit de nouveau, avec moins d'assurance. Plusieurs douzaines d'hommes d'armes s'assemblèrent, mais tous évitèrent soigneusement la chose étendue sur le sol.

« On dirait que la Voix disait la vérité et n'y a pourtant pas cru ! C'est bien ça, hein, salope ? » Le Général secoua Kadiya en la tirant par les cheveux. « Il a essayé de prendre le talisman et celui-ci, qui est lié à toi, l'a tué. »

Il relâcha un peu sa prise sur la chevelure et fit courir, de haut en bas, son doigt sur sa propre bouche. Kadiya avait assez entendu parler du Général pour savoir que, malgré son comportement bestial avéré, il était malin et plus fin qu'il n'en avait l'air.

Certains hommes reculèrent, rompant le cercle qu'ils venaient de former, et s'écartèrent devant un autre officier, un homme gigantesque. Son manteau en loques avait été autrefois aussi orné que celui d'Hamil; il ne portait pas de heaume, mais un pansement sale autour de la tête et une barbe grise de plusieurs jours sur le menton et les joues.

« Qu'est-ce qui se passe, mon général ? » Il y avait dans sa voix quelque chose de tranchant qui prouvait qu'ils étaient peut-être compagnons de combat, mais pas frères d'armes.

Avant qu'Hamil ait pu répondre, une voix monta de la foule pour crier : « Attachons la sorcière à son épée et jetons-la dans le marécage! »

Un murmure d'approbation s'éleva. Puis un autre soldat donna un avis différent : « Livrons-la aux Skriteks! »

Cette proposition suscita un accord plus enthousiaste encore. Les hommes ne s'étaient pas rapprochés de Kadiya, aussi les extrémités de la foule se fondaient dans une obscurité que les torches et la lueur du feu n'atteignaient pas facilement. On aurait dit que l'importance de ce corps foudroyé se renforçait et se faisait plus largement sentir.

Hamil jeta sur l'assemblée un regard de colère qu'apparemment ses hommes ne connaissaient que trop bien, car le murmure cessa comme si l'on avait brusquement fermé une porte. Puis il se tourna vers l'officier grand et fort.

« Qu'est-ce qui vous prend, Osorkon ? Voyons, nous obéissons aux ordres. Nous obéissons toujours aux ordres! Nous sommes venus pour retrouver ça. » De nouveau, il resserra sa prise sur la chevelure de Kadiya, assez brutalement pour la faire osciller d'avant en arrière. « Nous l'avons trouvée. Nous avons aussi autre chose... » Il montra du doigt le talisman. « Si le roi Voltrik récompense bien ceux qui lui ramèneront l'une de ces filles royales, quel genre de cadeau sera accordé à ceux qui lui livreront un trésor que notre Grand Ministre d'État souhaite ardemment posséder ?

– Un trésor, répliqua Osorkon en soulignant fortement ce mot, qui a déjà expédié celui qui en savait bien plus long qu'aucun de nous sur les dangers qu'il présente.

– Oui. » L'extrémité de la langue d'Hamil glissa rapidement sur ses lèvres charnues. Il remit brutalement Kadiya sur ses pieds afin de ne pas avoir à se baisser pour la fixer dans les yeux. « Je pense que maintenant, tu es peut-être enfin disposée à nous dire la vérité. Lorsque nous en avons fini avec ceux qui se croient pleins de courage et de zèle, ils ne sont que trop contents d'accomplir notre volonté, même si cela signifie massacrer l'être qu'ils aiment le plus au monde. » Il claqua des doigts et de nouveau la foule s'ouvrit pour laisser passer l'un des Skriteks qui s'avança en traînant les pieds.

« Pellan! » Hamil lança ce nom comme un ordre. Du dernier rang des soldats surgit, en titubant, une figure squelettique. Kadiya qui avait vu le guide-marchand lorsqu'il était bien nourri et menait une vie honorée parmi ses compagnons, ne le reconnut pas tout de suite. C'était une loque humaine qui tomba à genoux et leva vers le Général un visage appartenant déjà à la mort.

Hamil se pencha pour examiner le talisman avec une vive attention. Puis il hocha la tête comme si celui-ci lui avait répondu ce qu'il voulait entendre. « C'est toujours là... » En dépit de la transformation que l'épée avait subie, la peau de serpent que la Voix avait nouée en guise de poignée était toujours là.

« Pellan, dis à cette stupide brute de prendre l'épée et de l'attacher sur le dos de la fille en se servant seulement de la corde. »

L'homme déglutit comme s'il avait du mal à parler. Puis il lança un torrent de sons gutturaux. Le Skritek considéra Pellan, l'épée, et enfin Hamil. Ses mâchoires dévoilèrent leurs crocs et la créature grommela une réponse.

Le visage de Pellan pâlit sous la crasse. Ses mains se mirent à trembler et il se hâta de les joindre.

« Eh bien ? demanda Hamil après un long moment de silence.

– Seigneur Général... il dit qu'il n'y touchera pas. » Le guide désigna l'épée d'un mouvement de tête. « Il dit que c'est un vestige des Disparus et qu'il détient leur force. »

– Alors ? » L'expression d'Hamil ne changea pas. Il prit la boucle en peau de serpent et d'un coup sec libéra l'épée du sol. Puis il fit lentement le tour du cercle, afin que tous les hommes assemblés voient bien ce qu'il tenait.

« Les Disparus. Nous avons beaucoup entendu parler de ces Disparus depuis que nous parcourons laborieusement ce marais. Regardez bien tous ! Est-ce qu'il faut que celui qui arbore l'emblème du Labornok ait peur de ces légendes ? »

Osorkon toussota. « Et celui-là ? » Il indiqua du doigt le cadavre carbonisé. « On dirait que certaines légendes contiennent des avertissement valables. »

Hamil ne cligna même pas des yeux, mais Kadiya devina que le Général ne portait pas son second dans son cœur. En voyant les soldats se rapprocher lentement, elle comprit aussi que le geste du Général avait banni une partie de la crainte révérencielle que la peur leur avait inspirée.

« Celui-ci, repliqua Hamil en désignant les cendres, se plaisait à jouer avec des outils magiques de ce genre. Peut-être que ceux de son maître sont moins dangereux, mais cette chose provient d'une autre source. Un homme qui manipule certaines armes sans se blesser devient imprudent. Je pense que la Voix s'est révélée irréfléchie. »

Le Général était revenu auprès de Kadiya. Sa lourde main, se posant sur son épaule, la fit pivoter, et elle crut qu'elle allait tomber. Mais elle réussit à rester sur ses pieds tandis qu'elle sentait l'épée s'introduire lentement sous les cordes qui la ligotaient.

Hamil s'était déjà détourné d'elle. Il appela d'un geste l'un des soldats qui se tenait près d'un porteur de torche. Levant la main, il lui montra le Skritek qui avait refusé d'obéir.

« Nous n'avons plus besoin de celui-là », dit-il.

Le Skritek rugit et se ramassa sur lui-même. Une hache à double tranchant apparut dans l'un de ses poings squameux. A son cri de défi répondirent ceux de ses compagnons.

Le soldat auquel s'était adressé Hamil bondit sur lui, l'épée haute. Ce n'était sans doute pas la première fois que les Labornoki s'attaquaient à l'un de leurs déplaisants alliés.

Lorsque la hache quitta les griffes du Skritek, ce fut avec une telle force et une telle vitesse qu'elle devint floue dans la lumière incertaine. Déjà le soldat s'était élancé, non pas pour arrêter l'arme, mais pour se mettre en position de combat. En même temps, son épée frappa et du sang noir gicla. Le Skritek leva la tête avec un beuglement assourdissant; sa jambe gauche était à moitié détachée de son corps. Ses avant-bras, avec leurs griffes aiguisées, se projetèrent en avant. Une patte, peut-être plus par hasard qu'intentionnellement, se prit dans les mailles de la cotte du soldat et le fit tomber. Ses compagnons n'attendirent pas son cri de douleur et de terreur pour tirer leurs armes, ni les autres Skriteks pour se joindre au combat.

Des soldats labornoki et des Skriteks combattirent et moururent dans la bataille qui se déroulait autour du feu de camp. L'un des porteurs de torches éloigna un monstre proche d'Hamil en fourrant l'extrémité rougeoyante de sa torche entre ses mâchoires entrouvertes. La mêlée fut féroce, mais ne dura pas longtemps car la bande de Skriteks disparut soudain dans la nuit en laissant trois d'entre eux morts sur le terrain et deux blessés. Quatre soldats ne bougeaient plus et un certain nombre souffraient de balafres ensanglantées.

Dès le début du combat, Osorkon s'était emparé de Kadiya pour la traîner vers la tente d'Hamil qu'une corde en cédant avait fait effondrer à demi. Lui-même ne participa pas à la lutte, mais se contenta du rôle de spectateur. Quand tout fut terminé, il étudia Hamil d'un air sombre. Cependant, il attendit pour parler que le Général ait essuyé son épée avec une poignée de feuilles et se soit suffisamment rapproché de lui pour que Kadiya soit la seule à les entendre.

« Nos alliés ont vraiment l'air d'avoir changé d'avis, observa sèchement Osorkon. Vous avez obligé ce vart à deux langues (il désigna Pellan qui s'était pelotonné en boule aussi près que possible de la tente) à nous guider jusqu'au dernier point de la rivière qu'il connaissait, il y a trois ou quatre jours. Depuis lors, nous avons dû compter sur les monstres. » Il fit un autre signe de tête vers l'endroit où les Uisgus étaient couchées, attachées les unes aux autres. « Le marais bouillonne tout autour de nous et cela fait quarante-huit heures que n'avons eu aucune nouvelle de nos éclaireurs. Je dis, revenons sur nos pas maintenant que nous avons accompli notre objectif et que nous possédons la fille et ce qu'elle porte. »

Hamil fronça les sourcils. « Il y a peut-être d'autres trésors à découvrir.

– Et si les Insolites se révoltaient ? Nous avons fait des Uisgus prisonnières et la manière dont nous les avons traitées suffit à retourner contre nous tous ceux de leur sang. Et maintenant, nous avons éveillé l'hostilité des Skriteks. C'est de la folie de dépendre de guides qui ont de bonnes raisons de nous détester.

– Les Insolites... ces démons visqueux ! Est-ce qu'aucun d'eux a montré la moindre velléité de se défendre ? Non ! Ce sont des gringalets et des lâches, aussi veules que des togars de basse-cour. Les Uisgus se soulever... ? Impossible ! Ils ne peuvent et ne veulent pas combattre. N'est-ce pas, vermine ? » Hamil poussa Pellan de son pied botté. « Ne nous as-tu pas dit dès le début que ces grognons étaient poltrons ? »

Pellan entoura sa tête de ses bras maigres pour tenter de parer un coup. « Il en a toujours été ainsi, Seigneur Général. Ils combattent les Skriteks, mais seulement si ceux-ci les attaquent. Ils ne se querellent pas entre eux, et ils ne se sont jamais dressés contre les humains qui pénètrent dans le marais. J'ai entendu dire qu'ils ont juré, il y a bien longtemps, de ne jamais faire la guerre. »

Hamil renifla d'un air méprisant. « La fille a réussi à trouver son chemin dans l'Enfer Épineux et les Uisgus l'ont aidée, ou elle n'aurait jamais pu arriver jusqu'ici. Avec elle et celles-là entre nos mains (il montra les autres prisonnières), les Uisgus ne se mettront pas sur notre route. »

Le lendemain matin, ils levèrent le camp et remontèrent la rivière en empruntant un vague sentier. Hamil n'adressa plus la parole à Kadiya, mais la garda près de lui même lorsqu'il écoutait les rapports des éclaireurs et des flancs-gardes. C'est ainsi qu'elle apprit que les forces labornoki ne voyageaient pas seules. Quelque chose – ou quelqu'un – rôdait furtivement autour d'eux, bien que les hommes n'aient jamais pu discerner clairement de quoi il s'agissait. Étaient-ils suivis par des habitants des marais qui allaient se révolter pour venger le meurtre de leurs gens ? Pouvait-elle l'espérer ?

Kadiya sortit de son état de léthargie glacée pour entendre un soldat, vilainement mordu par les insectes et taché de boue, dire : « Gam. Je le jure par le bouclier de Zoto. Juste sa tête grimaçante, au bout d'un poteau planté près d'une touffe de fougères. Les monstres ne sont pas là non plus. Rien que des petites empreintes à moitié effacées dans la boue... et ça. »

Il tendit une fléchette... plus longue que celles des Nyssomus. Mais deux miniscules bandes, une bleue et une jaune, étaient peintes sur la hampe, et ce signe elle le connaissait bien. C'était celui de Jagun!

« Gam », répéta Hamil. Ses ongles noirs de boue grattèrent les poils de son menton. « Je l'ai vu s'en prendre aux pirates... deux abattus d'un seul coup. Je suis sûr qu'il n'est pas mort seul. A-t-il été tué par les Skriteks?

– Cette fléchette n'appartient pas aux Skriteks. » Osorkon avait pris l'objet dans ses mains. « Ils ne fabriquent rien d'aussi raffiné.

– Notre Princesse a peut-être des révélations à faire? » lança Hamil. Ses porteurs avaient déposé son corps ligotée sur le chemin. « As-tu un ami qui attend le bon moment pour se mêler de nos affaires? » Il leva la main, prêt à la gifler.

Elle pouvait répondre en disant en partie la vérité. « Je... je n'ai jamais vu quoi que ce soit de semblable. »

Osorkon ne laissa pas au Général le temps de lui tirer une autre réponse.

« Elle peut nous servir d'appât, s'ils sont obligés d'employer d'autres armes. Ne perdons pas notre temps ici, à la malmener. Repérons un morceau de terre bien solide, au cas où un combat nous attend. Nous ne pourrons pas prouver notre foree tant que nous pataugerons dans cette damnée boue. »

Brusquement, un rugissement leur parvint de l'arrière. Hamil tira aussitôt son épée et les soldats se regroupèrent autour de leur chef.

« Des Skriteks! cria un éclaireur. Et d'après le bruit qu'ils font, ils ont dû mettre en fuite quelque pauvre diable.

– Avancez! ordonna Hamil. Serrez les rangs! Il y a un îlot surélevé devant nous et nous avons besoin de terre ferme. »

Une fois de plus, le cri des Skriteks retentit. Les oreilles de Kadiya bourdonnèrent et elle faillit perdre conscience tant ses porteurs la secouaient dans leur course. Ses bras que les cordes serraient trop étaient comme morts. Même libre et le talisman à la main, elle n'était pas sûre de pouvoir l'utiliser. Cependant, par-delà la douleur, l'impuissance et... oui, la peur, elle s'accrochait au vieux noyau de colère. Il devait y avoir un moyen de se venger! Si seulement la paralysie provoquée par la magie pouvait disparaître...

Ils filaient à toute allure, comptant sur les gardes-flancs pour les avertir. Le sol, dégagé, devenait sec, couvert seulement d'une maigre végétation; cela ressemblait au pays que Kadiya avait traversé avec Jagun. Ici et là poussaient des buissons de plantes grasses et grises dont les feuilles n'étaient guère que des bourgeons ratatinés, et qu'entouraient des nuées d'insectes. Écrasées sous les pieds, ces plantes dégageaient une odeur putride.

Ils tombèrent alors sur un bâtiment.

Il n'était pas en pierre... mais fait de ce même matériau lisse que la cuvette où elle avait campé avec Jagun et l'endroit où elle avait trouvé son talisman. L'un des murs était percé d'une porte; de chaque côté se dressait une grande statue semblable aux sentinelles qui gardaient la Voie Interdite. Chaque sindona brandissait une épée. Les yeux irrités de Kadiya clignèrent. Les épées... étaient aussi émoussées que celle qu'elle avait sur son dos. Les lames s'entrecroisaient pour interdire l'entrée.

Hamil s'arrêta et regarda ce qui les attendait. Il prit la parole d'un air avide. « Par Zoto... la chose même que j'espérais découvrir! Un bastion des Disparus probablement plein de trésors! Capitaine Loskar, allez donc chatouiller ces gars-là. » Il montra les statues d'un signe de tête. « Vous, préparez vos flèches », dit-il au reste des hommes.

Malgré les récents désastres, on lui obéit rapidement, ce qui donne la mesure du pouvoir d'Hamil sur ses soldats. Un jeune officier brandit son épée et toucha de la pointe les lames émoussées et entrecroisées des sentinelles. Le métal rebondit avec un cliquetis discordant. L'arme de Loskar lui fut arrachée et, prenant son bras droit de l'autre main, le Labornoki tomba à genoux en poussant un hurlement de douleur.

« Tirez... à l'intérieur! » cria Hamil.

Le sifflement des carreaux des arbalètes, fait pour effrayer autant que pour tuer, résonna à souhait tandis que les traits s'enfonçaient dans l'ouverture, entre les deux sentinelles. Il faisait sombre à l'intérieur, et aucun indice ne laissait supposer ce qu'il y avait au-delà. L'attaque ne déclencha aucune réaction. Hamil appela les hommes qui portaient Kadiya : « Wunit! Vor! Faites-la passer entre les épées des statues! »

Les soldats la poussèrent, sans la détacher, au travers de la porte. Quand ils virent que les sentinelles restaient immobiles, Wunit et une douzaine d'hommes baissèrent la tête pour emprunter le même chemin.

« Il n'y a pas de danger, mon Général! cria Wunit. Il nous faut des torches! »

Rapidement on alluma des brandons. L'intérieur du bâtiment ne présentait rien de remarquable : un étroit couloir avec une porte à son extrémité. Un grand trillium était gravé au-dessus du chambranle.

« Attendez... j'arrive », dit Hamil. S'emparant d'un brandon, il se courba en deux et entra.

Aussitôt, toutes les torches s'éteignirent. Les hommes poussèrent des cris, Kadiya entendit un bruit de corps qui se débattaient, puis un silence absolu.

La Princesse était étendue à plat ventre, impuissante. La lumière du jour ne pénétrait pas dans ce lieu. Les ténèbres de la porte ouvrant sur l'extérieur auraient pu être un rideau, bien que la jeune fille n'ait rien senti lorsqu'on l'avait précipitée au travers. Curieusement, sa paralysie semblait s'atténuer. Elle se débattit comme un poisson hors de l'eau, pour se redresser. Les ténèbres autour d'elle étaient épaisses, totales, mais elle s'aperçut que la peur qui s'était emparée d'elle depuis qu'on l'avait faite prisonnière refluait.

La jeune fille se tortilla énergiquement. Brusquement elle se retrouva les bras libres, le talisman reposant sous son corps. Elle arracha la corde qui entourait ses jambes. Le sol paraissait vierge de poussière ou de débris venus de l'extérieur. Il était lisse et se mit à pencher selon un angle toujours croissant. Kadiya commença à glisser au moment même où elle essayait de s'appuyer sur ses bras engourdis. Elle tomba, de plus en plus vite et, sans lâcher le talisman, vint percuter une barrière invisible, puis continua à déraper dans une autre direction et s'écrasa de nouveau. A demi consciente, elle ne lâcha pourtant pas l'épée magique... jusqu'à ce qu'elle vienne donner contre un dernier obstacle, s'envole dans les airs et atterrisse évanouie sur le sol.

L'orteil d'une botte lui heurta les côtes et la réveilla.

Kadiya cligna plusieurs fois des yeux. Les ténèbres ne l'emprisonnaient plus. Elle était dans une grande salle faiblement éclairée par une source lumineuse invisible.

« Elle est coriace, mon Général. »

Trois hommes formaient un triangle autour d'elle. L'un était Hamil, les deux autres Wunit et Vor. Le reste des soldats se tenaient maussades derrière eux. Kadiya vit que les Labornoki étaient tout meurtris et essayaient de dissimuler leur peur.

Ses bras avaient recouvré leur force, mais sa main ne pouvait pas atteindre le pommeau du talisman qui était en partie sous elle.

« Croyez-vous qu'elle sache le chemin pour sortir d'ici, mon Général ? interrogea Vor.

– Cela se peut bien, répliqua Hamil. En tout cas nous pouvons l'utiliser pour tester les pièges, tandis que nous parcourrons les lieux. Relevez-la. »

Personne n'osa le faire. Elle s'empara du talisman et se remit lentement debout, la tête douloureuse des coups qu'elle avait reçus. L'esprit engourdi, elle se demanda pourquoi ils n'avaient pas tenté de lui prendre l'épée, puis se souvint qu'ils avaient de bonnes raisons de ne pas toucher à cette arme inquiétante.

La lumière grise éclairait une sorte de cour intérieure. Au centre coulait une fontaine. Derrière celle-ci s'élançait une volée de marches. Kadiya s'avança jusque-là, mais les ténèbres régnaient en haut des marches et elle ne put voir où elles menaient.

Sur chaque marche rougeoyait une empreinte.

Hamil n'hésita pas. « En avant ! » commanda-t-il. Il posa le pied carrément sur la première empreinte et se mit alors à trembler violemment, comme s'il souffrait de la fièvre des marais. Le visage blanc, il recula en titubant, tira son épée et la brandit en direction de Kadiya.

« C'est de la magie! s'exclama-t-il d'une voix rauque. Faisons-la passer la première. » Il poussa Kadiya devant lui pour que ce soit le pied de la jeune fille qui touche l'empreinte de la marche suivante.

Par le Trillium, elle allait hurler! Ce fut comme si le souffle d'une flamme la traversait. Le talisman qu'elle tenait devint brûlant, mais elle ne le rejeta pas. Elle entendit Hamil crier d'étonnement. Elle avait atteint la cinquième marche, hors d'atteinte du général, et l'empreinte rougeoyante qui l'y attendait s'évanouit brusquement. Là où elle mit le pied, il n'y eut plus qu'un cercle d'argent entourant un trillium noir. Hamil ne s'attendait pas à ce qui s'ensuivit. Kadiya était libre, complètement guérie de ses meurtrissures et de l'enchantement, et chaque degré devant elle portait la marque du même symbole encourageant. Chaque fois que son pied touchait le sol, une force nouvelle l'envahissait.

Sa colère bouillonna. Elle allait se retourner et les tuer tous! Non, c'était la réaction d'une idiote. Des soldats la guettaient, armés d'arcs et de flèches. Elle n'avait que son talisman dont elle n'était pas encore sûre.

Arrivée en haut des escaliers, elle déboucha dans une longue salle. Sur les murs, se croisait et s'entrecroisait un treillis de lumière rouge. Au centre, il y avait un bloc d'une étrange matière pâle d'où sortait, comme d'un lit de terre bien entretenu, l'image taillée d'une grande plante en métal argenté. Un Trillium. La tige se terminait par un seul grand bouton fermé.

Hamil avait suivi la jeune fille avec prudence, ses hommes derrière lui. Il s'avança en tapant du pied pour examiner la plante, une main sur la garde de son épée. Il se trouvait peut-être au cœur d'un territoire ennemi, avec une armée amenuisée, et cependant il n'y avait rien dans son attitude qui pût laisser supposer qu'il n'avait pas pleinement foi en lui-même et en sa puissance. Il regarda d'un air furieux Kadiya qui lui faisait résolument face, le talisman dans une main. « Nous n'irons pas plus loin », déclara-t-elle calmement.

Le Général jeta un coup d'œil par-dessus son épaule. il ne dit rien, mais Wunit et Vor vinrent rapidement se poster à ses côtés, l'épée hors du fourreau.

« J'ai entendu dire que le sang possède un don. » La voix basse d'Hamil était pleine de haine. « Ceci est certainement un lieu de pouvoir. » Il lança un ordre. « Poussez-la jusqu'à l'autel! »

Ils la harcelèrent avec leurs épées, l'obligeant à reculer contre la pierre d'où jaillissait la Fleur.

« Moi, je crois au sang. » Il avait élevé la voix. « J'ai appris à payer avec du sang tout ce que je désire. Quand tu mourras, Princesse, tu ne seras plus liée à ce talisman magique. Orogastus n'a aucun pouvoir ici. Moi, si! Et j'ai l'intention de trancher cette main qui tient le talisman et de m'en emparer lorsque tu te seras complètement vidée de ton sang. »

Il brandit son épée. Au-dessus d'elle se dressait la Fleur géante. Kadiya crut la voir frissonner et s'épanouir. Était-ce une fleur ou autre chose... une sentinelle ? Elle ne put s'en assurer, car il en sortit une lueur verte qui l'aveugla.

L'épée tronquée de son talisman, nourrie du pouvoir de la Fleur, s'embrasa également d'un vert vif.

Aux pulsations de la lumière, elle comprit qu'il avait dû se produire un changement sur l'autel ; Wunit, Vor et les soldats redescendirent l'escalier en courant, le visage livide de peur.

Hamil était fou de rage. Il l'attaqua. Grâce à des connaissances qu'elle n'avait jamais possédées auparavant, son talisman réagit, bloquant la lame du Général. Le temps semblait se comporter bizarrement... s'écoulant aussi rapidement qu'un tourbillon de vent, puis ralentissant, comme si des poids de plomb les entravaient tous deux. Elle para chaque coup qu'il lui porta. Il était trois fois plus corpulent qu'elle, mais il ne put la vaincre, ni forcer l'invisible garde de son talisman.

Il rejeta la tête en arrière et hurla, tel un animal donnant de la voix. Puis, au grand étonnement de Kadiya, il lui tourna le dos et descendit pesamment les marches en courant.

La Princesse s'appuya contre l'autel. Au-dessus d'elle, un immense Trillium Noir s'épanouissait sur sa tige d'argent. Elle n'osa pas lever les yeux vers lui. Elle brandit le talisman et les trois yeux du pommeau s'ouvrirent, face à trois autres plus grands, au centre de l'autel.

C'était comme si une fenêtre de l'étrange salle s'était ouverte toute grande sur le soleil de midi. Les yeux flamboyaient. Ils semblaient plonger au fond de son âme.

Elle n'avait plus, par elle-même, d'importance. Elle n'était plus Kadiya du Ruwenda... seulement la Dame des Yeux.

Puis toute cette splendeur disparut. Ce qui, sur l'autel, avait été un pilier de lumière s'embrasa et s'éteignit. Il n'y avait plus de Trillium noir. La pièce était vide, il ne restait plus qu'elle et son talisman maintenant terni.

Kadiya s'en retourna vers l'escalier. Les couleurs des murs avaient fait place à un gris cendré. Elle descendit les marches, trouva une porte béante et entendit les cris des hommes et le tintement des armes. Totalement renouvelée d'esprit et de corps, elle se précipita dans la bataille.

Les Labornoki tombaient, frappés dans toutes les parties exposées de leurs corps par des fléchette empoisonnées. Des broussailles émergèrent des centaines d'Uisgus qui esquivaient agilement les flèches, moitié en sautant, moitié en dansant. Il y avait aussi des Skriteks, qui s'en prenaient aux Insolites. Hamil, dépouillé de son manteau d'officier en loques, se battait contre trois minuscules Uisgus agitant des lances. Le Général se préparait à les abattre d'un seul coup d'épée, mais Kadiya se précipita et lui fit face.

Après, elle jura toujours qu'un esprit s'était emparé d'elle. Elle faillit laisser choir le talisman, puis empoigna la lame terne et tronquée à deux mains et souleva la garde juste au moment où Hamil allait les terrasser.

« Homme de sang, retourne à ce que tu as fait toi-même », parvint-elle à crier.

Hamil se tordit. Il lâcha son épée et porta les deux mains à sa poitrine. Ses yeux s'embrasèrent, une flamme jaillit de ses lèvres et courut tout le long de son corps. Il poussa un terrible hurlement de douleur qui fit frissonner Kadiya. L'Œil Ardent Trilobé fixa le Général qui s'écroula lourdement sur le sol. Comme la Voix avant lui, Hamil ne laissa que des cendres.

Du pommeau du talisman sortit une autre langue de flammes qui, se divisant en multiples ramifications, menaça les Skriteks. Ceux-ci tournèrent les talons pour rejoindre les soldats Labornoki en fuite. La flamme s'évanouit.

« Dame des Yeux... »

Kadiya observa les combattant insolites débordant de joie. « Jagun ! » Ce nom sembla surgir d'un souvenir très lointain qui faisait partie d'un autre temps. « Tu es sain et sauf ! »

Mais une autre voix prit la parole, une voix qui réduisit au silence jusqu'aux gémissements des blessés.

*Ma fille !*

Kadiya se tourna vers les sindonas de la porte. Au-dessus de leurs nobles têtes, il y avait un cercle d'argent et à l'intérieur du cercle un visage familier lui souriait.

« Dame Blanche ! Est-ce que j'ai... fait ce que je devais ?

– Pas encore. »

Kadiya émit un soupir qui était presque un sanglot. « Quoi, alors ? Dois-je porter ceci jusqu'au dénouement ? » Elle éleva le talisman.

« C'est ainsi, répliqua la voix calme.

– Je suis ce pour quoi j'ai été formée... » C'était en partie une supplication.

« Cela aussi, c'est ainsi. »

Elle avait encore tant à apprendre !

« Qu'est-ce qui m'attend ? »

Il n'y eut pas de réponse. La vision s'évanouit ; les larmes ruisselèrent sur le visage égratigné et meurtri de Kadiya. On lui avait accordé d'apercevoir quelque chose qu'il lui était impossible de comprendre et qu'à partir de maintenant elle désirerait ardemment ; mais tout ce qu'elle pouvait faire, c'était continuer. Jagun était là, souriant, parmi les Uisgus qui agitèrent leurs petites mains pour la saluer. Renonçant aux anciennes coutumes, les clans et les tribus s'étaient rassemblés afin d'atteindre un but commun. Les unir, telles devaient être sa volonté et sa mission.

# XXXVI

Après avoir été présenté aux rimoriks et instruit de leurs capacités, le prince Antar décida que l'expédition voyagerait plus vite en utilisant seulement deux bachots en bois et le canoë translucide des Wyvilos, et en emportant un minimum de provisions. Avant d'aller dormir, on tressa un harnais et des traits pour les rimoriks avec des lanières découpées dans les manteaux militaires en cuir, et on creusa des trous dans les embarcations pour les attacher les unes aux autres. Après cinq heures de sommeil, on repartit.

Puisque les rimoriks savaient exactement où ils allaient, il n'y avait pas besoin de rênes. Ils descendirent le ruisseau en tirant les trois bateaux et atteignirent la Grande Mutar en trois heures seulement. Une fois sur le fleuve, les animaux purent nager plus vigoureusement côte à côte, tandis que les chevaliers ramaient. A bord du léger canoë de la princesse Anigel qui tractait les bachots en bois, il y avait aussi le prince Antar, Lord Penapat gravement blessé, et Voix Bleue qui s'était révélé totalement incapable de pagayer... s'y prenant mal, peut-être à dessein. Avoir l'acolyte du Sorcier dans leur embarcation permettait du moins à Anigel et Antar de le surveiller. Il se comportait d'ailleurs d'une manière exemplaire, épongeant le front fiévreux de Lord Penapat étendu à l'arrière pendant qu'à l'avant le Prince et la Princesse conversaient à voix basse pendant des heures.

Les rimoriks halèrent les humains si rapidement qu'ils arrivèrent à proximité du village de Let juste comme la nuit tombait et peu avant qu'éclate une seconde averse torrentielle.

Mais les Glismaks les avaient devancés.

« Seigneurs de l'Air, non! » s'écria Anigel en apercevant d'énormes nuages de fumée se détachant sur le sombre coucher de soleil. Les bateaux se déplaçaient encore à une telle vitesse qu'elle n'osa pas se lever.

« Utilisez votre Seconde Vue pour nous dire ce qui est arrivé », ordonna le Prince à la Voix.

Anigel avait terriblement pâli et quand elle parla, ce fut presque un chuchotement : « Attendez... laissez-moi essayer. »

Voix Bleue la regarda, bouche bée, tandis qu'elle fermait les yeux et restait comme pétrifiée. Mais son joli visage ne prit pas l'apparence repoussante qui accompagnait la transe des symbiotes d'Orogastus. Au bout de quelques minutes, elle dit :

« Les Glismaks, venant de l'intérieur des terres, ont attaqué le village il y a environ une heure. Je ne sais pas s'il s'agit de la même horde qui vous a surpris. Il semble qu'ils soient au moins trois fois plus nombreux que ceux que nous avons vus aux sources du Kovuko... Ils ont mis le feu à de nombreux bâtiments... J'aperçois le Porte-Parole Sasstu-Cha et je vais essayer de lui parler... »

Le Prince et Voix Bleue attendirent. Lord Penapat reprit d'un ton passionné : « S'il faut nous battre, soyez sûrs que j'y prendrai part! Même avec un œil, une jambe et un bras, je peux encore combattre mieux que vous tous! Vous me connaissez, mon Prince.

– Oui, Peni. » Il avait l'air chagrin. « Mais je crains bien que nous ne puissions pas faire grand-chose si les sauvages se sont déjà rendus maîtres de Let. »

Les yeux d'Anigel s'ouvrirent. « Le Porte-Parole nous remercie de nos bonnes intentions, énonça-t-elle d'un ton morne, mais c'est maintenant un combat corps à corps et près du tiers de leurs maisons sont en flammes. Il va capituler, comme ils le font toujours quand l'ennemi est trop nombreux, et payer une grosse rançon en nature aux envahisseurs qui se retireront alors pour quelques semaines.

– Mais, Princesse, protesta Voix Bleue d'un air de reproche. Vous pouvez les sauver. Si seulement vous le vouliez.

– Silence, coquin! s'écria le Prince d'une voix sifflante. Comment osez-vous vous adresser sur un ton aussi impertinent à cette Dame! »

Anigel fixa Voix Bleue, les yeux écarquillés, la lèvre prise entre ses petites dents blanches, comme si cet homme était un ver des marais venimeux qui venait de se glisser dans le bateau.

« Il a raison, dit-elle enfin. Je pourrais sauver ces pauvres Wyvilos, si j'avais le courage d'évoquer les forces de mort par l'intermédiaire de mon talisman. Si je pouvais conjurer de sang-froid la même haine, la même répulsion, le même désir de destruction que j'ai par inadvertance concentré sur le chef des Glismaks, lors de la scène de massacre.

– Alors faites-le, l'exhorta Voix Bleue, et sauvez vos amis!

– Je... je n'ose pas. » Elle se mit à pleurer.

Voix Bleue haussa les épaules et sourit. « Ce ne sont que des Insolites.

– Ce sont des créatures rationnelles qui ne savent pas ce qu'ils font! cria-t-elle. Les Glismaks sont des enfants malfaisants qu'il faudrait punir et qui devraient apprendre à se conduire mieux... mais comment les morts pourraient-ils recevoir des leçons?

– Pendant que vous ergotez et versez sottement des larmes, vos amis meurent.

– Je ne peux pas les aider!

– Oh, si. »

Elle cria de toute sa voix : « Je ne peux pas! Je ne sais pas comment faire, mon cœur est lourd de douleur, j'ai horriblement peur et je ne peux simplement pas... »

Elle cracha ses paroles comme s'il s'était agi du plus pathétique des blasphèmes et parut si effrayée, si désespérée, qu'Antar fut sur le point de frapper le patelin Voix Bleue de son large poing. Mais avant qu'il ait pu agir, le visage de la Princesse changea d'expression, comme on tourne une page dans un livre d'images; elle se calma et demanda :

« Prince Antar, si j'y vais, viendrez-vous avec moi?

– A Let! *Maintenant?* » Mais voyant qu'elle était terriblement sérieuse, il se reprit et ajouta : « Douce Dame, je vous accompagnerais aux portes de l'Enfer si vous me le demandiez. »

Anigel hocha la tête. D'une étrange voix douce, elle dit : « Mes amis, arrêtez-vous. »

Le train des trois bateaux ralentit, puis fit halte et commença à danser sur l'eau agitée car un grand vent s'était levé, et derrière eux des cumulus bourgeonnants, pourpre et noir, s'accumulaient dans le ciel. On entendait au loin de faibles roulements de tonnerre. A une demi-lieue de là, Let envoyait dans le ciel une forêt de colonnes fuligineuses qui, en atteignant une certaine hauteur, se déployaient pour former un toit noir au-dessus du village.

« Lord Owanon! » Anigel appela le maréchal du Prince qui était à bord du bachot de tête. « Coupez les traits qui relient votre embarcation aux rimoriks! »

Tandis qu'il se hâtait d'obéir, elle-même trancha la lanière qui liait son canoë au bachot qu'il précédait. *Mes amis, rejoignez mon bateau afin que je puisse vous y atteler de nouveau.*

*Nous voici.*

Le prince Antar et les autres Labornoki n'avaient pas encore saisi ce qu'elle allait faire, mais les instructions qu'elle donna ensuite éclairèrent son intention. « Vous, les hommes! Rejoignez-nous en pagayant et prenez à bord Lord Penapat et Voix Bleue. Vous là-bas, à la poupe du bateau de Lord Owanon... coupez les liens qui vous attachent au second bachot et apportez-les-moi. »

Ils sautèrent sur leurs pieds pour lui obéir tandis qu'elle-même prenait les traits coupés que les rimoriks tenaient dans leur bouche et, avec son petit couteau, elle creusa des trous dans la coque, de chaque côté de la proue, passa dedans les lanières de cuir et fit un nœud solide. Les deux autres lignes, elle les ajusta à chaque animal, improvisant ainsi des rênes.

Les rimoriks dirent : *Partageons le miton, et nous serons prêts.*

Elle sortit la gourde écarlate de son escarcelle et avala une bonne gorgée. Les animaux lui léchèrent les doigts sous les yeux stupéfaits du Prince.

Lord Penapat fut transféré dans une autre embarcation, mais Voix Bleue demeura fermement à sa place, à la poupe du canoë wyvilo d'Anigel. Il repoussa les deux bachots de bois des chevaliers afin que les trois embarcations s'écartent rapidement les unes des autres, sous l'effet du vent.

« Je vais avec vous, Princesse! déclara-t-il. Je peux vous aider!

– Sortez de ce bateau, coquin de mauvais augure! » Le Prince se retourna et s'avança en titubant vers l'acolyte avec tant de violence que l'embarcation trop légère se balança jusqu'aux platsbords.

Mais il était trop tard. Anigel lança un ordre aux rimoriks qui bondirent en avant. « Vous autres, abordez à la rive opposée! cria-t-elle à Lord Owanon. Il ne faut pas que vous soyez sur la rivière quand l'orage se déchaînera. Si demain nous ne sommes pas de retour, sauvez-vous comme vous le pourrez. Adieu! »

Le pâle canoë conduit par Anigel s'éloigna et bientôt ils perdirent les bachots de vue.

Antar avait été rejeté au fond du bateau par leur brusque départ. Il se contenta d'abord de s'accrocher au banc de nage, craignant que l'embarcation ne se retourne d'un moment à l'autre et que lui, dans son armure, ne sombre comme une pierre. Mais le canoë ne fit que soulever des gerbes d'eau en fonçant comme une flèche tirée au ras de l'eau, plus vite que le Prince ne l'aurait jamais cru possible.

L'acolyte du Sorcier resta donc avec eux et se fit tout petit, accroupi, la capuche rabattue sur son visage. Antar ne pouvait guère le jeter par-dessus bord. Le Prince s'installa plus confortablement en maugréant dans sa barbe, car il était de fort mauvaise humeur. La Princesse ne faisait plus attention ni à l'un ni à l'autre.

La manière dont l'aimable Anigel les avait commandés, lui et les autres, chagrinait le Prince... non que cela diminuât en quoi que ce soit sa dévotion à la Princesse; il était plus décidé que jamais à mourir pour Anigel. Mais elle qui avait paru si pathétique dans les cachots de la Citadelle, si belle et perdue en franchissant la cataracte, si semblable à une déesse en frappant le Glismak, si jeune et vulnérable quand quelques minutes plus tôt elle luttait contre ses démons intérieurs, était maintenant l'image même d'une reine guerrière et vengeresse. Quelque chose, tout au fond du cœur d'Antar, considérait ce changement d'un œil désapprobateur et même le redoutait.

Les yeux d'Anigel étaient fermés et le Prince devina qu'elle étudiait des visions du carnage qui se déroulait à Let et disait aux Wyvilos qu'elle se hâtait de venir à leur secours.

Et cependant, qu'elle était ravissante! Comme elle était gracieuse, même dans ce costume masculin, avec ses cheveux flottant au vent et le diadème magique fermement posé sur son front. Elle se détachait sur le ciel assombri où les incendies du village teintaient de lueurs cramoisies le ventre des nuages; le Prince sentait son sang bouillonner dans ses veines et désirait ardemment mourir par amour pour elle.

Qu'allait-il advenir de la princesse Anigel... et de lui ? Il s'était rebellé contre son père, avait accusé le Labornok et uni sa destinée à celle de sa bien-aimée, qui avait juré de libérer son pays. Mais une telle chose était-elle possible, même avec un talisman magique ? Orogastus pouvait commander à la foudre, et Voix Bleue avait affirmé que le Sorcier possédait maintenant le talisman de l'une des royales sœurs et s'emparerait bientôt de celui de l'autre.

Anigel voudrait retourner à la Citadelle. Et cela ne servirait à rien. Plus de la moitié de l'armée d'invasion y campait encore et les troupes qui avaient accompagné le général Hamil dans sa recherche de la princesse Kadiya rentreraient bientôt du marais. Quelle chance pouvait avoir Anigel, même avec ses nouveaux pouvoirs, contre la puissance rassemblée du Labornok et des Ténèbres d'Orogastus ?

Le roi Voltrik était maintenant guéri et plus déterminé que jamais à faire mourir les trois Princesses. Sans doute que la défection d'un fils qu'il méprisait ne compterait guère à ses yeux. Le damné Sorcier s'en réjouirait certainement! Orogastus pouvait même persuader le monarque à l'esprit dérangé de faire de lui son héritier. Peut-être que le scélérat projetait cela depuis longtemps!

Avec Orogastus le Voyant au pouvoir, et le Labornok parti pour conquérir toute la Péninsule, Anigel et lui pourraient-ils être en sécurité quelque part ? Ou bien, avec la poignée de fidèles compagnons, seraient-ils forcés de partir pour un pays lointain où...

Un mouvement derrière lui interrompit ses pensées.

Antar sortit de ses méditations et se retourna; Voix Bleue avait quitté sa place et rampait vers lui.

« Que voulez-vous ? » demanda agressivement le Prince. Le vent lui arracha ces paroles des lèvres.

« Seulement parler un moment avec vous, mon Prince. Je viens de m'entretenir télépathiquement avec mon Tout-Puissant Maître qui m'a demandé de vous transmettre un message de la plus grande importance. »

Voix Bleue continuait d'avancer, son visage squelettique fendu par un sourire d'une fausseté si flagrante que le Prince fut d'abord exaspéré, puis alarmé. Mais avant qu'il ait pu réagir et tirer son épée, l'acolyte se jeta sur lui comme un lothok jaillissant sur sa proie, sans tenir compte de l'armure azurée du Prince.

Il tenait à la main un long et mince poignard dont il porta un coup, de bas en haut, dans le camail de plaques mobiles qui protégeait le cou d'Antar. L'acier bien affilé se glissa entre elles et si le Prince n'avait pas roulé sur le côté, il aurait eu la gorge tranchée. Mais la lame lacéra seulement la peau du cou avant que le gantelet de métal du Prince se referme sur la main de l'agresseur et l'écarte. Les deux hommes commencèrent à se battre sauvagement au fond du bateau.

La princesse Anigel arrêta net les rimoriks. Accrochée aux plats-bords de l'embarcation qui roulait et tanguait, elle regardait Antar et Voix Bleue lutter sans oser bouger, de peur de les faire chavirer. Elle ne pouvait pas non plus lancer la foudre sur la Voix sans les tuer tous deux. Elle ne savait que faire et ne put qu'invoquer la Dame Blanche. Mais aucun secours n'apparut.

L'acolyte d'Orogastus était incroyablement vigoureux car il participait d'une certaine manière aux Pouvoirs des Ténèbres de son maître démoniaque. Il avait trouvé moyen d'enfourcher l'homme cuirassé, maintenant étendu sur le dos, et serrant dans ses deux mains osseuses sa longue dague, il en rapprochait de plus en plus la pointe du visage du Prince, qui n'était pas protégé par son heaume relevé. Antar étreignait les poignets de Voix Bleue, mais toute sa force ne parvenait pas à enrayer le mouvement lent du poignard vers ses yeux.

Anigel arracha le diadème de sa tête et cria : « Non! Ne le tuez pas! Je vais vous donner le talisman! »

Voix Bleue leva son crâne rasé. Une longue éraflure s'étendait d'une oreille jusqu'au milieu du front et faisait de ce visage décharné un masque ensanglanté. Ses yeux brûlants croisèrent ceux de la Princesse et il parla entre ses dents serrées, la dague à un doigt seulement de l'œil droit d'Antar.

« Posez le diadème sur ma tête! » La voix était celle du sorcier Orogastus.

« Non! cria le Prince. Il va nous tuer tous les deux! »

Mais Anigel se penchait déjà, le diadème entre les mains; le bateau ballottait de côté et d'autre et la première rafale de gouttes de pluie, dures comme des cailloux, les bombarda tous trois, mais calma momentanément les eaux houleuses.

Alors, de chaque côté du bateau, se dressèrent les deux rimoriks.

Leurs corps luisants sortirent lentement de la rivière; leurs mâchoires béantes étaient si énormes qu'elles auraient pu engloutir une tête d'homme. Leurs longues langues barbelées se déplièrent tels des fouets. Avec la délicatesse dont ils avaient fait preuve en prenant le miton des doigts délicats de la Princesse, ces langues s'enroulèrent autour des avant-bras de Voix Bleue.

L'homme poussa un cri strident. Il était solidement tenu. Anigel retomba sur son banc, le diadème à la main. Antar lâcha les poignets de la Voix et les animaux se mirent à nager vers la poupe, leurs grands corps toujours à demi hors de l'eau.

L'acolyte du Sorcier, hurlant à pleins poumons, fut traîné par-dessus le Prince, puis hissé en l'air pour franchir toute la longueur du bateau. Il disparut dans l'eau noire avec une grande éclaboussure et les rimoriks plongèrent après lui. La pluie resta temporairement en suspens.

Quelques instants plus tard, deux têtes souriantes surgirent à la proue, près de la princesse Anigel. Un petit lambeau de tissu bleu était accroché aux dents de l'un des animaux.

*Ô mes amis!...*

*Prends les rênes. Une grande tempête arrive. Elle va faire sombrer ton bateau si nous ne te conduisons pas rapidement à terre.*

« Êtes-vous blessé ? demanda la Princesse à Antar, d'un air très anxieux. Je vois du sang sur votre plastron.

– Rien qu'une égratignure. Une fois de plus, vous m'avez sauvé la vie, chère Dame, et...

– Alors, à Let! » cria Anigel en secouant les rênes. Et ils partirent dans un nuage d'écume, le Prince tout déconfit se cramponnant de nouveau pour ne pas passer par-dessus bord.

# XXXVII

Quand sa Voix Bleue périt, Orogastus poussa un grand gémissement, sortit de sa transe et s'effondra baigné de sueur dans le grand fauteuil de son bureau.

« C'est ma faute! Je suis le seul à blâmer! Et maintenant, voilà deux talismans hors de ma portée. »

Si ses recherches au sujet de la Fête des Trois Lunes se révélaient correctes, il ne lui restait plus que trois jours et quatre nuits pour sauver son grand projet...

Pendant qu'il s'entretenait avec sa Voix Bleue, Orogastus avait été témoin de la lutte entre son acolyte et le prince Antar. Le bateau semblait conduit par un être invisible, car la Princesse était toujours protégée de la Vue Surnaturelle du Sorcier par l'amulette maintenant insérée dans son talisman-diadème.

Voix Bleue voulait reporter son attaque au moment où ils débarqueraient sur la terre ferme, mais le Sorcier croyait que les chances de succès seraient meilleures si son laquais s'attaquait à Antar sur la rivière démontée, où il n'y avait ni ami wyvilo ni loyal chevalier pour avertir le Prince ou lui venir en aide. Orogastus ne dit pas à Voix Bleue que si le pire se produisait, si le canoë chavirait, le chevalier alourdi par son armure l'entraînerait avec lui dans la mort... alors que les rimoriks sauveraient sûrement Anigel et son talisman.

Maintenant, l'acolyte d'Orogastus était mort et le prince Antar, amoureux de la Princesse, vivait toujours et paraissait tout à fait capable d'attirer d'autres Labornoki à sa nouvelle cause. Vivant, il constituait pour le Sorcier ambitieux une pierre d'achoppement d'une certaine importance.

Réfléchissant furieusement, Orogastus se leva de son fauteuil et marcha de long en large dans son bureau. La neige ne tombait plus et les Trois Lunes maudites transformaient la place forte du mont Brom en une scène argentée d'une stupéfiante beauté.

La princesse Haramis s'était retirée. Leur conversation de ce jour avait été très satisfaisante. Elle semblait maintenant accepter sa version de l'invasion labornoki, qui rejetait la responsabilité des atrocités sur le roi Voltrik et le général Hamil, et le présentait, lui, en complice peu enthousiate. Il avait réussi à presque tout expliquer ou justifier. Heureusement, Haramis n'avait pas eu l'idée de regarder la confrontation de la princesse Kadiya avec le défunt général Hamil. Orogastus estimait que, à présent, Haramis pouvait voir l'une ou l'autre de ses sœurs à distance sans que cela fasse du tort à sa cause.

Car, qu'elle le reconnaisse ou non, la princesse Haramis était amoureuse de lui.

Le Sorcier était peu disposé à analyser ce sentiment. Bien sûr, il était impossible que lui tombe amoureux d'elle!... Cependant, un petit démon ricanant au plus profond de son âme l'avertissait d'être sur ses gardes. Il n'avait pas menti à Haramis en lui disant qu'il était célibataire. Il devrait faire très attention. Son esprit était invulnérable au charme de la jeune fille, mais son corps certainement pas; quand ils s'étaient mutuellement enflammés, sa brève joie avait dépassé tout ce qu'il avait connu jusque-là.

Et cela l'épouvantait jusqu'à la moelle des os.

Le plaisir sexuel était traditionnellement interdit à ceux qui utilisaient la magie... et pour d'excellentes raisons. Il détournait l'attention des objectifs importants, aveuglait l'objectivité, sapait la volonté et drainait les énergies qu'il fallait accumuler et concentrer pour devenir vraiment puissant...

Mais il avait besoin d'elle! Pas seulement à cause du talisman qu'elle possédait. Elle représentait ce partenaire, infiniment supérieur aux Voix flagorneuses, qu'il avait cherché pendant de longues années. Elle tenait la clef du Sceptre du Pouvoir que même les Disparus craignaient.

Aussi allait-il se servir d'Haramis, partager son pouvoir avec elle, tirer d'elle du plaisir. Mais il devait prendre garde et ne pas l'aimer.

Demain, il éblouirait la Princesse avec ses plus anciens appareils, puis susciterait sa compassion en lui racontant encore l'histoire de sa vie. Si elle ne succombait pas, ce qu'il pouvait attendre d'une jeune femme à l'esprit aussi fort, alors il relâcherait le piège... pour qu'il ne s'en referme que mieux une fois pour toutes au moment crucial...

Orogastus cessa de marcher de long en large et un sourire

détendit son visage. Il retourna à son fauteuil et, se plongeant dans la transe qui changeait ses yeux en étoiles, il parla à l'unique acolyte qui lui restait, à la Citadelle du Ruwenda.

« Ma Voix Verte !

– J'écoute, Maître Tout-Puissant.

– As-tu découvert quelque chose de nouveau dans les livres de la bibliothèque ?

– Un certain nombre de références qui pourraient être importantes, Maître. Une antique histoire du Ruwenda parle d'une croyance répandue parmi les premiers colons humains qui vivaient à l'Ère du Trillium. Elle dit que la fin de cette ère et le début de la nouvelle seraient marqués par un grand désastre et que celui-ci atteindrait son apogée durant une Fête des Trois Lunes, lorsque le Trillium du Ciel se manifesterait... On peut supposer que c'est une allusion à une sorte d'événement astronomique inhabituel.

– Sans doute. C'est très intéressant et cela confirme l'une de mes théories. Continue.

– Dans un livre qui décrit les pratiques magiques des Uisgus, on nous donne une traduction approximative d'un certain chant. La voici :

*Un, deux, trois : trois en un.*
*Un, Couronne des Avortons, amplificatrice de pensée, source de [sagesse.*
*Deux, Épée des Yeux, donatrice de miséricorde et de justice.*
*Trois, Baguette des Ailes, clef et unificatrice.*
*Trois, deux, un : un en trois.*
*Viens, Trillium. Viens, Tout-Puissant.*

« Apparemment, les Uisgus le chantent à leur Fête de la Triple Lune, chaque année, sans en connaître la signification exacte.

– Je peux la deviner, dit laconiquement Orogastus. Tu as mis la main sur des matériaux qui confirment mes propres résultats. C'est bien ! Et il n'y a rien d'autre ?

– Maître, une dernière trouvaille. De... d'un présage de mauvais augure.

– Parle.

– Il concerne le soi-disant Triple Sceptre du Pouvoir, qui, nous le savons, est la combinaison des talismans. Dans un coffre tout moisi, nous avons eu la chance, il y a quelques jours, de tomber sur un rouleau presque illisible. Ce n'est qu'aujourd'hui que nous avons pu dérouler le vélin à la vapeur. Je me suis aussi rendu compte que le document était écrit en tuzameni, la langue de votre pays.

– C'est exceptionnel. Peu de gens de la Péninsule connaissent l'existence de ma patrie. Continue.

– La plus grande partie du rouleau est indéchiffrable. Mais un passage, où l'on fait allusion au Grand Sceptre, est encore lisible. Il dit : " Le Grand Sceptre qui fut morcelé et caché par Ceux Qui Ont Disparu réapparaîtra et ébranlera les racines du monde en rénovant le vieux et en provoquant la chute d'une grande étoile. "

– Je vois. » Orogastus ne parla plus pendant un moment. Puis il dit, d'un ton presque léger : « Il y a des millions d'étoiles dans le ciel, ma Voix.

– Oui, Maître Tout-Puissant.

– Comment le roi Voltrik a-t-il réagi à la perfidie du prince Antar ?

– Il s'est emporté en apprenant que son fils mettait son épée et son cœur au service de la princesse Anigel. Mais en dépit de vos souhaits, il n'a pas voulu renier immédiatement le Prince. Antar est aimé des simples soldats à cause de sa bonne nature et de ses prouesses physiques, et il a de nombreux alliés nobles parmi les parents de sa défunte mère. Sa Majesté ne veut déshériter et déposer le Prince que lorsque la force armée du général Hamil sera revenue à la Citadelle, ce qui augmentera le nombre des hommes fidèles au trône.

– Ce faisant, notre Roi agit sagement. » Et Orogastus ajouta en lui-même : *Plus sage que moi, et puissai-je éviter de commettre une autre bévue aussi grave! Pouvoirs des Ténèbres, que m'arrive-t-il, pour que je me trompe aussi grossièrement!*

Mais les Pouvoirs refusèrent de l'éclairer; et il dit à sa Voix : « J'ai bien peur que tu ne sois maintenant obligé de transmettre au Roi d'autres mauvaises nouvelles. Hamil est mort. Cependant, son armée est presque intacte et sous le commandement de Lord Osorkon. Pas besoin de donner des détails à Voltrik... dis que la situation est encore incertaine... mais que la mission qui consistait à capturer la princesse Kadiya et son talisman a malheureusement échoué, ainsi que celle organisée contre la princesse Anigel.

– Maître... !

– De plus, ma Voix Rouge et ma Voix Bleue sont mortes.

– Puis-je demander comment mon frère et le Général ont péri ?

– Tu peux dire au roi Voltrik que Voix Rouge et le général Hamil sont morts en tentant maladroitement de forcer Kadiya à livrer le talisman. Celui-ci est lié magiquement à elle, et il les a massacrés lorsqu'ils ont essayé de s'en emparer. Il faut que tu apprennes au Roi que la princesse Kadiya s'est échappée, mais ajoute qu'elle a fui dans les marais et ne constituera plus une menace pour le Labornok.

– Conterai-je aussi à Sa Majesté le destin de Voix Bleue ?

– N'en parle pas. Pour ton information, Voix Bleue a tenté de tuer le prince Antar alors qu'ils étaient tous deux à bord d'un bateau. Il a manqué son coup et s'est noyé.

– Hélas! Bleue était le plus brave de nous trois et Rouge le manipulateur le plus habile...

– Mais tu es le plus intelligent, ma Voix Verte, et je te charge donc de la tâche la plus épineuse : empêcher le roi Voltrik de commettre quelque acte irrémédiablement insensé avant que je retourne à la Citadelle. Lord Osorkon ramène ses hommes avec célérité; ses bateaux accosteront dans trois jours car la rivière coule plus vite à cause des orages qui se sont déjà déchaînés dans les montagnes. Tu peux dire cela au Roi.

– Les vents de la mousson ont apporté les premières Pluies dans la région de la Citadelle, Maître. Bientôt, on ne pourra quasiment plus emprunter les sentiers et les voies d'eau de cet affreux royaume. Comme les Ruwendiens des régions extérieures semblent s'énerver un peu, le roi Voltrik a décidé que ses forces demeureront ici durant la saison des Pluies. Avec son état-major, il a déjà élaboré des plans pour cantonner la moitié de son armée dans différents manoirs et villages ruwendiens, l'autre moitié restant sur le Tertre de la Citadelle.

– C'est judicieux. » *Encore une éventualité que j'aurais dû prévoir et recommander au Roi!* « Je veux, ma Voix, que tu continues à déplorer la trahison du prince Antar chaque fois que l'occasion s'en présente. Pousse Sa Majesté à renier son fils dès le retour des officiers loyaux. Je n'ai pas besoin de te rappeler que si quelque chose arrivait à Voltrik, mes propres plans seraient gravement menacés.

– Je le sais, Maître. Je ferai de mon mieux pour conseiller le Roi. Mais il devient de plus en plus inquiet à l'approche de la Fête des Trois Lunes. Certains serviteurs ruwendiens de la Citadelle ont timidement porté à la connaissance de Sa Majesté les sinistres prophéties concernant cet événement. Il aimerait bien retourner au Labornok...

– Il ne faut pas qu'il quitte la Citadelle! Il serait surpris par les Pluies sur la route des Marchands!

– Maître, je le lui ai dit. Mais malgré cela, il pense que cette Citadelle est un endroit de mauvais augure, à cause de son antiquité et de la magie ruwendienne dont elle est imprégnée...

– C'est absurde! Rassure-le. Il sait que mes Pouvoirs des Ténèbres, ceux qui lui ont apporté la victoire, sont supérieurs aux autres! Et je le rejoindrai avant la conjonction des Trois Lunes.

– Mais comment, Maître? Votre tour est à huit jours de voyage de la Citadelle, même pendant les beaux jours.

– Ne t'occupe pas de la manière dont je vais le faire. Attends-toi seulement à me voir avant cette Fête de la Lune et annonce au roi Voltrik ma venue, et que tout ira bien.

– Maître Tout-Puissant, je vais le rassurer et traiter à la légère ces prédictions lugubres; il vous fera bon accueil et suivra avec zèle vos conseils.

– Parfait. Adieu, ma Voix Verte.

– Adieu, Maître. »

Quand la vision de son acolyte s'évanouit, le Sorcier resta un moment la tête entre ses mains. Puis il se reprit et une expression sinistre durcit ses traits.

« Tout se passera bien. Je vais d'abord consulter le miroir-de-glace pour voir la princesse Kadiya, puis régler le problème d'Haramis. »

Le lendemain matin, de retour dans sa chambre après avoir soupé avec Orogastus, Haramis découvrit un cadeau qui l'attendait... un grand paquet plat enveloppé d'un tissu noir, attaché avec une ficelle d'argent, qu'accompagnait un petit mot du Sorcier :

> Très chère Haramis,
>
> Demain je vous montrerai mon bien le plus précieux, le miroir-de-glace grâce auquel je peux scruter les parties les plus éloignées du monde. Je ne l'ai jamais montré à aucun être humain. Afin de ne pas offenser les Pouvoirs des Ténèbres qui le font fonctionner, je vous demande de m'accompagner revêtue des habits qui sont dans ce paquet; je les ai fabriqués spécialement pour vous, osant espérer que vous en viendrez à partager le plaisir que me procurent ces mystères occultes, et à éprouver un peu d'estime pour celui qui les dépose à vos pieds, ainsi que son propre cœur.
>
> Si je m'abuse, très chère Princesse, et que vous préfériez partir d'ici tôt demain matin, alors pardonnez la hardiesse de ce petit mot et excusez la sottise de celui qui a été seul si longtemps à vous attendre, et qui n'a jamais, jusqu'ici, connu l'amour.
>
> Je suis, avec le plus profond respect, votre
>
> Orogastus.

Haramis fut gênée par le ton trop intime de la lettre. *Pense-t-il que je suis ensorcelée par lui, prête à lui présenter mon cœur sur un plateau ? Suis-je une paysanne pour devenir l'esclave du premier homme qui me touche ? Croit-il m'éblouir avec les anciens appareils qu'il a amassés ?*

Haramis réfléchit aux choses qu'il lui avait montrées jusqu'ici. *Qui sait de quoi ces machines sont capables ? Je ne trouve pas que ce soit des jouets... celui qu'il aime le plus, et qui ressemble à un manche d'arbalète, a visiblement une aura sinistre.*

*D'autre part, peut-être qu'il n'est pas aussi scélérat que je le crois. Pauvre homme... quelle horrible enfance.*

*Bien sûr, son soutien à l'invasion du roi Voltrik est inexcusable. Mais je suppose qu'il ne pouvait pas s'opposer franchement à la folie du Roi sans être chassé du Labornok. Il savait qu'il n'était pas destiné à vivre dans sa lointaine patrie, mais ici, dans ces montagnes où la Caverne de Glace Noire l'appelait pour lui livrer ses trésors.*

*Si j'avais été à sa place, qu'aurais-je fait ? Aurais-je su me conduire d'une manière plus habile et plus morale ? Aurais-je refusé de devenir le Sorcier royal d'un monarque corrompu, sachant que ce faisant, je renonçais aussi à la destinée plus grande à laquelle j'étais appelée ?*

Elle ouvrit le paquet et examina les vêtements qu'il fallait, paraît-il, porter pour être acceptée des Pouvoirs des Ténèbres. Une fois qu'elle les eut vus, elle ne put s'empêcher de les essayer afin de voir comment ils lui allaient.

Il y avait un fond de robe en tissu noir rehaussé de fourrure et des bottes assorties. Dessus, une tunique en tissu à mailles argenté, très froid au toucher, avec des pans d'un noir brillant. Puis une cape noire doublée d'argent et ornée d'un motif en étoile dans le dos, qui s'attachait avec une boucle ciselée. Pour finir, elle trouva une coiffure terrifiante qu'elle hésita longtemps à mettre. C'était un masque argenté qui s'adaptait parfaitement à son front et à son menton, et laissait la partie inférieure de son visage découverte. De son pourtour partaient des rayons pointus qui dessinaient autour de sa tête le halo d'une grande étoile brillante et laissaient ses cheveux tomber librement dans le dos. Le masque n'était pas en métal, mais fait d'une étoffe très douce qui ressemblait à du cuir argenté. Pour terminer, il y avait des gants à crispin qui allaient avec le reste.

Une fois totalement revêtue de ces habits, Haramis éprouva l'ardent désir de les arracher, de sortir en courant de la pièce et d'ordonner à son lammergeier de l'emmener loin d'ici. Son talisman, qui pendait toujours sur sa poitrine, était devenu aussi froid qu'un glaçon et l'ambre avait perdu son éclat.

*Qu'est-ce que je suis en train de faire ?* se demanda-t-elle. *Ce costume semble étrange. Les appareils qu'il m'a montrés jusqu'ici n'ont rien de magique – j'en suis certaine – mais il y a quelque chose dans ces vêtements... Est-ce que les Pouvoirs des Ténèbres dont il parle existent réellement ? Il est évident qu'il y croit et qu'en tout cas quelque chose lui donne des capacités bien supérieures à celle d'un homme ordinaire. Il finira peut-être par gouverner le monde, comme il l'ambitionne.*

*Est-ce pour cela que je suis si curieusement attirée par lui ? Il possède un pouvoir dont j'ignore la source, mais quelle sorte de pouvoir ? Est-ce quelque chose que je puisse apprendre et utiliser ?*

Un spasme de terreur la secoua tout entière. Elle leva le Cercle Tri-Ailé, fixa les yeux sur l'intérieur du cercle et dit : « Dame Blanche ! Répondez-moi ! »

Rien ne se produisit. Puis, elle pensa à ôter les gants à crispin argentés, alors la baguette se réchauffa dans ses mains nues et l'ambre du Trillium émit une faible lueur palpitante quand elle renouvela son appel. Lentement une brume perlée se rassembla à l'intérieur du Cercle et le visage ravagé de l'Archimage apparut, reposant sur un oreiller. Elle semblait beaucoup souffrir. Ses yeux, réduits à de sombres fentes d'où s'écoulaient lentement quelques larmes, contemplèrent Haramis.

« Déjà ? » Sa voix était faible comme un zéphir ridant un champ de fleurs. « T'a-t-il persuadée aussi facilement que cela ?... Mais non, je te sous-estime, ma chère enfant. Je vois que tu n'as pas encore choisi sa voie.

– Bien sûr que non ! » L'inquiétude que l'apparence de la Dame Blanche avait éveillée en Haramis se changea en irritation. Le ton de la vieille femme était celui d'un adulte grondant un enfant qui n'avait pas été sage. Haramis n'invoquait pas l'Archimage parce qu'elle se sentait coupable. Elle n'avait rien fait de mal, rien dont elle pût avoir honte !

« Je suis arrivée ici en invitée, dit la Princesse avec une froide courtoisie, et parce que je me demandais si quelqu'un savait la vérité au sujet d'Orogastus. Je suis venue voir par moi-même qui était cet homme... découvrir ses faiblesses comme vous me l'aviez ordonné !

– C'est vrai qu'une telle connaissance peut s'avérer utile, répliqua gentiment l'Archimage, mais est-ce sage de demeurer sous son toit ?

– Je ne suis pas en danger ici, l'interrompit étourdiment Haramis. Mon lammergeier est libre de m'emporter n'importe quand. Orogastus ne peut pas me voler mon talisman. Il me traite avec politesse...

– C'est plus que de la politesse. »

Haramis rougit derrière le masque argenté. « Oui, avoua-t-elle.

– Je vois que tu es intriguée, Haramis, fascinée par l'homme et son pouvoir. Et tu crois connaître, concernant les appareils des Disparus, un grand secret qu'Orogastus ne soupçonne pas... un secret qui le rendrait vulnérable.

– Oui. Après tout, je suis venue pour acquérir des connaissances. Et l'on peut beaucoup apprendre, ici. Et plus j'apprends, plus je me pose de questions sur le Ruwenda et sur la magie. Mais tout ira bien, j'en suis sûre.

– Oui, tout ira bien... Mais il faut que tu écoutes mon point de vue. Il n'a rien de commun avec celui d'Orogastus et certaines personnes le trouveraient moins glorieux. Il faut que tu te décides. Il y a un abîme entre ma voie et celle d'Orogastus. Il faut que tu comprennes les deux avant de faire ton choix.

– Oui. Je vais aller vous voir.

– N'attends pas trop longtemps. »

Le visage âgé disparut. Le Cercle était vide.

Haramis laissa le talisman retomber au bout de sa chaîne. Puis elle fit face au grand miroir de sa salle de bains et contempla la silhouette familière qui s'y réfléchissait. Noir et argent. Grande et imposante, les yeux indéchiffrables. Et... oui... effrayés.

Elle tourna le dos au miroir et ôta les vêtements noirs. Mais elle savait qu'elle les remettrait demain et accompagnerait Orogastus dans la Caverne de Glace Noire.

# XXXVIII

Ayant été avertis par le langage sans mots de l'arrivée imminente d'un bateau, Sasstu-Cha, le Porte-Parole, et une délégation des aînés du village, accueillirent la princesse Anigel et le prince Antar au quai de débarquement sur la rivière, pas très loin de la scène du combat. Les Wyvilos conduisirent les deux humains à l'abri dans un entrepôt voisin, car la pluie tombait maintenant à torrents.

« Cela va éteindre les incendies, fit remarquer le Porte-Parole, mais les Glismaks ne se laisseront pas décourager. Nous avons déjà reçu leur députation qui exige une rançon. Et nous avons accepté de payer. Celui-ci craint bien, princesse Anigel, que vous n'arriviez trop tard. »

Elle ne dit rien, et se contenta de s'asseoir sur un ballot de marchandises, portant toujours le chapeau d'Immu et la cape de pluie qu'elle avait endossée au moment de débarquer. Comme elle semblait irrésolue, le Prince s'avança.

« Vous vous souvenez peut-être de moi. Je suis Antar, le prince héritier du Labornok, que vous avez chassé de votre ville il y a quelques jours. Je suis maintenant le féal de cette Grande Dame qui par deux fois m'a sauvé la vie, ainsi que celle de mes hommes que vous voyez là. Nous sommes venus à votre secours au péril de notre vie. Avant de vous rendre à l'ennemi, permettez-nous de vous expliquer quel genre de secours vous sommes prêts à vous offrir.

– Parlez, répondit Sasstu-Cha d'une voix grave aux accents

non humains. Mais il faut que vous sachiez que ces Glismaks sont plus de mille et qu'un tiers de nos combattants ont été capturés, que certains ont déjà été mangés, et que nous ne pouvons plus combattre ce soir.

– Il ne sera pas nécessaire que vous le fassiez. » Le Prince prit Anigel par la main et lui demanda gentiment de se lever. Puis il dénoua la cape de pluie pour la lui ôter, ainsi que son chapeau.

A la vue du talisman, les Wyvilos furent tous sidérés, et l'un des aînés aux cheveux gris éclata en larmes huileuses.

« Le Monstre Tricéphale! s'exclama-t-il, dans la langue humaine. Louée soit la Fleur, elle l'a pris à l'arbre!

– Et grâce à lui, ajouta le Prince, elle a tué le chef de la puissante horde glismak et mit ses guerriers en fuite en faisant descendre l'éclair des cieux.

Sasstu-Cha demanda à Anigel : « Est-ce vrai ?

– Oui. » Une lumière éclairait ses yeux et une force nouvelle animait son corps fatigué. L'ambre du Trillium luisait dans le métal blanc du diadème et l'on voyait clairement, à l'intérieur, la fleur noire épanouie.

« Vous allez foudroyer les ennemis mangeurs de chair ? s'enquit avidement l'ancien au visage taché de larmes.

– Conduisez-moi aux Glismaks, répondit Anigel, et vous verrez ce que je vais faire. »

Le long d'un autre quai, à l'extrémité du village, là où un étroit chenal séparait Let du continent, une énorme flotte de canoës glismaks grossièrement fabriqués s'apprêtait à recueillir le butin. Le temps qu'Anigel arrive, des montagnes de sacs plein d'aliments et des piles d'autres richesses avaient été déposées là par les villageois vaincus; le chef des Glismaks, Hak-Sa-Omu, et ses subalternes étaient en train de les examiner.

Une centaine de soldats glismaks lourdement armés s'étaient rassemblés sur la jetée et souriaient de leurs crocs tachés de sang, oublieux de l'averse. Quelques vainqueurs rôdaient dans les rues encore fumantes, à la recherche de cadavres roussis qu'ils revendiquaient comme une prise de guerre légitime. D'autres étaient de service sur les canoës, mais la grande majorité de l'armée glismak s'était regroupée sur le continent et attendait la répartition du butin.

Sasstu-Cha s'adressa au chef des Glismaks dans le dialecte aborigène. Il s'ensuivit une brève altercation, puis Anigel fut poussée en avant. Elle ôta son chapeau. L'ambre de son diadème éclaira comme un phare le quai fouetté par la pluie; à la vue du talisman, les Glismaks poussèrent un assourdissant hurlement de défi.

« Silence! » ordonna Anigel. Et le Peuple Féroce se tut.

Puis elle s'exprima dans sa propre langue; Antar douta que ses paroles soient comprises par ceux qui étaient assemblés là.

« Vous savez qui je suis. Vos frères de la vallée du Kovuko vous ont parlé à distance pour vous dire ce que j'avais fait. Le talisman est à moi, et puisque vous faites partie du Peuple de la Fleur, vous savez que je suis l'un des Trois Pétales du Trillium Vivant. En vérité, je le suis. Et j'ai l'intention d'apporter la paix à tous ceux qui habitent cette terre. »

Un grand chœur de rugissements et de sifflements étouffa ces paroles, mais elle allongea le bras et un puissant éclair balafra le ciel ; le coup de tonnerre qui suivit réduisit au silence les Glismaks abasourdis.

« Vous, les Glismaks, vous êtes pauvres. Vos cousins wyvilos sont riches. Vous les pillez et vous les tuez parce que c'est ainsi que vous agissez depuis des temps immémoriaux, et vous mangez aussi leur chair parce que cette coutume vous fut transmise par vos cruels ancêtres. Mais je vous affirme que vous ne le ferez plus ! Un jour nouveau s'est levé. Les anciennes habitudes prendront fin et ne reviendront plus... »

En la regardant et en l'écoutant, Antar fut pris d'un frisson de terreur. La mince et ravissante jeune fille se transformait sous ses yeux. Elle devint de plus en plus grande. Ses vêtements se dissipèrent, elle apparut revêtue d'une robe d'éclairs étincelants, rouges, bleus et d'un blanc éblouissant. Sa tête dépassait les maisons voisines ; elle se dressait menaçante dans le ciel orageux, les bras étendus, les cheveux en feu, l'ambre sur son front aussi incandescent qu'un petit soleil, et sa voix résonnait comme un millier de trompettes.

« J'établirai la paix entre les Glismaks et les Wyvilos ! La paix entre votre race et l'humanité ! Les bonnes choses seront partagées. Les enfants des Glismaks n'auront pas, comme leurs pères, la guerre pour profession, mais ils apprendront à travailler. Personne ne tuera plus, sous peine d'encourir ma colère, ni ne mangera la chair d'un autre ! »

Plus l'apparition grandit, plus les Glismaks crièrent et bientôt ils parurent terrifiés jusqu'au tréfonds de leur âmes sauvages. Ceux qui étaient dans les embarcations se couvrirent les yeux et se recroquevillèrent, ceux des quais et du rivage opposé tombèrent face contre terre en s'y aplatissant. Seul le chef, Hak-Sa-Omu, demeurait debout ; ses yeux, qui jetaient des regards furieux, semblaient jaillir de leurs orbites et ses grandes mâchoires béaient.

« Les marchandises vont rester sur ce quai ! Les Glismaks se retireront les mains vides et ne quitteront pas leurs foyers jusqu'à la saison sèche, pour réfléchir à mes paroles. Si certains Glismaks osent émerger et faire la guerre, nous déverserons sur eux notre courroux (trois grand coups de tonnerre se succédèrent rapidement), et les guerriers désobéissants ne vivront pas pour voir les bonnes choses que recevront les Glismaks qui se plient à mes ordres ! »

La géante imposante avait maintenant trois têtes. Et chacune était couronnée d'un trillium.

« Nous parlons maintenant à Hak-Sa-Omu, le chef des Glismaks! M'entends-tu, misérable ? »

Il proféra une petite phrase geignarde. Le prince Antar vit qu'il tremblait de sa tête recouverte de plaques à ses pieds armés de serres.

« Emmèneras-tu ton peuple loin d'ici et feras-tu ce que j'ai ordonné ? »

La faible réponse ne pouvait qu'être affirmative.

« Attendras-tu en paix mon retour ? »

De nouveau, une affirmation.

« Alors, va! »

Une dernière déflagration aveugla et assourdit tous les spectateurs, puis l'apparition s'évanouit, ainsi qu'Anigel.

Hak-Sa-Omu cria un mot bref et tous les Glismaks qui étaient à Let, lui en tête, s'entassèrent pêle-mêle dans les canoës qui regagnèrent frénétiquement le rivage. Une fois là, ils abandonnèrent leurs bateaux et s'enfoncèrent en courant dans la nuit.

De derrière une pile de beaux meubles sortit la princesse Anigel habillée de nouveau de ses vêtements de chasse, avec ses cheveux blonds tout mouillés tombant en désordre sur ses joues. Elle sourit aux aînés des Wyvilos et au Prince qui l'acclamèrent.

« Puissante Dame, s'écria le Porte-Parole en la saluant très bas, vous nous avez sauvés comme vous aviez promis de le faire! Pardonnez à cet humble Wyvilo d'avoir douté de vous.

– Vous avez réussi! s'exclama Antar. Et sans en tuer un seul!

– Je suis stupide de ne pas y avoir pensé plur tôt, dit-elle calmement. Les Glismaks sont de vrais enfants. On ne peut pas discuter, ni utiliser la raison avec les enfants, surtout quand ils sont têtus et en humeur de tuer. Malheureusement, tout ce qu'on peut faire dans ce cas-là, c'est les obliger à être sages en les effrayant. Plus tard, on pourra les raisonner et les éduquer.

– C'est exact. » Sasstu-Cha approuva d'un hochement de tête. « Tous les parents savent cela.

– Je n'aurais pas eu le cœur de les tuer, avoua Anigel à voix basse pour que seuls Antar et le Porte-Parole l'entendent. Mais ce n'était pas nécessaire. On dirait que tous sortes de pensées peuvent être transmises par le talisman. Et tandis que les Glismaks fuyaient, je leur ai dit qu'ils seraient mon peuple et que je les aimerais.

– Nous serons aussi le vôtre. Et celui-ci vous déclare, Princesse Conquérante, que nous sommes vos débiteurs; notre honneur exige que nous vous remboursions pour ce haut fait sans précédent que vous avez accompli ici cette nuit. »

Tous les autres Wyvilos présents joignirent leurs voix à celle de leur Porte-Parole, car même ceux qui ne savaient pas la langue de la Princesse avaient, d'une certaine manière, compris ce qu'il venait de dire.

Anigel baissa les yeux un moment. La pluie tombait toujours, mais pas aussi fort et, au sud-ouest, les étoiles émergeaient dans le ciel. Il y aurait encore quelques beaux jours avant la Fête des Trois Lunes.

« Chers amis, dit la Princesse. Vos ennemis, les Glismaks, sont de grands enfants. Mais moi, je dois affronter des ennemis qui sont mûrs... et n'utilisent pas seulement la guerre, mais des enchantement malfaisants. Ils n'auraient pas bronché devant ma ridicule prestation, ni été émus par ma déclaration d'affection. C'est la Dame Blanche, que nous révérons tous, qui m'a envoyée accomplir cette quête. Il y a longtemps, au temps de ma naissance et de celle de mes sœurs, elle a prédit que nous trois, les Pétales du Trillium Vivant, devrions affronter une terrible destinée. Mais elle a aussi dit que tout finirait bien. Durant la plus grande partie de ma quête, je n'ai pas pu croire à cette dernière déclaration. Maintenant, je suis prête à lui faire confiance. »

Elle prit l'une des mains d'Antar et le tira près d'elle.

« Voici le futur roi légitime du Labornok. C'est un homme bon. Dans la Citadelle du Ruwenda, il y a son méchant père, Voltrik. Je vais partir demain à l'aube pour le renverser du trône ruwendien dont il s'est emparé. Sasstu-Cha, si toi et ton peuple, vous voulez vraiment rembourser votre dette envers moi, accompagnez-moi et défendez-moi tandis que je recouvrerai mon royaume.

– Cinq cents de nos guerriers ont survécu, Princesse, et ils partiront où je leur ordonnerai d'aller. Notre chef de guerre, Lummomu-Ko, a été légèrement blessé et repose à l'hôpital. Mais il sera très désireux, demain, de s'engager à votre service. Tout ce que vous souhaitez de nous, vous pouvez l'avoir.

– Le prince Antar commandera ceux qui me suivront. Je vous remercie de tout mon cœur de vous rallier à ma cause. Mais je dois vous avertir que mes ennemis sont puissants...

– Le talisman que vous portez aussi », dit Sasstu-Cha.

La Princesse soupira. Elle ôta le petit diadème de son front, ouvrit le devant de sa tunique et le glissa sur son sein. « Pour le reste de la nuit, je vais le laisser reposer. Et il faut que je fasse de même, car je suis épuisée.

– Je vous prie d'accepter mon hospitalité, ainsi que le Prince », offrit aussitôt le Porte-Parole. Les autres aînés des Wyvilos sourirent, s'inclinèrent et invitèrent avec force gestes Anigel et Antar à les accompagner. Ils parcoururent la rue flanquée de ruines noircies et fumantes, et pénétrèrent dans la partie indemne du village ; au bout d'un moment, les nuages disparurent et les Trois Lunes brillèrent en se reflétant sur les eaux calmées de la rivière.

Anigel se déshabilla et se coucha dans la chambre joyeusement cédée par la fille aînée du Porte-Parole à celle qui venait de sauver Let, et pendant tout ce temps la Princesse se sentit observée par quelqu'un. Elle se releva, regarda par la fenêtre, dans le placard et même sous le lit, mais ne vit personne.

Puis elle s'aperçut que la lumière du talisman palpitait au travers des vêtements qu'elle avait empilés dessus.

A contrecœur, elle prit le diadème. Elle ne voulait pas le mettre sur sa tête. N'en avait-elle pas fait assez aujourd'hui ? Et si une vision effroyable lui apparaissait, gâchant le sommeil dont elle avait si désespérément besoin ?

*Mets-le.*

« Oh... crotte de lothok ! » s'exclama la Princesse avec humeur. Assise au bord du beau lit de style ruwendien, elle posa légèrement le diadème sur ses cheveux.

« Kadi ! » cria-t-elle. Elle faillit s'évanouir de bonheur, car elle voyait sa sœur, les yeux pétillants de joie, le visage sale éclairé par un beau sourire. Elle était assise près d'un feu de camp et un grand nombre d'Uisgus souriant d'une oreille à l'autre l'entouraient ; sur ses genoux, une épée émoussée rayonnait ; son pommeau était formé de trois boules sombres entrelacées au centre desquelles luisait l'ambre de l'amulette renfermant un trillium.

« Tu me réponds enfin ! dit Kadiya avec un peu d'agacement. Tu es tellement plongée en toi-même que tu ne fais pas attention à mon appel. Et je ne m'attendais pas, non plus, à entendre des mots pareils sortir de ta bouche.

– Kadi, Kadi ! » Anigel riait et pleurait en même temps. « Tu es vivante, saine et sauve ! »

Sa sœur brandit l'espèce d'épée. « Grâce à mon talisman, l'Œil Ardent Trilobé.

– Je t'ai vue... » Anigel hésita. « Mon talisman m'a octroyé une vision qui te montrait captive du général Hamil. »

Le visage de Kadiya devint grave. « Une bande d'éclaireurs de l'armée d'Hamil s'est emparée de moi, peu après que j'ai obtenu mon talisman. Je ne voyais pas bien ce qu'il était capable de faire, dit-elle en levant l'épée. La Voix Rouge d'Orogastus l'a découvert avant moi et il en est mort. Après cela, personne n'osait plus s'en emparer, mais Hamil espérait m'obliger à la lui céder. Il pouvait se servir des femmes uisgus qu'il tenait en son pouvoir pour m'y contraindre.

– Oh, Kadi... c'est monstrueux ! »

Kadiya se rembrunit. « Le combat que nous menons n'a rien de miséricordieux, ma sœur. Ne l'as-tu pas compris par toi-même ? Ceci contient un pouvoir. » Elle regarda l'épée entre ses mains. « Mais le pouvoir est un fardeau... On ne doit l'utiliser qu'avec modération, Anigel, et seulement avec un esprit sans tache. Même la colère peut servir, mais il faut la contrôler ; cela fait partie de la sagesse que j'ai acquise.

– Alors ton talisman t'a changée, chuchota Anigel, comme le mien a transformé la poltronne larmoyante que j'étais...

– Mon talisman m'a donné un pouvoir que je dois apprendre à tempérer par la justice. Hamil et les Skriteks qui acceptent d'être entre ses mains des armes monstrueuses... sont jugés et ne suivront plus jamais ces chemins. Même une épée de miséricorde telle que celle-ci peut assener la mort.

– Moi... moi aussi, je me suis servie de mon talisman pour tuer, dit Anigel d'un ton hésitant. Mais seulement une fois, et accidentellement. Je serais incapable de le refaire.

– Moi, je le peux, affirma tranquillement Kadiya, si cela s'avère de nouveau nécessaire. Et c'est une chose possible. Une partie de l'armée d'Hamil se dirige vers la Citadelle. Mais pendant ce temps, les Uisgus et les Nyssomus se rassemblent. Ils forment une armée qui ne cesse de grandir. Ils m'ont demandé de me mettre à leur tête. Puisse le talisman m'accorder de les servir aussi bien qu'ils vont nous servir.

– Ils vont nous aider à reconquérir notre royaume ?

– C'est ce qu'ils disent. Les Uisgus paraissent si timides et si frêles quand on les rencontre à la Foire de Trévista... mais ils sont vraiment braves et plus forts qu'ils n'en ont l'air. Ils peuvent voyager terriblement vite dans leurs bateaux tirés par une sorte de pelrik géant... »

Anigel éclata de rire. « Je sais. Je suis devenue sœur de sang de ces créatures et j'ai conduit une de leurs embarcations. »

Kadiya sourit. « Oui. Demain, avec ton armée, tu vas te mettre en route pour la Citadelle. Et ton amoureux, le Prince, sera ton général ! »

Anigel s'empourpra et dit avec humeur : « Il n'est pas mon amoureux ! Mais c'est un homme loyal et noble, qui s'est déclaré mon esclave à jamais. »

Kadiya ne répondit rien et se contenta de sourire.

Anigel pensait maintenant à un problème plus important. « Kadi, après t'avoir vue captive, j'ai eu une autre vision. Mon talisman m'a montré Haramis en compagnie d'Orogastus et il semblait l'avoir ensorcelée ! »

Kadiya devint terriblement sérieuse. « Il y a entre ces deux-là bien plus qu'un enchantement... Moi aussi, Ani, j'ai vu Haramis et j'ai bien peur que notre sœur soit tombée amoureuse de cet ignoble sorcier. Ou peut-être tombée amoureuse du pouvoir qu'il lui a proposé de partager avec elle.

– Ce n'est pas possible !

– Oh, si, affirma Kadiya, le visage triste. Je me suis hier soir entretenue avec la Dame Blanche par l'intermédiaire de mon talisman. L'Archimage va bientôt mourir et souhaite qu'Haramis l'assiste, mais notre sœur est décidée à rester avec l'Enchanteur. J'ai essayé de parler à Hara, et elle ne m'a pas répondu. Tu peux tenter de la joindre; pourtant ne t'étonne pas si elle ne te parle pas. Ceux qui sont profondément enamourés n'ont plus de place que pour une seule personne dans leur esprit.

– C'est épouvantable. La pauvre Dame Blanche! Et notre sœur. Si elle a été séduite par Orogastus, alors son talisman est peut-être au pouvoir du Sorcier! Que pouvons-nous faire?

– Rien du tout. L'Archimage a accompli la tâche qu'elle s'était attribuée. Nous avons toutes les trois notre talisman. Mais nous sommes des êtres libres, toi, moi, et Haramis, et nous devons faire notre choix. »

D'une voix tremblante d'appréhension, Anigel dit : « Tu... tu sais que pour recouvrer leur grand pouvoir magique, nos trois talismans doivent être réunis. Et ils peuvent aussi bien faire le mal que le bien.

– Oui. C'est ce que j'ai appris de quelqu'un rencontré au cours de ma quête... un serviteur des Disparus, je crois.

– Des Disparus? Mais comment...

– C'est une longue histoire, qu'il faut remettre à plus tard. Repose-toi maintenant, ma brave petite sœur, et ainsi ferai-je. Nous nous verrons bientôt à la Citadelle. »

Lorsque la vision de Kadiya se fut effacée, Anigel s'efforça d'évoquer Haramis. Elle vit sa sœur endormie; mais comme Kadiya l'avait prédit, Haramis n'entendit pas son appel mental, car elle rêvait d'Orogastus.

Le lendemain matin, Antar et elle, ainsi que la grande flotte de guerriers wyvilos, rejoignirent les chevaliers qui avaient campé sur l'autre rive. Puis, ils remontèrent à toute allure la Grande Mutar jusqu'aux chutes de Tass où ils découvrirent que le reste de l'armée labornoki avait abandonné le camp, sans s'occuper de l'ordre que le Prince lui avait donné.

Un troisième grand orage menaçait lorsque Anigel, Antar et leurs gens s'arrêtèrent au pied de la cascade et discutèrent de ce qu'ils allaient faire. La Princesse se servit de son talisman pour scruter la ville de Tass presque désertée. Tous les bachots labornoki de l'expédition de recherche, ainsi que ceux de la garnison, étaient partis pour la Citadelle à cause de la mousson prochaine. Aucun ennemi ne les guettait en haut de la chute d'eau; mais il n'y aurait pas non plus de grandes embarcations pour transporter l'armée wyvilo.

« Nous emprunterons l'élévateur, dit le prince Antar. Il montera facilement les canoës wyvilos en plusieurs fois. Là-haut, nous devrons patienter jusqu'à ce que la grosse tempête soit passée, puis nous traverserons à la pagaie le lac Wum jusqu'à l'embouchure de la Basse Mutar...

– Non, Prince. » Lummomu-Ko, le chef de guerre wyvilo, s'avança. « Il y a un bien meilleur moyen de traverser le lac. Et nous n'aurons pas besoin d'attendre la fin de l'orage. » Il expliqua son idée à Antar.

Malgré sa vaillance, le Prince blêmit.

« C'est possible ? demanda Anigel, impressionnée.

– Même des humains l'ont fait, fit remarquer Lummomu-Ko avec condescendance. On court un certain danger, bien sûr. Mais si nous réussissons, nous serons à Ruwenda en quelques heures seulement.

– Alors c'est dit », décida la Princesse.

Les premières gouttes de pluie commencèrent à crépiter. Les Wyvilos n'y prêtèrent aucune attention. Ils se sentaient aussi bien sous le soleil que sous l'averse.

La Princesse appela les chevaliers. « Mes amis humains, emballez votre armure car pendant un certain temps vous n'en aurez pas besoin. Nous allons gagner les environs de la Citadelle et nous cacher dans le Bourbier avoisinant. De là, nous sommerons tous les nobles fugitifs et le peuple du Ruwenda qui a fui dans les marais de se joindre à nous pour la reconquête de notre pays. Ma sœur la princesse Kadiya est aussi en route vers la Citadelle avec une grande armée de combattants uisgus. Si Dieu le veut, nous serons prêts à attaquer l'ennemi pour la Fête des Trois Lunes. »

Anigel mit le chapeau aux larges bords d'Immu pour empêcher la pluie, de plus en plus forte, de lui couler dans les yeux, et fut la première à monter dans l'élévateur.

Plus tard, ce même jour, une pauvre créature mourant de faim arriva à Let à bord d'un vieux radeau de roseaux en plein cœur de l'orage, et tomba en pâmoison. Le peuple du village reconnut en elle un membre du Peuple, donc une parente, et accepta de lui venir en aide. Quand elle eut repris ses sens, le jour suivant, et qu'elle demanda à voir la princesse Anigel, les Wyvilos ne cachèrent pas leur étonnement.

« La Grande Dame est en route pour la Citadelle avec son talisman magique sur la tête et une armée de nos gens dont elle a pris le commandement. Nos guerriers nous ont appris qu'ils étaient en train de traverser le lac sur les ailes de la tempête à bord de grands radeaux de grumes pourvus de voiles qui les emportent aussi vite que le vent... Mais pourquoi une pauvre Nyssomu telle que toi demande à la voir ?

– Pauvre pauvre pauvre ! cria Immu. Parce qu'elle a besoin de moi, voilà pourquoi ! »

Et elle mena un tel tapage et causa tant de perturbation dans le village qu'ils acceptèrent, une fois l'orage calmé, de la laisser partir dans un canoë avec trois jeunes Wyvilos pour pagayer. C'est ainsi qu'Immu se lança à la poursuite de sa Princesse.

# XXXIX

Orogastus et Haramis partirent de concert pour la Caverne de Glace Noire. La Princesse avait très envie d'apprendre si le miroir-de-glace possédait vraiment un pouvoir magique ou s'il s'agissait seulement d'un appareil antique, comme elle le supposait.

Devant la porte couverte de givre, au moment où il allait prononcer son incantation aux Pouvoirs des Ténèbres, le Sorcier se risqua à jeter un regard sur elle et vit ses yeux bleus briller dans les trous du masque d'argent, ses lèvres s'entrouvrir doucement en un sourire de plaisir anticipé.

Orogastus se dit qu'elle n'avait jamais paru aussi belle et aussi excitante qu'ainsi couronnée de l'étoile et habillée de ce même noir et argent qui symbolisait son propre engagement envers les Pouvoirs des Ténèbres. Il ne put se retenir de prendre le visage d'Haramis entre ses mains gantées et de l'embrasser sur la bouche.

Leurs lèvres se séparèrent à regret. Orogastus soupira. « J'espère que les Pouvoirs ne seront pas en colère. Mais en vous voyant si jolie, si mystérieuse et si proche de moi... Ô Haramis, restez à mes côtés! plaida-t-il en la tenant serrée contre lui. Je sais que la Dame Blanche vous a appelée. Mais elle va vous prendre à moi, vous dire les mêmes demi-vérités et les mêmes contrevérités, tenter de plier votre volonté à la sienne...

– Si elle n'était pas intervenue je serais morte dans le ventre de ma mère, lui rappela Haramis. Il faut que j'écoute ses dernières paroles. Elle m'a donné mon Trillium Noir et m'a chargée d'une quête. Je suis sûre qu'elle m'a guidée et protégée quand j'étais en danger de périr, dans la montagne. Je ne peux pas ignorer son appel. Si vous m'avez dit la vérité, vous n'avez rien à craindre de mon départ.

– Elle retient la Couronne du Ruwenda!

– Non. Je la lui ai confiée. Et puis, avec ou sans la Couronne, je suis la reine du Ruwenda... quels que soient les soldats qui occupent la Citadelle! » Elle le regarda d'un air de défi, droit dans les yeux.

Orogastus soupira. « Pourquoi nous attarder ici dans le froid? Le miroir-de-glace nous attend. »

Il entama son invocation solennelle aux Pouvoirs des Ténèbres, suppliant des déités dont Haramis mettait en doute l'existence de les considérer l'un et l'autre avec bonté. Le pauvre s'illusionnait! Mais elle ne sourit pas. Qu'il continue à y croire tant qu'elle testerait sa sincérité. Elle était de plus en plus convaincue qu'un grand nombre des pouvoirs extraordinaires que maniait Orogastus n'avait rien à voir avec la magie. Mais il s'en servait tout de même. *Pourraient-ils être contrecarrés par ma magie à moi?* se demanda-t-elle, en se souvenant de la tablette « magique ». *C'est tout à fait possible, mais il vaut mieux que je n'en fasse pas l'expérience avec son précieux miroir-de-glace... il me tuerait sûrement si je l'endommageais. Non, je vais observer et apprendre.*

Haramis n'eut pas besoin de feindre l'émerveillement quand Orogastus la conduisit dans la salle du grand miroir-de-glace et évoqua son démon familier. Il lui proposa de s'en servir pour voir ses deux sœurs; la Princesse, se sentant coupable de ne pas l'avoir fait elle-même par l'intermédiaire de son talisman, accepta aussitôt. Les voyant saines et sauves le premier jour de son séjour ici, elle avait ensuite oublié Anigel et Kadiya, laissant ses propres préoccupations, bien plus importantes, l'emporter sur ses sœurs...

Après lui avoir conseillé de garder le silence, Orogastus entonna sa requête et le miroir (elle vit aussitôt que c'était une espèce de machine, pas même en bon état de marche) répondit dans son charabia et fournit d'abord une carte, puis une stupéfiante image en couleurs de Kadiya, suivie par une autre d'Anigel, presque identique. Les deux sœurs étaient en bateau, sous une pluie battante; ni l'une ni l'autre ne parlèrent, bien que le miroir fît entendre les bruits naturels qui accompagnaient chaque vision.

Kadiya voyageait avec une véritable armée de Uisgus, à bord d'une embarcation indigène habilement faite de roseaux. La carte du miroir-de-glace montrait que cette flottille uisgu était sur le cours supérieur de la Mutar, en amont de Trévista. Le torrent coulait impétueusement et charriait des arbres déracinés et d'autres débris de la crue; mais ni la violence du courant, ni l'averse constante ne paraissaient incommoder Kadiya ou ses petits compagnons. Certains Uisgus avaient comme la Princesse revêtu une armure d'écailles dorées et tous portaient des armes primitives. Mais Kadiya n'avait même pas son petit poignard et n'était armée que de son talisman, cette étrange chose émoussée qui ressemblait à une Epée de Miséricorde.

La vision d'Anigel fut plus alarmante. Le miroir dévoila un lourd radeau fait de gros rondins liés ensemble avec de solides cordes, équipé d'un mât court et d'une large voile carrée qui prenait le vent et obligeait la grosse embarcation à fendre des vagues hautes comme des montagnes. Il y avait une minuscule cabine, plus petite qu'une stalle ouverte, où Anigel trempée jusqu'aux os était calmement accroupie, son diadème-talisman bien fixé sur sa tête. Une rambarde rudimentaire courait tout autour du radeau et des cordes, entre ce bordage et le mât, offraient des prises de main aux nombreux passagers. Certains étaient des humains prostrés et mouillés, d'autres des Insolites de grande taille, d'une apparence singulière et terrible, qui avaient l'air de prendre plaisir à cette sauvage descente de la rivière.

Haramis garda prudemment le silence jusqu'à ce que le miroir s'éteignît; pourtant son esprit débordait de questions. D'après les cartes, il était évident que ses sœurs étaient en route pour la Citadelle; toutes deux avaient trouvé leurs talismans et les utilisaient. La Dame Blanche leur avait-elle donné des instructions spéciales, ou bien agissaient-elles toutes seules? Se pouvait-il qu'elles aient l'intention d'attaquer les troupes bien armées du roi Voltrik avec leurs bandes d'aborigènes? Est-ce que leurs talismans leur faisaient croire qu'une ligne de conduite aussi démentielle pouvait *réussir*?

On aurait dit qu'Orogastus lisait dans ses pensées. « Vos sœurs se sont toutes deux servies de leur talisman pour tuer », dit-il lorsque le miroir s'assombrit.

Abasourdie d'horreur, Haramis ne put que le fixer avec de grands yeux. Il lui fit traverser la caverne et reprendre le tunnel qui ramenait à sa tour.

« Kadiya et Anigel se croient à tort capables de libérer le Ruwenda en usant de leurs talismans telles des armes magiques... avec le secours de leurs amis, les Insolites, et du prince Antar qui a accusé publiquement son père et s'est engagé à défendre la cause de la princesse Anigel. Elle lui a sauvé la vie dans la forêt de Tassaleyo et il est éperdument amoureux d'elle. Bien sûr, aucune de vos sœurs n'a la moindre chance de succès contre Voltrik. Elles ne comprennent pas comment fonctionnent leurs talismans et ignorent leurs limites. Elles pensent sans doute qu'il leur suffira de les brandir devant la Citadelle pour que tous leurs ennemis tombent morts... mais cela ne se passera pas ainsi. Voltrik est protégé par ma puissante magie que commande ma Voix Verte.

– Oh, elles sont folles! gémit Haramis. Je n'arrive pas à croire que l'Archimage leur ait ordonné d'attaquer la Citadelle. Elles doivent faire cela de leur propre chef!

– Les talismans dont disposent Kadiya et Anigel n'ont pas été conçus pour être utilisés isolément. Mes recherches l'ont prouvé clairement. Les Disparus ont employé les trois appareils réunis en un seul, le grand Sceptre du Pouvoir, pour établir quelque mystérieux équilibre du monde. Il vous incombe, Haramis, de rassembler de nouveau les Trois en Un. Vous seule, grâce à lui, pourrez gouverner un monde qui aura recouvré la paix et la prospérité.

– Moi? Gouverner le monde? » Elle éclata de rire. Orogastus s'était figé tandis qu'elle prononçait ces paroles qu'il rejetait. Elle se demanda quel était ce Grand Projet que la Dame Blanche avait tu et qu'elle était maintenant prête à révéler. *Il faut que j'aille, dès que possible, voir l'Archimage,* décida-t-elle.

Tandis qu'ils se hâtaient de parcourir le couloir, elle jeta un coup d'œil en coin à Orogastus, par les fentes de son masque d'argent, et vit que ses lèvres étaient serrées. Il n'avait pas parlé à la légère. Le Sorcier croyait à ce qu'il avait dit et elle ferait mieux de le prendre au sérieux. Elle devrait se rendre tout de suite chez l'Archimage pour lui demander des explications sur ce Sceptre du Pouvoir. Et ses sœurs? S'il ne le savait pas déjà, Voltrik allait apprendre du Sorcier leur marche sur la Citadelle. Il enverrait son armée – sans doute accompagnée de Voix Verte – à leur rencontre.

« Orogastus, pouvez-vous empêcher Voltrik d'expédier des troupes contre mes pauvres sœurs? Laissez-moi les convaincre de faire demi-tour.

– Si elles se retiraient immédiatement dans les profondeurs des marais, elles ne craindraient rien pour le moment. Les soldats de Voltrik seraient fort embarrassés de mener une guerre offensive ou même des recherches efficaces durant la saison des Pluies. Croyez-vous que vos sœurs vous écouteront?

– Elles l'ont toujours fait. Mais maintenant qu'elles possèdent leurs talismans... » La voix d'Haramis céda la place à un silence inquiet.

« Je peux ordonner à ma Voix Verte de ne pas frapper vos sœurs de mes éclairs et de ne pas utiliser contre elles tout autre armement occulte. Mais je ne peux pas empêcher le roi Voltrik de se comporter avec elles et avec la populace des Insolites comme il le souhaite. Les talismans les protégeront. Si j'étais à la Citadelle, je pourrais persuader Voltrik. D'ici, en opérant seulement par l'intermédiaire de ma Voix, c'est impossible. »

Ils atteignirent l'extrémité du tunnel et pénétrèrent dans la tour où une chaleur bienvenue les enveloppa. Haramis s'arrêta dans le petit vestibule et saisit les mains d'Orogastus dans les siennes.

« Nous avons encore le temps. Je ne sais pas quels sont vos plans en ce qui nous concerne tous les deux, ni en ce qui touche mes sœurs. Je ne veux pas les connaître avant d'avoir pris ma propre décision. Mais... si je m'envole tout de suite pour aller chez l'Archimage, est-ce que vous me recevrez à la Citadelle pour entendre ma réponse ? Et en m'attendant, empêcherez-vous Voltrik d'envoyer son armée contre Anigel et Kadiya ? Je peux les amener à faire demi-tour ! Je sais que je le peux ! Mais il faut d'abord que j'apprenne les intentions de l'Archimage...

– Permettez-moi de vous guider ! J'ai un plan...

– Non ! » Elle ôta son masque en forme d'étoile et resta là, pâle et tremblante, et cette fois elle ne se détendit pas lorsqu'il l'étreignit et l'embrassa sur le front.

« Ma chérie, faites ce que vous estimez votre devoir mais il y a un sérieux obstacle à votre stratégie. Je n'ai aucun moyen de me rendre rapidement à la Citadelle. Je ne suis pas comme vous, je ne peux pas commander aux lammergeiers.

– Je vais demander à Hiluro d'ordonner à l'un de ses compagnons de vous y transporter. »

Il la serra plus fort contre lui. « Vous feriez cela ? Vous auriez confiance à ce point ? »

Le visage qu'elle leva vers lui était mouillé de larmes. « Vous avez longtemps caché votre cœur. Peut-être n'avez-vous édifié autour de lui d'aussi puissants remparts que parce que vous n'êtes plus certain de ce qu'il contient... Je crois que vous n'êtes pas sûr de la voie que vous allez prendre. Comme moi, vous aurez à choisir.

– Oui », avoua-t-il. Il baissa les bras et ne croisa pas son regard.

« Un lammergeier va venir vous chercher, dit-elle. Nous nous retrouverons à la Citadelle avant la Fête des Trois Lunes. Comptez sur moi. »

Puis elle disparut, le laissant seul ; son masque d'argent abandonné sur le sol le fixait de ses yeux vides.

# XL

Quand, tard dans la soirée de ce même jour, cette folle traversée du lac Wum prit fin, les Wyvilos dirigèrent le lourd radeau, toujours sous couvert de l'orage, entre les îles de la forêt du Bourbier Vert, dans le delta de la Basse Mutar.

Les Nyssomus qui les attendaient là avec une centaine de bachots accueillirent la princesse Anigel avec beaucoup de déférence. Le petit Peuple des Marais la conduisit, ainsi que les chevaliers et les combattants wyvilos, par des bras morts presque invisibles, jusqu'à un grand tertre inconnu des humains. Cet endroit, qui deviendrait la base d'opérations de l'armée d'Anigel, était à quelques lieues d'un domaine situé sur les bords de la Skrokar, qui avait appartenu au défunt Lord Manoparo, l'un des Compagnons Jurés. Le château fort était occupé par les troupes labornoki, mais les dépendances et le modeste manoir abritaient toujours la grande famille des Manoparo et la plupart de leurs serviteurs.

La maîtresse des lieux, Lady Ellinis, avait été prévenue par les Nyssomus du coin de l'arrivée d'Anigel. On l'emmena au tertre isolé, bien après la tombée de la nuit, et elle salua la Princesse avec des larmes et un enthousiasme modéré.

Lady Ellinis était une dame aux cheveux gris et au joli visage maintenant profondément marqué par le chagrin. En plus de son époux, deux de ses fils avaient péri dans l'inutile défense de la Citadelle. Elle s'installa en face d'Anigel dans un abri dressé par les Wyvilos sous un bosquet de gondas, et toutes deux discutèrent du projet qu'avait la Princesse d'assiéger la Citadelle avec sa sœur Kadiya et les Uisgus.

« Je m'étonne que vous entrepreniez une chose pareille si tôt après la conquête, dit Ellinis. C'est peut-être vrai que les forces de Voltrik ne sont pas encore rassemblées, ni complètement retranchées, et qu'elles se trouvent dans un territoire inconnu au moment de la saison des Pluies. Mais tout de même...! Deux filles si jeunes! Qui n'ont aucune expérience de la guerre! Même si nos nobles et nos francs-tenanciers éparpillés se ralliaient à vous comme vous l'espérez, votre armée compterait surtout des Insolites. Ma chère princesse Anigel, je souhaite de tout mon cœur que vous réussissiez. Mais les Labornoki sont de vaillants combattants et vos chances sont très faibles. »

Anigel se contenta de toucher son diadème où luisait l'ambre du Trillium. « J'ignore pourquoi, mais je suis convaincue que nous remporterons la victoire. Je tire peut-être de ce talisman la confiance nécessaire pour oser une action aussi audacieuse. Tout ce que je peux vous dire, chère Ellinis, c'est que quelque chose me pousse à venir ici pour la convergence des Trois Lunes, et à combattre les Labornoki qui tiennent la Citadelle. Ma sœur Kadiya est dans le même état d'esprit. »

Lady Ellinis serra plus étroitement son manteau autour d'elle. Anigel préparait une infusion de darci sur un petit brasero, afin de lutter contre l'humidité pénétrante. Ellinis répondit : « J'ai été fort étonnée lorsqu'un Nyssomu m'a secrètement informée que vous étiez en train de traverser le lac Wum. Bien sûr, les Insolites peuvent se parler mentalement à distance, et je suppose qu'ils vont faire circuler la nouvelle dans tout le Bourbier Dédaléen...

– Oui, acquiesça solennellement Anigel. Mes alliés, les Wyvilos, n'ont jamais jusqu'à maintenant entretenu de relations avec leurs cousins nyssomus ou uisgus. Mais la conquête de notre pays par le Labornok est un désastre, non seulement pour les humains ruwendiens, mais aussi pour les aborigènes qui résident parmi nous. Aussi les Wyvilos ont-ils renoncé à leurs anciennes coutumes; même les paisibles Nyssomus sont prêts à s'allier à nous. »

Dehors, la pluie s'était arrêtée et le brouillard nocturne s'épaississait tandis que les Wyvilos s'affairaient à construire d'autres abris de bambous et de broussailles pour eux et pour ceux qui devaient arriver plus tard. Comme tout le Peuple, ils voyaient très bien dans l'obscurité et poursuivaient leur travail aussi efficacement que s'il avait fait jour.

Apercevant un grand Wyvilo armé d'une hache, Lady Ellinis frissonna. « Je n'ai jamais rencontré les Insolites de la forêt de Tassaleyo et j'avoue que leur mine est quelque peu inquiétante. Ils ne sont pas aussi affreux que les Skriteks, bien sûr, et semblent très civilisés. Néanmoins, je me demande comment vous faites pour leur accorder une telle confiance. »

Anigel sourit. « Leurs visages sont terrifiants, mais ils ont l'âme noble et révèrent le Trillium Noir tout autant que leurs cousins plus petits. Grâce aux Wyvilos nous avons pu prévenir, via les Nyssomus, les groupes éparpillés de Ruwendiens libres qui se hâtent maintenant de venir rejoindre mon armée.

– Mes gens et mes trois fils survivants sont à vos ordres, dit Ellinis, et je tiens à votre disposition les provisions que nous avons pu dissimuler à l'ennemi. Mais il y a déjà ici au moins cinq cents Insolites, et vous dites que trois ou quatre fois plus d'humains et de Nyssomus vont se rassembler dans les deux prochains jours. Je crains que nous n'ayons pas assez de victuailles pour nourrir une telle multitude durant plus de quelques jours.

– Nous ne resterons pas ici longtemps. Si nous ne remportons pas la victoire pendant la Fête des Trois Lunes, il faudra nous replier, avoua Anigel. Mais nous allons gagner. Je le sais! »

La Princesse était debout, le visage grave, toujours revêtue du costume de chasse bleu donné par les Wyvilos. Lady Ellinis s'émerveillait que la jeune fille gloussante qu'elle avait vue à un bal de la Cour, cinq semaines auparavant, ait pu changer à ce point. Anigel était alors une plante de serre effarouchée dont la jolie tête n'abritait que les potins de la Cour ou les tendances de la dernière mode. Cette femme nouvelle totalement vouée à sa mission effrayait Ellinis qui ne savait plus qu'en penser. La Princesse versa l'infusion à son invitée sans une trace de son ancienne frivolité, aussi gracieuse et sûre d'elle que si la cruche pleine de suie avait été une théière d'argent et l'abri humide et astucieux, le salon de la Reine, dans la Citadelle. Peu à peu, Ellinis perdit son appréhension et commença à se dire que l'impossible aventure n'était peut-être pas si désespérée que cela.

« Ce prince Antar. » La femme mûre se mit à chuchoter. « Il est clair à mes yeux que le jeune homme que vous nous avez présenté est très amoureux de vous. Néanmoins, je sens qu'il est de mon devoir de vous conseiller de ne pas lui faire totalement confiance. »

Anigel hocha affirmativement la tête puis s'assit de nouveau, le visage totalement inexpressif. « Il m'a juré allégeance et la plupart de ses hommes ont fait de même. Mais trois de ses chevaliers ont refusé de prêter serment; nous les surveillons attentivement et les excluons de nos conseils de guerre.

– Antar et ses chevaliers sont des Labornoki, après tout!

– Chère Ellinis, je ne suis plus aussi simple et crédule qu'autrefois et il est vrai que le prince Antar doit encore m'apporter la preuve de sa loyauté. Vous dites qu'il m'aime, et cela aussi peut être vrai. Mais je n'ai pour lui qu'une estime affectueuse, teintée de prudence.

– Bien! s'exclama énergiquement Ellinis.

– Mais puisque je ne connais rien à la guerre, il faut que je fasse confiance à Antar en certaines matières. Si nous réussissons, ce sera sous son commandement. Je ne sais pas ce qu'il y a au fond de son cœur, mais je suis convaincue que c'est un homme bon qui déplore la cruauté de son père, le roi Voltrik. Il m'a dit que beaucoup de Labornoki partageaient ses sentiments et il se peut que, par lui, nous puissions semer la division dans l'armée ennemie.

– Je vais prier pour que vous ne vous trompiez pas. »

Elles parlèrent encore un peu plus longtemps, puis ce fut l'heure pour Ellinis de partir. La Dame embrassa Anigel, ce à quoi s'attendait la Princesse ; mais celle-ci fut interloquée de voir la Dame de Manoparo lui faire ensuite une profonde révérence avant de s'en aller avec sa servante et un guide nyssomu.

« Elle ne m'avait jamais montré autant de déférence, dit la Princesse à Antar qui survint au moment où la Dame prenait congé. En fait, comme elle a un caractère plutôt grave, elle faisait rarement attention à moi !

– C'était d'autant plus stupide, dit le Prince en souriant. Mais je viens vous dire que notre camp s'étend rapidement et qu'il y a maintenant assez d'abris, si la pluie recommençait. » Son visage devint sérieux. « Le chef de guerre des Wyvilos, Lummomu-Ko, estime que les Nyssomus, bien que pleins de bonne volonté, feront de médiocres combattants. Ils sont si petits, et la seule arme dont ils peuvent se servir aisément est la sarbacane. Dans un assaut de front, ils ne vaudraient rien. On ne peut les utiliser que dans des escarmouches.

– Alors faites ainsi, répondit sereinement Anigel. Avez-vous estimé le nombre d'humains qui pourraient nous suivre ?

– Avec de la chance, sept ou huit cent libres Ruwendiens devraient nous rejoindre ici, ou débarquer au pied de la Citadelle, lors de la Fête des Trois Lunes. Il s'agit surtout de chevaliers et de soldats qui se sont enfuis dans le Bourbier lors de la chute de la Citadelle, plus quelques seigneurs et hommes d'armes des domaines isolés, au sud d'ici, qui ne nous ont jamais combattus... je veux dire, qui n'ont jamais combattu vos ennemis... lors de l'invasion.

– Très bien. Si seulement le comte de Goyk et les autres libres seigneurs du lointain Dylex pouvaient arriver à temps... » Elle s'interrompit et se détourna brusquement, le visage assombri par le chagrin.

Antar, qui n'avait jamais entendu parler du comte de Goyk et ne savait rien de sa place d'honneur dans le plan d'Anigel, comprit à ce moment qu'elle avait encore peur de se confier totalement à lui. Il tomba lentement à genoux.

« Ma Dame, si vous me l'ordonnez je ne parlerai pas de ce comte à mes fidèles compagnons. Je vous supplie d'avoir foi en nous... mais si cela vous est impossible, peut-être vaudrait-il mieux que vous nous mettiez en état d'arrestation, moi et mes chevaliers. Cela vous libérerait des inquiétudes que notre présence peut engendrer.

– Il faut que je vous fasse confiance, dit Anigel d'un air malheureux, ainsi qu'à la plupart de vos chevaliers. Mais je sens que Lord Rinutar et ses amis Turat et Onbogar peuvent nous trahir. Je sais qu'ils ont juré de faire trêve, mais je crains que nous ayons commis une grave erreur en les amenant ici, dans ce camp secret. Nous aurions dû les laisser sur la rive du lac, comme nous l'a conseillé Lummomu-Ko. »

Le Prince baissa la tête. « Peut-être. Mais abandonnés au milieu de la tempête, dans un marais plein de périls inconnus... ils auraient sûrement péri avant de trouver leur chemin vers une garnison labornoki. Comme vous l'avez dit vous-même.

– Je ne pouvais pas les faire mourir! Pas plus que je ne peux leur permettre de nous trahir auprès du roi Voltrik. »

Encore agenouillé, Antar lui prit la main. Elle était glacée. « Reprenez courage. Ils se perdraient instantanément s'ils tentaient de quitter ce tertre et d'errer dans le Bourbier, et personne ici ne les aiderait à fuir. Mes quinze vrais compagnons et moi, nous les surveillerons. N'ayez pas peur. »

Elle soupira et baissa les yeux sur lui. « Je suppose que vous avez raison. Je suis tendue comme la corde d'un arc et inquiète au sujet de ce qu'il va advenir de nous dans les trois prochains jours. Le comte de Goyk, dont je vous ai parlé par mégarde... tient le fief le plus éloigné du Ruwenda, tout là-bas, au nord-est du Dylex, dans les contreforts des Ohogan. Ni lui, ni le comte de Prok, ni aucun autre seigneur des manoirs orientaux, n'a été soumis par les Labornoki.

– Je sais. Ce devait être notre premier objectif, après les Pluies d'hiver. Pour pacifier le pays, ainsi que le sud.

– Quand les Wyvilos acceptèrent de m'aider, je leur ai demandé s'il pouvaient utiliser leur parole sans mots pour découvrir quels étaient les humains pas encore conquis. Par les Nyssomus, j'ai pris contact avec ceux qui avaient fui la Citadelle et aussi avec des nobles des manoirs occupés, comme Lady Ellinis, et quelques autres encore libres, dans le sud. Cela, vous le savez déjà. Mais mes amis wyvilos ont aussi communiqué avec les Vispis, les aborigènes des hautes montagnes. Et ceux-ci nous ont dit que les comtés de Goyk et de Prok étaient encore libres.

– Je vois. Les Insolites des Montagnes ont prié ces seigneurs de nous prêter assistance.

– Le comte de Goyk, c'est-à-dire mon grand-oncle Palundo, a la tête froide. Tout d'abord, il n'a pas cru ce que les non-humains lui disaient... que ma sœur Kadiya et moi étions prêtes à attaquer la Citadelle. Mais je me suis moi-même entretenue avec les Vispis en leur révélant certains secrets domestiques que seuls savent les membres de la famille royale, et cela a convaincu l'oncle Palundo. Quand nous sommes partis de Let avec les Wyvilos, deux mille chevaliers et hommes d'armes de Goyk et de Prok ont quitté leurs lointaines enclaves dans de rapides embarcations. Ils ont une longue route à faire... mais les voies d'eau sont déjà en crue et, hier, ils ont contourné sans incident le château de Bonor, à environ soixante lieues d'ici. Si tout va bien, ils arriveront à temps pour nous secourir. »

Les yeux d'Antar s'étaient éclairés. « De mieux en mieux! Ô ma Dame, je ne peux pas vous dire combien cela m'allège le cœur! Notre situation ne me semble plus aussi désespérée. L'ennemi nous surpasse en nombre, mais nous aurons avec nous plus de combattants humains expérimentés! » Il lui embrassa la main dans un transport de joie.

Anigel se raidit. Puis, voyant son désarroi, elle lui sourit.

« Mon contact est-il si repoussant? demanda-t-il tristement.

– Non. Pas du tout. J'étais seulement... surprise. Beaucoup de choses occupent mon esprit, vous comprenez. »

Elle avait l'air si petite et si troublée, cette jeune femme couronnée de magie, perchée inconfortablement sur un rocher moussu, le visage éclairé par un simple brasero, que le cœur du Prince s'enflama de pitié et d'amour; il se leva et se détourna, afin qu'elle ne puisse pas voir les larmes qui avaient jailli de ses yeux.

« Oui, ma Dame. Il vous faut penser à beaucoup de choses. Beaucoup trop pour une personne d'un âge aussi tendre et d'une grande sensibilité...

– Je m'en tirerai », répliqua Anigel un peu vivement.

Il lui fit face de nouveau. « Voilà que je vous ai offensée. Je vous présente humblement mes excuses.

– Je les accepte. » Un instant, leurs regards se croisèrent. Puis elle baissa les yeux et parut s'abstraire de nouveau; la relation qui, un bref instant, avait semblé s'établir entre eux, mourut sitôt née.

L'avait-il vraiment vue? Ou prenait-il ses désirs pour des réalités? Il aurait dû lui crier cela sans cesse, lui déclarer qu'il l'adorait... mais les yeux de la Princesse étaient aveuglément fixés sur la paroi de la tente; elle semblait perdue dans un rêve, un doigt posé sur son diadème argenté.

« Je vous souhaite une bonne nuit », dit-il.

Anigel ne répondit pas. Elle écoutait une vision de sa sœur Kadiya qui venait de jaillir dans son esprit.

« Haramis a dit cela?

– Ani, elle m'a ordonné de revenir sur mes pas. Ordonné! Comme si j'étais encore une vilaine petite fille qui refuse d'interrompre ses jeux dans les écuries!

– T'a-t-elle donné une raison?

– Elle craint que Voltrik n'apprenne que nous sommes en route et qu'il envoie des troupes pour nous attaquer. Mais c'est ridicule ! Si une armée de Labornoki quittait la Citadelle, les Nyssomus le sauraient aussitôt. Ils nous en avertiraient et nous pourrions aisément nous cacher dans les marécages et les bras morts du Bourbier où aucun habitant des plaines ne parviendrait à nous retrouver. Bien sûr, je lui ai répondu cela. Mais elle est affolée et a commencé à jurer sur son amulette et son talisman que je courais à ma perte et allais ruiner un certain grand projet. Quand je lui ai demandé si ce projet était le sien ou celui d'Orogastus, elle s'est vexée.

– Se peut-il, Kadi, qu'elle ait succombé à son charme ténébreux ?

– Qui peut savoir... T'a-t-elle contactée pour te raconter les mêmes bêtises ?

– Non. Mais j'ai été si occupée toute la journée que je n'ai guère eu le temps de respirer un moment en paix.

– Si elle t'appelle... ne réponds pas !

– Kadi !

– Je sais ce que je dis. Et pas un mot de nos plans à Hara. Elle est enfin partie voir l'Archimage, soi-disant pour entendre sa version de notre destinée et apprendre la raison de nos talismans que va lui révéler la Dame Blanche. Peut-être que notre sœur malade d'amour va recouvrer ses esprits à Noth. Mais je ne n'y compte pas trop. Ne l'appelle plus. Elle ne doit rien apprendre de nos plans avant que nous nous rencontrions en personne.

– Eh bien... je pense que c'est raisonnable.

– Elle m'a déclaré aussi que le Sorcier arriverait à la Citadelle demain.

– Quoi... ? Mais il était là-bas avec Hara, dans les montagnes.

– Elle lui a prêté l'un de ses oiseaux magiques. Quand je lui ai fait des remontrances – vraiment, je l'ai traitée d'idiote à la cervelle de boue – elle a affirmé qu'elle agissait pour notre bien.

– Il nous faudra donc lutter contre les enchantements du Sorcier, en plus des forces armées du Labornok ! Oh, Kadi...

– Ne perds pas courage. Hara semble croire qu'Orogastus possède très peu de vraie magie. D'après elle, sa thaumaturgie n'est sans doute basée que sur quelques machines fabuleuses des Disparus ! La foudre, les flammes et la grêle d'acier qui ont détruit les bastilles des collines, l'horreur assourdissante qui a affligé les communes du Dylex, et même la panique qui s'est emparée des fronials de guerre de nos chevaliers... tout cela ne serait pas de la vraie magie, mais une espèce de supercherie mécanique !... Si Hara ne ment pas.

– Kadi, je ne comprends pas cela. La magie, cela existe ! Nos Trilliums Noirs... nos talismans... l'Archimage elle-même ! La magie imprègne le monde entier !

– Peu importe, Ani. La seule chose à ne pas oublier, c'est qu'il ne faut pas nous laisser arrêter par notre sœur. Aussi, ne tiens pas compte de ces admonitions véhémentes. Je précède toujours de beaucoup Osorkon et son armée. Plus de trois mille Uisgus me suivent et j'ai conçu un plan pour que nous nous introduisions dans la Citadelle en évitant une bataille rangée à l'extérieur du Tertre, où nous serions sûrement mis en pièces par la cavalerie de Voltrik.

– Oh! Raconte-le-moi!

– Pour que tu ailles le répéter à ce niais d'Antar? Non! Tu l'apprendras quand nos armées feront leur jonction, la veille des Trois Lunes.

– Tu te méprends sur mon compte, ainsi que sur celui d'Antar...

– Je l'espère bien. Et j'espère aussi que je méjuge notre sœur! Mais prends tout de même bien garde et retrouve-moi à l'endroit que je te montre... Quand nous tiendrons conférence, nous nous arrangerons pour que le roi Voltrik et Orogastus se joignent à nous pour une célébration très particulière de la Fête de la Lune! »

# XLI

Le jour se levait quand Hiluro entama sa descente vers Noth. Haramis s'était endormie en pleurant, puis avait rêvé que Kadiya, scandalisée, ne lui cachait pas sa désapprobation de ses relations avec Orogastus. Sa sœur aurait sans doute essayé de poignarder le Sorcier et, pour sa peine, aurait été frappée par un éclair... comment osait-elle qualifier sa conduite d'imprudente! Lorsque la lumière du soleil l'éveilla, Haramis avait les yeux horriblement larmoyants. Tous ses muscles étaient raides, mais sa position sur le dos de l'oiseau ne l'encourageait pas à bouger, aussi attendit-elle l'atterrissage avec impatience.

Le lammergeier décrivit des cercles au-dessus de la petite tour qu'habitait l'Archimage, et Haramis la contempla avec stupéfaction. La dernière fois qu'elle l'avait vue, la demeure était enveloppée de verdure, et la pelouse émaillée de fleurs sauvages. Maintenant, seules quelques branches squelettiques s'accrochaient encore aux pierres, et le gazon pelé était plein de mauvaises herbes épineuses. Une écume malodorante recouvrait le peu d'eau qui restait dans les douves.

« Que s'est-il passé ? » interrogea Haramis à haute voix. Hiluro se contracta nerveusement et elle crut qu'il allait lui répondre, mais il garda le silence.

*Se peut-il que les soldats de Voltrik soient venus jusqu'ici ?* se demanda-t-elle. *Non, ce serait un autre genre de destruction. Ils auraient brûlé ou démantelé la tour, mais là, on dirait simplement que tout est mort. Aucun cause naturelle n'a pu provoquer un tel dessèchement, pas en cette saison de l'année!*

Elle pensa au grand nombre de jardiniers qu'on employait à la Citadelle. Peut-être que l'Archimage se mourant, ses quelques domestiques – Haramis ne l'avait entendue parler que de son intendant – n'avaient plus le temps de s'occuper des plantes. *Mais même dans ce cas, les choses n'auraient pas cet aspect-là!*

Le lammergeier se posa à l'extrémité du pont-levis et Haramis descendit de son dos. Qu'allait-elle découvrir à l'intérieur. L'Archimage était-elle déjà morte ? *Elle était encore assez bien hier soir pour me parler,* pensa Haramis.

L'urgence de la situation s'imposa à la Princesse et elle se hâta de passer le pont, suivit les dalles en mosaïque couvertes de mousse morte, passa devant la fontaine tarie et traversa le jardin dont le sol stérile ne pouvait plus nourrir les fleurs fanées qui s'y accrochaient encore. Quand elle atteignit la porte de bois noir qui menait à la chambre de l'Archimage, elle ne fut pas étonnée de la trouver entrouverte.

La chaleur était étouffante et un Insolite accroupi devant le feu – un Nyssomu qu'elle n'avait jamais vu – était en train d'ajouter de la tourbe. Il leva les yeux lorsque l'ombre de la Princesse, projetée par le soleil levant, tomba sur lui. « Dame Haramis, dit-il, bienvenue à Noth... elle a dit que vous arriveriez à temps. » Il montra le lit d'un signe de tête.

« Salut... Vous devez être Damatole. » L'Archimage n'avait mentionné ce nom qu'une seule fois durant leur dernière entrevue, mais Haramis avait appris à mémoriser le nom, le visage et les traits caractéristiques de toute personne qu'elle rencontrait ou dont elle entendait parler. Ses parents considéraient cela comme un élément important de la formation d'une princesse héritière.

« Oui, ma Dame. » Le petit intendant s'inclina devant elle. « J'ai l'honneur d'être au service de Lady Binah... et au vôtre. Elle dort, mais se réveillera bientôt. Voulez-vous du thé ?

– Oui, volontiers, répondit Haramis avec reconnaissance. Merci, Damatole. » L'Insolite s'empressa de sortir de la pièce et Haramis s'empara d'un des tabourets rembourrés et l'installa silencieusement à côté du lit de l'Archimage. Elle s'y assit et étudia la femme endormie.

Binah avait l'air encore moins bien que dans sa dernière vision; sa chair desséchée collait aux os de son visage. Elle s'éveilla juste au moment où Damatole entrait avec le thé. « Haramis, dit-elle lentement. Tu es venue.

– Bien sûr que je suis venue. Vous m'avez appelée. Et puis, j'ai besoin de plus d'informations sur l'utilisation des talismans, car malheureusement, mon Cercle Tri-Ailé n'avait pas de mode d'emploi. J'ai trouvé quelques renseignements sur eux dans la bibliothèque d'Orogastus... dont un livre qui dit que les trois talismans doivent être réunis pour former un sceptre...

– Pas encore, l'interrompit l'Archimage. Tu n'es pas encore prête à maîtriser ce pouvoir. Cela exige plus de sagesse que tu n'en as... beaucoup plus.

– Où suis-je supposée apprendre cette grande sagesse ? répliqua Haramis avec impatience. En fouinant dans le marais pendant que l'armée de Voltrik pille mon royaume ? Ou dois-je la recevoir de mes sœurs... qui utilisent leurs talismans pour tuer ? »

L'Archimage eut l'air chagrinée. « Elles ne possèdent pas non plus la sagesse », soupira-t-elle, puis elle se tut. Il s'écoula un moment avant qu'elle reprenne la parole, et sa question parut importune à la Princesse. « Pourquoi es-tu restée aussi longtemps chez Orogastus ? »

Haramis fronça les sourcils et tenta d'avancer une explication valable. « J'essayais de l'étudier... vous-même m'aviez ordonné de découvrir ses faiblesses. C'est bizarre ; il semble croire que les machines des Disparus sont empreintes de magie... il le croit vraiment ! Quand j'en ai endommagé une, il a été très contrarié... il a dit qu'elle était *morte*. Mais les machines ne vivent pas, n'est-ce pas ?

– Non, répondit la Dame. Et tu crois que ses appareils ont un pouvoir magique ?

– Non. Je ne peux pas expliquer cela clairement, mais je *sens* que non. En tout cas, magiques ou mécaniques, ils lui procurent un pouvoir qui, quelle que soit leur origine, peut faire beaucoup de mal. Et tant que ce pouvoir existe, je veux savoir comment il fonctionne !

– Alors tu es allée chez Orogastus pour apprendre à t'en servir ? Était-ce sage ?

– Qu'est-ce qui est sage ? répliqua amèrement Haramis. Vous êtes ici, au lit, alors que mon pays a été envahi, mes parents horriblement assassinés et des centaines de Vispis massacrés parce que vous les avez appelés trop tard contre un ennemi auquel ils n'ont pas pu résister. Est-ce cela la sagesse ? Si oui, quel bien fait-elle ?

– Je sais que tu es désorientée et malheureuse, Haramis, dit gentiment la Dame, mais tu dois apprendre à regarder au-delà du moment présent et à percevoir un dessein plus vaste.

– C'est exactement ce qu'Orogastus m'a dit. Comme si mes parents ne comptaient pas, comme si leur mort importait peu... » Blessée, affligée et en colère, elle éclata en sanglots. *Et maintenant, vous allez mourir, vous aussi*, pensa-t-elle avec désespoir, *et je vais me retrouver seule avec un royaume occupé par des soldats ennemis, des sœurs Dieu sait où, et le roi Voltrik qui va essayer de nous tuer. J'ignore ce qu'il faut faire et personne d'autre ne semble le savoir !*

« J'ai veillé pendant longtemps sur le Ruwenda, dit doucement Binah, plus longtemps que tu ne peux le concevoir. J'ai aimé ce pays et son peuple, je les ai protégés et aidés à grandir. C'est une tâche merveilleuse et qui procure beaucoup de joie. Mais mon temps touche à sa fin et le tien commence. » Elle tourna la tête pour croiser le regard d'Haramis. « Tu dis qu'Orogastus t'a invitée à venir avec lui. Dis-moi, Haramis, pourquoi toi et pas tes sœurs ? »

Haramis, saisie, lui rendit son regard. « Je ne sais pas... je n'ai jamais songé à le lui demander.

– Maintenant que tu connais la question, quelle est la réponse ? »

Haramis fronça les sourcils, s'efforçant de se souvenir en quels termes exacts Orogastus avait formulé son invitation et ce qu'il lui avait demandé, pendant qu'elle était avec lui. « Je pense qu'il est solitaire, répondit-elle lentement. Il m'a dit qu'il connaissait mon amour pour l'étude et m'a parlé de son désir de partager sa science avec moi... Je pense qu'il cherche quelqu'un comme lui, quelqu'un qui peut maîtriser la magie et raisonne comme lui, quelqu'un qui peut comprendre de quoi il parle.

– Es-tu comme lui ? s'enquit tranquillement l'Archimage.

– Par certains côtés, oui, avoua Haramis. Je ne veux pas foudroyer les gens avec des éclairs, ou envahir un autre pays... mais je peux comprendre son désir de connaissance, son envie de trouver un sens au monde...

– ... de voir comment s'organise la vie qui t'entoure ?

– Oui, c'est cela.

– Et quand tu auras cette connaissance, qu'en feras-tu ?

– Que voulez-vous dire ?

– L'utiliseras-tu pour blesser et détruire, pour manipuler les autres et les plier à tes volontés ?

– Bien sûr que non ! répliqua Haramis d'un air indigné. C'est mal. Les gens doivent être libres de choisir, ce ne sont pas des marionnettes dont s'amusent ceux qui sont plus forts ou plus intelligents qu'eux. Mais pourquoi devrais-je faire quelque chose de ma science ? Pourquoi est-ce que je ne peux pas simplement étudier et me réjouir de la vision que j'en tire ? Pourquoi devrais-je m'en servir ?

– Parce que tu es ce que tu es, et cela se voit. Je peux le voir, Orogastus peut le voir, et toute autre personne qui connaît la magie peut le voir. » La voix de l'Archimage se fit véhémente. « Haramis, tu comprends les mots. La plupart des gens ne s'aperçoivent pas que les mots sont importants, que dire une chose c'est lui donner déjà une ombre d'existence... et la nommer vraiment, c'est lui donner vie. Tu entends, tu écoutes et tu te souviens ; c'est un don rare. Sans lui, tu ne comprendrais pas la magie, elle te serait en grande partie imcompréhensible. Kadiya possède une grande ardeur et beaucoup de détermination ; Anigel est riche de compassion et elle a un cœur aimant ; mais ce ne sont pas ces dons, bien que grands à leur manière, qu'exige la maîtrise de la magie. Tu aimes passionnément la connaissance, Haramis, et cela combiné au sang royal du Ruwenda fera de toi une magicienne. Si tu ne te sers pas de tes capacités, toi et elles seront utilisées par des gens comme Orogastus.

– Est-ce pour cela que j'ai l'impression d'être un pion dans le partie qui se déroule entre Orogastus et vous ? » demanda Haramis.

Les yeux de l'Archimage brûlaient comme si toute la vie de la vieille femme s'y était concentrée. « Tu te sens comme un pion parce que tu en es un, Haramis. Mais tu as atteint la dernière case où il va te falloir choisir ta destinée.

– Ma destinée, c'est être reine, répliqua Haramis étonnée. N'est-ce pas le choix que l'on a fait pour moi, il y a longtemps ?

– Non, dit doucement l'Archimage presque en chuchotant, ce choix n'est pas réel tant que que toi, tu n'as pas choisi. L'important, c'est de rétablir l'équilibre du monde, ce qui ne peut être accompli que si toi et tes sœurs réalisez votre propre équilibre. La Couronne n'est peut-être pas ton destin.

– Que voulez-vous dire ? s'exclama Haramis horrifiée. Notre royaume va-t-il échoir à Voltrik ? Serai-je tuée ? Ou quelque chose est-il arrivé à la Couronne ? Je vous l'ai laissée en garde... ai-je eu tort ?

– Absolument pas. » La voix de l'Archimage était faible, mais toujours audible. « La Couronne est ici, saine et sauve. » Elle tourna la tête vers le feu. « Damatole. »

Haramis n'aurait pas pensé que l'Insolite pouvait entendre ce chuchotement, mais il se précipita au chevet de Binah. « Le temps est venu », murmura la vieille femme. Il hocha la tête, se dirigea vers l'un des placards du mur le plus éloigné, en sortit un paquet blanc et l'apporta à l'Archimage. Celle-ci saisit le tissu par l'un de ses plis et le tendit à Haramis. Lorsque le ballot commença à glisser du lit, Haramis s'en empara. Il s'ouvrit entre ses bras et elle vit avec surprise que c'était le manteau de l'Archimage.

« Mets-le, Haramis, ordonna Binah à voix basse. Il est à toi maintenant.

– Vous voulez dire qu'il faut que je sois Archimage ? » *Je ne veux pas de cette tâche,* pensa-t-elle consternée. *C'est déjà assez difficile d'être reine... et au moins, on m'y a préparée ! Mais être la nouvelle Archimage... elle ne peut pas exiger cela !*

« Tu en es capable, murmura Binah, mais il faut que tu choisisses de l'être. Je te donne ma bénédiction et mon amour, plus un dernier avertissement. Souviens-toi que la frontière entre la confiance en soi et la présomption est étroite et facile à traverser. Surveille-toi sans cesse. Choisis avec sagesse. » Puis la respiration de la vieille femme fit un curieux bruit dans sa gorge et elle demeura immobile.

Haramis contempla le cadavre avec de grands yeux stupéfaits. *Ce n'est pas possible,* se dit-elle. *Je rêve. Je suis dans mon lit, chez Orogastus et je fais un cauchemar, j'ai lu beaucoup trop de livres de magie, je...*

La Princesse s'aperçut que Damatole s'adressait à elle. « Dame Blanche ? »

Elle se retourna lentement et le dévisagea. « Qu'y a-t-il, Damatole ?

– Quels sont vos ordres, Dame ? »

*Mes ordres ? Il croit que je suis la nouvelle Archimage. Oh, là là, pourquoi est-ce que je suis sortie du lit ce matin... hier matin... je ne sais plus ?* Il fallait lui répondre ; après tout, il essayait seulement de faire son travail. Malheureusement, rien ne lui vint à l'esprit.

« Je pourrais vous apporter de l'eau pour votre toilette, et un petit déjeuner, suggéra-t-il. Vous devez avoir faim. »

Faim. Oui, maintenant qu'il en parlait, elle avait faim.

« Merci, Damatole, répondit Haramis d'une voix blanche, ce serait très gentil. »

Damatole lui servit un repas très simple puis la conduisit dans une petite chambre où il y avait un lit de camp. Elle se coucha et s'endormit. Lorsqu'elle s'éveilla, c'était l'après-midi et un repas l'attendait sur une table près du lit ; Haramis mangea tout jusqu'à la dernière miette et se mit ensuite à la recherche de Damatole.

Elle le trouva dans la chambre de l'Archimage, mais fut surprise de constater que le lit était vide. « Vous l'avez déjà enterrée ? J'aurais pu vous aider...

– Il n'y a plus de corps, répondit-il. Vous ne vous souvenez pas ?... Non, je vois que non. La chair qui avait contenu l'esprit de Binah est tombée en poussière, comme va le faire cet endroit dès que vous serez partie. »

Haramis observa le lit plus attentivement. Oui, il y avait de la poussière sur l'oreiller où avait reposé la tête de Binah. « Où est la Couronne du Ruwenda ? »

Damatole ouvrit le placard, au fond de la pièce, et en tira un paquet enveloppé dans un tissu blanc qu'il remit à Haramis. Quand elle l'eut défait, elle vit avec soulagement que la Couronne était intacte. *Se transformerait-elle en poussière si elle restait ici après mon départ ?* songea-t-elle.

« Je vais vous donner un sac pour l'emporter », proposa Damatole qui s'empressa de sortir de la pièce.

Haramis essaya de réfléchir à ce qu'elle devrait faire, mais quand Damatole revint avec un sac de cuir, elle n'avait encore pas pris de décision. Puisqu'il escomptait visiblement qu'elle s'en aille, elle appela le lammergeier. Puis il lui apparut qu'elle n'était pas la seule sans foyer. « Damatole, avez-vous quelque part où aller ? »

Il hocha affirmativement la tête. « Ma famille va venir me chercher. C'est prévu. Il ne reste plus qu'une dernière chose. » Il prit le manteau de l'Archimage sur le tabouret où Haramis l'avait posé et le rangea dans le sac, avec la Couronne.

« Pourquoi me confiez-vous cela ? » interrogea-t-elle tandis qu'ils quittaient tous deux la maison ; elle craignait bien de savoir déjà ce qu'il allait dire.

« Parce qu'il est à vous, Dame Blanche. Je vous souhaite un bon voyage. »

Le vent qui s'était levé balaya ses cheveux. Elle observa les nuages qui s'amoncelaient et se demanda s'il allait pleuvoir demain, la veille des Trois Lunes.

Hiluro se laissa tomber du ciel et atterrit près d'elle. *Où dois-je vous conduire, Dame Blanche ?*

– Ne m'appelle pas comme cela, dit Haramis à voix basse. Pas encore. » Elle enfourcha le lammergeier en serrant contre son cœur le sac contenant la Couronne et le manteau, et Hiluro s'envola dans le ciel menaçant.

# XLII

Le roi Voltrik et Voix Verte attendaient sur le chemin de ronde de la Grande Tour; les nuages noirs semblaient tournoyer à quelques ells seulement au-dessus de leurs têtes, dissimulant le drapeau du Labornok au bout de sa hampe. C'était le milieu de l'après-midi; habituellement, à cette heure, les hommes libres et les domestiques ruwendiens qui avaient survécu étaient en plein travail, et pourtant un étrange silence planait sur la vaste forteresse, sur ses dépendances et sur ses cours. Seul le martèlement régulier d'un marteau de forgeron résonnait comme une cloche discordante de mauvais augure. Voltrik frissonna.

« C'est à cause de la damnée fête qui aura lieu demain que les Ruwendiens ont esquivé leurs devoirs? demanda-t-il à Voix Verte. Aujourd'hui, plus de la moitié du personnel de la Citadelle prétend avoir un accès de fièvre et ne pouvoir quitter le lit... et ceux qui sont venus au travail rôdent furtivement d'un air inquiet.

– L'air est lourd, reconnut la Voix. C'est dû sans doute à l'orage qui va bientôt éclater.

– Je ne parle pas de cela, répliqua le Roi d'un ton hargneux. Quelque chose de vilain se prépare; je crois que vous savez de quoi il s'agit et que vous avez peur de m'en parler! »

Voix Verte baissa sa tête encapuchonnée d'un air soumis. « Mon Tout-Puissant Maître sera bientôt là, Grand Roi; il vous tranquillisera et répondra à toutes vos questions. »

Le Roi partit d'un gros rire sans gaieté et tourna brusquement le dos à l'acolyte pour regarder les terres qui s'étendaient au nord.

La lumière bizarre rendait le vert somptueux de la jungle particulièrement intense et les odeurs du Bourbier étaient bien plus fortes qu'à l'ordinaire.

« Si l'on veut me tranquilliser, gronda Voltrik, alors pourquoi est-ce que le Sorcier a ordonné que tous nos soldats, sauf une poignée, se replient sur la Citadelle et se tiennent prêts à combattre ?

– Une simple précaution...

– Menteur ! Lui comme vous ! De connivence pour me trahir ! » Le monarque fit demi-tour et prit Voix Verte par l'épaule. Bien qu'il n'eût plus qu'une seule main, il secoua l'acolyte jusqu'à le faire claquer des dents. « Elles vont arriver, hein, les trois Princesses-Sorcières ! C'est cela, n'est-ce pas ? Je pourrais être en sécurité loin d'ici si j'étais retourné à Derorguila, mais Orogastus et vous m'avez affirmé que tout irait bien... que les Sorcières avaient été capturées et leurs talismans confisqués. Vous m'avez menti ! Et maintenant elles viennent se venger, comme la prophétie l'a annoncé !

– Non, Grand Roi...

– Je suis piégé ici ! hurla Voltrik. Que Zoto ait pitié de moi ! Les soldats m'en veulent parce qu'ils vont être obligés de rester dans ce trou d'enfer pendant toutes les Pluies, et les chevaliers s'ennuient à mourir, passent leur temps à se soûler ou à courir le jupon ; il n'y a plus personne pour me servir, sauf des poltrons, des idiots ou des traîtres qui complotent pour s'emparer de mon royaume une fois que ces goules de Ruwendiennes en auront terminé avec moi ! »

Voix Verte tomba à genoux et joignit les mains. « Non, non ! Mon Maître va tout vous expliquer.

– S'il vient un jour ! » beugla Voltrik. Il tira son épée courte et, du plat, frappa la Voix sur le nez. « Et s'il ne le fait pas, alors ta tête rasée aux oreilles pendantes dira adieu à ton corps et demain, à l'aube, je filerai en toute hâte de ce puisard d'iniquité ! Mieux vaut risquer les périls des Pluies que de traîner ici comme un stupide nunchik dans un abattoir. »

Un grand coup de pied du Roi envoya l'acolyte s'étaler sur les dalles.

Éclata alors un cri semblable à un coup de trompette.

Très surpris, Voltrik balaya l'horizon du regard, mais oublia de lever les yeux ; aussi fit-il un bond lorsqu'un gigantesque oiseau noir et blanc jaillit des nuages, poussa un autre cri et descendit en vol plané pour atterrir sur le rempart.

Orogastus, assis entre les ailes encore étendues, considéra le Roi abasourdi et lui fit un petit signe de tête.

« Salut à vous, mon Suzerain, dit-il calmement. Me voici comme promis, et prêt à vous délivrer de vos ennemis comme je l'ai également promis.

– Par les dents de Zoto ! C'est une de ces créatures qui servent l'Archimage ! Et maintenant elle est à votre service... ? »

Orogastus se laissa glisser du dos du lammergeier. Il remercia brièvement l'oiseau qui roula simplement des yeux puis remonta dans les nuages sombres d'un seul battement d'ailes.

« L'Archimage est morte, dit le Sorcier avec une satisfaction non dissimulée. Et celle qui lui succède n'est autre que la princesse Haramis qui refusa avec mépris votre demande en mariage et qui est en mon pouvoir... bien qu'elle ne s'en soit pas encore aperçue.

– Par les Dix Enfers! » Voltrik remit son épée au fourreau en grimaçant de soulagement. « Et les deux autres salopes royales? »

Orogastus marcha jusqu'au parapet le plus septentrional de la tour et s'assit dessus, la tête baissée, le visage dissimulé par le capuchon de sa cape noire. Rapidement, il donna des ordres à son acolyte en se servant de la parole sans mots. Voix Verte se remit tant bien que mal sur ses pieds et descendit l'échelle de la trappe.

Puis le Sorcier rejeta son capuchon en arrière et sourit à Voltrik avec ce flegme et ce charme irrésistible qui avaient ensorcelé un prince impétueux, quelque dix-huit ans plus tôt.

« Les autres Princesses arrivent, c'est vrai, dit Orogastus. Kadiya est à la tête d'une cohue indisciplinée de nains des marais armés de sarbacanes et d'épées de pierre. La terrible armée d'Anigel se compose de quelques centaines d'Insolites de la forêt, fort laids de visages, de Nyssomus pusillanimes et d'une troupe de partisans ruwendiens pas très propres... plus votre fils, le traître, avec sa petite bande de renégats dévorés par les moustiques.

– Mais les Princesses ont leurs talismans! »

Orogastus hocha affirmativement la tête. « Elles ne savent pas s'en servir correctement. Elles croient sans doute que tout ce qu'elles ont besoin de faire, c'est de leur ordonner de nous détruire. Mais je vous jure sur mon âme immortelle que ce n'est pas ainsi que fonctionnent les instruments magiques. Ce sont des armes subtiles et les Princesses ne sont pas mûres; elles ont plus de cran que de cervelle et ne comprennent rien à ce genre de choses. »

Voltrik s'assit à côté du Sorcier, la mine renfrognée et le front ridé, et se mordilla les moustaches. Il montra le Bourbier d'un geste du bras. « Nous ne pouvons pas les suivre là-bas. Pas maintenant que les Pluies ont commencé. Nous ne pourrons jamais les pourchasser dans le marais, pas même avec l'aide de ces abominables Noyeurs.

– Non, reconnut Orogastus. Et c'est pour cela qu'on les a encouragées à venir ici, à la Citadelle, où nos forces supérieures et mes puissants enchantements en termineront avec elles une fois pour toutes! »

Le visage de Voltrik s'éclaira. « Vous allez les foudroyer avec vos éclairs? Les anéantir avec la sorcellerie que vous avez utilisée pendant la conquête?

– Je déposerai la tête des princesses Kadiya et Anigel à vos pieds. Haramis, qui est ma créature, vous servira corps et âme. »

Voltrik ricana nerveusement. « Cela ne me déplairait pas que... votre magie la soumette à mes désirs. J'ai toujours aimé les femmes grandes et il va falloir que je conçoive d'autres fils...

– Il va y avoir une bataille, Sire. » Orogastus parlait presque avec indifférence. « Elle aura lieu dans deux jours, sans doute à la Fête des Trois Lunes. »

Voltrik sauta sur ses pieds, les yeux brillants, la voix tonitruante. « Bien! Par les entrailles de Zoto, cela va nous fouetter le sang! Cela fait un mois que je suis ici, malade à mourir pendant la moitié de ce temps, et cela m'a rendu le cœur aussi stagnant que ces maudits marais! Avez-vous déjà élaboré une stratégie de la bataille?

– Bien entendu, mon Suzerain. » Orogastus se leva aussi. « Et cette fois, la victoire ne fait plus le moindre doute. Mes grands pouvoirs sont affûtés et je suis impatient de vous défendre. Ici, à la Citadelle, l'armée est prête, Lord Osorkon va nous rejoindre avec cinq mille hommes de plus... et de peur que vous ne vous tracassiez au sujet du prétendu pouvoir des Princesses et de leurs talismans, il y a aussi *cela.* »

Le Sorcier sortit un sac de sous son manteau et en tira une boîte en bois ornée de crânes sculptés et autres symboles de la mort. Il l'ouvrit, révélant une sphère d'un vert terne, grosse comme un fruit de ladu, dans un nid de velours noir capitonné. « C'est une arme plus mortelle que toutes celles que je possède réunies. C'est le second cadeau d'adieu que m'a fait feu maître Bondanus...

– Celui qui vous a donné les Pastilles Dorées?

– Oui. C'étaient des dons de vie... mais celui-là n'apporte que la mort de la manière la plus atroce qui soit. On ne doit l'utiliser qu'en dernier ressort, car le fléau qu'il déchaîne affligera toute personne, amie ou ennemie, qui se tiendra dans un rayon d'un millier d'ells. Si son usage s'impose... s'il n'y a pas d'autre moyen d'éliminer les Princesses... alors je le manierai moi-même. »

Le roi Voltrik avait pâli et ne pouvait détacher les yeux de la chose. « Comment ça s'appelle et comment ça fonctionne?

– L'Effluve de Mort est une arme plus ancienne encore que les Disparus, qui fut utilisée contre eux par les ancêtres de mon Maître dans leur grande lutte pour la domination du monde. La sphère est en verre. Si on la jette sur le sol, elle libère des vapeurs délétères dont il suffit de respirer une bouffée pour mourir. Je suis prêt à l'utiliser afin d'assurer notre victoire... bien qu'elle puisse tuer autant de nos hommes que d'ennemis. Vous n'avez pas besoin d'en avoir peur, Sire, du moment que vous restez dans les étages supérieurs du donjon. Ses lourdes vapeurs ne peuvent pas s'élever plus haut que la tête d'un homme. »

Orogastus referma la boîte et la rangea. « Nous n'en aurons sûrement pas besoin. Je vous l'ai montrée pour vous prouver qu'il était impossible que les Princesses gagnent. Nous sommes invincibles. »

Les yeux que le Sorcier avait tournés vers le visage gris du monarque devinrent aussi brillants que des étoiles, sa voix douce imposa la confiance et chassa toute peur. « Vous me croyez, n'est-ce pas, mon Roi ?

– Oui, chuchota Voltrik d'une voix tremblante. Oui. »

Sachant que ses forces devraient maintenant se rendre de leur camp secret sur la Skrokar à la cachette de Kadiya située à une quinzaine de lieues de là dans le Bourbier dépourvu de chemin, au nord de la Citadelle, la princesse Anigel avait supplié son talisman de les cacher à la vue magique de l'ennemi. Et voilà ! La brume diurne s'était transformée en un miasme opaque qui aveuglait les humains, mais ne gênait absolument pas les Insolites.

La Princesse considéra cela comme une réponse à sa prière et ses forces armées se mirent en route. La flotte des bachots nyssomus les conduisit saines et sauves, passé le château de Manoparo, jusqu'au confluent de la Skrokar et de la Mutar. Elle remonta la grande rivière en restant dans les hauts-fonds, le long du rivage septentrional, puis vira à droite et s'engagea dans un petit chenal sinueux et obstrué. Celui-ci menait au camp de Kadiya qu'ils atteignirent à la tombée de la nuit.

C'était aussi un grand tertre, éclairé seulement par les lanternes fantomatiques contenant de minuscules vers des marais à la phosphorescence verte. Un chef uisgu dont les yeux étaient encerclés de peinture rouge et qui portait une cotte de mailles en écailles dorées, accueillit l'embarcation d'Anigel à l'accostage en disant qu'il allait la guider, ainsi que le prince Antar et les autres chevaliers labornoki, jusqu'à l'endroit où Kadiya les attendait.

Ils débarquèrent à la faible lueur d'une lanterne et suivirent un sentier jusqu'à une simple tente de cuir où Kadiya et ses chefs de guerre uisgus étaient en train d'étudier un plan du donjon de la Citadelle étalé sur une table grossière.

Il y avait là des femmes, car chez les Insolites l'égalité régnait entre les sexes. Mais on ne voyait pas de longues jupes finement brodées. Ils avaient tous et toutes des hauts-de-chausse d'herbe tissée et des tuniques couvertes de coquillages et d'écailles semblables à des cottes de mailles. Ainsi que des casques, dont certains façonnés dans le métal découvert dans les ruines. Kadiya avait torsadé ses cheveux pour les fourrer sous le sien. On ne la distinguait des Insolites que par sa taille.

Quant Anigel aux cheveux d'or aperçut sa sœur aînée, elle oublia tout, pleura de joie et se précipita vers elle les bras ouverts.

Mais Kadiya lui rendit son étreinte avec réticence et ses yeux noirs fixaient le visage d'Antar, demeuré avec ses hommes à l'entrée de la tente. Le regard du Prince passa d'Anigel à sa sœur et son visage se rembrunit.

« Qu'est-ce qui ne va pas ? s'exclama Anigel consternée. Nous... nous sommes de nouveau ensemble, et vivantes !

– Oui, je vis, riposta Kadiya d'un air impassible. Mais qui sont ceux qui t'accompagnent, ma sœur ? Quel pacte as-tu fait avec eux ? La confiance ne peut pas naître d'un bain de sang. » Elle dévisagea le Prince d'un air significatif. « As-tu oublié si facilement quelle épée a détruit notre monde ? »

Anigel poussa un cri aussi désolé que si Kadiya avait tiré son arme contre elle. « Il ne faut avoir ni crainte ni méfiance vis-à-vis d'Antar, je te le jure sur ma vie ! Sur mon talisman ! » Elle ôta de son front le diadème argenté dont l'ambre au Trillium avait commencé à palpiter brillamment lorsqu'elle s'était approchée de sa sœur, et le brandit.

« Votre Altesse. » Le Prince fixa Kadiya droit dans les yeux. « Sur quoi devons-nous jurer pour que vous nous croyiez ? »

Lentement, Kadiya sortit son propre talisman de son fourreau. Elle le prit par la lame et leva le pommeau afin qu'il soit tourné vers Anigel et Antar. Les trois yeux s'ouvrirent et les hommes du Labornok grommelèrent, consternés.

« Ma sœur, commanda Kadiya, laisse nos deux talismans rendre leur jugement. »

L'air affligé, Anigel fit ce qu'on lui disait.

« Seigneurs de l'Air, grands serviteurs de Dieu, entonna Kadiya, révélez-nous lesquels de ces chevaliers nous serviront avec amour et lesquels veulent nous nuire, et faites à ces derniers ce qu'ils nous feraient. »

Il y eut un éclair silencieux de lumière blanche. Le prince Antar et ses quinze loyaux compagnons cuirassés chancelèrent, la bouche ouverte ; mais sur la terre humide étaient étendus, immobiles, deux autres chevaliers.

Après quelques battements de cœur, Lord Owanon se pencha sur eux. Il dit, en secouant la tête : « Onbogar et Turat. Morts. »

Anigel cria d'horreur. Mais le prince Antar demanda aux autres : « Où est Rinutar ? »

Il n'était pas là ; personne ne l'avait vu depuis qu'ils avaient débarqué. Antar allait envoyer ses hommes à sa recherche, mais la princesse Anigel leur enjoignit de rester.

« Je vais le localiser », dit-elle calmement. Elle remit le talisman sur sa tête et ses yeux semblèrent observer au loin, en direction de la Citadelle. « Il est sur la rivière. Dans un bachot volé.

– Frappez-le ! cria Lord Penapat. Il va donner l'alarme !

– Ce n'est pas nécessaire », dit une nouvelle voix.

Cette fois, ce fut au tour d'Anigel et de Kadiya de rester clouées sur place, la bouche ouverte ; car la princesse Haramis était en train de se frayer un chemin dans la foule des hommes en armure pour rejoindre ses sœurs. Elle avait revêtu le manteau blanc de l'Archimage et portait la Couronne sous le bras.

« Haramis! s'écrièrent les Princesses à l'unisson.

– Kadiya! Anigel! » Haramis embrassa ses sœurs, puis dit : « Oui, c'est moi. Inutile de poursuivre Rinutar. Le roi Voltrik et Orogastus savent déjà que vous êtes ici et que vous avez l'intention d'attaquer demain avant le lever des lunes, quand la fête commencera. »

Tous, Uisgus et Labornoki, Kadiya et Anigel, et même le résolu petit Jagun, se mirent à parler en même temps.

Haramis leva son talisman. L'ambre du Trillium inséré dans la baguette palpitait de lumière dorée, comme celui des autres talismans. Le silence s'abattit.

« Mes sœurs, déclara Haramis, je sais combien de partisans vous avez amenés à ce campement. » Elle essayait de ne pas trahir son incrédulité; ils avaient droit à sa courtoisie. « J'ai vu d'autres bateaux pleins d'Uisgus qui approchaient de cet endroit, ainsi qu'une grande flotte de Ruwendiens fortement armés arrivant du nord-est encore libre. Mais si vous attaquez la Citadelle, tous ces loyaux amis mourront car cette tentative est vouée à l'échec.

– Qui te l'a dit? demanda Kadiya avec feu. Ton bien-aimé sorcier? »

Haramis rougit. Elle n'avait pas mérité cela; pourtant elle ne pouvait peut-être pas blâmer Kadiya. Haramis couva sa sœur des yeux. « Quoi que tu penses de ce qui a pu se passer entre Orogastus et moi, ce n'est pas moi qui ai amené l'ennemi à notre conseil. » En disant cela, elle se tourna vers Anigel qui se tenait près du prince Antar. Celle-ci rougit, mais ne dit rien. « Quant à l'échec... je ne suis pas aveugle. Je peux voir les choses par moi-même. Vos aborigènes ne sont équipés que d'armes légères. Le comte Palundo et ses hommes n'arriveront probablement pas à temps... et même si c'était le cas, ils se retrouveraient face aux cinq mille hommes d'Osorkon qui descendent actuellement la rivière. L'autre moitié des forces de Voltrik est déjà sur le qui-vive, prête à repousser tout assaut que vous pourriez lancer. Les grandes portes de la Citadelle ont été réparées...

– Peut-être avons-nous le moyen de les ouvrir, dit Kadiya avec le sourire. Et de vaincre aussi ton illusionniste!

– Vous misez beaucoup de vies sur une hypothèse, fit remarquer Haramis. Peut-être ignorez-vous que vous ne pouvez plus compter sur l'aide de l'Archimage.

– Pourquoi? interrogea Kadiya. Elle nous a toujours assistées jusqu'ici. Essaies-tu de sous-entendre que dans cette bataille elle va se ranger aux côtés de Voltrik?

– Non. J'essaie de vous dire que l'Archimage est morte. »

Anigel poussa un cri de consternation. Kadiya répondit, l'air en colère : « Comment le sais-tu?

– Je le sais parce que j'y étais. » Le chagrin faillit de nouveau la submerger. Pourtant, elle n'avait pas versé de larmes pour l'Archimage; elle n'avait pas osé y céder. Elle força sa voix à ne pas trembler.

« Je vous le dis, Orogastus vous attend avec tout l'armement mystérieux dont il dispose et il a convoqué les Skriteks du Bourbier Vert. Ils sont en train de converger vers le Tertre de la Citadelle et tortureront, dévoreront tous ceux qu'ils pourront attraper! Croyez-vous pouvoir affronter cela... plus les armes d'Orogastus? »

Il y eut un moment de silence qui sembla très long à Haramis. « Vous serez tous massacrés, ajouta-t-elle calmement. Retirez-vous, je vous en supplie. Ils ne peuvent pas vous suivre dans les marais à cette époque de l'année.

– Non! » Kadiya abattit son poing sur la table. « Orogastus t'a ensorcelée! On voit bien que tu as usurpé le manteau de l'Archimage.

– Tu crois vraiment que je voulais prendre sa place? » s'enquit Haramis. Toute sa fatigue, tout son chagrin de la mort de l'Archimage l'accablaient de nouveau.

« Oui, déclara Kadiya avec feu. Tu as toujours été avide de pouvoir, Haramis. Tu ne peux pas supporter l'idée qu'Ani ou moi puissions concevoir un meilleur plan que le tien. »

Cette injustice frappa la Princesse comme un coup de poing. Elle crut qu'elle allait s'évanouir. Kadiya l'observait avec colère, mais Anigel vit la douleur sur son visage.

« Je crois que tu es injuste, Kadi, dit-elle. Écoutons plutôt celui d'Haramis. »

Kadiya les regarda toutes deux d'un air furieux. « Qu'en est-il de la Couronne, Haramis? Est-ce que dans ce plan, Orogastus et toi, vous vous partagerez les trônes du Ruwenda et du Labornok après vous être débarrassés de Voltrik?

– Bien sûr que non! Kadiya, tu ne comprends pas. » Haramis désespérait presque. Comment pourrait-elle dessiller les yeux de ses sœurs?

Le petit Jagun prit alors inopinément la parole. « Laissez les talismans établir si elle dit vrai ou faux, comme ils l'ont fait pour le prince Antar et ses hommes. »

Haramis se redressa de toute sa hauteur. « Si vous voulez. Mais dans la mesure où vos talismans sont semblables au mien, mes sœurs, faites très attention en formulant votre demande. Car je ne doute pas que mon talisman, de même que les vôtres, soit capable de tuer.

– Qu'il en soit ainsi », dit Kadiya, tandis que les yeux d'Anigel allaient de l'une de ses sœurs à l'autre avec une affliction qu'elle ne cherchait pas à dissimuler. Leurs pensées étaient clairement visibles, même aux yeux des chevaliers labornoki et des Uisgus.

« Très chère Haramis, dit tristement Anigel, nous avons envie de te faire confiance, mais nous t'avons vue frayer avec Orogastus. » Elle avait des larmes dans les yeux, pourtant sa voix était ferme. « Nous n'avons pas d'autre recours que de te prier d'accepter d'être mise à l'épreuve. »

Haramis considéra sa sœur d'un air stupéfait. Tous ceux qui étaient dans la tente retenaient leur respiration et dans le silence on entendit le premier crépitement des gouttes de pluie d'un nouvel orage et le tranquille murmure de nombreuses voix, à l'extérieur. Une autre troupe de recrues venait d'arriver.

Elle déclara calmement : « Je n'ai pas demandé que l'on te mette à l'épreuve et pourtant tu as amené ton Prince ici. » Anigel rougit. « Faites comme vous voulez. » Haramis prit son talisman et le tint devant son visage.

Les chevaliers d'Antar et les Uisgus se précipitèrent hors de la tente. Seul le Prince et Jagun restèrent, et le petit chasseur nyssomu fit le signe du Trillium Noir devant chaque sœur. Haramis tendit la Couronne à l'Insolite ; il la prit avec vénération et alla s'agenouiller dans un coin, la tête penchée.

Kadiya et Anigel demeurèrent côte à côte, leurs talismans brandis. Mais cette fois, ce fut la plus jeune des Princesses qui prit la parole.

« Chers Seigneurs de l'Air, ayez pitié de nous trois. Mais montrez-nous clairement le danger que nous pourrions constituer pour l'Équilibre du monde. »

Les trois talismans remplirent la tente d'une lumière cramoisie. Les trois Princesses étaient comme des statues, les yeux écarquillés, les lèvres entrouvertes.

Alors le diadème, la baguette et l'épée émoussée prirent un aspect spectral ; ils échappèrent aux mains de leurs propriétaires et se rejoignirent au centre du triangle qu'ils avaient formé... et là, ils s'unirent. La baguette pénétra doucement dans le pommeau trilobé tandis que le diadème et ses monstrueux visages ceignait le Cercle et se refermait sur lui ; les trois ailes conjointes, dans leur centre d'ambre, furent soudain suspendues à l'intérieur d'anneaux concentriques. Une voix mystérieuse parla :

*Dans ce Sceptre du Pouvoir se trouvent en puissance tant l'Équilibre permanent du monde que sa Destruction. Réfléchissez très judicieusement avant de lui donner des ordres et souvenez-vous que ceux qui l'ont conçu ont fini par craindre de l'utiliser...*

La lumière rouge sang s'évanouit. Chaque Princesse tenait de nouveau son propre talisman.

Après quelques minutes de silence, le prince Antar parla : « Est-ce que les talismans vous ont répondu ? »

Haramis, incrédule, le dévisagea avec de grands yeux, et ce fut Anigel qui l'interrogea, comme si elle se réveillait d'un rêve : « Vous n'avez rien vu, rien entendu ?

– Rien, gracieuse Dame, sauf votre invocation. »

Les trois sœurs échangèrent des regards. Sans réfléchir, toutes trois s'avancèrent et s'étreignirent.

« Il semble que je sois disculpée, chuchota Haramis. Le suis-je vraiment ?

– Bien sûr que tu l'es, dit Kadiya d'un ton acerbe, mais nous attaquerons tout de même la Citadelle. »

Haramis se renfrogna. « Vous y êtes toutes deux résolues ?

– Oui, dit Anigel. Si tu ne te joins pas à nous, ma sœur, du moins n'y fais pas obstacle, n'apporte pas ton soutien à l'ennemi.

– Je ne le ferai pas. Mais il faut que je vous quitte. Je dois me rendre au tertre de la Citadelle et là... J'ignore ce que je vais faire. Je sais seulement qu'il faut que j'y aille. »

Le petit Jagun, tenant toujours la Couronne, était sorti de son coin. « Si vous voulez, Princesse, je vais vous y conduire en bachot.

– Je te remercie. Mais avant de partir, dit-elle à ses sœurs, je vais vous dire quelque chose que j'ai appris durant mon séjour chez Orogastus. Une bonne partie de sa prétendue magie provient d'appareils des Disparus, et il est possible que vos talismans les mettent hors d'usage. Quand le mien en a touché un, il a cessé de fonctionner. » Elle serra ses sœurs dans ses bras. « Kadiya, Anigel, faites bien attention... et puissent les Seigneurs de l'Air vous protéger ! »

Elle prit la Couronne des mains de Jagun. La silhouette vêtue de blanc d'Haramis disparut avec le chasseur nyssomu et seul Antar resta avec les deux autres Princesses. Le tonnerre gronda et la pluie redoubla.

Kadiya s'adressa, les sourcils froncés, au grand jeune homme dans son armure bleue. « Vous n'avez vraiment rien vu ? Ni la lumière rouge, ni la fusion des talismans ? Vous n'avez pas entendu une voix mystérieuse ?

– Vraiment non, ma Princesse.

– La vision était pour nous, Kadi, dit Anigel. Et surtout, je crois, pour notre pauvre Haramis.

– Pauvre ? railla Kadiya. Nous sommes des proscrites prêtes à partir en guerre... pendant qu'elle, avec la Couronne et le manteau, choisit de nous observer des coulisses !

– Si nous pouvons gagner sans le Sceptre, c'est effectivement elle qui aura le plus de chance. Mais si nous en avons besoin... »

Kadiya rejeta les épaules en arrière et serra plus fort le pommeau de son talisman. « Cela n'arrivera pas. »

Puis, sans tarder, elle invita le prince Antar à rappeler les fidèles chevaliers et les chefs du Peuple afin de leur expliquer à tous son plan d'invasion.

# XLIII

Ce soir-là, Haramis dormit en sécurité et au sec sous un arbre, au pied du Tertre, dans un petit parc avoisinant le débarcadère de la Citadelle. Elle demanda au talisman de la dissimuler, et une brume suffit à la soustraire aux yeux des quelques soldats de garde sur les quais.

Le lendemain matin l'orage était passé, mais un brouillard plus épais l'enfermait dans un doux cocon gris où ne pénétraient que le pépiement des oiseaux et la stridulation des insectes, ainsi que le bruit des gouttes tombant lentement du haut des arbres. Haramis s'aperçut que les gardes des docks avaient battu en retraite dans la Citadelle. La route partant du débarcadère menait tout droit à la grande porte de la forteresse, située à moins d'une lieue, et la Princesse savait que ses sœurs avaient prévu de mener l'attaque à partir de ce point-là.

Elle resta tranquillement à méditer, et à prier qu'on l'éclaire. Cela lui fut difficile ; d'autres pensées ne cessaient de l'assaillir, le souci qu'elle se faisait pour ses sœurs, le chagrin de la perte de ses parents et de la Dame Blanche, la colère contre Kadiya l'accusant d'avoir usurpé le costume de cérémonie de l'Archimage... *comme si je le désirais ! Mais qui d'autre y a-t-il ? Est-ce que Kadiya croit qu'elle pourrait être Archimage ?*

Comme si cette pensée l'avait évoquée, Haramis vit la silhouette mince de Binah apparaître devant elle, enveloppée dans la cape blanche, le visage dissimulé sous le capuchon. Mais les mains qui se levèrent lentement pour repousser celui-ci étaient jeunes et dépourvues de rides; la terreur s'empara soudain d'Haramis. Quel visage allait-elle voir? Celui de Kadiya?... ou de quelque horrible démon?

Ni l'un, ni l'autre; c'était celui de Binah, mais transformée : radieux et jeune. C'était comme si tout ce qu'il y avait eu de mortel en elle avait disparu et qu'il ne restât plus que son esprit dans toute sa pureté.

*Dame.* Haramis courba la tête.

Elle sentit une main lui caresser la tête; une voix claire et musicale qui avait gardé quelque chose de celle de Binah dit : *Qu'y a-t-il, ma fille?*

*Ce sont mes sœurs,* répondit tristement Haramis. *Elles pensent que je suis amoureuse d'Orogastus – ensorcelée par lui, en fait – et Kadiya m'a carrément accusée d'avoir usurpé votre manteau!*

*Mais tu sais que ce n'est pas vrai,* répliqua la douce voix. *Et avec le temps, elle l'apprendront aussi.*

*Kadiya a dit que j'étais affamée de pouvoir.*

*Et elle pense que c'est pour cela que tu portes le manteau.* Ce n'était pas une question. *Je te l'ai donné, Haramis, mais je ne peux pas te forcer à le porter. C'est un fardeau, et les autres, même ceux qui t'aiment, ne comprendront jamais pourquoi tu fais ce travail. Il faut l'accomplir pour lui-même, et non parce que quelqu'un d'autre désire que tu le fasses, ou te loue de le faire.*

*Ce travail vaut qu'on s'y consacre,* continua Binah. *Il est toujours là à attendre que celle qui est appelée le fasse. Il faut bien que quelqu'un s'occupe du Ruwenda, s'assure qu'il grandira comme il faut... ou du moins qu'il survivra jusqu'à ce que quelqu'un de plus fort puisse reprendre le fardeau. Ce dur labeur procure de grandes joies : voir la beauté du schéma du monde et savoir que ses efforts permettent de le maintenir ainsi, entendre la voix de la Terre et de son Peuple, sentir le cycle des saisons et celui plus grand des âges...*

La voix de Binah se tut, mais dans ce silence Haramis perçut le Ruwenda d'une manière qu'elle n'avait jamais connue auparavant. On aurait dit que ce pays possédait un pouls, des battements de cœur, et Haramis sentit le sien se mettre au rythme de celui-ci. Et il y avait comme une chanson dans ce pouls, un chant qu'elle pouvait presque entendre et comprendre... si seulement elle pouvait tendre l'oreille et écouter vraiment...

Elle resta en transe un long moment, et ne fut que vaguement consciente du départ de Binah.

Puis un plateau en métal apparut devant elle, que d'invisibles mains déposèrent sur ses genoux. Il y avait dessus quatre cœurs apparemment humains, et un pichet d'eau de mer. *Lave-les,* ordonna une voix. Dans l'état onirique où se trouvait Haramis, cette requête semblait raisonnable. Elle prit le premier cœur. Il reposait confortablement dans sa main et palpitait doucement de vie et de chaleur. Elle versa l'eau salée dessus et l'invisible main le lui reprit lorsqu'elle eut terminé. Elle renouvela l'opération avec le second et le troisième cœur qui semblaient identiques au premier. Mais quand elle prit le quatrième, il lui parut différent, bizarre. Quelque chose lui piqua la paume et elle le retourna. A son grand étonnement, elle vit que c'était une sorte de mécanisme et pas du tout un cœur humain, bien que fait à sa ressemblance. Elle tendit la main vers l'eau, mais une autre, invisible, arrêta la sienne. *Non,* dit tristement la voix, *celui-là, on ne peut pas le laver. Il a renié son humanité.* La main lui reprit le cœur mécanique.

*Je ne comprends pas,* pensa Haramis.

*Il faut que tu endures la vérité,* dit la voix.

Haramis ne comprenait toujours pas.

Alors pour un temps, elle laissa son esprit reposer dans un sommeil sans rêve.

Quand elle se réveilla, c'était presque le crépuscule. En se servant du Cercle Tri-Ailé, elle observa les préparatifs qui se déroulaient à l'intérieur de la Citadelle, les combattants qui prenaient position pour défendre la forteresse en cas d'assaut, les allées et venues des chevaliers et des officiers qui faisaient leur rapport au Roi. Elle vit Orogastus et Voix Verte préparer les appareils de guerre des Disparus : deux machines qui attiraient la foudre ; une qui produisait un son si perçant que les oreilles non protégées devenaient sourdes et saignaient ; deux qui projetaient une grêle de plombs mortels ; une qui lançait de grosses gouttes de feu ; et une autre qui tirait des aiguilles empoisonnées. Mais tandis qu'Haramis regardait, elle crut entendre une petite voix lui chuchoter que ces engins de mort convenaient plus à l'offensive qu'à la défense et pouvaient œuvrer au désavantage de ceux qui essayaient de les utiliser à l'intérieur de la forteresse.

Elle se demanda quelle serait la stratégie de Kadiya et d'Anigel. Il était impossible d'escalader les ouvrages avancés et les murs d'enceinte de la Citadelle, fraîchement réparés ; de plus, ils comportaient des embrasures par lesquelles les archers et les serveurs des armes du Sorcier pouvaient tirer. Si les talismans de ses sœurs protégeaient de la Double Vue surnaturelle du Sorcier ceux qui les entouraient, Haramis était certaine que les envahisseurs seraient tout à fait visibles aux yeux normaux des défenseurs labornoki. Les nouvelles portes étaient trop massives pour qu'un bélier puisse les défoncer. Est-ce que ses sœurs pensaient utiliser leurs talismans pour entrer de force ? Pressant la baguette sur son cœur, Haramis interrogea : *Est-ce possible ?* Une réponse se forma dans son esprit.

*Non.*

Son cœur se serra. *Je leur apporterai tout le secours possible, mais je ne me mêlerai pas à la bataille,* se dit-elle. *Pas plus que je n'offrirai un avis qui n'est pas désiré. Elle suivent leur destinée... et moi, j'ai choisi la mienne.*

Un grand sentiment de tranquillité l'envahit. Assise là sous cet arbre, dans la brume du soir, elle eut de nouveau l'impression d'être enracinée au centre même du monde, de connaître sa place dans le grand schéma.

*Il faut que je devienne ce que j'ai toujours su que je pouvais être. Mais la mort de mes sœurs doit-elle en être le prix ?*

Elle tint le Cercle verticalement et demanda à les voir. Quand la vision apparut, elle regarda pendant des heures en s'émerveillant.

La plus grande partie de l'armée, sous le commandement des Ruwendiens humains et des fidèles chevaliers d'Antar, prit position dans le marais, sur la rive opposée au débarcadère de la Citadelle, à une lieue de la forteresse. Puisqu'ils étaient en face d'elle Haramis écouta attentivement et regarda de l'autre côté de la rivière pour voir s'ils étaient perceptibles aux sens humains normaux. Convaincue qu'ils ne l'étaient pas, elle tourna de nouveau les yeux vers le Cercle.

Quelques centaines de Uisgus et de Wyvilos, détachés du corps principal des assaillants et menés par Kadiya, Anigel et le prince Antar, avaient remonté la Mutar jusqu'à l'endroit où s'ouvrait l'ancien tunnel d'adduction d'eau. Protégé de la Double Vue de l'ennemi par les talismans, ce groupe avait disparu dans le conduit de la citerne.

« Par la Fleur ! chuchota Haramis en admiration. Si Kadiya et Anigel peuvent ouvrir les portes de la Citadelle à leur armée, elles ont peut-être une chance de gagner ! »

Plus tard, quand les Trois Lunes se furent levées, invisibles dans le brouillard, et que la fête eut officiellement commencé, Haramis la célébra toute seule et tira son souper du sac de provisions que Jagun lui avait laissé. Puis elle demanda à son talisman où se trouvaient les renforts de l'armée labornoki. Le Cercle lui montra une flotte de plus de cent bachots descendant la rivière de toute la rapidité que ses rameurs pouvaient lui imprimer. Même si ses sœurs réussissaient à pénétrer dans la forteresse et à en ouvrir les portes, elles seraient écrasées lorsque cette seconde troupe de guerriers fortement armés arriverait.

Lorsque l'image s'effaça à l'intérieur du Cercle, elle essuya les larmes qui coulaient de ses yeux. Soit. Le destin de ses sœurs ne dépendait plus d'elle et la Princesse héritière devait se consacrer à ses propres affaires.

Elle évoqua Orogastus. « J'ai fait mon choix », lui dit-elle.

Le Sorcier la considéra d'un air impassible. « Me ferez-vous l'honneur de m'apprendre en personne votre décision ? Je regrette de ne pouvoir vous rejoindre ; le lammergeier auquel vous aviez ordonné de m'amener ici a disparu, une fois son service accompli.

– Très bien. Je vais venir à la Grande Tour du donjon.
– Vous retrouverai-je dans le salon d'ici une heure, c'est-à-dire à minuit ? Vous savez, bien sûr, qu'aucun de nous ne peut vous nuire maintenant que votre talisman possède ses pleins pouvoirs.
– Je sais. J'arrive.
– A bientôt. » Le beau visage d'Orogastus s'adoucit en un sourire. « Bon voyage, Haramis, ma bien-aimée. » Son image s'évanouit du Cercle.
Haramis rassembla ses affaires à la faible lueur dorée de l'ambre inséré dans son talisman. La brume commençait à se lever et, dans le parc, un petit vent glacé faisait bruire les longues feuilles des wydels. Parmi les roseaux et les taillis du rivage, une bête clapotait dans l'eau et avançait comme à l'aveuglette. Haramis n'y prêtait pas garde et allait appeler son lammergeier lorsque les buissons s'écartèrent ; deux yeux dorés et luisants se posèrent sur elle.
« Princesse, siffla une voix.
– Par la Fleur... *Immu!* »
Haramis laissa tomber le sac dans lequel elle venait de ranger Couronne et manteau et courut embrasser sa vieille gouvernante nyssomu.
« Immu, qu'est-ce que tu fais ici ? »
Le petit être fronça les sourcils et découvrit ses petits crocs. « Faire faire faire ! C'est une histoire trop longue pour que je la raconte maintenant. Ma cervelle est en ébullition parce que j'ai voulu rattraper en toute hâte ma chère princesse Anigel et que, depuis la marée de midi, ma Double Vue refuse de me la montrer ! »
Haramis hocha la tête. « C'est la magie engendrée par son talisman qui la dissimule à la Double Vue de ses ennemis... et aussi de ses amis, semble-t-il.
– Je me suis rapprochée du Tertre et je vous ai vue assise ici, dans le parc. J'en croyais à peine mes yeux ! Savez-vous où est ma Princesse ? Elle a *besoin* de moi !
– Oui. Je sais où elle est. Mais je doute qu'elle réclame tes bons offices, Immu, car Kadiya et elle introduisent en ce moment une armée dans la Citadelle pour défier le roi Voltrik.
– Seigneurs de l'Air ! » Immu gémit et ses yeux s'exorbitèrent. « Pour une telle aventure, elle aura plus que jamais besoin de moi ! Dites-moi où je peux la rejoindre ! »
Haramis hésita. « As-tu une embarcation ?
– Oui, un petit bachot avec des avirons. »
Haramis ramassa ses affaires. « Je vais te conduire. »
Elles embarquèrent et Immu, guidée par Haramis, rama silencieusement dans les sombres eaux stagnantes de la Mutar. Au bout d'une demi-heure, elles arrivèrent à une étroite laisse de vase couverte d'une végétation que la crue commençait à submerger.

La pente du Tertre qui commençait là formait un talus élevé; à sa base, le sol était recouvert d'un épais tapis de fougères épineuses.

La boue, toute troublée, était criblée d'un grand nombre d'empreintes de pas.

« Ici ? » Immu était incrédule. « Elles ont débarqué ici ? mais nous sommes à près de deux lieues de la Citadelle; la montée est rude et à découvert. Et je ne vois, plus haut, aucune trace...

– Immu, elles ont pénétré dans le conduit de l'ancienne citerne. Mes sœurs sont sûres de pouvoir protéger leurs forces de la Double Vue d'Orogastus, au moins jusqu'à ce qu'elles aient gagné les niveaux inférieurs du donjon. De là, elles vont tenter d'ouvrir la Grande Porte et la porte des Fournisseurs. »

Immu était déjà en train de remonter sa jupe d'un air résolu, en la fourrant dans sa ceinture. « Comment vont-elles gravir le puits de la citerne ?

– Une corde avec un grappin a été lancée. Ensuite, l'un des Uisgus a grimpé en portant des échelles de corde pour les autres. Elles y sont toujours.

– Évoquez l'image de vos sœurs pour moi ! Dites-moi si la princesse Anigel est encore saine et sauve !

– Non. Je vais seulement prier pour que les Seigneurs de l'Air combattent à leurs côtés.

– Bon, très bien, s'exclama la petite gouvernante. Contentez-vous de prier. Moi, j'y vais ! » Et sautant du bateau, elle pataugea dans la boue piétinée et disparut bientôt parmi les hautes fougères.

Haramis soupira et s'empara des avirons. Des patrouilles labornoki parcouraient le Tertre et, tôt ou tard, découvriraient cet endroit et donneraient l'alarme. *Je pourrais faire s'écrouler le talus et enterrer l'entrée du tunnel,* pensa-t-elle.

Elle leva son talisman. Les trois ailes repliées s'ouvrirent dans le Cercle et l'ambre du Trillium brilla au centre, là où elles se réunissaient. « Que la terre se liquifie et que la boue coule pour dissimuler cet endroit aux yeux hostiles. »

Un grondement bas retentit. Le grand talus parut onduler dans la brume, puis glissa pour recouvrir l'entrée du tunnel. A la place du talus abrupt et du bosquet de fougères, il n'y avait plus qu'une longue chute de boue parsemée de petits rochers.

Le bateau se balançait doucement sur la rivière. Des vrilles de vapeur couraient à la surface de l'eau comme de fantomatiques serpents. Haramis entendit au loin tambouriner des sabots de fronials. La cavalerie labornoki patrouillait sur la route menant au marché ruwendien. Une trompette d'argent appela faiblement; une autre, plus proche, lui répondit brièvement.

Dans l'esprit d'Haramis, une voix parut dire : *Le pouvoir est en toi. Et c'est là un grand péril.*

Elle s'éloigna dans les eaux stagnantes jusqu'à ce qu'elle soit à bonne distance du glissement de boue, alors elle accosta de nouveau. Attachant son sac à sa ceinture, elle appela : *Hiluro!*

Le gigantesque oiseau n'apparut pas tout de suite, mais Haramis ne s'alarma pas. Elle s'assit sur un rocher et contempla la Citadelle lointaine, enfin émergée du brouillard qui ne se dissolvait que lentement. On avait dû allumer de grands feux dans les cours intérieures car le donjon et ses ailes adjacentes étaient brillamment éclairés. L'immense bannière labornoki, avec ses trois épées dorées croisées sur fond rouge sang, flottait en haut de la Grande Tour. Elle aussi était illuminée par les flammes qui s'élevaient à sa base. C'était presque comme si Voltrik disait : *Je suis là! Reprenez votre château, si vous l'osez!*

« Que mes sœurs gagnent! supplia Haramis en étreignant son talisman. Je vous en prie, faites qu'elles gagnent. »

*Haramis.* Elle entendit la voix familière du lammergeier. *J'ai vu une chose affreuse.*

Hiluro atterrit aussi doucement qu'un nuage noir et elle courut vers lui. « Quoi ? »

*Grimpe sur mon dos et je vais te montrer.*

Elle obéit et l'oiseau s'élança dans le ciel, puis survola la lisière du Tertre, là où l'épais Bourbier Vert rencontre la Mutar, passé le Marché du Ruwenda. Cette région était désolée, dépourvue de maisons, car là, le voisinage du Tertre n'était que rocher dénudé et maigre végétation.

Le ciel s'éclaircissait rapidement et le vent avait presque complètement balayé la brume. Les Trois Lunes étaient encore légèrement voilées, mais suffisamment de lumière arrivait jusqu'au sol pour qu'Haramis puisse voir des myriades d'ombres émerger du Bourbier et converger pour former une foule qui se déplaçait en direction de la Citadelle, située à trois lieues de là.

« Mais qu'est-ce que c'est ? La seconde moitié de l'armée du Labornok n'est sûrement pas encore arrivée... »

*Ce sont des Skriteks, convoqués par le Sorcier,* dit le lammergeier.

« Oh, Dieu Trin! Évidemment! »

Hiluro descendit et plana juste hors de portée, à quelques ells seulement au-dessus du sol; les ennemis du Bourbier Dédaléen sifflèrent et claquèrent des mâchoires, en vain, lorsque l'oiseau passait au-dessus d'eux.

*Je ne peux pas les laisser dévorer les camarades de mes sœurs,* pensa Haramis consternée. *Que puis-je faire ?*

Une voix dans sa tête dit calmement : *Tu es la Dame de tous les Peuples.*

*Qu'est-ce que cela veut dire ?*

*Les Skriteks font partie du Peuple.*

Elle comprit alors ce qu'elle devait faire. « Hiluro, dit-elle, pose-toi devant eux. »

L'oiseau effectua un virage et revint en arrière. Il déposa Haramis sur un rocher moussu, à cinquante ells des monstres en marche et prit position derrière elle, ses grandes ailes déployées. La Princesse mit sur ses épaules la cape de l'Archimage et attendit. Les yeux nyctalopes des Skriteks la repérèrent vite et les monstres se précipitèrent vers elle en hurlant et en sifflant, à une telle vitesse qu'elle crut qu'ils allaient la piétiner.

Mais quand ils furent à un jet de pierre, ils s'arrêtèrent et firent silence. Elle leva son talisman et leur parla.

*Qui vous mène?*

Neuf ou dix de ces brutes squameuses se risquèrent à avancer, en traînant les pieds. Une salive puante dégoulinait de leurs mâchoires; ils serraient et desserraient leurs griffes et elle perçut combien leur cerveaux lents étaient troublés.

*Savez-vous qui je suis?* demanda-t-elle.

*Vous êtes morte! Il l'a dit. Nous le savons!*

*Je suis toujours vivante, ici, dans mon pays. Tous ceux du Peuple sont mes enfants, tous m'obéissent. Mais vous n'avez pas obéi. Vous avez suivi le Sorcier et vous êtes partis en guerre, ce qui est défendu.*

*Vous ne nous aviez pas parlé! Vous aviez perdu votre pouvoir! Il l'a prouvé quand il nous a appelés et vous ne nous avez pas défendu de partir!*

*Je parle maintenant. M'entendez-vous?*

*Oui, Dame Blanche.*

Et chaque membre de ce grand rassemblement de Skriteks tomba sur le sol devant elle, d'un air contrit.

Haramis dit aux monstres : *On vous a laissé aider les envahisseurs avant. Mais maintenant, ce n'est plus permis. Comprenez-vous?*

*Oui, Dame Blanche.* Il y eut beaucoup de gémissements de mécontentement, mais la réponse était néanmoins sincère.

*Avant de retourner dans le Bourbier, vous allez accomplir une tâche pour moi.*

*Nous sommes à votre service, Dame Blanche.*

Elle décrivit en détail ce qu'il fallait faire, leur expliquant qu'ils ne devaient pas être inutilement cruels. Bien que cela les désappointât, ils se réjouirent tout de même à l'idée de s'amuser un peu et acceptèrent d'exécuter uniquement ce qu'elle avait demandé.

Entendant cela, elle leur donna sa bénédiction, enfourcha Hiluro et s'envola pour rejoindre Orogastus à la Citadelle.

# XLIV

Le roi Voltrik n'était pas complètement stupide et avait compris dès le début que le conduit de l'ancienne citerne ouvrait une brèche dans ses défenses. Mais les ingénieurs labornoki craignaient d'y toucher, ainsi qu'au puits, parce que tous deux étaient reliés, on ne savait trop comment, à toute l'alimentation en eau de la Citadelle. Voltrik ne pouvait donc pas les obturer. Cependant, depuis plus de deux semaines, le Roi avait posté des sentinelles près de l'ancienne citerne et quelques hommes se relayaient tout au long de la grande série d'escaliers qui y menait; si quelque envahisseur ruwendien tentait de pénétrer par cette voie souterraine, la nouvelle en serait aussitôt transmise en haut..

La salle du puits, enténébrée et bruyante, était infestée non seulement de répugnants traîne-bave, mais aussi d'animaux nocturnes ailés dont les hululements et les gazouillis incessants rendaient les hommes à moitié fous. Peu à peu, aucun envahisseur ne se manifestant (alors que de nombreux fantômes semblaient se tapir entre les pompes, dans l'obscurité malodorante), les soldats labornoki affectés à la garde de la citerne avaient fini par se retirer à l'étage au-dessus, dans les anciens cachots.

Ils avaient brûlé à la flamme de leurs torches la plupart des bestioles rampantes et inciné les squelettes moisis; avec l'accord tacite de leurs sergents, ils avaient apporté des tabourets, transformé en table l'ancien lit de torture, et animaient leurs lugubres veilles en jouant au cartes et en lampant de la bière de contrebande.

Le destin en décidant ainsi, au moment où le grappin du premier envahisseur uisgu mordit en cliquetant dans la margelle de la citerne, un certain Krugdal fut surpris en train de tricher et ses camarades indignés commencèrent à lui administrer une raclée. Le tumulte couvrit les petits bruits que fit le Uisgu en attachant les échelles de corde. Le temps que le malheureux Krugdal ait reçu la punition méritée, près de quarante Insolites sous le commandement du prince Antar avaient déjà envahi la salle de la citerne et les escaliers étroits qui y descendaient.

Le Prince, revêtu de son armure, entra dans les cachots et morigéna les joueurs de cartes surpris en train de négliger leur service. Sidérés de voir surgir le fils du Roi apparemment sorti de nulle part – et ignorant tout de sa prétendue trahison, ils endurèrent avec docilité ses dures réprimandes. Quand les féroces Wyvilos et les guerrier uisgus se déversèrent dans la pièce, les soldats furent trop stupéfaits pour résister ou même crier ; on les bâillonna, on les ligota et on les jeta dans les cellules.

Les deux Princesses, les chefs des Uisgus et ceux des compagnies wyvilos, tinrent un bref conseil de guerre.

Il faudrait un certain temps aux trois centaines d'envahisseurs pour gravir les escaliers étroits et atteindre le pied du donjon où ils pourraient, les armes à la main, se frayer un chemin jusqu'aux portes. Le sergent leur avait appris que les Labornoki déployés le long des marches seraient relevés dans une heure.

« Nous devrons arriver en haut avant la relève, affirma la princesse Kadiya. Il va falloir réduire les ennemis un par un, de manière qu'ils ne puissent pas donner l'alarme. Un seul cri, et nous sommes perdus. »

Un chef de guerre uisgu appelé Prebb dit : « Je vais m'en occuper avec deux des miens. Nous serons aussi silencieux que les brumes du Bourbier et nous nous servirons de nos sarbacanes pour abattre l'ennemi.

– Mais si l'un d'eux vous aperçoit... » Le prince Antar était sceptique. « La magie des Princesses nous protège de la Double Vue du Sorcier, mais les mortels nous voient aisément.

– C'est moi qui en me servant de vos fléchettes peux abattre les gardes, dit Anigel. Mon talisman me rendra sûrement invisible, comme il l'a déjà fait chaque fois je me suis trouvée en danger de mort, si bien qu'aucun ennemi n'aura la possibilité de pousser un cri d'avertissement. »

Antar, atterré, tenta de la dissuader et fut suivi en cela par les autres chefs. Mais elle était déterminée à exécuter cette tâche périlleuse et certaine de pouvoir la mener à bien. Kadiya, enveloppée de la tête aux pieds d'une cotte d'écailles dorées à l'éclat à peine terni par les éclaboussures de boue, s'avança et serra les mains de sa jeune sœur dans les siennes.

« Tu as raison, Ani. Cette mission est faite pour toi et personne ne niera que tu possèdes le courage qu'elle exige. Bonne chance, ma chère sœur, et puisse le mal t'épargner. »

Prebb prit un carquois plein de fléchettes et le mit en bandoulière, dans le dos d'Anigel. « On plante la flèche et on n'y touche pas, l'homme meurt, dit-il. On plante la flèche et on l'enlève, l'homme dort longtemps, mais survit. Faites attention! Ne vous piquez pas avec!

– Je comprends, répondit Anigel, le visage calme sous le diadème étincelant.

– Chaque fois que tu expédies une sentinelle, dit Kadiya, dis-le-moi mentalement. Nous te suivrons d'assez loin pour qu'aucun bruit ne trahisse nos mouvements.

– Ma Princesse! s'écria Antar affligé. Je vous supplie de...

– Non. » Elle vint déposer un bref baiser sur ses lèvres, caresse si légère que ce fut à peine s'il la sentit. Mais le cœur du Prince s'enflamma comme des braises que l'on attise, et son corps en fut comme paralysé, si bien qu'il lui fallut un bon moment avant de pouvoir exprimer son allégresse.

Déjà Anigel avait disparu et les Insolites regardaient le Prince avec de grands sourires; Kadiya suggéra d'un ton quelque peu acerbe qu'ils feraient mieux de voir comment les choses allaient dans la salle de la citerne.

Anigel chuchota une prière d'un ton impératif : « Seigneurs de l'Air, protégez-moi. » Puis elle entama la longue montée.

Au bout de cent marches, elle vit le premier garde qui se tenait sur un palier, une lanterne à ses pieds, l'arbalète à la main. C'était un grand jeune homme bien bâti, revêtu comme la plupart des hommes d'armes labornoki d'un haubert de mailles d'acier et d'un heaume à calotte sphérique, portant une épée courte et une massue, plus une giberne pleine de carreaux pour son arbalète. Il sifflotait pour passer le temps et pariait, avec lui-même, lequel des deux lingits qui rampaient sur le mur atteindrait le plafond le premier.

Anigel survint sans bruit et saisit dans ses doigts tremblants une fléchette empoisonnée. Où allait-elle frapper ? Il avait une épaisse chemise de cuir molletonnée sous sa cotte de mailles et son cou était protégé par les plaques mobiles de son heaume.

Elle se dit : *Il va s'effondrer, et s'il tombe sur moi ou sur la fléchette, je ne pourrai pas l'enlever et il mourra! Oh, s'il mourait, je ne pourrais pas le supporter car il semble avenant et a sûrement une mère qui l'attend...*

*C'est aussi ton ennemi mortel,* lui chuchota une petite voix contrariée. *Qui pourrait bien, s'il t'apercevait, te violer et te tuer sans y réfléchir à deux fois. Car même s'il n'est pas vraiment mauvais, il exécutera sans se poser de questions les ordres que lui ont don-*

*nés des hommes mauvais. Et ceux qui choisissent de jouer le rôle du guerrier doivent se préparer à endurer le sort du guerrier.*

Anigel éprouva l'envie de rentrer sous terre et comprit pour la première fois qu'elle aussi avait choisi la voie de la guerre, même si elle essayait de se convaincre qu'elle disposerait de l'ennemi sans effusion de sang.

*Si je devais le tuer de sang-froid... le pourrais-je?*

Elle respira à fond et enfonça la fléchette dans la main de l'homme. Elle la retira aussitôt, la laissa tomber et recula. Il marmonna un interjection plaintive, puis ses yeux roulèrent dans leurs orbites et ses genoux plièrent lentement. L'arbalète dégringola quelques marches suintantes et le heaume résonna lorsque le garde s'affala à plat ventre sur les dalles.

Il respirait. Anigel s'en assura avant d'envoyer son message à Kadiya. Puis elle se hâta de grimper vers la prochaine sentinelle; elle avait presque honte de la vitalité qui l'envahissait. Sa fatigue et sa peur l'avaient abandonnée comme un vêtement qu'on jette. Oubliées la traversée sinistre du conduit et l'escalade vertigineuse sur l'échelle de corde oscillante. Elle était de retour dans la Citadelle, chez elle, et luttait contre ceux qui l'avaient spoliée...

En tout, elle en abattit dix-huit. Enfin, elle parvint à la porte de la brasserie, écouta un moment (sans penser à utiliser sa Double Vue) et n'entendant rien, la franchit...

Et se retrouva face à face avec Voix Verte.

Bien sûr elle était invisible, mais l'acolyte du Sorcier vit la porte s'ouvrir et sentit une exhalaison puante sortir des caves. Il émit un juron pittoresque, puis ricana et dit :

« Oui, avancez, petits salauds des marais! Nous ne pouvons peut-être pas vous voir, mais grâce à mon Tout-Puissant Maître, nous pouvons vous entendre... et lorsque votre avant-garde atteindra le sommet des marches, vous recevrez l'accueil que votre imprudence mérite! »

Son capuchon était rejeté en arrière; deux petits calots, parsemés de choses minuscules et réunis par une courroie passant par le sommet de son crâne, recouvraient ses oreilles.

Anigel ne prit pas garde à cet appareil magique. Ce qui retint son attention, ce fut une machine que deux robustes soldats étaient en train de mettre en place. Une lourde boîte grise aux coins arrondis dont le sommet et le fond étaient ornés de dessins; de l'avant sortait un long et mince cylindre de verre entouré de cordes et d'anneaux métalliques, qui se terminait par un étrange objet en or. Une épaisse courroie noire et brillante reliait cette boîte à une autre encore plus grande posée sur une brouette, derrière un grand tas de sacs de grains à six ou sept ells de là.

« Fais attention, imbécile! » dit Voix Verte à l'un des soldats qui, trébuchant sous le poids de l'appareil, avait failli le lâcher. « Ce sont les derniers générateurs d'éclairs qui fonctionnent encore, et si tu abîmes celui-là, mon Tout-Puissant Maître t'écorchera tout vif et te fera frire dans l'huile bouillante ! »

Anigel réprima une exclamation d'horreur. Les éclairs d'Orogastus provenaient de ces machines ? Et Voix Verte se préparait à pointer celle-là sur l'escalier d'où allaient surgir Kadiya et leur armée...

Et le prince Antar.

Rapide comme un fédok, Anigel piqua les soldats tour à tour. Lorsqu'ils s'effondrèrent en déposant doucement l'arme sur les dalles et que les fléchettes s'abattirent en rafales à côté d'eux, Voix Verte s'alarma. Habitué à la magie, il dut sentir qu'un être invisible était présent. Il retroussa sa robe et se précipita aussi vite que ses jambes pouvaient le porter vers la brouette et sa grande boîte.

Anigel se lança à sa poursuite et lui sauta sur le dos. Tandis qu'il tentait de manipuler l'une des protubérances de la boîte, la Princesse lui plongea une fléchette dans la nuque.

Il s'écroula sur l'appareil magique, aussi inerte que les sacs de grains de la barricade improvisée. L'étrange casque dégringola de sa tête rasée. Lentement, Anigel s'éloigna de lui. Elle ne pouvait quitter des yeux la fléchette et pour la première fois sa main tendue retomba. Elle entendit des mots prononcés il y avait longtemps, longtemps – ou y avait-il seulement un mois de cela ? – quand Kadiya, Immu, Jagun et elle avaient regardé la salle du trône tout éclaboussée de sang et que, dans son innocence, elle avait demandé une explication.

*Les doux ne peuvent pas leur répondre gentiment sans courir un danger parce que les méchants ignorent la nature de l'amour, qu'ils confondent avec la faiblesse. C'est pourquoi, vous qui êtes une Princesse douce et aimante, devez trouver une manière plus dure de les traiter...*

« Tu es la Voix d'Orogastus », chuchota-t-elle. Elle resta tristement à côté de lui jusqu'à ce que Kadiya et les autres envahissent la brasserie, et c'est ainsi que mourut la troisième Voix d'Orogastus.

Anigel ordonna à Lummomu-Ko, le chef wyvilo, de prendre sa hache et de mettre en pièces le lance-foudre. Quand ce fut fait, la petite armée gagna le rez-de-chaussée de la Citadelle et la vraie bataille commença.

En temps de paix, les bachots géants des marchands étaient équipés de rameurs ruwendiens, hommes libres qui s'enorgueillissaient de leur force et de leur compétence, et recevaient d'excellentes payes pour remonter et descendre les rivières à la vitesse maximale. Mais depuis la conquête les bateliers les plus expérimentés avaient fui dans le Bourbier Dédaléen ; les Labornoki, menacés de perdre un moyen de transport crucial, s'étaient hâtés d'asservir ceux qui restaient et de remplir les bancs vides avec des Ruwendiens inexpérimentés. Ils étaient enchaînés à leurs avirons, mal nourris, et fouettés lorsqu'ils ralentissaient. Malgré cela, les équipages d'esclaves étaient très inférieurs à ceux constitués d'hommes libres, comme le général Hamil et Lord Osorkon le découvrirent lors de leur expédition malheureuse en amont de la Mutar.

Osorkon, ayant appris au cours de ses conversations avec Voix Rouge qu'un mauvais coup était prévu pour la Fête des Trois Lunes, désirait retourner rapidement à la Citadelle; or la grande flotte ne semblait guère aller plus vite que le courant. Un nombre scandaleux de rameurs étaient morts sous le fouet depuis qu'ils avaient quitté le campement situé en amont de l'Enfer Épineux, et les survivants étaient si épuisés que les corrections n'accéléraient plus le mouvement.

Osorkon ordonna au patron du navire amiral de le rejoindre à l'avant et exigea une solution; mais Pellan se contenta de dire servilement : « Mon Général, les rameurs sont épuisés et perdent conscience, rien ne peut nous faire avancer plus vite... à moins que vous ne suiviez le conseil que je vous ai déjà donné : remplacer les esclaves par les soldats.

– Que le diable vous emporte, Pellan, nous perdrions encore plus de temps si nous devions nous arrêter pour détacher les rameurs et installer mes hommes à leur place! Et en plus, ils saloperaient le travail. Ils n'y connaissent rien.

– Que puis-je vous dire? » Le batelier décharné n'osait pas le regarder en face. « La crue nous entraîne joliment vite. On ne peut que se laisser emporter par elle. »

Osorkon grinça des dents, mais ne répondit pas. Il était moins impétueux que feu Hamil auquel il avait succédé, et savait que Pellan disait vrai. La flottille finirait par rejoindre la Citadelle, même sans les rames. Il jeta un coup d'œil au ciel, sur la tache floue, mais brillante, qui indiquait la position des Trois Lunes voilées par les nuages. Il était près de minuit et la fête avait dû commencer au coucher du soleil. Quelle sombre magie Kadiya, la Princesse-Sorcière, et ses Uisgus, étaient-ils en train de préparer?

Virant sur ses talons, l'officier se dirigea à grands pas vers l'extrémité du bachot et demeura là, les mains derrière le dos. Il était chaudement habillé contre le froid et l'humidité, mais n'avait pas revêtu son armure. « Batelier, quelle est cette lueur rougeâtre, là-bas dans le ciel? Est-ce que nous approchons enfin du Tertre?

– Oui, mon Général. Les docks du Marché ruwendien sont à une lieue d'ici. Mais vous nous avez ordonné d'aller directement au quai du débarcadère de la Citadelle qui, par eau, en est éloigné de trois bonnes lieues.

– Oui, oui, je sais. Dans combien de temps arriverons-nous?

– Moins d'une heure. » Pellan tenait une lunette d'approche en cuivre et s'en servit pour étudier la rivière. « C'est étrange, la surface de l'eau tourbillonne violemment en aval. On croirait que le milingal géant est en train de frayer, mais ce n'est pas la saison. »

Osorkon fut immédiatement sur le qui-vive. « Est-ce une embarcation ennemie ?

– Non, rien de la sorte. Il y a suffisamment de lumière pour que j'en sois sûr... et maintenant, la même effervescence se fait sentir par le travers... Sainte Fleur ! Reculez ! »

Une série d'éclaboussures terribles, accompagnées de rugissements à faire dresser les cheveux sur la tête, brisa le calme de la nuit. Osorkon vit s'élever au-dessus du plat-bord une énorme tête avec des yeux orange, une bouche grimaçante qui semblait large d'un demi-ell et des dents pareilles à des couteaux blancs. Une puanteur écœurante le frappa comme un coup de poing.

« Des Skriteks ! » hurla Pellan de toute la force de ses poumons. Mais ce fut le dernier mot qu'il prononça. Le monstre se hissa agilement par-dessus le bastingage, saisit le batelier dans ses griffes et lui arracha la tête d'un seul coup de dents.

Osorkon était fou de peur et de rage en voyant ce que son allié putatif venait de faire. Tout le long de la flottille, une multitude d'ennemis s'élançaient à l'abordage, et les hurlements des soldats terrifiés se mêlaient aux rugissements et aux cris de joie inhumains.

« Arrêtez ! tonna Osorkon. Arrêtez, espèce de bâtards enfoirés ! Nous sommes des Labornoki ! Vos alliés ! Vos amis ! »

Le Skritek qui avait décapité Pellan parut momentanément déconcerté, comme s'il venait de se rappeler quelque chose d'important qui lui était sorti de l'esprit. Il hulula une phrase dans sa langue, à laquelle ses compatriotes répondirent par des gémissements désappointés et des huées. Puis il lâcha le corps décapité de Pellan et s'emparant avec précaution de Lord Osorkon le lança dans la rivière.

L'officier refit aussitôt surface, toussant et crachant, et faillit être assommé par un aviron qui battait mollement l'eau. Il s'y accrocha désespérément et, ahuri, regarda les monstres jeter tous les Labornoki dans le courant boueux et torrentiel. Ils épargnèrent les rameurs enchaînés. Quelques Skriteks se hasardèrent à mordiller leurs victimes, mais leurs compagnons sifflèrent et rugirent jusqu'à ce qu'ils cessent.

Quand les cinq mille soldats furent à l'eau, un très grand Skritek portant collier et ceinture cloutés d'or et de pierres précieuses arracha la bannière du Labornok de sa hampe, à l'avant du navire amiral, et la souilla. Tous les autres monstres hurlèrent de rire, puis sautèrent joyeusement dans la rivière et s'éloignèrent à la nage vers la rive du Bourbier Vert.

Quand ils furent loin, Osorkon appela : « Hého ! Y a-t-il des chevaliers ou des soldats du grand Labornok encore vivants ? »

Quelques douzaines de voix répondirent... certaines terrifiées, d'autres vomissant des obscénités.

« Remontez dans les bateaux, mes enfants! » cria Osorkon. Mais tandis qu'il parlait, les rameurs ruwendiens, comprenant enfin ce qui s'était passé, s'appelèrent les uns les autres. Les grands avirons plongèrent promptement dans l'eau et les bachots commencèrent à s'éloigner des Labornoki qui flottaient au fil de l'eau.

Jurant et crachant, Osorkon s'agrippa comme un vart à sa rame toujours attachée au tolet. Il finit par grimper à bord, ainsi qu'une douzaine d'autres Labornoki. Ils s'armèrent et reprirent le contrôle de la situation. Trois autres bachots, sur les cent vingt qui avaient quitté la garnison de Trévista, furent repris tandis que le reste disparaissait dans la nuit. Ces quatre embarcations, portant autant de soldats qu'on avait pu en sauver, accosta le quai principal du Marché ruwendien où ils furent accueillis par le maître des docks, un Labornoki, et le capitaine de la garde.

« Des fronials! » Lord Osorkon écumait de colère. « Des fronials pour nous emmener à la Citadelle, ou vous êtes morts! »

On leur procura rapidement des montures et Osorkon conduisit ses soldats au galop sur la route du Marché. De ses cinq mille hommes, il n'en subsistait plus que soixante-douze.

# XLV

Hiluro vola jusqu'à la Grande Tour de la Citadelle et s'y posa. Haramis mit pied à terre et, étreignant la grosse tête de l'oiseau, dit : « Je ne sais pas si nous nous reverrons, mais je te bénis. Tu as été pour moi un véritable ami. »

L'oiseau inclina son bec presque jusqu'à terre. *Je serai toujours à votre service, Dame Blanche.* Puis il s'élança vers le ciel couvert où couraient maintenant des lambeaux de nuages qui voilaient une fois de plus les Trois Lunes.

Haramis souleva la trappe en remarquant qu'elle avait été réparée depuis son départ et descendit l'échelle. Il n'y avait que quelques sentinelles en haut de la tour, là où l'on gardait le trésor royal, mais elles ne parurent pas la voir. D'autres soldats patrouillaient dans le couloir menant aux niveaux moyens du donjon central, et elle tomba aussi sur une bande de cinq chevaliers labornoki qui jetaient des regards maussades par une fenêtre donnant sur la rivière; aucun de ces hommes ne réagit à son passage. *C'est comme si j'étais un fantôme en train de hanter mon ancienne demeure,* pensa-t-elle. *Est-ce qu'Orogastus leur a ordonné de faire comme s'ils ne me voyaient pas ou bien mon talisman me rend-il invisible ?*

*Suis-je condamnée à n'être que la spectatrice de ce conflit, à me tenir à l'écart comme la Dame Blanche a semblé le faire ? Quel est mon rôle dans l'accomplissement de la prophétie ?*

Enfin, elle atteignit la salle des dames qui semblait préparée pour elle. Un feu flambait dans l'âtre, les bougies brûlaient dans les candélabres; il y avait un bouteille de vin et des verres en cristal sur une petite table à côté des portes-fenêtres ouvertes sur le balcon.

Elle s'y rendit pour regarder dehors et son cœur se serra en voyant la scène qui s'offrait à elle. Des milliers de soldats fourmillaient dans la cour intérieure – des hommes d'armes alignés attendaient les ordres; des chevaliers parcouraient les rangs pour inspecter les armes, ou se tenaient simplement autour des braseros que l'on avait allumés. Près du grand corps de garde, on avait dressé de solides barricades et, au sommet de l'une d'elles, il y avait une étrange machine servie pas plusieurs suppôts du Sorcier revêtus de capes noires. Sur les massives plates-formes qui flanquaient l'entrée du donjon, il y avait quatre autres machines entourées de leurs opérateurs. Des archers étaient postés tout le long de la barbacane et sur les remparts des cours intérieures et extérieures; aux bastions, les hommes qui manœuvraient les catapultes se tenaient prêts à côté de leurs engins et de leurs projectiles. La porte de la Citadelle donnant sur la route était maintenant complètement obstruée par un grand tas de gravats qui montait jusqu'aux chevrons de son corps de garde.

« C'est impossible, murmura Haramis. Impossible. » Et elle se détourna de ce spectacle juste au moment où Orogastus pénétrait dans la pièce.

Il portait ses vêtements noir et argent et son armet en forme d'étoile; mais le masque était différent de celui qu'il mettait pour honorer les Pouvoirs des Ténèbres, car il lui enveloppait complètement la tête et le visage. Même les ouvertures pour les yeux étaient recouvertes de verre noir et son aspect semblait si menaçant qu'elle poussa une exclamation.

Tous deux demeurèrent immobiles, face à face. De très loin, des caves du donjon, s'éleva un vague bruit qu'Haramis ne put identifier.

Orogastus délaça son armet, l'ôta et le plaça, avec ses gantelets d'argent, sur l'un des bancs, près du feu.

« Vous avez fait votre choix, dit-il lentement, et ce n'est pas moi que vous allez suivre.

– Non, ce n'est pas vous.

– J'ai choisi ma voie il y a bien longtemps et je ne peux plus m'en détourner.

– Je sais. »

D'une poche de sa robe, il tira un petit boîte en bois ornée de sculptures sinistres et l'ouvrit, révélant son contenu : une boule verte. Haramis la fixa sans comprendre. Elle était vaguement consciente que les bruits qui venaient de commencer s'amplifiaient. C'étaient les cris et le tumulte d'un combat qui se déroulait quelque part, dans les niveaux inférieurs de la Citadelle.

« Cela s'appelle l'Effluve Mortelle. » Orogastus rangea la chose;

son expression était maintenant implacable. « Si je la lance d'ici, tous les êtres vivants qui sont dans les cours, et même au-delà des murailles, mourront dans des tourments indescriptibles. Priez Kadiya et Anigel de nous livrer leur vie et leur talisman! »

Il la saisit et l'embrassa avec une force presque féroce. Puis il remit ses gantelets et son masque-étoile, et sortit en claquant la porte.

« Non, chuchota Haramis. Non! » Elle se hâta de prendre son talisman pour voir Kadiya et Anigel. Cette fois-ci, le Cercle ne devint pas nacré; il s'embrasa, s'étendit et l'engloutit...

... Elle planait au-dessus de la cuisine du donjon où de grands et hideux Wyvilos, aiguillonnés par le prince Antar, s'enfonçaient comme un coin dans les forces labornoki faiblissantes. Semant sur son passage un effroyable carnage, le Peuple de la Forêt taillait l'adversaire en pièces avec ses haches à long manche et le démoralisait tout autant qu'il le massacrait. Tandis que les ennemis tombaient ou battaient en retraite et que les Wyvilos nettoyaient le passage, les minuscules Uisgus dans leurs armures d'écailles, les yeux entourés de peinture rouge fluorescente, se déversaient dans les couloirs telle une marée d'or en fusion, poussant des cris aigus et jouant de la lance dès qu'ils avaient assez de place pour manœuvrer.

Les envahisseurs passèrent rapidement des cuisines ravagées dans la boulangerie et les autres dépendances; et de là envahirent la cour intérieure où le corps principal des défenseurs les attendait en criant et en agitant leurs armes.

Tout d'abord, Haramis ne put découvrir ses sœurs. Mais elle finit par apercevoir Kadiya en cotte de mailles dorée, dominant les Uisgus et brandissant bien haut son talisman pour dynamiser les petits combattants. Puis elle reconnut Anigel, habillée de cuir bleu, qui semblait chatoyer dans la lumière incertaine et restait près du prince Antar à l'armure azurée. Si un ennemi s'approchait d'Antar par-derrière, Anigel frappait l'homme avec une arme minuscule et le malheureux Labornoki s'affaissait aussitôt sous l'effet de la piqûre.

*Anigel est invisible!* se dit Haramis. *C'est pour cela qu'elle peut s'attaquer impunément à ces brutes. Kadiya aussi doit être protégée par son talisman. On dirait qu'elles sont en train de gagner!*

C'était vrai. Mais lorsque les envahisseurs émergèrent des cuisines dans la cour, l'avantage tourna rapidement au profit de leurs adversaires. Ceux-ci étaient quinze fois plus nombreux que la petite armée des Princesses, et les laquais du Sorcier s'efforçaient de faire pivoter les machines infernales pour qu'elles visent la zone s'étendant devant la porte d'où surgissaient les envahisseurs.

Haramis s'arracha à la transe et courut au balcon d'où elle pouvait voir le conflit de ses propres yeux. Elle appela ses sœurs par l'intermédiaire de son talisman.

*Kadiya! Le lance-foudre est sur la barricade la plus proche de la Grande Porte! Détruis-le! Ou mieux encore, sers-t'en pour te frayer un chemin au travers du monceau de gravats qui obstrue l'entrée de la Citadelle!*

Kadiya ne répondit pas, mais Haramis vit la silhouette vêtue d'or jaillir comme une flèche de la foule des Uisgus et se glisser parmi la masse hurlante des chevaliers; les feux de camp se reflétaient sur son armure en écailles de poisson.

*Anigel! Près de la porte principale du donjon, il y a des plates-formes de bois...*

Mais avant qu'elle ait pu finir, les valets du Sorcier commencèrent à utiliser leurs armes mortelles. Les machines crachèrent des balles de feu d'un blanc doré dans la multitude des envahisseurs et, partout où elles frappaient, elles collaient à la peau ou aux armures et infligeaient d'horribles brûlures. De deux ou trois autres engins qui faisaient un tapage effroyable se déversa une grêle de grenaille suivie d'étincelles. Elle pénétrait dans la chair et les os aussi facilement que des brochettes percent des champignons, et ceux qui étaient atteints s'effondraient, mortellement blessés, même s'ils n'étaient pas tués sur le coup.

*Je vois les armes, Haramis! J'y vais!*

*Anigel!* Haramis se mordait les lèvres. *Fais attention! Même s'ils ne peuvent pas te voir...*

A ce moment, Haramis chancela et fut à demi aveuglée par l'épouvantable éclair que tira le lance-foudre. L'explosion fit même trembler le donjon; la carafe et les verres de cristal qui étaient sur la table derrière elle tombèrent sur le sol et s'y brisèrent.

Quand elle eut recouvré la vue, elle brandit son talisman pour percer l'obscurité due au nuage de fumée et de poussière. Elle fut frappée de stupeur en découvrant que presque tout le corps de garde avait été réduit en miettes. La destruction s'étendant en ligne droite avait aussi démoli la porte de la cour extérieure et celle de la barbacane. Le monticule de gravats de l'entrée de la Citadelle était plus haut que jamais... mais les colonnes massives qui avaient soutenu les portes et le mur, sur quatre ells de distance de chaque côté, s'écroulèrent tandis qu'elle les regardait.

Et Kadiya...

« Pitié, mon Dieu! » s'écria Haramis.

En haut de la barricade, le lance-foudre n'était plus que ruine noircie et tordue. Il y avait aussi trois cadavres fumants, les suppôts du Sorcier, et une petite silhouette revêtue d'or étendue, immobile, à côté d'eux, tenant toujours à la main une épée émoussée. *Kadiya a détruit la machine avec son talisman,* pensa Haramis, *mais je n'avais pas compris qu'elle pouvait en souffrir! Il faut que j'avertisse Anigel...*

*L'insensée*! Le discours sans paroles qui retentit dans l'esprit d'Haramis ne pouvait venir que d'Orogastus. *Elle s'est servie de toute la puissance de l'appareil d'un seul coup! Les défenses sont abattues et l'ennemi survient de l'autre côté de la rivière!*

Haramis le vit en dessous d'elle. Il se tenait contre un petit parapet, juste au-dessus de l'entrée du donjon; l'étoile en argent de son armet jetait des éclairs tandis que la fumée se dissipait et que les douzaines de petits feux allumés par la foudre s'attisaient sous le vent qui venait de se lever. Sa voix, amplifiée par la magie, résonna comme une trompette aux oreilles des Labornoki abasourdis, qui n'avaient aucune idée de ce qui s'était passé.

« Tenez ferme! Hommes du Labornok, tenez ferme! »

Derrière le Sorcier s'avança le roi Voltrik dans sa splendide armure dorée, avec son armet orné de crocs terribles : il brandit son épée. A sa vue, les troupes poussèrent de vives acclamations et le combat interrompu par la grande explosion recommença entre eux et les envahisseurs wyvilos et uisgus.

Soudain le prince Antar cria, assez fort pour éveiller des échos dans la cour.

« Hommes du Labornok, n'écoutez pas ce démon! Je suis Antar, votre Prince! Et je dis qu'Orogastus a ensorcelé mon père, qu'il en a fait une marionnette sans cervelle! »

Un grondement sortit d'un millier de gorges.

« Silence, traître! » rugit Orogastus.

Une autre voix cria : « Il a raison! Le Prince a raison! Regardez où est le Roi! » et une autre dit : « Pourquoi le Roi n'est-il pas ici, à notre tête ? » Et une autre : « Avancez, Voltrik! Et parlez-nous! » Il y eut de plus en plus de cris de la sorte jusqu'à ce qu'Orogastus étende les deux mains; ses yeux étincelaient comme deux étoiles jumelles.

Le silence tomba sur toute la cour.

Le roi Voltrik savait qu'il aurait dû prendre la parole. Mais pour dire quoi ? Son courage était en loques, son ambition avait disparu comme un rêve sans consistance. La réalité, c'était que l'armée ruwendienne pénétrait dans la Citadelle en dépit de toute la magie qu'Orogastus lui opposait. La réalité, c'étaient les voix de ses hommes dont la loyauté vacillait. La réalité, c'était que son fils méprisé, Antar, le défiait ouvertement. Surtout, la réalité, c'était qu'Orogastus n'arrivait pas à détruire les trois Princesses-Sorcières dont l'une devait le tuer...

« Soldats du Labornok, combattez! Je vous dis de combattre! » Mais la voix du Roi ressemblait plus à un croassement qu'à un ordre claironnant. « C'est mon misérable fils qui est ensorcelé. Frappez le renégat! »

Cette déclaration, loin d'encourager les chevaliers et les hommes, suscita des clameurs encore plus fortes. Et le prince Antar cria : « A moi, fils du Labornok! A bas le Sorcier! »

Le combat reprit, plus ardent; et en dépit des admonitions

d'Orogastus, un grand nombre de Labornoki arrachèrent leur casaque rouge et rallièrent le parti du Prince et ses forces décimées.

Dans la confusion qui s'ensuivit, personne ne remarqua – et certainement pas Orogastus fou de rage – que les hommes en noir qui manœuvraient les terribles lance-flammes et les crache-grenaille s'étaient effondrés sans connaissance en haut de leurs grandes plate-formes. Seule Haramis, bouche bée devant la témérité de sa petite sœur, vit Anigel lancer la dernière fléchette, pousser de toutes ses forces les lourdes machines de la plate-forme la plus proche et les précipiter sur les dalles, cinq ells en dessous, où elles se brisèrent en morceaux.

Quand Orogastus s'aperçut de ce qui se passait, il ordonna aux soldats de grimper rapidement sur la seconde plate-forme et de défendre jusqu'à la mort les machines abandonnées. Mais les hommes comprirent que les suppôts du Sorcier avaient été abattus par la magie et que celle-ci était toujours au travail puisque des êtres invisibles jetaient des choses sur eux. Aussi personne ne bougea et Anigel passa de la première plate-forme à la seconde et finit de détruire les armes que le Sorcier avait volées aux Disparus.

*Bravo!* Haramis félicita sa sœur. *Mais maintenant, il faut porter secours à Kadiya.*

Anigel était radieuse. *N'était-ce pas merveilleux de la voir lancer la foudre? Mon talisman me montre une vision de notre armée accostant au débarcadère de la Citadelle – elle va pouvoir entrer facilement par la brèche ouverte dans le mur!*

*Anigel, Kadi est blessée. Rejoins-la. Je vais descendre pour t'aider.*

Haramis prit la couronne du Ruwenda et la cape de l'Archimage, et se précipita au secours de ses sœurs.

« Là! Là, mon Suzerain... vous ne la voyez pas? »

Orogastus désignait du doigt la barricade devant le corps de garde en ruine, au sein de l'horrible obscurité. Le roi Voltrik finit par dire : « Oui. Elle est revêtue d'une espèce d'armure dorée, n'est-ce pas?

– Exactement! Et la démolition de mon lance-foudre lui a fait perdre conscience, si bien qu'elle n'a plus aucun pouvoir sur son talisman. La princesse Kadiya n'est plus invisible, ni protégée! Elle est en votre pouvoir! Il vous suffit d'aller la tuer avant qu'elle se réveille... ou soit sauvée par ses gens.

– Moi? » Le Roi hésitait.

« Avez-vous peur d'une jeune fille évanouie? » La voix du Sorcier se fit doucereuse, persuasive. « Il n'y a pas d'ennemi à ses côtés, mon Roi, seulement vos propres soldats qui n'osent pas y toucher. Mais vous pouvez l'achever! Votre plus grand ennemi!

Kadiya est la seule vraie Amazone des trois, la femme de la prophétie. Elle a tué le général Hamil, mis en déroute la moitié de notre armée et fomenté cette bataille. Mais elle n'a pas gagné! Nous avons près de cinq mille hommes expérimentés à opposer à la populace qui se presse, et leur général femelle est étendue là, à votre portée!

– C'est vrai. » Voltrik se redressa. « Sa magie ne peut plus lui faire grand bien!

– Allez, mon Suzerain. Tuez-la, puis ordonnez à vos hommes de se poster sur la barbacane de la Citadelle. Coupez le chemin aux envahisseurs pendant qu'ils essaient d'escalader les ruines.

– La Sorcière va mourir! hurla Voltrik. Et lorsque je lèverai bien haut sa tête coupée, vous proclamerez mon haut fait de votre voix de tonnerre! »

Orogastus s'avança vers le parapet et cria : « Hommes du Labornok! Votre Roi va vous mener à la victoire! Il va vous rejoindre à la barbacane! Préparez-vous au dernier engagement avec l'ennemi! »

Il y eut quelques rares acclamations.

« Vous savez, on dirait que nous avons déjà gagné haut la main. » Le Roi fit un grand sourire au Sorcier. « La plupart des scélérats qui sont passés par les cachots semblent avoir été abattus.

– Votre traître de fils rassemble ses partisans pendant que vous restez ici, mon Roi. Descendez! Tuez d'abord Kadiya, puis ralliez vos hommes.

– A la victoire! » rugit Voltrik. Il referma d'un coup la visière ornée de crocs de son terrible heaume doré.

« Allez, dit Orogastus d'un ton las. Allez. »

Quand le monarque finit par descendre l'escalier à pas lourds, le Sorcier poussa un grand soupir. Otant son gantelet, il mit la main dans sa poche et tâta la boîte en bois renfermant la sphère mortelle; en même temps, il adressa une prière sans parole aux Pouvoirs des Ténèbres.

Le roi Voltrik parviendrait-il à tuer Kadiya? Ou son talisman allait-il anéantir le Roi comme il avait anéanti Hamil et sa Voix Rouge? La chose valait la peine d'être risquée. Si Voltrik réussissait, alors il ne serait pas nécessaire d'effacer totalement l'ardoise...

Orogastus resta à observer l'avance de l'armée ennemie... à laquelle venait de se joindre les brigades lourdement armées du comte Palundo. Puis il scruta les ténèbres de la cour intérieure de la Citadelle, en quête de quelque indice de ce que pouvaient bien faire les deux autres Princesses.

Il ne vit ni Anigel ni Haramis, rien qu'une vieille Insolite qui se frayait un chemin dans le tumulte et la boucherie, comme si elle cherchait quelqu'un.

# XLVI

Immu, suffoquée par la fumée, traversait avec difficulté le champ de bataille en trébuchant sur les cadavres des amis et des ennemis, et faisait des détours pour éviter les mêlées et les combats singuliers qui transformaient la cour intérieure en un enfer d'acier et de sang.

« Anigel! cria-t-elle. Princesse, où êtes-vous? »

Elle questionna les Wyvilos et les Uisgus blessés sur l'endroit où se trouvait sa royale maîtresse, mais aucun de ceux qui avaient la force de répondre ne le savait, car ils ignoraient que la princesse Anigel combattait invisible parmi eux.

La bataille parut brusquement connaître une accalmie. Sur les ordres d'Orogastus et des officiers, la plupart des Labornoki se précipitaient maintenant vers la barbacane et la porte de la Citadelle en ruine, se regroupant pour repousser l'avance de la principale force d'invasion qui accourait des bords de la rivière.

Mais le Roi, semblait-il, avait un autre objectif.

« La Sorcière! cria Voltrik. A moi, mes hommes! Il faut que je tue la Sorcière! »

Il avait à ses côtés Lord Osorkon qui venait d'arriver juste à temps pour la bataille, Rinutar survenu la veille au soir avec des nouvelles des rebelles, et deux autres chevaliers nommés Lotharon et Simbalik.

Ils se frayèrent un chemin dans la foule des défenseurs de la Citadelle, après avoir relevé leur visière pour mieux voir dans la fumée, et se mirent à escalader gauchement la barricade en haut de laquelle la princesse Kadiya était étendue sans connaissance.

Immu l'avait enfin aperçue. Et avec toute l'agilité que lui permettaient ses vieux os, elle gravit l'autre côté de la structure fumante et courut, haletante, vers l'endroit où reposait la silhouette revêtue d'une armure dorée.

D'invisibles mains étaient en train d'ôter le capuchon de la tête de Kadiya. Immu entendit une voix chevroter : « Kadi ! Je t'en prie, réveille-toi, Kadi ! »

La Nyssomu s'écria : « Anigel ! Vous êtes là, ma chérie ? »

La Princesse aux cheveux d'or apparut lorsqu'elle enleva son diadème. « Immu ! Vite ! Kadi respire, mais j'ai peur qu'elle ne soit blessée.

– Vous deux ! Grand Zoto, les deux Sorcières sont là ! »

Le roi Voltrik et ses quatre chevaliers atteignirent le sommet de la barricade en même temps. Le monarque précipita Immu à plat ventre et, saisissant la princesse Anigel par les cheveux, la traîna à côté de sa sœur et lui mit l'épée sur la gorge. Son talisman-diadème roula sur les planches carbonisées avec un petit son cristallin. Aussitôt la lueur de l'ambre du Trillium s'éteignit.

Simbalik et Lotharon hissèrent Kadiya sur ses pieds. L'objet en forme d'épée échappa à ses doigts flasques et son ambre se ternit, lui aussi. Les yeux de la Princesse s'ouvrirent lentement et se fixèrent sur ceux de sa sœur.

« Hommes du Labornok ! cria le roi Voltrik transporté de joie. Regardez ! Deux des Sorcières qui menaçaient le trône de notre grand pays sont entre mes mains ! »

Des clameurs s'élevèrent de la multitude et, du parapet surplombant l'entrée du donjon, la voix d'Orogastus tonna. « Vive Voltrik ! Vive le Roi ! Montrez-nous, ô Conquérant, quelle est la récompense de ceux qui s'opposent à votre autorité ! »

Durant ce tumulte, Immu avait rampé vers le diadème d'Anigel. Elle bondit dessus comme un lothok et le plaqua dans la main qu'Anigel tendit, une fraction de seconde avant qu'on ne la voie. Deux hommes saisirent la vieille nourrice et se préparèrent à la jeter tête la première du haut de la barricade.

Anigel, l'épée de Voltrik sur la gorge, cria d'une voix forte : « Laissez-la, ou vous mourrez. »

Sur son diadème, l'ambre du Trillium flamboyait pareil à un brandon imprégné de poix, et les hommes qui tenaient Immu s'immobilisèrent. Le roi Voltrik s'exclama frénétiquement : « L'autre talisman magique ! Cette Epée Mystérieuse, là ! Emparez-vous-en !

– Attendez ! » hurla Osorkon, car il avait reconnu l'objet et le danger qu'il représentait.

Mais Rinutar avait déjà lâché Immu et se penchait pour ramasser le talisman de Kadiya. La Princesse allongea le bras et toucha la garde une seconde avant le chevalier. L'Œil Ardent Trilobé s'ouvrit et ses rayons tombèrent en plein sur le visage de Rinutar.

Son armure devint incandescente. Il n'eut par le temps de crier ou de se redresser que déjà sa chair brûlée se détachait de son crâne qui rougeoyait comme l'acier à la forge. Voltrik et ses hommes hurlèrent de peur et d'horreur, tandis que le chevalier carbonisé titubait jusqu'au bord de la barricade et s'écroulait sur le pavé tel un météore humain.

La panique s'était emparée des témoins de cette scène. Mais il faut reconnaître que Voltrik, malgré la sueur froide qui lui piquait les yeux et les battements affolés de son cœur, avait maintenu son épée fermement pointée sur la gorge d'Anigel.

La Princesse tourna la tête pour le regarder. « Relâchez-nous. Vous êtes vaincu. Rendez-vous et remettez-vous-en à notre merci. »

Voltrik éclata d'un rire hystérique. « Non, Sorcière! Votre sœur va mourir la première, puis ce sera votre tour!

– Mon Roi! » Lord Osorkon, grimaçant de terreur, montrait quelque chose du doigt. « L'Épée Mystérieuse... *elle bouge*! »

Bouche bée, Voltrik et ses compagnons virent l'Œil Ardent Trilobé quitter la main de Kadiya et s'élever lentement en l'air. La princesse Anigel ne semblait pas troublée par cette vision. Elle ouvrit la main et son diadème vint rejoindre l'extrémité émoussée de l'autre talisman.

« NON! »

Orogastus, du haut du parapet, poussa un terrible cri de désespoir. Mais il était déjà trop tard.

La princesse Haramis apparut, debout entre ses deux sœurs prisonnières. La Couronne du Ruwenda posée sur sa tête étincelait à la lumière des feux et la cape de l'Archimage tournoyait autour d'elle. Elle glissa sa baguette dans une rainure de la lame magique, si bien que le Cercle Tri-Ailé devint le méridien et l'équateur du Monstre Tricéphale. Les ailes s'écartèrent : au centre se dressait un grand Trillium Noir inclus dans l'ambre.

Orogastus brandit quelque chose de vert et le lança de toutes ses forces sur les pavés de la cour.

Haramis dirigea dessus le Sceptre du Pouvoir... la sphère volante de l'Effluve Mortelle s'enflamma et disparut en une bouffée de fumée blanche.

Elle se tourna vers les deux chevaliers qui tenaient Kadiya. Les yeux noirs de la jeune fille étaient sur le qui-vive et ses muscles se tendaient, prêts à la lutte.

« Lâchez-la! » ordonna Haramis. Mais les hommes hésitaient.

« Laissez-la aller, espèce d'idiots! cria Osorkon.

– Non! hurla le roi Voltrik. Je vous le défends! »

Voyant que les deux chevaliers se raidissaient et ne cédaient pas, Haramis braqua le Sceptre délibérément, mais avec répugnance, d'abord sur Lotharon, puis sur Simbalik.

Cette fois, les armures ne s'enflammèrent pas. Une lueur d'un blanc-bleu s'épanouit durant une fraction de seconde à l'intérieur de chaque visière, et quand elle s'éteignit le heaume se retrouva vide, ainsi que le reste de l'armure. Les deux vêtements d'acier s'écroulèrent en cliquetant sur les planches.

Le roi Voltrik poussa un hurlement déchirant et lâcha, d'un seul coup, Anigel et son épée. Il tomba à genoux. « Miséricorde ! Dame, ayez pitié ! »

Haramis pointa calmement le Sceptre sur lui. « Reçois autant de miséricorde que tu en as accordé, et que la prophétie s'accomplisse. »

Le Roi à genoux, les yeux vitreux, ôta son heaume monstrueux. Il pencha la tête. Sous les yeux de la multitude plongée dans un silence religieux, la propre épée du roi Voltrik se dressa et s'enfonça dans sa nuque. Il bascula, cloué par son arme au bois de la barricade.

De toute la Citadelle fortifiée monta un son pareil au murmure des arbres secoués par le vent. Sur la barricade, Lord Osorkon déposa son épée aux pieds d'Haramis et s'agenouilla, tête nue. Puis retentit le fracas des armes que les chevaliers et les soldats du Labornok jetaient sur les dalles de la cour intérieure ; tous, transis de peur, attendirent de voir ce qui allait se passer.

Haramis fit face à Orogastus, de l'autre côté de la vaste cour. Il avait ôté son masque-étoile et ses cheveux blancs flottaient au vent qui venait de se lever. La fumée et la poussière furent emportées et les feux, attisés, brûlèrent d'un éclat plus vif. Dans le ciel nettoyé de tout nuage, les Trois Lunes se rejoignirent à mi-chemin entre le zénith et l'horizon oriental pour former une seule sphère trilobée.

Haramis brandit le Sceptre et le braqua sur Orogastus.

« Voici venue l'heure du jugement de nos vies et de nos services, dit-elle. Avons-nous accompli ce qui était requis de nous ? Avons-nous agi pour le bien ? Avons-nous restauré l'Équilibre du monde ? Jugez-nous et jugez-le, lui aussi. »

Orogastus, les dents serrées, s'agrippa des deux mains au bord du parapet et ses yeux brillèrent de nouveau comme des étoiles, de la terrible lueur de la magie. Les spectateurs poussèrent des cris de frayeur.

Le prince Antar, apparaissant brusquement, prit la princesse Anigel dans ses bras. La petite Immu se dressa aux côtés de Kadiya, toutes deux aussi résolues.

« Haramis ! » cria Orogastus, la voix toujours amplifiée par l'appareil dont il se servait à cet effet. « Je peux encore vous détruire ! Je peux invoquer les Pouvoirs des Ténèbres et ébranler la terre elle-même ! »

Haramis, tenant toujours fermement le Sceptre, ferma les yeux ; mais elle percevait toujours mentalement le visage du Sorcier.

*Cela ne marche pas,* comprit-elle. *Le Sceptre a besoin de nous trois.* « Kadiya, Anigel, dit-elle d'un ton pressant, aidez-moi ! Prenez le Sceptre et concentrez-vous ! » Les mains des trois sœurs s'unirent sur le Sceptre.

Le pouvoir qui était en lui s'enflamma soudain. Il les unit tous : Haramis, Kadiya et Anigel, d'un côté ; Orogastus de l'autre. Sa clarté faisait mal aux yeux, même au travers des paupières closes ; et Haramis se rendit compte qu'elle pouvait voir tout de même. Kadiya et Anigel étaient à ses côtés, si proches qu'elles donnaient l'impression de ne faire qu'une avec elle ; Orogastus les affrontait à l'autre extrémité du Sceptre. Dans le pouvoir étincelant qui les enveloppait, toute illusion disparut et ils se découvrirent, personnellement et mutuellement, tels qu'ils étaient.

C'était effrayant. Haramis reconnut toutes les fois où elle avait blessé des gens, même par inadvertance, les fois où elle avait considéré ses sœurs comme des êtres inférieurs, alors qu'elles venaient de déployer sous ses yeux leur valeur et leur force. Les deux Princesses partageaient les mêmes émotions : le regret de leurs échecs et de leurs fautes, et leur admiration craintive devant ce que chacune constatait chez les deux autres. Leur amour mutuel imprégnait ces pensées et ces souvenirs. Haramis comprenait maintenant, et elle savait que ses sœurs faisaient de même ; d'une certaine manière, toutes trois formaient une seule entité, leurs forces et leurs faiblesses se complétaient et se compensaient. En dépit de leurs différences individuelles – ou peut-être grâce à elles – les Trois Pétales ne faisaient plus qu'un et incarnaient le Ruwenda.

*Ce doit être ce que Binah voulait dire par équilibre.*

Haramis était aussi en contact avec Orogastus, mais l'impression était complètement différente. Ce qu'elle avait éprouvé pour lui lorsqu'il l'avait serrée dans ses bras avait totalement disparu ; ce qu'elle percevait maintenant, c'était la solitude du Sorcier... une solitude totale et terrifiante. Rien ne l'attachait au Ruwenda ou à tout autre pays, ou à l'un des Peuples et – en dépit de ce qui s'était passé entre eux – il n'avait aucun lien avec Haramis.

Il semblait enfermé en lui-même, revivant des horreurs que les Princesses ne pouvaient deviner que faiblement. Haramis le plaignit et sentit la compassion de la douce Anigel se tendre vers lui ; mais Orogastus n'était conscient de rien en dehors de lui-même. Et son moi lui paraissait intolérable.

Haramis pointa sur lui le Sceptre. « Jugez-nous, chuchota-t-elle. Jugez-le. »

De nouveau le Sceptre s'embrasa.

Tous en furent momentanément aveuglés ; bien des personnes crièrent, sous l'effet du choc, et ne s'aperçurent que plusieurs minutes après de la disparition du Sorcier.

Il ne restait plus de lui qu'une grande éclaboussure, noire

comme la suie, sur le mur du donjon, là où il s'était tenu, et se découpant dessus la silhouette blanche d'un homme de haute stature.

Cette année-là, et pour la première fois, la Fête des Trois Lunes fut célébrée trois jours plus tard, car il fallut d'abord soigner les blessés et rendre les honneurs aux morts. Mais le soir du troisième jour suivant la grande bataille, quand les Trois Lunes en pleine conjonction brillèrent au-dessus du Bourbier Dédaléen, tous les membres du Peuple qui campaient au pied du Tertre, ainsi que tous les humains du Ruwenda et du Labornok, se rassemblèrent une fois de plus dans la grande cour intérieure de l'ancienne Citadelle.

Les Uisgus, portant des torches à trois branches et chantant leurs vieilles chansons de fête, marchaient les premiers derrière la princesse Kadiya; puis s'avançaient les doux Nyssomus, avec à leur tête Jagun et Immu; les Wyvilos survivants suivaient Lummomu-Ko. Ensuite les Labornoki avec leur nouveau Roi, Antar, défilaient sans armure et n'arboraient que des fleurs; derniers de tous, venaient les libres Ruwendiens menés par le comte Palundo, tous les chevaliers et les nobles que le Peuple avait pu convoquer au moyen de la parole sans mots.

Haramis, couronnée, revêtue de la cape et munie du grand Sceptre, les accueillit. Antar s'avança et s'agenouilla devant elle pour lui présenter officiellement la reddition de son pays.

« Relevez-vous, roi Antar, car je ne peux pas accepter votre capitulation. » Elle ôta de sa tête la grande Couronne et l'éleva bien haut. « Moi, l'héritière du trône du Ruwenda, je renonce à cette Couronne. Je somme la princesse Kadiya, ma sœur cadette, de l'accepter... car j'ai été appelée à remplir un autre rôle, celui d'Archimage. »

Kadiya était à la tête d'une grande multitude d'aborigènes; l'emblème du Trillium rutilait sur le pectoral de sa cotte de mailles dorée et ses cheveux auburn tombaient librement sur ses épaules.

« Je renonce aussi à la Couronne, déclara-t-elle, car ma destinée n'est pas de gouverner des êtres humains, mais d'être le chef et l'ami du Peuple qui m'a demandé instamment de le servir. Je somme la princesse Anigel, notre plus jeune sœur, d'accepter la Couronne qu'elle a si bien méritée. »

Anigel ferma les yeux un instant pour revoir cette étrange vision onirique où elle courait dans la forêt à la poursuite de sa mère. Ayant cette fois rattrapé la reine Kalanthe, elle n'éprouva plus d'appréhension lorsque sa mère la lava, l'habilla et la prépara. Ce qui l'attendait lui était destiné depuis le commencement.

Elle savait aussi que des trois c'était elle qui servirait le mieux la Couronne. Elle rouvrit les yeux et vint s'agenouiller devant Haramis, la tête haute. Quand la grande Couronne, avec ses émeraudes, ses rubis et son immense goutte d'ambre du Trillium, reposa sur sa tête, elle se redressa et tourna lentement sur elle-même en faisant, sur l'assistance, le signe trilobé.

Antar s'agenouilla devant elle. « Accepterez-vous ma reddition, grande Reine ?

– Mais elle est déjà mienne, dit-elle en souriant, ainsi que votre cœur, je l'espère. Et puisqu'une reine ne peut régner sans roi, je propose que nous gouvernions ensemble nos royaumes, comme mari et femme, dans une paix perpétuelle. » Elle le prit par les mains, le releva et le fit venir à ses côtés.

« Peuple du Ruwenda, dit-elle, voici votre Roi. »

« Peuple du Labornok, dit-il, voici votre Reine. »

Des acclamations jaillirent, accompagnées de quelques larmes d'émotion ; le Peuple reprit ses chants et l'on apporta des aliments et des boissons en grande quantité. La vraie fête commençait.

Les sœurs s'étreignirent. Puis Haramis saisit le Sceptre du Pouvoir et solennellement le sépara en trois. Elle donna l'épée émoussée, dont les Yeux étaient maintenant fermés, à Kadiya qui la glissa dans le fourreau qu'elle portait en bandoulière. Anigel remit le diadème sur ses cheveux blonds. Haramis suspendit de nouveau à la chaîne qu'elle portait au cou la baguette dont les ailes étaient repliées et dont l'ambre du Trillium ne brillait plus que faiblement.

« Nous étions Une, dit Haramis, et à présent nous sommes de nouveau Trois. Plaise à Dieu que l'équilibre du monde soit rétabli et que nous n'ayons plus jamais besoin d'utiliser le Sceptre du Pouvoir.

– Par la Fleur ! ronchonna Kadiya. Je l'espère bien ! C'est de paix que nous avons besoin. Pensez combien de choses il va nous falloir apprendre ! Ani, la politique assommante et Hara, la magie ; quant à moi, j'ai l'intention de retourner dans le Lieu du Savoir et de poser des questions très importantes à l'être qui y réside. Les futures relations entre le Peuple et l'humanité posent des problèmes épineux et je suppose qu'il va falloir un certain temps pour les résoudre. »

Anigel questionna Haramis : « Après la fête, vas-tu appeler ton lammergeier et partir pour Noth où tu vivras comme le faisait notre ancienne Dame Blanche ? »

Haramis regarda au loin et ses yeux se posèrent sur le parapet surmontant l'entrée du donjon. « Non. Cet endroit est tombé en poussière lorsque Binah est morte. Je vais me rendre ailleurs... dans un lieu que je connais, très loin dans les montagnes. »

Antar s'avança vers elles et sourit d'un air de s'excuser en disant à Anigel que leurs sujets demandaient aux monarques d'ouvrir le bal.

« Les terribles devoirs de la souveraineté! dit Kadiya en riant. Va, reine Anigel. L'Archimage et moi poursuivrons nos graves discussions sur les aliments et la boisson et, quand Vos Majestés auront dansé jusqu'à user la semelle de leurs souliers, vous pourrez nous rejoindre. »

Anigel et Antar s'en allèrent, main dans la main; et la musique se fit entendre.

Le vieux musicien Uzun qui, dans la lumière crépusculaire, traversait la prairie du Tertre en direction de la Citadelle, entendit les bruits de la fête et hâta le pas. Il en croyait à peine ses oreilles. C'était assurément les chants des Trois Lunes! Mais alors, la fête n'avait pas eu lieu trois jours auparavant, pendant que lui et ses compagnons étaient bloqués sur la rive en train de réparer la coque brisée de leur embarcation? Il avait manqué la grande bataille; manqué la victoire; il n'avait pas vu sa chère princesse Haramis détruire le vilain Orogastus... il avait *tout* manqué.

Peut-être pas? Si seulement il avait su utiliser convenablement la parole sans mots!

Cela, c'étaient certainement les hymnes du festival, et les bruits joyeux apportés par la brise nocturne étouffaient presque les cris des créatures des marais. Quel miracle! Il arriverait tout de même à temps...

Il aperçut quelque chose, sur le sol éclairé par la lune.

Il s'arrêta et se pencha pour mieux voir. Le sol était détrempé par les premières Pluies et toutes sortes de pousses nouvelles surgissaient quasiment du jour au lendemain. Mais là, c'était une plante différentes des autres. Il en croyait à peine ses yeux. Une plante magique...

Des myriades de pieds poussaient à cet endroit qui, avant, n'avait nourri que de la laîche. Des plantes avec de petites fleurs noires tripartites.

Uzun le musicien cueillit l'un des trilliums noirs et l'éleva au clair de lune. Oui! Il n'y avait plus aucun doute. La prairie en fourmillait. Il y en avait partout.

Riant comme un fou, il récolta autant de fleurs qu'il en pouvait porter et courut annoncer la bonne nouvelle au gens de la Citadelle. Derrière lui des milliers d'autres trilliums étalaient encore leurs pétales sous la lumière des Trois Lunes.

# M. Z. BRADLEY

## LE LOUP DES KILGHARD

Ah, les crétins ! Depuis le temps, ils n'imaginaient même plus qu'on puisse violer leurs lois ! Et Paul Harrell s'en était donné à cœur joie. Il avait mené la grande vie. Il avait eu toutes les femmes qu'il voulait. Et celle qui l'avait donné, la garce, elle aurait au moins eu un vrai mâle une fois dans sa vie. Ça ne s'oublie pas.

Quant à lui, il avait refusé la Réinsertion. Il ne deviendrait pas une marionnette sans tripes. Il était bon pour le caisson de stase et le sommeil sans rêves. Pour l'éternité. Mais voilà qu'il se réveillait ailleurs. Par la haute fenêtre, il voyait un soleil rouge. Et l'homme devant lui, c'était... lui-même. Avec des cheveux longs et des culottes de peau.

# M. Z. BRADLEY

## LA CHAÎNE BRISÉE

La noble Melora, dans sa prime jeunesse, a été enlevée par Jalak, tyran de Shainsa. Depuis lors, elle est enchaînée jour et nuit selon la cruelle coutume des Villes Sèches. Elle a donné au tyran une petite fille, Jaelle. Elle subit son calvaire sans une plainte. Mais Jaelle vient d'avoir douze ans. L'âge d'être enchaînée à son tour. Alors Melora appelle au secours. Un appel télépathique d'une extraordinaire puissance qui franchit les fleuves, les forêts, les montagnes...

Jaelle n'oubliera pas. Un jour, elle brisera la chaîne. Elle rejettera en bloc toutes les sauvegardes et toutes les entraves qui font la vie des femmes sur Ténébreuse. Elle n'acceptera pas d'autre lien que le serment prêté par les Amazones Libres, d'égale à égale. Elle saura se défendre contre la brutalité des hommes. Elle saura répondre à leur amour. Mais pas pour la vie.

# M. Z. BRADLEY

## L'ÉPÉE ENCHANTÉE

Andrew Carr rêvait de trouver un monde où quelqu'un l'attendrait. C'est sur Ténébreuse qu'il entend l'appel, qu'il voit l'image de cette fille aux cheveux de feu : Callista. Elle-même est enfermée dans un lieu obscur. Où ? Elle n'en sait rien. Elle a lancé l'appel, et c'est Andrew qui l'a reçu. Leurs esprits s'unissent dans un déferlement d'intime tendresse. Alors il part en quête de la prisonnière — infiniment lointaine, infiniment proche de lui.

Un jour, il retrouve ses parents : ils la cherchent à tous les niveaux de réalité, impuissants à rentrer en contact avec son esprit malgré leurs pouvoirs psi. Surpris qu'un Terrien ait reçu son appel, ils choisissent de lui faire confiance. Ensemble, ils affronteront l'invasion des cruels hommes-chats, experts à lacérer les âmes. Mais qui trouvera l'abîme où est plongée Callista la très belle ?

# M. Z. BRADLEY

## LA TOUR INTERDITE

Ellemir et Callista, les sœurs jumelles, épousent les deux vainqueurs des hommes-chats : Damon et le Terrien Andrew. C'est l'heureuse conclusion d'une aventure et le début d'une double malédiction : l'union consanguine d'Ellemir et de Damon est menacée de stérilité ; Callista, destinée à devenir Gardienne de la Tour d'Arilinn, a été si bien conditionnée qu'Andrew ne peut pas l'approcher. Damon voudrait secourir Callista ; Andrew ne refuserait pas de rendre service à Ellemir. Tous quatre sont télépathes, ce qui devrait faciliter leur entraide. Mais la règle est très stricte : on n'utilise pas les pouvoirs psi pour changer le destin, sauf dans les Tours. Cette prudence s'explique par les abus commis pendant les Ages du Chaos. S'impose-t-elle en cas de péril ou de trahison ? Damon, Ellemir, Andrew et Callista défient la coutume, lancent dans le Surmonde une croisade pour la liberté et, unissant leurs esprits, bâtissent leur propre Tour, où l'antique tradition n'a plus cours. Qu'en dira Dame Leonie, la Gardienne d'Arilinn ?

# M. Z. BRADLEY

## L'ÉTOILE DU DANGER

Quand Larry Montray revêtit son costume de Ténébran, il eut d'abord l'impression de se déguiser ; puis, dans la glace qui reflétait sa silhouette, il crut entrevoir une couche plus profonde de sa personnalité. Larry avait seize ans : pour les Ténébrans, il était majeur, en âge de porter l'épée.

Son père avait un point de vue très différent. Comme tous les employés de l'astroport, il pensait que les Terriens étaient là pour faire du commerce et n'avaient aucune raison de rechercher l'amitié des autochtones, eux-mêmes très méfiants.

Mais Larry était poussé par une soif d'inconnu (une « infernale curiosité », disait son père) qui lui inspirait des initiatives peu orthodoxes. Il était fasciné par cette planète étrange. Il avait envie de s'y faire des amis et ne s'attendait pas du tout aux graves ennuis qu'il allait leur causer. Il était prêt à donner beaucoup et n'avait pas conscience de son extraordinaire aptitude à déstabiliser.

Toute l'affaire s'est passée il y a bien longtemps. Mais la planète Ténébreuse n'a pas oublié Larry Montray.

# M. Z. BRADLEY

## SOLEIL SANGLANT

Jeff Kerwin a passé ses premières années à l'orphelinat des Astronautes. Quand il revient sur Ténébreuse, il est agent de l'Empire Terrien et très désireux de percer le secret de ses origines. A sa grande surprise, il ne trouve aucune trace de son enfance sur la planète. Il finit par avoir l'impression d'avoir surgi par inadvertance dans l'immensité de l'espace. Cet orphelinat est-il bien le sien ? A moins qu'un complot n'ait été monté contre lui... ou contre quelqu'un qu'il n'a jamais vu. Est-il une bombe à retardement, manipulée par une force mystérieuse et destinée à entrer en action deux générations après la mise en place d'un plan machiavélique ? Une abomination est tapie au fond de sa mémoire, et quand le Soleil Sanglant se lève sur Ténébreuse, les fantômes du passé sortent de leurs tombeaux. Il faut alors tout l'amour d'une femme pour le sauver de l'horreur.

# M. Z. BRADLEY

## LA CAPTIVE AUX CHEVEUX DE FEU

Brynat le Balafré avait gagné. L'imprenable château de Storn était à lui. Dans la forteresse conquise, un prêtre félon avait béni son insolente union avec la pauvre Allira, héritière de la dynastie déchue. Dorénavant, il était le Maître.

Mais, dans sa tour, l'ancien Seigneur restait invulnérable. Ce faible aveugle avait abandonné son domaine, livré ses sœurs au bandit ; isolé dans sa transe, endormi dans des royaumes inconnaissables, il n'avait pourtant pas baissé sa garde et la magie continuait de le protéger. Pour Brynat, il y avait là des pouvoirs à conquérir — ou, à défaut, une vengeance à redouter. Tous les vaincus, jour après jour, attendaient l'appel de Storn en bouillant d'une rage impuissante.

A l'Astroport, Dan Barron avait des visions. Il parlait d'une femme brûlant dans les flammes. Une reine à genoux et souriante, entravée par des chaînes d'or, perdue dans une extase surhumaine. Et le Terrien portait dans sa tête, imprimée comme au fer rouge, cette image qui, à son insu, était celle de son destin.

# M. Z. BRADLEY

## L'HÉRITAGE D'HASTUR

Régis Hastur a quinze ans. Héritier d'une grande famille, il deviendra l'un des maîtres de Ténébreuse. Seulement il ne révèle aucun des pouvoirs psi héréditaires. Il est comme un infirme. Alors il veut partir, voyager dans les étoiles.

Il voit surtout son malheur à lui, son choix à lui. Pourtant les signes se multiplient. Les pouvoirs se font rares, les dynasties s'éteignent.

Et Régis devient cadet dans la Garde Comyn. Il a beaucoup à découvrir. Les joies de l'amour. Les horreurs de la haine. Le fiel de l'injustice. Et l'infamie d'antan qui lui a coupé les ailes avant qu'il ait pu s'en servir.

Dans sa quête, il devra aussi affronter la toute-puissance du feu qui dévore les forêts, brûle au cœur des rebelles et qui, un jour, anéantira l'univers. Changer la vie ? Sans doute. Mais ceux qui promettent le paradis sur Ténébreuse risquent fort de vouer la planète aux flammes de l'enfer.

*Achevé d'imprimer en février 1993*
*sur les presses de l'Imprimerie Bussière*
*à Saint-Amand (Cher)*

PRESSES POCKET - 12, avenue d'Italie - 75627 Paris Cedex 13
Tél. : 44-16-05-00

— N° d'imp. 427. —
Dépôt légal : mai 1991.

*Imprimé en France*